新编杨慈燈文集

夏正社 主编

陈实 副主编

④

辽宁人民出版社

新编杨慈灯文集
——
1943
——

在巴斯车上

烧木炭的巴斯车好像一只蠢笨的老牛一样，慢慢的，慢慢的，隆隆的响着开过来了。

排着队伍的人们，一个挨着一个，胸脯贴着后脊，肩膀靠肩膀，互相的，紧紧的挤在一起，好像有浆糊粘住了似的。都想走快一点儿，都想走在前面，大家的眼光，不论男的，女的，都是焦急的，忧虑的，很怕上不去。有的人因为太慌张，不注意的多前进了几步，于是就有许多埋怨，愤怒的眼光往这个不讲公德的讨厌脸上射去，恨不能一口把他吞进肚里，再不然一脚把他踢八丈远，跌他们半死！

上车的时候，都是努力的，奋斗的，攻击的精神来得特别的旺盛，争前恐后，谁也不让谁，简直就像拼命！有些年轻的女性比男子勇敢坚决，她们的眼睛瞪得圆圆的狠狠的咬着牙，用两只小巴掌开出道路。用柔软的肩膀抵抗四面八方来的压力，有的用胸脯去推，用脑袋去碰，用肥满的屁股去防御，在这种竞争的场面，从她们身上决找不出来一丝一毫的什么温柔。

男的，女的，都把原始的，野蛮的竞争的本能痛快淋漓的表现出来了。我也是这拥挤的人里面的一分子。我把吃奶的气力都拿出来，还多亏身后有些推进的力量，这才算爬进了车里。满脸黑黝黝，好像刚从烟囱里爬出来的少年手掌，用那强硬，可惜没有多少效果的声调喊了又喊："往里走！往里走！"

但是上了车的人都是随意的，安闲的选着自己满意的位置。我没有座位，立在两个女性的前面，我觉得最快活的是，当车里人装满了，挤得透不过气来的时候，我的一条腿只好安置在一个女性的两腿中间。

手掌发出一声口令："欧啦！"车在慢慢的动了，声音很大。有些人挂在门上，他们不怕危险。

我端详着面前的这个女性，她的面孔虽然不算太美，却很有媚力。那乌黑的头发是整整齐齐的披在脑后的，脑袋顶上很费了一番工夫，把头发卷成几个圆圈，这头发是烫过的，她的眼睛很大，鼻子尖有点儿秃，嘴是小嘴，下巴壳是圆的。她的体态很不坏，是曲线的，特别是那两只小手，又白又嫩，我在心里暗想，倘若我能摸摸这小手，那该是多大的福气呀！不知谁走运，能娶到这么一个可爱的女性做媳妇，我不只看见一次，也不只那么想过一次了。我时常在巴斯车站上看见她，从远处看，总那美丽的形象和神圣不可侵犯的态度，在我的记忆里留下的印象实在深刻。我说实在话，她的魔力大得很，真要命！我聚精会神的欣赏着她的面孔，贪婪不厌的往肚子里咽着那醉人的姿色——你可别说我是坏小子，你记得圣人所说的"食色性也"那句话，还真是金科玉律，至理名言，倘若你走运气，正好站在她的身前，恐怕你要十天八天睡不着觉呢！

在她身旁的那个女性是个小胖子，小鼻子，小眼睛，小脑袋，再加上那两条细细的小腿，和她一比，差得太远了！

巴斯车呜呜的叫着，喊着前进，路上的人还没有把那面孔给我们看一个清楚就消灭了。车里的人都静静的，谁也不说话，各人想着各人的心思。

她这时候是低着头，把眼睛看着她自己的手，她也是在想着什么事，大概是想一个既年轻，又漂亮，又能赚钱的女婿，一个欢乐幸福的小家庭，有好吃的，好穿的，还有一辆大马车。那马车是一匹强壮的大洋马拉着的，跑起来快得很，从马路上响着铃铛经过，谁不羡慕？

在我身后有个老伙计，用他的肘压了一下我的肩膀，我回头看他是个脸皮特别粗糙，好像榆树皮，三角眼高鼻子，大嘴帽子歪戴着，是个叫人不高兴的相貌，他看了我一眼，淡淡的挤一下肿眼皮。巴斯车走到广场，正要转弯的时候，有一辆小汽车从横面闯过来，只好停一下让它过去，接着再前进，声音更响了，又加上叫人呕吐的汽油气味。她把脸转向车窗。望了一下楼房和街道，又仔细的看一个步行的女性。我猜想，她大概是喜欢那女性脚上的一双鲜艳的颜色，如果我是她的丈夫，

而且有钱的话，我一定要多买一些像牡丹花或玫瑰花那样好看的衣料，

让她打扮得跟一朵美丽宝贵的花，无论谁见了都要垂涎五尺，那我该有多么高兴，多么骄傲啊！

可是，她肚子里有点儿墨水没有呢？她读过政治，经济，哲学的书？她是不是一个爱好文艺的人呢？能不能写两句？

巴斯车走到上坡的路上，慢得很。还赶不上马车跑得快。我接着想。假设她是什么学问也没有，只会吃饭，睡觉，拉屎的话，那也没有关系，可以慢慢的学习，人，都得学习，自古至今没有一个从娘肚皮爬出来就什么都会的天才！我的腿在她两腿中间放的时间太久，有点儿不好意思了。我拖出来，把身子往后一点儿，谁料想到，让我这一退不要紧，在我左面一个梳着明光光的分头，没有戴帽子的绅士用肩膀一扛，把我推出半尺，他把我的位置占领了。

我想，他一定是计划了好久要把我推开，好容易发现了一个，这么一个好机会，我真后悔自己的君子作风，同时，把面前的那人憎恨到了极点，我真想一拳头把他打昏。也许气极了会把他脑袋扭下来，实在，他太可恶了！

我想把他击退，夺回失去的阵地，可惜，观察了半天，一点儿机会也没有。从侧面来的压力一刻比一刻大起来，车体又往右偏了一下，于是那压力更大起来，我渐渐和她离远了，失望和妒忌使我无精打采，垂头丧气，自暴自弃，故意往远处挤，我希望不看见那胜利的小子和快活的丫头。

车到了终点，大家都得下去了，我最后一次望了一下她立起来的姿态，只好恋恋不舍的把眼光收回，随着拥挤的人群滚下去，寂寞，走着我自己的路，走到远处，回头望一望，她的影子早就不见了。我寂寞的走着自己的路，心里还沉醉的想着那个丫头的嘴脸……

一九四二年冬之新京

（《滨江日报》1943年1月7日，署名：慈灯）

冲 突

他们走到村落天已经黑了。

黑黝黝的树林，东倒西歪的房屋，崎岖不平的街道，都看不清楚，连他们队伍里的人，也是谁也看不清楚谁的脸，大家都悄悄的，谁也不说话。

刚走进一条碎砖乱瓦铺满的胡同，他们前卫队先到的几名士兵慌慌张张的跑过来，身后像有狼追赶着似的，连手脚都不知道放在什么地方。这时，传来恐怖的声音，"报告营长，这堡子里有胡匪！"

这句话刚说完，在走进村落的部队的后面，在那黑黝黝的树林里，有连续不断的枪响，而且渐渐的增加，仿佛像在四面八方，什么地方都传染了子弹的吼声了，事实上，这枪声是发生在奔流不息的河边，在别处，不过是震人的回声。

"散开！"

"不要离得太远，快往右面去，利用墙头……"

"机关枪，机关枪……"

"快把马牵过来赶紧的！"

"别往东面跑！你往后跑干什么？"

"快点儿射击！"

"不要慌张……"

答答答、答答的机关枪声和马的叫声，步枪的沉闷清吼声和人的呼声，乱杂杂的，混成一片，看不清是敌人还是自己的人，在街道上，在院落里，河边，忙乱的奔进那些从河边跳过来的野兽的胸膛里，狠狠的举起枪柄打碎那闯过来的头颅。

在墙角架好的一挺轻机关枪，爆发的闪烁着红的火星刺刀的寒光在各处急急的浮动，不知是不是自己的人，从机关枪的侧面的黑影里出现了，而且迅速的接近，成堆的人群跳动着像从天空突然掉下来的一堆黑色的怪物，于是机关枪的射手把身体往左面一斜，枪口对准了过近的黑堆，把饱满的弹药尽量的打发出去，让那些疯狂似的敌人互相的推挤着压倒在街心上，重伤和轻伤的叫声在黑暗的、什么也看不见的地点广播着刺耳的声音。

不管那河边敌人的枪火是怎样的浓密，部队的主力，在无形中好像有一条结实的绳子缚住似的，没有强逼，也用不着指挥，大家是一齐的，像山倒一样，用伟大的人类制服不住的，传染的力量，决不顾虑什么危险，是一齐的对着死的黑影闯去了。这主力的力量确实大得很，他们把河边的吵闹压住了，然而街头巷尾的枪声依然照旧，随处是人马奔跑的声音，浮动的，稳住的，强有力的呼声。

这些拼死相争的人类的大漩涡停止以后，队伍从各处对着响起的号声集合来了，各排点名一看，损失了有限几个弟兄，而敌人的尸身是随处都堆集着的，这实在是不能想象的事迹，两方面的数目是相等的，而用力的一碰，却有的多数损伤，完全失收，有的占了上风，没有什么伤亡，也没有损坏！

胡匪确实是不行！

一个钟头以后，这村落被寂寞的空气包围，队伍已经分住在家屋里，只有守卫的刺刀的光芒在各处闪动着……

（《盛京时报》1943 年 2 月 3 日，署名：慈灯）

妻和情人

一、迎接

姜先生还没有等到下班的汽笛鸣叫的声完就跑到办公室的外屋迅速的扣上帽子，敏捷的穿好大衣，一面用力的戴着浅灰色的绒手套，一面急急忙忙的跑到大街上，一直线的在电车站奔去了。

一点儿风也没有的傍晚还是要命的冷。这时候，黄昏的黑幕已经□闭，从四面八方来包围这美好的世界。街道两边笔直的电线杆上挂着的灯光早就亮了，亮得特别的好看，好像一连串的□纸的灯商挂在一条线上一样，越往远处看，那些辉煌的灯□越靠得紧密，罩在浓厚的□的影里。

在姜先生前面，和他大约有十来步距离，是两个动人的女性的移动的背影，左面穿着深蓝色的面，浅黄色的皮领，戴着一顶白小帽的那一个有一种奇怪的魔力牵住了姜先生的灵魂，他的眼睛睁得像路灯一样的明亮，脚步也格外的轻快了，连他自己都有点儿吃惊。他行进的步迈得太大，速度也比别人加快一百倍。

很快的走近那两个女性的背后了，他的心里是这样想的：

这样冷的天气，单是穿一双薄薄的袜子，好看倒是好看，可是，不冷么？那总是受冻的腿肚也未免有点儿叫人看着同情。可怜的腿肚啊，可怜的腿肚……

他想起有个性格诙谐的同事关于腿肚问题对他发表这样高尚的意见：

"现在的女性，老是露着腿肚，等年纪老了，一定都是寒腿，到那时候她们才会后悔为什么年轻的时候一点儿不注意保护腿肚……"

姜先生情不自禁的张着嘴笑了一笑。

到电车站一看，已经有人焦急的等在土台上了，那两个女性往东面走去，一分钟以前他还以为是和他同路，也是要坐电车的，这一刻他觉着像丢失了什么东西似的，嗓子里有点儿异样，肚子里有点儿空虚，面前的人和物全失掉了几分钟以前的兴趣，看着什么都不顺眼，都干燥乏味儿，都没有意义了！这种心理真奇怪得很，但是姜先生都没有想到什么心理的奇不奇怪，他还沉醉的瞪着两只如饥如渴的眼睛眺望着那渐渐走远的白帽，好像一只美丽的白卜鸽一□，在转弯的地方，在渐渐浓□□影里消失了。

姜先生对着昏暗的天空喷□□长长的粗气。

□□□人群里

□□的人都焦急的，不耐烦□□□着眼眉，他在平常是最□□□□□的等到半夜挤不上□□□□□□位，但是□□□□□□和别人一样的焦急。

姜先生的脑筋里还牢固的保存着那小白帽的影子。

可惜，灭有看见她的面孔，他很后悔这件事。

接着他又想起再过两个钟头就接受的麻烦和闷气，于白帽动人的影子迅速的从他心头掠过，在他的记忆里消失。随之而来的，是一幅委曲求全，是不幸。然而其中还参杂过一点儿狂欢的滑稽的图画，在无形中是有铁的锁链捆在他身上的，他无论用多么大的力量也挣脱不开那条结实的铁链。事实上他也没有扯断那铁链的勇气和能力。他唯一能够的不过是暂时的，用虚伪和谎言，用周到的企图和妙计，暂时的设法离开一些。然而时期一到，他仍然得将就，在背上揹着那幅丑看的图画让熟识或不熟识他的人们看！

是的是的，这么难懂的象征的句法先放开，等会儿再谈吧，现在电车隆隆的响着驰过来了，下车的人少得很，那车里挤得像刚开封的洋火匣一样，他努力的□着肩膀往前挤了几下，没有挤动，伸着脖子一看，距打开的门也太远，没有上去的希望。于是，苦闷的后退了，把拥挤的地位让给别人。

（原文缺失）

像岳父那类认真的教训后人的话，姜先生在没有光荣的被称谓"先生"

以前，还在学校，还在家庭里的时期，听到的太多了，那时候也并没有给他多少影响，留下的印象更是毫无仅有，现在他在社会上做了好几年事，能谦虚的接受岳父的大道理么？

岳父似乎多少看出了这一点，他看出姑爷的嘴脸，并没有流露出聚精会神听他宣教的感情，但是他不认为这是他的失败，他把很大的希望放在姑爷身上，他知道这个姑爷是聪明人，在学校读书的时候成绩是优秀的，亲戚朋友有几个不夸奖？不赞美？邻邻居居们都说这小子得到卒业文凭进了社会以后，一定有出息，有很大的发展。

岳父以为那些批评是正确的，那些判断是合理的，他相信姑爷的前途不可限量。

于是，他把教训的课本仍在一边，换了一种谈话的资料：

"现在，配给的米好不好领？"

"这地方配给的很圆滑，不难领！"

"那就好，小铃她妈头一回出来，在外面不像在家，处处有老人操心，照应总得自己想办法，住些日子，街道一热，领个米，买个东西什么的就好办了，又有邻居，没有什么困难……"

他这一番话的主要意旨是对着姑爷和女儿两个人说的，一方面是希望姑爷多出一点儿力量，多多的指教和援助，另一方是鼓励女儿，叫她振作起来生活的勇气来。

姜先生有意无意的点点头，又有意无意的说：

"你在这多住些日子吧？"

小老头好像有针刺了他一下似的，急忙摇摇灰色的头发把一条放在膝盖上的腿拿开，用脚在地上跺一下圆圆的，黑黑的小眼睛用力的瞪起来，欢笑着说：

"不，不，我明天一定回去了！"

三、邻居

两个星期以后，姜太太和一个院里的四家邻居都熟识了。她很奇怪东屋那个小娘们为什么要把好好的头发弄得弯弯曲曲，好像个狮子狗一样，这个小娘们的个子不高，屁股滚圆，走起路来像扭秧歌似的左摇、右摆成天到晚不住嘴的买零碎吃，不是橘子就是酸梨，不是花生便是糖葫芦，吃完以后，把花生皮收拾得干干净净。她是扔进灶里烧了，连一丝一毫的痕迹都没有，她的丈夫认为她是一个过日子简朴的贤妻。

谁也没有她高兴，总是喜气洋洋，从老远的地方就可以听得见她满肚子装不住的得意的快乐的笑声。一定是因为她太快了了，所以邻家的女人都恶意的嫉妒她，憎恨她，姜太太时常听见那些嫉妒的女人在背地里用嘲笑和讽刺的口气批评她种种的缺点：

"连件衣服都不会洗，洗的衣服一点儿也不干净！"

"哎，我从长这么大没有看见像她那样的笨虫，几个纽扣纽打了一个多月，大的大小的小，紧紧巴巴的，补一只袜子底儿都不会，还得问人家，洗不好的衣服拿到浆洗房去洗，对她男人撒谎，说是她自己洗的！哼，那个傻子真就信了！裂着大嘴哧哧的笑，对别人吹着说，他的媳妇多有本事！哎，哎，蠢小子……"

"有什么话千万别在她跟前讲，她是个传舌精，马上就给你传过去，添枝加叶的编故事一头吃猪头，一头吃羊头，还装好人！真不要脸……"

"哎呀，你们不知道，和她住对面还真倒霉，自己缸里有水使人家的，说一声也不，那也不要紧，她把缸弄得那才脏呐！我真烦死啦！如果房子好找，我们一定搬家，实在不愿意和她在对面住……"

上屋家有个细瘦的女人，也使姜太太非常的奇怪，她的丈夫买了一双鞋赶紧拿给大家伙看：

"你们看这鞋样子好么？"

要赞美的说：

"太好啦！太好啦！"

她一定是眉笑眼开，连尖尖的擦得厚厚的粉的鼻子都得意的向脸上撅起来，像一个小孩子得到了好东西而向别的孩子自夸似的，还天真烂漫的手舞足蹈。

如果谁要反对的说：

"样子不大好，前太宽，像个蛤蟆嘴似的，颜色也不好看……"

她立刻就会改变满脸的颜色，好像中瓦斯的毒一样。

买一只镯子也是，欢天喜地的给别人看，买一盒香粉，一盒雪花膏也得意洋洋的拿出来献献卖，倘若她丈夫在什么地方打牌赢了，几十块钱全都孝敬了她，她会一连宣传两个礼拜，宣传得特别的普及而且十分的彻底。

姜太太更奇怪她为什么要一天换几回衣服，左一件右一件，自己得意的衣服都喧嚣闹的挂在墙上，好像一个画家开个人展览会一样！

姜太太时常听她津津有味的宣传她的丈夫怎样的能赚钱，怎样的温柔，对她怎样的体贴，好像亲密的小猫一样！又怎样忠实的服从她的命令，好像善良的小羊一样。

总而言之，这一个院里的几家妇女，她们的生活形式都使姜太太特别的奇怪，她是一直生活在淳朴的乡间，上有公公婆婆，下有妯娌小姑，四面八方都受着严格的拘束，她从来没有看见也没有听说像这里的这些妇女，她们的性格都放荡得叫人吃惊，她们把虚荣和自夸做为最高的美德，一点儿也不知道害羞的在一起热心的研究一些男女的秘密，她们把两性间的事谈得太顺口了。有一回，那个好吃零嘴的小娘们这样的问姜太太：

"姜大嫂，姜先生很爱你么？"

这叫什么话？一个妇道人家好说这样的话么？什么爱不爱的，真把姜太太气坏了，她又好意思明显的表示生气她的脸因为害羞，红得像喝醉酒了。

最初，同院的妇女所给姜太太的印象太恶劣，她疑心那些女人恐怕不是正经人家出身，她曾把这种意思含糊的对丈夫说过一点儿，完全出乎她的意料之外，她的丈夫是从头到脚完全倾向那一伙的：

"人家为什么不是正经人？都是受过教育的，谁也不像你似的老憨！"

这心地纯朴的姜太太不独是一种侮辱，而且是莫大的打击！

她痛苦的沉默了半天后来又反过来想，那是丈夫对她说的话，自己的丈夫什么不好说呢？丈夫又是一个年纪比她小三岁的人，她应该原谅，绝不应该生气。于是，她一点儿也不嫉恨丈夫，而且从这以后，丈夫无论怎样的侮辱和打击她，她都老老实实的承受了。其实，这种步骤并不是从现在才开始，从嫁过来的那一天起，她就是这样服从过来的。

姜先生的脾气不大好，动不动就爆跳起来，像一架顽强的机械上了硬实的发条一样，他不能忍肚一分一毫，为了一顿饭消的做晚了，也会大发雷霆，爆发得像激烈的火山一样。

"你怎不早点儿动手呢？"

姜太太不焦急的时候，做起活来是有条不紊的，倘若一性急，毛病就多了，不是忘记这样，就是忘记那样。她急急忙忙的把米洗好弄进锅里，回头一转身没有看见把桌角上一个茶碗碰掉地上打碎了，姜先生的火更大起来：

"你是瞎子是怎么的？"

她一声不响，赶紧把打碎的碗碴小心的收拾起来扔在街上，回头又忙忙碌碌的切菜。

（原文缺失）

都市冬夜的街里是冷淡的，然而正因为冷清才显出幽静的美，天山有稀疏的群星，它们不像夏天那样闪耀的明亮，也不拥挤，是高高的，高到无可再高，是隐隐的，隐隐的，既不闪耀也不缺少光明，是梦中所梦到的那么奇异，奇异得低能的作家没有法描写，也找不出适当的形容词来赞叹！

有的店已经关上闸板，从闸板的缝里透出细条的光亮，这般店铺的性质多半是不在夜间营业，但是他们并不休息，大概是屋里打着算盘。

姜先生的脚像注射了什么药水似的，轻快地得如猫的腿，又像山野间的兔子一样，他轻松、快活、精神百倍，在街道的边沿，在平坦的石台上，他的脚步发出清脆的音箱。

街角有家小饭馆的幌子静静的垂着不动，在那下面有数个卖零吃的小贩摆着馋人的□子，一个三轮车的老年车夫躬着腰在那里聚精会神的修理铁链子。姜先生欢欣鼓舞的走到这个三轮车旁边：

"有座么？"

"车坏了，不能拉……"

他很闷心的看了一下，用鼻子喷着冷气，耸耸肩膀，走开了。

他走到平坦宽广的大马路，辉煌的路灯许许多多来往的行人，那些急急忙忙奔跑的黑影好像幽灵一样。

姜先生这时候的心里是快活的，难以尽说的快活，这快活是一个星期以前用了激烈的心跳和最大的勇敢创造成的惊人的纪录。

一个星期以来，他没有一时一刻不被这惊人的纪录所扰乱而且欢喜，又加上不断的津津有味的回忆和绞心熬血的考虑，还用他所有的智慧苦苦的下着综合和判断的工夫，他至于有时什不大相信那曾经是实现过的事，觉着那好像是一场昏人的梦，或者是幻想，然而那不是梦，实实在在不是梦，也不是幻想，实实在在不幻是想。

那是多么心跳的故事啊！那样激烈的心跳他有生以来实在是第一次，在什么还不懂得，父亲母亲主张给他娶媳妇，经过各式各样想要把戏似的仪式把一个陌生的大闺女娶进家里的那一夜他虽然心跳过一次，但是那一次的跳是很平淡的，滋味是很少的，和这一次的比实在差得太远，因为这一次的心跳是他自己的独创，是他这几年来，几乎没有一天不在羡慕，没有一天不在渴想，没有一天不在肚子里暗暗的企图和计划的一幕人间快乐的戏剧，这场内容美满的独幕剧，能不能表演成功，全在运气，也全在他有没有勇气，他这样坚毅不拔的下了决心以后就像小？似的悄悄的对着脑顶像白小鸽似的小帽活□的跑去。

他当时是多么感谢暮色苍茫的黄昏啊！他更感谢那时代的产物：电车的魔力把？成群下班的人吸引了去，这么一来，步行的旅客就减少了，旁观的眼睛就不必怎样的去挂心了，当他忍着剧烈的心跳和满身的火烧，抱着满腔的希望，尾□到公园的□域里，还好走到两边有矮树□□的包围把周围的景物隔离的一段路程，他的心跳得几乎要震动□了肚子，因为他彻底的觉悟到，他如果在这一般路程上要没有果敢，要不能在他野心的愿望里下第一笔，那么他全部的创作便永远没有成功的一日。于是，他战战兢兢的，像得了很重的感冒，发冷发热似的抓紧几步，把他的肩膀和那苗条的身段并驾齐驱——在这一瞬间，他的勇气无形中受了好几回挫折，多亏老天保佑他，他又鼓起了平生的勇气，把想好的话，结结巴巴的说出去：

“您，您……要下班么？”

他看见那个女人一点儿也没有吃惊后退，也没有现出怎样叫人想不到的动作，这种戏剧，在她好像并不是初次登台，而是有过经验似的，只是因为黄昏的暮色妨碍了她的世界，她稍稍的停了一下步，大量一下他的面孔，又从头到脚看一下他的尺寸，好像量布似的仔细的量完了就照旧的走路，一面用细微的声音回答他：

“是的……”

姜先生想了一想，好像被释放的死囚一般，从捆紧的铁索里脱出身子，轻快的喘出一口闷气，紧接着他又这样问道：

“你贵姓？”

想不到她回答的特别豪爽

“我姓徐。”

更叫他想不到的是又反问了一句

“你贵姓？”

他赶紧恭恭敬敬的回答：

“贱姓姜……”

他把姜字说得格外的响亮，好像不如此，他便对不起天地似的！

这就是他在一个星期以前下班的晚上所表演的心跳的戏剧的第一幕的序曲。

现在他已经走到一家鲜果铺的门口了，那明亮的屋里陈列的各种鲜艳的果物一点儿也激不起他的食欲，他只是毫不开心的往那明灯辉煌的屋内瞥了一眼，脚步更加轻快，精神越发振起，两只手深深的插进外套的袋里，好像袋里有什么极珍贵的东西怕掉出来似的，他把整个的面孔让夜间的凉风随便的吹着。

一辆跑得非常的迅速，在轮与蹄的音之中还响着震耳的铃声的马车从他身旁□动着过去了。这一下，把他的回忆（把那很容易激动）年轻人的故事的沉思打断了，但是他很快的又把这一时间断的影片接在一起，接续这在脑筋里放映下去。

在那姓名问过以后，有暂时的心跳的沉默，让脚步的声音和一对年轻人的心曲合奏着。

黑夜完全统治了这公园区域的时候，姜先生和徐小姐，"做朋友"的契约书已经同情的交换了，他把告诉他的姓名住址，记得切切实实，在西三马路附近的一条狭窄的胡同口分手以后，姜先生的举动以为太也欢喜了的缘故，实现得真不能不叫人发笑！

他张扬两手往半空用力的跳了好几跳，像一西说脱缰的马匹放了野性似的拨开蹄子狂奔起来，还张着大嘴嘻嘻的笑如果这条街上没有别的行人他真会毫不顾忌对着很快就黑下来的天空大声的高叫。

他真快乐极了！全世界所有的人也没有姜先生这一刻的快乐大。从那天以后，他天天在班上把每一分每一秒的时间都用在咀嚼那幕戏剧的滋味上，从开场到闭幕，女主角的每一个温柔活泼的动作，每一句亲切和蔼的对话和娓娓动听的声音都在他的印象里刻得特别的深刻，甚至于还记忆着那轻盈的脚步和衣襟在凉风摆动的声音。

他的嘴脸不消说是表现得喜气洋洋的，有时竟压不住肚子里装得满满的笑，从嘴角把成功的和胜利显明的流露出来，真的，有好几回，当他想到动人的节目，情不自禁的笑出欢乐的声音，像无端端的发了疯一样！

另一方面的成绩是，他在一面思索和一面微笑的时间里并没有浪费给公家做事，完全相反，他工作的效率是千百倍的加强了，他在一天里干了好几天的活，因为他急切的盼望下班的汽笛声，如果老老实实的坐着等，那一定是很大的痛苦，不停的做事便会把无聊的光阴消磨。

有时他在工作的时候，暂时把笔放开，这样想想：

"她这时候是在做着什么呢？"

甚至于想想：

"她这时候是在想着什么事呢？"

他想，徐小姐这时候一定也和他一样是在急切的盼望着下班而用工作消磨时间，并且在心灵的深处，时时刻刻想着他，惦记着他，那种情绪完全和他一样？

在激烈的想着徐小姐的时候，老婆和孩子在他的思想里是没有一星一点的位置的，那就好像是穿坏了的破鞋被厌恶的扔进臭水沟里，一点儿也不去想念，又好像挥走几只无足轻重的苍蝇，忘记得一点儿影子也不留。

有时当他在下班的路上悠闲的迈着步，快要走到家门口的时候，会突然的打断那一大□和徐小姐未来幸福的计划案，而想到几分钟以后就要看见的黄脸婆"老憨"要勉强的睁开眼皮看她的丑相和缺乏伶俐敏捷的动作，要忍耐着满肚子的不耐烦听她那缺少温柔婉转的语言……这种思想一出现，他的嘴脸马上打起许许多多的皱纹，他走路的两腿立刻变了形样，不像猫或兔子那样的轻快，而是和骆驼老牛一样的□□慢来了。

同时在他的心里像发大水似的，滚滚腾腾的翻着波涛汹涌的浪潮，在奔流，旋转，急冲，乱叫的楚水里，还从什么地方带来一些浮肿的○尺他惊骇，厌恶，愁苦得几乎断了气！

然而此刻的姜先生却没有那复杂的心血，他的情绪是快乐的，舒畅的，因为夜里的空气是这样的清爽，虽然冷一点儿他也不曾觉得，他的两眼是？着灯光成串的街道，也愿意欣赏那静静的屈服在黑暗的胡同。

他把脖子往衣领里缩一缩，装做一个特别威严的人物那样笔直地挺着胸脯，又表现出非常神气似的迈着方步，大摇大摆的在街边勇敢的前进着。

黑夜在冷风里接续着流动，空气中的星光一闪一闪的挤着眼睛，好像疲倦了似的。

然而姜先生特别的兴奋……

五、欢乐

徐小姐这时候正在家里对着一面大镜子热心的化妆，她的脸蛋儿是刚洗过的，擦上雪花膏，再轻轻的铺上白粉，抹一点儿红，显着又白嫩，又鲜艳，好像新从树上选择着摘下来的熟苹果似的，她仔细对着镜子欣赏自己觉着特别美好：不论是那一双弯弯的眼眉，乌黑的，又明亮，又灵活又含情，又好像会说话并且会咬人的眼睛总在面孔中间的不大不小的鼻孔，薄薄的，总像等待着男人去亲去吸引的嘴唇……

她把烫得一卷一卷的头发慢慢的用梳子小心翼翼的整理一下，从抽屉里拿出一面四方形的小镜子和大镜子对照一下耳和后脖劲，低着脑袋看一下头顶，又考察一番侧面的脸部和下巴颏，各部分都研究完，认为十分的满意轻轻的抖擞一下衣襟，问道：

"现在几点钟？"

"还早得很，你慢慢的收拾吧！"

回答这话的是一个身躯胖胖，有满脸肥肉的中年汉子，他是懒懒的躺在炕里面看一份小报，说话的时候，很鼓动的欠起一点儿上体来看看徐小姐的面孔，他一看到徐小姐？得白嫩的嘴脸，好像一只馋嘴的猫，看见了一块新鲜的肉一样，那眼睛是放着贪婪不厌的光，嘴角还似乎流出一点儿唾沫，他像个喝醉了酒的大傻子似的，裂着又宽又厚的嘴唇露出特别难堪的一排大牙，呵呵的笑着。

（原文缺失）

"啊！您昨天来了是不是？"

"是，是……"

"真对不住，我昨天没有在家，和朋友看电影去了，可是，这不能怨我呀！因为您没有约会我"

"我昨天在班上挂电给你你没有在屋……"

"今天您挂电话给我的时候我刚从外面进来！"

接着是一阵造做的天真的娇笑很有魔力的迷住了姜先生的精神，还有那脂粉的浓香把姜先生的灵魂弄得颠颠倒倒，好像喝醉了酒，又像吞了一肚子什么迷魂药一样，他分别不出东西南北了，也忘记自己姓什么叫什么了。他迷迷糊糊，好像隔着一层雾似的看着美丽、庄严、又活泼、又稳重，说不出有多么美好的徐女士。

在他的眼里，徐先生真是一个人间不凡的女性，她的面孔美得没有法形容，把古往今来所有世界成名大文豪请来也恐怕描写不好这么美好的面孔，她是人间生出来的女性么？大概是从天上掉下来的仙女吧？

和这么大方，这么开通的女性接触，姜先生有生以来还是初次的尝试，他以为徐小姐一定是受过很高尚，很优美的教育，所以，他说话的时候，事前在肚子里打一个草稿，还修改一下，缮写清楚才拿出来发表，然而拿出发表也没有把握，他不知道这位女编辑先生能不能　取他的作品：

"母亲没有在家么？"

这句话不消说也是先打草稿、修改、缮写、然后才发表的，他起初打算称"伯母"又觉着这个称呼不大摩登，要是称"你母亲"未免有点儿疏远，于是只称"母亲"，这么一来，用字既经济，说出来也格外的亲密，那意思是，她的母亲，他也可以叫母亲——其实，在这种"场合"之下，就是称祖母也没有什么关系，只要编辑先生小心眼儿高兴就成。

他的作品当选了他看出徐小姐欢喜的感情来：

"母亲不大舒服，她在那屋休息。"

姜先生歪着脑袋在心里一想：人口这么少。住三间屋子，这固然是很有钱的人家。

徐小姐很满意的看着他，给他倒一杯暖壶里的水，怕他感到寂寞景调，亲切的陪着他，快乐的和他谈着各式各样的话：

"姜先生，班上忙不忙？"

"没有什么忙的事情"

"下班以后都做什么消遣"

"啊，什么消遣也没有，有找朋友谈谈，有时溜溜大街，有时看看电影……"

"姜先生喜欢电影么？"

"特别的喜欢"

"噢，我也是，电影是我的嗜好，一换片子我就去，有好片子，我愿意看两回，三回，看起来没有够！"

"年轻人大概都是喜欢看电影的……"

"老年人也喜欢看电影，不是么？"

她这样的时候，还欢笑的摇一下美丽的头发，把一双手放在膝盖上。

（原文缺失）

姜先生看看手表呆的时间不少了，更要紧的是怕徐女士不耐烦他压制着满身燃烧的烈火，恋恋不舍的和徐女士分别，这种分别不消说是痛苦的。这当然只是姜先生，一方面他觉着肝肠寸断，一颗心碎成片片……

徐小姐送他到门外，嘱咐着他说：

"明天晚上有工夫请早点儿来吧，我可以陪着你出去玩……"

这番悲切的话鼓励起他很大的精神：

"那么，明天见吧！"

"好，明天见，不远送了……"

他来的时候看见这个人家门口，停着的一辆高大的马车还没有走，车夫在地下散着步，吸着烟，烟火的闪光在黑暗里像鬼火一样。

姜先生高兴极了，他把这件事在肚子里兴奋的想了又想：她一定是爱上了我，实实在在的爱上了我，要不然，她绝不会对我那样的诚恳和热烈啊！我该有多么走运气呀！

这回的快乐比头一次和她谈话成功的愉快是大得千万倍的，他走路脚步因为快乐得过了火错乱得像一个醉鬼又像一个疯汉了。

当他走出阴暗的胡同，到了大街上的时候，脚步还是不规则的交错着，从后面飞跑过来的一辆高大的马车差一点儿撞在他身上，车上有个胖胖的黑影厌恶的回头看了一下在他身旁，依在他怀里的是个女子，因为她发出一声低微的欢笑。

姜先生还是一面走一面津津有味的想：

她一定是爱上了我，一定地……

突然，另一种思想的阴影把他这种快乐遮盖了，他想起自己的老婆和孩子，如果她知道我有了老婆和孩子，还能够爱我么？

这个思想像一块大石头似的压住了他，他的呼吸有点儿不自然。

但是，这思想的阴影很快的被强有力的快乐的风吹散了，他照旧在想：

真的，她一定是爱上了我……

他快乐、兴奋、迅速的前进。

当他走到离家不远的街头苦闷的思念又来占有了他，那就是他的老婆和孩子的嘴脸在他的眼前现出了，他的身子沉重了，他的脚步迟缓极了，好像在沙漠里艰苦的跋涉了好几千里路。现在，疲乏得一步也迈不动了一样……

六、虐待

快要过完的冬天，寒风并不耀武扬威了，也不像小刀子那样刮得人的皮疼痛。

这时候，太阳最后的一线光明已经消灭，黄昏的大幕渐渐的拉过来，拉到头上了，房里里底下和一切的角落都包围黑黝黝的阴影里，家家户户都透漏出辉煌的灯光，同院的邻居，都是□亲的，快乐的，有男人饱腹后兴奋的高歌，有女人逗弄孩子的快活和天真的笑声，有无线电厂拨出来的流行曲，各式各样的声音都是幸福的，美满的，流露出无止无休的丰富的生命。

然而姜大嫂却没有一丝一毫的快乐和幸福，她怀里紧紧的抱着小玲，呆呆的立在门口东张西望，他的眼眉锁在一起，眼睛显着特别的小。

一看到邻家都是辉煌的灯光，从没有挂窗帘的窗户可以看得见全家人观之喜喜的围着一张桌吃饭，大人孩子的脸在温暖的氛围里表现着喜气，倘若再看到丈夫和妻子对面坐在炉边微笑着谈天那种人生幸福的图画，姜大嫂孤苦伶仃的境况更显得寂寞，凄凉，叫人可怜，叫人同情，也叫人值得喘几口愁苦的粗气。

她很担心姜先生晚上又不回来睡。

一个月以来，姜先生有五六回不回家睡觉了，问他的时候他是这样的回答：

"值宿，当然是不能不回来睡！"

什么叫"值宿"是姜太太问过那碎嘴的小娘们以后明白的，但是她很奇怪别人的丈夫为什么不像姜先生那样一个月值五六回宿舍，人家下班，都是很快就回来的，只有回来最晚，有时候到半夜才看见他拖着两条笨重的腿无精打采的回来，起初他 归的理由是：

"班上忙！"

到后来，他的解释越发的糊涂了：

"你不用管！"

把眼睛挤一挤，不耐烦的吹吹鼻子就算完事。

姜太太并不是石头做的，她有和别人一样的情感，只是她不像那些"新女性"似的会随便的用情，她绝没有勇气在快乐的时候搂住丈夫的脖子亲一亲嘴，便是在极狂歌的剧目里她也毫无动作，毫无声音，她只是老老实实的，闭着眼睛闭着嘴，把所有的高兴闷在肚子里，好像旧式舞台上打小旗的伙计，规规矩矩的立在台上看着别人耍，看着别人唱，只有在必须动一动的时候才随着规定的剧情和别人的意思死板板的换个位置悄悄的走去就是她自己毫无表演，也不想表演，也没有表演的技术。

但是，她的情感在受到厉害的压迫，好像一个气泡吹得无法膨胀的时候，自然是要碎的，要发音响的，她的反驳丈夫，便是由于这种定理。

这是前一天晚上发生的事，她听丈夫严声厉气的对她宣布"用不着她管！"的命令，实在忍无可忍，就胆怯的，好像一只无能为力的老鼠反抗一只爪牙厉害的猫，又如一只小羊反抗一只狼，她用颤巍巍的声音对丈夫说：

"我不是管你，我问一问都不行么？"

回答她的话就像一个炸弹的爆发一样：

"你不管，那么问我干嘛？"

姜大嫂没有口才解释她满肚子的哀怨和痛苦，她只能压制着悲哀的感情，极力的不使酸楚的泪水涌出来，结结巴巴的说：

"天挺冷的，你到外面跑不如在家里……"

姜先生厌恶的看着她狭窄的肩头，没有在运动场上受过一点儿调练习的瘦弱的体格，特别是一眼看见她那一双又尖又扁的脚，这脚是她从小在慈悲母亲严格的管理之下缠过很久的时期才那样优秀的成绩，后来虽然随着"新时代的潮流"毅然的把裹脚条子制度废弃了，可惜，废弃得太晚，那全小的一双尊贵的金莲现在还保持着原来的面目——姜先生一看见这死？宝？贝就气得呲牙牙裂嘴。

姜太太眼看着丈夫从沉默的洞里渐渐的爬上来，又像一只被棍棒击晕的狗慢慢的苏醒，他像发狂似的跳起，浑身摇动着，拍拍大腿，用脚跺一下地，扣上帽子，急急忙忙的出去了，关门的时候非常的用力，几乎把房子震倒了，带进来一阵冷气。

当时的姜太太好像哑巴一样，她有满肚子的话，可是一句也说不出来，她的泪水迷住了眼睛，屋子里的东西都像罩上了一层的雾，模糊了看不清了。

她一直等到过半夜，街上有一点儿声音她便惊醒，她希望那声音便是丈夫回来的脚步，但是她睡眼朦胧的爬起来仔细一听，哪有脚步的声音？什么声音也没有，那是她做梦，她在梦中西里糊涂的听见了声音。

一连两夜，姜先生没有归宿了，她绝不是因为守不住□而盼望丈夫，成天到头在乡间她怎么守了呢？她是怕丈夫在外面荒唐，她又后悔为什么要激怒丈夫，思想的结果，认为一切的错误都是她惹起来的，悔恨和悲哀，愁苦和伤感，把她弄得几乎连喘气的勇气都没有了！

那个虚荣心特别厉害的娘们扭着屁股从面进来了，一眼看了姜太太：

"噢，姜太太，你吃饭啦么？"

回答是吞吞吐吐的：

"吃，吃过啦……"

"姜先生还没有下班？"

"没有……"

"他这天下班真晚！人家早都回来了"

"谁知道他……"

将近十一点，姜先生回来了。姜太太看见他的脸冻得赤红赤红的，好像红纸一样，再仔细一看，他的眼睛也是红的，耳朵，脖头，全是通红的，他的脚步杂乱，东倒西歪的走进来，把小玲碰倒了都没有看见。姜太太赶紧过去把孩子拖起来，孩子哭起来，姜先生生气的瞪孩子一眼，像骡似的吼起来：

"讨厌！哭什么？"

姜太太还不知道丈夫是喝醉了酒，她只顾侍弄吓哭的孩子：

"别哭、别哭……"

孩子的哭声这时候在糊涂的姜先生听来好像有锋利的锥子刺着他的耳

朵一样，他无缘无敌的□打了孩子一巴掌，孩子更哭得凶了。

（原文缺失）

然而这一夜她可不老老实实，抱着一棵很大的希望的心在等了。

因为他从邻家，从那个虚荣心特别旺盛，那个尖嘴尖舌的小娘们的情报肚子里得到了正确的消息，原来她的丈夫是在外面爱上别的女人。

她受了一下很大的打击，像一条无情的铁棍狠狠的把她打倒在地下一样。最初是脸上褪去了些色，像月夜里的芙蓉那样变得惨白，接着就是心酸的沉默，再接着就是汹汹的眼泪洗着，她的衣襟她的胸腔像有爆药炸开了的一样，她用力的抓着衣服压制不住的放开喉咙，放声的哭喊。

然而她的哭声姜先生一点儿他、也听不见，因为在她哭泣的时候，姜先生还坐在神秘的月宫里和美貌的仙女快活的谈天，亲密的搂抱，狂欢的接吻，她的哭泣只有她的孩子看得见，还有接触？的那人听得见。

她哭得筋疲力尽了眼睛肿了，嗓子哑了，头发交错得像一堆凌乱的线麻，她抬起脸来看一看天色黑了，所有的力气都失尽了的时候，就把自己的身体像一块木头似的横仍在炕上，不管孩子怎样凄凉的呼喊她：

"妈！我饿啦！……"

她像个断了气的死尸一般，一点儿也没有听见。

小玲的微弱的声音喊着，用胆怯的小眼睛像老鼠从黑暗的洞里往外看着，知道没有什么希望了，便悄悄的，卷缩着身体，躺在那里睡了。

姜大嫂从非常忧伤和寒冷的包围醒过来的时候，听见外面有急切的，等不得的敲门的声音，好像胡匪叫门一样，敲得非常的震人。

她战战兢兢的出去开了门。

丈夫一进门就气呼呼的瞪着两只牛眼，生气皱着眉毛没有好声气的审问她：

"聋子怎么的？敲了多半天还听不见！"

姜大嫂好像有死的决心似的，一点儿也不怕他，因为她受折磨受够了，她情愿痛痛快快的死，她不愿意再活着受罪了。所以她有了一点儿反抗的勇气：

"我早就听见，就是不给你开！"

"什——么？"显然的，姜先生是大大的吃了一惊。

姜大嫂把眼睛看着睡熟的孩子一点儿也不理会他：

"有那个野鸡，你回来干什么呢？"

姜先生目瞪口呆半天才吐出一句话：

"你说什么？"

"我说你那个野鸡你看中她，不如把她娶了和她去过，用不着管老婆孩子……"

"谁对你造的谣？"

"谁也没有造谣，我不是三岁两岁小孩子，你寻思我不知道么？亏你瞒得紧！"

"你胡说八道！"

她听出丈夫的声音太不自然像野兽受了伤的噪声，她感到一点儿这家庭的不幸的祸患将来到了，她的反抗，她觉着后悔，想取消她的反抗，但是火□已经点着，从那火□的□里，青烟滚滚的冒着，没有办法挽救了。她一面后悔，一面害怕，同时又含着无可奈何的眼泪一往直前的冲进敌人的阵地把她瘦弱的肉躯送给那升？盛的枪火。

姜先生愤怒的咬着牙，拳头握得紧紧的：

"你说！谁告诉你的？"

"用不着谁告诉，我全都知道！"

姜先生的巴掌在妻的哭得不像样子还流着竖一条横一条的眼泪的脸上沉闷的响了一下。

姜大嫂用手护着被打的脸：

"你打我干什么，你爱上一个野鸡，不许我说么？"

"你胡说八道！该死……"

（原文缺失）

1874

他又想到亲戚朋友邻邻居居看见他，不知是怎样一付眼光，他决心改过从前的堕落荒唐，好好的做人，特别是，他要好好的对待他那个挨打受骂的妻子——他屡次三番的这么下决心，很怕忘记了。真的，一想到妻子，他觉着悔恨和伤心的了不得，像有箭射着他的心一样，他对待妻也太暴虐了！

火车走了一天一夜，在一个温和的阳光照遍大地的早晨他饮着凉风下了火车，又坐着巴斯在不大平坦的路上颠颠波波的跳动着跑了一上午到下半天，满天布满了一层一层从四面八方集合来的阴云，风更凉了，有潮湿气味儿，好像要下雨似的。

他望见自家房屋的时候，他的心跳得真厉害呀！

十分钟以后，他才知道那个无论怎样对他温柔忠实却得不到他同样待遇的妻子已经死去了。

她致死的原因是在病重的时期小产，又没有得到好好的医治。

小玲这个孤独可怜的小丫头还活着，她瘦得皮包着骨，像一只无人照管的被人抛弃的小狗，瞪着一双乌黑的，圆圆的像老鼠似的胆怯的放着光，又有点儿凄楚的小眼珠，这副小模样很像她那个八字不吉的妈妈，她身上的衣服脏得像一个小要饭花似的，小脸也脏得叫人不愿意端详，大概有不少日子没有见一把水了，像饭后的菜叶一样，鼻涕流到唇边，额角摔破一块皮还没有好。

姜先生欲哭无泪，他心里闷得像吸了一大口窒息性的毒瓦斯，又像有一块千斤重的大石头狠狠的压着他没有法喘气，这种极大的悔恨和悲哀是超过一般痛苦的，如果他能尽量的痛哭出来，那当然是很舒服的，但是他一点儿也哭不出来，因为眼泪太多，被挤住了。被更大的悲哀烧干了！

全家的老小，姜先生的祖母、伯父、伯母、母亲、两个嫂子、五六个淘气得像毛猴的侄，都用异样的眼光像看一个疯子似的看着他。父亲出了门，如果在场的时候，不定是用怎样的眼光观着他，有两个邻家的半大孩子特意跑来参观，看他的时候，好像看马戏团里的黑狗熊一样！

他低着头，紧紧的锁着眼眉看着地下，他觉着自己好像做了一场昏沉沉的梦。

可是，这是人生的散文在接续着，那是什么梦呢！

在悲痛的空气里沉默了老半天，他像断气的人刚醒似的把不大敢接近他的小玲拉在怀里，轻轻的抚摸她的小脸小手。小玲一呼吸到爸爸亲热的气息，很快的和爸爸熟悉了，把背靠着爸爸的膝盖，张着像小鸟似的小嘴。

姜先生忽然想起一件心思：

"我上坟去看看……"

他母亲忧愁的望着外面：

"你休息休息吧！要下雨似的。"

他不听母亲的话，一定要去。

老姜家的坟地很近，他是熟悉的，用不着别人向导他，他领着小玲悄悄的走去了。

真要下雨了，满天的阴雨越近越密，连一点儿空隙都没有。凉风已经带来了雨的氛围气息。

姜先生这时候的心情可不像会情人那样的高兴，完全是相反的，他苦闷得像一个丢失了爱犬的猎人，又如一个哀愁的渔夫在江上，不知怎样处置他自己才合适。

他做梦也没有想到妻子会含着满肚子的哀愁离开了人世，她在断最后一口气的时候是不是在恨他苛苦无情呢？

无疑的，一定是恨他入骨！

他想到妻子的可怜，同时又想到徐女士，他这时候以为那也是一个可怜的女人！虽然她是摩登，她是漂亮，她有天生美好的面孔，她有温柔婉转的声音，但是这些东西并不属她自己所有，而是属于别人的。比方说一个愚蠢的，胖子就能意所欲为的，把她做为一个开心解闷的女人，可不是可怜是怎么呢！

姜先生又想到自己的可怜，这个想头是很大的刺激，他从来还没有这样想过，他总觉自己是尊贵无比的人，其实他一点儿也没有尊贵的地方。

看一看身旁的小女儿，更显着孤苦伶仃，可怜到万分。这么小就失掉了母亲，谁能像亲生的母亲那样爱这小姑娘呢！

姜先生一面走一面在心里祷告，愿这个孤苦的小姑娘将来长大能够有幸福……

秋收后的田野间显着寂寞荒凉，枯黄的草叶里有虫豸们唧唧的叫声，好像奏着悲哀的曲调。零星的雨点在开始落下。

姜先生老远就看见在一排十几个坟墓最后面有个泥土的颜色比较新一点儿的坟。他想，这一定是妻的坟。

他忍着满肚子的悲戚急急忙忙对着这个坟走去，一走到这坟跟前，他的头就深深的垂下，身体无力，两脚觉着瘫软。

凄凉的秋风在吹着这坟土上？败的草尖？，细雨拉着长长的线条，从远地方看，立在坟前的姜先生像一个孤独的幽灵，立在他身旁的孩子像一个黑点子一样。

凄凉的秋风在呜咽，寥寥的细雨慢慢的落着……

（《泰东日报》1943 年 2 月 25 日—3 月 21 日，署名：慈灯）

到佳木斯

早晨两点半钟就急急忙忙的爬起来，又困又乏，身体好像被扯得零零碎碎似的，难受的要命！

到底是春天了，新京是一点儿也不冷，少少的有点儿风，是温柔的，还带着甜的味道，路灯很稀少，互相隔得远远的，想着孤独寂寞，在这样寂静幽美的夜里，如果有个志趣相投和特殊感情的女友在一块儿亲密的谈着天，那种滋味儿一定是说不出的好可惜呀、可惜呀，我天生就注定没有那样的好八字。

走到南关看见一辆三轮车很快的把我拉到火车站。使我大大的吃了一下惊！站房里，人多得很，全是衣衫褴褛的男女，这里一堆，那里一堆，横倒竖卧，歪扭着异样丑看的嘴脸，有的是互相拥抱在一起，拥抱着昏睡，有的卧在肮脏的地下，好像腐烂的僵尸，小孩子的头像快要从树上掉落的坏果子深深的垂着，有老年人呻吟的声音，有小孩子的哭声，恶臭的气味儿很大！

这一定是从贫困的中国奔往王造来上来的饥饿愁惨的难民，满洲是他们理想的天国，精神和物质的乐园，愿他们今后都有成就和幸福，……我来得太早，连坐下来休息的地方也没有，在幽暗的厅里闷闷的遛了一点多钟，好容易看到检票员打开了门。

这趟车原来是从遥远的大连开过来的，二等车位都满满的，有许多人站在车厢里，挤得风雨不透，起初开封的洋火匣，我后来的，更没有插脚之地了。

正愁的没有办法，忽然想起一条道路，这真是急中生智，福至心灵，我敏捷的窜到食堂车里，在桌子底下铺上几张报纸，枕着手提包，用满斗把子一裹伸直两腿躺下，地板上是铺有厚厚的地毯的，舒服极了。

可惜我的心境不安定，情绪是起起伏伏的，思潮好像暴风雨中大洋上澎拜汹涌的浪涛，滚滚腾腾很难平静，翻来覆去无论如何也睡不着。

我看见黑暗的势力渐渐的散去，光明的白昼把大地统治了，一个日本姑娘的女招待老早就起来悉心的对着镜子梳头发，她穿的是浅绿花的衣衫，头上扎着白布条，扎着洁白的小围裙好像一只美丽的蝴蝶，她在摆设桌子和陈列刀叉的时候表现的特别活泼，姿态和默默苦干的精神。

早饭很不坏，先给一个苹果，皮都打干净，切成四块，吃下一瓣胃口就开了。

接着端上两个鸭蛋型的面包，还有甜酱，其次是鸡蛋卷肉饼丝另外加上一大片火腿，最后四一杯浓烈的咖啡，我觉得不够，又叫了一盘牛肉排。

真想不到在车上见到了宪团长，请我吃了一顿饭，读完了契科夫的短篇集《女人的王国》，其中有两篇好像从前读过，契科夫和莫泊桑一样，是权威的巨匠。

他的每一篇作品都好像讲故事，讲那些绅士、淑女吃饭、睡觉、私通的故事，又好像讲笑话，说那些绅士淑女的虚伪，矛盾丑陋的笑话，但是，他不仅是讲故事说笑话，他把那旧时代产生的男女的嘴脸无情的赤裸裸的撕开了给世人看，一个彻底！就是说他用奇特的描写天才痛快淋漓的表现了人类的伟大的意义。我想起他和果里基的通讯，觉得很有趣（未完待续）

到牡丹江是灯光亮明的时候了在票房子等了一回儿闷的发慌，看见一位旧中国的军官，他是从南京来的，假期完了回南方，他说到南京一共走五天，先到北京，再坐京浦线的火车在浦口下车，过江便是旧中国，和平阵营的首都，可惜我们没有多少谈话的时间，往哈尔滨去的车已经进了站，他急急忙忙的在人群里消失了。

我在车站附近的街上绕了一圈，天气很凉，想弄点儿东西吃，找了半天，没有。

往佳木斯去的火车误了一点多钟，黑牙牙一大群军人在站台上焦急的盼望着，冷风无情的威胁着他们，有个朝鲜农民用沉闷焦急的声音呼喊，他的声音雄壮而且悲哀，我不明白他喊的是什么，大概是一个人的名字，他一面喊一面在人丛里录找，一定是走丢了亲人，我猜想。也许是丢失了孩子，不久，又有一个老妇人和他取着同一的声音在呼喊，声音里含着愁苦和哀怨，还带着绝望，没有一个人讨厌这样的呼喊，大家能有同情和共鸣的感觉。

有个女子，围着头巾，在月台边像跳舞似的跺着脚，袜子的颜色和皮肤一样，她一定是冷得耐不住了。好容易听见火车的汽笛从远方传过来，她好像知道大家等得不耐烦，用刺破天空的尖锐的叫声和震动大地的怒吼向人们表示道歉。

人挤得吓人，要不是我临时走运买到了一张寝台票这一夜的苦真不知怎样才能受过去。

九点钟到了佳木斯，我第一个目标便是司令部，想不到在门口看见军需处长李盛林上校，在五军，我们本是老伙伴，他爱好体育，剑术很好，又是个球迷，我们热烈的握手，差一点儿搂抱起来亲嘴，和他谈了两个多钟头的话等。

……等着去参加会议的余处长，余处长我是头一次见，亲切和蔼，对部下的感情很热烈，考虑的非常周到，这种恩惠我一生一世也忘不了。副官处有个饶先生，拿出小手帐，又给了我一只笔，"给我签个字"，司令官、参谋长全见过了，那位上校副官给我当了向导，他从前在靖安军服务过，我好像在什么地方见过他，觉得面熟

佳木斯是新兴的都市，街道很宽，来往的行人很不少，有一个报馆，三家电影院，电灯，报纸和影戏本来是近代人一时一刻也缺不了的宝贵的东西，这三种东西一具备，生活就算完全了不然，有了无线电，那就更好喽！

我住在协和旅馆，这家旅馆很大，房间像船舱一样，一起头把我按住在楼底下五号，太黑，好像个鼠洞，后来换到三十四号，比较明亮多了，我很高兴。

在这屋子的窗外是楼梯，可以看见上楼下楼的人的侧面和腿，屋子里有一铁床，能睡两个人，一张油漆脱落的桌子，三把木椅，一个长方形的镜子挂在墙上，《价目表》镶在镜框里，是这样的作品…"敬启者，本旅馆自开办以来，蒙诸君惠顾，营业日增，至深感荷，仅将诸君应注意之事项列左…"接着列出八条规则，其次是另类专栏，用二号铅字排出价格。

那旁边还有一个一把茶壶，两个茶碗，灯伞上盖着黑面红里的防空罩。

六点钟左右，李处长和魏中校来了，把我领到天福处大吃大喝了一场，魏中校是新朋友，他戴一付眼镜，说话的时候板着眉毛措字造句特别的滑稽，是位可亲可敬的人，和这样的人在一起，生活里是不会感到寂寞的。

夜晚，这旅馆里还算雅静没有多少闹声，我写了一篇不三不四的东西，叫"四幕剧"，写完就躺下，闭了电灯，等着门神把我领到梦里。

（《三江报》1943 年 4 月 3 日—9 日，署名：慈灯）

住　院

我最亲密的朋友盛林有一天到旅馆看我，很吃惊的看着我的脸！

"喂呀，你有病么？你的脸色太难看啦！"

说起来真糟糕，我的胃病犯了，一吃东西胃口就痛的要命，夜里失眠，白天又睡不着觉，说不出有多么痛苦。

"有病可不是闹着玩的，你成天到晚的写，不想活了怎么的"？快入院治疗一下吧！病得起不来床可不好办，听见没有？"

他的眼珠子瞪得圆圆的，整个的面孔包公，挺着胸脯，拿着棍子，好像要打我似的。

服从朋友的劝告，我入了中央大街的达时医院。据说，在佳木斯这是很好的一家医院，院长姓张，名叫秉权，从前在国军当过军医官，他的面孔是圆的，一双深刻沉思的眼睛放着和蔼亲切的亮光。我的病室是在楼上，屋子清洁幽雅，白色的小桌上放着一盆兰花，从玻璃窗可以看到街上来往的车辆和行人。

这医院里，除了院长以外还有两位精明强干的医师，一个账房是高高的身材，药局里是个聪明伶俐的青年，他那种孜孜不倦的研究和埋头苦干的精神实在动人，一个打杂的小伙子很能劳动，他每天把地板擦得特别的光亮，火墙生得非常的温暖，一个厨师是中年人，他工作的地点是在后屋，不常露面，三个看护小姐，一个二十来岁，梳着两条美丽可爱的辫子，大眼睛，体格很健壮，另一个十七八岁、头发是剪短的，圆脸儿，身材不高，还有一位大概是在休假期中，我没有看见她的模样。

白天，到这医院来治病的人很多的，看护小姐接待病人的态度和亲切，周到和体贴，病人就好像是她自己的父母兄弟姊妹一样！

我在这里当到人类的伟大的爱和互助的安慰。

夜间，医院里寂静，我平心静气的躺在床上休养着衰弱的身体，几天的治疗已经使我的精神复康了，盛林来看我的时候，很欢喜的说："啊，你的脸色好一点了！"

有位新认识的戈止也常来看我，还认识了一位林蔓、一位欣民，真想不到，来佳木这几天交了几位青年朋友，没有他们我不知是怎样的寂寞，我爱各式各样的朋友，没有朋友我会寂寞得发昏。

我静静的等着病离开我，天天盼着离开此地的吉时天相，在大街厚厚的积雪化了，道路晒干的时候，就可以远行了。

目前医院的环境使我恋恋不愿离去，这里，是我灵魂的天国，精神上的故乡啊！春天不是来到了么，亲爱的朋友们，希望你们生活在青春的欢乐的光里。

（《三江报》1943 年 4 月 11 日，署名：慈灯）

病中记

一、深夜和深思

寒冷的夜，幽美的夜，我听得见屋外的钟声，自己的呼吸。

把寂寞的脸贴着冰凉的窗户，看了又看，想了又想，天空是黑茫茫的一片，对面街的楼房模模糊糊，好像罩在浓厚的雾里，孤独的路灯暗淡的光芒，来往行人的影子好像幽灵一样，我羡慕那些健康的人，用不着把自己锁在单调的病床上，如果的我身体复原了，我要在平坦的街上飞跑，到江边放喉高歌，我愿意用这枝秃笔对全国民众赞美人类地球的丰富无限的流动的生命的美。……

二、风雪的诗章

头一场积雪在慈祥温和的阳光用力的亲吻以后，好容易快乐的融化完，想不到，紧接着又是第二幕大雪在大地的舞台上激烈的展开了！那雄壮的风声是大自然界最和谐动人的乐曲。

那天真的雪花是无边无万的歌女表演着伟大的诗章，大风从早晨到夜晚，雪花从夜舞到天亮，我的幻想宛如那风，那雪，如果我有一枝生花的妙笔，我要写出风的生命，雪的意义，那风是企图喊醒昏睡的人们。那雪是打算洗清地面的坑脏。

风，你有能力尽管呐喊吧；雪，你有精神尽管洗涤吧，聪明的人类会感激……

感激我们创造的血！

感激你们铺设的汗！

三、朋友和一篇原稿

从这一章起我不愿意写上面那样音频合谐的老调子了，让我随随便便的写一点儿吧。

一个聪明可爱的青年朋友，笑嘻嘻的走来把一大包理论的原稿轻轻的放在床头上。

我一页一页仔细的翻开，一个字一个字精心的读下去，翻完了，读完了，压服不住自己的感情，像崩开的发条似的跳起来，和他热烈的握手，和他亲密的搂抱，我说："好家伙，你真有两下子你写得这样的正确和高妙，我实在是做梦也没有想到，成功的天使在空中等待着你，等你进了云彩，天使会给你莫大的安慰！"

他感激的坐下了，情不自禁的微笑了，我从他的声音里听出他有深刻的理解力，我从他的眼光里看出他有坚固的自信力，因为他的声音是悲壮的，坚定的，他的眼睛有远大的梦美丽的理想的光。……

四、江畔和温柔的梦

在身体较好的一天，服从医师的劝告和鼓励，和聪明可爱的朋友往江边去散步。

这是一个假日，天空有两个衣衫鲜艳的日本女子，一个白衣白裤的朝鲜老头，几个天真烂漫的小朋友。

春的风带着甜性的气息，远处似乎有悠扬的歌声，我靠近青年朋友的耳边，用秘密的小声和他商量……"你为什么不是一个女性呢？假设是的话，像这样心旷神怡的散步该有多么艺术呢！我要用小说的技术描写你的温柔和甜蜜。用诗歌的形式来赞美你的可爱和给我的安慰。……"

他推了我一把……"上一边去！"接着我们同病相怜的喘着一口粗气。

春的风带着甜性的气息，但是花的芬芳在什么地方呢？唉唉！但是……

（《三江报》1943 年 4 月 20、21 日，署名：慈灯）

驴上支日记

序

我目前在院里，病得快要结束了生命。

一个将死的人，不能写小说也不能写散文，只能卧在床上写日记。从病前几天起，到病得连笔都拿不动为止。共计是一百多页，很愿意赤裸裸的和读者见面。

这是我献给亲爱的读者们最后的一点儿没有意义的"作品"。

我所写的并非全是我自己的嘴脸。眼睛所看到的、耳朵所听见的。心里所思想的，都尽可能的写出来。可惜写得不好，这可没有法子！

一个将要永远离开世界的人，最后一回占领宝贵的文艺版，看在他过去在这方面出过不少力气的份上，大家总会原谅他的吧？

那么，我可以平心静气的等着死神的光临了。

（鲁迅先生有《马上支日记》，为了尊敬和崇拜再加上要表示纪念纪念的意思，就叫《驴上支日记》。驴和马比较，当然是驴赶不上马，正如无名小卒的我赶不上大文豪鲁迅先生是一样。鲁迅先生的伟大，我佩服得五体投地。我自己的渺小，实在害羞。所以叫《驴上支日记》者，也有这样的意思。余不赘述。）

一九四三年春于北满佳木斯

四月二日

今天我只稀里糊涂,像做梦似的混完了。

今天早晨起的很晚,外面有男人、女人、小孩子、说话、吵闹、呼喊、笑、脚步以及其他各式各样的声音。可是我不讨厌他们,我希望他们不断表演下去,必须如此。

我目前的环境才不至于太觉着寂寞。正因为有那些大愚人成天到晚吵闹,这人生才显着丰富有意义。

这地方的饭馆贵得太可怕了,一个小烧饼还不到铜钱大卖一毛钱,和一碗稀粥,再吃一盘酱肉,一计算,两块多钱!饺子小得像鸡眼睛一样,十四个便是八毛,炒木须肉是一块四,一碗菠菜汤八毛,加上税四毛二,还有"招待料"一毛钱,统计是三元四毛二。肚子里还没有吃饱,这可真怎么过呢?

在廊下看见一个姑娘,无精打采的从外面进来,披散着头发沮丧的神气,好像叫谁打了一顿似的。上楼的时候扶着栏杆很艰难的抬着腿,时时的回头东张西望,好像怕谁吃她一样!

有两个小伙子领着一个女子,商量到谁家吃饭,那女子很为难的低着头看地板,右手拿一个纸包,左手插在外套的袋里,像个淘气的小孩子在楼上奔跑,把椅子放倒了当城墙大一点儿的出主意说:

"你立在椅子上吧!"

小的往上爬,椅子翻到他的头跌在地板上哗啦的一声响,她龇牙咧嘴的哭起来。

我到三层楼的走廊上,眺望了半天街道,有两个花枝招展的丫头出现在我的身后。指手画脚,又说又笑。我仔细端详这两个丫头怕是"马路天使",我袋里的钱有限,不合格和她们交际,赶紧溜之大吉。逃回自己的房屋写完《到佳木斯》,托茶房送给此地的报馆凑凑热闹。

到部里去了一趟,余处长告诉我怎样不断的取联络,有了方便的车,好赶紧的往富锦干尧上土把我送到楼上,和在候补生时代的区队长泽田少校见了一面,有位韩先生在门口堵着叫我签字。我恭恭敬敬的在他本子上写："祝您健康"。

好容易来了一趟佳木斯，电影院总得看一看，可是我不认识电影院的地址，跳上一辆轮车用不上两分钟就到了。原来，协和电影院就在旅馆的跟前，觉着好笑。于是，情不自禁的看着天空笑起来。

演的是《魂断关山》，大意是一个男子爱上一个女子，爱呀，爱呀的，越爱劲头越大。可是女子的妈妈从中做梗，逼她嫁给别人，她不肯，和一个志趣相同的同伴逃走了。后来在庙里，情人赶来，她已经死了。那男的也真多情，哭了一阵："妹妹呀！我害苦了你……"便果敢的从山顶上一跃而下，葬身在海洋之间，和鱼虾为伍。到末尾，他俩的灵魂亲密的搂在一起，朦朦胧胧的出现在海洋上，大概是往天堂里去了。观众中有些男士和女士在感动之余，热烈的鼓着赞美的巴掌。于是"剧终"。我悄悄的站起来伸个懒腰，下楼梯的时候，身后有个女子差一点儿摔倒在我身上。她整个身子压倒在我身上，她的半个身子压在我的肩上，头发垂在我的耳边，把我吓了一怕！她呢，连一句道歉的话都不说，裂着打嘴笑一笑就算完事。

她的模样有点像西洋人，鼻子高高的好像老鹰，眼睛圆圆的，眼眶很深，宽肩膀，细腰，两只脚又肥又扁，屁股很大，迈步的时候好像鸭子，□□呼呼的。

在街头看见两个歪戴着帽的老伙计，好像大茶壶那类的角色，大声的谈论着在什么地方赌输了钱，又受了谁狡猾的欺骗。当时没有发觉，现在才想起来，愤愤的咒骂一些下流难听的话，捶胸顿足的起誓发愿要寻找机会报复，长衫的袖手挽到肘筋的那个家伙，恶狠狠的瞪着三角眼睛说：

"走！找他们去！"

那一个家伙坚决的往半空吐口唾沫，把烟头扔进阴沟里正好滚进水边，熄灭了。

从对面街上出现了一个中年男子和少女，那男的很焦急的回头问道：

"到底去不去呀？"

少女用哀怨和生气的口气，在嗓门里悄悄的又用力的回答："他上那种地方，叫人家看见多不好。……"

商量了半天，那少女，还是扭扭妮妮的随着去了。

奇怪，我近来总是高兴留心街上或各种地方不相识的人们所表演的片断故事。我特别愿意看打铁，最好是在日落黄昏的时光，铁匠炉里的炉火高高的喷着，叮当的声音说不出有多么美妙动人。当然，那些铁匠是很吃力的，在夏天，他们的汗水比谁都流的得多。我也愿意看坐在尘土飞扬的街边给人家缝补的老妇人，街头卖烟卷的小朋友。也愿意遛百货店。当我看见那些女学生眼馋的看着玻璃橱里陈列的好东西，那分外明亮的眼光，那沉思默想的神气，实在有意思。同时我会想起莫泊桑的《项链》。我也愿意接近大自然，看看花草和蝴蝶，听听小鸡饱腹后的歌唱。……这世界上一切的人和物我都愿意去仔细的看，认真的听，津津有味的想。

我这个习惯怕没有什么好处，应该改一改。

晚半天，有点儿凉风，还有点儿潮湿气味，好像要下雨似的，可是一点儿也不冷，街上行人不多，很雅静。

一进旅馆的小屋，寂寞的大手又把我的脖子扼住了，喘气很不容易。躺下读了一会儿书，又看了半天地图。屋外有个女性，用刚睡醒的，困倦的，懒洋洋的声音，好像对情人说话那种温柔婉转的声音喊道：

"老周啊！你给我打盆水，我要洗洗脸呐！"

那个茶坊脸色很苍白，嘴里老含着烟 的家伙，也用亲密多情的腔调和她说话：

"你这时候才起来呀！真能睡觉。……"

好奇心驱使着我，不能不出去看看。我假装上厕所，从她旁边经过，可惜，她正好进屋，我仅仅看见她的蚂蜂腰和蝈蝈屁股。后来她在廊下洗头发穿着高跟鞋，袜子是咖啡色的，洗了足有一点钟还没有洗完。从她和茶房说话的声调判断，大概也是个"马路天使"。

天黑了，窗外什么也看不见了，别的屋子里有唱歌说笑的声浪，我只能听见自己的呼吸。实在忍耐不住这寂寞的重压，上街闲逛。

（原文缺失）

我西里糊涂的走到平安电影院进去，看了一看，不知演的是什么片子，李丽华女士正和一个老伙计搂抱坐在沙发上谈情讲爱，讲得有滋有味进来一个老伙计，醋劲大发，抓住情敌就要动打？，李丽华把他拦住，生气的瞪着眼睛不准他打。……我觉着干燥乞味，没有意思，赶紧出来，到一家小书局看一看，书架上有六七本《月宫里的风波》看见这些书，我心里有一种莫名其妙的滋味。说喜欢吧，又有点儿愁苦，不知怎样一种感情，是起起伏伏的，不舒服的，记得一个月以前，是个放假的日子，在一家书店里看见一个青年买《老总短篇集》我清清楚楚看见他钱包里只有四块钱，掏出三块，找回三毛，他只剩下一块三毛钱了，当时我真想过去拦住他不叫他买，我想送他一本，不知怎么，我没有提起这种勇气，过后想起来觉着后悔又似乎觉着好笑。

在一条黑暗的街上我看见一个男子在追着两个女性，那两个女子一面笑一面奔跑，我决心看一个结果，远远的随着，走到十字路口，那男子三步两步的赶紧上了，问道：

"你们上哪里去？"

两个女子吃惊的后退，奇怪的看着他，高个的问他：

"你贵姓？"

他吞吞吐吐的哼了一声：

"我姓李。……"

两个女子想了一下，笑一笑风快跑远了，那个男子无精打采的向后转走，脚步沉重。

人类的生活故事真丰富极了，如果一留心的话，在随时随地，在每一个角落都时时刻刻不间断的表演着各式各样大同小异或小同大异的戏剧。老年人在表演着，年轻人也在表演着，而年轻人表演得格外的活泼和稽滑有趣。年轻人因为青春的欲火烧得旺盛，所以两性的兴趣来得特别的大，他们最愿意表演的便是两性间所构成的心跳或微笑，成功或眼泪，因为这缘故，哥哥呀妹妹呀的小说，我爱你你爱我的电影，便成为年轻男女的生活必需品了！

我何尝不需要呢？我也需要，和别人一样的需要。老天爷，请你保佑我……

四月三日

早饭是四十个蒸饺。

这是一家小饭馆，蒸饺是他们专门的作品，一个脸皮粗糙的老头担任揉面和赶饼。他的技术熟练极了，在他身后的瓷盆里放着弄好的面，他酌量着扯出一块来在案上很敏捷的揉着，用手掌搓成长蛇似的细条，迅速的扼成大小相等的团块，在干面里滚了几滚，然后用两个大拇指粗的木棒压着。他这种动作是很难学习的，因为他用的是两只手，左手在滚动木棒间断的时候必须迅速的翻开那薄薄的面饼，每一张面饼全是在正面压三下又翻过来压三下，至多不过三十分钟，另外那两个小伙子不论怎样的忙碌绝不会赛过他的工作，我聚精会神的看了半天，一直看到那四十个蒸饺极迅速，极整齐的排在一块木板上端到后屋去这才佩服的垂下眼睛，我实在克服不住对于各种才能高妙的技术的佩服的感情，我看见修理钟表的，锯锅电锯碗的小炉匠，吹糖人的做僵泥人的，架车马人的，各种机械工人或手工业者实际的工作情形，总是感动得几乎忘记了喘气。

看见包饺子那种熟练和迅速的成绩，又禁不住的感到了。

吃饱肚子去洗了一个澡。

三江浴池是本市最大的澡堂子，比新京的澡堂子干净多了，地板是红色的油漆，床下面镶着玻璃砖，门上全印着花和字，我仔细一看，全是商家的宣传战术，每一个门上都印着红字黄花，那些字是这样的：

"茶叶是福顺泰的好，茶叶嫩黄，口味地道，使你百用不厌，越喝越爱喝！"

下面是电话号码。

池子里的墙上也镶着这类宣传的字样，可惜我记不清那作品的每一个字了，内容大概是这样：

"在这里洗澡合乎卫生……"

到什么成买合乎经济……

这真是巧妙的设计，在别处是的很少见。

听说西洋人是很注重商业宣传的，在女人背上，大腿上写着标语让走路的人醉心的欣赏，这不过是一个例子，此外有的是五花八门，千奇百怪的宣传技术，人类在各种事业上所用的精力也太大了。

昨天下午给"三江报"写的一篇"佳木斯"今天已经登出来，还没有完，我一看，有些话说得太罗嗦，句子旧，用字不经济，修辞上有不少毛病，这全是因为写的时候太性急、太草率，也没有"让稿子躺下好好医治一下"当然是糟糕的东西！

不知是谁打电话给我，说欢喜赞我"作品"的人，没有见过我，想来谈谈，问问可不可以，我很爽快的告诉他，特别的欢迎。

有位傅元武先生，他的笔名叫戈止，在佳木斯市公署总务科股服务，是个热烈的爱好文艺的青年，他在报上看见了我那篇《到佳木斯》下班以后就来看我，他告诉我许多本地的过去和现在的文坛情形，谈到话剧界，谈到书店，谈到风俗人情，我们的话是杂乱无章的，想到就说，绝不客气，我们这不过是第一次见面，好像几十年的好朋友一样。

他要走的时候我才想起来，连杯水都没有给他喝，因为谈话的兴趣把别的全忘记了。

他走后，李处长挺着强壮的胸脯笑嘻嘻的来了，想请我去洗澡，听说我洗过了，又商量吃饭和电影，决心以后我们马上"开路干活计"。

我们预定吃烧饼和酱肉，走了好几家饭馆，酱肉全卖完了。后来到了一家馄饨馆，看见玻璃窗里摆着一小块酱肉，我们赶紧钻进去，李处长好像怕谁把那块酱肉抢去似的，一进门就和跑堂的立下合同：

"那块酱肉给我们快拿来，我们就是为了那块酱肉来的。"

我们一面吃一面笑，酱肉是吃得干干净净，只剩下空盘子用不着他们洗。

到春华影院看《花月良宵》看了一回，我们发觉这部影片从前看过，出来又到平安影院看《魂断蓝桥》。这部影片我也觉着好像从前看过似的，李处长和我有同样的观念，总认为这些影片太幼稚，故事都是大同小异的，调子是千篇一律的不是哥呼妹呀的念咒，便是死呀活呀的呐喊，一个投水自杀的人被救上来，还要唱一段流行歌才断气，好像旧剧一样，临死的时候来个西皮倒板，实在可笑。中国这几年来的影片粗制滥造得太不像话了。

但是闷的时候看过玩儿是可以的，最要紧的是怕那些人生观和宇宙观没有确定的年轻人，把银幕里人物和故事当做中心信仰，每天去哥呀妹呀的念咒、死呀活呀的呐喊，那可就毁孩子了！

晚上，落起零零星星的雪花，满天黑漆漆，灯光很暗淡，路上的人都缩着脖子，我们在黑沉沉的街上分开了。

夜里旅馆吵闹得很，好像树林间的家雀在吵架，又像雨后池塘里的青蛙在高歌，可是这些都不妨碍我，我已经养成习惯，满不在乎……

四月四日

昨天晚上正睡得昏昏沉沉的，敲门的声音把我惊醒了。我赶紧爬起来，忙了半天，好容易把衣服套在身上。开门一看，原来是余处长。

"后天有往富锦的去车，你明天到司令部和值日司令联络联络发车的时间和地点。就这么样吧？"

余处长戴着一顶土耳其式军毡帽，披着满斗，急急忙忙的去了。我觉着很过意不去。余处长的夫人有病，住在病院，老母亲身体也不健壮，还得照顾两个少爷，余处长白天要上班，为公家忙碌，下班以后为了我这头蒜费了许多心思。但是我现在说不出别的来，只把感激的情绪装在肚子里。

早晨醒来往外一望，院子里铺着厚厚的积雪。房盖上，墙头上，全盖着白布，这大地显着特别的纯洁，没有一点儿污浊的痕迹。天空是阴沉沉的，好像一个寂寞的人板着灰冷的面孔，房门外乱嚷嚷，咳嗽说话、叫喊、来来往往的脚步震动着地板，女人和孩子的闹。

我静静的躺在并不温暖的床上，这床并不牢靠，身子一动就发出吱吱嘎嘎的讨厌的声音，隔壁屋里的床响也听得非常清楚。我的脑筋被这些声音扰乱了，不能好好想一篇温柔甜蜜和动人的故事。是的，我这是在想，这床睡两个人还有不少剩余的地盘，我一个人睡太辜负这床的好意了，如果有一个美丽强壮的异性给做个伴伴，每一秒钟都会过得神圣和有伟大的意义。于是我闭上眼皮津津有味的思索着异性的发丝怎样随意的散在枕头上触着我的脸，那一双乌黑放光的眼睛怎样合情的看着我的脸，那微红的嘴唇是怎样迷人的张开，怎样露出整洁的牙齿，那胳臂是什么样，胸是什么样……越想越不像话了，好像有猛火烧着我的身，真不容易忍受。我握紧了拳头在自己的脑角上狠狠的打了几下，教训起自己来：

"慈灯啊，慈灯，你真没有出息！你不能想点儿别的事么？"

但是教训完自己以后，并没有发生多大的效果，一转眼又做起粉红色的梦来，真没有办法可想……

还是诚恳的祷告吧：

"大慈大悲的观世音菩萨你怎么不保佑我成神呢？你有本领叫我快点儿老了也好，青春的火烧得我忍受不下去了，再这样下去非死不可。一定的，一定的……"

祷告也没有用，一转眼还是津津有味的想了又想。

唉唉！我真糟糕！怎么办呢？

爽快的起床，洗了两下脸对镜子一照，这些日子瘦多了。顾影自怜了一阵，又笑了起来，好好一想，我的性格越变越变后好像个疯子似的。

坐马车到司令部去。

路上的雪正在融化，阳光照在雪地反射出灿烂夺目的星星点点，好像有些碎玻璃散布在雪地上，很有诗意。可惜我不是诗人，不会做诗。

到了司令部一打听，往富锦去的车因为这一场雪十成有九成是去不成了。有位副官处的郭先生很亲切的领我到航空会社打听飞机的消息，一个女职员带答不理的说：

"十二号才有！"

郭先生又诚恳的问她：

"听说十号有，不是么？"

"十号的已经卖完啦！"

我们无精打采的出来，心里有点儿不高兴。郭先生回家，我回旅店。

我的头有点儿痛，肚子里也不好受，我很害怕病倒在这陌生的地方，极力的振作起自己的精神。止戈君来找我玩儿，给我减少了一大屋子的寂寞，我们谈了一会儿一块上街散步。道路泥泞难行，从商家房檐上流水桶喷出来的雪水溅了我一身，他们的流水桶悬得太高，这是表明他们是自私自利，顾自己，不顾别人。

我们到一家本地最大的书店里看了一看，又逛了两家百货店，最后是到戈止的家，他住在一条泥泞很深的胡同里，有两个院子，他住在后院最西头那家。这是乡村式草房，可是收拾得极干净别致，刚进门看见锅台上放着一大盆豆腐汁。

戈止还是个独身汉，他有个气同道和的伙伴因为用功太过火，精神上又受到很大的刺激，病故了。留下一个无能为力的母亲，他负担着养的义务。我听他讲完这篇目前的生活故事觉着很感动。

在地下的正中央安置着一个桌子，上面放着钢笔和色水瓶。这大致是他写作的地方，他把写完的一篇批评给我看。他现在正进行着一个脚本，还没有完成。《大同报》的新文坛他全部剪下来仔细的保存着，可见他爱好文艺的兴趣是很高的，他也是深深的中了文艺的毒的年轻人之一。

我差一点儿忘记了，他到旅馆找我的时候给了我一本日文的小说，是装订得特别美丽的书，金色的面、金字、精装的二百多页才卖八毛钱，他在扉页上写着："赠慈灯先生"。

从戈止的家辞别出来碰见了李处长，他去参加谁的结婚礼，给人家当证婚人刚完事。我们顺着泥水沾脚的街边一面走一面大发关于结婚仪式的谬论，我买了一双袜子。

在旅馆海阔天空的聊了半天，我把日记拿出来念给他听，他哈哈的大笑并且参加许多意见。他走后，我又掉进寂寞的洞里了，在账房和掌柜的谈了一阵，看见在楼上举行结婚的新娘，还伴着一大群穿戴整齐的宾客在衙门口照像，有许多人歪扭着异样的嘴脸看光景。今天结婚的男女很不少，一定是个大吉大利的佳日。愿他们努力奋斗，多生养些孩子，地球上人口不增加是热闹不起来的。

下午，太阳的光辉越减越弱。我的身体越觉着不舒服，头昏脑涨，身体零零碎碎，还一阵热一阵冷。我极力的支持着，我相信自己的体格是会抵抗病魔的侵略而胜利的把握的。

但是今天可不成了，病魔的势利很强，从四面八方包围我、打击我。

总想把我攻倒，把我逼进死亡的胡同去。我最后一丝抵抗的气用尽，只好躺下服从病魔的摆布了。

我昏昏的睡到日落黄昏，睁开无力的眼睛一看，天已经黑了。我的口渴，嗓子发紧想喝水，可是没有力气呼喊。客房外面又吵闹起来，各式各样乱杂杂的声音打成一片，隔壁屋里有铁锤钉什么东西的声音，轰轰的响，像打雷一样。这些扰乱，讨厌久了！

我渴望着一个安静幽雅的场所修养一下自己病苦的灵魂，这个美丽的梦想在目前是很难实现的。我坚定的咬着牙忍耐下去，振作自己的精神，我对自己说了又说这句话：

"慈灯，你是一个男儿，骨头应该顽强一点儿，一星半点儿小病算什么呢？强硬的忍耐下去吧！死了算什么，谁一辈子不死？"

于是我静静地躺着，打算什么也不想。可是不成，周围的闹声不使我安静，气得没有法，恨不能马上把刀拔出来结束自己这条苟延残喘的生命。当我把立在床头的刀抓到手里，刚要往外拔的一瞬间，忽然想起：

"你拿着的勇气去干事业，那该有多么伟大，多么有意义呀？"

这是时常教训自己的一句话，在这一瞬间想起来，实在是救了我。

啊！今天好危险！差一点儿就寿终正寝。呜呼哀哉！

激励的情绪平定以后，想起自己实在愚蠢可笑！

以后在不应该这样傻下去。

（原文缺失）

她又告诉我，她有个最好的伙伴，为了一辆自行车叫衙门押起来。事情是这样的，她看中别人一辆自行车，要和人家买，人家不卖，借给她骑，她撒谎说丢了，人家知道她是计，便告了状，这样就押起来了。她对我讲这些事情的时候，眼睛里涌出明亮的泪水。我看她，绝不是个坏女子，她厌恶这地方，愿意到别处去。我很想帮助她，可惜我的能力太小，从饭馆子出来已经九点多钟了，我送她到离办公处不远的街上，握握手离别了。我们约会明天见面。"

"你们吃饭花多少钱？"

"九块来钱。"

"好，咱们俩以后不是朋友了，我叫你请我吃一顿烧饼你说没有钱，请一个不相识丫头花了九块多，哼！你真可以！"

他两个人辩论起来，吵吵闹闹，好像打架似的。我想那位心气不平的先生未免有点儿糊涂，不请他吃烧饼而请女朋友下馆子是合乎逻辑的，在青年人的生活当中难道说还有比两性交往的兴趣更高超的么？在吃饱了饭没有什么事情可做的人，两性的互相追逐是最伟大的事业了。

我真佩服那位先生的勇气和成功，我怎么就没有那种□□呢？过半夜，我醒了一次，无论如何也睡不着觉了，身体轻松了不少，爬起来写完今天这篇日记。

四月五日

要糟糕，我的身体一定是出了毛病，早晨起来的时候费了不少事，头重得厉害，浑身上下零零碎碎，吃几个小烧饼胃口痛起来，有呕吐的情势，好像有孕的女性一样！

盛林兄知道我有病，挂心的打电话给我，叫我到病院去看一看。我雇了一轮三轮车，走到半路说是前面的道路泥泞太深，过不去，只好换一轮马车。原来我是受了那三轮车先生的欺骗，他不愿拉，知道我不熟悉道路，故意把我拉到坏路上，多走了不少冤枉路，受了难以尽说的颠簸。

但是我感谢那位三轮车先生，他给了我伟大的人生的教训。

为了容易在这世界上生存把别人推到泥泞的路上，受苦或死亡，这对于他个人是很方便的，不如此，他就得受苦或死亡。当然，他是愿意别人受苦或死亡，他自己是不愿意受苦或死亡的。

治安部病院距市街总有七八里路，是建筑在少有人迹的荒凉的原野上，虽然寂寞一点儿，空气可特别的好，适于养病。

到了病院，正是下午一点军医官们正在会餐和研究什么事情，我听见集合室里有热烈的演讲似的声音。他们解散以后我会见院长。院长姓夏，是凤凰城人，亲切和蔼，一见就知道是一位博学多能的医官。很爱我，把我让到院长室，后来又领我到内科诊断室介绍我和两位青年医官想认识。

当时在内科诊断室里有一个病势很重的患者，躺在椅子上，痛苦的呻吟着，发出莫名其妙的呓语，他的脸色青白得像月夜里的芙蓉一样，三个年轻的看护小姐在跟前小心的照顾着他，安慰他。像这么周到殷勤和热心体贴的看护我还是头一次看见，看到这幅人类爱的图画我觉得很感动。

夏院长很亲密的送我到门口，我说不出的感激，心里觉着快乐又有点儿悲酸。快乐的是梦想不到夏院长和两位青年医官的爱，悲酸的是自己不能为公众服务，却给别人找许多麻烦。

盛林兄赞成我好好的养一下，于是就决定人达时医院。协和旅馆的掌柜千叮咛万嘱咐病好以后常去串门，茶房恋恋不舍的送我到大街上。

达时医院在中央大街，距协和医院和旅馆不远，院长张秉权先生从前在军队里当过医官，很欢迎我，笑嘻嘻的说：

"虽然没有见过面，常在报上看见，早有印象……"

给我预备的病室是楼上四号，屋子不大，收拾得特别的干净。靠墙的地方是床，床头有一个洁白色的小柜，上面放着　色的花盆，　色的强壮的伸张着、沉静、严肃、有生气。床的对面有一个长方形、擦得明亮的大镜子，从这里我可以躺在床上看见自己苍白瘦捐的脸。还有一张二人坐在沙发椅规规矩矩的安置在墙角地方。

盛林兄送来一套特别干净的行李，谈了半天话才走。他当处长，并不端当大官儿的架子。一个上校处长，搬着一卷行李到病院帮助朋友，这虽然并不是什么难事，可是在目前的社会上恐怕不多见，到病院看看朋友当然是、谁都能的，然而亲自搬着行李卷，像他那样的身份地位，不是很惊人的么？

我将来怎样报答这样深重的恩情呢？

看护小姐送饭来，我说在街上吃过了。其实是撒谎，我肚子一点儿也不饿。

试了一回体温，很平常，一两天是死不了的。

昨天晚上一点儿也没有睡好觉，二号屋里是一位重病的妇人，她时时的咳嗽，呕吐了好几次，那呕吐的声音叫人听见实在难堪。我被她痛苦的呻吟的声音惊醒了三四次，后来好容易入了昏昏噩噩的梦乡，又被她的孩子沉闷尖锐的哭声闹醒，还有男人埋怨和咒骂的语声。我想这一定是那位病妇人的丈夫，他应该温柔的哄哄那哭闹的孩子。可是他不肯，我似乎听见他打孩子，那孩子在地板上滚着、爬着、跌倒、一直闹了一点多钟才安静。

我翻来覆去，无论如何也睡不过去。我渴想的，怀恋的司梦的女神早就闪着翅膀飞远了。亲近我的只有一群群寂寞的妖怪和一队队烦恼的魔鬼。在黑暗的墙上我看见那些寂寞的妖怪都拉长了难看的嘴脸，那些烦恼的魔鬼都穿着服丧的黑衣在我身前身后跳舞跳得特别的难看，而且讨厌。同时在我的记忆里又出现了认识的亲近的一切人的貌相和举动。我我怀念着过去一幕一幕模糊不清的影事，思索着现在我正走着的稀里糊涂的道路。我憧憬梦想着将来，我总觉着理想的天乡是在前面，在那朦胧的、辉煌的、像夏日傍晚五光十色彩霞的光里陈列着。那里有像童话中所说的高尚的树林，伟大的山脉，自由的河川，玲珑的房屋，幽静的街道，有的是聪明和智慧的飞禽走兽，有可爱的男女。有美妙的诗歌，动人的音乐，深刻的图画，新奇的影刻，雄壮的建筑。

隔壁里妇人呻吟的声音又起了，接着又是可怜的儿童焦燥的哭声。

我爽快的爬起来，披着衣服把小桌的抽板拿出来放在大腿上，舒舒服服的坐在沙发里写文章。头上是明亮的灯光？草在镜子里照出清醒的姿态。

我写了一篇诙谐杂感，一篇年轻人的恋爱故事。

天快亮的时候我搬着疲倦的身体上床，只觉着刚刚闭上眼睛，街上把玻璃窗震动得呼啪乱响的大轮车开始活泼的滚动起来，那沉闷的巨响把我的头都震痛了！

此地大轮车很特别，不是□皮轮，而是铁轮。这个轮子，　车体又大又宽，用三只牲口拖拉，轮子和蹄声打成一片的管乐，真是□北无比。

这医院楼上概是两位看护小姐，一位有二十来岁年纪，梳着两条发辫，长脸盘儿，大眼睛，体格很健康。她穿一件黑色的夹袍，套一件灰色的洋服，把门和玻璃擦得干干净净。另一位有十七八岁的样子，头发是剪短的，圆脸，身材不高，她早晨过来打洗脸水，拿几份报纸给我看。吃饭的时候是梳辫的帮忙。小米稀粥煮得很软，又干净，又好吃，菜是炒土豆丝和菜？

院长很开心的过来问我的病状，我说夜里失眠，此外没有别的痛苦。院长的温和和诚恳，看护小姐们的体贴和周到，使我的精神感到很大的安慰。我好像一只受伤的野兽躺在安全地方，伤口贴上了止痛的药，有人治疗和保护我，生命是不会有危险的。我相信，等伤口一好，我会变成一只更凶猛的野兽在山野间，在丛林间奔跑着，跳跃着发出更高更热烈的充满之生的欢喜的噪声。

有位眼睛总带有光，活泼伶俐的青年来送药，顺便和我友谊的谈话。他说：

"你的名字我们早就知道，替人民造福不浅！"

我真觉着害羞，好像？了人家的东西似的，他又谈到《年轻人》和《文艺通讯》我想，他也是个中了文艺的毒的孩子。他看我的色水快用尽了，拿了一瓶新色水给我。然后，天真的，笑嘻嘻的去了。

把这几天的日记整理起名叫《驴上支日记》，先寄一部分给泰东日报，三篇"随感录"的续稿和一篇小品文寄给大同报。送信的人回来说，邮政局告诉挂号信得写明收信人的姓名，单写那机关是不合规定的。我只好在寄给泰东报那封信添上赵恂九先生，大同报添上张罗先生。幸亏报馆有朋友，要不然投稿都没有法投了。这真是如何是好？

这样的规定我长这么大还是头一回听见，真了不得！

街上有砰砰打鼓的声音，靠窗一看，原来是电影院的宣传。我懒洋洋躺下，让温暖的阳光普照着我的脸，静听着街上来来往往的不间断车声和人声。什么地方有敲击的声音，远处有汽笛的哀鸣，街边有行路人片段的话声，自转车的铃声和小孩子的吵闹广播得特别的悠远而且清晰。

有一种车的轮子发出吱嘎吱嘎，好像玻璃相摩擦的叫人神经难受的声音。

爬起来吃了一包药，躺下重温旧梦。如果没有街市的喧嚣声在这种很平凡的实际生活环境里回忆过去自己所经历的快乐或悲哀的故事，是很有意思的。如果我的生活安定了，我自信，我能每天不间断的从事写我的生平，我一定会慢慢的，不慌不忙的写作，从有记忆的儿童时代起一直到现在凡是能从记忆里唤出来的事迹都仔细的描写出来，那一定是有趣的消遣吧？

可惜，那样安静的写作在我以后的生活当中恐怕寻找不出来的。

无头无绪的想到不知什么时候就睡熟了。这时候医院里寂静无声，街上也安静多了，我睡得很彻底，到一点多钟才醒。

靠着玻璃窗望了半天大街：——

从西面过来两个穿黄色工人服的小伙，左面那个歪戴着帽子，屁股后面挂着铁钳子，两个人很魁梧的一齐迈着大步，摇摇摆摆的往东走去了。

从东面飞过来一辆三轮车，坐着警察官，他的阶级是警佐，肩章在阳光里闪耀着，非常的新鲜。后面紧跟着是一辆空马车，那匹马是深黄色的，清瘦的身材，垂着头，跑的时候后腿好像有点儿瘸，有个穿长衫的人从那家什么隆商店张着黑越越的大嘴笑着走出来，右面大概是掌柜的，光着头，笑嘻嘻的送他，对他深深的一鞠躬赶紧钻进去了，好像怕街上有狼吃他似的。

过来一群，大约有十五六个连跑带跳，嘻嘻哈哈嚷嚷叫喊的女学生，有的穿着制服，有的穿着长衫，有的好几个穿着白鞋，像些小猴似的活泼，披散着头发，顺着街边往东飞去了。

街上什么也没有的寂静了十几秒钟。

从西过来一个抱孩子的妇人，是小脚放大的，一步挪不出三寸，真叫人替她着急。一转又过来两个大轮车，前面是空的，后面的车上乱七八糟的堆着许多空麻袋，赶这辆车的人是个黑脸，好像打扫烟筒的，他用鞭子的后跟打了一下怠慢的马的屁股，咴道：

"呔！"

又出现了一群女学生，有的二十几岁，有的七八岁，在一起走路太不调和了，不知是谁家没有教养的狗跑到对面街上靠着墙把后腿抬起来放了一泡尿，一个骑脚踏车的人很快活的摇着脑袋吹口笛。一个朝鲜妇人背上背着两三岁的婴儿，手里领着四五岁的儿童，脑袋顶上还顶？着一个包袱，挺着强健的胸脯，迈着有力的步子。有两个年轻小伙子一面走，一面说笑打闹。

突然从东面过来一个少女，她穿一件浅蓝色的外套，面孔红红的，像盛开的□□□□□乌黑，好像宝石□□□□□，不紧不慢的往□□□□□，

聚精会神，□□□□□□□□□下楼去，□□□□□□□□□□
的看一□□□□□□□□□得紧紧的□□□□□□□□□没
有法打□□□□□□□人的影子□□□□□□□□□的
□□□□□□□□□。

　　□呀，□□□□□□□□。

　　街上所□□□□□□□□全在我的□□□□□□□□□，我
变成了□□□□□□□一个聋子□□□□□□□□□听不见了
□□□□□□□□□的天空。

　　太阳不知在什么时候藏在云的背后了，那往事的斜斜的影子在我记忆里一点儿一点儿浮动起来，最初是模糊的越来越清晰。

　　那是夏天，我到姨母家里去和天真烂漫的表妹好起来，他挟着书包和我到海边去，我们快活的坐在柔软的沙滩上，看着面前浩浩荡荡的海洋，浪花不断的滚着，爬着，活泼的喷出白沫，发出应高彩烈的青春的笑声。太阳升得太高，闷热渐渐包围了我们的时候，我们敏捷的窃进山岗稀疏的树林里区。浓密的枝叶是天然的旱伞，凉风阵阵吹来，说不出有多么舒服。在天与海相接的边沿上，在水天一色的海面上，有轮船的影子，我们看见这个必有很大的幻想。

　　"我们坐轮船走一夜工夫就会到完全不同的地方。"

　　表妹默默的不言语，望着白色的海鸥从空中悠然自得的落下又泰然自若的飞起来，媚人的眼睛半睁半闭，好像做梦一样。

　　"我们远一点儿走，你说好不好？"

　　"上什么地方去？"

　　"走到什么地方算什么地方？"

　　"吃什么？"

　　我想了一想，豪爽地回答她："多带点儿钱……"

　　"有钱么？"

　　这个严重的问题好像一条大棒子狠狠的打击了我一下把我打昏了，我想了老半天也没有回答出半个字。

　　我闪过她的问题，提出一些别的毫不相关的有趣的话，振作起来她的

精神。她了解我狡猾的圈套，裂着小嘴微笑，很相信我那些美丽的幻想和没有边际的空话。

我四面看看没有人，楼主她柔软的小腰，拼命的吻她……

从这以后，我们□□□□起来，但是结束的时期也很快。不久我们分了手，从那以后一直到现在，一会也没有见面，算起来有六七年了。她早就嫁了人，孩子都有了一大群！

我还记得在离别的前夜，偷偷的溜到后园，在芸豆架的挟空里互相紧紧的搂抱着，对着满天拥挤的星光坚决的起誓发愿，说的特别好听，含着满眶泉涌的泪水，温柔婉转的声音还颤抖着，我说：不是她，我一辈子不娶媳妇，宁肯上千山去当和尚。她说：不是我，她决不嫁人，宁愿作尼姑。

于是，亲了又亲，吻了又吻，又哭又笑，哭哭笑笑的好像发了疯一样！

后来怎么样了呢？

唉唉！不能想了，赶紧上床躺下闭上眼睛。

寂寞得无法可想，给戈止挂了一个电话，问他有什么画没有。他下班跑来看看我，跑回家吃完饭又跑回来，带几本名贵的小说，我看他也很寂寞，眉目之间还流露出烦恼和痛苦的神气。猜想，他也许有什么不容易解决的事情在折磨着他的精神，他的灵魂正在悲哀的漩涡里受着苦，快乐的人，表面上无论怎么样掩蔽着，总可以看得出来，脸上无形中带着符号。

我问他："你结过婚没有？"

"没有。"

"定有情人吧？"

他踌躇了一下。

我用各种迂回的方法问他终于问出来了。他现在果然正被恋爱的绳子结实的的捆绑着，没有法逃脱。是的，每一个年轻人都会在恋爱的陷阱里喝一阵苦水，有的上来的快，那么好好的用功，会成为、一个有出息的人，有许多是一掉进那陷进里就没法救济了，不是死便是发昏。

戈止不是个愚昧无智的人，他有富足的感情，也有清醒的理智，不至于死或发昏，苦恼一阵以后就会病好的。盛林兄来一趟，因为外面有人等着有别的事，急急忙忙走了。

和戈止到街上吃一顿饭，两天没有上街了，觉着街上很新鲜，只是身体有一点儿沉重，头少少的发昏，可是不觉着痛苦。我的病大概不至于犯，修养两天就会好的吧？

饭馆里人太多了，我们等了一点来钟，为了□□空气，逼着他把他现在正□表演着的恋爱的喜剧忠实的讲了一个梗概。他的情人还是一个能写两句的女性，很聪明，有天才，大概是很美丽，——我这样的猜想，再不然是王八看绿豆对眼儿了也说不上。

他们这戏剧的最热烈的场面已经表演过了，现在只表演着叹气和眼泪，不久就会闭幕的。我告诉他一些有些坏心眼儿的男女们恋爱的要领和方法，怎么免当傻瓜。谈起这些来倒有点儿兴趣。

（原文缺失）

回到医院九点多了。二号那个妇人的病大概是好了，喋喋不休的讲着话，嗓门很特别，故意装做娇滴滴的气味儿，一点儿也不好听。我在下楼的时候看清了她可爱的模样，一脸大烟灰，好像从坟墓里刨出来的一样。很快的我打听明白了她和她的丈夫是来忌大烟的。

在我们贵圈，抽大烟的人比爱好文艺的人多多了。

四月七日

昨天晚上我的身体难受极了，吃的药在胃肠里起了很大的作用，肚子痛了老半天。

今天早晨醒来，四肢瘫软无力，头迷眼花，挣扎着爬起来咬着牙忍耐着穿上衣服，勉强的支持着洗了一个脸，在屋里散了一回儿步以后才觉着轻松一点儿。

每一秒钟在我都是不能忍耐的，不是病的痛苦，而是寂寞和无聊。不论病得怎样的沉重我一定能够忍耐住决不至于发出一点儿弱者的呻吟声音来。只是这目前的寂寞的空气探案呼吸了，无聊得实在没有法忍耐。

决心写文章。

梳两辫的看护小姐看我孜孜不倦的写字，很关心的劝我："您不应该那样的用功，身体要紧呀！"

这位看护小姐，是营口人，在大连医院里做过事，到此地不过一年，对待所有的病人都用亲切体贴的心肠。她关心我的好意我是很感激的，可惜我的骨头太硬，偏见夜很深，假说明天死了，我是不在乎的，我以为今天活着，就得活得有意义，有趣。写，乃是我唯一的兴趣，我沉醉在这写的兴趣里不止一天两天了，活一天就得享受这写的兴趣，虽然我很知道我多么愚蠢！

院长正在闲暇的时候，我过去谈了一阵话。院长说，有许多蒙昧无知的人民，治病是抱着可笑的迷信的心理，比方说孩子有病，先抱来问道："一定能把这孩子的病只好么？"世界上决没有一个人肯吹牛的说："一定能治好！"正如文艺家不能说："一定会写好！"是一样。你要谦虚的说："不敢保险！"那么他就把孩子抱走了，他不知道那可怜的孩子就是致死在他抱着东走西走的鼓动的原因上。

还有一些病人不先说明自己的病状，从医师的"号脉"和判断上考察医师的医术，然后再决定他对于医疗的信仰。

张院长在施医之外很爱好文学，满洲出版的报纸、杂志都留心的看，满洲作家们的生活故事也很熟悉。

（原文缺失）

火车道像用笔沿着地平线的边沿画了一条横线一样，对岸的房屋罩模糊的太阳光里威风带着甜性的气息，这春天给人的赐予太兴奋了。

戈止说，在夏天，这美好的江畔意趣无穷，坐着船过江到村落去散步，洗澡当然是更好了，坐在江边看夕阳和晚霞也很有意思。

我心里暗想，戈止如果是个女性，像这样和我在一起散步，寂寞的大队人马一定不会战胜我，我不打，它们就会退却的。可惜呀，可惜，这仅仅是梦。

蔚蓝色的天空中有六架飞机练习滑翔，声音很响，岸边有个工人把一块大木头扔在高坡上，当一声，我们默默地和江边告别，回到街里，下小饭馆吃馄饨。

和戈止分别以后，寂寞的大队人马又从四面八方把我包围了。

军官区副官郭先生来电话，告诉我赶紧提出假条的事，他上回领我到航空会社去过一趟，反非常的热心。

和戈止在街上，闲走的时候看见三个见习军需官，他们走过很远的地方，又跑回招呼我，原来是认识我。其中有一位叫武殿营的青年，时常投稿，很不错……

医院里来了一个年轻的女郎，她从前在治安部病院服过务，在这个医院里也做过事，现在在市立医院当看护。柏松君说她是个好人，有话就坦白的说决不存什么坏心眼儿。

我听见她在隔壁屋里和那几位看护小姐说，她到什么地方出张了十六天，领了一百多块钱旅费，她买了一双皮鞋已经穿坏了。她领了一双配给袜子。

她的说话很天真，孩子气，笑的时候声音很响亮。她快活的问道：

"你们看，我现在是不是胖多啦？"

接着是活泼的笑声。

后来她讲了一段不幸的恋爱故事，大意是，有个在电话局里服务的女子，和一个姓钱的先生恋爱，想结婚父亲不同意（不知是男的还是女的父亲），她俩只好分开了。那个女的以后又爱上了一个剧团的演员，原来那个情人吃醋了，打了那演员两个耳光子。另外还有个演员也挨了两个耳光子。这个演员对人说：我真冤枉啊！

现在，那个失意的女人，颓废得很可怜，头发不下工夫建筑了，脂粉也不涂抹了，披散着头发，样子很可怜！

后来她们又热心研究什么样的发辫最好看。

午间在厨房吃饭，那个姑娘也在坐，我仔细的看清了她的面孔，的确是很胖，要是不吃过好东西，是不会这样发胖的，她真有福气。

下午寂寞的要命，睡了一大觉。

实在想不到，林蔓小姐来了她刚进屋，戈止也到了，我以为他俩是约会好的，原来并不是，戈止买了一个插花的瓷瓶，谈了不到三句话，急急忙忙的走了。我无论如何留他不住。

他去了不久林蔓小姐也走了。

晚上，隔壁屋里的看护小姐们在研究助产学，我听见她们在讨论这个问题：

"大流血如何处置呢？"

有个看护小姐答道：

"保持清洁，速请医生来诊。"她们又提出另一个很深的问题：

"什么叫取适当的位置呢？"

接着我听见她们热烈的研究起来。可惜，我没有听懂，白听了。

四年十二日

狂风和大雪整整持续了一天，到晚上比那本加利，越发凶猛了。

睡了一觉，写了两篇童话，戈止来谈了一回儿寂寞的了不得。

晚上，把电灯灭了，枕头放在床头上躬着背，靠着窗户，望着外面的街道，对面商家的门窗边沿上续着厚厚的白云，散乱的雪花在空中横着飞舞，看那样子，风一定是很大。我所能看见的只有对面街上一盏孤独的路灯，高高的，悬在电线杆上。他的光明并不大，只是照出不满三十米远的范围，我觉着他很可怜，夜深了他还寂寞孤苦的瞪着眼。

医院里一点儿声音也没有，我只能听得见屋外挂钟的声音和我自己的呼吸。

身体又发起烧来，我这病恐怕是没有好的希望了。

等着死吧……

（《泰东日报》1943 年 5 月 7 日—6 月 26 日，署名：慈灯）

琐谈婚姻

其实，没有受过教育那是因为对方环境使然，所谓教育，决不仅仅限于在学校的教室里，你为什么不可以给对方一些教育呢？无论怎样的笨蠢，只要好好的，合法的教育，一定会得着不错的成绩。

年纪大一点儿小点儿是没有多大关系的，年纪大点儿不会打你，年纪小点儿不会用你背着抱着，性格不合，是会用谦让，原谅纠正过来的。从小造就的小脚，虽然不能快跑，平常的家事大家是能够干得来的，要知道，人的伟大是在于他有没有深刻的理解力和创造事业的勇敢，决不在大脚小脚，考虑的脚掌是大的，结果是公园里的傀儡，骆驼之脚掌也不算小，物的本领不过是为人们背负吃喝而已。至今面貌，这是不值得来讨论的，好看的脸子，三四年就苍老了，不下窑子，不打野鸡，要好看的脸子干吗？

贪钱财，喜貌美终获恶果。

结婚的男女应该将就了，有那个颓废不振甚至于堕落荒唐的时间，偏用在精明的事业上，所得到的成功的惊喜和安慰不是无限的吗？

这回让我来谈谈关于选择伴侣的意见。

未婚的男女，特别是女性！虽然得到父母的特许福利，有随便挑选对象的幸福，但是娘们的条件不足，像交际男友的机会稀少，半新不旧的人们的取笑和诽谤，本身思想错误的结果，这些往往都是容易走入歧途甚至于落进不幸的深渊的因素，特别是物质的欲望简直是许多聪明可爱的女性得不到真正幸福的大原因。

（《康德新闻》1943 年 7 月 4 日、12 日，署名：慈灯）

年轻人

序

我好像有点儿精神病似的，一没有事情做的时候就寂寞得说不出有多么难受，像一条可怜的鱼在陆地呼吸着一样，不想个消磨时间的办法实在忍耐不下去！

在一个风雪交加的夜里守着并不温暖的炉火动手写《年轻人》——这便是在无聊中的消遣。

这个平凡的故事在我空虚的肚子里想过很久了，因为人物平凡，故事也平凡，加上自己写作的能力更平凡，写了好几回，总觉着没有劲，几次都是不耐烦的撕碎，望着黑漆漆的窗户无可如何的喘粗气，喘得乏了，就悄悄的睡下了。

后来左思右想的结果：像我这样一个平凡的人不写平凡的故事，那么写什么呢？英雄豪杰的故事一点儿也不知道，想写也写不上来。至于写得不好，这是没有法子可想的，因为我是初学写作的人，写得当然幼稚，浅薄而且可笑。聪明的先生和女士们会原谅我的，我这样的鼓励和安慰自己。于是这个故事没有费多少力气就整理出来了，厚着脸皮拿到报馆骗了一笔稿费。

开明图书公司要印，我实在没有梦想到，印书，也给稿费，这种好处我能反对么？

有一天，初春的太阳格外的温暖，草发芽了，小鸟也唱了，天和地，人和物，无论什么都流露出新的气象，连小鸡，小鸭，小猫，小狗都笑嘻嘻的，就在这大好的时光我把从报纸上剪下来的《年轻人》另外还有一些别的零碎稿子兴高采烈的送到开明的编辑先生手里。他满意的说："这本书，我们愿意很快的印出来使它和世人见面！"

我当时心里只是这样想：不知能给我多少稿费？

《年轻人》是稀里糊涂写出来的，意义是一点儿也没有，其余那几个零碎篇全是许多年以前绞心熬血的大作，既不是美妙的散文，又不是高超的随笔，有点儿和《年轻人》相仿佛，是哥哥呀妹妹呀那类爱的故事——也有的不是——正好凑在一块儿，前呼后应，不如此，字数不够，成不了一部书。

诸位要把这部书和世界名著去比那可就糟糕了！它不是《激流》不是火山，不是枪炮，不是钢铁，只是广漠的海边上一个渺小的沙粒。

我愿意这渺小的沙粒在暴风雨中间赶紧消沉下去……

一九四三年三月，慈灯

年轻人

一

在一家三层楼的旅馆门口，有一辆破旧的，没有棚的马车停了下来。

从车上敏捷的跳下来一个活泼的青年，他身上浅蓝色的夹外套的底襟在秋风中飘荡着，和外套的颜色相仿佛的礼帽深深地遮着眼睛，好像羞于见人似的。他迅速的推开两扇厚实的玻璃门，到柜房里去：

"你们这里有闲房间么？"

一个坐在墙角吸着烟卷的中年胖子把烟卷弄灭了站起来招呼他：

"请到楼上看看怎么样？"

"好，我看看。"

胖子在前面殷勤的当向导，他那肥胖的屁股上楼梯的时候很费力的挪动着，肥大的手扶着栏杆，一面气喘喘的上楼梯，一面对客人说：

"还有一个空房间，是刚搬走的。"

"你们这里都是常住的么？"

"楼上全是常住的，楼底下有些不是。"

刚走到楼上，胖子张开大嘴用很大的声音喊道：

"老霍。"

一个骨瘦如柴，脸色特别苍白，眼睛像掉进洞里似的落了眶，穿一件黑色短夹袄的人跳出来，好像还没有睡醒似的打着哈欠，胖子不耐烦的命令他：

"快拿钥匙把门开开，看房子！"

门开了，这是一间狭小的房屋。石灰墙，地板，靠窗的地方放一张生锈的铁床，床旁边有一张长方形油漆的小桌，两个小抽屉，一个是碎了，木头板散乱的堆放在桌底下，桌上有一把茶壶，两个茶碗，两把椅子没有坐垫，此外还有一张旅馆的规章镶在玻璃镜里挂在门后的墙上。

"您看这屋子怎么样？"胖子客客气气的问。

"以外再没有屋子了么？"

"就这一间闲着。"

青年四面八方的端详了一阵，低着头想了一想，决定在这里住下了。

他的门牌上写的名字是"李园"。

我们应该说说这个李园是干什么的。

他在一个税务机关当职员，因为转职到这地方，所以就到了这地方来，他是刚下火车，找了好几家旅馆都没有闲房间，现在总算幸运的找到了。他的来历便是这样，非常的简单。

这时候，他把礼帽摘下来，轻轻地放在小桌上，露出一双媚人的像女人似的乌黑的大眼睛，高高的鼻梁，美好的嘴唇，眉毛说不出有多么清秀，实在是个漂亮小伙。他勤快的收拾自己的行李，把毡子细心的铺在床上，褥子和被规规矩矩的叠起来，几本书放在小桌上，还有一些稿纸，整整齐齐的安置在抽屉里。

所有的东西收拾妥当，认为满意了，就坐在床边望着窗户外面。

　　这条街是很热闹的，对面街上，紧对着窗户的是一家卖电器用品的商店。光亮的电灯泡，美丽的灯伞和一些各式各样的东西摆在玻璃窗里。在那店铺右边的墙角地方，有一个卖地瓜的和一个掌破鞋的，有两个小孩在那玩，一个骑自行车的学生从东往西跑去了。

　　他忽然想起应该上街买几个信封，于是扣上帽子出去。刚下楼梯的时候，他听见女性的说话和快活的笑声，伴着楼梯的响声渐渐的和他接近了。他看见两个女的，一个年纪大一点儿的头前走，一个年纪小一点儿的随在后面。他特别用力的多看"小的"几眼。

　　因为这个"小的"有一副用笔墨很难描写的动人面孔。"大的"和"小的"看见了下楼的他，好像吃了一惊似的突然的停住了说话和笑，脚步也不那么用力的踏了，而且谨慎的躲在一边温和的让路给他。不知是怎么回事，有一种无形的伟大的潜力把李园的灵魂抓住了，他想不回头看一看是办不到的，他的头好像有魔鬼从暗地往后拉了一下似的，不由自主的转回去醉心的欣赏一下。那个"大的"和"小的"呢，也好像有魔鬼从暗地把她俩的脑袋扭了一下似的，不由自主的回头看了一下。

　　这天晚上，屋子里简直就不能平静，李园无论怎样也不能安安静静的塌下心去给父亲母亲老大人写信。他写了两行看一看，愁苦的摇摇头，生气的把信纸扯碎，用力的团了一个球，狠狠的摔在地上，接着再写。但是写了几行，看一看，还是愁苦的摇头，又生气的把信纸扯碎，团了一个球，摔了。像这样写了撕，撕了写，反反复复总有十几回。实在忍耐不住，他跳起来，把自己用力的摔在床上。

　　然而躺在床上以后他的心更乱得没有法安静了，他的心乱没有别的，完全是因为那个"小的"把他的心弄乱了的，他睁开眼睛，仿佛就看见墙上有那个少女的美丽的面孔，他闭上眼皮，觉着那少女好像立在他跟前似的。他细心的想着那少女乌黑的头发，迷人的眼睛，活泼的体态。在他的记忆里，那少女整个的线条，从脑袋顶上到脚后跟，没有一部分不记得清清楚楚，这种记忆真是太奇怪了。

　　李园是爱文艺的青年，他读过两本世界名著，但是读过的不论怎样的好书都在记忆里模糊不清，早就淡忘了。而一个女性，仅仅看了几眼就记得分外的清楚，无论如何也不能忘记丝毫，这不是奇怪的事么？

他正在胡思乱想，门砰砰的响了。

骨瘦如柴的茶房急急忙忙的进来：

"您要不要水？"

"好，沏一壶吧！"

茶房把水沏好放在桌上的时候，他诙谐的对着茶房很有深意的笑了一下：

"哎，我问你一件事。"

"什么事？"

"那两个女的是做什么的？"

"住在这楼上那两个么？"

"不错，就是她俩。"

"她俩在这街上做事。"

"做什么事？"

"大概是打字的。"

"常在这旅馆住么？"

"住有两个多月了。"

他理解的点了一下头，眼睛看着地板。

茶房关心的笑了一下，清清喉咙，吹吹鼻子，轻轻的关上门，悄悄的去了。

李园觉着这小屋子特别的寂寞，说不出有多么寂寞，房顶上，墙角，门后的黑影，桌底下，床下面，所有的角落里都弥漫着寂寞的空气，而且这空气是渐渐的膨胀，像有毒瓦斯的药包打开了一样。他苦闷的呼吸着，肚子里装满了寂寞的毒气，他觉着烦恼的要命，打开一扇窗打算放走这满屋子有毒的寂寞的空气，没有想到，外面的寂寞的空气比屋子里还多，很快的袭进屋子来，把屋子塞得几乎要破裂了！

他穿上外套，顺着街边，在辉煌的灯光下，像一个幽灵似的无精打采的走了好久，走得筋疲力尽拖着两条沉重的腿回旅馆躺下。

然而躺下之后。翻来覆去总是睡不着，那个少女的迷人的笑脸老来扰乱他的心，一直把他的心咬得零零乱乱实在没有法再乱的时候，这才睡了。

第二天早晨，太阳带着异样的笑脸从玻璃窗探进来照着李园的熟睡的脸，旅馆里这时候还雅雅静静，没有一点儿动静，因为是个星期日，大家都熟睡着没有起床，只有清瘦的茶房忙忙碌碌的刷着地板。当他刷到李园的房门口的时候，后身碰了一下李园的房门，把李园惊醒了。

他懒洋洋的爬起，伸个懒腰，又想起那个少女！

这回他想到用什么样的方法能认识和接近她这一步棋了。

"写封信给她？

茶房给介绍一下？

茶房能给介绍么？

茶房介绍不大好吧！

那么怎样好呢？"

他左思右想忽然想出一个办法。

"我可以到她屋子里借点儿东西。

借什么好呢？

有了，有了，借针线。

借针线就说钉钉衣扣，针线她一定是有的，那么借来以后住几个钟头再送去，客客气气的说声谢谢，这么一来以后就熟知了，熟知了就好办。……"

他又想：

"倘要她没有针线呢？这可怎么办？

不，一定有，一定有。……

就这么办！"

他不屈不挠，坚韧不拔的下了一个很大的决心。

大清早晨，他像热锅里的蚂蚁似的，从楼上走到楼下，又从楼下走到楼上，假装来来往往悠闲自得散步的模样。其实他是满肚子希望那少女能在这时候出来，他好仔细的欣赏一下她。

老天真就不辜负苦心人，终于使他满足了这个热烈的心愿，她轻轻地迈着步，好像走在不结实的冰上怕掉进去一样，慢慢的走下楼去上后院厕所小便去了。

李园好像个傻子，又像一块木头被钉子钉住了一样，呆呆的立在楼梯口，目不转睛的望着她摇摆着婀娜的身段下了楼，一直等到她回来，又目不转睛的望着她扭动着肥圆的小屁股进了屋。这个时期，李园这个小伙子的心老是噗噗的跳着的，跳得非常的严重。他的眼睛因为看得太用力，几乎到了疼痛的程度，他的心跳得太厉害，又加上发急，嘴唇觉着干燥，嗓子里发渴，脑袋里就像有烈火燃烧着一样，浑身上下全不自在，这简直是害大病，其实害病也没有这么苦恼，李园像失了魂似的回到自己的房里，一头倒在床上。

忽然，他听见别的屋子有开门的声音，他以为是那个少女又出来了，赶紧爬起来开门观望，原来是个可厌的老伙计，并不是那个少女，可怜的李园喘一口失望的粗气。

过一会儿，少女又出来了，李园欢喜得了不得，他假装散步似的来回走着，眼看那少女拿一口小锅，那个"大的"把小炭炉子搬到后院去生火。李园明白了她俩的生活状况。

他的咽喉好像有绳子捆紧了似的，之前在肚子里打的演讲草稿这时候不知怎么忘得半句也不剩，他费了很大的力量才结结巴巴的说出这么一句话：

"对……对不住，有没有针线借给我使一使？"

"啊！有！请您等一等。"

那个"小的"是躺在床上翻弄着一本杂志，撅着肥圆的屁股，腿肚显得特别的饱满和健康。她上下打量一下李园，好像量布似的，眉目之间，并没有流露出什么明显的表示，好像熟识似的，却并不起来，照旧躺在那里，一面翻弄报纸，一面用小鸟歌唱似的细声对"大"的说：

"你看看抽屉里吧，大概在抽屉里。"

"大的"很细心的翻弄着乱七八糟的抽屉，老实说，李园并不希望她能够一下就找到，他愿意多在这屋子里呆一会儿，多看她一会儿。他觉着美中不足的是给他找针线的为什么不是"小的"而是"大的"呢？

抽屉里全翻遍了，没有什么针线，连针线的影子都没有。"大的"很焦急的各处看着，翻着，想着。"小的"既不焦急，也不帮着找。李园有点儿过意不去，抱歉的说：

"太麻烦了！没有就算了吧。……"

"大的"回答他：

"没有关系，我忘记放在什么地方了，请您等一等，我一定能找得着。"

"实在对不起。……"

她又翻弄窗台上一个破碎的纸匣，后来她在褥子底下寻到了。

李园说了无边无际的客气话，欢欢喜喜的拿着针线回到自己的房里，把针线放在桌上并不用它。本来他的目的并不是用针线，鬼才知道他借针线是为了什么。

过了不到一个钟头，李园又出现在她俩的屋里：

"针线用完了，实在谢谢！"

"大的"说：

"不客气！"

"小的"什么也没有说，只是温柔的看了他一眼。这一眼，李园就心满意足，说不出有多么高兴，好像天真烂漫的儿童得着一匣又好吃又好看的糖果一样。

二

日子过得可真快，不知不觉的，李园和那两个女子认识两个多月了。他不仅知道那个"大"的姓王，名叫玉馨，"小"的姓赵，名叫丽银，而且连她俩的籍贯，年龄，家庭状况，以及她俩的性格，也差不多全熟悉了。下班回旅馆以后，李园时常到她俩的屋里谈天。

"李先生，你欢喜看电影么？"

有一回，在吃饱肚子没有事情做的时候，李园又到她俩的房间里闲坐，丽银就这样的问他：

"我爱看电影，你呢？"

这是李园的回答。

"我最爱的就是看电影，如果有电影看，不吃饭也行！"

她这样说的时候还活泼的孩子气的微笑着，把手里的一本杂志卷成圆筒轻轻的敲着柔嫩的手心，两只腿好像跳舞似的在地板上任意的点动着，故意的表现着她的天真和活泼，因为觉着自己是年轻而且美丽，骄傲的露出一排整洁的牙齿。

玉馨是不活泼的，和丽银完全相反，她老是沉默，仿佛有一块沉闷的大石头压着她，又像是有什么忧郁的事情，紧紧的围着她，缚着她似的，更好像有一团乌黑的云彩在包围着她心里上的太阳，她的灵魂是在阴暗的角落里彷徨着，多愁善感，一点儿不快乐，她并不是不想去寻找快乐，是缺少一个人活着一时一刻也不应该缺少的勇气。李园想，她的精神大概是受过什么打击，那重重的创伤，还没有完全恢复过来。她愿意说的话的时候就有意的和你说几句，不愿意的时候便一言不发，紧紧地闭着灰冷的嘴唇，好像掉进洞里去一样，什么声音也没有。然而她可绝不是骄傲，完全相反，她是温和亲切的，她真正的欢迎李园能在这屋里多坐一会儿，讲着各式各样的话开心解闷。在她眼里，李园是个可爱的好小伙。

李园也就无拘无束，东拉西扯起来，从政治讲到文学，从各国的风俗人情讲到飞禽走兽，讲小鸟，讲花，讲海，讲电影，讲杜甫的诗，讲杰克伦敦的小说，讲芥川龙之介的自杀，讲从小的故事。……把他知道的不论关于人的鸟的事都一批一批一群一群一堆一堆的搬出来喋喋的讲个不休，表示他知道许多许多的事情，他要尽可能宣传他肚子里的知识学问，这当然是为了叫玉馨和丽银佩服他呗！玉馨是最愿意和他讲文学家们的生活和故事的，于是他就时常讲文学家们的生活故事：

"托尔斯泰是个很有钱的人，但是他非常讨厌金钱和东西，把产业分给了农民。"

玉馨很感动的问他：

"那他自己怎样生活呀？"

"他的生活是不成问题的，因为他收入的稿费非常的多，用不了的多。最有趣的是在他年轻的时候，因为面貌丑陋，没有女性爱他，他很伤心！"

“一个爱他的女性也没有么？”问这话的是丽银。

“有，那就是他太太。”

“他的太太是怎样一个人，也是作家么？”这是玉馨问。

“不，他的太太不是作家，是个贤惠的女子，她时常给托尔斯泰写稿子，托尔斯泰的字非常难看，他的原稿只有他太太看得懂，《战争与和平》那部书的原稿，他太太给他缮写了七遍。”

丽银把卷成筒的杂志随手扔进床里边，又从衣兜里掏出一个圆圆的小镜子用衣襟仔细的擦着，抚摸着，照着自己认为非常可爱而且可怜的美好面孔。她时常用这面小镜子照她自己，在李园的眼里，丽银真是无比的美丽，她好像月宫里的嫦娥，幻想中的仙女，梦中的天使一样。

玉馨又想起一个题目：

“你读过茶花女那本小说么？

“不是小仲马那本茶花女么？他还有一本茶花女的剧本，我都读过。说起小仲马，也很有趣，他父亲叫大仲马，专写长篇，他时常劝小仲马，叫他长一点写好多得点稿费。有一回，他对儿子说：‘真可惜，你那篇很好的故事，要叫我写，少说也写一百万字。’小仲马不赞成父亲的意见，反驳着说：‘你那个长篇，要叫我写，几十字就描写出来了！’父亲和儿子完全是两样的。”

接着又谈起新女性服装来，李园感慨的说：

“从前是细长的袖子，后来变成半截，又缩短到肩头上，把袖子完全淘汰了！现在又恢复长袖子，而且肥起来，像喇叭筒似的，真有趣！”

谈到服装，丽银的话多得很：

“长袖子不好看，做事情也不方便，还是短的好。”

李园质问她：

“短袖子到冬天不行啊！”

“到外面有大衣，在屋子里也不冷。”

“我也赞成短袖，做事方便不说，也省材料。”

“我讨厌高跟鞋，像缠足似的，实在不好看！”

“实在，高跟鞋太不好，——哎！你可知道高跟鞋发明的原因么？”

"不知道。……"

"我也忘记是哪一国了，反正是西洋人，西洋人是接吻礼，这你也知道。有那么一个老伙计，她的太太个子小，每逢和他接吻的时候，总得立在门槛上，实在太不方便了，后来她丈夫就告诉她把鞋跟做高一点儿，这么一来，接吻的时候，不立在门槛上也方便了，高跟鞋便是这样渐渐流行起来的。……"

年轻的，充满了朝气的，无忧无虑的，只有快乐的笑声把这个小屋子占满了，笑声因为太多而且太响屋子里装不住，从门缝流动到外面，传达到别的屋子里去。

这三个年轻人的快乐的谈话往往接续到深夜里还不愿意停止，忘记了一天的疲乏，忘记了困倦，也忘记第二天应该早早起来上班的事了。是一个放假的日子，丽银快活得像一只火箭要从地上飞到天空似的，蹦蹦跳跳的钻进李园的屋里：

"你吃饭了没？"

"没有，怎么的？"

"用不着上街吃了，和我们一块吃吧，特意做出你的份来。……"

到李园的屋里，她这是初次，好像感到特别新奇似的，用那一双媚人的大眼睛看看这里又看看那里，她特别感到兴趣的是李园在墙上贴着的一张生活的规章，一共有五条：

一、不许抽烟。

二、不许喝酒。

三、不可以逛窑子。

四、不要偷懒或自恃才能。

五、每天晚上要读书和写日记。

"李先生，这五件事你都能办到么？"

"啊，那是我写着玩的。……"

"请过去吃饭吧！"

说实在话，李园绝没有一丝一毫拒绝的意思，他早就希望请他吃饭这个梦能成事实，他并不希望吃好的，无论吃什么都可以，只要能和她俩，特别是和丽银在一起吃东西，就是天下无比的快乐和幸福。

李园真是说不出有多么高兴，大概他从长这么大还没有这样的高兴过。他真想热烈的搂住丽银，尽量的，也可以说是拼命地亲一亲，但是他并没有这样的勇气，他还不知道丽银爱不爱他呢？

把满肚子的欢喜尽量的压住，假装一副难为情的，客气的，进退维谷的神气，还表现出深深的感激的模样：

"谢谢吧，我不吃！"

"不要客气，已经做好啦！"

李园看出她有点不愿意的样子，于是爽快地答应她：

"好，我这就过去！"

"快一点儿啊！"

她张扬着两只嫩白的小手好像美丽的小鸟展开活泼的翅膀一样快活地飞去了，当她回身关门的时候还温柔的微笑着对李园先生神秘的笑了一下。这个笑是很难描写的。我实在是写不好。

请看李园先生是怎样的痛快吧：

他把两只手交叉在腰上，仰着脖子好像要做体操似的，把两条腿离开，对着什么也没有的屋顶笑了一下，又把手腿收拢整齐低着头正经的沉思一下。接着又笑，而且手舞足蹈，乱蹦乱跳，与其说是跳舞，简直不如说是发疯，真的，他真像发疯，在肚子里笑一阵，又出声地笑一阵，像这样的疯疯癫癫的闹了差不多半点钟，几乎把去吃饭的事情忘记了。丽银焦急的推开门进来才把他身上的疯魔赶散，他像从梦里刚醒过来似的，瞪着两只异样放光的眼睛看着她：

"我这就去，太对不起！……"

他连连的行了不少感谢和道歉的礼。

"快点儿！叫人多着急。……"

"是！是！我这就去！"

"那快走啊！"

吃饭以前应该坐在什么地方是经过好久的推让的，最后就决定把李园像小庙里的神仙似的安置在正座，一面一位女神，左面是玉馨，她守着饭锅，右面是丽银，她什么也没有守。

她俩预备的是高粱米干饭，菜是两盘，一盘炒豆芽，一盘土豆丝，没有肉，还有一碗白菜汤。

李园自己一个人吃饭本来是狼吞虎咽的，他一向主张吃饭要在十分钟以内完事，然而今天却从头到尾全部的改变了，好像新嫁娘似的，轻轻的端着饭碗，慢慢的活动着筷子，嘴张得特别的小，好像怕有什么虫子爬进他嘴里似的，往肚子里咽东西的时候也是轻轻的，慢慢的，好像怕塞破了嗓子，眼睛是聚精会神的看着自己的饭碗，并不老往人家身上盯。有时他的眼光和玉馨的眼光碰到一起，觉着有难以言说的温暖和亲切的感情，使他尝到人生的和平幸福的滋味。他的眼光和丽银碰到一起的时候，觉着有热烈刺激的感情，使他尝到人生是兴奋的和欢乐的味道。总而言之，在这屋子里所得到的并不是那些人生观和宇宙观没有坚定的人所说的什么空虚啦，没有意义啦……乃是圆满的，有意义的。一言以蔽之，他认为人生是幸福的，快乐的。

"李先生，你怎么不吃菜呀？"玉馨这样的鼓励他，并且很抱歉的样子笑着："没有什么菜，太不成敬意啦。……"

"哪里，哪里，真客气，这太好了！"

"李先生如果不嫌恶，以后就请一块儿吃，在街上吃不经济，又吃不好。"

"怎么好老打扰？……"

李园越发的客气起来，加倍的低了头，把一筷子饭用力的吞进肚子里去，因为用力太过火，禁不住咳嗽几声，他赶紧把筷子轻轻的放下用手心堵住牙齿，同时把脸转向后面。

他偷偷的看了几回丽银吃饭的动作，她没有一点儿乡下大姑娘忸忸怩怩害羞的态度，她的举动是大方的，活泼的，孩子气的，张开小嘴的时候露出一排整齐洁白的牙齿，这一点，实在可爱的太要命了！

李园老半天才吃完一碗饭，玉馨赶紧伸过手来：

"我给你盛饭！"

"用不着，我自己来。……"

"不要客气，我守着饭锅我盛吧！"

"不，我自己来！"

"李先生太客气，为什么那样的客气呢？"

"那好，谢谢你。"

李园这顿饭吃得心满意足，饭菜虽然简单，他觉着比吃什么翅子席还要丰美，好像小孩子过新年一样。

当他宣告肚子吃饱，把筷子碗放下的时候，玉馨十分谦虚的问他：

"李先生，真吃饱了么？"

"确实吃饱了，我一点儿不客气。……"

"大概吃了半饱？"

"不，我吃得太多了！"

"你要客气可得挨饿呀！"

"我一点儿不撒谎。"

"那么，请喝茶吧。"

"谢谢，谢谢。……"

<h1 style="text-align:center">三</h1>

到了夜里的街上似乎比白天还要热闹。

辉煌的灯光沿着街边像有一条腿扯着似的排列成一条直线，越往远处那明亮的灯光越密，而且和店铺的灯光混成一片，成了一圈刺眼的光环。在最远处，街灯和天空的星辰简直分不开了。

来往的汽车瞪着光亮的眼珠子，马车的轮子和各种车辆的声音乱杂杂的闹成一片，人的脚步声是没有间断的。

在忙碌的和悠闲的人群里，有一个青年男子和少女迈着特别悠闲的脚步，他俩的左右腿一起的抬起和落下，肩膀互相的依靠着，在他俩走到明亮的店铺门前的时候，可以看出这是李园和丽银两个人。

"你不想家么？"

"不。"

"家里时常来信不？"

"时常来信，我也不常往家里写信，我母亲叫我一个星期写一封信，我懒得写！"

"我想，你母亲一定很想念你，你弟弟今年十几岁呀？"

"十二岁。"

"为什么玉馨老是那样闷闷不乐呢？莫非说她有什么愁事么？"

"你很挂心她，是不？"

"并不是挂心，我不过是问问，啊，你的疑心真大！"

"你知道她今天晚上为什么不愿意和我们一块出来玩么？"

"不知道，你告诉我，是怎么回事？"

"也没有什么。"

"你还是告诉我好，要不然我闷得慌！"

"对不起，闷几天吧。"

有个要饭叫花子，披着一身褴褛的破片，光着脚，战战兢兢的从墙角的黑影里像小偷似的走出来跟定了李园：

"老爷，可怜可怜吧！"

李园很慷慨的从外套的兜里掏出一分钱放在乞丐的黑手里，他以为这种行为总会给丽银一个好印象。做梦也想不到丽银并不赞美他这种慈善的作风，她斩金截铁的说：

"你给他钱，他拿去抽白面，不如不给他。"

"你怎么知道他抽白面？"

"看脸色看不出来么？"

走到一家有不少人出出进进的百货店门口，李园提议进去看一看，丽银非常的高兴，马上表现出欣快的心情，一双媚人的，乌黑的，孩子气的大眼睛放着兴奋的光芒，走路的脚步也分外轻快了。

走到化妆部，丽银恋恋不舍的看着那些陈列在玻璃窗里五光十色的化妆品，她羡慕的指着雪花膏的柜台：

"那种小瓶的雪花膏特别好！"

"你要么？"

她眼热的笑一笑算回答。

李园豪爽的向伙计挥挥手：

"拿瓶雪花膏。"

雪花膏包好的时候，李园用亲密的口气对她小声的叨咕：

"请你收下做纪念品。"

她心满意足的对李园看一眼，这一眼包含的意义可太深远了，要说感激吧，还不仅仅是感激，似乎有点"你应该给我买一瓶雪花膏"的意思，这意思可决不是恶意的，完全相反，是天真的，纯洁的，就像一个妻子要求他的丈夫那种不分彼此的感情差不多，丽银觉着光荣而且满足。

李园觉着满心是欢喜，接着他俩又像自由的鱼似的，不慌不忙的逛到裤子部，这里，女性的裤子陈列的最多，好像男子没有资格穿裤子，只有女性才有资格穿似的。玻璃橱里的上柜和下柜，外面和内面，全是颜色鲜艳的，长腰的，短腰的，在辉煌的灯光里，说不出多么好看的作品。

丽银小姐看见了这些裤子，像先头看见雪花膏一样，眼睛里又射出羡慕的光。

"你想买裤子么？"

丽银赶紧摇摇头，把羡慕的眼光变成不耐烦的神气走开了。

丽银绝不是无论看见什么都眼馋的女性。

从人们贪恋不厌的百货店里走出来的时候，李园借着光明的路灯看看手表：

"喂，时间还早得很！我们去看电影好不好？"

"去吧！"

李园一留心街上来往行人中的女性，没有一个赶得上丽银年轻，活泼，美丽，动人。她好像一堆乱七八糟的草丛中突出的一朵鲜艳奇异的花朵，显着特别的美丽，从她的头上和身上还随着凉风散发着醉人心魂的香气。

这么一位贵重的千金小姐心满意足的伴着他，——李园先生——他该有多么快乐和骄傲啊！看见这一双亲亲热热的情侣在街头悠闲自得的散步，微笑着，谈着情投意合，句句动听的话，不知有多少男女羡慕和嫉妒。

羡慕么，尽管羡慕。

嫉妒么，请随便的嫉妒好咯！

我们的李园先生一丝一毫也不在乎，其实他也不注意什么羡慕和嫉妒，他现在并不想别的事，只是一心一意的和她随便的谈着各种快意的话，亲热的靠着肩膀，好像一对形影不离，分不开，拆不散的鸳鸯一样，又像一对比目鱼，还像两块橡皮糖粘在一起。

在黑暗的电影院里他俩坐在一起，肩膀和肩膀靠得更紧了，不单肩膀，连头也连在一起，这真好像双棒的甜瓜了。

说起来真是无巧不成书，今天演的正好是香艳动人的爱情片，和黑暗中的一对正相吻合着。

李园的胆量一刻比一刻的大起来，他鼓了好几十次勇气，下了好几百回决心，到最后一回，他战战兢兢的把手伸过去握住她的手。她呢？一点儿也不反抗，动也不动这还不算，最后李园欢喜的是她用力握了一下他的手，又把手伸到他的怀里，让他随意握着，抚摸着。

李园觉得她的手是柔嫩的，像面做的那么柔嫩，又是热的，像火烧的那样热烈。

他俩的事先这么放着，我们应该说玉馨了，诸位听者大概把她忘记了吧？那真是太对不起她了！

李园和丽银还没有上街的时候，是和她在一起谈天来的，她正在为自己补一双破了脚后跟的洋袜子，李园提议上街，她先抬头，说今天懒得动弹，希望丽银跟他一块儿去，他俩走后玉馨就孤苦伶仃的照旧缝袜子，大概缝了不到半点钟，有人敲门。进来一位年轻的绅士，他很斯文的对玉馨恭恭敬敬的行一个鞠躬礼。

玉馨用吃惊的眼光看看他：

"哦，冯先生请坐。"

"丽银不在家么？"

"是的，她出去了。"

"什么时候出去的？"

"刚出去不大工夫。"

"嗯……和一个同事的，您请坐吧。"

"不客气。"

这位冯先生，年纪大概还不到二十五岁，瓜子脸，圆下巴颏，有一个高高的像山峰似的鼻子，戴一副黑眼镜。从侧面可见他有一双细小的眼睛，像老鼠的眼睛一样。没有戴帽子，露着明光的分头，领带是红色的，衣领是黑的，坐在椅上，叠着一条腿，说话的声音很沉闷。

"她什么时候能回来？"

"我也说不好，我想，他们大概是看电影去了？"

她照旧补着破袜子，拿着针的手很敏活的动弹着。

冯先生寂寞的坐了一回儿，觉着单调，默默的立起来，随手理理衣服，要走：

"对不起，打扰了……"

玉馨赶紧把针线放下，敏捷的下了地：

"怎么，您要走么？"

"是，要走了，我到别处有点儿事情……"

"您找丽银有什么事吧？你说说，她回来我可以告诉她。"

"没…没有什么事……再见！"

"不远送了。"

"再见。"

玉馨把门关上，拿起袜子来看了一下，皱着眉头不耐烦的扔开了，对着镜子用手指粗略的理一下头发，端详一会儿自己，渐渐有点消瘦的面孔，越发觉着这屋子里的空气缺乏快意，是空虚的单调的，在无形中好像有一条大虫噬着她的心，使她难以忍受，她简直忍耐不住这干燥乏味的生活，实在接续不下去这寂寞，枯燥精神上得不到一点儿调剂和安慰的日子了。

她用两只手捧着冰冷的脸，身体好像被扯得四分五裂似的疲乏的伏在床上，老半天没有动一下，好像睡熟了一样。

电影院里的那一对——

丽银的手还是情愿的放在李园的怀里，让他随意的握着，两个人虽然都在看着电影，可是和别的观众是有分别的，因为他俩除了电影以外，还有比电影更有趣的消遣在秘密地进行着。李园以为这是人生最有意义最伟大的生活了，他看过不少古今的书籍，然而书籍所给予他的全是窒塞和沉闷。那些一大长串的字眼儿的议论，那些满篇满幅的描写有什么意味呢？什么意味也没有，全是一些多余的闲话，人世间要没有那些议论和描写，人类的人生活是很简单的，朴实的，因为议论得描写得太多所以把人生弄得麻烦了，苦恼了，李园实在厌恶极了，那些议论和描写。他此刻特别的觉着那些议论和描写讨厌。他以为人在世上活着没有比在温暖的爱海里洗涤着的滋味更有意思的了。

确实是他把热爱着丽银的事当作全部的大事业了，她的手乃是李园精神上的信仰，她的头发的香是李园灵魂上的故乡，她的眼睛是李园生活的光明，嘴唇是他的生命之一。换句话说没有她李园是不能活的，非死不可！

电影演完了，李园和丽银，懒洋洋的站起来好像从甜蜜的梦里醒来一样，那梦里的甜味还接续着……

四

李园是真正的爱上了丽银么？这话实在不敢说，因为李园这个人生性是没有一定的。他有时非常快活，快活的像一个风车，他觉着这世界上无论什么都是丰美的有意义的，含着无尽无休的深远的生命，有时他会突然的无缘无故的好像重重的受了一下凶猛的打击，忧郁的像雨中的猎人，水上的渔夫一样，又像受了创伤的孤雁或沙漠中的旅客一般。他觉着人生的大海实在太渺茫太枯燥，太险恶一点意思也没有，活着就像做大梦，愚蠢极了，这么一想一颓废，他就垂头丧气，无精打采。

不论什么事情，有趣的和无聊的事物全包在一个筒里，在他悲哀的感情的火焰里烧着烤着，他的精神便在这烧和烤的火和烟里痛苦的忍耐着挣扎着。

有时他会在一刻钟以内感情起起伏伏的转变着，表现出各式各样快乐的和愁苦的角色，他自己也不知道究竟是一个怎样的性格。

他热爱着丽银的事实是没有逻辑的，他自己决不知道为什么要爱她，是因为丽银的美貌和活泼么？这当然是爱的理由之一，然而在这以外还有别的不大好直爽的说出来的动机。他目前是孤独的，寂寞的，吃饱了饭没有事情做的时候常常觉着苦闷和烦恼。他的年龄和身体发育的自然的趋势以及他的生活环境和兴趣需要志同道合的女性——一个特殊友谊的女朋友，互相的在精神和肉体的两方面来尽一点儿安慰和调剂的义务。他以为必须这样的生活，不怕是一个短短的时期，或者是一瞬间也好，他总算没有白活一世。

总而言之，他的年龄和孤独的生活需要一个异性来安慰来解闷。正如鸭子需要水，牛马需要草料，小孩子需要游玩，饥饿的人需要吃的东西一样。

他的希望现在可以说是达到了初曙，刚刚的入门，这一点儿就很值得他成天到晚闭不上嘴乐得连姓什么叫什么差不多都忘了。

一想起在电影院里美丽多情的丽银把柔嫩的小手自愿的交给他任意的抚摸这个动人的场面，他就快活的要跳起来，高声的呼喊他的幸福和得意。真的，他好几回已经跳起来真要大声呼喊了，因为马上想到别人听见奇怪，并且他还突然的觉着有点儿什么恐惧似的。只好把满肚子爆发的快活的火花极力的压住，老老实实的回忆着那甜蜜的滋味，这回忆会害得他差不多一夜没有睡好觉。

第二天早晨他看见丽银用含情的眼光看他，从那天真烂漫的少女的眉目之间可以显然的看得出她也有满腔关不住的运气。

一个人在精神特别愉快的时候，饥饿和寒冷往往是没有位置的，李园现在就是这么一个人。他只穿着一件薄薄的绒线衣，在这样初冬的天气到后院去解手，就一点儿也觉不出什么寒冷来。别人穿得厚厚的衣服，还冻得抖抖擞擞的，他认为太没有用了。

在楼梯的中间，他追上端着洗脸盆的丽银，她很关心的发问：

"哎呀，你不冷么？"

"一点儿不冷。"

"多穿点儿衣服好，要不然……"

"没有关系，我抗冻。"

"冻着就晚啦！"

像这样的关心他除了丽银能有谁？

李园真快活的要命，他四面一看没有人，用手轻轻触她腰一下，她赶紧往楼上楼下看一看，有点儿害怕，又有点儿欢喜的对他噘一下小嘴。

清瘦的茶房早就知道李园先生走上桃花运了。他时常对李园羡慕而且嫉妒的做一个亲切和疏远的笑脸。李园对于这个茶房有点儿恐惧的感情，怕的是他在楼上楼下前院后院去大肆宣扬，这对于他虽然没有什么大不利，而对于丽银多多少少是有影响的，他为了这爱情的路上没有障碍，进行顺利起见，无论在谁面前，都表现出客气的嘴脸，为的是得到大家的同情和共鸣，原谅和帮助。见了茶房也温柔百倍的应酬着：

"忙不忙啊？"或者是：

"累不累啊？"

再不然是：

"冷不冷？"

实在想不起什么可说的话的时候就：

"吃饭了么？"

见了那个中年的掌柜也是这一套。

李园本来是个骨头很硬，脾气很骄傲的青年，他一向最憎恨一般人的虚伪的嘴脸和客套的语言，然而他现在却特别的虚伪，格外的客套了起来。

李园是个比较胆量大的人，他总是先有行为后有思想，他从来不大在行为以前仔细的思索一下行为的结果，他以为社会上的无论什么事，倘若可能的话，顶好是任性的干下去，干好了就好，干坏了就坏，没有多大的关系，他的爱丽银也有点儿这种态度，不管这爱情能不能永远的保持下去，能爱一年就爱一年，能爱半年就爱半年，能爱一个月就爱一个月，能爱一天也好，能爱一小时也可以，一句话，只要能爱不怕是一瞬间，他也知足，他就是这么一个人。

李园的屋子里现在收拾得特别干净，他把新买的白褥单只有在白天不能睡觉的时候才正正当当的铺上，被褥是整整齐齐的叠的很有角楞，四边像刀切的一样，在这上面放着的一对枕头也整齐的排列着。床底下也收拾的分外干净，连一双旧鞋，一个破碎的纸匣，一堆不新的新闻纸，捆柳条包的绳子，无论什么……都规规矩矩的排列的有条不紊，好像教育严格的兵营内务整顿的好成绩一样。

他自己身上也收拾的非常细心，每天早晨洗完脸以后要努力的往脸上擦一些雪花膏，不断的对着镜子前前后后或上上下下的照了又照，他照镜子的时候，总觉着自己是一个特别漂亮而且特别可爱的小伙，无论谁也赶不上他。

他正热心的对着镜子照来照去，听见门外有轻乱的脚步声，又听见清瘦的茶房说话：

"大概是没有出去，在屋里……"

不知是怎么一股劲头，他情不自禁的推开房门往外看一看，看茶房在前面走，身后随着一个穿黑色的外套的青年，一直走到玉馨和丽银的门口，茶房停住了，举手敲门：

"赵先生，有人来找……"

丽银开了门出来：

"噢！冯先生，请进屋吧！"

李园怕他们看见他，赶紧缩进屋里，他的心跳的很厉害，不知是悲哀还是愤怒，他的胸口觉着快要爆裂了似的，站也站不住，坐也坐不稳了，真好像热锅里的蚂蚁一样！

茶房的脚步声消失以后，李园板着愁苦的，愤激的，好像受了一大侮辱，又好像受了一番大打击似的面孔，悄悄的走到那间关上的门口侧着耳朵探听着：

"冯先生，你那天晚上来我不在家，太对不起了！"这是丽银的说话。

"不客气……不客气……"男的就说："那天晚上，我从这经过，随便进来串门，没有什么事情。"

"外面很冷吧？"问这话的是玉馨。

"是的，今天有点儿冷，你们吃饭了么？"

"早吃过啦。"这是丽银的回答。她的声音，听者特别的温柔，格外的亲切，说不出有多么体贴。

在门外像个小偷似的窃听着的李园，他的耳朵像有锋利的锥子狠狠的刺着一样，使他难以忍受的疼痛，头顶上又好像有魔鬼在无形中用大棒子打他一样，他觉着脑袋快要碎了似的，浑身上下都难受，他站不住了，快跌倒了，赶紧跑回自己的屋子。

然而回到自己的屋子，更不舒服，他瞪着像疯子似的愤怒的眼睛，咬着要吃人似的牙齿，两手用力的抓头发，又生生的扯自己的衣服，好像起了火似的，在屋子里来回的忙着奔走，又如一只挨了刀枪还没有断气的野兽在拼命的挣扎。

——这小子，他是谁？

——他来找丽银干什么呢？

——那天晚上他来过……啊！他是时常来的，莫非说他是丽银的情人么？

李园越想越生气，满脸的凶狠，好像要杀人似的，他握着拳头，跺着脚，坚决的下了决心，一定要闯进去拿出疾风迅雷的动作把那小子打个半死不活，是的，非打死他不可！

他勇敢的挺着雄壮的胸脯，杀气腾腾的奔到那个仇人所在的房间门口。

但是一到那门口他又踌躇起来了，没有勇气进去了。

他嫉妒的，愤怒的，在门前踱来踱去，故意把脚步踏得特别响，意思是打算惊动屋子里的人，特别是惊动那个该死的男子，叫他知道那屋子是不许可他多逗留的，他如果知道好歹的话，应该赶紧的滚蛋。

然而这一切全然无效，不论他的脚步踩得怎样的响亮震人，屋子里并不改变快活的空气，那男子的话是很多的，像演员似的滔滔不绝的讲个不休，他的每一句话，每一个字，都有刺，刺着李园的心。更叫他不好受的是丽银的说话和笑。她的说话像春风中燕子的呢喃，又如夏季林中金鸟的歌声，她的笑像秋夜西风的凉爽，又如冬日温暖的炉火。她的说话和笑能给人的精神以无限的兴奋和难以言说的安慰。

这么宝贵的兴奋和安慰不是给李园的，是给别人的。

李园来回蹦跶一阵，看看没有什么结果，垂头丧气的回屋。

和先头一样，回屋更难受极了！他像得了热病似的，又好像发了狂，把桌上的书摔在地上，把床上的枕头往墙上扔，把随便什么东西随手抓过来就摔，这样觉着能泄出一些闷气，可是泄出去的气没有进来的气凶狠，他没法再忍受下去了，再要忍耐下去，真的，非疯狂不可！

这回，他极力的忍耐着不使脾气爆发，安安静静的去寻找不共戴天的仇人，他连敲一下门都不，开了她俩的房门就爽快的进去，给了他们一下惊骇！

丽银很快的稳住神，她笑嘻嘻的对李园说：

"我给你介绍介绍，这位是冯先生。"

他勉勉强强的点点头。

丽银又指着他对那位客人说：

"这位是李先生。"

"啊！久仰久仰！"

李园什么话也没有，他默默的坐了一会儿，默默的立起，默默的出来，默默的回到自己零乱的屋里，默默的躺下了。

这是他有生以来头一回尝到的痛苦的吃醋的滋味。他的一双因为生气而瞪得圆圆的眼睛笔直的看着屋顶，看了好久好久，他的眼珠子像僵住了，不会转动了似的，两只胳膊瘫软的放在身体的两边，两条腿无力的伸张着，这仰卧的姿态，真像断气的死相！

他在嫉妒的怒火里不知难受的挣扎了多么久，他想冷静一点儿，把这些事都忘记，和丽银的事也忘记，全当没有这件事，他又深刻的想恋爱这瓶毒药并不是甜的，实在是苦的，喝下这瓶毒药的人不是死便是发晕，他现在便是中恋爱的毒，已经发了大晕而且快变成恶臭的僵尸了。

刚起头他就尝到恋爱的苦味，他抓着头发分析他自己，所谓男女的爱，能给他一些什么报酬呢？焦虑，心跳，嘴唇子干燥，眼圈微黑，消瘦……只有这些罢了，此外还有什么呢？

李园是聪明的，有血性，理解力深刻的青年，他什么事情都明白，都看得清楚，看得彻底，但是心里明白腿打绊，他不能拦住自己往错路上走，明知道是错的路，却要拼命的走下去，好像一块圆的石头从山顶上往深谷里滚一样，滚得活泼而且迅速，想停也停不住了。李园这个人，很有点奇怪！

他听见那个姓冯的走了。

"请在屋里吧，外面很冷的，别送……"

“不客气，有工夫请串门。招待得太简单啦！”

“哪有的话，请回屋吧……”

脚步声，男女的笑声，渐渐的近又渐渐的远去，这些声音都尖锐的刺着李园的耳朵，刺着李园的心，他的耳朵痛得要命，他的心可以说是片片的碎了。

五

要说李园的心因为吃醋片片的碎了，这似乎有点儿形容得太过火，请让我加以改正。他的心还没有片片的粉碎，只是觉着说不出来的难受，这种难受的滋味，既不像病痛又不像一般的痛苦，只有吃过醋的人才知道是怎样的一种滋味，总而言之，是不好受的。

丽银欢欣鼓舞，又含着一些挂心的感情进来了。

“刚才来的那个小子是谁？”

“是我叔叔。”

“叔叔？什么叔叔？”

“叔叔是我父亲的兄弟，就是这么一个叔叔。”

“他来找你做什么？”

“来看看我，我母亲嘱咐过他，叫他时常来看我，你以为他是谁呢？”

“我以为是你朋友或者是情人……”

“你别胡说！我叔叔在这街上不是一年半年了，他从小就在这街上做买卖，他连书都没有读过，全是他自己用功学习的，他写的字才好呢，算盘打得也好，后来有人给他拿本钱，叫他做买卖，他做得也特别好，赚了不少钱，亲戚朋友没有不知道他的，不称赞他的，是个有本事的人，你却误会，真冤枉人！”

“对不起，我错了，请你原谅。”

她的一对梳得特别整齐和美丽的小头辫在灯光下显出一片黄色的光辉，那一双乌黑的像宝石似的放着光的大眼睛分外的天真和动人，她的鼻梁不高不矮，不宽不窄的，正合适安在两眼的中间，在这下面的一张像樱桃的小嘴，老引诱李园去激烈的吻它，但是李园老提不起这种胆量，那一排整洁雪白的牙齿也很感动李园的思想，还有那一笑就现出来的酒窝也有几万字描写不尽的魔力。

李园上上下下的打量着她，很想看出她的心里是怎样一种倾向。她也上上下下的打量着李园，也好像在猜想着他此时此刻在思索些什么似的，两个人都好像缺少一种什么东西。

这一对，正好是天生的一对，李园需要她的女性的调剂，她需要李园的男性安慰，李园看出她浓烈的希望，她也看出李园饥渴的要求，他俩不知不觉的在会话的眼光里互相的交换了意见，决定了，同意了。于是亲亲热热的搂在一起，亲了一个又香又甜的吻。

她是随意的，不在乎的，好像这并不是初次，早就有了十足的经验，这是李园做梦也没有想到的事。他的胆量更大，行为更放肆了，丽银一丝一毫也不在乎。她心满意足的离开李园的怀里，疲倦的倒在李园的床上，好像从窗上跌在地上的一只小鸟一样。

"冷。"她说着就把李园的被子拉过去从头到脚的一蒙：

"我要睡觉，困……"

李园吃惊的看着那动人的一堆，他有点儿不太相信自己的眼睛，他以为这是做梦。

但是头上的灯罩把四散的光亮硬逼着压下来，把小桌上的书籍，纸张，墨水瓶，钢笔，小镜子，浆糊瓶，小刀照得清清楚楚。街上，在黑暗里有辉煌的灯光，有来往的车声，别的屋子里有无线电广播出来的流行曲，有谁在哼哼呀呀的唱歌，这哪是梦呢？这不是人生的大交错么？这不是生活在不停的接续着么？

然而李园还没有清醒，他不敢动一下那被窝，他以为刚才的搂抱和亲吻已经有点过分，如果她生了气，从此不理他，那不是很大的损害么？

他悄悄的坐在床边看着丽银在被窝里轻轻的动弹着，突然，她把红红的脸儿露出来笑起来。李园情不自禁的捧着她的脸蛋又亲了一阵。

"你不冷么？"

"不冷。"

"你要冷，盖这被吧！"

李园踌躇了老半天，他一点也没有想到丽银的意思。这并不奇怪，一个人在非常快活和幸福的网里往往糊涂起来的。李园这时候像喝醉了似的，特别的糊涂，他醉眼朦胧的看着丽银的酒窝，丽银用小手在他腿上打了一下，这下把他打聪明了，他壮起胆子来，迅速的进了丽银的被窝……

突然有敲门的声音：

——啪啪啪啪……

这是"好事多磨"，他赶紧起来，随手把丽银也用力的托起来，手忙脚乱的帮着她扣上刚解开的几个衣扣，又慌慌张张的去叠被，他越着急，手脚越是不灵，把被叠好，又去穿自己的大衣。这时门上又：

——啪啪啪啪……

他拿过一本书来放在丽银的手里，对她做手势，意思是叫她坐在灯下假装看书，他稳住神慢慢的走去开门。

进来的是玉馨女士，她笑嘻嘻的好像有什么喜事似的：

"我以为你上街去了呢！我在门口等了你半天。"

她的脸冻得红红的，用两手摸着耳朵。

她一进来就稳稳当当的坐在床边，她还有许多的话要喋喋不休的说下去：

"门口那个卖地瓜的，我看他简直不是卖地瓜，是吃地瓜，他吃了一条又一条，吃起没有完了，我看着真有趣。"

她嘻嘻的笑着，用一只手堵着张开的嘴，两只脚摇摆着，跺着，身体也左右的摇摆着，好像坐在风浪中的小船里一样。

丽银像生了气的小孩子似的，不高兴看着玉馨欢笑的姿态：

"他饿了，怎么不吃呢？"

玉馨不赞成她的主意：

"他应该吃别的东西，地瓜是很贵的，应该卖钱！"

"吃别的东西得不得花钱买？花钱买别人的东西，钱叫别人赚了去，合适么？"

"不，他应该花钱买别的比地瓜更赚钱的东西吃。"

"为什么要那样？有好东西就应该吃好东西，没有好东西吃，那是没有法子啦！"

"你想的是另一路……"

"我想的一点儿也不错！"这两个姑娘为了吃地瓜的问题很激烈的辩论了老半天，李园用别的话把她俩的辩论拆开了。

玉馨一点儿也看不出人家厌恶她，希望她快走的意思，她从卖地瓜的吃地瓜的事又讲到旅馆里的新闻：

"你们听见没有，先头十三号那一家又吵起来了，那女人可真可怜，她的丈夫简直就不拿她当人看，时常无缘无故的骂她，因为做饭做得晚了一点儿也骂，因为房子里没有收拾干净也骂，她一点反抗的勇气也没有，我真奇怪，她为什么那样的老实呢？"

李园感叹的说：

"那样的女人多得很！"

丽银接着下文：

"一点儿也不奇怪！"

"不奇怪？"玉馨激愤的瞪她一眼。

"他还打她呢！前天晚上你没有听见？大概是因为她辩论了几句，于是那个该死的小子就打她。她一面哭，一面嘟嘟念念的诉说着，她说：他认识了一个女人，因为有她，不能娶那个女人，就恨她，动不动就拿她出气。

我看，那个臭小子，脸像黑锅铁似的，脑门上还有一块伤疤，能赚几个臭钱，就不知天多高，地多厚了，一定得不着好死！"

玉馨也有不同的意见：

"我看那个女人也有缺点，你看她身上的衣服穿得多脏，也不脱下去换一换？"

"她成天到晚的忙，哪有工夫换衣服？再说，她有缺点当丈夫的应该教育她，矫正她呀！因为爱上别人，就骂她，打她，这有理么？那小子决不是个好东西，看他那个缺德的样就知道不是个好饼，想不到，还有人爱他，那个女人真瞎眼……"

这回该李园发表意见了：

"恋爱往往是盲目的，没有一定原则的，坏蛋，也有人爱，这似乎很叫人奇怪，但是世上的事就是这么的，实在没有法说。"

玉馨愤愤不平的两只手叉在腰际，眼睛凝视着墙：

"先头，那个该死的小子又要打她，唉，女人多么可怜……"

李园开始了他的演讲，这个演讲好久以前就在肚子里打好了草稿似的：

"一般的婚姻，多半是父母之命，媒妁之言促成的，这本来是谁都知道的事，因为不满意自己的婚姻，于是又另去追求理想的对象，这件事我们应该赞成……"

玉馨把手一扬，大声的说：

"李先生，您这话我不赞成，叫我说：一个有了妻子的人，不管他那婚姻是怎样成立的，他根本没有再追求别的女人的资格了，他要再和别的女人结婚，这不是纳妾？莫非说李先生赞成纳妾么？"

"我的意思不是主张纳妾，我是说，一个婚姻不满意的人是值得同情的。"

"这一同情不要紧，许许多多的悲剧就造出来了。我的意见是，有了妻子的，就得牺牲，把幸福让给别人，他要去争夺幸福的话，就演成了若干的不幸福，李先生我的话不对么？"

真想不到玉馨还有这么一套，她一向是沉默的性格，不大愿意多说话，而今天却破了例，口若悬河的讲了这些，仿佛她聚集在胸中的许多苦闷，早想等个合适的机会痛快淋漓的发泄一下，老没有机会，今天晚上偶然的一问，她像个机器的发条被碰开了一样尽量的爆发了。

但是这并不像聚集在她胸中苦闷的全部，因为她发觉这屋子里的空气是不大祥和了。

李园无精打采的坐在桌子旁边，摆弄着钢笔，他时时的偷看丽银，她呢，这时候放肆的躺在老李的床上，懒洋洋的拿着那本书，不看，也不翻弄一下，把它当玩意儿似的单调的扔着，拍着，她也时时的往李园脸上送去多情的眼光。固然的，她对于玉馨的理论并不发生兴趣，她一点儿也没有细心听她说话。她把时间都用在欣赏李园的男性美的面孔和健康的体态以及频频送去的秋波和厌恶的瞪着玉馨的背影了。

玉馨发觉了一点儿这种意味，受了一下深深的刺激，但是她又不能爽快的走开，因为她不愿意随便的牺牲自己的尊严，她以为自己是没有错误的。

谁也不说话，沉默了老半天。玉馨坐不住了，她寂寞的喘口粗气，乏味的立起来，看丽银一眼：

"天不早了，不睡觉么？"

丽银恋恋不舍的把书交给李园，悄悄的随在玉馨后面去了。

抛下李园一个人，他垂头丧气的坐在灯下低着眼眉，看着他自己的脚尖。街上小贩的叫声打破了静寂，那小贩是这样喊的：

"新出锅的热地瓜啰！"

六

这几天，聪明而且又是糊涂的李园，一时一刻甚至于在每一秒钟以内，都没有忘记努力的寻找一个巧妙的机会来完成他理想的大事业。实在的，他把这件事看得太认真了！他以为丽银是镶在高山上一颗宝贵的明珠，他费了多少苦心，出了多么大的力气，冒过多少艰难，好容易爬到这山顶上了，只消在奋勇的前进几步就轻易的得到了那颗在梦中都忘记不了的珠子。

他觉着自己是世界上最聪明，最有希望，最可爱的青年之一，是值得一个美丽的女性来爱的。在从前，也并不是没有女性爱过他，因为那些女性的脑筋还没有彻底的革新，她们只是用两件时兴的衣服，入时的打扮，再加上一把小雨伞，或者一个小布包来表现她们是近代的新女性，其实她们的脑筋还旧得很。有的比较新一点儿的还摆脱不掉旧习惯和旧举动，最叫人讨厌的是那假装。李园看不出来认识过的几个女性究竟是不是爱他，因为受不住日期太长的研究，考察，追求和心跳，便厌恨的后退，中止他的计划了。

现在他碰见了一个和他志同道合的对象他是不能放松一步的，他以为这个千载难逢的好机会如果错过了，那么他一生一世也不会走运气了！

他恨玉馨，好像故意似的把他的机会破坏了，但是他一点儿也没有受挫折，一点儿也不灰心，他更加努力的用温柔和爱，用照顾和体贴，用狡猾和撒谎，用亲密的语言，用手腕，积极的进行着往山上跪爬，去得到那颗宝贵的明珠。这几天，他在班上，在路上，总是热心的打着这个算盘……

丽银那个姑娘呢，她在和李园搂抱和亲吻的时候并不心惊肉战，抖抖擞擞的。这就是说，她的恋爱经验是丰富的，在她还是一个学生的时代，就有了这种又害怕又有趣的经验，后来有过好几个漂亮的和丑陋的家伙追逐过她，爱过她，但是那几个家伙都不懂得"爱情的伟大"和"伟大的爱情"，他们达到几分钟欢乐的目的就像狗似的夹着尾巴远远的逃走了。

丽银也并不失望或伤心，连半滴眼泪都不掉，然而这回她接受李园是和从前那几回不同的，在她的眼里，李园是和一般说谎的，吹牛的，轻浮的人有差别的。第一个特征是他并不成天到晚把时间消耗在游戏上，时常看看书，写日记。第二个特征是他很美貌而且多情，又温柔体贴，有点儿女性的性情，一点儿也不粗俗，不暴躁，说起来一字一句，说不出有多么好听。第三是，他明白"爱情的伟大"和"伟大的爱情"，所以他真正的爱丽银，这一点丽银是看得出来，猜得中的。于是她虽然在极疲乏时也勉强的支持着和他谈话，在极困倦的时候也强打着精神睁开眼，用眼光去擒拿他，征服他。到底，她的战斗得到了胜利，李园成了她的俘虏。她相信，李园决不是今天爱她，明天厌恶她，讲她的坏话，嘲笑她，唾弃她那样的人。会永远的爱她，保护她，给她做忠实的奴仆。

因为她有失败的经验做基础，有相当的观察，有正确的推理和判断，有坚定的自信力，所以她安心的把柔软的小手交给他细心的抚摸，把活泼的身段送给他热烈的搂抱，把这香的嘴唇传给他疯狂的亲吻，也敢躺在他的床上，盖上他的被。

她看出，也猜中李园的更进一步的野心了，她认为这是自然的趋势，她恐怕李园的勇气不够，便用媚人的眼光和动人的笑诱惑他，鼓励他的力量，这一步棋也算成功了，谁想到玉馨不作美，她把一盘快要成功的棋局扰乱了，弄毁了，推翻了！

几日以来她觉着玉馨的一举一动和说话全不合她的口味，玉馨很挂心她，怕她又像从前那样几次似的叫人家玩弄个够以后无情的扔开，像扔一只破鞋一样！

玉馨时时的规劝她：

"你们这进行得太快了！"

她舒舒服服的躺在被窝里悄悄露出面孔，用怀疑的眼光去看玉馨，疑惑她，不相信她。

"你应该仔细的考察考察，想一想他是真的爱你么？"

"他一点也不是假爱我呀！"

"你怎么看得出呢？"

"那怎么看不出来？"

"你们将来有结婚的可能么？"

"有啊！"

"他家里没有媳妇？"

"我想，也不像结过婚的人，结过婚的人不是那样的……"

"你怎么知道他没有结婚呢？我告诉你，男人都是花言巧语，不可靠的，你听他说的好听，往往不是那么回事，女人太容易上当了！"

"真奇怪你不是说李园是很有知识，很可爱的么？为什么你现在又这样说了呢？"

"我不是说，他可爱就把一切全交给他，也得慢慢来……"

"得！不用说啦，我早就明白你的意思了！"

"丽银，你说我是什么意思？"

"你爱他，难道我不知道么？你要爱，给你，我不要不行么？"

丽银把被往头上一蒙，什么也不说，也不听了。她觉着这屋子里如果能换一个人，空气一定是新鲜的，快活的，兴奋的，被窝里会加倍的温暖，睡眠会越发的香甜。

她想了不知道有多么久，她听见玉馨睡熟的鼾声，她想，睡在身旁的假如不是玉馨而是李园，那该有多么好啊！

她踌躇的爬起来，慢慢的穿好衣服，轻轻的下了地，对着镜子理一理自己的头发，像小偷似的悄悄的开了门，很怕惊醒玉馨，她知道玉馨的睡眠不深，稍稍有点什么声音就会惊醒，但是她越是担心，越出毛病，那门在她用力过分的手下发出一声尖叫，但是没有惊醒玉馨，这使她从头到脚的放了心，她一点儿一点儿把门推开，又一点一点关好门，轻手轻脚的，一直走到李园的房门口。这时候大概有十二点多钟了，旅馆的人都在快活的悲苦的或怪诞的梦中，只有楼梯口还亮着一盏电灯，瞪着奇怪的眼睛看这个姑娘去敲那门。好像早就有了约会，李园正在焦急的等着她似的，很快的就开了门，把她请进去了……

这些黑点子的意义是伟大的，它创造了世界的过去现在和未来，使地球特别的丰美而且热闹，种族是一代一代不间断的连续繁殖下去，完成生物们天生的义务。

当丽银起来穿衣服的时候，玉馨已经惊醒而且掀开一点儿被，把她的动作全都看清楚了，她知道丽银要上什么地方去，她也知道这是没有法阻止的，于是她默默的不动，一直等到丽银把门关好她才爬起来把门上的铜钩用力的挂上，还不放心的推推门，怕没有挂结实。

这间小屋子里的空气太沉闷了，空气像凝固了一样，简直叫人没有法呼吸，又好像在丽银开门的时候，放进了许多窒息性的毒瓦斯，玉馨每一下呼吸都觉着苦闷难熬，她躺进被窝里难受的翻来覆去，像煮在锅里的一只螃蟹似的，又像挨了几刀使她难受得没有法忍受，几乎到了发昏的程度。

她索性坐起来，披着被，一看空着的散乱的丽银的被窝和推在一边的枕头，这些全是深刻的刺激，同时在她的脑里像演电影似的幻出男女狂欢的图画，这更是天大的刺激，她的血液注射了一针兴奋的药水似的，在体内滚滚腾腾的流动。她觉着浑身上下发烧的厉害，屁股底下像坐着针毡一样。

她羡慕嫉妒，又有点儿愤怒，各式各样的感情在她发烧的胸中矛盾的作着战，她忍受不了这刺激，这诱惑，这连接来的无名的痛苦。

她又难受的躺下了，像煎熬着一样。

时间过得慢极了，每一秒钟都好像拉长了似的，她觉着足有四个钟头。正在睡神刚要来临的时候，听见有人推门，她知道是丽银回来了，她假装没有听见，理也不理。

门外的人像等不得似的，但是又不敢大声的敲门，只是用力的推了一阵，停止了，接着又推。

她恶意的笑着，听到那用力和焦急的气喘，觉着是一种消遣和快意，她坐起来等了会，认为是满足了这才小声的问：

"谁呀？"

"我。"

她假装没有听见，再大一点儿声音问：

"谁？"

"我。"

"啊！丽银，你上什么地方去了？"

"快开门吧。"

"等一会，我还没有穿衣服。"

"赶紧的呀！"

"着什么急呢？"

"快点儿！"

"你看门上的钩不知怎么弄的，开不开了！"

"真急死人。"

玉馨摆弄了老半天，不紧不慢，不慌不忙，非常的沉着，门外的人好容易才钻进来。

"丽银你上哪去了？"

"上厕所。"

"在厕所里睡觉了么？"

"别瞎说。"

"上厕所哪有一去好几个钟头的道理？"

玉馨特别注意的看一看她凌乱的头发，好像叫谁抓住她的头发把她打了一顿似的，凌乱疲乏，困倦，又有装不住的快活和满意从她的模样上表现出来。

两个姑娘，一个是烦闷的，一个是高兴的，都悄悄的上床睡了，夜静静的接续着。

七

两个月以来，不管天气怎样的寒冷，李园过的是温暖和适宜的生活，丽银像他的唯一无二的尊夫人一样和他亲密的出出进进，时常就在他的房里一夜睡到天亮。

他俩时常下小饭馆，又去看电影，逛百货店，李园每月赚的钱不够花，完全由她拿，她家里时常寄钱给她，她就把这钱用在享乐上。李园渐渐的有点儿受不住了，因为这个姑娘的劲头太大，她总像饥饿着似的，需要充足的爱情来补助她，救济她，不这样就好像不能活一样！

不久，李园忽然发觉，她时常一个人冒着大风雪不知到什么地方去做什么，她自己说是看朋友，从前的同学，但是她有时候夜里不回来睡，第二天李园问她的时候，她回答得很爽快：

"我那同学，她无论如何不许我走，叫我睡在她的家里，她做饭给我吃。"她的发辫上用绸布打着两个花朵，好像两只美丽的小蝴蝶一样，她的脸上脂粉的香气比从前更浓厚了，她胖了不少，而且越发的天真和活泼。说话的时候手脚不停的动弹着，好像跳舞一样，她新学了不少流行的歌曲，特别高兴的时候就张着通红的嘴唇，用那婉转动人的声音唱着，她的歌声有时候像酒一样把李园灌的迷醉了。

李园本来是一个很用功的青年，欢喜读书，有时写两句驴唇不对马嘴的小品文之类的东西在报窟窿里发表，自从认识丽银以后书也不读，小品文也不写了，他时时忧心的想着他的小鸟不是一只蠢笨的家鸭，恐怕不定时刻要飞向更美好的乐园里去了。他有时疑心这只小鸟已经飞到那不知所在的乐园里去过了，她所以还要飞回来，是因为和他的情意还没有达到根本切断的日期罢了，这个思想实在是不愉快的，连他自己也不知道为什么会生出这个没有根据的思想，但是他觉到了，仿佛像从丽银的身上嗅到了这种必然的气味，这是正落着小雪的一天黄昏。

街道两边的店铺还寂寞的开着门窗，路上行人很少，雪花从昏暗的天空散乱的落下，打着他的脸，他把衣领提得高高的，缩着脖子，两手插在衣兜里，从班上拿来的几份报纸紧紧的夹在腋下，他很焦急而且兴奋的回旅馆，一想到明天是个星期天，可以和丽银畅快的玩一天了。

这个希望像一团动人的暖火一样，在前面跳跃的引诱他，他加紧脚步，迅速的走着，走到十字路口，一辆汽车很快的从他身旁飞过去了，他恍惚看见车里坐着一男一女，那个女的好像丽银似的，可惜他没有看真切，他想好好的看个彻底，那汽车早就穿进寒冷的空气里，呼呼的声音也渐渐的减弱，变成一个黑点子终于不见了。

"大概是看错了人！"他这样安慰自己，跑到旅馆的楼上，他第一头就急切的钻进女朋友的房里，玉馨正坐在墙角寂寞的吃着饭，一小炉炭火还没有烧尽，赤红的炭火，蓝色的火苗，非常的美丽而且动人。这小火炉是放在屋中央的，那旁边放着一口盛菜的小锅。

"刚下班么？"

"是的，丽银呢？"

"她和……啊！她有事情，出去了……"

"什么时候出去的？"

"刚出去。"

李园的身体好像被扯得四分五裂似的，疲乏而且瘫软无力的坐在床边，脑壳沉重的低下。

玉馨关心的问他：

"李先生，你还没有吃饭吧？"

"我不饿……"

"少吃一点儿。"

玉馨把碗筷放下，勤快的蹲在地下盛饭。

"我实在不饿……"

"不饿也得少吃一点儿。"

他默默的不发一言，凝视着面前的红红的炭火，这个时候，他想起刚才在十字路口看见的那辆汽车，突然，他好像发了疯似的，用力的抓住玉馨的两肩，摇动着，瞪大了眼睛，焦急的用着有点儿沙哑的声音问她：

"玉馨！人和人是不是应该诚实？"

玉馨吃惊的后退，把刚盛完的一碗饭放在桌边，她混乱了，像有什么不幸的事情要发生一样。

李园的两手用力的抓着她的肩膀，眼睛里是异样的光芒，这光芒笔直的射进玉馨的眼睛里，他微微的张着嘴，默默的等着回答。玉馨吞吞吐吐的回答他：

"是……应该诚实！"

"那么，你诚实的告诉我，丽银是和谁一块出去的？"

玉馨胆怯的看着李园好像疯子似的异样的瞪着的眼睛和那麻木的张开的口腔，她把肩膀上的两只手用全身的力气推下去：

"李先生，什么事情这样的着急？"

李园越发逼近她：

"我求求你，诚实的告诉我，她是和谁一块儿出去的？我只求你这一件事，不求别的，你快告诉我……"

"李先生，我没有法告诉你，因为，我也不认识和她一块出去的那个人是谁。"

"真的么？"

"实在的，我不说谎，我今天头一回看见那个人。"

"他姓什么你也不知道？"

"那我也不知道。"

"不能，你是不肯告诉我！"

"李先生，我愿意对天起誓，我确实不知道他姓什么，丽银下班是和他一块进来的，丽银告诉我，她有事情要出去，不在家里吃饭，今晚上回不回来也不一定，那个人在门口等着她，他戴一副黑眼镜，还戴着嘴套，我连他的面貌都看不清，丽银不给我介绍，我又不好意思问，丽银换上一件衣服就和那个人走了，也没有说要上什么地方去。"

李园好像挨了一棒子似的，他昏头昏脑的，踉踉跄跄的退到床边，一屁股坐下，好像从半空跌下去一样，他从进屋，帽子还没有摘下去。

"我刚才看见的那辆汽车里面坐的一定是她！"

他自言自语的对着赤红的炉火说话，用一只手狠狠的抓着自己的肚子，好像他肚子上刺进了一把短剑，他要把这柄剑拔出来，因为剑刺得太深拔不出来，焦急着，痛苦着一样。

玉馨不能安安静静的吃饭了，她呆呆的看着李园快要发疯的姿态，惊骇得什么话也说不出来。

李园凶凶的站起来，低着头，发狠的咬着嘴唇，用力的握着拳头，好像要去和谁拼命似的，急急忙忙的走出这间屋子，玉馨奇怪的，不放心的问：

"李先生，你要上什么地方去？"

李园没有回答，他的耳朵好像聋了一样。

玉馨眼看着他踉踉跄跄的下了楼，和清瘦的茶房碰了一下，差点儿把上楼的茶房碰一个倒栽葱，幸亏他的手快，搂住了栏杆，而李园却一点儿也没有看见，他头也不回，急急忙忙的跑到大街上。

这时候，天已经黑了，散乱的雪花在飞着，西北风把电线丝吹得呜呜的响。李园不知道要往什么地方去，他胡乱的走着，店铺，行人，车马，都摇摇的退向后面或者是追到他的面前去，一切的人和物都在他面前模模糊糊的停着，或滚动着，他的两腿好像机械的上了发条一样活动的特别的快，他没有目的地，好像做大梦似的，稀里糊涂上街奔跑着。

玉馨很同情李园受了这一下打击，而且可怜他受苦的模样，又不放心他的行动，但是她不能过去把李园拖回来，她知道那是没有用的，也许会闹出笑话来，叫别人误会，她只好老老实实的看着李园跑去了。

李园的受打击或者说是发疯或是去投河，去跳江，去上吊，去喝什么毒药，在她以为是必然的现象，李园即使不疯，不去死，也得像害一场大病似的受一番苦处，因为他爱上丽银便是找苦吃，这都怨他自己吃饱了饭没有事做，自寻烦恼，自讨苦吃，不能埋怨别人。

丽银的事情玉馨是深知道的，她也许真爱李园，也许不爱，不管爱不爱，她不能因为李园而改变她一向的行为，今天晚上把丽银会走的那位戴黑眼镜和嘴套的绅士，玉馨并不是不知道他老大贵姓，他是头些日子来过几回的那位冯先生，他并不是丽银的什么叔叔，那全是谎话，只有李园这样自己觉着很聪明，事实上是个大傻瓜的人，才肯相信。那位冯先生是丽银小姐零花钱的担当者，玉馨和丽银的房钱也是他出的，李园上哪去知道这些事呢？

至于玉馨的确是个"守品行"的女子，她之所以老不和丽银分开，完全是为了沾一点儿光，在物质上得一点儿帮助，并没有别的大目的。

然而丽银决不是个堕落无救的女性，决不是一个真正的坏孩子，只要从她浓烈的爱李园，给他精神上以安慰，又给他物质上的帮助，这就证明她的灵魂是纯洁的，和别人一样的高尚，她所以要委身于另外的别人，就是因为钱袋又空了的缘故，手里一宽头，马上会跑回来，跑到李园的怀里，把全部的生命都献给他。

玉馨又接着吃着她的饭，但是她端起碗来吃了几口觉着饭粒像有刺似的，饭进肚子以后有点儿不舒服，于是她把碗筷收拾一下，并不马上拿去洗刷，坐在床边沉思起来，她猜想着李园这时候跑到什么地方去了。

李园这时候跑到最热闹的一条街上，明灯辉煌的店铺里是温暖的气息，从饭馆里传出来饭的香。李园走进一家不大不小的饭馆，有个满身油腻的伙计，张着大嘴喊了一声：

"请坐！"

并不像电影里的人物那样有什么愁苦烦恼或解决不了的事情就不要命的喝酒，李园是最讨厌酒的人，所以堂倌来问他：

"先生，喝酒么？"

他赶紧不耐烦的摇摇头，把帽子摘下来，把外套的衣领放下，摸摸冻红的鼻尖。

"吃什么呢？"

他低下头去想了一想，好像小说家想应该怎样写那样的思索了一大阵。

"有花卷么？"

"有，是新出锅的！"

"那么，吃花卷，给炒个酸菜粉，再给来碗汤。"

"什么汤好呢？"

"三鲜汤吧！"

堂倌笑一笑，点点头去了。

后屋的厨房里，砰砰啪啪的响，开沸的水声，油炸的叫声，邻座上是说说笑笑的声音。在李园的周围，无论是谁都是知足的，快活的，只有他不知足，不快活，忧愁烦恼。为了什么忧愁呢？因为一个女性。因为什么烦恼呢？

只因为吃醋。这样的忧愁是有意义的么？这样的烦恼是有价值的么？

他左思右想，想不到一个正确的结论。

一想起丽银躺在别人怀里的事儿，比刀枪刺着胸膛还要难受，他忽然想起，进饭馆来实在糊涂，他肚子里一点也不饿，他此刻又懊悔为什么要进饭馆里来。

在他身后有几个伙计，又吃又喝，又说又笑，非常的热闹。左面那个老伙计说：

"你到底决心了没有啊？"

右面那个伙计答他：

"我不去，我要回去睡。"

"你看你，刚才是怎么说的？"

"我不愿意去，没有什么意思。"

"我是非去不可的，要不然你去开个盘子再回去怎么样？"

"那也成……"

堂倌把饭菜端来放在李园的面前，他很愁苦的看着这些东西，一点儿也不愿意吃。

八

李园好像一个被煮熟的东西，处在不能安宁的沸腾的地位了，他在混乱的漩涡里不停的滚动着，煎熬着。

在行走坐卧之间，他思索得非常的厉害，他不能停止胡思乱想：

"她决不是一个值得去苦恋争夺的女性，她有什么值得爱的地方呢？她不过是有一张比较美好的面孔，然而那也并不是什么倾国倾城的面貌，她打扮起来在灯光之下的确是妖艳，然而这总不能就算得上是一个女性的最高美德，她会唱几个流行歌，会风流，会放荡，像野马一样，论知识她是极幼稚的，她至多不过懂得一些三加二等于五和一些简单的历史，地理，以及物理化学的概念罢了，政治，经济，哲学，她是一点儿也不懂的，她恐怕连自己的日记都写不上来，她和我没有发生关系以前早就不是什么处女了，是一个坏透了的七八月的甜瓜，她是爱钱的，决不会永远的来爱我这样一个一无所有的穷光蛋，她现在所以爱我，不过是感到我有点兴趣，能给她开心解闷，厌恶的那一天来到的时候，便无情的抛弃我，忘记我，像忘一只无足轻重的苍蝇一样。这么一个无聊的贱东西，我为她神魂颠倒，煎熬受苦，多不值得，是多么愚蠢啊！"

这样的思想总像一条大虫似的在无形中噬着他的心，把他的心噬得流血。

这一夜他简直没有安睡。第二天是比较温暖的假日，满天的阴云散得干干净净，只有极小片破碎的云彩在天边休息，太阳带着和蔼的笑脸看着大地，房顶上薄薄的一层雪花在阳光下闪着星星点点的光亮，道路上的薄雪已经践踏干净了，只剩道边还有一些和泥土同样的残雪。有些小贩在街边不像往日那样冻得抖抖擞擞的了。

李园坐在马车里，他的行李：一个柳条包，两个皮包，还有一捆乱七八糟的书籍，和一些别的东西都装在马车上，他觉着像从地狱里逃出来的一样。季节虽然还是寒冬，冷得很，但是空气是新的。他要远远的离开丽银到他的新住所去，过安静的生活，他要把这些日子的痛苦根本的治好，就是说他在极烦恼，极悲酸的顶端大大的转变了，他要另做一个人。

马车跑得很快，过去的道路已经渐渐的抛远，前面是渐渐接近的新的道路。丽银这天下午回旅馆是兴高采烈的，好像杀死一条狗熊拖回来一样，提着一个纸包，这是特意为李园买的点心。她先到李园房去，一看，门是锁着的，她以为李园上街去了，于是走进自己的屋子，玉馨愁眉不展的望着她：

"玉姐，李园上哪去了？你知道么？"

"他——他搬走了！"

"什么？搬走了？"

丽银的头上像浇了一盆冷水一样，她的脸色突然的改变了，变得非常的难看。

玉馨指着桌子：

"抽屉里有封信，是他临去的时候留给你的。"

丽银把点心包不在心的扔在桌上，战战兢兢的打开抽屉拿出那封信。

拆开这封信费了她不少事，因为她的手指有点儿麻木，不中用了，这封信写得并不长，一共一页纸，字写得很草率，他诉说着自己的痛苦，并没有明指出丽银的罪过，最后是请她原谅，饶恕他的不辞而别。措辞造句是多情的，伤感的，动人的。丽银看完这封信眼睛里冒着泉涌似的泪水。她伏在床上呜呜的哭起来，像受了打骂的小孩子一样。

玉馨一时想不起来用什么话安慰她，在屋子里把两只手放在身后无精打采的徘徊着，看着丽银颤抖着的肩头。

丽银从床上爬起来，抹抹眼泪：

"玉姐，他搬到哪去了？"

"我问他，他不告诉我，信上也没有写么？"

"没有！"

"我想他一定是搬到别家旅馆去了。茶房也许知道？"

"那么你快去问问茶房。"

玉馨很快的跑去，又很快的跑回来：

"丽银，茶房知道，说他搬到自新旅馆去了，你知道这家旅馆么？"

"自新旅馆？哦，我知道……"

"怎么，你要去么？"

"嗯，我要去……"

李园已经早把东西安置妥当，这时候安静的躺在床上，沉思默想他自己的事，他想从今以后远远的离开那个像妖精似的使他痛苦的姑娘，日子一久就可以渐渐的淡忘，那么他无病的病痛就会养好，重新做一个人，做一点儿事。

但是现在他是不会忘记丽银那个小宝贝儿的，他觉着这场离别真是伤心。他想到第一次和她搂抱亲吻以及初次的和她表演原始生物的狂欢——那戏剧的一开场一直到闭幕，他此刻还记得一丝一毫也不差——想起这些生活里的幸运和快乐，目前的寂寞又压得他后悔搬到这里来了！于是他想搬回去。过一会儿他又决定永远的离开她了。一连好几个钟头，他就是这么样矛盾的想着煎熬着自己。忽然他听见有茶房的说话：

"就是这屋子。"

接着他就听见敲门。

"谁？"

他还没有穿好鞋，门已开了，是丽银。一看见丽银冻得红红的面孔，含情的眼睛，眼睛里还堆着明亮的泪水，李园满肚子的酸楚和悲愤，不知怎么像春日的冰雪一样，全融化了！

"你生我气么？"

她用两只蛇一样柔软的胳臂把李园的脖子搂住，把脸紧贴在他的脸上，伤心伤意的哭起来。李园一想，赶紧咬定牙关决心不动情感了，他要用冰冷的理智压住情感的火焰，她无论怎样的哭，也不想感动。总而言之，他是立定坚韧不拔像钢铁一样强硬的志气，他把心横起来。但是，丽银的泪水像猛烈的火一样一点儿一点儿烤着他，很快地把冰冷的理智烧热了，又变成没有法克服的活跃的情感了。

"园哥，你搬回去吧！"

她泪眼汪汪的看着李园，那副小模样，又天真又可怜，李园想了想，又寻思了一寻思：

"我愿意住在这里。"

"你一个人多么孤独，多么寂寞，多么冷清，难道说你厌恶我，恨我，想远远的离开我？"

"不是，我愿意住在这里。"

"那么，我也搬来和你同住！"

"玉馨呢？"

"我不管她。"

"那怎么好！"

"我不愿意和她住在一起了，我恨她，我知道她在你跟前说我坏话，她嫉妒我，破坏我，我全都知道！"

"丽银，你把她冤枉了，她从来没有对我说过什么坏话，你不要猜疑她。"

"我一点儿也不冤枉她，她没有良心，我把心掏给她也摸不出好来，我一定和她分开，永远不和她住在一起了！园，你愿意我搬来么？"

"不。"

李园毕竟是有志气的男儿，他的毅力又恢复过来，转柔为强了，他坚决的说：

"我愿意一个人永远永远的。"

"那么，你是讨厌我了，是不是？"

"不是讨厌你，我想改变一下环境。"

丽银把伤感的面孔对着墙：

"一定有人把我破坏了。"

李园觉着应该对她说个明白，他鼓起勇气来：

"丽银，男女的爱情总得是纯洁的，不然，绝保持不下去，一个男子同时爱几个女子，这不是纯洁的爱，一个女子同时爱着几个男子，也不是纯洁的爱，爱情是自私自利的，绝不许可第三者插入，一插入就毁坏了，完结了，我希望你以后……"

"以后怎么的？"

"以后不要爱我了！"

"你这话是从心里说出来的么？"

"不错，是从心里说出来的。"

丽银的脸色渐渐的变成苍白了，好像罩上了一层灰色的网一样。

她的眼睛也缩小了，手也像缩小了似的，身上像有针尖刺着，头上脚下都颤抖着，她默默的立起来，轻轻的好像踏在不结实的冰上怕掉进去一样，慢慢的走去开了门，但是她并不出去，就像屋外有什么可怕的野兽，要一口把她吃掉似的，她惊骇的把身子转回来，赶紧关上了那门，愁苦的看一看李园可爱的面孔——他这副面孔实在可爱，圆圆的像苹果似的脸盘，乌黑的大眼睛有一种难以尽说的媚力，丽银第一次看见这一双眼睛的时候就深深的受了一下不舒服的震动，怎样也忘记不掉，好容易把他到手了，哪好轻易的放跑。她眼睛里含满了泪水，贪恋的端详着李园的面孔，她觉着倘若失去李园，她的生活将没有意义，李园是多么聪明，美貌强壮，风流的人啊！这男人把她玩够了，想逃走么？哼！哪能那么容易。

丽银伏在床边，用两只嫩白的小手抓着颤动的胸膛，明亮的泪水簌簌的落着，她想试着最后一次眼泪的武器打败李园，把他征服住，抓回网里去。

李园可不是那么容易打败的，她刚进来的时候，那一阵确是软化了李园的心，但是那种情感的火焰已经熄灭了，他的志气又恢复过来，而且越来越硬，他又加上一段冷静的思索和结论，于是决心就下得特别的坚决，好像大树的深入的根一样，一星半点儿的风雨是不容易动摇的，他把这件事想了又想：

"她所给我的除了心跳，混乱，瘦损，痛苦以外，还有什么呢？她想同时玩弄好几个男子，这样大概还是不知足，我可不那么傻！"

这个思想整个的占据了他，他又反省自思，深深的悔恨这半年来，他把宝贵的时间全在无聊的性爱的狂欢之中，和吃醋的悲愤的滋味里混过去了，一个聪明的青年人，难道说就这么愚蠢的过下去么？

"我一定要和她断绝来往，过去权当是我发了一场大昏，害了一场重病，现在我已经醒了，病也好了，我得改造一下自己，重新做一个人！"

这个决心下得该有多么坚决，多么强硬！丽银的眼泪还是簌簌的滴着，她伤心伤意的哭了好久，突然一下跳起来：

"我不如死好了！"

她用衣袖擦擦眼睛，好像真要去死似的，用力的拉开房门。李园吃了一惊，稳不住神了，他赶紧把丽银拖回来：

"丽银，你要上哪去？"

"人家厌恶我啦，我还活个什么劲，不如去死。"

她摆脱开李园的手，挣扎着往外跑。李园又用力的把她拖回来，用后身压着门，张扬着两手，不让她出去：

"丽银，你等等，别着急！"

"不！让我出去，叫我快点儿死吧！"

"不要这样，丽银。"

"赶紧躲开，我受不住了！"

"别着急，我有话和你说。"

"什么话，快说吧！"

"我并不是讨厌你，说句天地良心话，我是爱你的……"

她的计策和眼泪到底没有白费，终于把李园这条小鱼拉进网里去，扔进铁桶里去了。

李园难受的把她扶在床边坐下，掏出干净的小手巾来抹抹她满脸的泪水，把他所知道的温柔的语言，凡是一个女性最喜欢听，听着舒服而且能够感化的话，都一五一十的搬出来说给她听，更亲密的搂着她，好像哄小孩似的，温和的拍着她的背：

"别哭啦，全是我的错。"

"不，是我错啦，请你原谅我。"

"那么，我送你回去吧？"

"你叫我滚开呀！"

"不是，你又误会我了！"

"我不回去，一辈子也不离开你，我情愿死在你这里。"

这下可把李园活活的制住了。

"那么，我搬回去吧！"

"真的么？你不撒谎？"

"我说的是真的，一定搬回去。"

"那么现在就搬吧，我帮着你。"

她跑到门外，大声的，快活的呼喊：

"茶房！"

茶房懒洋洋的走过来。

"给叫一辆马车，快点儿！"

她手忙脚乱的收拾李园的东西，李园愁苦的看着她勤快的动作，不知怎样才好。很快的把东西收拾好了，茶房来告诉：

"马车叫来了。"

丽银吩咐他：

"把行李搬出去。"

茶房非常的奇怪："怎么，刚搬进来就搬走呢？"

九

这样，李园又搬回去，除了上班，在班上给人家做事以外，一回到住处就找丽银，守着她，像古董商守着一堆值钱的东西一样。

春天来到的消息在各处显露着，下过的雪在房顶上立不住脚，焦急的滴着汗水，街边的树梢，在温暖的带着甜性的风里轻轻的摇摆着，枝头已经换上浅绿色的衣服了。

公园里，男男女女都脱下冬衣，穿着轻装。吃饱了饭没有事情做的人们脸上都是喜气。

李园时常到公园里来悠闲的散步，当然，丽银是在场的，有时，玉馨也参加在他俩的话当中，她现在，更显着瘦了。

他们三个人的衣兜都是空的，每月打上房钱，去吃了饭，余钱太有限了，丽银从安分守己以后，"家里"也不往这寄钱了，所以他们三位都很穷苦。

丽银时常为了穷苦忧愁的低着头。光阴可实在过的太快，春天不知不觉的过去，一转眼的光景，又到了夏天，李园不像古董商那样的老是不放松的守着那堆宝贵的东西了。

他又把从前的买卖操起来，写个小品文什么的在报纸上发表，这是在无聊中最好的消遣，又可以得几元钱稿费。丽银也操起她的旧业来，时常会那些能坐得起汽车的朋友，去吃饭，去看戏，去看电影，去住旅馆。

当然，这些事李园是不知道的，因为当丽银和别人亲热的扑在一起的时候，他正绞心熬血的抓着头发写小品文。

他的同事又是朋友的金健时常来会他，和他聊天，这个伙计和他是志同道合的，也喜欢写点儿什么文章在报上登登，他的相貌是这样的：

一只像老鹰似的锐利的眼睛，看起人来要往肚子里吞似的，非常的用力，他的鼻子是扁的，好像从小谁在这上面踏了一脚，嘴唇很厚，说话的声音特别的响亮，他有演讲的天才，善于辩论，性格直率，有话就说有屁就放，是个可爱的人物。

李园认为这是一个难得的好朋友，爱他，亲近他，生气的时候也可以骂骂他，打他几下。

有一天他只穿着一条短裤衩，一件白背心，好像在什么地方赛了一场篮球似的，满头满脸满身的汗水，他们一进门就喊：

"嗳嗳，老李，我看见你的丽银了。"

"在什么地方？"

"她坐着马车，旁边有一个人。"

李园的神气有点儿不自然了。

"那个人是谁？"

"不认识。"

"怎样一个人？"

"是男的。"

"穿什么衣服？"

"浅灰色的洋服，头盖草帽，戴一副黑眼镜，好像还拿着一个棍子似的。"

金健以为这个发现是有趣的，而忠实的报告李园乃是在这样的夏天最得意的消遣，他看着李园像挨了几个大耳光子那种难堪的嘴脸和可笑的模样，更是开心解闷的题材。他希望李园能伤心的落下几滴大眼泪那就更有意思了。

可是他不伤心，也不像要伤心的样子，这也似乎是一种经验，一种训练，他有过吃醋的经验，也有过吃醋的痛苦的训练，这回并不是初次，他接着看他的报纸。

"老李，你愿意听我的话不？"

"什么话？"

"我先问你，你愿意听不？"

"愿意，你说吧！"

"我劝你，顶好少和那些女的缠起来没有头，有那些工夫，干点儿什么不好？"李园悄悄的听着。

"你能得着什么好处？你唯一的成绩不过是眼珠子胖了，鼻子胖了，衣裳也胖了，此外还有什么？"

李园苦笑一下，眼睛看着报纸，可是他看不见那报纸上是些什么字。

"要和女的缠起来没有头非倒霉不可！"

李园还是不说话，好像断了气一样。

金健是个碎嘴，他的话匣子一打开就没有个完：

"《少年维特的烦恼》里的维特，要不因为一个女人，决不会自杀。《茶花女》里的阿芒，要不因为一个女人决不会那么痛苦，他虽然没有自杀，没有死，可是他发了大昏，和死是差不多的，但是那样的傻小子，是科学不大普及的时代的产物，到了二十世纪的今天，还有那样的傻小子的话实在有点可笑。我希望你改变脑筋，别和女人扯起没有头了，好不好？"

在李园的眼睛里，报纸上黑乎乎一大片小铅字好像蚂蚁似的，堆积着，活动着，他觉着身体很疲乏，无力，就像赤着足在崎岖的路上跋涉了几百里地似的，是极度的劳苦，难以尽说的辛酸。他肚子里的这种滋味和吃醋是不同的，不错，吃醋的滋味也不能说没有，而绞心的痛苦是他自己太没有志气，太没有决心，太不中用了。

"恋爱，固然是我们生活中不能缺少的一种东西，但是我们不能把它看得太重要，好像了不得的大事业似的去努力，甚至于去拼命。有些男女把恋爱看得太了不得了，实在可笑，也很可怜。要叫我看，你的丽银只有在你的眼里才是一轮明月，一颗新星，或者是一个天使，这是王八瞅绿豆，对眼了。其实并不是什么明月，也不是新星，也不像天使，我看很像一个恶魔，一个妖精。"

这些嘲笑，讽刺，和咒骂的话很有力量，好像小刀似的在他脑里深深的刺一下。他忍不住了，浑身上下像有鞭子抽一样，又好像一个发条似的跳起来：

"我要搬走，不在这住！"

"往哪搬？"

"什么地方都行，不怕是荒山不怕是野地，只要离开这里，我就会好一点。"

"那也好，这地方是个迷窟，你总是发昏，要不然你搬到我那里去也好。"

一点钟以后李园的房间里又空了。

他搬在金健一起，好像住在病院里，在这里他能医治他自己的病，金健时常给他几付刺激性的药片，再给他一点儿兴奋的药水，这在他的病上总会有好处的。

这新的住处是和旅馆完全不同的环境，一个院里四家人，都是有吃有穿无忧无虑的市民，他们好好的保持着自己的家庭，每一间屋子里，都预备一个管理柴米油盐的妻子，和几个活蹦乱跳的儿童，只有金健是干干净净的一身，单吃横睡，没有牵挂。

为了李园他把横放着的行李移了位置，让出一半地盘给李园。

金健很迅速的把屋子重新的布置好了，他快活的坐在桌角上：

"这就是我们的天堂，你从地狱升到天堂，应该满足了！"

但是那失掉的地狱是给过李园许多兴奋和无数的欢乐的，这就是他的病源，还有点儿怀念那地狱，绞心的嫉妒和美丽的幻想，这些还时时的扰乱着他的心，他有点儿怪孩子似的梦的野心，打算用不着一举手一投足的力量把他所企望的欢乐和幸福整个的抓过来，他在苦闷的空气里，在金健的讽笑声中，像做梦样的生活着。

这一天他在班上接到一封信，是丽银写来的，是一封厚厚的生了气和有情的信，问他，为什么搬走？为什么悄悄的像小偷似的搬走？为什么连个信都不留，她在信里说她两天没有吃下一口饭了，雨夜没有好好的睡觉，也发过狠心想把他忘记，但是无论如何也忘不了，希望李园快去看看她，她有话对他说，正经的话……

"什么正经的话，扯蛋！"

他把这封信给金健看了，金健生气的拍一下桌子，接着愤愤的说：

"扯蛋！完全是扯蛋！"

他把信用力的撕碎，团了一个纸球，狠狠的摔在墙上。热烈的嘱咐李园，好像严厉的父亲教训没有出息的儿子一样：

"你千万不要去看她，也不要写回信，理也别理她。"

李园的伤痕刚刚的好一点儿，这封信像刀子似的又刺了他一下，他又安静不下去了，心里老是闹鬼：

"我去不去看她呢？"

金健怕他动摇了志气，用力的对他宣传：

"一个有价值的男子，决不能受一个无聊的女人的支配，她算个什么东西，什么地方值得叫人疯疯癫癫，真是怪事！"

他又加上一句：

"你如果去看她，写信给她，我敢说，你这个人，这一辈子，简直是玩完了！"

李园很坚定的咬着牙：

"我决不去看她，也不写信，请你放心。"

金健欢喜的把无线电打开躺在床上，随着无线电的歌声哼哼呀呀的唱。李园还是烦恼的，他总想把那个迷人的小妖精从记忆里干干净净的打扫出去，忘记的无影无踪，最低限度，不受她扰乱，不因为她而生气烦恼，和她之间像隔着一层不开心的幕布似的，但是这就难办，这不是李园能办得到的事情。

这一夜他连梦也没有做好，他梦见一些妖魔鬼怪要来吃他。

我们头一次看见李园的时候，他是一个多么活泼可爱的青年！现在他沉默寡言得像一个暮气沉沉的龙钟老年似的，一双大眼睛深深的落了眶，眼睛周围被一个黑圈子包着，像戴着蓝眼镜一样。

过了几天，他又接到一封信，又是丽银来的，对他说：她现在病了，这病完全是为了李园，希望他快去看看，要不然，这一辈子恐怕再没有见面的缘分了，她还有要紧的话要和李园商量，希望他看到这封信马上就去，越快越好……

十

李园在班上左思右想，想来想去，越想越发没有主意，总不能决定究竟是去看丽银的病好，还是不去看的好。他把丽银的信，翻来覆去的看了好几十遍。

这封信是用白话文写的，其中还夹杂几句文言文，白话和文言混在一起，虽然很不调和，好像小脚放大的妇女似的，叫人看着别扭，但是李园并不注意这些缺点，他以为一个天真烂漫的少女能够拿起笔来写明白一封信，这便是难能可贵的事情了。他曾经想过像丽银这么可爱的少女，如果肯吃饱了饭没有事情做的时候，多多的，不厌的读书，再努力的学习写作，一定能够成一个文学少女，可惜她把聪明和毅力全用在不是正经地方。一封信里竟写了十好几个错字。

然而这时候李园却不想丽银能不能成什么文学少女，他是一心一意，聚精会神的想去不去看她的病。

好像一个没有多少才能的小说家，因为想不出下一句应该怎样写那种绞心熬血，苦思苦虑的样子，他把一只手用力的抓着头发不放，另一只手抚摸着自己的大腿，眼睛呢，因为不能马上解决当前的大问题而变得非常的小了。

在他的脑后大概是在空气里，模模糊糊的出现了一个病弱的少女的嘴脸，那美好的头发是散乱的放在枕头上的，那一对像宝石似的放着亮光的动人的眼睛是落了眶的，她眼睛的四周是包着青圈子，好像戴一副黑眼镜，脸有几天不见一把水了，肮脏得好像饭后的菜碟一般。她的精神是颓废的，老老实实的躺在床上，在她身边乱七八糟的堆着一些衣服，裤子，零零碎碎，窗台上还放着药瓶子，打开的药包这类东西。他又恍恍惚惚的听见这病的说不出有多么可怜，可爱，应该有一个多情的男性不眠不休的看护，伺候，照顾和安慰，体贴和鼓励的少女，在温柔的唇边，从整洁的齿缝里挤出这样感动人的话语：

"园，你怎么还不来看看我呢？莫非说你把我忘了么？你可知道我这病完全是因为你么？你要不来看我，我这场病永远没有好的希望，那么我只好含着满腹的思想和悲痛悄悄的与世长辞了！……园，我求求你在我没有断气以前，在我没有和人类丰美的地球永别以前，劳你的大驾，来看看我吧！我只要能在未死以前见你一面，我死也知足了！"

李园实在坐不住了，他恨不能马上就飞到丽银的屋子里，像电影里的小生那样跑在情人的床边求她饶恕，对她起誓发愿，永远在她的身边，情愿给她当一辈子忠实的小使儿，不怕天翻地覆海枯石烂，他的心是决不会有一丝一毫的改变。

"是的，我非去看她不可！"

他非常果断的下了很大的决心，还用力的把抚摸着大腿的手抬起来，狠狠的打了一下膝盖，这样算是拿定主张，表示决不改变了。但是距离下班的时间还远得很，那墙壁上高高的挂着的大钟好像故意和他作对似的，他越是焦急越走得慢。他没有正经心情给公家办什么公事了，心猿意马，什么也做不下去，这一刻办公室里的无论什么东西在他眼里全失掉了兴趣。他更厌恶身前身后的同事们，那些长的圆的，方的，扁的，各种形状不同的脑袋，还有那些高的低的，粗的，哑的，响亮的，沉闷的嗓门。而在他身后离他不到两丈远，坐在墙角地方的两个打字员，从上班到下班，总是不停的敲出砰啪的声音，而在这一刻那砰啪的声音来得特别刺耳，非常的震人。

从别的机关来办事的人们的出出进进，说话的声音，笑的声音，开门关门的声音，脚步声，电话的铃声，高腔大噪的喊声！这些讲不完写不尽的乱杂杂的声音在平常他本来是不觉得怎样讨厌的，是习惯的，但是在这时候却完全不同，他受不住那些声音的扰乱，他想赶紧躲开，远远的走到别处去——当然是走到那个有病的姑娘来信叫他去的那个小姐的地方啰！

谁想到在他刚要起身走去的一瞬间，从身后有只大手把他的肩膀抓住了：

"老李，告诉你个信……"

这个"要告诉你个信"的人，是李园的同事之一，绰号叫赶大车的家伙，他不耐烦的张开苦闷的嘴：

"什么信？"

"老刘的太太生孩子了，我们应该凑几个钱给他，你算一个不？"

"拿多少？"

"没有一定，大家随便看着拿。"

"你拿多少？"

"我拿三块。"

"金健呢？"

"他拿两块。"

"好，我也拿两块——可是我现在没有钱，你给我垫上行不行？"

"行是行，发饷你可得还我，不要忘记啦！"

"请你放心，决忘不了。"

赶大车的满意的点点头，摇摇摆摆的去了。

李园还没有等到下班的时间就偷偷的溜出办公室，像兔子似的，跑起来特别快，一口气赶到旅馆。他上楼梯的时候，心跳的很厉害，想起头一次在这楼梯上和丽银相遇的事，心里更有一种难以尽说的起起伏伏的感情，他不敢相信，丽银究竟是不是真有病，他捧着一颗颤巍巍的心走进那间屋子里去。他看见丽银躺在床上，披着头发，还没睡醒似的半闭着眼睛，窗户是关着，没有一点儿风吹进来，这间屋子里是很闷热的。他刚想过去抱住丽银，突然他看见身后有个人，仔细一看原来是冯先生，他坐在门后靠墙的椅子上静静的摇着扇子，他身旁的桌边上仰卧着一个黑眼镜。

"您……您什么时候来的？"

他不知道说什么好了，冯先生很和气的对他点点头，身体稍稍的欠起一点儿往前倾一下：

"我来半天了，请坐。"

他闷闷的坐在床边，望着丽银：

"丽银，你的病怎么样？好一点了么？"

"谢谢你挂心，好一点。"

他发现丽银在说话的时候还顾虑着冯先生，很怕叫冯先生感到不愉快，还为难的看着李园，那哀怨的眼光好像在对他说：

"你不要对我表示亲密，这屋子里有别人。"

又似乎有点儿埋怨他的意思：

"你为什么在这时候来呢？"

李园又看见丽银的枕头旁边放着一小堆票子，全是十元的，大概有五六百块钱的样子，这些钱不知是谁送来的呢？

他又留心的看了一眼冯先生的鞋，这是一双细腻的白皮子镶着黑漆皮的高贵的鞋，裤子是浅黄的，脚背上有些白斑点，洋服是洁白的，有角有楞，熨得平平的。身上是一件白绸大衫，再加上摘下来放在桌边的黑眼镜，门后的墙角还立着放光的文明棍。

这些东西，全是无情的，残酷的打击，狠狠的打击着李园的心，他低头一看自己浑身上下，不干净，不整齐，不漂亮，更不讲究，没有一处称心，显着高贵，叫人看着顺眼。他这时候决不能从兜里掏出五毛钱，他往这来的时候，想坐车都坐不起，这么大热的天，他一口气跑了有七八里路，汗水在他的脸上流着他都忘记了。

他愤愤的想，叫他上这来是叫他和冯先生比一比的，这是计策，是侮辱，是厉害的打击，而且重重的伤害他的人格和灵魂。肚子里的气渐渐胀满了，像来势汹汹的潮水的膨胀一样，涨得没有法再涨的时候，他就会像猛烈的火山一般爆发起来。他在心里暗想，应该抓起那门后的棍子把眼前这个尊贵和豪华的小子狠狠的抽一顿，然后再给他一顿铁拳，把他打个半死，这样就会解恨！

冯先生好像看出他肚子的愤怒似的，微笑的问他：

"你今天班上不忙么？"

他假装一副笑脸，吞吞吐吐的：

"不忙。"

丽银像从绳子的捆绑里努力的挣扎着似的，很费劲的翻一下身体，把整个的面孔都对着冯先生的眼睛。

李园生气的忍耐着，他盼望老老实实，动也不动的坐在那里的冯先生赶紧滚开，他好和丽银讲话。但是那位冯先生并不像赶紧滚开的样子，同时冯先生的肚子里也有李园同样的意思，似乎也在肚子里合计着：

"这小子来干什么呢？丽银是我的，难道说你要来夺去不成？"

李园想从丽银的眉目之间清楚的看出她的肚子里的意思，她应该明显的表示出究竟是爱谁，他沉默的，像一只野兽瞧着一堆食物似的，恶意的观察了好久，看不出丽银有一点儿什么表示。

丽银又把面孔对着李园的眼睛了，这个少女现在的立场是很难的，她不知道怎样才能使两方面都不猜忌，都不生气，都原谅，都和蔼，都亲切。她在李园的眼里想找出那以往的深情。但是她看不出来，她看出有一种异样的感情在李园的眼里现出，她突然看见李园的眼睛大了，像要用这眼睛把屋子看的什么东西吞去似的，又忽然看见他的眼睛变小了，像运用着一种神秘的功夫在锻炼着视力似的，她渐渐的看出，感觉李园的眼睛的一大一小，和那脸腮的一凸一凹，嘴角的一伸一缩，还有两只手的一会儿放在面前，一会儿又放在后面，两条腿的一张一闭，两只脚的一抬一落，这些动作，全是不稳的，坏意的流露。好像一只凶猛的野兽在企图拼命的斗争以前那身体的不自然的活动一样。

李园在没有张嘴说话以前，颇费了一番苦恼的踌躇，他努力的挣扎着，脸孔涨得红红的：

"冯先生，实在对不起，我有几句话想和丽银谈一谈，您可不可以出去一会儿？"

显然的，冯先生的耳朵挨了一锥子，头上像浇了一盆水，他浑身上下都不自在起来，他想不到李园会突然的来这么一下，这在他是不容易忍受的侮辱。但是他把怒气压住了，他拿起桌上的黑眼镜，轻轻的戴上，悄悄的立起来。

丽银吃惊的爬起来：

"李园，你有话说吧！冯先生在这没有关系。"

"不，有别人，我不能说话！"李园非常的坚决。

"好，我走了！"冯先生拿起文明棍。

"你等一等。"丽银好像要哭似的。

"有什么事么？"冯先生恋恋不舍的张着嘴。

"有什么事请以后再说，现在……"李园的醋劲大发，恨不能一脚把仇人踢出八丈远。

冯先生也上来醋劲了：

"啊，李先生，用不着这样！"

"那么应该怎样？"

"你不应该叫我出去，你太不讲朋友面子了。"

"什么朋友面子，狗屁！"

"你凭什么势力这样说话？"

"我就是这样！"

冯先生气得面脸都露出青筋，他紧紧的握着那棍子。

可怜的丽银用力的挣扎着爬起来，她像受了风吹雨打，又像受了创伤的小鸟似的，瞪着愁苦的惊慌的眼睛，用那衰弱的无力的声音呼喊：

"李园，你怎么的？你喝醉了么？"

冯先生让步了，他生气的开了门：

"得得，君子不和小人争气，我走！"

"什么？"

李园像挨了一刀的凶猛的野兽一样，他果敢的跳过去，用力的抓住冯先生的后衣领，脚底下一绊，两手残酷的一推，又无情的加上重重的拳，冯先生很重的摔倒了。

于是寂静的旅馆里像起了火似的，把所有的男男女女都惊动了。

杂乱的奔跑的脚步声，楼梯的轰轰的响声，男人的粗暴的气骂，拼死拼活的厮打，拳头的声音，巴掌的声音，少女的惊骇的呼声，悲哀的哭声。

"干吗打架？"

"唉，快拉开！"

"别打架，别打架，这是为什么？"

各式各样的男女的嘴脸，不同的说话，把楼上塞满了。

胖胖的掌柜出现了，瘦瘦的茶房也出现了，玉馨从人群里钻出来。

干架的两个人被大家七手八脚的拖开了，李园的嘴角流着血，冯先生的绸大褂扯碎好几道口子，他的黑眼镜碎在地板上，文明棍也折断了。

玉馨扶着丽银，让她躺下理着她散乱的头发，关心的问她，温柔的劝她，安慰她……

十一

李园躺在一棵老的槐树下面，他把自己的胳膊弯着当枕头，身体是侧卧着的，两条腿伸的直直的。

在他头上的槐树，用那繁茂的枝叶把强烈的阳光遮住了，从透缝的枝叶之间可以望得见蔚蓝的天空。那颜色，好像海一样，而散在空中的几片云就像海上的行礁，但是那颜色是白色的，只有这一点不同，在李园的面前是一片静静的动也不动的湖水，水边衍生着乱七八糟的杂草，草丛中好像盘踞着蛇似的，有一只破鞋扔在水边上。

对岸有一间瘦小的凉亭，从远处看着，好像一个人蹲在那里，在那周围有不少年轻的树，都密密的挤在一起，只有三五棵不愿意挤在一起立在稍远点儿的地方。

这一带寂静极了，李园是时常到这里来散步的，他喜欢这地方的寂寞，他愿意一个人在这里安安静静的休养几个钟头。他一到这里就觉着像到了另一个世界，这里没有人的闹声，车马的响声，就像深山古寺的境地一般。他能够在这地方好好的思想他自己，或别人，或一切的事情，有时候他会躺在凉快的地方呼呼的大睡，像睡在床上一样。

可是他这时候的心境可一点儿不安静，身子虽然不动的躺在柔软的草地上，他肚子里却起起伏伏的搅闹着，他的内心像燃烧一般，激烈的，急剧的斗争着。

他有点竟不大相信刚才和人家像野兽似的打架，是曾经实现过的事，好像做了一场糊涂，滑稽，可笑，而且可咒的梦，他很后悔为什么要做出那种丢脸的行为，这场打架，完全是他起的头，罪过是在他的一身，不能埋怨别人。

李园这个人，也和别的千千万万的年轻人一样，总是先有行为，后有思想，他有热烈的感情为火焰，当这火焰烧的特别旺盛的时候，理智的冰水是浇不灭的，也就是说，他有一大盆热烈的情感，只有一小盆理智的冰水，用这一盆理智的冰水去泼灭那一大盆情感的火焰，怎么能行呢？

他有一般年轻人轻浮的，暴躁的，焦急的的性质，不能忍耐一丝一毫，特别是他稍稍的受了一点儿在他认为是侮辱和压迫的时候，他没有不声不响的忍耐下去的骨头，他会像一个受了压抑的发条一样，要发出不平的叫声，要极力的爆发，他也许会把性命丢在九霄云外去拼一个死活。

然而李园这个人毕竟不是脑筋不灵的，顽固不化，没有大出息的家伙，他做错了事知道反省自思，忏悔自己的过错，还有痛改前非，重新做人的决心。

所差的是，他知道自己做错了，要痛改前非，要重新做人，但是过了一个时期，也许是一转身的工夫，他的反省，后悔，痛改，自新……这些好处，像罩上一层朦胧的雾，渐渐的模糊了，不知不觉的淡忘了。日子一久，忘得无影无踪，一丝一毫的影像也不留。于是，再碰见一条应该往左去的路的话，他又往右走下去，甚至于明知道往右去的那条路是污秽的，肮脏的，有乱泥，有深坑，他也去走，而且故意的闭着眼睛去碰，碰了一脑袋乱泥，碰了一身的伤痕，这时候才知道是走错了路，于是：重返前文，他又反省，忏悔，痛改，自新……

李园觉着更难受的是，他从这以后，没有脸面再见丽银了，他也没有脸再到那家旅馆去了。

他把枕头底下的一只胳膊拿出来，像个大字似的仰卧着，愁苦的闭着眼睛。忽然，他听见有熟悉的脚步声渐渐的接近了，他抬起头来一看，原来是金健。他歪戴着草帽，上身的衣服放在肩头上，衬衫的袖子挽在肘节以上，拿着一个甜瓜：

"我老远就看见是你！"

李园没有讲话的兴趣，他默默的一言不发。

"来，这个甜瓜我们分开吃，你有小刀子么？"

"我不吃。"

"来吧，一个人一半。"

"实在，我不吃。"

金健把肩头上的衣服不在心的扔在草地上，仔细的端详着李园的面孔，好像头一回见面似的：

"喂！你怎么愁眉不展的，又是想那个小宝贝儿么？真没有出息……"

李园爽快的爬起来，用力的推了一下金健，瞪着眼睛：

"我先头打了一架！"

"打了一架？和谁？"

"这个人你不认识。"

"你为什么和他打架？"

李园从头到尾把打架的事对他说了一遍，还添枝加叶夸示他自己是怎样的勇敢，怎样的果断，怎样的有力气，怎样的巧妙……

听话的人情不自禁的大笑了一场，笑得声音很响，还仰着头，扬着下巴，眼睛闭成了一条线，张着大嘴，露出牙齿，把甜瓜举起来摇动着，身子还左右的摇摆，好像坐在船板上一样。"你说的话是真的么？"

"一点儿不撒谎。"

"你荒唐得太不象话了，真可笑？"

把甜瓜用袖子擦一擦，想了一下：

"你怎么又上她那里去了？"

"她来信说是病得很厉害。"

"病得厉害是不能写信的，那都是谎话，我问你，你为什么不把信给我瞧一眼，和我商量一下？"

"我没有想起来。"

"我说你呀！你好像七八月的甜瓜一样，坏透了！你要想好，总得过几年，现在是好不了的，你的灵魂儿全是叫那个小妖精迷住。真奇怪，一个人要是叫情迷住，简直就是发大昏，无论怎样也叫不醒他。我看，你还是赶紧醒醒的好，不要迷糊下去了！"

"我一点儿也没有被迷住！"

"你自己觉着没有迷住么？那么谁迷住了呢？"

"……"

他俩争辩了老半天，一直辩到阴影渐渐的离开了他俩的位置，西夕的阳光温柔的吻着他俩的脸的时候，才住了嘴，不辩论了。

西天有一片五光十色，好像万花筒里的景色似的，美丽得特别动人的云霞。有一朵浓厚的，带着斑纹的红色的云彩，像一只张牙舞爪的大狮子从树林里跳出来，在那身后是一块金黄色的云彩，还透着蓝色的光芒。紧接着天地与相连的渺茫的边沿是赤红的彩霞，有几条纵横的红光像火山里喷出来的光芒一样。

动人的夕阳是在漆黑一片的树梢上暂时的休息着的，那通红的面孔实在可爱。

这凉爽的傍晚的景色不断的变幻着，正如一个万花筒在转动着，变幻出千奇百怪的模样。那一朵带斑点的浓的厚云彩过会儿又改换了狮子模样的形状，像狮子似的头渐渐的散乱，像水边的杂草，过会儿又很快的合拢起来，抱成一团，像正要盛开的牡丹的花朵。金黄色的云雾是渐渐的模糊了的，好像一个妖艳的妇人脱去花花的服装，穿上一件朴素的衣衫了。但是那天地相连的边际总是一贯的保持住赤红的云彩，而且越发的强烈，比先前更红，更奇异更美观，这是因为可爱的夕阳的阳光全集中在那里的缘故。

湖水是渐渐的减去了光彩了，沐浴着的夕阳已经穿上衣服跳出去，把美丽的脸藏在树林的背后了。

于是黄昏的黑影一点儿一点儿的布满了这世界，城市的灯光像群星一样。

这时候，他俩已经走在回去的路上，伴随他们的是暮色苍茫的黄昏的黑影以及脚步的响声。李园听见耳旁的嘴又唠唠叨叨的演讲了：

"我真不懂，你为什么要故意的糟蹋自己？你说，不管别人怎样批评，不顾什么名声，这是不对的，你的心里决不是如此，你想想吧，牛和马也顾虑它们的名声，当鞭子抽下去的时候，也知道停住是不对的，应该前进，你的话全是对小孩子说的，人没有不顾名声的。"

李园厌恶的摇摇头，好像头上有苍蝇似的：

"我们俩的意思是不同的，你所说的什么名声，那只限于怕摇动了职业和地位的人，我向来是一点儿也不顾这些事，这你总该明白？"

"你的话怕不是实在的。"

"怎样见得？"

"你说，你再没有脸见她了，也没脸上那家旅馆去，这就证明你是要体面的，也顾名声的，你要知道，在这个世界上只有苍蝇不顾体面，你把它赶开，它还是回来！"

"苍蝇是顽强的，勇敢的，受一点儿打击决不在乎！"

"那么你是赞美苍蝇！"

"不错，我赞美苍蝇。"

"蚊子呢？"

"蚊子，我更崇拜！"

"蚊子有什么好处？"

"蚊子，当它要去咬你以前，总是先嗡嗡的吹着笛警告你，给你一个信，决不偷偷摸摸的咬你，这便是蚊子的伟大！世上有些小人，他不敢当面和你斗争，只能在背地里偷偷摸摸的施行阴谋诡计，这和蚊子比，不是差得远么？"

"好，好，算你嘴巧，能说。那么，臭虫怎么样？你也很崇拜吧？"

"臭虫这贪婪不厌的东西，性格上没有什么特长。请你去崇拜吧！"

像这样的辩论，在他俩之间是家常便饭，养成了习惯，这也是年轻人的古怪脾气之一。

十二

他俩不知不觉的走到明灯辉煌的街上，这条街，一到晚上，男男女女多得很，多半是年轻人，有些男子，穿戴很整齐，像鱼一样在人群里快活的游来游去，年轻的女性打扮得花枝招展，好像一些美丽的蝴蝶，又像可爱的小鸟，都是快乐的，兴奋的瞪着明亮的小眼睛。从她们的脸上是看不出肚子里有什么忧愁的，假设肚子里缺少食物，腰包里缺少零钱，也泰然自若的微笑着，像对于这丰美的地球上无论什么事物都觉着奇怪，和有兴趣的儿童一样。

走到一家冰糕店门口，金健扯扯李园的胳臂：

"我们进去喝碗冰糕，走！"

金健这个家伙，虽然在我们的小说里露过几次面，也有过动作，也谈过话，但是各位对于他大概不十分熟悉，有再详细一点儿介绍一下的必要。

他是这样一个人，年纪比李园大两岁，多在社会上跑了几年，人情世故都看得开，不像李园那么样动不动就动感情，他是比较冷静的，但是他的嘴不大好，是个碎嘴，无论什么事他都要议论，要批评，要下结论，他不能把想说的话在肚子憋五分钟，那在他简直就是一种痛苦，他也不管说出来的话人家听着顺不顺耳，他是耿直的，粗率的，豪爽的。

他有一种很大的缺点，那便是，始终是看不起别人，我们时常听见他说这句话：

"老弟，你还年轻，不懂得什么！"

其实他并不怎样了不得，各种事他都懂得，但是全不彻底，他喜欢把别人的短处搬出来讲了又讲，而自己的缺点却一点儿不发表，掩蔽得特别的结实，倘若有人指出他的毛病加以攻击，他会自圆其说，巧辩，把自己丑陋的躯壳套上一件美丽的服装，像一位无论什么毛病也没有的人一样。他时常想：他是天下最好的好人。

李园爱他多看过几本书，也能写两句，再就是那耿直粗率和豪爽。

他把一勺冰糕往嘴里一抹，看见刚进来的两个女性，他偷偷的指着一个光着腿的对李园笑一笑，把嘴靠近李园的耳朵：

"你看那两条腿该有多粗，像缸一样。"

李园从脸下看一看那两条被认为粗的腿，这时候，他看见每一个女性，不论美的，丑的，都生出一种厌恶的感情，这当然是因为他在这方面没有得到好成绩的缘故。

一个人喝完一碗冰糕，都觉着还没有满足，但是两个人眼光往一起一碰，马上就领会了彼此的意，表面上虽然是不说"这冰糕很贵，我们喝不起太多……"，然而心里头可这么明白的说出来了，于是，两个人不约而同的轻轻站起来。

有一个中年人的桌子上堆着不少空的冰糕碗，金健往外走的时候，又羡慕又嫉妒的瞥了那个人一眼，这眼光又连带着欣赏一下那两条光着的粗腿。

走在街上，在明亮的灯光之下，金健看见一家书局的玻璃窗里摆着的书，想起一件好像非常重大的问题来：

"我们把光阴全都荒废了。"

李园不理他，还在思索着打架的事，悔恨和悲哀，又加上伤感，很有力的抓着他的心。

金健不管他，照旧的叨咕：

"我们应该做点儿事情，趁着年轻，用点儿功才好……"

走到十字路口，金健无精打采的把背靠着电杆：

"往什么地方去呢？"

两个人都被面前的问题难住，金健忽然想起来，拖着李园就走。

你猜走到什么地方？

他们两个走到"打帘子见客"那种热闹的环境去了。金健非常的高兴，咧着大嘴露出一排大牙。好像是，到这种地方来才算是没有把宝贵的光阴白费，把时间消磨在这里才有意义似的。

有许许多多的年轻人在窑子里出出进进，他们都开心地笑个满脸，从眼睛里射出喜气。

"姑娘们"懒洋洋的走动着，打闹着，伙计的呼声好像驴叫：

"香云！瞧朋友……"

接着是一声柔嫩的，像戏台上的小坤角那样的细声从屋子里传出来：

"哎——"

于是门帘一扬，出来一个马蜂腰，蝈蝈屁股的姑娘，她的眼光很敏锐，一下就发现了时常来上盘子的金老爷。

"这位贵姓？"

老金笑嘻嘻的回答她：

"姓李。"

"哦！李先生，请多关照。"

她把老金的草帽摘下去挂在墙上，回头又去伺候李园。

这姑娘有满头好头发，长长的，弯弯的，像江面上的波浪，大眼睛，小嘴，尖下巴颏，说话的嗓门很细，吐字不大清楚，因为她是南方人，口音是另一路。

她坐在老金的旁边，手是握在老金手里的：

"您这几天怎么没有来呀？"

老金结结巴巴的说：

"没有功夫。"

她端详一下李园的面孔：

"哟，他真老实！"

老金把她搂在怀里，热心的对她讲：

"你不知道，他有心事，所以不高兴。"

"什么心事？和太太打架了吗？想情人？"

伙计进来拿手巾帕，老金赶紧放开两手，像若无其事一般，那个伙计呢，不要说搂着，就是再亲密一点儿，他也不觉着有一丝一毫的奇怪，因为这类把戏，他老先生早就司空见惯了。

老金是快活的，他脸上的每一部分都表现出难以压住的欢乐，只有李园不高兴，他觉着这种地方太无聊，他认为年轻人不该到这种荒唐的场所来。

香云从老金的怀里躲开，打他一下，害羞的噘着嘴，笑着骂他：

"你真缺德。"

李园没有看见老金做了什么，奇怪地看着他俩，老金心满意足的咧着大嘴笑，张扬着两手，伸开两条腿。

香云对着镜子照照自己，扯扯衣服的底襟，回身一跳，跳到老金的面前，两手用力的一推，把老金推个仰面朝天，骑着他的肚子。扭他的大腿，一面审问他：

"你再敢不敢啦？说呀？"

大茶壶又进来了，这个是送茶，还端着一小盘瓜子儿，碟子里有几颗廉价的烟卷。

香云姑娘饶了老金，敏捷地跳在地上，熟练地抓一把瓜子儿放在李园的手心里，还用力的瞪他一眼，好像是对他说：

"你到这里来是用不着客气的！"

外面像驴叫似的声音又起了：

"五号，见客！"

又用敲破锣似的难听的大声喊道：

"见啦见啦见啦见啦见啦见啦……"

李园从门帘的隙缝里看见外面有不少姑娘忙忙碌碌的奔往一个方向，乱杂杂的脚步声，吵吵闹闹的声音，说笑和打闹的声音，还有不少小贩在屋外呼喊：

"大甜桃！"

"甜瓜甜瓜，贱卖不赊！"

"甜杏，五毛一斤！"

李园又听见那喊见客的伙计像唱歌似的报告那些一走一过的姑娘们的芳名：

"小翠！"

住一会儿又：

"红霞！"

住一会儿又：

"香妹！"

又：

"爱娣！"

有一个姑娘的名字特别深刻的打动了李园的心，她叫丽丽，和丽银的名字只差一个字！

李园坐不住了，他想赶紧回去。

那一个不赞成他：

"唉唉，你着什么急？回去也是呆着，再玩一会儿。"

"你自己在这吧，我先回去！"

李园不耐烦地跺跺脚，把草帽坚决地扣在脑袋上。

老金拗不过他，只好恋恋不舍的和香云女士分开，和李园单调的往回走了。

金健很佩服招呼他的那个人儿：

"你别看她是个妓女，她是很聪明的，对待客人，手腕很好，她读过书……"

这样说的时候还一本正经的瞪着眼睛，很热心的凝望着街上的灯光，两只手背在身后，两条腿轻快的迈着。

"你别瞧不起妓女，你要知道，她们是和我们一样的也是人，她们的人格甚至于比我们还要高尚些，她们的灵魂也许比我们还要圣洁些，有些人，把妓女看做是下等人，有的人简直就不把她们看作人，这种心理是错误的，要不得的。"

李园对一切的人和物都失去了兴趣，他很奇怪老金这个家伙对于一个妓女也会发生无限的好感，这实在是他万万想不到的事，他以为金健是个厌恶女性，没有兴趣和女人接近的人。本来，一谈起女人他就恶狠狠地嘲笑和诽谤，把她们分析得一文小钱不值，非常的卑贱，好像他和女人天生就有什么大仇恨似的，但是他在女性面前所表现出来的嘴脸完全不是那么一回事，看见两条粗一点儿的大腿也大惊小怪，把一个专门供给大家开心的妓女像宝贝似的捧到天顶上，奉为神仙，人是多么矛盾的怪物啊！

不管老金喋喋不休的讲些什么，他一句话也没有回答，连哼一声也没有，像一个聋子根本就没有听见一样。

但是，不管他愿不愿意听，老金的话匣子一打开就不容易断弦：

"她不是情愿下水当妓女的。"

李园厌恶极了，用着大声把他的话打断：

"我知道！"

从一条黑暗的横街飞过来一辆汽车差一点儿碰在老金的身上，把他吓了一跳，赶紧往后退几步，生气的瞪那走远的汽车一眼，接着又心平气和的靠近李园，用欢乐的口气探问他：

"你看香云长得怎么样？"

李园停一下脚步，奇异的端详一下他高高的，像山峰似的鼻子，又生气，又觉着好笑：

"你不是厌恶女人么？"

那一个一点儿也不踌躇的回答他：

"像你认识的那些女人，我都厌恶！"

"为什么？"

"第一是未必有什么学问，其次是，未必有什么本事，唯一的特长是装腔作势，表现出一副清白嘴脸，其实，越装得正经坏得越厉害，我真看不惯那些假惺惺的模样，你觉得她们特别值钱，要叫我说，都是差不多的。"他摇了摇头。

"无论怎么说，下水的价钱是低贱的！"

"不下水的贵多少呢？小伙子，你用不着把她们的价码标得太高，我盼望你看开一点才好，假设你不到丽银小姐那里去发昏，你会和我走到一条路上来的，你想想，你是快乐的，是苦恼的？你用高价买来一肚子苦恼，难道说这是聪明的么？你说我吧，我没有拿出多少心血，我不心跳，用不着多少时间去考虑，也不失眠，上来高兴我就去一趟，别的意思没有，上个盘子解解闷，想说就说，想笑就笑，不必装什么文明，可以意所欲为，要走就走，谁也不管谁，她去接待别的客人，我回我的住处，毫无牵挂，这该有多么简单？哎！你说，别人不论，就拿我俩来比较，谁是苦恼的？谁是快乐的？你说呀！"

他俩走进一条背静的胡同，黑夜暗暗像张着大嘴似的把他俩吞进去了。但是在那夜的黑暗里我们还可以听见金老爷的话匣子在吱吱嘎嘎的响：

"哎，你说呀！你说呀……"

十三

李园坐在屋里，苦闷而焦急，他时时把手背举起来看看手表，又不耐烦的放下皱着的眼眉。

有一个来月他没有和情人会面了，这一个月来，他每天接到一封信，有时候一天会接到两封。当然，这些信全是丽银写的，她写的信比从前进步多了，虽然白话文里还混着文言，可不十分叫人看着别扭，标点符号也用起来了，然而她所用的多半是悲叹的符号。有的句子认为用一个悲叹的符号不足以表现她悲酸的心情，就用两个或三个，有一回她把四个悲叹的符号排列在一个句子下面，好像一串铃铛似的，这一排悲叹的符号很有力量的打动了李园的心，他忍不住满肚子的伤感，从眼角里挤出几滴酸楚的泪，还有许多泉涌的泪水倒流进肚子里去了。

丽银在信里开诚布公的说，她结交那个姓冯的，是因为和李园游玩的时候手里缺少零钱，她牺牲自己，甚至于毫不在乎的糟蹋自己的人格和名誉，全然是为李园一个人，李园不了解她，误会她，这对于她，像把她踹在脚底下甚至于像拿刀子砍她一样！她的悲哀，她的痛苦，她的伤心的眼泪是医不好的，她在最近的几封信里说，她既然得不到李园的谅解和爱，那么，她还不如痛痛快快死掉的好。

李园绝不是薄情的人，他的多情还不仅仅是先天遗传的血统，后天还有过一番增大加强的刺激和影响。这就是，他受了不少谈情讲爱的书的传染，像世界上最有名的言情小说，在文学史可以说千古不朽的恋爱的大作，他读得非常的多，早期读过《少年维特的烦恼》和《茶花女》，后来又读过《曼侬·雷斯戈》，这真是一部把男女的爱情写到登峰造极的经典。还有梅里美和丹农雪写的著作以及东欧西欧南欧北欧各国最有名的恋爱小说和诗歌散文，各种各样叙情的文章读得太多了，还有爱情的影片也给了他莫大的影响。

这一个月来，他没有一天，没有一时一刻不深刻的惦念着那一个美貌多情，天真可爱的少女，甚至于在梦中也梦着她。有一回他梦见和丽银结婚，正在洞房花烛之夜，欢欢喜喜的坐在床边，相亲相爱的讲着过去，又谈到未来应该怎样幸福的生活下去。他们相抱着起誓发愿，要做一对鸳鸯，无论何时何地总亲密地在一起，假设有一个不幸而死的话，那么另一个不论是谁，也绝对活不成。他们也愿意像一对比目鱼，在广阔的海洋里随便地游来游去，他们也愿意像一对自由的小鸟在云里奋飞，在林中高歌。他俩又要相敬如宾，又要相爱得像胶皮糖紧紧地黏在一起。

他俩谈了又谈，讲了又讲，这场梦可做的太美了！醒来以后他还觉着甜蜜。

还有一回他梦见丽银躺在一个不认识的汉子的怀里，差一点把他气死，醒来以后还气得咬牙切齿用拳头狠狠地敲着炕沿，把老金惊醒了，睡眼朦胧地问他：

"什么？"

"有臭虫咬我。"

总而言之，他一点儿也没有忘记丽银，时时刻刻都在醉心的渴想着她，她的模样总在他的脑里绕来绕去，她的声音总在他的耳边响来响去，她的微笑在鼓励着他的精神，她的眼泪把他埋葬在痛苦的泥窝里。他需要丽银的鼓励和安慰，要失去了丽银，他的生活便丧失了光明和温暖，有如一个不能独立的儿童失去了慈爱的母亲。没有了丽银，简直就没有法生活，这些日子，他好像一条鱼在陆地呼吸一般。

一句话，丽银是他生活中的太阳，是一轮明月，是一颗星，是一位天使。

他又把手背抬起来看看手表，时间还早得很。

他静静地坐着，默默地想着，轻轻的闭着眼皮，好像一条炖熟了的黄花鱼。

老金的铺上堆着乱七八糟的衣裤，他是比赛篮球去了，他的上身洋服的衣兜有一张相片露出半截，李园好奇的掏出来一看，这是香云姑娘的玉照，她微笑着，好像说：

"你怎么不来呀？"

李园笑了下，把相片放在原处，又看一下手表，这回他的眼睛非常奇怪的定在表上，怎么，他的表老在一个地方呢？

他把手表送到耳边聚精会神地听了一听，没有动静，摇了摇，还是不走，闹了半天，他的表是休息了，这真糟糕！

他赶紧抓起帽子来，慌慌张张的，好像赶火车，又好像身后有老虎追他一样，急急忙忙拔腿往外跑。

刚出大门，和房东家一位没有牙的老太婆碰了一个满怀，幸亏那个老太婆手疾眼快一把抓住了大门框，要不然真得来一个倒栽葱。

他连一句道歉的话也不说，好像没有看见似的，一溜烟的飞出了小胡同。

那个满嘴没有牙的老太婆生气地望着他的背影，嘟嘟念念的骂：

"这人像瞎子一样！"

李园跑到大街上，他发现街边有一辆空着的三轮车，赶紧跳上去，满意的坐下，仰着下巴。但是车夫没有了，他四面一看，那车夫从一家杂货铺出来，抱着一袋东西，身后有个抱着孩子的妇人，他知道，这辆车是有主了。于是他失望的下了车，焦急地迈开大步。

他汗流浃背地走了老半天，好容易遇见一辆空马车，但是那个歪戴帽的车夫把鞭子一扬，头也不回地对着他的马屁股说：

"回去卸车，不拉啦！"

他丧气的皱皱眼眉，照旧步行。

从他的住处到公园少说也有十里路，快走总得一点钟，他很生气他的手表为什么偏在这种时候停住，这简直是故意和他作对，不成全他，破坏他。真想把手表摘下来摔个粉碎，又舍不得。

总算不错，他的两条腿没有在路上出什么毛病，好容易望见公园的树了。

到约会的小池边一看，丽银还没有来，一回头，看见丽银坐在斜坡的树底下，背靠着树，两只小手抱着膝盖，正看着他笑。

说实在话，热和疲乏，焦急和烦恼，满肚子的忧伤消失得干干净净，好像一块冰在火上融化了一样。

一个月没有见面，他觉着丽银比从前更美丽了。她穿一件浅绿色的像像初春的树叶一样鲜嫩的衣服，一双又白又红的胳臂全陈列在外面，袜子是金黄色的，露着脚趾和脚后跟的白鞋是特别的白，身旁放着一把粉色的小伞。

这个时候在李园的心里有这么一个观念；这么美好的女性我把她放弃了，真是天字第一号的大傻瓜，他一点儿也不踌躇的在丽银的身旁坐下，紧贴着她：

"你是什么时候来的？"

"我等了半天啦。"

她难过的把头低下，好像要哭。

"真对不起，我的表停了！"

她眼泪汪汪的看看他的眼睛：

"我想，你大概是不来啦。"

"不，我早就想……"

他看见丽银的眼眶里含满了明亮的泪水，想不起用什么话来安慰她方合适，他觉着这些悲哀和痛苦全是他一个人造成的，真想一头碰死。

"我错了，请你原谅……"

他结结巴巴的说出这么一句话。

女的呢，什么话也不说，忧愁的看着地下。

夏天快要过去了，树梢在轻轻的摆动着，他们所占领的这一带，什么也没有，只有几只蚂蚁在身后跳跃，还有一些身材短小的蚂蚁在草丛中忙碌着，不知它们在那里忙些什么。

李园把手表摘下来，放在丽银的手里，她不知道这是什么意思，奇怪的看着。

"我没有镏子，把这个破的，不走字的手表给你，算是订婚的物品吧！"

她有点儿不大相信似的，眼睛睁得特别的圆，笔直的看着李园的脸：

"真的吗？"

"上面有天，我愿意对天起誓！"

丽银把他的不走字的表欢喜的戴在自己的手上，又把自己的小表摘下来给李园戴上。

就这样，算是订了婚。

李园这个人，是先有行为后有思想的，订婚的事他从来没有想过，他也不敢这样的想，他以为丽银能够爱他一个时期，便从头到脚的知足了，他不敢有更多的奢望。

刚才的事，完全是出于他一时的冲动，他承认丽银满脸的泪水是他给挤出来的，也就是说，丽银的忧愁，和烦恼，加上伤心，都是他一手造成，他更受不住丽银的外形的美的诱惑，他以为失去了丽银，等于破碎了多半个地球，那损失是没有形容的大，他不能看着怀里的一只美妙的小鸟轻易地飞去，趁着她的翅膀还没有张开，把笼子的门一关，这就算把他的快乐和幸福整个的套住了。

至于什么环境不环境的，他全都忘了，忘得一点儿也不剩，那些不如意或者是别的什么，都包围着一层雾，模糊了，看不清了。

丽银眼里的泪水已经擦干净，她快活的像一个风车似的，手里的小伞不住的转着，身子特别的轻快，两条腿好像跳舞似的迈着步，这时，他俩靠着肩头走上一个弓着腰的木桥，桥底下的水里映出他俩的影子，两个人相对笑了一笑，这一笑，是天地间最甜蜜的笑，世界上没有一个人比得上他俩快乐。

但是在李园的快乐的思想里总像有一点儿阴沉的黑影，这黑影时时来掩蔽他快乐的感情，就好像晴朗的天空中有几朵乌云，时时把太阳的光遮住。

然而，那快乐中的黑影子是一瞬间的事，还没有把他快乐的光整个的遮住就隐去了。因为在身旁，紧靠着他肩膀的是丽银的美，这美的力量是大过一切的，像有力的风一样，能把阴云急进的推走，推散。现在时时出现在李园的快乐的光里的阴云就是她的力量给急速的推走，推散了。

他俩走过小桥，还回头顾盼这水中的幸福的影，但是那美好的，可爱的影子已经不复见了，因为他俩已经离开水面太远。

李园想起一个重要的问题来：

"我们几时结婚好呢？"

"随你的意吧！"

"我希望快一点儿。"

"那也好！"

"你有什么应该准备的事情么？"

"没有什么准备的，我只写一封信给家里就行啦，有一定的日子，我母亲能来……"

"那么，让我赶紧找房子，找好房子就结婚，你说怎么样？"

"找不着房子我们先住旅馆也行。"

"可惜，我现在没有钱，我想和朋友借点大概能办得到。"

"用不着和别人借，我还有一点。"

"那怎么好。"

"不是一样么？我的，也是你的。"

"那么就在这一个月以内，好么？"

"好！"

十四

丽银的快乐在肚子里太满，装不住全流露在外面，她头上的每一丝头发都射出喜气的油光，她的脸色是特别辉煌的，眼睛是异样的睁着，她那一对大而黑的明亮的眼珠在一秒钟以内会转移八十个不同的方向，她的嘴唇微微的张着，好像有千言万语，不知道从什么地方说起才好似的，她坐也坐不住，立也立不安，像一个陀螺在各处活泼的滚着。

玉馨不知道她是怎么回事：

"什么事这样的高兴？"

她用两只小手堵着嘴，可是堵不住那高兴的笑。

玉馨把正在洗脸盆里洗着的一件薄薄的衬衣搓了两把又放下来：

"有什么喜事，快点儿告诉我呀！"

她把美丽的小伞好好的装进布套里挂在墙上：

"等一会儿我自然会告诉你。"

她又情不自禁的对着窗户嘻嘻的笑。

"快点儿告诉我！"

玉馨把衣衫用力地拧了一下子，水溅了满地。

"别着急呀！等会儿一定对你讲。"

玉馨生气的凸着脸腮，低着头洗衣服。

丽银又笑起来，快活的伏在床边，一只脚在地板上打着拍子。

玉馨实在等不得了，好像有针刺着她的屁股似的使她难受，她把衣服放下，焦急的跳起来，用衣襟擦擦水湿的手，抓住丽银柔软而且圆滑的肩膀，使力的摇了几下：

"快说呀！"

"你先等一会儿，让我休息休息行不？"

"我快急死了！你真气人！"

丽银翻身坐起来，很困难的压住浑身上下的高兴，她想了一下，把手伸给玉馨：

"你看看这手表。"

玉馨瞪着惊奇的眼睛看那停住的，长短针都不动的表，这表她似乎在什么地方见过，觉着面熟：

"是不是李园那小子给你的？"

"不错！"

"那么，你的表呢？"

"给他啦！"

"你是和他换过来了！这为什么呢？"

"为的是……你猜猜吧：我们为什么要换表？"

"你们像小孩子闹着玩似的，今天好起来了，不知有多么亲密，明天坏起来了，互相的仇恨，大后天又好起来，再过几天又闹翻了脸，谁也不理谁，这回换了表，不知又玩的什么鬼把戏。"

丽银半闭着眼睛把玉馨的腰肢搂住：

"我赶紧告诉你吧，我们订婚了，这表就是证据！"

"真的么，你不撒谎？"

我们这时候很难看出玉馨是羡慕还是妒忌，因为她是笑着的，不过那满面的笑容似乎有点儿不自然：脸皮上好像有浆糊粘住了似的，她那笑是勉强用力笑出来的，她想走去接着洗衣服，丽银不放她，搂得更紧，还把下巴压在她的肩膀上，正经的问她：

"你赞不赞成？"

"我为什么不赞成？"

"我希望你也快点儿订婚。"

玉馨低着眼皮不说话，她把箍在腰上的丽银的手拿开，照旧洗她的衣服，一面不在心的问：

"你们打算多久结婚？"

"在这个月以内。"

丽银觉着她一生的大目的完全达到了，因为婚姻这件事她和别人一样的认为是"终身大事"，这件事如果不能满意，那么她情愿死去，她决不是一般幻想的那种想着为人类做点什么事情那样的女性。一个幸福的小家庭，有一个和她一样年轻，美貌，欢喜游玩，也会唱歌，无事的时候遛遛大街，悠闲的时候逛逛公园，看看电影，处处能体贴她的心意的丈夫，这些便是她全部的希望和伟大的事业。

玉馨也是这样一个女性——当然，这样的女性并不仅仅她两个人，差不多满街都是。而她们的这种思想也并不奇怪，那都是很自然的。

丽银的止不住的欢喜和闭不上嘴的乐也是很自然的。

她写信报告母亲关于订婚和预定结婚的事，在信里把李园夸奖得说不出有多么好，凡是她会用的赞美的形容词全用上了。接着她就计划做什么衣服，为了集思广益起见，很感谢的征求玉馨的意见，玉馨为了不辜负她的希望，替她出了不少好主意。

第二天在班上挂了一个电话约会李园在电影院门口集会，看完电影出来的时候她把所有的钱大部分给了李园，临别的时候，千百次的嘱咐他不要因为短期内找不着房子而着急，甚至于上火，好像一个周到的母亲，嘱咐自己生养的小宝宝一般。

李园呢，不消说也是满心高兴的啦，他在肚子里立着各种详细的计划，他盼望他的计划处处能使丽银满意。

丽银对他的各种计划非常赞美，高兴的对他说：

"你真会办事——你真好！"

又把身体往他怀里用力的靠了一下，表示她的热烈的爱。

李园忽然想起一件事，情不自禁的笑了一笑，扯着她的胳膊一下：

"唉。丽银。你叔叔能愿意么？"

好像有一块骨头堵住了丽银的嗓子似的。她的眼眉为难的往一起挤了一下，又赶紧松开，嘴唇焦急的动着，好像嚼着一块硬东西很难咽下似的，半天才结结巴巴说出这么几个字：

"不要……说……啦！"

李园觉着满意而且快乐，好像西班牙斗牛的武士得了胜利一样，他的头上有辉煌的光亮，这是路灯的光，并不是他头上的光，他的嘴脸是笑着的，他以为这样叫她难堪一下还不够，应该多叫她难堪几下，于是，他又扯丽银小姐的胳膊：

"你为什么要说他是你叔叔呢？"

丽银害羞的把头低下，看着自己脚上的鞋，肩膀和李园的背碰了一下，好像要哭似的，把小脸儿忧愁的皱着。路灯的光映着她半个脸，有几个老家伙从他们旁边经过，都不约而同的，醉心的看了丽银一下。

李园嘻嘻的笑。

丽银肚子里有这样意思，她说冯先生是她叔叔，那是为了根本消减李园的醋劲，就是说，她的撒谎，在她的前途，在她未来的幸福的打算上是有很大的意义的，她知道，世界上没有一个人不撒谎，全都是为了自己的好处，人人都撒谎，为什么她不可以还用这么方便的计策呢？她对李园撒谎，并不是想陷害他，那是不得已的，在那种场面，她除了撒谎，实在没有别的办法。她想说那是她的表哥，决不能减轻李园的疑心，她决心想说是她的舅舅，不知怎么，一张嘴却变成了叔叔！

其实舅舅和叔叔都是长辈，只是舅舅是母亲的同胞，叔叔是父亲的手足，没有多大差别！她满心想把这种苦衷，把她对于李园的热烈的爱，特别在爱情刚达到不大难的程度的思想和感慨却形容不出来。

李园还是咧着嘴笑。

李园不是恶意的，他想叫丽银难堪一下，主要的目的是为了开玩笑。为了管不住他满身生理的骄傲和喜气，这正如一个父亲或母亲，因为太爱自己的孩子，搂她，抱她，亲她，浑身上下都亲遍了，不知怎样亲才好了，就下口咬，而且越咬越上劲，直到把孩子咬哭了才放开，和这种心理完全一样，李园实在是太爱她了的缘故。

玉馨这时候可寂寞死了！她寂寞到伤心的地步，因为丽银有了如意的情人，又有了理想的终生伴侣，她呢？不要说情人，连个情人的影子都没有。她从前以为李园是能够爱她的，没有想到那小子一开头就看中了丽银，她真不懂丽银有什么比她强的地方，她搞不懂男人都什么心眼子，莫非说：一个沉静的女子不比蹦蹦跳跳的丫头好么？一个懂得人情世故的女性不比什么也不懂的孩子好么？

"唉唉！男人啊男人，你们全是瞎眼。"

丽银一结婚，剩下她孤苦伶仃一个人了，以后谁和她住在一起呢？她那些同事都不合她的口味儿，脾气全不一样。在一起住，一天两天是可以的，天长日久却弄不好。她知道丽银一结婚，全副的精神和爱都交给了李园，其实不结婚，她的精神和爱也交给了李园，从和李园交往那一天起，她就从脑袋顶到脚后跟，完全变了样。

丽银只顾自己，玉馨以后和谁在一起住，她一概不管了，反正她有了李园，别的事她一概不问。

李园恋恋不舍的和未婚妻分手以后，就欢欢喜喜的跑回光棍子的宿舍。

金健从什么地方借来了几本书，正躺在床上聚精会神读着，他的一条腿伸在墙上。

李园快活的坐下，休息一回儿，从抽屉找出几张稿纸，他要动手写文章了。

李园是一个爱好文艺的年轻人。他不仅读过几本书，也写过一些新诗，小品文之类的东西在报纸上填过窟窿，他创作的野心是很大的，他自己觉着很有写作的天才，有一回报纸上悬赏征集短篇小说，他的作品是当选了"佳作"的。那一回可真把他乐得要命，有半宿没有睡觉，把那张报纸看来看去，看着那上面用很大的铅字登着的当选发表启事，这个启事和后来在报上发表的他那长篇大作，现在他还仔仔细细的保存着，像保存着金银财宝一样！当然，这些成绩丽银是看见过的，当她看见这些东西的时候，她是多么佩服李园有才能啊！她赞美李园，夸奖李园，把身体整个的投给李园。

现在李园又要写作了。

他先歪着脑袋想一想，把一只手支着下巴，这个姿势他是在一本书看见的，那本书的头一页是作者的照片，把一只手支着下巴，这个姿势给了他很大的影响。他捏着钢笔的手是放在稿子上面的，两只眼睛望着墙，望了半天还没有决定写什么。

他打开一本长篇小说，这是翻译的，是描写男女性爱的故事，他看中了一段风景描写，于是先把这一段照样抄下来，改换几个字，接着又翻开另一本书，这是一部喜剧，他选择一段特别精彩的对话欢欢喜喜的抄下来——这可不是"抄袭"也并非"剽窃"，这叫做"寻章择句"，这本来是李园一向写作的习惯。从前，他在报上当选了佳作的那篇文章，就是这么寻章择句弄成功的。

但是李园可决不全篇全幅都是寻章择句，他多半是寻章择句弄个起头，接着就笔走如飞的写下去。这是李园的特长，也可以说这是他的大天才。

李园的眼睛什么地方也不看，他的耳朵也不听，所有的精神都集中在写作上。

有些邻家的孩子到了晚上还不赶紧去睡觉，还跳着，唱着，嘎嘎的笑，嗷嗷的叫喊，然而李园并不理会那些。

金健把书扔开，跳起来，伸个懒腰，这叫声非常难听，好像半夜的驴叫一样。

"老李，你写什么？写情信么？"

"不是……咳！你老实点儿！"

"喂！这小伙子脾气可不小，我不让你写。"

他把李园的笔夺去了，举得高高的。

"快给我！"

"你叫一声好听的我就给你！"

"叫什么好听的？"

"叫我一声哥。"

"滚你的去！"

"你要不叫，我把笔扔到外面！"

金健的眼睛瞪得圆圆的，像牛一样。

李园焦急的看着他这一对眼睛，踌躇的往肚子咽唾沫，实在没有办法，只好叫一声：

"哥！"

金健快活得手舞足蹈，像疯子似的，他用力的搂着李园的脖子，在李园脸上狠狠的像拼命似的亲了一下才把笔还给李园，金健这个家伙，有点儿变态了！

李园孜孜不倦的写到深夜，写了一千八百多字，是一篇千古不朽的大作，第二天就寄到报馆，后来，不知怎么，这篇大作到老也没有登出来，大概是进了编辑的字报纸篓里去了。

十五

这一天，李园和金健是一块儿下班的，他俩全一样，下班的时候比上班走得快，脚底下好像绑着车轮子似的。

在街头上，有个年轻人老远就对着金健打招呼：

"喂！老金，少见少见。"

金健咧着大嘴笑起来，握住那个人的手：

"刚下班么？"

"是，是。"

金健指指那个年轻人又指李园：

"这位是石先生，这位是李园！"

"啊！久仰久仰。"李园非常高兴，因为这个石先生他时常听金健讲，也是一个能写两句文章的人。

金健提出一个意见。

"我们喝杯茶去，好么？"

"好，好，我请客。"这是李园说的。

这三个年轻人欢欢喜喜的并着肩，走路的脚步都是轻快的，仿佛像他们都是生活忙迫的人，又好像正在做着什么伟大的事业，走得太慢怕浪费宝贵的光阴似的。

其实他们并不做什么伟大的事业，连微小的事业也不做，要说李园，和丽银在一块儿缠绵便是伟大的事业了。

吃茶店里人多的很，所有的座位都有人占领着，大多数是年轻人，一个捆着带花边的小围巾，发辫上用黑色的网布绑着花朵的女招待，轻轻的走到角落地方，问新进来的三个人：

"要什么？"

歪戴着礼帽的金健伸出三个手指头：

"来三个咖啡！"

坐在李园旁边的是石先生，他没有戴帽子，面孔很瘦，好像一个衰弱的病夫，那一双眼睛很迟钝，没有光辉，高鼻子，扁嘴，领带大概有好几年没有换，是个暮气沉沉，未老先衰的人，他在一家杂志社当编辑，是金健的老乡，从小光着屁股的时代在一起同过学。

柜台后面有个年轻的女性，她在那里摆弄戏匣子，她总是挑选哀怨沉闷的音乐片，那呜呜的提琴的声音像哀哭一样。

年轻人的说话和笑声，烟卷的烟雾，把这狭窄的吃茶店里罩满了，说话声是吵吵闹闹的，谁在说什么，一点儿也听不清，笑声很响，还有兴奋的口笛。在屋子中央的桌子上有四个年轻人闹得格外厉害，他们说着，笑着，还打闹着，女招待忙忙碌碌的走动着，其中有个胖丫头，走路的时候屁股扭得特别活泼，好像扭秧歌似的，还不住嘴的笑。

金健轻轻的喝了一口咖啡，对李园很有深意的笑一下：

"你以后有稿子可以交给石先生，石先生不是外人，一定会帮忙。"

石编辑露出一排不整齐的大牙，皱眉苦脸的笑一下，他这笑脸难看极了，还赶不上哭来得好看，他的脸皮又黑又黄，好像日子太久已经坏了的橘子皮一样，他说话是吞吞吐吐的，嗓子里好像含着一块石头，声音很低，不细心听是听不见的：

"李先生以后时常给写吧，请放心，决不能不发表，稿费也错不了，我们是熟人。应该互相帮忙，我时常说，权利不外益。"

"老李写得不错呀！"这当然是金健说的咯。

李园好像很害羞似的，摇摇脑袋，和蔼的笑着，客客气气的对编辑先生谈：

"他说的全是假话，我实在写不好。"

"不客气，您写得不错，我知道。"

几天以后李园又在报纸上发表了一篇小品文，这是用丽银的名字发表的，丽银不相信的看着他的鼻尖，当她听到这个消息的时候，她焦急的，好像等不得似的，用力的摇着李园的脖子：

"报纸在什么地方？快给我看看！"

报纸就装在李园的衣兜里，他爽快的掏出来，铺在床边上指给丽银看：

"你瞅瞅，这不是你的名字么？"

她那双乌黑明亮的大眼睛孩子气的放着光，她藏不住这欢喜，因为这篇文章是李园改作她头些日子写给李园的信。李园的快活都表现在脸上，他欢欣鼓舞的对女的讲：

"你该知道，从今往后你是一个女作家！"

"那怎么能。这不是我写的呀！"

"为什么不是呢？我不过给改了几个字！"

"不！你改得太多了，我写不了这样好，你可真是，我怎么一点儿不知道呢？"

"现在告诉你也不算晚哪！"

他又用这小声，特别正经的对丽银说：

"假设你好好的用功，将来成一个女作家，那该有多么好啊！"

这时候在李园的眼光里，丽银好像真的成了一个女作家一样，她那一对整齐发辫，倘若不是女作家，是不会梳得那么整齐的。她那一双明亮的大眼珠，只有女作家的眼睛才是这样的明亮。李园越端详，越觉着她的态度满够一个女作家的风度。她有这样的年轻，这样的美丽，实在够的上一个文学少女，或是一个文艺小圆团，再不然是一个文学小宝贝。总而言之，她在李园的尺度上是提高了，升格了。李园克服不住浑身上下兴奋的血液，他抱着未婚妻一口气接了好几十个吻，接吻的声音很响，好像拔瓶塞一样。

丽银小姐心满意足的，好像吃饱一顿丰盛的饭菜似的快乐的坐在床边，在她的思想里，装满了无限的幸福，又加上很大的希望。

"我也想跟你学习写，可惜我怕学不好。"

李园用满身的力量鼓励她：

"只要你肯学习，那是非常容易的！"

李园清清喉咙，把眼珠子瞪起来，他一现出这种神气，丽银知道，他是要开讲了，于是，她把背靠在墙上，懒洋洋的，热心的看着李园张着的不停的动着的嘴。

"世界上，凡是人类能做的事情，无论谁，都能做；只是，有做得好，有做得不好的区别。但是，能做的好绝不是天生的，一起头都得慢慢的学习着做，譬仿女人做针线吧，一起头决不会绣花绣朵，得先从简单的地方入手，做常了，自然而然做好了，学习写作，也是这样的。"

丽银想了一下，插嘴问他：

"学习写作，第一步得怎么办呢？"

"当然是得多多的读书呗！顶好是把世界的文学名著都读过了，即使读不过，也得读一个大概齐。最低限度，文学史有知道的必要，其次是，要有丰富的生活，因为作家写诗歌，写小说，不论写什么样作品，没有丰富的生活实在不行，譬方说你要写一部恋爱小说吧，你总得有恋爱的经验，要不然你想必虚造出来决不动人。《少年维特的烦恼》那本书你不是读过么？这本书里的故事便是作者歌德的一部分的生活经验。那个'维特'是大文豪歌德的化身，但是书里的'维特'后来自杀死了，这是歌德写这篇小说为了处理这个题材，为了动人，就叫主人公自杀，这不过是他的笔头一动的结果。事实上歌德并没有因为恋爱的烦恼而自杀。但是那故事是他亲身的体验却是千真万确的。他要没有那番经验，决写不出那动人的故事。《茶花女》里，也有作者小仲马的影子，要说那本小说便是小仲马的一段生活故事也未尝不可，总而言之，作者得有生活经验，而且越丰富越好。其次是，你让我想想。"

丽银微笑着把两只嫩白的小手放在膝盖上，亲密的看着李园因为说话太多冒着唾沫的嘴角，李园这张嘴是不大不小的，张开的时候露出一排整齐洁白的牙齿，丽银很欢喜把自己的小嘴放在这张湿热的嘴上，那在她有一种难以尽说的快感，好像天真烂漫的小乖乖吃糖一样。

她又听见李园的嘴喋喋不休的讲了：

"其次是观察，观察就是看，用眼睛看，要看得精细，要看的深刻。譬如说，你打算描写日出，那么，你总得彻底的看过太阳出来以前，那东方的天空是怎样的微红，太阳的光辉是怎么样渐渐明亮，初出的太阳是什么颜色，什么模样，这些事你要不观察好，你决描写不好日出，即使勉强的写出来也不会好。单是从这表面上观察还是不够，对于世上事事物物要看得深刻，还要有正确的判断和深刻的理解力。再其次就是学习写作的方法了。"

丽银大概是很想成一个女作家，所以一听说学习写作的方法，加倍的提起精神，眼睛瞪大了。

"学习写作，第一件要紧的事情是写日记，这是一种最有效力不过的学习写作的方法，刚开始学习的时候，千万不要写长篇。"

讲到这里，李园想起从前读过的《现代作家的创作经验》那部书了，他接着津津有味的叽咕：

"如果说，写长篇比写短篇容易，那是说，造大炮，比造手枪便当了！初学写作千万要写短篇，不然，他绝不会成功，顶好是写小品文，题材最好是回忆的故事，因为过去的事是自己最熟悉的！"

他又把许多从书上读到的关于初学写作的各种话，尽量的搬出来对丽银讲了一大阵，最后又这样热心嘱咐丽银姑娘：

　　"顶好是要有会写作的朋友，这种好处是很大的，你可以时常和他在一起，领教他们，求他们帮帮忙。你不知道，一个投稿的人要是没有朋友提拔，决不会出息起来，全仗大家伙你捧捧我，我捧捧你，要不然是出不来名的。你要清高，谁也不接近，不认识，那么，你的作品就是天好也没有人要，你永远没有出路，没有大希望，你要愿意，我可以给你介绍几个能写文章的朋友好么？"

　　"有你一个人就够了！"

　　"不，那不行，我差得远，我新近认识一个很不错的朋友，他在杂志社当编辑，这个人写得才好呢！他出过一种单行本，销路虽然不好，可是那本书是很有价值的，你顶好和他认识，一来可以和他领教，二来写出来的东西也有地方发表，要不然你不知道，有一大堆写的好，人家不要，我要是女的早出了大名！真的。"

　　李园还想接着讲下去，但是他忽然发觉丽银对于这类话原来并不感觉有什么大兴趣，因为她用手心堵住张开的小嘴打了一下呵欠，在眉目之间还流露出不大愿意听下去的意思。于是他把没有讲完的话打住，用努力的搂抱和热烈的亲吻振作丽银全副的精神。

　　丽银想起一个正经的问题来：

　　"我已经写信给母亲，告诉她我订婚了，我母亲接到信一定高兴，你的相片我也寄了去，等我们俩合拍的相片洗好以后给我母亲寄去，她看着不知怎样高兴呢！"她说这话的时候，还把两只小手交叠着放在肩头上，又敏活的放下来轻轻的拍着手心，她的举止完全和一个天真烂漫的小囡囡一样。

　　"园！"李园听见耳边有温柔的异样的呼声。

　　"什么事？"

　　"你往近一点儿来！"

　　李园靠近她，奇怪的看着那一双半睁半闭的迷人的眼睛。

　　"过几天，我想回家一次，你给我做伴儿一块儿回去好不好？"

李园，也说不上愿意是不愿意，他沉默着，老半天没有说出一句话。丽银目不转睛的看着他的脸，又扯住他的两手，握紧了不放。

李园像野兽似的思念着他自己，他是想，他应该怎么消遣一秒钟以后的时间呢？

有一天李园下班晚一点儿，他刚进了院子，走到窗根底下，听见屋子里有一个人说了这么一句话：

"奇怪！他怎么和那样一个女人定了婚呢？"

这是那位当编辑的石先生说话的声音。他马上就知道这句话是说他的，他惊奇而且苦恼的立住了脚，一点儿响音不出，像小偷似的立在窗户旁边默默的皱着眼眉，用力的咬着嘴唇，聚精会神的听着。

"你怎么知道她的底细？"问这话的是金健。

"我从前在那旅馆里住过三个多月，他们是后搬进去的，我时常看见她五更半夜，打扮得花枝招展的出去，第二天一清早毛着头发跑回来。"

金健小声的问他：

"你以为一个女性不应该那样么？"

"当然是不应该，女性最要紧的是贞操，你看她像个处女么？"

接着是金健难听的笑声：

"你的脑筋还有点守旧，你要知道，现在没有生过孩子的都是处女，这也是潮流所趋，再说处女可爱，不是处女的处女也是可爱的呀！伙计……"

两个人都嘎嘎的笑了，那笑声实在不好听。

李园又听见金健止住了笑，用正经的口气问道：

"我那篇稿子怎样？能登么？"

"你放心吧，不成问题！"

李园不愿意听下去了，他觉着听他们说话，还不如听留声机片，他这一刻厌恶极了屋子里那两个家伙，以及他所认识的那些灰色的人物。他以为他周围的人都像鼻子上抹一块白的小丑，他们在戏台上滑稽的走着，跳着，说一些叫别人开心解闷的话，做出一些叫别人发笑的动作，实在可恨，并且可笑，还有点儿可怜。他想那都是爹妈的遗传和环境的训练，他觉着只有丽银是天真的，可爱的，什么处女不处女，他决不放在心上。"

他大声的清清喉咙，用力的响着脚步，懒洋洋的走进屋子里去。

"喂！老李回来了！我们正讲究你呢。"

"讲我什么？"

金健做一个丑看鬼脸，咧着蛤蟆嘴笑一笑：

"讲你好呗！"

"我哪有什么好处。"

十六

我们把玉馨扔得太远了，自从李园和丽银定了婚以后，老没有怎样提起她，这实在不对。好在玉馨是个明白事理的女性，她知道我这支没有毛的笔在忙着，没有倒出工夫，她会原谅的；现在有工夫了，可以讲讲她了。

她一直到现在总是被寂寞的大网捆的结结实实，这条网的绳子太结实了，她出了不少力气挣扎，和寂寞的网苦斗，老也没有从网里钻出来。她从听说丽银和李园定了婚，寂寞的网把她捆绑越发结实了，她苦闷得了不得，忧愁得要命，无缘无故会垂头丧气，白天在班上也是如此。她不管那些"讨厌的"男同事怎样在她身后指手画脚的议论她，她会伏在桌上一点不顾忌的用两只手捧着脸，好像发大昏，又像睡熟了似的，动也不动，一点半点钟的接续下去，就如断了气一样。

如果有人问她：

"王小姐，你怎么的啦？"

她的回答多半是这样的：

"我有点儿头痛！"

再不然是：

"不大舒服。"

其实她的头一点也不痛，也不是什么地方不舒服，完全是因为那条寂寞的大网把她缚得太结实，太厉害，叫她难受，叫她没有办法喘气，叫她忍无可忍，甚至于叫她没有心活下去了。活不下去了。

如果眼前有波涛澎湃的大海，她也许会一点儿不踌躇的闭着眼，咬着牙，抓着头发和胸膛，一纵身就跳下去，难受的喝几口水，挣扎一阵，一口气上不来，就算完了。那么一来，没有寂寞，没有苦恼，没有嫉妒的酸味和种种样样的忧心，什么挂心也没有了。但是她不愿意那种可怜的死法，她很希望有一个和她志同道合的情人，先和她像模像样的讲一阵"精神上的恋爱"——顶好是一个和她的脾气相仿，也是多愁善感，见景就生情，动不动掉几个眼泪，不轻浮，不暴躁，不吹牛，不荒唐，无论什么毛病也没有，再顶好是有点儿学问，长得好看，体格健壮，还有几个钱，处处能合乎她的心理……这么一个男性。至于年纪呢，当然是比她大两岁乃至三岁的最合适咯，没有大两岁乃至三岁的，同岁的也行，再不然小个一两岁的也没有什么大关系。

如果真有这么一个亲爱的情人的话，她愿意和他一块去死，因为一个人孤孤独独的死，总觉得太伤心，有个伴就好一点似的。

但是在她所认识的同事和不是同事的男性之间，还没有这么一个如意的对象。她那些男同事全不合她的心眼儿。

曾经有一个男同事追求过他，那是一个年纪比她大十好几岁的家伙，小鼻子，小眼睛，小脑袋，个子也是小的，好像武大郎似的，那个模样难看极了；玉馨连理也没有理他，她又气又好笑，过后就忘记了，像忘记一个苍蝇一样！

其后又有一个同事，在她面前千方百计的献殷勤，表现对她的温柔体贴，可是玉馨一看他那副鬼头脑的神气，就知道他没有安好心，他家里已经有了老婆，还有孩子，再说他那黑黝黝的像铁似的脸皮，玉馨也看不中。

有一个年轻人，脸子长的很不错的同事，玉馨倒很有意思，可惜，那小子已经有了情人。

总而言之，玉馨的八字很不好，老天爷一点儿也不保佑她，好像故意和她做对似的，不单是没有把幸福预备好送给她，连幸福的机会也不给她。有时幸福的翅膀，在她面前扇动了几下，她还没有看清楚，还没有伸手去抓，那翅膀就敏捷的飞开了，飞远了，飞到天边，飞得无影无踪了。就是说，叫别的眼疾手快的人把那幸福的翅膀和幸福的影抓去了，丽银把李园那难得的好小伙抓去了的事实就是一个例子。

下班回到旅馆，这吵吵闹闹乌烟瘴气的栖身之所，并不给她安静，也不给她一丝的安慰。那隔壁住着的一对新婚的年轻的夫妻，时常一块儿出出进进，非常亲密的把身子靠在一起，像一对比目鱼的模样，叫玉馨看见了着实倒霉，她好像看见一对死尸似的，害怕，讨厌，神魂颠倒，她实在不愿意看他们。特别是在晚上，在寂静的时候，那一对幸福的小两口的欢乐的笑声，更是一种难以尽说的刺激，因为把她刺激得心惊肉跳特别痛苦，所以她就由羡慕而忌妒又变成怨恨，看他们像不共戴天的大仇敌一样！尤其是把那个眉笑眼开的女性，恨入刺骨！她觉着那个新媳妇好像在看见她的时候用那得意的笑轻轻的，仿佛是说：

"你看我，有一个好女婿，该多么好啊！你呢？你什么也没有！实在可怜。"

玉馨真想过去抓住那个臭不要脸的小娘们的头发，狠狠的给她一个大耳光子，把她的鼻子打出了血解恨。

对面屋有一个光棍子老伙计，他是个大学生，脸是四方形的，鼻子是扁的，好像从小他母亲没有加小心一屁股坐扁了似的，那两只耳朵特别的大，好像猪的耳朵一样，一对三角眼，鹰鼻子，有点儿像西洋种，宽肩膀，锅着腰，一看见玉馨就把厚嘴唇张开，露出长短不齐的大牙，好像要在玉馨的脸上咬一口似的，他时常放大了喉咙噢哦的唱，那声音倒是很悲壮，可惜不好听，就像鬼哭狼嚎一样。

玉馨真讨厌这个脸皮像蛤蟆身体的大小子，一听见他那刺耳的歌声就气得发疯似的，她情不自禁的发作起来，用脚踢板凳，咒骂着：

"不要脸！该死！怎不赶紧死掉。"

她看着茶房的嘴脸也不顺眼，茶房有点儿瞧不起她似的，隔壁屋里那对小两口一招呼茶房的时候，茶房赶紧跑过去，笑嘻嘻的问道：

"什么事？"

如果吩咐他：

"沏壶水来！"

他一连答应好几十个是，而且特别的迅速，像飞一样，一转眼就把水沏好了。玉馨要有什么事情招呼他的时候，总得招呼十声二十声的才会听见那懒洋洋的，不高兴的回声：

"等一会吧！现在没有工夫。"

没有办法，玉馨只好自己去做了。

总而言之，说一千道一万，像上面所说的不过是一个浅近的例子，玉馨在寂寞的网里，又在烦恼的窝里，还在悲哀和伤感的洞里，她的生活里没有光，好像深夜的猫头鹰在灰窟窿里，又如孤苦伶仃的走进一处黑暗的大森林，忧愁和不安，恐怖和厌倦，种种样样的难堪煎着她的心，唉唉！玉馨太苦了，我们真应该替她捏一把泪。

对面屋那个大小子又像驴似的嚷起来了：

"一马离了，噢噢噢噢——西——凉——界呀啊！……"

不知是谁用力的蹬着地板像打雷似的轰轰的响。

还有吵吵闹闹的说话和笑声，街上是车马的叫声。

这些不断的喧噪好像有几万把锥子从四面八方飞过来刺着她一样。

玉馨是沉默的，又是敏感的，她的感觉很锐利，很有点儿天才艺术家的气质，可惜她不知道艺术是什么东西。

她看着丽银欢欢喜喜的收拾东西回家看爹妈的光景，她有多么羡慕而且又多么莫名其妙的痛苦啊！

"丽银，李园也去么？"

"他到很愿意和我一块去，不过，他现在班上忙，请假怕不准，还有，他着急找房子……"

丽银的嘴脸异样的放着光；她现在胖多了，嘴巴子鼓得很饱满，脸色是红的，眼睛里含着一湾明亮的湖水；那里面恍惚还有美好的月光。

她的发胖的原因是因为时常吃好东西，李园常请她下馆子，她也常请李园，两个人吃得满嘴流着油水，那种滋味是不消说的啦，年轻人都是爱好的，又加上快乐和欢喜，愉快和幸福的缘故，发胖就特别的容易而且快。

她的动作也活泼多了，像一只高兴的蝴蝶一样，灵巧的扇动着美丽的翅膀。

她时时刻刻对着镜子端详自己美好的面孔，脑袋摇来摇去看看正面，又看侧面，用小手抚摸着头发，张着嘴唇，欣赏自己的牙齿，还伸出舌头来鉴赏一下，她以为自己比谁都美貌，都可爱，她应该得到许许多多体面的男性的追求和牺牲，这在她便是快乐，光荣！

玉馨有点瞧不起她，认为她太孩子气，什么也不懂得，李园有点孩子气，但是比她强多了！

玉馨苦闷得没有办法，对着镜子收拾一下自己，对着丽银这样的说：

"我要出去！"

"上什么地方去？"

"看一个朋友……"

"谁？"

玉馨想不起来怎样回答。

"是不是去看金健？"

"瞎说，谁看他去！我不认识那小子……"

丽银天真的把小嘴一撇，歪着下巴，斜着眼睛，用手指在脸上划了两下：

"不认识？你们说过好几次话，我不知道啊？还说不认识？奇怪……"

玉馨走出旅馆，她一到街上，发现这样一个问题：我上什么地方去呢？她无精打采的顺着街边好像有什么紧急的事情似的很快的走去。

十七

李园不慌不忙的走进一个大杂院，有个没有牙的老头子在院子里蹲着劈木柴，他过去问：

"老张家在哪屋住？"

没有牙的老头子瞪着两只像烟火似的小眼睛看着他，像睡熟了似的，一声不响。

李园焦急的等了一会儿，知道他没有听见，又往前迈近两步，用着大喊：

"老张家在哪屋住？"

老头子奇怪的看着他的脸，把斧头轻轻的放下，往手心里吐口唾沫，拿起斧头，好像要跳起来砍李园似的，李园不安的退了一步，但是那老头子照旧劈他的干柴，就像没有看见李园一样。

李园急的眼睛冒火。

从一个屋里走出一个十四五岁的女学生，对李园说：

"他耳朵聋听不见，您找谁？"

李园客客气气的笑着：

"找老张家！"

"噢！我们姓张，您贵姓？"

"我姓李，我是来看房子的……"

"请进屋吧！"

女学生还没有进屋就大声喊：

"妈呀！来看房子的……"

一个镶着金牙的胖胖的中年妇人出来迎接他：

"您是李先生么？"

"是，是我！"

"石先生没有对您说么？还得半个月人家才搬走，还有些东西，你得当面和他们讲讲价。你请进屋坐吧……"

这个中年的女人一五一十的告诉他，要搬走的那家有不少东西，一共得五百来块钱，房钱得先打上半年的，每月是三十块钱，还得找一个保人，石先生给做保就可以……

他迷迷糊糊的走出来，好像做了一场梦似的，这样的房子像他这样的身份怎么能住的起呢？

他希望有两间并不必怎样宽大的房子，顶好是一个院有两三家人，干干净净，不吵不闹，每月的房租不超过五块钱，那么他和唯一无二的丽银好好在这里住着，过着所谓"理想的生活"那该有多么好呢！

他又想到从和丽银认识一直到订婚为止，这期间他消耗了多少心血，真的，他征服了丽银实在不是一桩容易的事情，那个冯先生花了不少大头钱没有擒住她，她却把钱倒贴给李园，这可见丽银实在是个多情的少女，决不是迷恋金钱的女人。她是真真的爱李园，用着她全副的精神。

李园又想，他第一次和丽银亲密到没有法再亲密的时候，那该有多么甜蜜呀！那真是人间伟大的欢愉，他时常把这第一度狂欢的图画在肚子里描来描去，描得特别精心而且深刻，从起头第一笔到最后放下笔为止，这中间的色彩和情调，他一丝一毫也不会忘记，他觉着自己是一个胜利的战士。

是的，只有他，任何人也不许和丽银接近，他时常这样想，但是最近又有一种思想像利刀似的在他脑里深深的耕下，那就是他在窗外偷听的金健和石先生的谈说：

"他为什么要和那样一个女人订婚呢？"就是这思想有时骚扰他，骚扰得特别的厉害，把他扰乱到痛苦的程度。

但是李园毕竟是个脑筋新的年轻人，和那般陈腐的习惯没有除尽的人是有区别的，他不用旧的尺度衡量新的女性，他认为丽银过去的行为是必然的，不算奇怪的，这么一想，那扰乱他的思想就溜走了，剩下的是胜利和微笑，幸福和快乐的滋味的细嚼。

"喂！李先生，上哪儿去？"

他一看是玉馨，于是，他满肚子乱七八糟的思想完全扔掉了，定一定神，回答人家的问：

"我去看房子来的，你往哪去？"

玉馨用忧愁和哀怨的眼光看他：

"我呆着没有事，先走着玩……"

"丽银出去了么？"

"没有，她在家里收拾东西，你去吧……"

"我现在不去！"

他觉着这句话一定有安慰玉馨的力量，因为他看出玉馨的哀愁的神气减去了不少，轻轻的笑了一笑。

他又觉着玉馨的态度是沉着的，可爱的，她有丽银所没有的老成的优点，他知道玉馨是一位规规矩矩的女性，不像丽银那样的滥交男朋友，如果娶这么一个女子做媳妇，离别三个五个月的话，决不至于提心吊胆，决没有戴绿帽子、当王八的危险，于是，扰乱他的那句话又从沉淀的记忆里浮起了："他为什么要和那样一个女子订婚呢？"

接着他又起了这么一个可笑的观念：如果办得到，她俩都嫁给我该有多好啊！

玉馨亲切的点点头："再见吧！"

"好，再见……"

他恋恋不舍的望着渐渐走远，终于消失在人群里的玉馨的背影，喘出一口烦闷的长气。

玉馨好像一个苦恼着的幽灵似的，她走完大街，又走胡同，她看着来来往往的人们从面前飞滚，又感到寂寞来包围了她的灵魂。她没有目的地，稀里糊涂的迈着步，像做梦似的走进不花钱就可以进门的公园，选了一个无人的地方，坐在石凳上，望着头上变黄的树叶，默默的沉思着。

有两个年轻人，大概也是受不了寂寞的重压了，他俩像害怕似的，轻轻的走到玉馨的前面，距她有十来步的高坡上，不知是坐着还是立着好，在那里鬼头鬼脑的商量什么计策。

歪戴着礼帽的那一个小伙子，吹起尖细的口笛，另一个光着头，戴一副宽边眼镜的在他肩膀上拍一下，又搂住他的腰，笑着说：

"我爱你！"

两个人都笑嘻嘻的笑起来，回头看着玉馨。

要是在平常，玉馨看见这样的小丑，也许会禁不住的笑起来，然而现在她可笑不起来，因为苦闷的大石头把她压得太凶了，她是想找一个清静的地方痛痛快快的哭一场，想不到遇见这么两个该死的小流氓。

她厌恶的站起来，抖擞一下衣服，生气的低着头，往水边走去了。那两个年轻的小伙子互相的对着做个鬼脸，尾随在玉馨的后面，像脚底下的两块湿泥一样。

玉馨立在水边，忧愁的看水里的倒影。

戴眼镜的那个小伙子拾起一块石片扔在水里，那石片击水的声音把玉馨吓了一跳，她想咒骂那两个不要脸、不害羞的小子，但是她忍耐着离开了这水边。

歪戴帽的那两个年轻人好像很有经验似的对他的同伴说：

"猴不上杆多敲锣，追！"

他俩死皮赖脸的尾随着。

走到一个亭子旁边，玉馨知道身后那两个小子还在坚毅不拔的立着志气尾随她，她为难的想了一想，想不出摆脱的方法。

忽然，她看出那个坐在亭子旁边树底下的是金健，就在这时候，金健也看见了她，金健好像比赛篮球的时候争抢球似的，很敏感的跳起来，张着大嘴欢迎她：

"啊，王先生，你一个人么？"

"是的，……"

那两个小伙子也跑过来：

"老金！老金！……"

玉馨和他们应酬了几句，厌恶的走开了，不管老金怎样的求她多谈一会儿，但是她感不到兴趣，因为，那两个小子给她的印象太糟糕，她认为那两个小子纯粹是流氓，而和流氓是朋友的人当然也是流氓了。

她走到树林稀少，西下的阳光照得很多的地方，把背靠着一棵清瘦的树，眼睛里含着一大包泪水。

十八

日子过得可真快，不知不觉过了一个来月。

结婚的日期已经定好了，是个星期日，正是大吉大利的日子。

这是结婚的头一天，天气非常的温和，凉风带着温柔和爽快的滋味，太阳含着笑脸。满天还有像棉花似的云块，又像些花朵一样，一朵追着一朵，实在好看得很！

李园到底也没有找得到房子，多亏金健同情他，帮他的忙，把屋子让出来，他搬到一家旅馆里，和两个喜欢打篮球的光棍子朋友住在一起，这还有个条件，李园和丽银必须把玉馨替他往一块儿拉拢，这些契约，李园和他的未婚妻丽银小姐全部答应了。

在李园结婚的头一个星期，老金就把行李搬走了，补他的缺的当然是丽银，她搬来的时候，把李园乐得像得了头彩似的，那种快乐的程度我这支笔实在描写不好，还是不写吧，我们应该赶紧说说结婚头一天的事。

这一天是万里无云——哎不，只有一两块破碎的白色的云彩在空中悠闲自得的飘浮着，太阳没有啦，气候是特别的凉爽，这么样的好天，真是说不出有多舒服，难以形容的痛快。

李园先生和丽银小姐都请了假，欢欢喜喜的在"新式的家庭"里收拾屋子，无论什么东西，差不多全是新的，什么东西应该安置在什么地方，全是经过他俩再三再四再五再六的商量，两个人的意见一致，认为合适，没有再商量的余地了，这才决定。

最费苦心的是那张借来的旧八仙桌，李园说：

"把它放在墙角怎么样？"

丽银姑娘歪着小脸蛋想了一想：

"那么椅子放在什么地方呢？"

李园张着愁苦的大嘴说道：

"是呀！你说怎么办好？"

丽银叉着窈窕的小腰核计一下：

"用不着动，就放在原来的地方吧！你说怎么样？"

李园好像一个小学生受了老师的教育和矫正一样，欢喜而感激，快乐得手舞足蹈，像疯子一样，他忍耐不住从脑袋顶到脚后跟高兴了，而且嗓门里小声的嘟念：

"宝贝儿，你真可爱……"

丽银半闭着眼睛，结结巴巴的说：

"园哥，你真好……"

于是两个人紧紧的搂在一起，亲了不少的嘴，李园还在丽银的脸上咬了一口。

玉馨下了班以后，和她的同事，一个绰号叫"小交际花"的姑娘来看他们，她俩是请好的傧相。她俩一来，李园和丽银更乐不可支了。

"请坐，请坐……"

李园特别的客气，满脸射出喜气，举止非常的文雅。小交际花用含情的眼光瞥了他一下。

这个小交际花的年纪和丽银相仿佛，她的头发不知费了多大的苦工，弄成许许多多的圆圈，好像一些铁丝网似的盘在脑袋顶上，她脸上的粉很厚，眼眉是画的，又长又弯，眼角是抹一块黑，从远处看，那一双眼睛又大又黑，像宝石一样。穿一件赤红赤红的旗袍，镶着白边，两只胳臂完全露在外面，两条大腿也露在外面，她的鞋是浅绿色的，半高跟，说不出有多么好看。她的打扮可真新鲜极了，年轻的男性看见了她，多半是魂不附体的。

一个邻家的半大小子跑进来，手里还捏着一个鸡毛毽子，大声对李园说：

"外面有人找李先生！"

"谁？"李园奇怪的瞪着眼。

"不知道，有好几个人……"

李园正踌躇的想着，已经进来了。

进来的是一个五十来岁的老太婆，一个二十五六岁的乡下打扮的妇人，一个三岁上下的小子，一个一岁多点儿的丫头抱在那个妇人的怀里。还跟着一个马车夫，摘下他的帽子不满的说：

"从火车站拉到那么远，五毛钱太少了！"

看见了这几个人，李园像挨了一棒子似的，几乎发昏了，他有点不敢相信他的眼睛。

这能是真的么？不是做梦么？

那个三岁小子一看见李园，像发疯似的张扬着两只粗糙的小手扑在李园的怀里，用热烈的、亲密的声调喊道：

"爸爸呀！"

无论谁都惊得目瞪口呆。

马车夫还在门口唠叨：

"五毛钱实在不成……"

李园掏出两毛钱给那车夫摇摇手：

"这回行了，去吧！"

那车夫走到外面还不满意的嘟嘟念念的说些什么。

我们的李园像得了一场大病似的，他的脸色苍白得像月夜里的笑容一样，他的手放在胸前又赶紧背在后面，他的嘴动了老半天，不知道应该说什么话，那个老太婆的身体非常的强壮，她把那妇人怀里的丫头不费力的接过去放在炕里面，她自己的肥屁股敏捷的一抬就坐在炕边，对那个妇人扬扬下巴，说：

　　"快上炕歇息吧！"

　　李园愁苦的坐在椅子上，眼睛变得特别的小。

　　别的人都像些木鸡似的。

　　丽银忍不住了，她小声的问李园：

　　"她们是谁？"

　　李园没有勇气回答她，只是落落寞寞的哼了一声。

　　三岁的小子过去拉住李园的手：

　　"爸爸！"

　　李园还是不说话，皱着眼眉，好像断了气一样！

　　那个老太婆开口了：

　　"我说姑爷，你办的这事不对呀！"

　　这是很明白的了，开口的老太婆是李园的老丈母娘，那个二十五六岁的妇人一定是这个老太婆的女儿，李园先生的尊夫人，又名太太，或者叫做妻，三岁的小子是老太婆的外孙，李园的少爷，那个小丫头崽当然是李园的女公子喽！

　　最惹人注意的是李园的太太，年纪比他大好几岁，好像他的姐姐一样，她的头发虽然是剪短的，但是那披散的形状却很老憨，和丽银的头发一比，差得太远了，简直是隔着好几个世纪，她的袖子倒是短的，不过短得不彻底，只短到肘节，两只脚是民装改造，一双像小船似的布鞋的前尖还闲着一大块，她服从了妈妈的命令，害怕的坐在炕边，眼睛里已经有泪水了。

　　李园的眼睛冒着火：

　　"你们上这来，怎不事先给我个信？"

　　老丈母娘用尖锐的声音回答他：

　　"我们得了信就从家里起身，就这么样还误了一天，秃子他妈没有注射证，人家不叫上火车，哪有工夫事先写信？"

"你们得了什么信？"李园的嗓子干燥极了。

还是老丈母娘回答他的话：

"听说你要办小呗！"

"谁说的？"

李园气极了，用力的握着拳头，恨不能马上把那个幸灾乐祸的散放谣言的畜生抓过来一拳头打死！

显然的，老丈母娘的气势也很大，她浑身摇动着，两手在半空挥来挥去，好像马车夫挥着鞭子一样，垂在炕沿下面的一双凸得饱满的小脚也愤怒的摇动着：

"谁说的先不论，我问你姑爷，这是不是真的呢？"

老丈母娘生气的咽进一口唾沫：

"我的闺女有什么短处？她从过门这么些年，在你们老李家，公公婆婆的伺候着，有不周到的地方吗？要儿子，给你生了儿子，要姑娘，给你养了姑娘，你一出来做事成年到头不回一次家，也不往家里捎一个小钱，你妈说这是媳妇不要强，没有管好自己的女婿，唉，我问问你她在家里泥里水里去做活，一百辈子看不见你的面，让她怎么样管？怎么样劝？再说，她也不是不能生男养女，你娶的那一份小呢？哼！年轻人，胡闹也得不斤不厘，闹得也太不像样子！"

躺在炕上的小丫头崽两只小眼睛一挤，黑黝黝的小嘴用力的一张，浑身还用力的挣扎一下，像有针刺了她一下似的，哇的一声哭起来，这哭声非常的尖锐，像吹喇叭一样。老丈母娘对她女儿说：

"你看看，孩子是不是拉屎？"

李园愁苦，烦恼，焦急，愤怒得了不得。要不是因为眼前有别的人，他真想把可恶的老丈母娘和讨厌的老婆狠狠的打一个半死不活，然后把她们赶回家去。

他垂头丧气的咬着牙，眼睛凶狠的看着地下。

绰号叫小交际花的那个姑娘眉目之间流露出开心解闷的气息，她看见丽银那一副害羞而且悲苦的神气觉得高兴，好像从前和她有什么怨仇，这回可解了恨似的。

丽银的脸色很难看，好像挨了一个大嘴巴。

她看着李园的老丈母娘，满脸的横肉，杀气腾腾的，好像戏台上扮演害人的丑老婆子的狰狞面孔一样，她觉得害怕而且寒心，她恨不能立刻在背上生一对敏捷的翅膀迅速的飞出这间让人难受的屋子，再不然，地下有窟窿，能一下子钻进去也好。

老丈母娘的三角眼像老鹰似的，在每一个人的脸上测量着，射出凶猛的光。她想发现那个迷住李园的小妖精，要抓住她的头发，用膝盖压住她的肚子，把她三口两口咬死，替她的宝贝女儿报仇雪恨。她盯住小交际花的嘴脸了，她以为小交际花就是她姑爷要办的那个小，于是她的眼光就在小交际花身上发着恨。小交际花是聪明的，她看出这种错误和危险，赶紧躲在丽银的身后，多看了丽银几眼，这意思好像是明白的告诉那个满脸凶相的老婆子，那个"小"并不是她，是她看着的那个愁眉不展的女性。但是那老婆子没有懂得她的意思，发恨的眼光在她的身上算是钉住了。

李园绞心血的想出一个办法：

"你们，先回家吧！"

这句话真像一把火似的，把老太婆的怒气点着了。她握起拳头在炕沿上敲着：

"就这么样让我们回去么！"

玉馨很为难的在小交际花的耳边秘密的说了句什么。小交际花用肘节轻轻地触了丽银一下。

李园默默的咬着下嘴唇，他的尊夫人把围在孩子下半身的一块布打开一看又稀里糊涂的缠上，她一眼看见了墙上挂着一件没有袖子的粉红色的衣衫，这衣衫好像有伤害她和她的孩子的危险似的，她一刻也不能等待，鞋也不脱的立在炕上，抓起那件衣衫用力的扯碎。李园跳起来跺跺脚：

"你要干什么？"

她又把丽银的皮包打开，一眼看见了里面有不少花花绿绿的化妆品，从打开的窗户扔在外面，叭的一声，还有稀里哗啦的声音。

李园气极了，要过去打他的老婆。

老丈母娘伸手把他拦住：

"姑爷，你打她可不行，我们有地方讲理……"

李园的太太不知从什么地方上来一股万夫不当的勇气，她抓起花被，扔到外面，撕破了新枕头，摔碎桌上的茶壶茶碗，又去撕那桌布。

"该死，你老实的！"

李园过去抓住她，一下把她推出好几步远，她跟跟跄跄的倒退了几步，屁股碰在炕沿上，差一点儿摔在地上。她仇恨的瞪着两只难看的三角眼，看着李园的鼻子，想狠狠的咒骂他一场解解恨，但是她缺少这种直接和丈夫宣战的勇气，怕的是伤了夫妻的感情，把局面弄僵永远不可收拾。于是她改变方针，用两只粗皮肤的手蒙着脸，放声大哭，她的孩子也尖锐的哭起来，三岁的小子害怕的抱住她的大腿。

老丈母娘愤怒的指着李园的脸：

"姑爷，你别装糊涂！"

玉馨包围在惊骇的网里这个时候才挣脱出来，她清醒的扬起眉毛，拖拖丽银，叫她快点逃跑。

玉馨先轻轻的溜出去，丽银慌慌张张的随在她后面，小交际花在最后。但是她的前腿刚迈出门槛，老丈母娘像凶猛的老鹰抓一只小鸟一样，跳过去就抓住她的肩膀，狠狠的把她拖回来：

"你等会儿再走！"

小交际花知道这个老婆子是弄错了，她害怕的挣扎着，想从老鹰的爪里逃出去，但是老鹰的爪是有力的，她无论如何也不放，一面喊她的女儿：

"你快点来别放走她！"

李园的女人，你别看她是民装改造，她在乡间，成天到晚，成年到头的劳动，身体锻炼得非常的壮实，她推开正要过去援助的丈夫，狠狠的一把抓住小交际花的头发，从后面打了她一个耳光子：

"你这个小养汉老婆，你真害人不浅，你，你……"

小交际花气极了，用脚去踢老婆子的腿：

"你们干什么！不是我？"

"你不能走！我们得打官司去！"

李园气得手脚打着战，他跳过去脱开老丈母娘的手，但是他的老婆死死的揪着小交际花的头发，要命也不放，而且张着大嘴，用牙齿咬小交际花的肚子。老丈母娘退下来又跳过去撕碎小交际花的衣服，李园的妻一面咬一面骂：

"养汉精。你把人害死啦！不得好死的呀！"

李园急得四面打转，他无论如何也拖不开那一只抓住小交际花头发的像爪似的手，他用拳头打他老婆的头。

老婆子把小交际花拖到炕边，把她按在炕上，她的女儿还是死死的抓住小交际花的头发不放，一面下口咬。

小交际花在下面哭着，喊着，挣扎。

李园连踢带打，高声的嚷着：

"快松手，不是她！不是她！"

李园拿出九牛二虎之力，好容易把老丈母娘和老婆拖开。

可怜的小交际花被这一场狂风暴雨打得简直不像个样了！她的头发披散得乱七八糟的，像一堆杂草，鼻子和脸腮流着血，牙齿也流着血，衣服扯得一条一条的，裤衩也撕破了，露出皮肤来。

老婆子的声音，碗碟打破的声音，还有凶凶的咒骂和气喘，这屋子里接续着，而且传到外面去，像无线电的广播一样。

邻家的妇女立在窗外，看着，议论着，有个光着屁股的小孩子要去拾那打碎的雪花膏瓶，一个麻脸妇人把他叫住：

"不准拿！"

一条灰色的毡子，这是不久前铺在丽银床上的，从窗户扔出来，接着又是一个有花有朵的洗脸盆，又飞出一双女性的皮鞋，这不消说也是丽银的，她是新买的，打算结婚的时候穿，为了买这双鞋，她东奔西走跑了好几天。有一个镜子扔出来的时候差一点儿打在那个要拾破碎的雪花膏瓶的孩子的脑袋，麻脸妇人张扬着两手过去把孩子拖开：

"小兔羔子，快躲开！"

又飞出两件颜色鲜艳的女性的衣衫，正好落在屎尿窝里。

接着有巴掌的声音，这巴掌声是沉闷的，好像一条木棒打在乱泥里一样，又有凶凶的咒骂，悲哀的女人的哭声，这哭声最初是低微的，越提越高，渐渐提到最高潮，住一会又低了一些，好像要中止了似的，但是声音一转，加倍的高起来，还嘟嘟念念的诉说着她满肚子的哀怨，一身的烦闷，全部的痛苦。然而这哭声一点儿也打不动在院子里看热闹的人，他们盼望这吵闹顶好是没有完的接续下去，他们好开开心，解解闷。

哭声稍稍低微一点儿的时候，起了老年女人的咒骂和辩论，又有小孩子惊骇的嚷声……

（一九四二年十月二十五日于新京）

尝 试

有一天，我的同伴苏河很正经的问我：

"嗳！你不闷么？"

他皱着眉头，咧着嘴，好像要哭似的。

我对他讲的是实话——我很闷，但是没有办法！

他一跳就跳到我身旁，把我手里的书夺下，扔到桌上，从墙上摘下帽子，拍一拍，正一正，用力的扣在我头上，紧紧的扯着我的袖子往外拖。

"喂！喂！……做什么？"

我焦急的喊：

他头也不回，照旧往外拖我："走！走！我们逛逛大街解解闷！"起初是不同意的争论，后来我还是服从了他。

街上，并不热闹，这一个老大，古旧，死气沉沉的背景，乃是一个荒岛，一个大沙漠，虽然在马路两边有的是歪戴帽子的男青年或鼻梁架着眼镜的女密斯，然而，我一点感不到兴趣，我总觉这是一个荒岛，一个大沙漠，所有拥挤在这地皮上的人类全都过着原始的，愚蠢的生活，苏河和我的意趣相反，他看看东，望望西，好像小孩子到了热闹场上一样。

"你看！"他指着一个从绸缎庄刚出来的女郎对我说，"多好？"他很欣慕的瞪着眼睛看那位女郎，直到人家转了弯，消失在另一条街上，他绕转过脖子，对我喘口伤心的大气：

"哎！"

我什么话也不说，也不想说，也没有什么可说的。

但是我觉得闷得很，到外面来，不如在屋子里平静些。

我们俩活像一对幽灵，轻轻的，无精打采的迈着步，走了不到半里路，我的腿发了懒，不愿意再多挪动，他呢，也一样。

"到公园里坐坐？"他和我商量。

我懒得张嘴，勉强的点一下头。

这时候，每一步都是吃力的，心好像碎了一样，也不知怎么，我忽然变成了一个颓废者，无论什么，全觉得干燥乏味，讨厌得厉害。

有一个影子，清清楚楚的在我头上随着我走，我的眼睛虽然没有生在脑袋顶上，但是我却用不着仰脸便能够看见上方，这个影子是——穿着浅蓝的，像蔚蓝的天空的颜色一样的旗袍，面孔不长不圆，白里透出粉红，鼻子不大不小，一张小嘴正正当当的安置在鼻子下面——然这些并不出奇——但是那一双黢黑的如宝石一般的大眼睛，唉唉！我描写不出来那眼睛的动人，我没有这种技术。

她是从绸缎庄出来的。

什么时候到了公园，我简直不知道，我觉着是在昏昏黑黑的梦中，苏河拖我坐在椅上，我才睁开眼皮，看见了繁密的树叶，花草，池里的水。

"人如果活一辈子，没有恋爱过一次，简直等于没有活！"

我赞成的挤挤眼，吞一口唾沫。

"像我们俩，活着有什么意思呢？"

我难受的拍一下膝盖。

"这件事也真难办！"

我同情的跺跺脚。

他闭上嘴，不说了。

忽然，他敲敲我的肘节，打了一电报给我。

我赶紧转头往各处搜索，很快的，我看见了。

从西面，从池边的凉亭下过来一对姑娘，又说又笑，十分快活。

我听见了自己的心在独立噗咚噗咚的跳，似乎也听见苏河的心跳的声音。

慢慢地走过来了。

她俩的个头差不多一般高，亲切的扯着手，圆脸的穿着红皮鞋，长脸的发上绑着一条很美丽的丝带。

这两位仙女很有深意的看了我们俩一眼，并且多情的笑了笑，我的老天爷呀！这真要命！

苏河和我变成了两块湿的泥土，紧紧地沾在她俩的鞋后面。

转弯抹角，不知尾随了多少路，行人的眼睛我俩是一点也不理会的，仿佛走在无人之境，这种缺德的勇气，是从什么地方来的，只有鬼知道吧！

她俩走进一条清净的胡同进了一个小门楼，回头欢喜的望望，满足的摆一摆手，好像说：

"请进来呀！"

苏河踌躇的看看我，我胆怯的看看他，看了半天，他勇敢的吹吹鼻子，我坚决的噘噘嘴。壮起胆量，往里直进。

屋子很漂亮！

两位仙女一见情深的对我俩笑了又笑，我迷迷糊糊的，不知是在做梦还是真事。可怜的苏河也一样。

仙女出去之后，一个老妈子模样的人进来招待，她开口就问：

"二位今天晚上在这住下么？"

仿佛有一只魔鬼手从半空中伸下来打了我一巴掌，把我打醒了。

我急忙跳起来，扯着苏河就走。

太阳已经落了，天快黑了。

苏河茫茫的拖着两腿，他有点不满意我：

"为什么走呢？"

我大声喊起来：

"你有钱吗？"

"我有！"

"有多少？"

"一块多钱哪……"

"留着吧！"

（一九三九年五月二十二日于北京）

爱的坟墓

李亚是一个小学教员，今年二十五岁，还没有结婚，不是因为赚的钱不够怕养不起家所以不结婚，是因为没有合乎他心目中理想的女性的缘故。

他是一个欢喜弄文艺的人，时常在报端、杂志上发表作品，作品好坏虽然说不上，可是他很努力这一道。

凡是努力的人将来都有希望，李亚将来当然也是有希望的。

因为会写文艺，李亚的眼光就和一般人不同，一般人所认为很不错的女人李亚却不欢喜。

暑假一过，刚开学，他们的学校里新来了一个女教员，身体健全，没有缺点，一双乌黑的大眼睛总是放着明亮快活的光，"学问"很不错，当教员是满够资格的。

不久以后，李亚就知道这个女同事也是爱文艺的人，时常在报上发表作品，她的作品李亚看过，很不坏，他暗暗的佩服她崇敬她。

有一天，放了学，同事都走了，正好剩下这一对，他俩还有一点儿事情没有办完，所以没有走。

李亚把学生的作文簿整理一下，放在桌头上，又盖好红色墨水瓶的软木盖，看看对面的人，她正在那里忙着给学生的图画批点数，似乎很热心，好像这个职员室，只有她一个人一样。

李亚清清喉咙，壮起胆量来：

"朱先生，你的作品真好！"

她一点儿也不吃惊，似乎是早就判断好他要说这句话似的，有点儿欢喜的样子轻轻的抬起脸来，看看对她说话的人：

"李先生的作品才好呢！我那些，太幼稚，和李先生的比差远了！"

李亚真说不出有多么快活，因为太快活的缘故，连手放在什么地方合适都不知道了，他先搓搓两手，接着是把两手捧着下巴，他想着这个姿势有点孩子气，赶紧改正过来，把两手在胸前交叉起来。

又一想这个动作含着自满或摆架子的意味，他有点儿焦急了，摸摸鼻子，摸摸耳梢，总觉着不合适，最后是把两手藏在桌子下面，放在裤兜里。

这么一来才算觉得着平安，李亚的快活不外是："她也知道我的作品，那不消说是已经读过了的，但是她怎么知道我写的作品呢，她怎么知道我这个人呢？噢，是了，一定是那两位女同事告诉他的，这很有可能，一定是，一定是……"

李亚快活极了！

但是他极力的把快活往肚里按，不愿意全部流露出来，因为怕对方瞧不起，其次是表示自己是很谦虚，很稳重的意思。

他想一想，接着说什么好呢？——是的，有了：

"朱先生太客气，我的那些东西是非常幼稚的，浅薄的，不值得一读，还希望朱先生不客气的批评指导。"

"我不会批评，也不会指导呀！正愁遇不见指导的人，这回可……"

这回可——怎么的，她没有说，好像这句话有点儿太什么似的，所以赶紧悬崖勒马，把话头转过来：

"我希望李先生指导呢！"

她用左手的食指中指和无名指理理左耳上方的发丝，把红笔放下，显然的，这谈说的起头使她感到了兴趣，工作是觉着不怎么样重要了。男的预备好了许多话，真情真意的流露出来：

"从事写作这件事，如果有一个志同道合的朋友，时常在一块儿研究，讨论，可以说进步很快的，因为四只眼睛总比两只眼睛看得周到，两个人的意见总比一个人的丰富，现代所有的学问，特别是文艺，应该集体的来研究，从事文艺必须孤独的这一说是很旧了，朱先生说怎样，我这话可对么？"

朱先生很赞成他这一套，他还讲了一些别的，她都同意，两个人几乎是无论对于什么事，简直全都是一样的意见，还真是太好了。

就是这样，李亚和朱女士成了志趣相同的朋友，一有机会就研究研究，讨论讨论。

半年过去了，现在到了寒假，在放假之前，李亚先对最亲近的同事发表了一个宣言，说是在寒假里要结婚。

这件事，同事早就料想到了，他就是不宣言，别人也知道这件事是迟早必实现的，怎么样，果真实现了吧，结婚之后，不消说，男女都快活。

不过他们这结婚，在形式上虽说是和一般人全一样，然而那内容确实有些差别的。

第一，是她不愿生孩子，这也很有道理，因为生孩子，乃是一般的女人的职务，她不是一般的女人，她想在文艺的园地里开花结果，就是说，她要为文艺而努力，一生孩子，简直是毁坏了这事业。

她这种兴趣倾向，李亚是很了解的，他不反对。

可是事情变了，一年之后，他们的理想全盘的毁灭了，只剩下幻影和美丽的梦的回忆。

未结婚之前，在李亚眼里的她，真是无比的美好，所有的女性都赶不上她，她是出乎其类拔乎其萃的，可是现在怎么样，这都是过去的事了。

不用说别的，单是吃东西两个人就各有各的口味，李亚愿意吃口轻的菜，她却欢喜吃口重的，无论什么菜总是越咸越好，咸得李亚不敢伸筷子。起初这点儿不如意的事情不算什么，李亚全忍耐下了，然而天长日久，日久天长，老天爷呀！这怎么能忍耐呢？

而且她还有一个大毛病，一说她好，她就欢喜，一指责她的坏处，她就垂头丧气的表示不高兴。

李亚愿意在夜里写作品，她一到天黑就上床睡觉，点灯她是睡不着的，灭了他怎么写呢？为这件事，两个人经常争论：

"你点着灯，我睡不着觉呢！"

"不点灯我怎么写呢？"

"你不可以在白天写么？"

"白天有工夫么？"

"从放学到睡觉这期间，时间是满够的，你在这时候写不是一样呀？"

"一样是一样，可是我这样已经成了习惯，夜里，周围雅雅静静，人们都睡了，街上也没有车的声音，在这样时候写作最好不过。"

"是呀！这个我明白，可是你不知道，我有点儿……"

她从被窝里露出半个脸，忧愁的看着李亚，喘口粗气，接着说：

"我有点儿不舒服，这些日子一到晚上就困，什么也不愿做，总想睡觉，唉！你吹了灯睡吧，宝贝，我请求你……"

"唉！！"李亚也喘口粗气，他想，朱先生一定身体不好，大概就是有病，他很痛恨自己不能体贴她，太狠心了。

服从了她的命令，收拾收拾纸和笔，吹熄了灯，上床睡觉。在床上，李亚问她：

"你觉得什么地方不好？"

"我也说不上。"

"那么，去医院看看吧？"

"用不着，我想不是什么大不了的病，你放心吧！"

过几天，她真病了，又吐又呕，面黄肌瘦，李亚不放心，一定叫她上医院，她总说不要紧。可是病势不见好，越弄越凶，不得已她只好上医院看，她本不想去看，李亚却非让她去不可。

医生说：

"这不是病！"

李亚很糊涂。

"那是怎么的？"

"有喜了！"

我的妈妈呀！闹了半天还是这么回事！

当初她是不愿意生孩子的，而李亚也非常赞成，可是，两个人都很年轻，要想禁止吃饭，这是办得到的么？

一有小孩，免不了麻烦，未生之前一个月，李亚东跑西奔去订产婆，还得预先交钱，不然到时候现让人家不来，应该预备的东西多得很，油布啦，小孩子的衣服啦，小被小褥子啦，坐月子吃的鸡蛋啦……鸡蛋很难买，因为市上最缺乏的就是鸡蛋。李亚天天上市买，买了九回，一共才买了四十来个。

她说：

"鸡蛋吃不吃都行啦……"

李亚张大了嘴说：

"那怎么好？月子里最要紧的是保养！"

她默默的不说话。

这时节，她已经请了假，不能教书了，她的肚皮高高的向前突出，好像大鼓似的，走动起来很不方便，她连门也不出，成天在屋里闷闷的等着产期，日期越近，她越不安，这种难以尽说的不安的心理，除了妇女，男子是不会，也不能体验的。

小孩子终于生下来了，是个又胖又肥的千金小姐，她受了一天的折磨又受了很大的痛苦，听到她那难以忍受的叫声，李亚在窗外几乎肝肠寸断，他也感到痛苦。

有生以来他是第一回，他想生孩子实在是一种苦事，妇女的地位非提高不可，他从这件事上感到妇女问题的重要。

她瘦了不少，面孔苍白得像月夜的芙蓉一样，头发散乱的躺在床上。在她身旁睡着那一个小脑袋紫红色的小小的人类，这个小东西，很满足的闭着小嘴昏睡，不知道母亲为生她受了多么大的灾难。

过了一个月，她能够走动了，那突出的大肚皮，像气球似的瘪了。

孩子一哭，李亚就非常厌恶，因为他不帮助她，她生气得不知道和他吵过多少回，幸亏这个小东西活了不到两个月就死了，不然，因为她，爸爸和妈妈也许闹翻了脸也说不上。这一向学校的职务是别人给她代理的，现在，她已经回到学校，她起誓发愿，从此以后决不生孩子，她这志气算抱定了。

可是苦了李亚先生。

因为这件事夫妻的感情不能调和了。

李亚改变了态度——其实这是他的老脾气——他不能俯就的服从别人，无论什么事。

连生活的一举一动也要服从别人，这种生活还有什么兴趣，什么价值呢？

就拿吃菜来说吧，她总是不改变口味，非咸的不可，李亚想出一个办法：

"你喜欢吃咸的，可以这样办，先盛出一些来，在其余的菜里加上盐，这样不就行了么？

不错，这么办是很好的，可是天长日久这该多麻烦，多讨厌啊！

她走路的声音很大，这时，连她走路的声音李亚也觉得是可厌的。

"你不能小点儿声迈步啊？"

她默默的看着丈夫的鼻尖是因为憎恨的感情变红了，她一句话也不说，做梦似的背着手立在窗前，静静的看着外面的细雨，季节是深秋，凉风吹着树枝，难受的摇动着，她一回身把窗台上的一个空瓶子碰掉了，砰——很巨大的一声响，像炮弹炸开了一样，把李亚吓了一哆嗦，他正聚精会神的低着头写字，这一惊，把文思的源泉打断了。

他呆了老半天。

"你这是怎么的？"

她知道李亚是误会了，想解释，可是没有勇气，愤怒和悲哀的感情把她包围，她的眼里异样的发光，不是出于本心的大声嚷喊：

"我没有看见！"

她这么嚷喊，是想把李亚的隐到了远处的情和爱喊回来，可是正相反喊出了他的愤和怒！

到了这步，简直是，除了仇恨，没有别的味道了，第二天，这一对夫妇同意的离了婚……李亚又成了独身，他嘟嘟念念，自言自语的说：

"结婚是爱情的坟墓，这话真是千真万确的。"

他难受的对着天空吐出一口难受的大气。

（一九三九年七月八日于北京）

女的旅伴

"先生你往什么地方去？"

这个少女有十八九岁年纪，她的头发很短，脑顶的部分发着光，可是这并不是抹的油，这是头发好的缘故。

李健赶紧回答她，把去处告诉他，用的是最亲切最温和的口气。

他早就注意到这个少女，因为她是坐在他旁边的。她一上火车就选好在他旁边坐下，那一对乌黑明亮有如宝石似的大眼睛，他刚一见时曾好好的吃了一惊，他是在没有见过这么美好的眼睛，她的上衣是毛线织的，颜色是浅蓝色的，在短的黑裙中央的前面的叠纹旁边有三个明亮的黄纽扣，咖啡色的袜子，漆亮的黑皮鞋，提着一个黑包袱，这些他全都留心的看了，她坐下不久，从包袱里拿出一本书看，现在她把书放在怀里，李健告诉了她去处，她很欢喜似的露出一排洁白的牙齿，微笑一下，把手指当梳子，轻轻的理一下耳后的发丝。

"噢！我们是一路……"

老实说，李健说不出有多么高兴，他真想不到，这么美好的少女竟在他的渴望里先开始和他谈话，仿佛像测透了他的心理似的，看她的表情，对于他似乎很欢喜。

本来，李健的模样不算坏，二十二岁不算年老——他时常觉着他是老了的，其实这是思想的缘故——他一点儿也不老，面孔不圆不长，大眼睛；有很大的魅力，两道眉毛非常的清秀，还有两个酒窝，此时他这样想："莫非她是看中我么？一定是吧！"

但是，是不是看中了他，他还不敢决定，人家仅仅是问他去处罢了，然而……然而问问这个老年人呢？他想——这一定是看中了他，无疑的。

于是他欢欢喜喜的把杂志扔在身后，很热心的和她说：

"我们得到吉县换车。"

"在吉县下车就有车往西去么？"

"没有！"

“哎呀！那怎么办哪？……”

“得住一宿旅馆。”

少女表现出不高兴的苦恼的神色，她抓起本书卷了筒轻轻的拍着膝盖。

火车尖锐的嚷了一声，车像加快了速度似的，有人推开车厢的门从外面进来，火车的轧轧的吼声，忽然加大，有点儿震人，但是那门咯噔的一关，闹声立刻变小，像是远去了一样。

少女愁苦了一刻，忽然又愉快的微笑起来把书放平，两手压在上面：

“我听说这辆车是一直开到的。”

李健给她加了一番解释：

“头两个星期还是这样，现在改变了，这趟车到吉县就停住，明天早晨才开。”

“啊！”少女喘口粗气，“这多麻烦？吉县我没有到过，您知道哪一家旅馆好么？”

李健很高兴尽这份义务，他想了半天，想出一家距车站远一些，房间清洁，而且价格也不贵，伺候得也周到的旅馆，把这告诉她，她很欢喜的点着头，表示了十分感谢的意思。

因为旅途上的寂寞单调，他们为解除这种烦恼，两下都感到谈话是能够排除无聊的，也没有经过商量，好像是在无形中有一种什么力量支配着这两个异性的年轻人似的，不约而同的亲密的谈起来。

李健是从故乡回来，他的父亲病重，特意回去看一看，现在，父亲的病已经大好，所以他赶快的回到赚饭吃的地方。他是部里的小职员。误了两天假期，虽然写了信续假，可是还有些不放心。

少女是新从中学卒业，又进了打字学校，现在已经学成，住姨母家里去，因为表姐写信叫她，告诉她有个打字员的缺，所以她此刻坐在火车上，正是往姨母家去的。

“打字员这种职业很好。”

事实上，在李健的心里并不这么想，可是他竟这么说，为的想博取少女的欢喜。但是少女一点儿也不欢喜他这种说法，她早有成竹在胸，她说：这种职业也许是好的，可是哪，人们并不这样想呀！这里面有好多原因……”

李健觉着后悔，为什么对一个聪明的少女讲傻话。

然而火车却不管这些琐事，他照旧的奔驰：轧轧的响着，电线杆往后倾倒，远处的田野树林和零星的小村落打折旋转，好像喝醉了酒一样，现在，火车跑到高高的铁桥上，轰轰的吼声像天塌了一般，桥下是汹涌澎湃滚滚腾腾的河水，在夕阳的红光里闪闪的放光，大平原已经笼罩在暮色苍茫的朦胧的阴影之下，黑夜的军队已在四面埋伏，等到太阳一落，他们便跳出来把黄昏击退，耀武扬威的开始统御这世界。

火车慢慢的在吉县停下，已经是上灯时分了，所有的人都下了车，车站热闹起来，车里的人争前恐后的奔走着。

李健和他刚刚认识还不到三个钟头的女友坐在一辆马车上，车钱是她开的。

到了旅馆，不凑巧，房间只有一间，旅客住满了。

可是茶房说住不上一点钟，有一个房间就可以倒出来。

李健和少女商量：

"怎么办！"

"先在这里等一等也可以，如果往别家旅馆去，车钱，时间，不合算，不如等一等，是不？"

这话太有理，李健哪有不赞成的道理。

"好！先等一等！"

两个人进了一个房间，茶房打洗脸水给他们擦脸，又跑去沏茶，他称少女为太太，把少女弄得很难为情，很可笑的，茶房真以为这是一对年轻的夫妻了！

李健要来两个人的饭，少女不愿意吃，她说肚子不饿，李健再三的谦让，好容易请她拿起筷子。

对面坐着吃饭，确实像一对年轻的夫妻，说实在话，少女怎么想我们不知道，我们的李健可真正的盼望有这么一位美好的伴侣，这是一个机会，他努力的不使这个机会错过，凡是他所能尽的态度他都赤裸裸的表示出来，他恨不能双膝跪地，流着眼泪乞求说：

你可怜我光棍子汉，嫁给我吧……

然而他没有勇气干这一手。

吃完了饭，他要上街里去看一位朋友。

"三十分钟我就可以回来。"

"请你放心去吧，无论什么时候都可以，我在这……"

李健欢欢喜喜的雇了一辆洋车去。其实路并不远，他为的是快去快回，所以坐车。

这朋友并不是非常要好的朋友，他是替别人给带一封信，用不上二十分钟他就跑回来了。

使他吃了一惊，他一进门就觉着奇怪，少女不在了，他的皮包，也不翼而飞了！

他焦急的在屋中跳来跳去，想从什么地方发现他的皮包，可是门后，床底下，桌底下，什么地方都没有……

忽然，他嚷了一声，瞪大了眼睛，张大了嘴，他知道是发生了什么事情了。

（一九三七年初春于锦州）

失　意

我近来时常愿意在吃饱了肚子没有事情做的时候，去悠闲自得的压马路，我觉着在街上看看那些来来往往的女性，比闷闷的坐在家里读书或者写什么屁文章有趣多了。

有一天我在大马路上慢慢的迈着步，有个人从后面把我的胳膊拖住，吓了我一跳。

我赶紧回头看他，原来是我的老朋友周君。

"我闲走，你呢？"

他笑嘻嘻的说：

"我也是。"

于是我们不约而同的在一起走了，他好像腰包里有几块钱似的，老提议上茶店去。

"好，走吧！"

我赞成的点点头。

茶店里人很少，除了我们俩外，再就是女招待，年纪大的一个静静靠墙坐着沉思，像做梦样的半闭着眼睛，年纪小身体很瘦弱的那个伏在桌上玩弄一张纸条，管钱的小伙计在柜台上聚精会神的打着算盘。

我把两支胳膊放在桌边上聚精会神的看着他的脸，有不少日子没有见面。我看他——好像瘦一点儿。

他愁苦的摸摸脸。

"你可知道这些日子跑什么地方去了？"

"不知道。"

"唉！"他轻轻的拍一下桌子，说，"说起来真丢脸，可是我不怕你知道，让我从头到尾的告诉你吧！"

那个伏在桌上玩弄纸条的姑娘站起来望望外面，进来一个中年的胖子，然后随着满身是肉的肥娘们，进里屋去了。

我咽口唾沫，聚精会神的听我的老朋友讲故事。

"去年冬天的时候和我在一起的那个女子不是见过么？"

在我的记忆里浮起一双乌黑的大眼睛和剪得很短短的头发，笑的时候，露出一排雪白的牙齿，非常动人的姿态。

"她死了。"

"什么？"我不敢相信我的耳朵了。那么天真，活泼，而且健壮的女子怎么会死了呢？

"不单是你觉得奇怪，我最初听到这个消息的时候也不相信，我特意跑到哈尔滨，到她的家里去打听，一点儿也不错，她母亲对我说，她已经死去两个多月了。"

"有病的么？"

"是的……"

"什么病？"

"这可不详细。"

"你特意跑到哈尔滨去了一回，为什么不打听彻底呢？"

"因为我当时从她母亲嘴里得到她确实死去的消息的时候，好像有一把刀刺进我心里一样，我没有勇气详细的问下去……"

在他的眉目之间流露出难以克服的悲苦的模样。

"我们在一起的时候，我并不知道她是爱我，我以为她时常和冯君往来，是真爱冯君的，所以我极力的躲避和她接近，那时候我非常的恨她。我认为他想同时玩弄两个男性，有时，我想当面质问她或骂她一顿。

渐渐的她也看出我是讨厌她，恨她，但是她并不改变那玩弄两个男性的心肠，还是照旧的打电话约会我，再不然就去找我，找不着我的时候就写信，我一封信也没有回过她。

有一回因为我不愿意和她一块去看电影，她竟落着眼泪走了，从那以后她不再像从前那样的殷勤的找我了。

今年春天她突然的离开新京，回家去了，老冯很不满意我，有好久没有和我说话，只有一回，我们谈起话来，他厌恨的直指我的鼻子说：

'你这个人，太狠心了。'

'为什么？'

'她是那样的爱你，而你却连理也不理，可不是狠心是什么？'

'你们俩是很要好的，难道我不知道吗？我怎么好夺你的情人？你简直太不讲理了！'

我就急了，真想给他一拳。

他的气更大了，混身动摇着像一只疯狗一样，用震人的声音对我狂吼：

'你这个傻子，你真傻到家了，她是我叔伯妹妹，我们怎么能够相爱呢，她要是我的情人，我为什么要给你介绍，我为什么要极力的替你拉拢，你真是一个天下少有的浑人。'

'那么你们为什么时常来往呢？'

'来往有来往的事情，怎么你还不知道么？她是从小父母给定过婚的人，为了这件事她时常找我，让我替她出主意，想一个圆满的解决方法，

你竟怀了疑，以为我们有什么关系，真是活见鬼！'

他把门砰的一声用力的关上，不见了！

我知道我是错了，可是等我知道我是错误的时候已经晚了，她已经回家了，和她不相识的人结婚了，结婚以后，她的生活并没有一点儿幸福可说，她的婆母小姑时常和她打架，她的丈夫对她也没有情没有义，说她在娘家的时候不好好的读书，跑到新京去交野汉子……用种种的谣言和无情的手段侮辱和压迫她。她在这种悲惨的状况里怎么会有快乐呢，她只有失望和悲哀，悔恨和伤心。"

"谁能想到她死去了呢？"

"老冯告诉我的。"

"她没有在临死之前写信给你么？"

"没有……"

"那么她是默默含着无限的悲痛死去的，她在临断气的一瞬间眼前还浮现你模糊可爱的面孔……"

"得，别开玩笑了！"

年纪大的那个女招待过来把空空如也的牛奶碗拿走了，我伸个懒腰立起来！

"走吧！"我说。

他呢，无精打采的，好像掉了魂一样……

一男一女

我借了一本杂志回来，刚躺在床上要看，晨飞来了。

"我告诉你一个故事。"

他坐在床边，笑嘻嘻的咧着嘴，眼里异样的放着光，我把杂志扔开，欢迎他讲故事，因为我正闷得难受没有办法。

"刚才，"他说："嗳不！让我从头讲……"

上星期五晚上，我在街上散步，在胡同口看见一个姑娘。

她穿着外套，两手插在衣兜里，活活泼泼的顺着街边走着，街上虽然有辉煌的灯光，可是我看不见她的脸，因为我是在她身后走，我想快一点儿走到她前面，不知怎么，我没有快走，我看着她的背影，总觉着她是美貌的，这种直觉的感觉，你说奇不奇怪？

"我在她身后好像贼似的小小的尾随了十来分钟，我一面走一面想，怎样能和她接近，和她谈话，我的目的，是希望她能够直爽的答应和我做个朋友。

我正愁苦的想着这艰难的法子，还没有想出来她就拐了弯，走进一条昏黑的胡同，这胡同是往邮政局去的，胡同里一个人也没有。

我一看，这是好机会！绝不可以失掉的，我放大了胆子，急急忙忙追上去，我三步两步就走到她身旁。

"嗳，你往哪儿去？"我结结巴巴的这么问，不知怎么，我有点害怕，怕她不理我，我一害怕，说话就不自然，声音战战兢兢的。

她一点儿也没有吃惊，好像很有经验似的。不慌不忙转过脸来看看我，可惜，胡同里黑暗，她看不清我的脸，她如果能看清我的脸，我想，她一眼就会看中……

她停住脚步，大大方方的问：

"你是谁？"

我怎么说好呢？我想了半天也想不出合适的话，不知怎样答好，这时候，我真有点儿恨自己！我怎么这么笨呢？连句话都不会说么？说实在的，我多半是因为害怕，所以话就说不好，我用力的吞了不少唾沫，好容易挤出一句话来。

"我姓良！"

她又看看我，我看清了她的面孔，是个团脸，大眼睛，十八九岁，发上还绑着一条丝带，她起初是沉思，忽然又改变态度厌恶的问我：

"你认识我么？"

这回我可傻了，我在左思右想怎么说好呢？说认识好还是说不认识好？我想了一想，就温和的说：

"为什么我不认识你？"

"你说我是谁？我姓什么？我住在哪里？"

你说糟不糟糕？她这么一问，让我怎样答呢？

我迷迷糊糊的瞎说：

"你不是姓李么？"

虽然在黑地方，可是我看清了她瞪眼，她这一瞪眼，我凉了半截，万一她大声呼喊，我怎么办？这不等于自讨苦吃么？

但是她没有呼喊，她生气的说：

"你胡说八道！谁姓李？我姓禹，我是万盛表店的，你快走！别跟在我后面！"

这句话真是凉水浇头，我说不出有多么难受，可是我不死心，我立定了志气，非制胜她不可。她走了，我也走，还是跟在后面。她走了几步，回头望望，好像发现了狼一样，迈开大步就跑，她跑我也跑，我下了决心，我情愿丢脸丢到底，我一定看她究竟是怎么一个人。

她跑了一气，有点疲乏，没有跑出胡同就不跑了，这时候，从对面过来一个人，她像很胆怯似的正正经经的低着头走路，过来的这个人看着她，又看看我，好像看出我和她有什么关系似的，还出声的笑一下，说起来也怪，他这么一看，又这么一笑，我觉着很欢喜，很骄傲。

她一出胡同，就直奔大街，我还是在后面跟。

走到一家表店门口，她推门进去了，还挂心似的回头望望。

我立在表店斜对门一家饭铺门口，这里有个电杆，我立在电杆的黑影里可以看见她，她进了表店坐在靠窗前的椅上，时时的往外面看，表店里的伙计都不招待她，我想她一定是这家表店的掌柜的小姐或者是别的什么。

一等她也不出来，二等她也不出来，钓鱼，坐牛车，等人，这三件事本来是很焦急的，尤其是等人，尤其是等着一个不相识，不知能不能有运气等上的人，这种等法，灯，你决不会知道是什么滋味！你说焦急吧，又有耐性，你说难受吧，又有点欢喜，我把这件事，算是一场游戏，我这么决定了。

但是，我等啊，她总不出来，我是等了两点多种。

她坐在那里动也不动，我灰了心，想走了，可是我转而一想，如果我走后她要出来了呢？这不前功尽弃了么？我想，她决不会在柜上和伙计们住在一起，她的家一定住在这附近什么地方，她一定得回家去，这时候快十一点了，我想她快出来了，我忍耐着等下去，也忘记了冷，是在，我真忘了冷，这真是怪事！

　　又等了半点来钟，我看见她立起来了，啊！我说不出有多么快活，这回她可要出来了，那么我再追上去，我已经把词句编好了，一下就说出来，说给她听，她听了我的话，一定会同情我，可怜我，答应我和她做朋友的，那么我们就通起信来，以后就结婚，这多么美好是不是？但是她立起理理衣服又坐下来了！

　　我的老天爷，这回我可灰了心，我想走了，我刚要走，看她站起来，往外面看看，轻轻的推了门，出来了，她一出来就往东走，走不远就拐弯，拐进一条胡同，这胡同比先头那胡同黑得多，我说不出来有多快活，三步两步就追上去：

　　"你回家么？"

　　她看看胡同里没有人，放心站住，悄悄的，有点生气的说：

　　"你是不是认错了人把我当你那朋友了，是不是？"

　　"不是……"

　　"什么不是，可恶……不要脸，别跟在我后面，让人家看见！"

　　我也生了气，我想踢她两脚就跑，可是我没有，我把怒气忍在肚里柔顺的哀求她：

　　"我愿意和你做朋友，我不是坏人，请你原谅。"

　　她默默的不说话，慢慢的走着。

　　夜深了，路上一个人也没有，满天的星一个也没有出来，是阴天，这么深的夜，她慢慢的走在前面，我悄悄的跟在后面，你想这情景也很不坏。

　　"请你别生气，我虽然和你不认识，可是我见过你并不只一回两回，像这样随在你身后也不只三回五回，不过……我不敢和你说话，今天我实在忍耐不下去了！请你原谅，我不是坏人……"

　　我叨叨念念这么说，这几句话是我站在电线杆后编好的，鬼才见过她三回五回。

她还是默默的不说话，慢慢迈着步，我看出她的沉默里藏着不少欢喜的成分，我的胆量大起来，走到她旁边，和她靠着肩头走。

"你的心也太狠了一点吧！我这么真诚的乞求你难道说你一点儿也不可怜我么？"

"你说，你在什么地方见过我？"她这么问。

"在表店里。"

我圆满的撒着谎。

"我怎么没有见过你呢？"

"因为你一点儿也没有注意到我呀！"

"你说跟了我几回，是多久？"

"前天我还跟在你后面一回。"

"你胡说，前天晚上我没有出门，大前天晚上我出来过。"

"是的，是的，是大前天晚上，我记错了！"

她往右走去，这条胡同更黑，一个行人也没有，这一带的胡同全是住家的，所以连个街灯也没有，她慢慢的走着，一点儿也不拒绝我靠着她的肩走，她温柔的问：

"你说的是真话，为什么你三回五回的跟着我呢？"

"我敢发誓，我说的是良心话。"我也不知道为什么，从那一回看见你之后，总也忘不了，你别生气，我说不出有多么难受，每天连饭也不愿吃，总是想，甚至在梦里也想，如果你不答应和我做朋友，我只好自杀了。

她嘻嘻的笑了一下，把外套的领子掀起来，我看见她没有戴手套，我把手套摘下来给她。

"不要，不要，我不冷！"

我把手套装进兜里，因为她没有戴手套，所以我也不戴。

又拐了一个弯，她停了一步，对我说：

"你回去吧，我快到家了。"

我不往回走，还是靠着她的肩头，她也没有说什么，接着往前走，我滔滔不绝的讲了不少温柔的话，她问我叫什么名，做什么职业，我一丝一毫也不隐瞒，全都告诉了她，她很满意，她说第二天晚上出来和我会面，我一直送她到家门口，我仔细的记住她的家，那是一个小门楼，从胡同口数第三个，当然这条胡同我也记得清清楚楚。

要多快乐有多快乐！我连蹦带跳往回跑，这晚上我连做梦也是欢乐的，你没有这种经验，你只凭着想象是决体味不出这种胜利的快乐。我说句实话，人生一世，如果没有尝过这种幸福的美妙的滋味，那可太抱歉了！简直等于白活一世。

第二天，我觉得时间太慢，钟表好像故意和我做对似的，我越盼望它快走，它越慢走，你不知道我有多么焦急，一下午我望了好几次太阳。

太阳也和我做对似的，我希望它赶紧落下，它偏不，我恨不能一巴掌把它打下去，我望了又望，等了又等，好容易盼到日落了。

这一天，我觉得瘦了不少，这比害大病还要厉害，但是我可不觉得痛苦，我说不出有多么欢喜，天还没有黑我就焦急的跑到旅馆去定了一个房间，你可别误会了我的意思，我订房间没有别的用意，我和她谈话没有别的地方，在街上有点冷，在旅馆里可以慢慢谈。

我定了一间很洁净的小屋子，我亲自监督茶房把房间仔细的打扫干净，把炉子生好，还买了一包糖果，预备招待我宝贵的客人，我告诉茶房把窗帘挡上，我不愿意别人在外面偷看我们谈话，所以门上没有帘子，我也让茶房现找一个挂上，板壁有个窟窿，从隔壁屋里很容易看进来，我跑到街上去买了一瓶浆糊，找点旧报纸把这窟窿糊上。为了使茶房殷勤周到起见，我预先给了他两毛小费，他很欢喜，多加几块煤在炉里，这么以来，小屋子真温暖极了。

这天下午我是特意新刮了脸的，天一黑我又洗了一回脸，还擦了不少的雪花膏，可惜没有香水，这是一大缺点。

我跑到那条胡同口去等着她。

这期待的滋味不十分快活，每一分钟都是一把尖刀生生的控着我的心，我一听见脚步声心就不自主的乱跳起来，等仔细一看不是她是别人，我就痛恨这个人，恨个死！

我的心不知跳了多少回，这简直是一种病症，我从来没有经验过。

我默默的把头缩进领子里，抖抖擞擞的饮着冷风，时间一秒一秒的过去，一分一分的过去，我的心是一刻比一刻沉重，好像压上了一块大石头一样。

胡同里一个人也没有了，和头一天晚上一样，静寂如死，我几乎可以听见心在肚子里跳动的声音，要一丝不漏的说明我这时的心境简直是不能，总而言之，我这时是痛苦和快乐混合着，你可以想蚂蚁在热锅里那种滋味。

我听见了轻轻的脚步声，我急忙迎上去，果然是她！

现在，我只有快乐，没有痛苦了，你可以想一条困在路上的鱼忽然跳进水里那种滋味。

我们一面走一面谈话，情投意合，好像多年的老友一样。

我们亲密的扯着手慢慢的走着，走了好久，我提出到旅馆去谈话的意见，我所以没有早些提出这意见是怕她误会。

她想了一想，有点不愿意，她说怕熟人碰见，我用着温柔和撒谎，狡猾和欺骗，但是无论说什么，她不愿意，我几乎哭出来，我想给她跪下，又一想，如果这样一来，更要误会了。

冷风像刀子似的吹着我的耳朵和鼻尖，可是我不冷，我怕她冷，替她掀起衣领，并且搂着她的腰，用我的身体的热来温暖她，她很欢喜的答应过一天和我在旅馆谈话，现在，她要回去了，因为天不早了，而且有点冷。

我不能违背她的意思，我送她到家门口，告别的时候是用强行的接吻当着纪念。

剩下我一个人的时节就变成愁苦了，我无精打彩的行走在路上，这路上是黑的，空中有寥寥的几颗星，路上没有灯光，刺骨的冷风伴着我，寂寞和孤独的黑影从四面把我包围，我从来没有像这时的烦恼。我觉着心酸，眼泪顺着鼻子两边流下，你说这是怎么回事？当一个人得到了无限的快乐之后，为什么会悲哀起来呢？

这一夜，我一点也不能睡，翻来覆去，想着这一场滑稽的双角戏，仅仅演了两天，就给予我这么许多痛苦，我冷静的推敲着所谓恋爱本身，究竟能给予我些什么，这不是个坟墓么？我已经埋在这下面了。

你想，我这两天连做事心思都没有，什么也不想，一心一意的盼着天黑，到了天黑，和她会了面分别之后，又盼望天亮，我的心是烧在烈火里，如果接续半个月就会把我烧死，你看，我这几天瘦了多少？你以为我是多用功了吧？

预定在旅馆谈话是谈了一点来钟，有半点多钟沉默，在光明的电灯光下，我看清了她的面孔，我看了又看，越看得多，越觉着她没有一点可爱的部分，只有在黑漆漆的街上，她才显得可爱，老实说，在旅馆里一谈，我竟深深的厌恶了她。你决想不到，她是个目不识丁的睁眼瞎子！

她很骄傲，她洋洋得意的说她家里怎么有钱，她的父母怎么宠爱她，她要嫁怎样的阔丈夫。

你想，我听到这些该多厌恶。

在送她回家的路上，我极力的忍耐着，我想半路丢开她，永远不去理她一眼。

可是，怪，我没有丢开她，我终于送她到家，而且一连几天，我总去会她，在凄冷的街头焦急的等着，熬着痛苦……

刚才我又去会了她。

你别讨厌，你且忍耐几分钟，我这故事快结束了。

我在胡同口等了她两点多钟她才出来。

"你怎么出来这么晚呢？"我埋怨她。

她骄傲的味味的笑了一笑："我特意让你急一急！"这便是那得意的回答。

我忍着怒气："你为什么要这样呢？"

"我愿意这样。"她得意洋洋的说，"我在家里就是这样，我愿怎样就怎样，谁也不敢管束我。"

我忍着怒气："那么你有了丈夫以后呢？"

"有了丈夫我也是这样！"

"你愿嫁怎样的丈夫？"

她推推我的肩头："你问这些做什么？"

我把她抱在怀里："嫁给我吧！"

她用力的推开我："你也不照镜子看看，你觉着你自己不错呀？哼！"

我们走到一条非常幽静的胡同，从这胡同出去有一个高岗，在这高岗下面有一条道沟，有五尺来深。

我们立在高岗上，她说："走吧！别下去。"

"我抓住她的胳膊，用力的扭转了她的头，她咒骂我句什么，但是我不管，凶猛的复仇的烈火烧着我，什么也顾不得了，我两手抱住她的肩膀，在她屁股上用力的踹了一脚，她叫了一声，滚进沟里去，像石头样，以后发生了什么事我不知道了，我慌慌张张的跑回来，这是刚才的事，天不早了，你看你的杂志，我要睡了。"

他笑一笑跳起关门出去。

我听见他在隔壁屋里铺行李的声音，过一会儿，他把嘴对着板壁大声对我说："你可以把故事写出来！"

（一九三九年十一月一日于承德）

阿　三

阿三是南方人，到北方来已经十二年了。

他的鼻子是枣红色的，高高的突出，好像山峰，嘴唇又厚又大，粗糙，好像在太阳下晒裂了似的，那一双眼睛和鼻子两相比较实在有点儿不合适，细小，迟钝，几乎不会转动，看起人来死板板的，邻家的妇女，都说厌恶他这双眼睛，因为他的眼睛一盯在妇人身上就粘住了。

他的哥哥在部里当书记，嫂子和侄辈一共六七口人，都高高的在他以上，连人家里的狗和猫的地位也比他高，用轻视的眼光看他，哥哥和嫂子使用他就如人类奴使牲畜一样，没有一点儿同情和安慰，体贴和怜悯。

起初我以为这哥俩不是一个母亲所生的，但是阿三说不是，我在背地里好奇的问过他几回为什么哥哥嫂子这样的虐待你，他坚决的说："缺德！缺德！"

邻居们也都说阿三太可怜，生为一个人，受到的待遇还不如狗猫优厚，然而活了三十几的阿三却不在乎这些，大部分的时间他是表现出一副满意的面孔。

我们同住一个院里，每天早晨属阿三起得最早。

他睁开眼以后第一件事是整顿睡铺——这是临时用两条二人凳两块薄板在堂屋地靠着北墙搭的睡铺，冬夏全是如此，他床板子规规矩矩的立在墙角地方，两条方凳是顺在木板旁边，这上面老老实实的蹲着小行李卷，这件事做完之后他就动手做饭，嫂子起来给他两个铜板，他捧着饭碗，到街里买豆腐。运搬尿壶，打扫屋子也是他的任务之一，可是饭不管饱，而且是剩饭。

有一回，不知怎么哥哥起身之后他还没有睁眼，哥哥生气的大声吼起，把凳子踢倒："什么时候还不滚起来！"木板的一端落了空，他的身体像木头似的跌在地下，裤子没有扎带，下身全部的露出，他急忙抓起裤子嘻嘻的笑个满脸。

"兔蛋！你睡死了么？"

不管哥哥怎么样的怒骂，阿三极力的忍耐着一声不响，殷殷勤勤的工作，直到哥哥怒气消了为止，决不反抗的哼了一声。

他是哥哥嫂子的厨师，同时也是老妈子，"炕上地下"全部做到，如果邻居有用得着他的时候他决不推辞，院子总是他扫。贪婪无厌，好像吸血的臭虫一样的房东时常打发他做这样做那样，做完了连声谢都不说，然而阿三却不注意这些，谁要用得着他，在他好像是一种说不出有多么大的大光荣似的。

沉默是他显然的性格，不论别人讲说什么有趣的事情，他总是远远的靠墙站着，半闭着眼睛悄悄的聆听，问他一句决不说两句。

阿三最欢喜儿童，可是儿童却不欢喜他，把他当成取笑的目标，拿他开玩笑，给他起外号，在他头上放一棵草急忙的跑开，有的把泥土扔在他脖上，他摇摇头笑一笑就完。

嫂子时常骂他愚笨，说他没有灵性，一件事告诉他八遍还记不住。她在午间睡觉的时候，让他把孩子领到街上玩，孩子如果跑回来惊扰了她的好梦，阿三必不可少的是领受一顿臭骂，这还是轻的。人不能像石头，没有情没有义的，可是阿三的嫂子确实没有情没有义，阿三好像一只摇尾乞怜的小狗一样，在她的面前百般的献殷勤，两只手几乎比个仆役还要周到的伺候着她，一天到晚，门里门外，简直用不着她伸一下手，可是她一点儿不知足，还说阿三是废物，多吃了粮食。

我这样劝过他："你为什么不找点儿事情做呢？"

"找事情……不容易呀！"

我把到工厂里做工也比他像这样在家里当奴隶强的意思对他说了，他静静的听着，半句意见也没有。

他不识字，这不消说是"缺点"然而他很有力气，拖二百多斤的煤袋，用不着旁人帮忙，只是不大敏捷，挑水是拿手，一清早挑个十担八担水一点儿不在心，成天到晚没有清静，他总是有事。

我觉着阿三是白活了半辈子，他没有娶妻，也没有接触过女人，只是用眼睛看，然而这一点儿也得不到满足，人家厌恶他，把脸转开，他只能看看后影。渐渐的开大门也成了他应尽的职责了。

谁在深夜回来敲大门，用不着多敲，砰砰两下，阿三马上从铺上爬起，急急忙忙的跑出来，如果去晚了，哥哥狠狠的骂他："聋了么？"

有的人敲门的时候直指他的名："阿三！给开开门！"

这个他认为是高贵差事，他或者是认为直喊他的名字便是高看他，因为觉着过意不去对他说声谢谢，他快乐得不知怎样好。

邻居们处处都用到了阿三。

"阿三，你上街去么？给我带二分钱白糖吧！"

"买什么去？阿三，给我买两棵白菜！"

"你能不能拿，我想搬一袋白面？"

或者是严厉的嘱咐：

"阿三，你不要忘了呀！我那是三毛钱！五分钱香油，五分钱酱，一毛二的白菜，剩八分钱找回来，别弄错了，阿三记住了么？"

起初邻居们"求"他的时候，去问问他嫂子，后来便直接的指挥他了。

阿三的嫂子欢喜邻居们多多的奴使阿三。

“李嫂子，你不买东西么？叫阿三去吧！”

“老王家，你不是说要买窗纸么？阿三要上街，叫他买吧！”

“赵婶子，你们缸里没有水了么？叫阿三去挑吧，他现在没有事情……”

诚实是阿三的天生的性质，他决不肯把谁的钱扣下二分，你叫他买的半斤猪肉，不信上秤试试，决不会少一丝一毫，因为这个缘故，无论谁都心满意足的指使他，报酬呢？只有满足的微笑，最大的犒劳是欢欣的对他点点头。

连小孩子也欢喜吩咐他：

“阿三，给我带块金塔糖！”

“我要一分钱两块的，不要忘了呀！阿三！”

“阿三，你如果忘给我带糖，回来我打你！”

阿三，没有娱乐，哥哥嫂子侄子全都听戏去了，看电影去了，哥哥在没有出门以前，他把放在桌角的帽子碰掉了，他赶紧给捡起来放在原处，嫂子教训他：“阿三！你把帽子上的土给拍拍呀！”

哥哥接着：“瞎子，你走道不睁眼睛。”

阿三吞吞吐吐反驳了半句：“谁叫你们帽子不挂起来！……”

哥哥凶猛的瞪圆了眼睛，笔直的对着他大叫：什么？我把你的嘴打碎！可恶！你自己瞎眼怨人家？混东西！阿三再也不敢张嘴了，好像胆怯的老鼠受了恐慌，跑进洞里无论如何也不肯露出面部一样。

热热闹闹的正月十五的晚上可怜的阿三闯祸了。

他把炸元宵的油锅放在炉上，哥哥叫他去买烟卷，回来的时节，锅里的油烧起来了。

他手忙脚乱，慌慌张张的抓起水瓢，弄了满满的一瓢水用力的往锅里一浇，好像炸药的突然爆发一样，浓重的烟和火非常剧烈的冲到屋顶上，屋顶是纸棚，发出崩碎破裂的声响。屋子里什么也看不见，烟雾罩满，油锅里是高高飞起的烈火，屋子里的人却拼命的往外奔逃，邻居们狂呼大叫，什么人也不知道怎样措手，眼看着那冒得高高的可怕的烈火燃烧，强烈的味气熏得人发昏。

阿三在屋子里，在烟雾的包围阵里，拼了他的性命弄水，他用两手抓住水瓢，把水往屋顶上泼。

外面是愤怒的吼声："阿三！阿三！快滚出来！"

"别住油上弄水！别……"

"不好，不好，起火了！快救！"

"屋子里有人么？快……"

"阿三！阿三！出来！"

乱杂杂的人声，分不出谁说话，谁也不知道怎么救急，只是乱喊自己固执和偏见，烟雾完成圈，滚滚腾腾的在层子里打旋不愿意出来。

阿三把缸里的水淘尽了，他疯狂的在烟和火的空间里奋斗，那刚要燃烧的屋顶被他浇灭，炉上的油锅被他踢在地下，用脚搓，用手抓，用身子去扑……

烟消火灭后，阿三已经不像个人了。

他的面孔，油和火的焚烧成了一圈黝黑，衣服弄得不成样——然而屋子却没有起火，除了棚顶烧了一个窟窿，损失是：打碎一个饭盆，三个饭碗。

邻居们都夸奖阿三有本事，如果不是他这样的热心，非发生很大的火灾不可。

可是，阿三因为烧的伤太重，躺在木板上一动也不能动了，经过一天的静静的受苦，什么话也不说，没有怨言，也不发牢骚，悄悄的断了气。

阿三断气的第一天抬进院里一口薄薄的棺材，这是阿三的美丽的殿堂，他将平平安安住在这殿堂里，没有奴使，也没有嘲笑，静静的过着幸福的生活去了。

有谁哭一声呢？棺材抬出去的时候，也是静静的。

（一九四〇年五月二十五日）

明　朗

从今往后，我一定要写"明朗性文章"——我这样的下了决心。

因为今天发饷，我领一百多块钱，特别的高兴，所以决心就下得特别的坚决，而且马上铺开稿纸，抓过笔来，要动手写了。

但是，左思右想，想不出来。

街上，不知是谁家的女人，好像打架似的，用尖锐震人的声音叫喊。

"这个崽子，你看你，把衣裳弄得多脏，快滚回家去！"

我忽然想起一个滑稽故事，这是在小报上看见的，有个老公公，看中了儿媳妇，五更半夜偷着溜进儿媳妇房间里，他没有想到，他的大女儿在媳妇房里作伴，他正好搂住了自己的女儿，女儿气极了，打了他好几个大耳光……要把这故事写出来一定有趣，可是，我不知道算不算明朗性的文章，想打个电话问问报馆，可惜家里没有电话，邻居们也缺少这个东西。怎么办呢？

我的尊夫人进来了。

"把房租钱送去吧，省着叫人家张嘴。"

我赶紧数二十块钱给她。

"借老侯家的那三十块钱不给人家么？"

我又数了三十块钱给她，我盼望她快点儿拿着走，别打扰我写明朗性的文章。

她把钱紧紧的握在手里，翻弄着眼珠，端详着我，好像十年前还没结婚头一回和我见面似的，可是嘴脸的颜色有点不同，好像要干架似的，把小嘴高高噘着。

"电灯费呢？"

"多少钱？"

"三块六。"

给她四张单圆的新国币。

"报费也到日子了，两个一圆五，一共三元。"

给她三元。

"电线电灯收费。"

"多少？"

"还有什么？"

"水钱两块五。"

"再没有别的了吧。"

"我想买双皮鞋……"

"什么，买皮鞋？"我赶紧把笔放下，严声厉气的教育她："买双皮鞋顶不济得四五十块，我想做军服钱还不够呢！你真想个宽……"

她碰了一个大钉子，好像脑袋上挨了一棒子似的，半天没有说话。

我闷闷的喘出一口粗气，拿起笔来，接续想着明朗性的文章。

"给我钱哪！"

她在我身边大声的叫起来。

"什么钱？"

"报费，电费，水钱，还有明天配给米，米钱，这个月的菜钱，还有老王家娶媳妇，我们不随个份子么？"

我实在忍耐不住了，把饷包里所有的钱都掏出来，两只手捧着，恭恭敬敬的献给这位女士，我只求她快点儿走开，别打搅我写明朗性的文章。

然而她还是不走，一五一十的数着钱，曲着手指计算着，又找一支铅笔在纸上写着计算起来，算得非常的热心，好像学生在考场里一样。

我想起来头几天在街头上看见两只狗屁股对着屁股的光景，不知能不能够得上明朗性的题材。

"不够！"女的又说话了。

"怎么不够呢？"

"你忘了么，我兄弟昨天来信说生了小孩儿，你不是说应该寄二十块钱给他们吗？这几个钱，怎么会够呢？"

她把铅笔、纸和钱全部放在我的稿纸上。

"请作家先生算一算吧。"

我真想把钱摔在地下，又一想，我现在要写明朗性的文章。不可以生气，一生气写不出什么明朗性的文章了。于是我忍耐着满肚子的不耐烦，把钱扔给她，用温柔体贴的口气和她商量：

"不够的话，过两天想别的法子吧！"

我只求她走开，别打扰我，因为我的决心下得非常坚决，非写明朗性的文章不可，可是她还不走开，又提出严重的问题来：

"你有什么法子？"

"画局也许能给我一点儿稿费。"

"给多少？"

"还没有一定……"

"那没有把握呀！"

"那么，你写信和你父亲借几个。"

"你说得真容易，老和人家借钱，多不体面！"

"你们回家，我就好办了……"

"我们回家，你好和别的女人胡扯呀！扯起来方便哪是不是？"

我悄悄的不说话，我最怕她提起这一类事，一提起来就叨叨咕咕的没有个完，果然，她又叨咕起来了，把我过去有两回荒唐的事，像讲评词似的，从头到尾的讲起来。

我赶紧把稿纸收拾收拾，带上箱子，急急忙忙跑到大街上，在来来往往的车辆的闹声之中，我觉着耳边似乎还有叨叨咕咕的声音：

"我们回家，你好和别的女人胡扯呀！"

连我自己也不知道什么时候坐在一辆破马车上，在吵吵闹闹的大街上奔跑着，我不知道要往什么地方去……

追　求

我从北海的后门出去，横过一条灰色的马路，从几辆坐着的洋车中间穿越，三步五步就到了什刹海。

到这里来，一半是为闲走，一半是为看看旧书摊上有没有合口味的好书，第一个旧书摊使我失望，第二个旧书摊也一样。我在第三个旧书摊跟前老老实实的站住了，因为我发现了一本书，名很动人的，并不怎么样陈旧的书，惊奇的，欢喜的，从挤得紧紧的一排书堆里拖出这本书，留心的读着前面的序。

还没有读完三页，我忽然嗅到一阵醉人的脂粉的香气。唉，这真是怪事，我的心混乱起来了！纸上的小铅字好像蚂蚁似的活动起来，跑着，跳着，拥挤，互相的推撞，并且毫无规律的跳着舞，最后变成了一圈的黑影……

我闭一闭眼睛，从腋下，从腰间偷看后面。

我很清楚的看见一双半高跟的白皮鞋，浅蓝的袜套，肥嫩的腿肚赤裸着，单是这一双鞋，这一对腿肚就够美了，她在我身后立了半分钟，一点一点移动到我左边，这时我赶紧抬起眼睛，假装看书。

她聚精会神的看着书摊，看了好久，扯出一本翻着看。

我偷看她的面孔：

她的鼻子不高不低，可以说正合适，她的眼睛不大不小，也可说正合适，从侧面看，她的面孔很美。我想从正面看一定更美。说实在话，她把我的灵魂拖去了，拖在她那甜蜜的箱子里，紧紧的锁起来！

我正迷迷糊糊的偷看她，她忽然像发觉了我在看她样，轻轻的转过脸来对我柔和的看了一眼。

这一眼……我的老天爷，真要命！

我也说不出是什么滋味，觉着身与心全变了模样，我仔细的端详着她天晴色的长衫，怎么这样可体呢？还有那一头剪齐整的乌发和两只肥嫩的胳臂，这……这怎么描写好呢？

她把书放下，轻轻的喘口气，很有深意的瞪我一眼，慢慢的走了，我赶紧放下书，顾不得那卖书老伙计的嘲笑的嘴脸，随在她身边走去，她像在手里扯一条绳样，而这一端拴着我。

走出什刹海的区域。

她在街头踌躇了一下，走到北海门口，买了票进去，并且回头望一望怕失落了什么似的。

鬼才知道我为什么也买了票进去，我不是刚出来的么？

她顺着树荫下的道路走着，这一带真清静。半个别人也没有，我的胆子大起来，快走了几步追上她，和她并驾齐驱，但是她泰然自若的轻盈的迈着步，一点儿也不理会，两只胳臂活泼的摇摆着，好像跳舞样。

走一走，她立定了，噗哧的笑了一下，两手捧着可爱的面孔跑到路旁的树荫地方沉重的坐下，我的老天爷呀，这是要命。

我真是……说不出有多么欢喜，幸福的感觉支配了我全副灵魂，我快活的坐在她旁边。

"热不热？"我结结巴巴的问，同时我想起热来，汗从额角流下。

她看着地笑一笑，我看出，她也非常快活似的。

"不怎么样热。"

她的声音真好听，要描写这样的声音的好听来我这支笔实在不行，我们谈起话来——

"你住在哪里？"

"劈柴胡同。"

"跟太平桥不远那个劈柴胡同么？"

"是的。"

"你家里都有什么人？"

"母亲，妹妹。"

"还有呢？"

"没有别人。"

"哦！那么，父亲呢？"

"他早去世啊！"

鬼才知道，我为什么要问这些事，我想讲别的话，可是不知怎的，什么事也讲不出来，我左思右想搜尽枯肠，然而什么也想不起来，不知说什么话好，这时我才知道，我是一个蠢东西，我狠狠的怨恨自己，在肚子里咒骂自己。

"你住在什么地方？"她轻轻的问，理一下头发。

"太平桥。"

我又加上一句："我是住在亲戚家。"

"你现在做什么事？"

"什么事也不做。"

"上学么？"

“不。”

“那么……”

“我现在什么也不干，闲着。”

她有点不相信似的看着我的鞋——我很欢喜她看我的鞋，因为我的皮鞋是新打的油，很亮呢。

有两个老伙计从我们身边走过去，一个歪戴着草帽，一个把草帽握在手里，都羡慕的，妒嫉的看我们俩，然而我很骄傲，本来这不是值得骄傲，什么值得骄傲呢？

她说要回家。

我焦急的惊慌的问："我可以去串个门么？"

“走吧！”

好像小孩子得到了一匣糖果样，我欢欢喜喜的和她并着肩走，一直走出公园的正门。

洋车飞一般的在毒热的太阳下奔跑，她的车在前面，我在后，不如忠勇的卫兵，但是我很高兴，我舒舒服服的想着幸福已经降临了。

车在大街小巷奔跑，转弯抹角，跑了好久，好容易我看见前面的车停在一个小胡同，我赶紧下来付了车钱。

她微笑着推开两扇漆黑的小门，亲密的扯扯我的袖子，让我先头走。

这是一个狭小的杂院，住了三四家人，一辆洋车停在院子当中，那上面晾着几件小孩子的破衣，各处堆着木柴，铁桶，破砖乱瓦，和别的东西，有一股恶臭的气味，这是从墙角地方厕所里发出来的。

她让我走进一间闷热而且杂乱的小屋，一个老妈子从板床上爬起，这是她的母亲，年纪有四十几岁了，眼睛有毛病，看不清两步以外的东西。她像认识我似的对我说："你请坐吧！"

女郎愁苦的喊：

“妈！我饿了！买点什么吃吧？”

老妈皱皱眉，把手指在半空画了一条横线："孩子，没有钱哪！你忘了么？那一块钱今天早晨给了房钱，昨晚上你给我的五毛钱买了米，剩下的六分刚才买了菜……"

我在糊里糊涂的想，这一家人，是怎样的生活着呢？

老妈妈喘口忧心的粗气从门后摸出一个棍子，扯着走到外面，开了街门出去了。

她在乱七八糟的方桌上找了一把破芭蕉扇给我："热吧？"

"不热。"但是我的脸上明明在流着汗水。

她坐在我对面，交叉着胳臂深思半闭着两眼，咬着下唇，从外面跑进来一个小姑娘，小脸枯黄，头发像乱草样，她蹦蹦跳跳像个小兔子。

对我点点头，但是一点也不惊奇她摸摸姐姐的膝盖，拍拍姐姐的手背很热烈的乞求着说：

"姐，给我一分钱，买冰棍吃！"

她厌恶的甩一下手，尖声的吼道："没有，滚！"

小姑娘哀怜的望着姐姐的下巴，反过身来对着我："你给我一分吧！"

姐姐狠狠的打了她一巴掌，咒骂着："该死！快滚出去！"

我把她拖到跟前，摸出一毛钱放在她的小手里，她惊奇的看着掌心里的银钱，嘎嘎的笑着跑到外面去，一面喊着：

"妈妈！我有钱啦！一毛钱……"

她忽然跳起来，握着我两手，温柔的说：

"你还有钱么？"

我摸摸衣兜，还有八毛钱，慷慨的把这些全掏出来放在桌角上，她看看钱，有点失望似的噘噘嘴，又摇摇头，问我：

"我不信，您一定还有！"

"我不撒谎！"

"我看看行么？"

她笑着问。

我点点头让她看。

她解开我的衣纽，摸我的衣兜，所有的衣兜，都摸遍，最后又摸裤兜，摸得很仔细，在屁股袋里摸出小手帕和手纸，她细心的翻了又翻，看了又看，失望的还了我。

不知怎么，这时候我觉着有点难受，我难受她又难受自己，更可笑的是我有一种幼稚的矛盾的心里，明明是在努力的追求着个人的幸福而没有达到，却转到忧愁到别人的事上去，并且，我愁着全人类，我伤心的垂了头，沉思着。

她微笑着不说话。

天知道，她是一个做什么营业的女子！

我站起来，对她点点头无声的告了别，跑到街上。

在街边我看见了她的母亲和妹妹，坐在土厢旁边聚精会神的仰着脸，欢欢喜喜的啃烧饼。

一个洋车夫失望的问我："坐车么？"

我抬抬头。我本想，这幸福眼看就到了手的，谁想到花了钱却买了一肚子悲痛。

我肚子饿了，赶紧往亲戚家走……

（一九三六年八月末于北京）

凶 手

刘仁在没动手做饭以前，总得问问富财：

"应该做饭了吧？"

富财像主人似的骄傲的躺在炕头，两手放在脑后，背靠着墙壁，两腿直直的伸到炕沿边，他的眼睛是三角形，放着得意的光，嘴唇厚厚的，当他说话的时节，嘴唇就很宽的裂开，好像要吃人一样，他有意无意的回答：做就做，不做就不做。

刘仁知道他是不大欢喜和自己讲话的，所以讲出这种不耐烦的话。可是刘仁并不生气，他的耐性是很大的，他悄悄的，先把锅刷干净，然后到院子里去抱柴。富财大声告诉他：

"好好淘淘米吧，沙子太多，真没有法吃……"

刘仁的老婆这时坐在炕里，她忙着给她自己做短衫，这料子是富财买来的，如果仰仗刘仁，别说衣料，就连一条白线他也买不起。现在正淘着的米也是富财买来的，还有柴，油，白菜，大葱，什么东西都是富财买来的，这半年的生活依靠富财，刘仁是他部下的一名小工。

"洋桥"未停工以前，刘仁借着富财的光，还能够有运气选上当小工，可是现赚现吃，没有积储，工程一完，在别处他是无论如何也找不到工做，富财当工头，他赚比别人容易，工程接续了三个多月，他没有举一镐头或助一下挑筐，但是钱是很容易的到了手，人们都确切的说，这三个来月整钱也剩了三千，零钱还不在数。

停工之后，刘仁三翻五次的和他借钱，富财为人是慷慨的，块儿八毛的满不在乎，刘仁一张嘴他就把钱掏出，然而这件事除了刘仁之外恐怕谁也办不到，原因是刘仁有一个好不错的老婆，她此刻正忙着做衣衫，那模样的确是不寒碜。

有一双乌黑放光的大眼睛，水汪汪的，小嘴像樱桃一样，肥圆的臀部，走起来左摇右摆，非常动人，没有她，富财会借钱给刘仁么？

刘仁知道富财的心理，这件事他一点儿不觉着羞耻，这是天生的性格，他把富财像财神爷似的请来家，酒，饭周到圆满的伺候他，把他看做是一个重要的人物，而富财，也就不客气的坐在主人的地位。

两个月以来，他差不多是天天在刘仁家里，刘仁的老婆，不是节烈的女人，她欢喜这位高贵的宾客就如鸭子爱水一样，起初，刘仁不免有点难受，可是经过几回也就"习惯成自然"不觉着什么了。

刘仁抱定了这个主义，你只要拿出钱来买米买柴，给我零花，那么，就把女人让给你，一个女人毕竟不过是一个女人罢了，不算什么大损失，本来女人就是这种玩艺儿，此外没有什么别的用处。

这也未尝不是达观，刘仁的这种主义的思想，给了享乐主义者的富财一个很大的方便，他用不着前怕狼后怕虎的，愿意怎样就怎样，他是花了钱的，不是白干。

就这么样，在刘仁和富财之间形成了一种条约似的力量，富财是人，他有掌握和支配权，刘仁则变成了一个中指向上余指向下的形状。至于女人，她得到富财的优越的待遇之后，无形中养成一种骄傲得意的气概，做饭和打零杂全都推给丈夫干，因为她赚到了生活费的，这是她全身的气力，不是刘仁的。刘仁也很了解，并且同情他，为了报答她这种高尚的劳动起见，他就服从了她的意旨，别说做点儿饭这种比起做苦工要轻易几千倍的工作，就是再繁重一些的活计他也愿意伸手。

做工的滋味刘仁是深深的尝够了。在那么毒热的太阳底下，赤着身体，一担一担的挑，从早到晚，那样难熬的大长天，一共才休息很短的两三回，肩头的皮肤磨破变成泡，背上像破皮子似的裂开，这滋味比起做饭打零杂要黑暗苦重多少呢？

把妻子让给别人几回，很轻易的就可以赚到吃米烧柴，这不是很对付么？无论怎么说，人间的羞耻总比饥饿强得多……

可是，近些日子，刘仁有点儿感到不幸的苦恼。

显然的，不论从哪方面观察，刘仁的老婆和富财的感情，一天比一天浓厚起来，这可恨的女人，她竟偏爱别人，轻视并且讨厌她自己的丈夫了，这是因为什么呢？富财有钱么？他能给买衣料，能供给各种花销，而刘仁却不能幺？

这一定是的，她的心理总不外是这样，还有一点，富财这小子，他在工人面前狐假虎威，作威作福，表现他无限的权柄，可是在女人身上，他倒非常温顺，会体贴，会顺从女人的意思，这件事刘仁是不能的，所以，她的丈夫的地位，一天一天的缩小，竟有些动摇、毁坏的危险了。

这时，他已经淘完了米，盖好了锅，忙忙碌碌的烧火，柴湿烟大，罩满了一屋。富财苦恼了，他怨恨的喊起来："烟太大了，我受不住，这真要命……"

女人发表了她的意见：

"把门关上吧！"

富财下了地，关好了房门，把刘仁关在外房，他悄悄的不说话，接续烧火。屋里那生活是非常快活的，刘仁听得清清楚楚，富财温柔的问：

"这衣料时兴么？"

"怎不时兴，这是时兴样的。"

"我看颜色不大好，买了又有点儿后悔，应该什么，这正好，你别说……以后你自己去买，我买不好。"

"得啦！客气起来啦！去，去，去……别……"

刘仁听见男女悄悄的嘻笑的声音，他跳起来，因为锅开了，他接着去切菜，用力的握着菜刀，忽然有一个可怕的念头跳上了他的心头，他默默的，面孔像石头一样，冷冷的注视菜刀，好像这柄刀便是他幸福的生活的建设者一样，他想着这个下场，好久好久的，他木然的向墙壁呆立着，几乎忘记了他的职务。

饭菜一好，他忙着收拾桌子，好像学满了徒的厨子一样，动作可说是十分敏捷。富财和女人坐在里边，他俩面对面，刘仁是立在地下，因为饭在锅里怕凉没有全部盛出来，他一边吃饭，一边留心的看富财和女人的动作，盛饭也是他的任务呀！

富财刚吃了几口，放下饭碗，举起筷子敲敲饭碗，厌恶的咧着嘴，吐在桌上一个细小的沙粒：

"嘿！石头太多，差一点儿磕坏牙！"

女人也来了：

"可不是怎的，没有淘米么？"

富财接着说："淘一回两回不能干净，多淘几回就好了。"

女人接着下文：

"对你说过多少回，总是记不住，真是个笨蠢！"

刘仁把怒气忍在肚里，勉勉强强的挤出半句话：

"将就点儿吃吧。"

富财生了气，皱皱眉头，把筷子放下，喘口粗气，抹抹嘴，退到后边，两腿一伸，靠墙躺下了。

"我不吃了！"

女人很挂心很抱歉的看着他。

从这以后，一做饭，女人总是下地，帮着把米好好的淘净下了锅，填完水，她才上炕去陪着客人谈天。

这一天，刘仁缺钱，就厚着脸皮和财神爷要。

"要钱做什么？"财神爷憎厌的问。

"去剪剪头。"

"你头发不怎么长。"

女人说："再过几天得啦！"

"我想去洗洗澡。"刘仁哀求着。

财神爷显然是大不高兴，好像是侮辱了他似的，把脸转向一边："没有钱！"

女人补充着说："有也别给他！"

刘仁一声不响。

他走到街上，向来是有许多熟人和他开玩笑的。

"怎么样？刘仁……"

他们带着一多半嘲笑的口气问他。

有调皮的，从他身边推推他，把一只右手放在他脑顶，中指是用力的向前伸着，其余的四个指头，极力的往下垂，这是一个符号。

无论谁都理解的简单的符号，刘仁是明明白白的，这种侮辱对于他不算什么，他最苦恼的心事是另一件，这心事很难堪的磨难着他，好像有一块大石头压在他胸上似的，使他苦闷，丧气，难以快活。

他女人的那句话，总是在耳边响着，他从家里出来的时节，会悄悄的退回去，退到窗户下面，想听听里面说什么，他清楚的听见了他的女人用力的小声的说了一句："你说吧！几时走就几时走……"

他赶紧离开窗下。

这时节，这句话在他心中，有如尖刀一样凶狠的刺着他，流血了，发昏了。

忽然，他清醒了，面孔变成了苍白。牙齿咬得紧紧的，握着拳头好像怕赶不上火车一样急急忙忙的往回奔跑。

他轻轻，像贼似的遛到窗下，里面有些什么声音，他明白了，这一对混蛋，竟在大白天寻开心？他的下巴如铁一样，坚决的走进屋里去，同样的小心，怕惊动了谁，把菜刀摸到手，握得紧紧的。

房门是闩着的，他一想，往上一抬门就开了，于是他抬门，砰一声，门倒了。

　　他马上就看见，男女都没有穿衣服，他举起菜刀对准了男人的头就用力的砍下去，富财一闪，刀尖落了正确的方向，是砍在面门上，他接着又是一刀一连二三的砍下去，富财想逃跑，可是他从后面对准了他的脑后海劈了一刀，富财很沉重的跌倒了，鲜血像泉似的喷出来。

　　女人连裤子也来不及穿，她被这光景惊住了，蹲在角落地方哆嗦，刘仁抓住她的头发，不管她说什么，恨恨的在脖子上砍了两刀，她发昏了，倒下去……

　　刘仁的凶火正盛，他把男女的头脑砍掉，放在一起，然后把刀扔开，像疯子似的瞪着充血的眼睛，咬着野兽似的牙齿……

　　两个钟头以后。

　　刘仁被四五个背着枪的监视着往什么地方去了……

（一九三六年七月十日于新京）

疑　心

　　病人躺在床上，愁苦的闭着嘴，他把脑袋稍稍一抬，说："给我点水喝。"

　　一个二十来岁的女人，她有一双黝黑的圆大的眼睛，头发整齐的向后披着，衣袖短短的，胳臂很粗，左手腕上戴着小型的表，坐在靠窗的椅上，静静的向外面望着，这时立了起来，不耐烦的看着丈夫。

　　"热水没有了！"

　　"那么……"病人咳嗽着说，"不能烫一壶么？"

　　他的嗓子是哑的，声音很微弱，说话很费力，好像嗓子痛似的。女人沉默了好久，想了再三吞吞吐吐的说："炭一点也没有了！"

　　病人难受的咧咧嘴。

　　"没有柴么？"

"柴，都是大块，火炉里放不下，怎么烧……"

"在锅里烧。"

"锅太慢！"

"把柴劈碎。"

"哪有斧头？"

"对面屋有，和他们借借。"

女人厌恶的摇摇头，喘口粗气，好像小孩子耍脾气似的，噘着嘴，对男人挤挤眼皮。

"你不能等一等么？"

男人温柔的伸出舌头舐舐紫色的嘴唇。

"我渴得难受，怎么等啊！"

他好像要哭了似的，很可怜，皱着眼眉。

但是女人的面上，并没有一丝一毫为病人难受的意思，她提起足跟在地板轻轻的踏着响，似乎想起了什么开心的事，很高兴。

男人等了半天，不见女人有什么表示，便焦急起来了。

"你给我杯凉水吧？"

女人赶紧摆摆手："那不成，喝凉水不好，我就去烧吧，唉，你别性急！"

女人不慌不忙走出去，门关得很响，把门框震得抖了一下。

病人忽然愤怒的瞪起眼珠，咬着下唇，憎厌的斜着眼珠望墙上的相片：那是一男一女拍的八寸半身相片，两个人紧紧的贴在一处，就如两块牛皮糖粘在一起样，说不出有多么亲密。

这个男的，是一个长脸蛋，尖下巴颏，有一双发光的眼睛，衣服整整齐齐的，很像一个公子哥，这个，便是躺在床上的病人。他看着自己的模样，同时看着那温柔多情，而现在变得蛮横粗野，旧日的情态，完全失态的女人，禁不住难受了！他赶紧收回视线，闭上眼皮痛恨的喘着气。

他听见女人开了对面屋的门和张寡妇谈话的声音。

"喂，张婶子，把你们的斧头借给使一下。"

"哦！请坐请坐，斧子现成，你要做什么？"

"烧水喝。"

"他还没有好么？"

"没有。"

"怎么的？"

"没有什么，不过一点小病。"

"唉呀，别看小病不注意，不是躺了六七天没有起来么？那是一定很重的呀！我看你还是快请先生来看看吧，有病可不是小事，病是说大就大，说小就小的，你请坐……在这坐。"

"你们还没饷饭么？"

"没有，小子出去看朋友还没有回来，我等着他。"

"他成天在外面跑，你得注意些，年轻人免不了……"

病人听到这，眼眉几乎皱断，他用力吐口大气，嘴唇快咬破了！

听说的"他"乃是张寡妇的儿子，是个二十一岁，有一副女人似的面孔，进着大学的一年级，因为母亲有钱，穿得漂漂亮亮，见了女人，不论是怎么的女人，总喜欢上前说天献殷勤，卖好……完全是个无聊的东西，但是这个东西，却在眉目之间流露着爱他女人的意思，这件事，他早已看出，现在，她竟挂念"他"在外面学坏，这不是明显的流露她也欢喜"他"么？

啊，他越想，越觉得这件事有可能，并且越生气。

他是个穷苦的人，病在床上，连请医生、买药的钱都没有：起初两天，女人还很体贴似的伺候他，这两天，简直豪爽的表示出不理他了，看现在他渴得要命，想喝点水都费了这么多唇舌，而她不赶紧借斧头劈柴烧水，却坐在那屋聊起天来了！

他气得咬牙切齿，也忘记了渴，伸出拳头来，狠狠的在床上捶了一下，然而谈话还接续下去：

"我的儿子……是的，我不能夸奖他，我可以敢说，他在外面不能瞎扯，他很像他死去的父亲，我怎么知道呢？这，他花钱有数，决不乱花，很俭省呢！我时常对他说，孩子，我只有你这条命根子，你如果在外面做出对不住你妈的事，我就立刻上吊死了！你知道，孩子，我为了你受了多大苦，你想，他怎么说，他说：妈妈，你尽管放心，倘若我不听你的话，那么，我就起誓，让雷劈死我！……唉哟哟！你听他的话多硬？"

接着是女人赞美的笑声。

病人把嘴唇咬破，流出了鲜血。他痛苦的想着：

他好，你嫁给他吧！啊，他们有钱，有的是钱，要多少有多少，他们的生活多幸福？做饭有厨子，打零杂有老妈子，那个老婆子，又会说，又会道，有这么个老婆婆，多好啊！她每月单是利钱就进二百多，你为什么不立刻把我丢弃，赶紧嫁给他呢？你为什么要守着我这个穷光蛋，而时时叫我难受呢？啊！……

门很重的开开，女人提着斧子进来。

他愤怒的想：

好，就拿这斧头把我痛快的劈死吧！

她从床底下拿出劈柴，很不耐烦的劈着，斧头举得很高，时时落了空，她便诅咒：

"这该死的斧头，一点也不快！"

好容易把一块柴劈成零碎，累得她满脸通红，头发披在脸上："唉！好累！"

他目不转睛的看她，她的鼻子，眼，眼眉，嘴，头发，耳朵，下巴，以及别处，无处不在表现着对于这穷酸的生活的憎恨。

他越看，越觉得她的心肠完全改变了，甚至在她一举手一投足的姿势之间，连一点同情他爱惜他的情份也没有。

这使他的愤怒——如将爆发的火山一般的愤怒，不能忍耐了！

他欠欠身，咬着牙齿质问：

"我什么时候能喝到口？"

她惊奇地扬起脸来看丈夫，就如身上受锥子刺了一下样，但是，她忍耐住，没有开口，捧了柴到外面去烧水。

她听见女人在外面叽咕着说：

"脾气真大呀！"

这句话像炸弹一般扔进屋子里，扔在床上，扔在他脑袋旁边。

他赶紧闭上眼睛，肚皮一伸一缩的，把身上的夹被挺得一凸一凹。

女人又过来了。

"这怎么办，火柴没有了，也没有钱买。"

他大声说：

"得，得，算了！我不喝了！我——等着死吧！我赶紧死了！你好……"

"我好怎么的？"

"你好嫁给别人。"

"什么？"

"没听见么？我再说你听，我赶紧死了，你好嫁别人！听见没有？"

她的脸色突然的变了，不满的看着丈夫。

"唉，你怎么说这话？有点病，就那么大脾气？真了不得……"

女人把背转给他，望着窗外面。

他把被往下推推：

"我应该怎么说话？"

女人不言语。

"我连话也不敢说了？"

女人把身子调回来。

"我不叫你说话了么？"

"你也无有权利不叫我说话……"

他一句话没有说完，咳嗽起来，咳得很厉害。

女人坐在椅上，扶着窗台，两肩向上一耸一耸的哭了！

他的气势复原了，接着苛毒的说：

"你不用装模作样！我全部明白！我不是傻子！"

女人冤屈的喘着气；半天才调回身子：

"你说的……我不懂你的话……"

"不懂？还用我解释？这用不着！"

"你，你有点病，就这样发脾气，我没有快点烧水，就值得这样？"

"烧水是小事！"

"那么为什么？"

2054

"你自己明白，用不着装糊涂！"

"哎，什么事啊？我做错了什么事呀？如……如果我错了，你……应该告诉我，单是……发……发脾气，我知……知道是怎么回事？"

女人哭得很可怜。病人更加愤怒，大声喊起：

"我告诉你，用不着装模作样！用不着，用不着，用不着，我讨厌撒谎，讨厌……"

女人的眼泪像下雨似的。

"要坦白的表示自己，不要鬼鬼祟祟的隐瞒。"

"你说的……我不知道是指这什么，你——有什么不满意我的地方，为什么……为什么不直说？却用那些……那些……隐……隐语！……"

"如果不满意自己的生活，那么，把它撕碎，另去创造，不要勉强，把自己弄苦，把人家也弄苦，这是罪过！罪过！该死！该死！……"

病人把拳头在床上捶了又捶，好像要把床捶碎似的，但是那床只是跳动着，并不倾倒。

他说话太用力了，疲乏了，面孔由红变紫，由紫变白，他上气不接下气的喘着，两眼直瞪着屋顶，好像到了最后一刻了。女人什么也不说，她只是哭，哭，哭……

病人伸出两手，把被向上一扣，盖住脑袋。

女人艰难的立起，捧着眼泪的脸，踉踉跄跄的倒在病人身上，哭着。

对面屋张寡妇以为是出了什么乱子，慌慌张张奔跑进来问：

"什……什么事？"

（一九三八年十二月十七日于北墙下）

误　认

两条腿说不出有多么得意的在桌底下摇摆着，枣红色的皮鞋是光亮的，从膝盖以上到胸部盖着一张打开的报纸，左面是文艺版，有一个标题是《坟地》，好像是特别懂人事的排在上方的左角上，辟一个专栏。从腹部稍稍往上一移就是两只交叉着的手，再往上移一下便是面孔尖的下巴，薄嘴唇，高高的鼻梁，像故意高出来的一样，一双乌黑的眼睛放着快活的光，眉毛的每一条都表现出忧喜的神气，两分钟之前还对着镜子照来照去的头发现在还没有改变，整整齐齐的梳着，油的光像玻璃一样。

这个青年名字叫水石，在机关里当职员，月薪是三十五元。

"老石！你那篇稿子登出来了么？"

说这话的人，只能看见他的屁股，因为他是蹲在那里，面向着窗户洗袜子。

水石满意的笑一下：

"你来看吧，登出来了。"

蹲着的人轻轻的直起身体把两手甩一下，走到水石身后羡慕的瞪圆了眼睛，他的眼皮是双的，秃头。

"你真行！不得了，我投去三篇，一篇也没有登出来，你投几篇登出来几篇——"

因为满意和欢喜，水石什么也不说，眼睛直直的射在报纸上。

"我没有投稿的勇气了！"

水石抬起下巴，把嘴唇张开：

"老典，你别灰心，你的稿子也许邮丢了也说不上……"

过了三天——

太阳刚落，黄昏的云霞在西天布成一幅美丽的奇景，凉风在各处走动着，闷热了一天的人们这时都从屋里出来乘凉，水石上了公园，老典闷闷的坐在门口，同院的邻居都坐在院子里，只有房东的女儿在门口来来往往的迈着方步，她是光着腿的，透眼的白鞋露出强韧的皮肤，胳臂粗粗的，背在身后仰着脸望天，好像苦闷的鱼在水里一样，毫无力气的飘动着身体。

老典不知从什么地方上来这种莫名其妙的勇气：

"您……您们学校明天不放假么？"

好像小孩子的头被慈悲的父亲的手摸了一下似的，她的全身都显出欢喜，用着欢迎的声音回答他：

"放假……"

想了想又补充着说：

"可是我们明天有集会，十二点才能完……"

就这么样，老典和她成了熟人。

这一切都是很简单的在水石的短篇，坟地的后面。

写着住址的门牌号数这么办不消说是有寓意的，而她本来是喜欢看报的人，好久以前仰慕着西下屋，因为这屋里住着的两位独身青年之中有一位会写两句。

她以为老典就是在她心目中的地位占领了好久的人，当老典头一句话起，她就深深的表示着欢喜，而人间的高尚的散文就这么构成了。

北海公园的角落里，在草地上，坐着老典和一个女子，亲密的靠着肩，悄悄的谈话，好像有浆糊粘住了一样。

"你那篇坟地真好。"

"不好，不好……"

"还有在两个月以前你发表的月下，实在好极了。"

"得，得，别客气啦。"

"我也想学习写一点什么，你教给我好么？"

"文艺这东西，学不学都成，没有什么大用处。"

"谁说的？……"

没有波浪的平静海里，反映着树的黑影，桥下是黑黑的，好像涂着黑漆，西天上有几朵凝结的灰云在那下面连着浓密的树的梢头，有悠久文化历史的古城完全沉没在死的寂静里，在假山的背侧有谁在那里，寂寞的吹着口笛。

两个独身人的宿舍空气是不平均的，在墙角下面，静静的低着头，只有一只手不停的活动着，钢笔在纸上奔跑着，眼睛是紧张的，嘴唇是苦重的，从后影看，好像木头刻着的影像，在那不动的头的上方垂着的电灯，像非常愁苦似的用力的放出它的光明，墙上钉着两张世界名作家的相片，都是愁苦，劳力，不愤的亲切的面孔。

在床上躺着快活的老典，他两手捧着一本书，书里夹着一张信纸，细小的字，像铅字一样，整整齐齐，一行一行的排着，老典就在这细小的铅字里寻找他的安慰，安慰，他已经寻到了，他还要搜求生物的原始的本能的发挥，他正在千方百计的想着策略，怎样能把雀鸟痛痛快快的捕到网里老老实实的服从指挥。

就这么决定了。

醋放得久了，慢慢的会发酵，甚至发臭，老典和她已经完成了人类的伟大的创造的任务。

她呢，她知道是弄错了，他在文艺版里发现了水石的日记，描写着老典的成功的得意的情形，这在她是欢喜是痛苦可说不上，腹部渐渐的大起来，事实是生产的日子迫近，学校是不能去了，按理是应该预备预备，可是她却什么也不预备，好像是鱼走错了路，走到陆地一样。

北海公园还是照旧，不管人类的事情变得怎样，太阳还是照旧的升上来落下去，秋风吹着落叶的一天傍晚，水石静静的立在亭子里，计划着肚子的故事怎样能够发展成一个整个的，动人的，这时候，他突然想一件事，急忙从袋里掏出那封女子来的信，告诉他弄错人了，现在困在愁苦和哀怨里，老典已经偷偷的搬到别处躲避他的责任，信里只有埋怨和伤心，请求原谅和同情，还有眼泪，没有别的。

在桥下的水面上，从半空落下一个轻飘飘的纸球，西风玩弄着，纸球顺着波纹像小船似的飘进桥洞的深处，看不见了。

练 习

杨先生下班到家就客气的对他太太说：

"再过一点钟，话剧团的演员们到我们这里来。"

"又是演习么？"

"是的。"

"为什么不在别处？"

"因为没有适当的地方。"

女性很不满意的把小嘴噘起来，手里拿着的报纸不耐烦的往桌上一摔。

"我看你，不如干点别的，多余费心血……"

杨先生悄悄的不说话，微微的一笑算回答。

吃饭的时候，女性又好心好意的劝他，说这地方的人脑筋太旧了，不会欢迎什么话剧，有时间不如写点儿文章得几个稿费当零花。但是老杨这个人，性情固执得要命，他认为应该干的事，就是掉脑袋也要去干，要不然他活着不舒服。

话剧团的男女明星——四个男的，两个女的——又说又笑，嘻嘻哈哈的进来了。

"喂！刘小姐怎么没有来？"杨先生奇怪的瞪着眼问。

一个圆脸，尖下巴颏，有一双特别敏活的眼睛，穿着绿外套的少女告诉他：

"刘小姐，她家里不许可她出来啦！"

杨先生是聪明人，他知道不许可的理由了，正如他女人所说这地方的脑筋太旧，两个女明星坐在炕头上，逗弄着杨先生的女公子——一个不满三岁的丫头，没有穿裤子。男演员甲坐在椅子上，嘴里含着块糖，手里拿着一本杂志，卷成圆筒。男演员乙把一顶破边的礼帽扣在后脑海，眼睛挂在鼻尖上，坐在墙角的板凳上。男演员丙高高的坐在桌角，他是一个小胖子，样子很滑稽，别人一看见他就情不自禁的想发笑。男演员丁没有地方坐，坐在门槛上吸烟卷。

女主人茶壶按在炉子上对大家应酬着，茶的应酬是勉勉强强的，眉目之间有时隐隐的流露出不耐烦的神气。创办话剧团的发起人、监督，兼编剧，又兼导演的杨先生，这时候，表现出一副热心，又有点愁苦而且高兴的模样，和蔼的看着每个演员的面孔，和他们说些琐琐碎碎的话，他又沉默起来好像掉进洞里去一样。

忽然，他提出一个严重的问题。

刘小姐不能干了，那么谁担任"母亲"这个角色呢？女演员甲，就是圆脸尖下巴颏那个少女有个意见：

"叫嫂子帮帮忙不行么？"

杨先生好像量布似的端详一下自己的女人。

"你不用看我，我不行。"

女主人发表宣言了。

"一定行，一定行……"

"无论如何，大嫂得帮帮忙。"

"我给你叩个头吧！"

女主人为难的把脸转向一边，杨先生过去拍拍她的肩膀，苦苦哀求她。

"大家这样求你，你总得答应！"

经过好久的恳求和商量，有时都用着大声，又是轻轻的耳语，好容易才决定了，于是，杨先生的尊夫人也加入了话剧团。

"我们现在开始练习吧！"

导演先生发出命令。

首先是女演员乙打开第一句话：

"妈！我姐姐怎么不回来？"导演先生赶紧把手举起来阻止她：

"你先等一等，这句话得慢点儿，还得悲哀一点儿，你要知道，天气是很冷的，还没有吃饭，因为饿了，有点儿等不及了，所以问母亲，姐姐怎不回来，这句话得表现哀怨和焦急的感情，你再说一遍……"

女演员乙又演练一回。

这回该杨先生的妻子说话了，她还没有读过剧本，很焦急的把脚本打开，用力的找着她的台词。

丈夫从旁边指点她：

"你接着她下面呀！"

她领悟的点点头：

"噢！我明白啦，让我说……"

窗外不知是谁，用骡叫那样难听的大声问道：

"杨先生在家么？"

杨先生拿着剧本跑到外面。他的妻子也随着跳出去看，原来是饭馆的外柜来要账的。

　　"太对不起，过两天再来吧！"

　　"无论如何，请您帮帮忙。"

　　在屋里，正式的话剧偷偷摸摸进行了，男演员甲，轻轻的凑到了圆脸尖下巴颏的女演员旁边，靠着她的耳边小声的说：

　　"待一会儿我有几句话和你说……"

　　女演员，把含着深情的眼光，又怕又爱，又生气又温柔的在他脸上留一个批准的印象，男演员还要说别的。

　　杨先生进来把他俩冲散了，别的演员，嘻嘻的笑着。

　　"各位应该再进一步，深刻的了解这剧本的意义，比方说……"

　　他滔滔不绝的说下去，说到剧本的意义，其实他这剧本并不像他所说的那样有什么了不得的大意义，剧里写着一个有志气的女生，她千辛万苦的养活她的妈妈妹妹和弟弟，房东先生和别的债主时常来威胁她，她的舅父劝她嫁人，想拿她换几个钱……

　　故事是很简单的，目的是在表现一个女性和一家人怎样在困难的泥窝里挣扎着。

　　他又说明局中人的基本性格，应该用怎么高妙的技巧发展。

　　这剧演员都洗耳敬听，那个手里拿着一本杂志的青年不断的往圆脸尖下巴颏的少女身上丢眼风，好像因为肚子里有千言万语不能痛快淋漓的说出来而痛苦着一样。

　　女主人一面研究着剧本，一面还得照看着女公子，这个丫头淘气极了，她时时往母亲身上爬，又去扯父亲的手，大声喊："爸，领我出去玩。"

　　母亲生气的把她拖到一边："别闹，待一会儿爸爸买苹果给你吃。"

　　孩子听见要买苹果，叫的更响了：

　　"爸，给我买大的，我……我……要大的，大苹果！"

　　导演先生急的没办法，只好用怀柔政策欺骗孩子：

　　"好，爸一定给你买苹果买一大筐回来，你别说话，到外面玩去吧。"

主妇反对他，急忙摇摇手：

"我不准她上外面去，走丢了怎么办？"

男演员甲和女演员甲利用这个间断的机会，互相用眉目传送着消息，那个男的，就用鼻子表演他的企图，那个少女会用眼睛说话，其余那些演员吵吵闹闹的讨论和批评着各种琐琐碎碎的事。

"我们……"

导演先生又举起巴掌来：

"从头练习吧。"

他们正演到房东先生大吼特吼的时候，街门口有汽车停住的声音，接着又有：

"老杨家在这儿住吗？"

女主人像发生了火灾似的把脚本扔在桌子上推他丈夫一下，跳着往外奔跳。

"我爸爸来了！"

又听见在院子里热烈的呼喊：

"喂，我妈也来了，哥哥二嫂，你们都好啊。"

导演先生愁苦的对着全体演员为难的：

"我们今天不能练习了，明天吧，时间和地点以后通知。"

男女明星好像从牢狱里释放出来的囚人一般，懒懒的立起，轻松的伸着懒腰，快活的吐着气，男演员甲和女演员乙走最后面，他俩趁着秩序大乱的时候又亲又热的抱着亲了一个嘴，亲得特别的响亮，好像拔出一个又紧又结实的瓶塞一样。

导演先生，他假装一副笑脸迎接老丈人，老丈母娘，大舅子，大舅嫂，这些从遥远的郊区的亲戚去了。

（《年轻人》〈短篇小说集〉，开明图书公司 1943 年版，署名：慈灯）

一百个短篇

老画家

你如果看见这个烈性的老头子，你一定很厌恶他。

他是好久以前搬进我们这个吵吵闹闹的大杂院里来的，邻居都说他靠卖画生活。他的家族是：一个将近五十的老婆子，头上披着散乱的灰发，一对乌黑的小眼睛，没有牙。一个二十六岁还没有婆家的姑娘，四方脸，尖下巴，鼻子是扁的，大脚。一个十三岁的小子，是过房的，圆脸大眼睛，非常的淘气。这几个人全靠老头子的两只手吃饭。

他的年纪少说有六十了，戴一顶瘦小的黑色瓜皮帽，又肥又大的长衫就像和尚的道袍，一双像鹰似的炯炯的慧眼，在斩齐的眉下放着高傲的光，好像无论什么都看不起似的，还有苛薄的嘴唇，顽强的固执的胡须，个子倒不小，走路的时候很魁梧的样子，拖着两只笨重的脚。

谁也不信，这样一个老家伙会画什么画！

他的老伴，那个没有牙，好像妖怪的老婆子时常和他吵闹："你什么时候吃饭哪？顿顿吃饭和你怄气，怄一辈子……"

我们可以清清楚楚看见他老老实实地伏在明亮的玻璃窗前，手里握着粗笔杆，沉思的，轻轻的在纸上点着，抹着。忽然，把笔放下了，用力的把拳头在桌上打几下子，回过头去对着老婆像发狂似的大声吼叫：

"饭好你们就吃！偏来捣蛋！混东西……"

像这样的吵闹，一天大概总会表演几回。

他的老婆时常对别人叨咕：这个老头子，年轻的时候就特别的古怪，越老脾气越大，好像要发疯似的。

早晨天不亮就爬起来，像房东家那只衰弱的老狗一样，在院子里无精打采的走来走去，又故意似的把脚在石台上踹得特别的响，往往把别人惊醒他自己都不知道，天一黑就昏昏的睡去，人家稍稍的用一点儿大声说话他也不高兴，小孩子的哭声他更烦恼了，说是打扰了他的睡眠。

有一回，我和几个寂寞单调的光棍子朋友借来一个手风琴，一个胡琴，一个口琴，在星期的晚上连吹带拉，打算把这个苦闷的夜改变得有趣一点儿。想不到那个老头子像幽灵似的，悄悄的进来了，对我们厌恶的摆摆手，好像对谁下命令似的，叫我们停止这种喧吵：

"各位……对不起，别闹了，你们这样吵闹我睡不着觉！"

没有人理他，连一句话也不愿意和他讲。他走后，我们的音乐会来得更热闹。胡琴像顽皮似的发出尖锐的刺耳的叫声，口琴奏出活泼轻快的调子，手风琴淘气的哼呀呀，歌声像噪驴，加上用力的跺脚和拍手，房子就几乎震塌了！

这一夜，那个脾气古怪的老头子差一点儿气死。

我们躺下以后，还听见他不住的哼着，因为失眠的痛苦，像狼似的长噪，那噪声含着无限的悲酸，我们有点儿后悔，不应该残酷无情的侮辱一个快要进土的老年人。

但是过后就忘记了，因为我们都不愿意在我们的生活里让良心的顾问来裁判，我们这些人，只要有快乐可寻，别人的血和眼泪一概不管。一到夜里我们这个光棍子宿舍，该拉的拉，该唱的唱，不会拉的不会唱的用筷子敲打饭碗。

老头子从我们屋前经过的时候，总是仇恨的用眼角往我们屋里看，好像我们这屋里有他不共戴天的大仇敌一样！

"这个老家伙真骄傲！"

"哪天他进来干涉我们，应该给他几拳头！"

"再来就捶他！"

我们这样野蛮的决定了。

他的女儿和他也不大和气：

"爸爸，你再不吃饭，饭凉没有人管！……"

"什——么？"他咆哮的跳起来，像一匹因为斗争而筋疲力尽的野兽，哀愁的，愤怒的瞪着那一对充血的眼睛：

"你说什么？没有人管？你们都死尽了么？兔羔子！给我滚出去！滚蛋！"

接着是用力的拍桌子，嘭嘭的跺脚和凶狠的咒骂。

十回有九回的吵闹总是为吃饭。

起初，和别人一样，我也盲目的厌恶他，像厌恶苍蝇一样。但是到后来，很羞耻而且悔恨的从我心里把厌恶他的感情矫正了。

每天，从可爱的太阳出来到落下，他不动的伏在屋前的长案上，外面不论有什么动静决不理，不停的在纸上抹来抹去，有时到了暮色苍茫的黄昏，他还聚精会神的伏在那里，头愈发的垂深了，沉思着，像做梦一样，这幅艰巨，黑暗，痛苦的创作的图画深刻的动了我的心。

我因诚实的忏悔和亲密的感情渐渐的和他接近，终于成了情投意合的朋友。

他从前在旧军阀时代当过团长，参加过直奉血战，差一点儿送了命。因为脾气特别，常和上司别扭，后来打了差事，于是就决心画画度过这一生。因为他从小学过，当差的时候也是不断的学习，很有根底。但是在这方面虽然是顽强的努力，却没有一点儿成就，没有人知道世界上有这么一个刻苦的画家。现在，他一张绞神熬血的山水即使走运不过卖十块钱，有些富人爱他的画却不肯多出钱，我对于画是门外汉，不明白他的作品好坏，我只是觉着他出了一生的血力，没有人理解他，这似乎太凄凉了！

"唉！我没有天才，我是个笨人，不适于干这个……"

他这样对我说的时候，还悲哀的喘口闷气，用两只清瘦的手默默的捧着脸。他的女儿送一杯水给他，因为洒出一点儿在桌上，湿了他的画纸，他生气了，吹起胡子来：

"你不睁开眼睛么？"

大姑娘噘着嘴唇去了半天没有回来，他更加生气，像牛似的大声狂叫：

"兔羔子！把桌子擦擦呀！"

有一天，又因为吃饭和他的老妻吵起来了。

"你到底什么时候吃呀？"

"不用管我！"

老婆子气呼呼的把门用力的关上，在屋外嘟嘟念念的咒骂：

"这个老东西，越老越古怪……"

他听见了，暂时的不说话，沉默的接续着他繁重的工作，把重要的几笔涂完，便跳起来和可怜的老伴算账。

"怎么他妈顿顿吃饭老惹我生气？"

"谁叫你好了不吃？人家一等就是半天！"

"你们必得等么？我不是告诉你们先吃么？偏要找我别扭？"

一桌子碗碟被抛个好远，碗碟破碎的响声，院里的家家户户都听见了。

过年的头几天，他买了几条鱼自己炸，炉子没有放稳，一小锅翻开的油全扣在手上。

从这一天起，他天天喊着，叫着，苦闷的咳嗽着，像一切负伤的野兽在荒凉的森林里悲惨的哀号。时常在寂寞的深夜因为疼痛不能入睡，伤心失意的哭着，那哀痛的哭声把我弄醒，好像有刀似的刺进了我的心。

大家都说："这个老头子快死了！"

不知怎么，我觉着他如果死去了好像人间有什么损失似的，默默的盼望他能够一下子好起来，精神百倍的从床上轻快的爬起，在院里悠闲的散步，像往常一样的埋头工作。

狂风大雪的夜里，忽然听到他的老伴和女儿的哭声，我的心扑嗵的一跳，觉着像有块大石头把我的胸口压住。

可怜，这个没有成名的老画家寂寞的逝去了。

出殡的一天，我默默的随着到了荒凉的坟地，看见他的棺材在黑黄的土里渐渐的消失了，他的妻女坐在旁边哭。

这时候，正落着散乱的雪花。

（一九三八年十二月五日于灯下）

没有月亮的晚上

部队在山脚下孤独的小村落里住下了。

村落前方有一处稀疏的树林，在这漆黑的没有月亮的晚上，河流的噪音来得特别的响亮。

连长关心的到河边看看步哨配置的状况："要特别注意南边那片坟地。"连长小声用力的答道："是！"

连长走回他住的一间瘦小的屋里的时候，还是放心不下，像有什么事情没有做完，把那一双锐利的明亮的眼睛，对着破碎的纸窗望一望，面孔黑红的刘排长伏在灯下写着什么，半明半暗的油灯照着他半个脸，墙上的影子动也不动，好像钉住了一样。

连长从挂在黑墙上的图囊里摸出一张揉皱的地图铺在刘排长的旁边，刘排长把笔轻轻的放下和连长细心的研究那黑乌乌的地图的每一条线或每一个黑点。

忽然，街上有吵闹的说话声和杂乱的脚步声，好像打架。

"快走！"

"应该把他绑起来，别叫他跑了！"

"快报告连长，赶紧去！"

连长把用力低着的头抬起来和排长的眼睛打一个对照。

"什么事？"

四五个士兵推着一个青年农民进来了。

"报告连长……"

打头的士兵还没有压下捕捉时的兴奋，瞪大了明亮的眼珠，张着黑黢黢的口腔用断续的口气报告连长：

"他是密探，来探我们，我们正做饭，他进了里屋要偷枪，我看见了，赶紧抓住他，他要跑……"

那青年农民穿一件褴褛的短衫，领口撕破了，胸襟上有些泥污，光着脚，穿一双笨重的只有农民才穿的鞋，空着两手，他的态度倒很安静。

"你承认么？"

这类的密探连长是见过的，他知道，只消一问就行了。

青年农民诚实的点点头，表示承认的意思。

一个活泼的士兵找来一条绳子把他的双手绑在后面，往前推一推：

"你大点声说呀！"

外面是无边无际的黑暗，有一群飞虫大胆的飞进来，在灯光周围跳着舞，其中有一只肥胖的蚊子快活的吹着笛。

门口出现了几个好奇的士兵的面孔。

"好吧，你们把他带去，交给张排长！"

半小时以后，张排长急急忙忙的进来了，在连长和刘排长的跟前悄悄的说着话，他的声音太小，好像怕窗外有人听见似的，只听见他最后大声的说了这几句话：

"我们应该马上就……"

连长把多虑的眼光对着黑暗的屋顶深思一下，会心的看看张排长，又端详一下刘排长。好像头一次和他见面似的。

"不错，我们得马上离开……那么，快集合吧！"

张排长先出去了，接着是刘排长，其次是连长，最后是传令，他在连长没有吩咐以前就把手枪背在身上。

黑漆漆的空中不单没有月连半个星光都没有，好像用一面厚厚的黑布把天空挡上了一样。

在村落的各处，有杂乱的，极力压制着的脚步声在混合着，然而总压制不住装具的音响，远处有向人暗透不祥消息的狗的浮动的吠声。

部队还没有好好的休息就离开这村庄，爬到附近的山上，把舒服的家屋难舍难离的抛开了，像离开有情人的温暖的安乐窝一样。

这山并不怎样高，它骑在小村落的头上，那不停的骚闹着，像一个碎嘴，在叨叨咕咕的讲着始终讲不完的话的河流越发响亮了，听着就像在耳朵底下似的。

这一夜决定在山上露营，身底下铺的是天然褥子——柔软的青草，枕的是自然的枕头——石头，身上盖的是什么也看不见的黑暗的天空。

放着好好的村落的家屋不住到山顶上来受清风，这不消说是有原因的，不得已的，这个原因和不得已在几小时后就证实了。

正在大家睡意深厚的时候，惊人的枪声一声两声的响了，接着越响越密，越临近，军士哨抵抗了几枪，按着预定的计划，顺着熟悉的，迂回的道路爬上山顶，加入队里，于是大家的枪口，都对准了村落前方有声音与响的方向。

整个部队在山顶上，这件事是对方预知不到的事实，他们打算趁着黎明之前来袭击这个企图一起头就失败了。

尽可能的对着有音与响的方向猛烈的射击，很轻易的把他们打退了。

临近的枪声渐渐的远去，稀少，终于一切的声音全消失，只剩无边无际的黑夜浓重的弥漫着。

从地上轻松的爬起来舒服的坐下休息的时候，东方的天际已经吐出微弱之亮光，这是说，黑夜的大队已经开始从四面八方撤退，离光明的白昼不远了。

（一九三九年九月七日于灯下）

一棵小草

在一棵又高又粗的大树下面，在永远永远得不到一丝一毫温暖的阳光的潮湿的地里，在一大堆乱七八糟的碎砖乱瓦中间，生出一些缺少光辉，非常消瘦的杂草。

在这一丛杂草之间有一棵最细最小的小草。

这棵小草的生长和发展实在不容易。他想往高处长一长，别的草挤住了他，他想往别处爬一爬，碎砖乱瓦压住了他，他想望望广大无边的天空都不能，因为大树的繁茂的枝叶遮住了他的视线。他眼界所接的，只有挤他的别的草，和压他的碎砖乱瓦，以及阴暗和潮湿，此外，没有别的了！

但是这棵小草却一点儿也不因为挤和压，遮和挡，暗和湿而垂头丧气，消沉和悲观。

他有满肚子的希望，他有坚毅不拔的信仰。他相信，同伴的拥挤是不能长久接续下去的，碎砖乱瓦之类早早晚晚有勤快的泥水匠搬开去。至于那大树，必有一天会来木匠把他放倒。

他忍耐着，极力的，顽强的忍耐着。

有时他忍耐不住，很诚恳的和同伴们悄悄的商量：

"请大家不要挤行不行？"

"那怎么能行呢？"同伴们很奇异的瞪他一眼：

"挤是非挤不可的，因为我们这地方原来就是很挤的。"

"我想，我们大家互相的让一让就好了。"

"谁要一让就会吃大亏，因为他失去了好地位以后就没有法生存了，这道理你总会明白的吧？"

小草又热烈的和碎砖乱瓦研究办法：

"请你离开一点儿不行么？我挤得太难受了！"

有一个墨黑的石块厌恶的回答他：

"什么？你未免太有点儿糊涂！别人不离开，我怎么离开，莫非说你有什么高妙的法子叫大家离开么？那么快请你把那高妙的法子说出来吧！"

小草碰了壁，又客客气气的要求大树：

"好心的大树啊！你把温暖的阳光遮得一点儿也不剩，我想看一看空中飞跑的云彩都不能，你不可以做点儿好事，稍稍让开一点儿么？好心的大树啊，我的话你听见了没有呢？"

所谓"好心的大树"一点儿也不作声，因为他是非常的高寿了，他的耳朵聋得什么也听不见。

不论小鸟唱着多么好听的歌，不论虫们做着多么动人的音乐，大树是一点儿也听不见，就是能听见他也不听，他也不想听了，因为他是非常的苍老，只求不生病，结结实实的活几天就足了。

聪明的小草失望的低着头在微风里叹息着。

但是这棵小草一点儿也不垂头丧气，也不消沉和悲观。

因为什么呢？

因为他有满肚子的希望，他有坚毅不拔的信仰，他很相信，同伴的拥挤不能长久的接续下去，碎砖乱瓦之类早早晚晚会有勤快的泥水匠搬开去。至于那棵大树，必有一天会来木匠把他放倒。

小草这样热烈的希望着。

我们也和他一样的希望着吧。

（一九四一年八月十四日于南窗下）

说谎话的能手

有个朋友说我是"说谎话的能手"。

他这么说：

"他从前并没有在洋行里当过什么仆役，那全是假话，在中学，他的穿戴比谁都漂亮，衬衫是绸的，皮鞋放光……"

这些话有一小部分是对的，有一大部分却是大错而特错了！

中学，我进了两个半月，衬衫和皮鞋全是别人供给的，在洋行里当仆役是在进中学之前，完全是两码事。

在洋行里当仆役是实在的事情，我一点儿也不说谎，不信，让我讲讲看：

这家洋行距码头三里路，从东向西是一条宽大平坦的街，门前是电车道，有电车站，十字路口的东头是一家西洋人开设的饭馆，它的对门是轮船公司。

洋行是二层楼的建筑，正门向北，东面也有门，这是汽车、洋车、自转车走的门。西邻是印刷局，到洋行来办事的人全走正门，在门口设有传达处，干这职务的是两个老年人，成天到晚，像蜘蛛似的坐在那里，动也不动。在他们的身后有一盘从来不响的电话。

我的工作位置在楼上，这一科是五个职员，一个是女书记，不久以前她是打字员，因为簿记写得好，外国文也不错，又会打算盘，所以做书记。她的年纪是二十六，面孔不怎么样美，性格倒很温柔，像一个有了小孩的母亲似的，说话小声，写字非常快。有时把简单的工作交给我，像老师一样，先告诉我一遍，把我教会之后才叫我动手。往往我把数目计算错了，或者写错了字，她一点儿也不生气。我欢喜读小说她也不反对，因为她也是欢喜小说的。

　　早晨，我的工作比较忙，第一件事是把写字台一个一个抹干净，桌上的玻璃要好好的擦干净，其次是色水壶，必须都填上色水，填完之后用吃墨纸把溢到外边的色水吸干净，在文具盒里放几个钢笔头，每人的海绵壶非洗一洗另换新水不可。

　　从铁的仓库里搬出厚重的账簿，整整齐齐摆好在桌上，还要到楼下的金库里去取装钱的铁箱，这个是安置在副科长的桌角上的。

　　凡是到外面办公因为公司里洋车都出去了坐不着而雇车花了钱的人，都写一张纸条盖上科长认可的图章然后到这来领，还有打夜班的人也到这来领钱，这是我们副科长附属的职务，此外他还有许多别的重要的事干，我把办公桌都收拾完，上班的时间就快到了。

　　不管职员到齐没有，只要上班的时间一到，我和别的仆役一样，赶紧跑到楼下端茶水。

　　茶室是在楼梯底下，很小的一间屋子——其实这并不算是屋子，只是两边用玻璃柜遮挡成一个小笼子罢了。

　　在这里面我们有很大的热闹可寻。

　　烧茶的是个老太婆，蓬乱的头发，没有牙，有一双滑稽家的圆圆的小眼睛，尖锐的嗓门非常响亮，好像吹喇叭。所有的仆役差不多都在这时集齐了，谁要妨碍她老人家的工作，就生气的骂起来，大家和她开玩笑，故意妨害她，惹她生气。她一发怒，面孔就可笑的打起皱纹，好像干瘪的橘子皮，大家看着非常开心。

　　也有姑娘来端茶水，她们都很规矩，不像我们似的顽皮淘气，可是有胆量大经验丰富的人，能够和她们之中的任何一个闲聊天，有时动手动脚，讲些下流话，老太婆是不欢喜这样的，她吼起来：

"不要脸，你们都快滚！"

她的圆眼睛可笑的缩小了，嘴唇也缩小了，变成尖尖的，好像屁股眼子一样。起初，端茶水这工作弄不好，上楼梯的时节，总是掉了碗，洒水，溅了我一身。

天长日久，渐渐的，我熟练了，觉着没有什么，能够和伙友们一样，一只手把茶盘举到和肩头同高，很快的在楼梯上奔跑。

从世界各国飞来的信件像山似的堆在长案上，女书记和另外一个青年职员担任拆阅信件，我用剪子把信一封一封的剪开口，他们看明白了信是给哪一课的，就扔进那一课的木格里，木格靠墙放在长案上，像些蜂洞，这和邮政局里分配信件的情形一样。

分配完就装在铁丝篓里，还要审查一回，这一切都有顺序，条条不紊。铁丝篓高高的垛在一起，我抱着这些东西楼上楼下分送。这工作并不怎样吃力，最难受的是天天如此，总是不改变，太枯燥，单调乏味儿！

订报，也是我应尽的责任之一。

总计三十几种报纸，一一的订在夹板上得老半天工夫，阅报室和会议室在一处，这厅里宽大洁净，三面有窗可以展望市街的一部分，可惜望不见码头的海洋和轮船。有一回，我把窗户打开眺望码头，伸长了脖子可是看不见，看见两只瘦狗屁股对屁股老实的立在街头上，有几个老伙计在那周围醉心的欣赏。

不慌不忙的把报纸叠起，整好日子和页的顺序，一边读着那些动人的文艺版，有时读到好作品，忘记了自己的工作，静静不动的，深思默想，像睡熟了或做梦一样。

印刷这工作我也很欢喜，印刷室和华美的厕所为邻，屋子很大，靠墙和中央全放着桌子，还有木板和铁片制造的橱箱，这里面放着"胶板"——印刷器。

首先是用海绵洗净胶板的正面，用纸沾干净，把原稿纸铺合适，过一会儿揭下来，字全都印在胶板上了，接着就把白纸一张一张的印起来。胖大的纸篓在地板上滚着，破碎的纸张满地乱飞。在这里，没有吝啬的人，纸多得很，要多少有多少。顽皮的人把美好的纸张搓成圆球开玩笑的扔着打人，有一个人这么起头大家都停止工作，就是毁坏了胶板也不管，热闹的干起来。你打我，我打你，把纸球当炸弹似的来回投掷，有时像疯子似的把胶板上面的胶块，像抓豆腐似的抓起来一同扔出去，打在别人脸上就可笑的粘住，大家开心得大笑，干到筋疲力尽才肯罢休。

像这样，开开玩笑不要紧，糟蹋的纸张，和毁坏的胶板成了堆，手和脸弄脏了，怎么办呢？上厕所，那里有脸盆和胰子，手巾，还有镜子。

晌午，全都跑到后屋去狼吞虎咽的吃饭。

在这汽车库邻壁一间狭窄阴暗的屋子里，一到午间，书记，汽车夫，洋车夫，跑街的信差，仆役……全都集合来。

大家说着，笑着，吃着饭，有的在床上推牌九，押宝，讨论"拔会"的事，研究发饷之后怎样"消遣"，色迷鬼总是讲说那些可怜的妓女的事情，嘲笑她们，夸说他们自己的手段怎样高妙，兽性怎样强。

这些人除了自己的地位，金钱，享乐之外，别的事，像文艺呀，经济呀，政治呀，全不关心。没有同情，也没有爱，像在冰天雪地里拖橇车的狗一样，个人顾个人的地位安全和舒服，在我们之间，也有所谓"朋友"这种感情存在的，可是这显然的有个界限，家乡人都格外亲密，对异乡的人则明白的表示出反对或排挤的情形。

下班以前的工作比较吃紧一些，应该发走的信都封好，记在簿子上，送交传达处，他们给贴邮票并且送到邮局。

除了刚够吃饭的薪饷之外，我们还有外进项，这是打夜班，把活计堆集起来不快做完，等下班之后才干，干过两个钟头就可以得到两毛钱代价。

走到宿舍二十分钟，宿舍里很热闹：一共五十多人住在一幢房子里，这种生活是污秽的，有恶劣的传染性，没有先天的遗传的魄力和高尚的兴趣，简直就不能不和大多数人一样的堕落下去。

有两个好心肠的同事和我做朋友，对我的好处很大，给了我很大的影响。

他的面孔圆圆的，眼睛像女人，在浑浑噩噩的人群中，他是杰出的人才，无论什么时候总是手不释卷，贪婪不厌的读书成了他的习惯，欢喜唱歌，说笑话，到清静地方散步，我欢喜接近他，他的年龄大我五岁。他告诉我，要想有出息，就必须用功，我们的地位是卑贱的，因为我们是穷人，学校是为别人开的，不过学问这东西无论对谁都不关门，只要你肯努力的往里钻……

这些话是很有价值的，他很正经的看着我的脸，好像我脸上有什么特别的记号似的。

他有闲空的时间，叫我坐在他旁边，讲解书里的故事给我听，起初我一点儿也听不下去，后来，终于绵羊般的驯服，服从了他的诱导。

过几天，他热烈诚恳的对我说：

"嗳，你还是上夜学校吧。"

服从了他的话，我进了夜学校，每天晚上和他在一路，在路上他讲说各种我不懂的知识。

但是，不久之后我从他这里逃开了。

另一个人抓住了我的灵魂，他的鼻子是尖的，嘴很大，声音又高又响，当他唱起来的时候，那声音非常动人，他有一个巧小玲珑的胡琴装在挂在墙上的布兜里，时常拿出来，两腿交叉，快活的坐在床边，很巧妙的拉着各种流行歌曲。眼睛紧闭，全身抖擞着，摇着头，很受苦似的唱着。

我聚精会神的看着他，特别注意他活动的手指，不久我就发现了他手指的秘密，我也能拉出粗笨的调子。

他收我做徒弟，热心的教育我。

"你学会了，我们俩好合奏。"

我没有辜负他的希望，我能够满足他的心愿，我拉着胡琴，他摆动着俩手敲打洋琴，这东西很复杂，但是不久他也教会了我。

伙友都走净了，宿舍里雅雅静静，像深山古寺一般。这种时候，用不着商量，快活的合奏起来，打破了寂寞，有时到半夜还不停手。

像这样的生活，我接续了二年，后来我厌倦了，用幻想支配着我自己，跑到南方……

这些事，是的，我一点儿"不说谎"，全是真实的呀！

（一九三八年四月十八日）

老 师

"你是怎么写的？"

我的精神上的教师张旗这样问我。

我一时想不起怎样回答合适，就悄悄的低着头，他那一双无论什么时候都像睡熟了正在做梦样的眼睛，一点儿一点儿瞪大了，瞪到无可再大的时候，就把这一双牛样的眼睛狠狠的盯在我的脸上：

"不知道么？是稀里糊涂写出来的么？"

他把我绞心熬血写出来的十张稿纸一点儿也不尊重的扔在桌角，拍拍桌子说：

"这故事，你是一面写一面想出来的，是吧？"

我觉得这是对的，我以为所有的文艺作品全是这样一弄成功的，就是说：一面写一面把故事想好，除了这个以外，决没有别的办法，我坚决的对他叫喊：

"一面写，一面想，是很好的……"

他的眼睛忽然变小了，先抓起我的原稿，仇恨的看了一下，又厌恶的摔在桌角，大声吼起来：

"胡说八道！你以为这是才能么？糊涂虫，蠢才，笨东西，世界上没有比你再笨的东西了，现在……"

他愤怒的拍拍桌子，接着说：

"现在我告诉你，你呀，你得好好的记在心里，永远不要忘记：第一，必须把你要写的故事，从头到尾，前前后后，完全想妥当，等到这故事成了一个整的，然后，你还要考虑，适于用怎样的形式——是的，我这么说，你不会明白，你再另写一遍吧，傻子！"

我恨不能一巴掌把他打个倒栽葱，但是，有一种很奇怪的无形的力量马上提醒我，我觉悟到这个念头是错的，我羞愧的低下脑袋默默的想着他的话，好像是，他那锐利的老鹰似的眼睛测透了我的心理似的，一刻比一刻加紧的逼视着我：

"你怎么想？"

劈头又打来这么一个问题：

我苦闷的想一想回答他：

"我明白！"

他奇怪的张着嘴，接着就哈哈大笑，好像有鬼附了他的身体一样。他笑了一阵，又异样的瞪着眼睛盯我，指指我的鼻子：

"你说你明白，你说吧！你明白什么？"

"什么都明白。"

他越发奇怪的盯着我的脸，好像我的脸上有什么奇怪的符号似的。

"什么都明白？"他笑着问，"你可明白你是糊涂虫？"

我实在忍无可忍，恶意的反驳他：

"我是糊涂虫，那么你是什么呢？"

"我么？"他骄慢的说，"我也是糊涂虫，不过我明白我自己是糊涂虫，这总比不知道自己是糊涂虫的糊涂虫好点儿吧？"

我把稿子抓起来，用力的叠起来装进袋里。

他改变了声气，温和的安慰着我，好像对三岁小孩子讲话似的：

"你再另写一篇，管保你比这个写的好，怎么样，你的精神上的教师嘲笑你，刺激你，甚至骂你，这对于我的灵魂大概没有什么坏处吧！"

他亲切的站起来，双手握着我的肩头：

"半年以前，你不是这样的，我无论讲什么，你总是洗耳静听，把我的话奉为金科玉律，而现在呢，你改变了，我的话你总是怀疑，把枪调过来向我反刺。这是可喜的，因为这是你进步的证据。就这么样，你尽管反攻，我们的意见尽管分歧，而我们的精神总是紧紧的拥抱，决不会离开，你另写吧！"

我把稿子掏出来，扯碎抛在桌底下的纸篓里，他看着我的一举一动，并不阻止。

我从床上抓草帽，他小声的问："走么？"

我觉着喉咙里好像有块石块堵住似的，半天才吐出去，从肚里涌出一句无力的话：

"我再写一篇！"

这样我就离开我的老师。

街道两边的槐树也像我的导师张旗正在睡熟了做梦样的低头，有一只黑狗躺在树荫下闷热的伸着舌头。

我难受的在毒热的太阳下喘喘的走着路，汗珠像大雨似的从头上往下滚。

我想着：每次都是一样，当我写好了一篇稿子拿给张旗看的时候，他总是摇头，不满意，最初是嘲笑，讽刺，最后是安慰和鼓励，我最初对他是怨恨，愤怒，最后是赞同，感激。非常的奇怪，他有一种奇怪的魔力迷住了我，无论如何怀恨，结果还是自动的和他接近，领受了他的教导，我虽然时常反对他的话，而每次都是忍耐的实践了他的教训。

过了几天，我欢欢喜喜的拿着完成的稿子去见他。

"你是怎么写的？"

又是这套问法。

"先把故事想好之后写的！"

我爽快的回答他。

"想好之后立刻就动手写么？"

"立刻就动手！"

"这不成！"

我又碰了钉子。

"为什么呢？"我问。

"妇女怀孕的常识你明白不？"

"听说过。"

"听说也成，我用不着多说。你的故事，必须像妇女腹中的婴儿一样，如果打胎，这婴儿一定是僵尸，倘若你忍到一定时期生产这个婴儿，虽不一定会健全，比较起来，总比打胎的僵尸好得多了，这个道理，你懂么？"

他想了一想，又懊悔的改变了口气：

"也罢！你是刚学跪爬，还不会奔跑，免不了东倒西歪，我看看吧！"

我吐口闷气，躺在他的床上，打开他一年多才翻译成的一本小说，细心的咀嚼着。

他看完我的稿子，把琐碎的节目指示我：

"这种地方，你看，像'谁谁说''谁谁答'简直是徒劳无功，你不如取消这些，如果有必要的话，为什么不加上：'他微笑的说''愁苦的说''生气的说''温和的说'。还有'对话'，为什么你用了这么多呢？这是戏剧么？最要紧的是故事要有发展，把大座位让给思想，要描写他，具体象形的表现他，用艺术的手段的话言来发挥他，不要平铺直叙，你这里面，'政治的杂音'也得取消，你得知道，文艺作品和政治论文是不同的，还有……"

他讲的太多，我听不明白了。

我的稿子呢，在他专以低低的估价的眼光品评之下，简直一个铜板也不值。

我的肚子里装满了怒气，质问他：

"一个初学迈步的孩子，怎么能拿稳脚步呢？"

"初学迈步的孩子是不一样的，聪明的孩子，虽拿不稳脚步，却能够比蠢笨的孩子早些日子举腿，有的孩子两岁就会说话，有的孩子到了三岁还像个哑巴，同样是牛，有的值一百圆，有的连二十圆也不值……"

我和他辩论了许多时，结果是失败了，得到他一场开心的大笑，算是对于我徒费唇舌的慰劳，从这以后，我立定了志气要和他干。

在闷热的晚上，我汗流浃背的坐在苦闷的油灯下像疯子似的读书，我恨不能一下坚硬了翅膀和他飞个高下。

过了一个在我算是短短的夏天，到初秋，我戴着非常骄傲的进步的头颅和他坐在一起对谈，奇怪，我发现他在这一夏天越发的比我高超，几乎是高不可攀，他像云雀似的高高在云丛中飞翔，而我却像一只蠢笨的鸡，勉强的能够飞起，感到非常的吃力，飞了不到十米远赶紧落下，觉着疲乏，无力，以一只鸡的程度和云雀比较飞的高低，怎么能行呢？

在张旗面前，我觉着十分惭愧，我再不攻击他，也不反驳他，变成温驯了，而且温驯得像羔羊一样。

他做我精神上的导师有二年之久，直到一千九百三十六年的春天，他辞去了音乐教员的职务，往南方漂泊下去。我像失掉了王的马蜂一样，又如在沙漠里失掉侣伴的孤人，感到这世界说不出有多么寂寞，荒凉。

这是离别的前夜。

他屋子里的东西都变卖净光，只留着一个行李卷，一堆书整理好用绳子捆结实，他指指这些书，无精打采的对我小声的说：

"你拿去吧！"

我的喉咙和鼻孔，像有什么东西塞住了样，苦闷，窒息，说不出话。

他望望我，走近我跟前拉起我两手，从无限的悲痛里含着一丝勉强的微笑：

"你好好用功，你有希望……"

我觉着胸头发酸，眼里流出泪水，又感到惭愧，急忙把头低下，看着自己的破鞋尖。

这样，他和我分了手。

无论什么时候我都记忆着他的吩咐："好好用功……"并且服从他的教训，决定永远不改变的生活在这创造世界的过去现在和未来的人群里……

（一九三六年十二月九日）

勤务兵

很久以前，我在一个卫队本部里服务。这个卫队是属于一个警备司令部的，统辖着步兵，骑兵，机关枪三个装备完整的连，本部正位置在三个连中间，办公室是租住人民的家屋。

从骑兵连派出来一个弟兄在本部当勤务兵，他是个美貌的，面孔像女性似的青年，一双大眼睛放着媚人的亮光，鼻梁高高的，在这下面镶着一个不大不小的嘴，肩膀宽宽的，用力的扎着皮带，把腰箍得很细，说话的时候嗓门很响，笔直的挺着胸脯。

他第一天就做了许许多多的工作，屋子里无论什么地方都收拾得有条不素，从来没有人动一下的桌子横木和板凳腿的灰尘也细心的擦得干干净净，到晚上没有什么事做的时候，拿出一个小本子来好好放在桌边，聚精会神的伏在不大明亮的油灯下练习写字。

天长日久我和他弄熟了。

他的家是在交通不便的偏僻的乡间，父亲是小本生意的主人，前妻死了，娶了填房，这个女人的肚量窄，很吝啬，嫉妒，看着前窝的儿子总不顺眼，像仇敌一样，时常在背地里装腔做势的对丈夫煞有介事的捏造儿子许多坏话，千方百计的伤害他，他受不住后娘的气，忍着难言的悲哀离开家庭，毅然决然的跑到城里入了军队，当了兵。

"你以为当兵是有出息的么？"我这样问他。

那时候，和目前的情势是不同的，一般人认为当兵是坠落到深渊里，不可救药的事，我那样的问他决不是无因的，我想探探他的口气。

出乎我的意料之外，他的答复很有力的刺了我一下。

"古年，有不少做大事的人，是当兵出身，我也想试试看！"

他说话时诚恳热烈的态度把我深深的感动了。我相信他确实是一个意志坚决的青年，因为他的服务成绩和他利用闲暇的时间孜孜不倦用功的情形便是铁的证据。

他坦白，豪爽，不撒谎，不吹牛，不偷懒，他担当的勤务用不着别人张嘴全都做得周到圆满，有许多别人想不到的事情他能想得出，做得周密，然而他决不是献殷勤，他的工作是出于本心，在他的血脉里似乎有一种燃烧的劳动的热，他不能袖着两手闲荡，悠闲在于他简直是无聊和痛苦，他忍受不了这种无聊和痛苦。

别人的活计他也愿意帮助，只要需他帮助，他比做什么都快乐，他认为帮助别人是一种精神上无限的快慰。

我们时常听见别的勤务兵对他喊：

"嗳！帮我打打马靴呀？"

他总是没有条件快乐的去。

他最爱惜的是保存办公室用剩的纸张，积得多了便订成一个本子，很快的便在本子里写满了。

我时常在闲暇的时候告诉他一些我所知道的半通不通的科学知识，特别是把古今那些成功的伟人从艰苦里挣扎奋闯的故事夸大的对他宣传，他听着这些话的时候，全部的精神都彻底的集中了，眼里像做梦似的望着远处，坐在那里像用钉子钉住了一块木头似的动也不动。

　　他受了我宣传的影响，从这以后，用起功来加倍的积极，可惜，他的用功不得法，他不懂得学习的经济性，也没有系统，在这方面，我尽可能的帮他忙，我认为他是一个可造就的人才。

　　"地球是怎样的转呢？"

　　"为什么要下雨呢？"

　　"下雪是怎么回事呢？"

　　这类问题他都能回答。

　　他进步的很快，不久以后初步的战术原则理解了不少，这时候，我忽然转了职，从这以后永远没有看见他。

　　一年以后，我听说他在战斗失利的山林被敌人虏去了，他在敌人面前，毫不畏惧，骂他们，往他们脸上吐唾沫，用脚踢他们……

　　敌人生了气，用绳子把他绑起来，他还是像钢铁一样的强硬，一丝一毫也没有在眉目间流露出畏惧的气色，胡子很佩服他的勇敢，打算收留他，他不干，于是把枪对准了他的脑门，对他说：

　　"那么，毙了你！"

　　他声色不动，憎恨的说道：

　　"要毙就赶快，不必说废话！"

　　后来他的结果，没有人知道，跑回来的人只说，胡子威吓他，他还不屈服，胡子头很中意他，把他领走了，又有人说，他是牺牲了！——说法是不一样的。这个，我们可以不必追究，活也好，死也没有关系，因为军人是决不能把死当一桩什么大了不得的。我们认为这是一个聪明的，有志气的，可爱的，有希望的青年，他服务的热心，孜孜不倦的用功，为人的亲切和蔼和义气，百折不回的勇敢，实在值得佩服，值得学习。

（一九三八年三月二日）

劫

这故事是发生在一千九百三十七年冬天，地点是河北省一个寂寞的乡间。

是个黑漆漆的夜，空中没有一颗星，这世界是陷入"黑魔"手里了。

土城里的街道，房屋，树，草堆，木桥，都静静的睡在黑影里，睡在窝里的鸡，连翻身时翅膀相擦的声音都可以听得出，寒风藏在墙洞里休息着。

突然，一声狗吠，刺破了寂静，这吠声是来自河西沿，在那山神庙后身，狗立在松树底下大叫，它这叫声传染了所有的狗，村庄各处，起了一片恐惧的警报的噪声。

藏在墙洞里的寒风受了惊，它急忙爬起，把枯枝当作箫笛，呜呜的吹，有一道亮光在河边一闪，像电光一样，王程家后院的草堆里有骚动的声音，好像有狗在草堆里打架似的，在河北沿的菜园里有一群狗像追什么似的奔跑着，嗥叫着。

杂乱的群狗的蹄声，人的慌慌张张奔跑的脚步声，从墙头有什么跳在地下的沉重的响声：

这是出了什么乱子呢？莫非是群狼袭进了村庄吗？还是什么地方起了火灾？

砰！砰！砰！砰！砰！……

这是枪声，尖锐的，像怪物似的叫着，刘伯伯急急忙忙在黑暗里穿上衣服，凭着经验，他知道这是出了什么事，他越焦急，手脚越不灵，他忘记了袜子放在什么地方，东摸西摸，碰到了洋灯，他跳起来，一面扣衣纽，一面用脚摸索着，但是摸索不着他的袜子，他移动枕头才想起袜子是压在枕头下！赶紧抓过来套在脚上。这时候，他的老伴已经穿好了衣服，因为害怕，哆嗦成一团蹲在墙角里，两个儿媳妇都推开门进来，像枯叶在寒风中战兢着。

"爸爸，怎么办？"

刘伯伯已经下了地，他悄声用力的喊着：

"你快……快去后院，爬进草堆里，如果能上房就上房……"

他把老婆拖起来：

"你还在这里做什么呢？喂！三儿怎么没有起来？……"

他扶着老婆走到后院，把老婆领到扶梯跟前：

"你敢不敢上去？"

老婆子焦急了，奋不顾身的爬上扶梯，很快的爬到屋顶，在遮墙的狭道里藏起来。

刘伯伯把老婆安排好，又忙着安排两个儿媳妇。

"你们俩敢不敢上去呀？"

"爸爸！我上不去……"

"我可不敢上……"

"那么，在草堆里，快进去！"

刘伯伯因为焦急和恐惧已经忘了冷，他把昏睡的三儿拖起来，告诉他怎样防御，爷俩从柜底下把藏在砖地里的木箱搬出，点了一枝火柴，照照那箱子里，急忙拿出手枪，把子弹尽量的装在袋里，然后把木箱放好在原处，赶紧爬上房顶。

狗咬得更凶猛了，村庄各处全都狗咬，许多狗连成一群，往东跑去咬一阵，又往西跑去咬一阵，杂乱的蹄声有如怒雨敲窗一般。

刘伯伯蹲在房顶上，藏在遮墙后面，他想极力的，用眼睛刺破了黑暗，看出一个究竟来，但是人的眼睛总刺不穿这黑暗，他摸索着把子弹在兜里整顿妥当。

东院门前的草堆哗啦啦响，有个黑影出现在草堆上面，他是在展望院子里的形势。

刘伯伯咳嗽一声。

那黑影急忙缩下去，刘伯伯对准了那黑影缩下的地方打了一枪，但是毫无动静，仿佛死了似的。

狗的吠声一刻比一刻猛烈，各处是狗蹄乱踏的动静，什么地方有石头敲在大门上的声音，卟咚！卟咚！卟咚！还有铁的清楚的响声，夹杂着骡的噪声。

西屋的街门也响起来了，刘伯伯慌了神，他对准那地方一连打了五枪，但是一点不发生什么效力，那大门终于被推开，有七八个黑影一窝蜂的闯进去。

"快拿出来！"粗暴的吼声：

"你们翻吧！什么地方也没有钱！几件衣裳也不值钱！"

翻箱倒箧的声音，门窗被踢开的声音，瓶子跌碎在地下的声音……

"大爷呀！饶我吧！我家什么也没有啊！"

棍子打在肉体上沉闷的响声，王婶呼喊着，央求着，哭着，孩子拼命的叫。

刘伯伯莫名其妙的想着：

"为什么大家都不开枪呢？莫非说……"

谁在房底下喊他：

"刘伯伯。"

他一听是东屋同良。

"什么？……"他悄声用力的问：

"他们人数不少呀！"

"那么……"刘伯伯这才知道大家为什么不放枪的道理了，他想了一想："同良，锣不是在你们家里么？"

"你要做什么？"

"你快去拿给我。"

河西沿有一群狗跟定了什么东西拼命的叫，那是一群人的黑影，他们像要渡河，把手电筒照在水里，但是他们踌躇着，似乎不知道那水深不敢轻易下水，在岸边打着转，狗就跟定了拼命的咬。

王婶哭着，孩子也哭着，翻箱倒箧的声音还在接续，威吓的声音，东西摔碎的声音……

刘伯伯悄声嘱咐三儿：

"你在这守住。"

他急急忙忙爬下房去，手提着铜锣走出后门，他踹着黑暗的道路用力敲起锣来。

"当啷当啷……当啷啷……"

这声音在村落的各处都有响亮的回声。

锣声一停，他就用大声呐喊：

"嗳……人都来了么？"

他又改变了嗓门答应着：

"全到了！"

"那么，"他大声喊着下命令，"快到西头去三十个人！把机关枪架在要路口……他们如果往东走，你们就往东追着打！东头也去三十个人，在那地方堵住，不准放他们走！快去！快去！小声走！……"

他急急忙忙奔跑到北河沿，用力的敲着锣。

砰！砰！

有两声枪响，他急忙倒卧了身子，大声喊道：

"老冯！老冯！快把机关枪架在这里，你们看西河沿那些黑影都是，快来！"

河西沿的一群黑影，好像惊弓之鸟，都急急忙忙往南奔跑，群狗跟定了那些家伙狂叫。

刘伯伯拿出手枪，对准了哪狗叫的方向打了两枪，他这一计也成了功。

他跑回家去，爬上屋顶。

三儿欢喜的告诉他：

"好像都吓跑了！"

"西屋怎么样？"

"你一喊他们就跑了！"

刘伯伯快活的跑到西屋，王婶坐在炕边，满脸泪水，抱着孩子，伊的丈夫已经回来了，沮丧的垂着脸，地下扔着乱七八糟的东西。

"拿去了什么东西么？"

王婶苦恼的说：

"家里有十块钱，我装在鞋里，他们把我的鞋打掉了，可是他们没有看见钱，把他爸爸的棉袄拿去了。"

临近的几声枪响把刘伯伯提醒了，他一听，有人打他家的大门，他急忙爬上墙头，跳进后院，又爬上了房顶。

大门咚咚的响着。

刘伯伯心里一急，又生出一个计策，喊道：

"别开枪！别开枪！喂！老六，你们——六个人快下去，在街上，在道口堵住，三儿，你和景池哥在房上，等他们进来再开枪……"

他虽然这样说，却一连打了五六枪。并且推推三儿，三儿领会他的意思，也打了五六枪。

他假装生气的吼道：

"先别放枪！"

三儿满不在乎的说：

"怕什么？有的是子弹！"

其实他兜里只剩下两粒。

打门的声音忽然停止了，好像狼遇见了虎样，都调转了头，拖着尾巴逃跑。

河西沿已经没有吠声，所有的狗集成了一个大队往村北追去，那一片狂吠，把房屋都震动了。

很显然的，绿林英雄们已经离了村庄，他们抱着很大的希望跑来，又抱着很大的失望回去了。

刘伯伯把老妻扶下去，又把两个儿媳妇叫出来，这两个可怜的女人已经吓破了胆，还瑟瑟缩缩的哆嗦着。

他知道事情完结了，但是还不敢开放大门，他从后门出去，在村庄里走了一圈，考察了一下损失。

张四家损失一匹骡，两包衣服。

李财家被牵去了一匹马，一匹骡。

顺启爷新近取到的一百元利钱，一个不剩全被拿去倒是小事，顺启爷被打个半死不活却实在很惨，虽然他的为人很不好，对待穷人尤其苛毒，但是看了他半死不活的躺在床上，满脸是伤，动也不动，屋子里所有的贵重东西全被毁坏，弄得七零八落，连门窗都打碎推翻，这遭难的情景也很可怜！

（一九三九年夏于北京）

老 人

有一个理解力深刻的朋友这样和我说：

"你——简直是一个老——年——人。"

他把"老年人"三个字说得非常用力，好像老牛拖着铁犁深深的在我脑里耕下一样。

过后，我对着镜子仔细照了一下，使我非常的吃惊，我真不相信镜子里的人就是我，我以为镜子有毛病，但是镜子并没有毛病，我确是老了！

在暮色苍茫的黄昏，在寂静如死的池边，当乡下全从城里回去，什么声音也听不见的时候，我坐在离市街远远的树木下，像夜里的鸟一样的不动，犹如石头一般，看着面前的池水，想着：

头几年那种活泼泼的，像孩子似的性情，现在为什么失去了呢？

就拿游戏一项来说吧，从前，我决没有耐性袖着两手立在运动场上看着别人踢球扔球，不管那些正在跑着跳着的青年是不是熟人，我总是脱下衣裤参加进去干一阵。

倒退三年，我的骨头是软弱的，软弱到了极点。

此刻我还清清楚楚的记得，有一年，我住在一个荒凉的村庄，八里多路的地方有个火车站，在秋后的傍晚，在虫声显着特别凄凉的野地，我像个傻子一样顺着疏落的林边散着步，一听到火车悠长的鸣声，再回顾林中沙沙的落叶的声音，好像有刀刺进我的胸膛，说出有多么悲痛和伤感，本来是孤独的一身，无家可归，没有亲友，得不到一丝一毫的什么安慰，寂寞的时候只有叹息，苦闷的时候只有悲哀，虽然是个男子，而柔弱的心肠，比谁都要寡断。时常在日落之后，或在夜晚，伴着凉风，或守着孤灯，伤心失意的哭着。

还有，我不断的追求物质的小小的享乐，因为得不到满足就归罪于环境的恶劣，埋怨周围的物和人。

我不知道科学的殿堂是不是闭着眼睛可以随便敲开的。

当然，我更不知道我一身所努力的是什么。

人们追求的是"忘却"么？我可不知道我追求的是不是忘却。

总而言之，我现在实在不是从前的那一个我了。

这一个我当然并不比小学那一个我更聪明，更有价值，相反的，是一天比一天更卑下，堕落，荒唐，像废物一样渐渐的朽坏了，什么梦，什么希望，全都像肥皂泡一般的粉碎，消灭了……

像火似的焕然的感情也渐渐的变成灰烬了。

没有一件事情能够有力量打动我这颗死灭的心，女性么？那在过去的若干年代是烧坏过我的灵魂的，我所得到的报酬除了眼圈发青，肌肉瘦损之外，再也记不起有别的什么。

我是理智的冰块么？不是，因为我没有智慧也决不会有资格来担当这个动听的名词，我想世界上大概没有一个人敢说他混身上下全是理智，当野兽的冲动振作起来的时候，多多少少也要发挥一些的吧，我是很矛盾的。

一个老年人的心，孩童是决不会理解的，就是我，在我还没有像现在这样的苍老以前，我以为那些所有的老年全是蠢才，他们那种无论见谁都是相仿的心理，没有大差别的举动，看起来确实像笨货，然而现在我脱出青年人的普遍的骄傲的壳，走进老年的领域，这才明白老年人的心了。

我不会欢喜你的微笑，也不见得会同情你的哀哭，你知道么，人不是先立定合同，写好流水老账，然后才降生到世间来的。

没有你我，这个高寿的宇宙大概也不至于关门。

我也不管你说我好坏，我应该告诉你，我是抱定了一种在你认为是悲观主义的，就是说：

"我已经老了，不会久存在地球上了，棺材已经在那里等着我进去——我也愿意快点儿进去。

"你可明白了？这就是我这样老人愚蠢的志气！

"然而在未进棺材以前，我还要做一点儿事，虽然我是老了，没有什么大发展了，可是我要做一点儿事……"

这是一个很有知识的人对我说的话，因为他待我很好，所以我就写下来留做纪念。

（一九三七年九月六日）

磨　炼

——军阀时代的故事

　　饭厅里有一种潮湿的，和饭菜的剩余的坏气味，筷子碗全放在靠墙的破桌上，从墙上堆下来的泥块落在饭碗里，开饭之前我们必须弄水来洗刷，这种收拾饭菜的勤务，大家轮流着干，两星期轮一回。

　　我们三个人，忙忙碌碌的刷着碗，别队的同学都把筷碗摆在桌上了。

　　周成大不耐烦的蹲在水桶旁边，把碗当石头似的用力的摔来摔去，他的裤子挽在肘节上面，生气的皱着眉头：

　　"真倒霉……"

　　王衡把筷子扔在桌上，拍拍湿手，用手背擦擦下巴，对周成说：

　　"赶紧的吧！"

　　别队的同学都摆好了筷碗，拿着盛饭菜的生锈的大铁桶往厨房跑去。

　　"我们快去吧，让周成摆碗。"

　　厨房里，人很多，别队的同学全都齐了，他们提着桶子排成一列横队，拥挤着，埋怨着，铁桶叮当的响。

　　伙夫含着烟卷，把两只清瘦细长的手插在肚皮上，拔出来拍拍屁股，瞥了大家一眼。

　　王衡大声喊："都来了，快点儿吧！"

　　巨大的，沉重的锅盖一掀开，屋子里马上弥漫了深厚的热气。伙夫的上半身看不见了，他弯着腰，用力的绞着粟米干饭，大的锅铲像铁锨一样，他的动作很敏捷，把饭扔到半空，不会散出在锅外面，像骡似的叫喊：

　　"来吧，一个跟一个，不准抢前！"

　　王衡和我来迟了，最后才领到，饭是双份，菜也是双份，我们要求伙夫多给加两勺菜汤，他不肯。

　　"够了，够了……"

　　锅里还有菜汤，他决不肯用力的把肉翻在上面，好东西全留着他们自己吃。

王衡生气的威胁他：

"这些——是呀！留着做什么？"

无论你拿出怎样的势派，伙夫是有经验的，他一点儿不在乎，决不怕你分毫：

"去，要捣乱，我去报告！"

这个伙夫，他把肉偷出去卖钱，也偷米，有时候偷馒头，就是剩下五百，他也不留下来第二顿吃，不知处置到什么地方去了。有一个值星官调查出他的毛病——虽然考究出他的毛病，却没有惩罚他，有人说，别看他是伙夫，地位很低微，他的门子可很硬。

我们没有多得到一勺菜汤，王衡狠狠的咒骂着出了厨房，先在每一个碗里盛饭乃是我们分配的顺序，正在忙碌着的时候，一个别队的同学偷偷的从我们菜桶里盛走一碗菜，周成发现他这一手，急忙跳过去抓住他：

"哈！张训岭，你干什么？"

"怎么的……"张训岭打下他的手，瞪他一眼。

周成的手很快，他夺过菜碗，把菜倒在桶里，把碗扔在地下，张训岭打了周成一巴掌。

周成是个野蛮的家伙，他不能白吃亏，上去就是一拳，两个人揪在一起，拳打脚踢，把桌子碰倒了，桌上有两碗饭，滚掉地下，打碎一个碗。他俩死死的抓住谁也不放，周成想踢，张训岭总是闪开他的攻势，想抓住他的后衣领把他摔倒。

别人都担心的看光景，有的下警告：

"喂，上外面去！饭碗，嗳嗳……滚吧！"

有人鼓励着：

"干！干！"

王衡过去把他俩拖开了。

"怎么……要惹祸呀？"

他俩咒骂着分开了，还摩拳擦掌，不服气。

打碎的饭碗成问题了，争论半天，大家的意见是打架的两只野兽包赔，周成不承认，他说罪过不在他身上。

开饭号吹起来了。

同学排着队，拥挤的进来，他们的眼睛狡猾的搜索着，看哪一碗菜丰满，便占领那个位置，原始的贪求欲很显然的表现在他们的嘴脸上，大家都熟悉，都了解，谦虚或推让只有在比较温和一点儿的地方。在这里，在这些十足的兽性的群中，慈悲或亲切是没有用处的，谁讲老诚，谁是呆子。

筷碗一齐响起来，谈话全中止，因为吞得太多和焦急，发出疲乏和粗声的气喘。

吃饱肚子，洗完筷碗，我们有一小时的快活的休息时间。

到一点钟，我们站队，班长预先告诉我们：

"今天下午搬砖头！"

他的眼睛细小，眼皮太厚，鼻子和下巴的距离太远，他的脖子有点儿弯，好像打歪了似的。他领我们到宿舍南边，别的队伍也往那个方向去，我们的班长两手摇动着，他一边走一边讲话：

"做工比出教练好。"

周成发表他的意见。

"得看是什么工。"

班长是个会耍弄嘴子的家伙，完全因为这张嘴，他之所以当了班长。我们的队长说他是聪明人，其实他是个滑头，不诚实，欢喜拍马屁，偏见太深，吹牛，笨。

他回头望望周成：

"什么工也比出教练强。"

周成皱皱眼眉，好像厌恶蛆虫一样。

厕所倒坍了，因为是泥墙。有几只空洞的废屋，没有屋顶，把四面的墙壁拆倒，用这砖，铺修厕所。

班长把我们分成三股，分开工作，两班工作，一班休息。

轮到我们休息的时节，周成领我到房后去。

在一棵槐树底下有一个枯井，有两丈来深，里面没有水，填满了沙石，树叶和别的废物。

周成指指这井，拍拍我的肩膀悄悄的说：

"你好好看，那里边有什么没有？"

他的面孔表现出恐惧的气色，但是我看不出什么来，他指示给我：

"你细细看，在那一堆树枝底下是不是骨头？"

我聚精会神的看了半天，看出那树枝底下有像骨头的东西，他又拍拍我的肩膀悄悄的说：

"你再看看那井边，好像是，从土里露出的绳头是不？"

不错，是绳头。

立刻，像有一桶凉水从我头上浇下来似的，浑身打了一下寒颤，我急忙退后几步，怕失足掉下去。再观察一下周围，这一带本是废墟，石堆，土坑，倒坍的小屋的遗址——高高的草丛，把它们埋在下面，此刻显着格外阴森，荒凉。

周成深思的看着地下：

"我看了许多回，我总觉那里面有尸身，这也许是……"

他告诉我，十年前，这地址是很光辉的，住着些漂亮人，说不定那井里有点儿什么说道。

我们回到休息的地点，大家言论着这件事，很快的传开了，好奇的人都跑去看，值星官去看回来，深信不疑的发表他的怀想：

"那井里一定有死尸。"

大家都欢喜刨掘一下。

胆大的报志愿，于是，值星官高了兴，命令几个做工的人担任这职务，其余的仍旧照常搬砖头修补厕所。

半点钟之后就证实了。

骨头是确实有的，绳子也有，可是那是猪骨头，只有两块，绳头还不满一尺长。

大家很失望，没有刨出人的骷髅，这是应该抱歉的。

班长冷冷的吐口唾沫：

"纯粹是造谣！"

他不满意周成，说是造谣言的人是没有德性的，他叫我们一趟搬十二块砖，这太不方便，也太重，周成少搬了一块，他过去叫立定：

"我数数……"

他拿过一块砖头给周成加上，周成两手一松，砖全落了地，有一些跌碎了。

"你，——怎么的？"

周成眨眨眼睛：

"我搬不动！"

班长的小眼睛越发的细小了：

"胡说八道，你——"

周成搓搓两手，看着地下的碎砖，他这是故意的，打算侮辱班长，谁也看得出。

"我，真的，搬不动十二块。"

班长把两手背在身后，粗声的喊：

"你能搬动多少？"

"我就能搬动十一块，这是勉勉强强的，再多一块也搬不动了！"

把班长活活的难为住，他不声不响的看着周成那一副顽强的面孔，他那坚强不屈的暴烈的性子，完全表现在勇敢的眼光里，像一只野兽一样。

"那么，你不用搬砖了，来吧！"

周成满不在意的，大摇大摆的随着他去。

班长分配活计给他，叫他打扫厕所里的脏地方。

我们搬了两个钟头，胳臂和腰酸麻了，厕所的墙还没有修补完。

值星官叫我们回去。

大家都快活得像被解放的囚人一般。

周成往宿舍走的时节，对大家说：

"真臭！这臭味儿我一辈子忘不掉！"

我们同情他，倾向他，和他的灵魂走一条道路。

只有到晚上，当我们躺在床上的时候，才感到生活是美丽的，因为没有比睡觉更使我们高兴的事情了。在这世界上，如果能够安安静静的睡觉，我们便满足了，此外什么也不希求。

这一天就这么结束。

大家都合上眼睛。

疲乏的鼾声，夜……

（一九三九年十二月十二日于灯下）

利　钱

发饷的日子，老赵比过年都高兴，他衣袋里结结实实的散着从经理股领到的饷包，那饷包是封筒做的，写着他的名字和钱数。下班回家，他赶紧把贵重的饷包掏出来放在妻子伸出来的手心里，快活的用力的小声说：

"这回可凑够了！"

女人的眼睛里奇异的放着光，有点儿不相信似的望着丈夫：

"你这是多少？"

"你不好数数啊？"

她小心翼翼的把信封里的钱轻轻的倒在桌上，好像封筒是珍奇的鸟，怕飞了似的，还用一只手谨慎的挡着。

她查那些票子是很出力的，而且很不容易，一共数了四回，这才弄明白，因为那全是单元，还有几个单角和零分把她弄昏了头。

"零数不算，是三十五元，对吧？"

"这不就够了么？"

"怎么够……"

"真是个傻子，一百六十五元加三十五元不是二百元么？"

"还少十块。"

"怎么少十块？"

"再有四十五元才够二百元，我算计好几回了……"

"你那不是一百六十五元么？"

"是啊！"

"一百六十五元加三十五元不是二百元是多少？"

老赵生气的摇动着身体，指手画脚，好像要打仗似的。

她既欢喜，又忧愁，并且非常的悔恨，为什么从小连一天书也没有读，连个钱数都弄不准，两只眼睛望着丈夫，默默之中表示出歉愧的意思。

丈夫这样的指导她：

"你把那些——拿出来，放在一块数一数……"

商量到半夜，总没有商量好，老赵的意思是，一年多省吃俭用积的这些钱，放在家里，无论放到多少也不会变，如果放出去，照三分利息，一个月就是四块，一年就是四十八块，像这样，钱滚利，利滚钱，越滚越多，会理财的人都这样办，没有把钱归放在家里的。

"当然，我也明白，没有可靠的主可不成啊！"

老赵很热心的告诉她：

"刘掌柜和我说过不少回，他想用几个钱，利钱多少都没有关系，借给他就行。"

妻子挂心的问：

"他那个小饭馆——值么？"

"得了，你明白什么，人家那些铺底儿也值千八百的，何况……"

这件事很热心的讨论到这里就结束了。老赵又想那放钱的地点似乎有点不妥当，于是赶紧从温暖的被窝里爬出来，打开绿花的布提包，把那纸口袋从最下层翻出来：

"这个……放在这里不大好……"

妻子也急急忙忙的爬起来了：

"那么，你说放在什么地方？"

他左思右想足足想了半点多钟，又和妻子悄悄的商量了差不多两个钟头，结果是这样决定的，把票子全装在一只破袜子里，随便的往皮包里一扔，这么一来，谁也不相信一只破袜子里会有那么多的钱。

"这样挺好吧。"

妻子很欢喜的笑着，她的欢喜不是别的，是丈夫的聪明。

过了几天，和老赵可以说是老交情的饭馆刘掌柜拿一张保条来恭恭敬敬的呈给他。

"您看看怎么样？"

饭馆掌柜虽然是个小个子，可是嗓门却很响亮，面孔的全部像一张橘子皮，眼睛细小，嘴巴多肉，油腻的瓜皮帽扣在后脑海上。

老赵非常豪爽的把钱交给小个子。

"利钱这上面可没有写呀！"小个子解释着说："这上面不能写，多给你一分，三分钱利，到月头用不着你跑腿，我给你送六块钱，用你几个月，你用的时候说话，就这样吧！我太忙，不能多坐……"

到了月头，果然，六块利钱一个不少，送来了。

"怎么样？"老赵用教训的口气对女人说："你要是放在家里，谁给你这些利钱？房钱用不了，你看多好！"

两口子像儿童过年过节一样，说不出有多么欢喜，快乐的微笑，胜利的安慰，老赵手舞足蹈的跳了一阵，又热烈的拥抱妻子，亲她的嘴，摸她的屁股，又吹口笛，又在嗓门里高兴的唱歌，一翻身又跳到妻子跟前：

"我们好好的攒弄钱吧？"

"是的，能俭省就俭省，如果我们有五百块钱……"

"要是三分利，有五百元，一个月就进十五元！"

"一千元呢？"

"一个月就是三十元，差不多和我赚的一样多了，如果有一万块钱，我就是不干这份差事也没有关系。"

女人的眼珠特别的明亮，仿佛像现在真有了一千元似的。

阴历年的前一个月。

这天下着不算怎样大的雪，可是街上的积雪足有半尺多深了，西北风吹着电线，像无线电放送音乐一样，那是悲哀的曲子，愁苦的声调，和老赵的心绪很吻合。

他三步当两步的循着风雪，像怕赶不上火车似的急急的奔跑，跑到饭馆门口，抬头望一望——真的！别人并不是造谣，门口的幌子没有了，窗户的闸板关得密不通风，进去一看，屋里各处都很杂乱，果然是倒了。

他再留心一看那些伙计，全都是陌生的面孔，一个也不认识。

"刘掌柜呢？"

他问一个袖着两手的胖子。

"谁？"

照旧的端详那些桌子。

"刘掌柜！"他又重复的问：

胖子带答不理的瞥他一眼：

"刘掌柜——他，大概是早就不在这街上了。"

"上什么地方去啦？"

胖子落落寞寞的摇摇头。

"说——不——上……"

又去端详那些桌子。

老赵往前进了几步，贴近那胖子：

"那么，他这买卖呢？"

"兑出去了。"

"他怎不做了呢？"

"债慌太多呀！怎么往下做！……"

好像在无形中有一条铁棍在头上一击，如果这屋里没有别人，他简直愿意一头倒下去，两条腿渐渐的上倾，一直倾到脑瓜顶。

休息了一下，清醒清醒，问胖子：

"这些东西归谁？"

"当然，兑给谁归谁！"

"……"

他回家把这个倒霉的消息告诉了妻子。

那个女人，像中了瓦斯的毒一样，面色立刻惨白了！

（一九三七年十一月十六日于灯下）

包 公

——军阀时代的故事

虎庄是个离省城不远的小镇，杂货商和米店密密的摆在小街上，街上人总是很多的，进城的乡下人都从这里经过，一早一晚来人非常多，到夜晚小街很热闹，小饭馆的门大开，从里面传来饭菜的香。

那一年，我们的部队就驻在这镇上，营长是个性格勇敢而且正直豪爽的青年，肩膀宽宽的，拳头像铁锤一样，无论什么时候都挺着胸脯，这已经成了他的习惯，他的面相看去好像是个苛毒的人，但是他决不苛毒，凡是和他有点儿交情的人，没有不欢喜他，赞美他的，尤其是弟兄们都热烈的爱他，因为他爱弟兄有时超过爱自己。

营长为人是坚决的，他不肯向恶势力投降，对于比他阶级高的官长有不可调和的猛烈的感情，无理的压迫他或苟苟且且的和他通融，就是米粒大的事也办不到。

因之，他的绰号就普遍的传说起来了。

一提"包文正"连镇上的小贩也知道是指着他。但是，这个绰号决没有一丝一毫的轻蔑或嘲笑，乃是含着无上的崇拜和尊敬的意味儿。

大家时常在背地里议论包文正的举动行为。

一个马夫喝醉了酒，在马号里像个疯子似的唱军歌，歪戴着军帽，衣纽全散开，放荡不羁的，歪躺在草窝里，一匹瞎了一只左眼的白马正背向着他拴在柱子上，这马很响的放了几个屁，醉鬼生气的跳起来，恶狠狠的咒诅马的老辈。

"你这个坏蛋，祖上没有好德性，生下你这匹瞎马，嘿！你对老爷放屁？好！你等着。"

他拿起鞭子，悄悄的，抽了马屁股几下，他的鞭子很硬，马痛楚的跳起来，瞪着吃惊的眼睛好像非常冤枉，要哭起来似的。

正在这时候，包文正远远的站在马槽后面冷静的看着，一声不响，安安静静的走了。

第二天一早，包文正和值星官以及管理马号的头目都到马厩来了。

他先说明马夫的罪状，然后命令那马夫，规规矩矩的跪在挨了一场冤打的瞎马面前，从早晨跪到正午，起来以前给瞎马叩了三个头。

包文正有个怪脾气，不愿意理发，长到无法再长了，别人再三的劝他，他才肯到理发馆，理发师不大欢喜他，因为他不少给钱，只要是十分八分钟以内，越快赏钱越多。

理发师全熟悉他这个脾气，他一进屋，一句客气话也不说，他坐好，就动手干起来，理发师掌柜的手艺不坏，他无论做什么，总是放下，给包文正干这份差事，像动武似的叉着两腿，也不按顺序，剪子放在包文正的头上就迅速的推起来，急急忙忙，有如赶火车一样，一转眼就完事，扔下剪子，喘口粗气，快活的说：

"剪完了，营长！"

胡子是从来不刮一刮的，穿衣服一点儿不讲究，走路迈着大步，好像赛跑。

包文正是慷慨的。一点儿不吝啬，金钱对于他激不起多大兴味，然而他并不是富有的人。

认识他的人不用说，就连和他初次见面的人也可以求他帮助。

一个烤红薯卖的老年人缺少资本，在路上堵住他，求他想办法。

包文正对待穷人是不关门的，只要袋里有钱——如果没有，脱下身上的衣服拿去当也可以，他的眼光不会看错人，他能在每一个人的嘴脸上发现出一种符号，如果这符号是不得已的，真诚的，赤裸裸的，那么，他就十分豪爽。

"拿去！"

把袋里所有的钱尽数的掏出来——这本来是常事，已经算不上是奇事了。

他的东西都不值钱，你要么？拿去！

他的妻很不满意他，但是他的话是多的：

你说吧，嗳，你是爱我，还是爱那些"没有意义的东西"？

包文正有个缺点，这缺点是无法补救的。

他的嘴碎，无论什么事，不管人家愿意不，他非直直爽爽的明讲出来不可，所讲的，全是人家的坏处，当面明指出来，好像这么一来，别人也能和他一样，把错误改正过来。

房东老婆子和儿媳妇拌嘴，这也有他的份，也参加进去：

"你，老太太，我说的是公正话，不信你在睡不着觉的时候想一想：你的儿媳妇一点儿错处没有，你要知道，年轻人的心理是和老年人完全不一样的，一代有一代的思想，可惜你老太太的脑筋太顽固，决不会懂得这个，当婆婆的，应该宽宏大量，对待媳妇像对女儿那样的对她，决不会出错，这么不对呀，那么不对呀，……唉唉！我说……"

他的女人出来拖他，劝他少张嘴。

他挽起袖子来，好像上讲堂给弟兄讲话一样，指手画脚，瞪着眼睛，从东讲到西，从南讲到北，把人家家庭间的纷争，从头到尾，仔仔细细的分析，检讨，批评，最后下审判。

在部下面前，他是从来没有端过架子的，比他阶级小的人，即使是理由不充分，和他辩论几句，这没有什么，他欢喜这样。

然而如果阶级高于他的人，那情形就不同，无论什么时候，他总有充分的十足的理由和证据。他的智力就可以把那些酒囊饭桶压倒，在他的眉目之间，流露着学问气，这东西有很大的力量，不学无术的干部最怕这东西，有如胆怯的老鼠惧怕灵敏的猫一样。

包文正的年纪快到三十了，但是他还有一种孩子气，时常和狗谈起话来：

"你这个家伙，除了咬，不会做别的，我不欢喜你！"

他有一个好朋友，是补鞋匠，每天坐在小街上，在粮店的旁边，身前身后静静的躺着许多破鞋，老老实实的等着他缝补，他的面孔是厚厚的泥土，胡子散乱，两只小眼睛不愿见人似的缩在深窝里，两手一天到晚不停的灵敏的活动着。

包文正和这个人有很深的友谊，时常坐在补鞋匠跟前，好久的谈着亲密的话，粮店伙计送茶给他们喝。

我们的部队往前方开的时节，包文正有病刚好，他把马匹给一个年老的号兵骑，他和部队在一起步行。

　　走到宿营地，他决不像那些摆架子装神气的饭桶们那样，找好的房间住，好的东西吃，他和弟兄是不分家的。

　　我们住在一个破落的小学校里，走了一天，都乏了，弟兄们全都疲乏得四分五裂似的，横倒竖卧，在污秽的教室里，在砖地上铺着干草睡觉，他和一个衣衫不整的穷教师谈上了，谈得情投意恰，后来那穷教师打开职员室门，把风琴抬出来。包文正挽起袖子就按风琴，同时张大了嘴唱歌，他的声音是天生的，很洪亮，他唱歌的时节，紧皱着眉头，好像很吃苦似的，颤动着嗓门，把声音喊得高高的，有如从高高的山顶上降下的瀑布，直落到深谷之间，发出愤怒的柔和的惊人的声音，这声音里有难以尽说的打动人的力量。

　　到了前方，我们的部队还是密集着。

　　小的冲突和零星的战斗已经在各处发生，敌军的主力已经到齐，他们时时往这面扔炮弹。

　　我们占领的阵地是在高处，射击的目标是敌军的左侧，前方有浓密的树木遮住我们的炮兵阵地，紧接着我们右翼是两个机关枪连，他们的位置是十分重要的，掩护他们也是我们的任务之一。

　　我们蹲在壕沟里等着时机。

　　包文正和我们在一起，他没有疲劳，也没有厌倦，永远是快乐的，他的灵魂好像天生就是如此。

　　他经过许多战争，知道他的履历的人都说他有一种战争的狂热，他最欢喜炮火的吼声和机关枪的叫声，危险是他不大在乎的。

　　从前，他当连长的时节，勇敢的名声就很大，部队前进，他不肯落后，他欢喜远远的跑到前面。

　　炮火是他的老朋友了，他把战斗看作是游戏一样，我们在壕沟里蹲了两天两宿，到晚上冷得要命，大家挤在一起，像小鸡似的肩靠着肩不安的昏睡，一到天亮，包文正第一个跳起，他这里走走，那里走走，微笑着，没有疲劳，好像在公园里散步一样。

第三天正午，我们的阵地发生动摇了。

那炮弹紧接着，不停的在我们前面后面炸裂，真讨厌！

我们死死的守着阵地，包文正跳来跳去的指挥，他跑到前面突出的一个坟丘上展望，一个炮弹在他右边轰炸，但是他连看一眼都没有，又一个炮弹在他身后炸裂，泥土崩开，烟雾像圆柱似的向半空冲起，烟雾一散，我们看见他还立在那里自若的展望前方。

一连几个在我们前面炸开了，包文正看景况不好，他立在那里人家已经看见，他急忙往回走，一个炮弹在他前面炸开，泥土和浓烟遮住了我们的视线，等一切清醒之后，包文正不见了。

他受了伤，很重的伤。

包文正在后方医院里住了七天就故去了。

（一九三九年十二月十七日于灯下）

初出茅庐

宝贵的仆役的职位谋妥了。

我搬进喧噪的公司宿舍里住下。

这个宿舍，是一幢很大的，灰暗的，潮湿的，乌烟瘴气的砖房。门前是直通码头的大街，脏土，碎瓦，破瓶，乱罐，以及屎尿等等，在窗前堆了一大摊，这地方是饥饿的狗或苍蝇们的乐园。

在这条街上，一天到晚，不断的，有成百成千的铁轮大车在尘烟之中来往奔跑，还有成千成万的工人的海洋，如涨潮的波浪似的，滚来滚去。没有一时，这街上是雅静无声的，宿舍的左右全是工厂，机械的交响乐，一刻也不间断，成群成伙的女工连说带笑，从我们窗前经过，这种时候，我的同事大哥们便争先恐后的把脖子伸长了往外端详，并且对那些活泼的女工呼喊，说些下流话。

我居住的一间屋子里，一共十六个人。书记，送信差，跑街的，洋车夫，仆役，这些人，都是举动粗野，言语蛮横，而脑筋简单，心肠很不错的人。在全宿舍里，要算我的年龄最小，我有点惧怕，像小鸟置身于群鹰中间一样。

我的铺位紧靠着送信差，他是个说话嗓门尖锐，面孔像老毛猴的人，年纪三十开外了，他指示我：

"老弟，你把行李放开吧，要不然，别人会把你的地方占去！"

我服从了他的话，把单薄的行李打开，模仿着别人的安置法，把褥子和被整理好，可是，我的褥子太小，放好之后，我又卷起来。

我的第一个指导人奇怪了，他挤挤豆粒似的眼球问我：

"喂！你把行李卷起来做什么呀！"

我不能对他坦白的讲出我的理由，我没有豪爽的讲话的勇气。

他不满意我，很严肃的对我说：

"我说，老弟，你还是把行李放开的好。"

我这样想：为什么非放开不可呢？我把行李卷一个筒靠墙放着，别人不至于把这行李搬出去扔在街上吧，我坚持着不放开。

送信差立刻给我下了一个评语：

"嘿，这位老弟，性子真固执！"

他说这句话的时候，还嘲笑的对着别人皱皱鼻子，我很难受，觉得寂寞，他的冷言语像针似的刺痛了我的耳朵，他的皱鼻子，好像抓一把臭屎抹在我脸上一样。

我恨这个人，把他看做不共戴天的仇敌。

但是他的脾气也很硬，我不愿意把行李放开，他偏叫我放开，他讥刺的对我微笑：

"老弟，你怎不听大哥的话呢？我说的不是好话么？"

我忽然想起，离家时母亲嘱咐我的话了："人家怎么说，你就怎么做，别老是脾气直直的……"

我屈服了，然而我很不高兴的把行李放开，我坐在行李上捧着脸发愁，送信差把我征服之后，觉着得意，他拍拍我的肩头笑着问我：

"老弟，你想家么？"

我，闭着嘴摇摇头。

他教训我：

"刚从家里出来，免不了想家，住些日子，人都熟了，自然就不会想家了，不单不想家，还要把家忘了呢！"

我，也许会忘了家，可是我不信他的经验话，我决不会忘了家，我怎么会忘记那间孤独的草屋？父亲母亲都爱我，姐姐妹妹也爱我，弟弟更爱我，他们舍不得离开我，我也舍不得离开他们。还有，那房后的杏树，门前的樱桃，园里的蔬菜，庭院中姐姐培栽的鲜花，在各处摇摇摆摆的两只母鸡……我想起这些，啊！我把脸紧紧的埋在手心里……

可是，我并不是哭，我不是轻易会流泪的人，我羞愧我的行李，因为和别人一比，太渺小了。他们一定要讥笑我，轻蔑我吧？我还发愁一件事，我没有洗脸盆和胰子，也没有牙刷牙粉，牙缸，没有手巾。

在饭桌上，他们吃饭，并不谦让，一点不讲客气，拿起筷子就干，这使我吃了苦，我连半个馒头还没有吃完，他们已经吃完三个或四个了。

一个饭桌，周围坐了十七八个人，我要夹菜，必须站起来，用力的伸着胳臂，这样还觉得艰难，一个书记，看我为了难，同情的帮助我，他大大的夹了一筷子炒豆芽，放在我的馒头上，我很感激他，可是别人都笑起来了，我觉得脸发烧，很不好意思，当我觉悟这个书记的帮助我实质上乃是开玩笑以后，我真想抓起饭碗把他的脑袋打破！

晚上，我愁苦的躺在一点不温暖的被窝里，计划着买洗脸盆的事。

我的左邻，是个红鼻子洋车夫，他坐在我脑袋旁边，问长道短为他自己解闷。

"老弟，你今年多大？"

"十三。"

"家里有什么人？"

"父亲母亲……"

"还有？"

"还有姐姐，妹妹，弟弟。"

"姐姐多大？"

我用被把脸盖住：

"我不知道。"

他咯咯的大笑，对别人讲他的大发现：

"这个小老弟真有意思！"

他忽然拍拍手，打开我紧盖在脸上的被头，正正经经的问我：

"老弟，你睡的太早了，你要是冷，就和我在一个被窝里睡吧？"

坐在右面吸着烟卷的送信差，直到此刻总是笑，这时他忍不住不张嘴似的警告我：

"嗳！老弟，你不要理他……"

说实在话，这个红鼻头，我真怕他。

我睡熟之后又惊醒了！

同事大哥们半夜回来，也不管别人睡不睡觉，噪着嗓子大说大笑，他们讲那些不三不四的下流话。

一个最欢喜开玩笑的人，他的绰号是狗熊，他很有自信的告诉我：

"哥哥这样对你是很好的，天长日久，你就会变聪明，无论谁和你闹，你也不怯阵。"

我狠狠的踢他一下屁股，赶紧逃跑了。

他张牙舞爪的飞跑着追我，红鼻头救了我，在门口把狗熊拦住。

他俩干起来了。

那种干法，当时我以为是打架，原来是开玩笑。

你一拳，我一脚，拼命的争打，他俩扭打成一团，笑着，骂着，疲乏的喘着气，像一对螳螂似的滚倒在地下。

这种机会，我不能失掉，我悄悄的跑过去，用力踢狗熊的屁股，不等他俩爬起来，我逃之大吉了。

一个在码头监视运搬粮食的中年人，也是我的同事大哥之一，他有五十岁了，胡子还刮得干干净净的，他做了我的老师，一有闲空，他就对我讲说他满肚子的人情世故：

"老弟，人情世故，你一点也没有，不懂'人情'等于冬天不穿衣服，会冻死的，哦！你才十三岁，可是比较起来，你很有天才，好好学着，会学成一把好手！"

他不满意我的性子：

"你的脾气不好，不可以太直率，你太强硬了，所以人家和你闹起来就没有头，你得看事做事，到了'节骨眼儿'就得告饶，这样，你决不会弄恼了，他们也不会勉强和你闹下去，你一不服，人家就给你苦吃。"

我老老实实的坐在凳上，安安静静的垂着双腿，聚精会神的听他种种对我有益的训导。

"你得练习口才。"他这样指示我。

"什么口才？"

他扬扬眉毛，吐一口痰在地下，用脚搓净，简单的讲解：

"你有话说不出，这能行么？你得把嘴练习熟，会说话。你得记住，不要拿话得罪人，这是一点好处也得不到的，嗳，恼在心里，笑在面上，吃点亏不算什么，吃亏上当就一回，你这次吃亏，下回遇事就不会吃亏了！"

这对于我，是很有价值的说教，可惜，我不怎样欢喜他，因为他的岁数太大，态度暮气沉沉的，所有的话，缺少兴趣，还不如狗熊那样连啃带咬的训练法使我发生兴趣。

比我大三岁两岁的小同事们，不知怎么，我不大欢喜接近他们，他们的"嫉妒"很可怕，我觉得欺压比嫉妒好受些，因为欺压可以反抗，而嫉妒却难以动手实行宣战，只能痛苦的忍受在肚里。

同事大哥们，吃饱了，喝足了，无事可做了，组织了一个足球队，时常和别的也是吃饱了，喝足了，无事可做的人们的足球队比赛。我十分有趣的，盲目的，追随在他们身后，热心的学习着，希望成为一个优秀的队员，他们嫌我体格小，不大理我。其实，我真是多余浪费了许多可惜的时间。

我的老师把我提醒了。

忙规劝我：

"你跟他们东跑西奔，能有什么好处呢？跑破了鞋，谁给你买？嗳！你得自己买，可是你没有钱，你为什么不去上夜学呢？"

他像木棍似的直板板的坐在凳上，睁着没有活气的眼皮，很为我忧愁似的看着我的破鞋：

"老弟，信我话，上夜学校读书去吧！"

他的年纪，和我父亲相仿，却称我老弟，这使我不大高兴。

所谓上夜学校的事，我也想过了，然而我拿不出"报名费"和学费，向他要，他决不会给我半个铜板，大家都说，他是个视财如命，非常吝啬的老头子，到了应该留胡子的年岁，还不留，大家常嘲笑他刮得光光的皱纹满面的尊容。

发饷的日子，同事大哥们是兴高采烈的，因为他们本来是为了这个而来出力工作，薪饷乃是他们所有的生命，全部的灵魂。只要能领到薪饷，他们也不问所干的事对于社会，国家，人类，有好处没有，他们根本不知道什么社会，国家，人类。地球的事，他们是从来不想的。

你如果说地球前进太快，对于人类的文化危险，他们便会主张叫地球往后倒转，他们觉得前进既然危险，后退一定安全，这便是他们深刻的理解力。地位高升，是他们唯一的信仰。

然而这些人，决不是坏人，没有希望的人。他们一生的错误，全由于缺少指导和愚蠢的结果，这种人世界上何止千万？

为了盼望自己的职位将来的高升起见，我进夜学校读书去了。

所学的是语文，学一个月，我生厌了。

我随着同事大哥们到各处逛。

像野草似的，我在乱草乱粪堆里渐渐的往上长，同事们在外边胡闹，回来时的夸耀和宣传，我也不奇怪了。

街上，大轮车的滚动的巨响，早已把我想家的心思消灭了，宿舍里，嗡嗡乱飞的苍蝇变成了我的友伴，我不讨厌他们，和欢喜自己的头发一样，还时常对着小镜子梳来梳去。

有一天，红鼻头做了坏事。

他问我：

"你不想家么？"

忽然，我想起家来了。

我请了假回家，宿舍里的喧噪声暂时和我隔开，街上的大轮车，工人的海，女工的群，全消失在我忘记的黑影里，我提着小包袱跳下了火车。

啊，我眼睛所见的，田，树木，河水，房屋，全变了形状，我离家的时候，树枝是枯的，现在是绿的了。

我顶着多见多闻，很觉得有知识的头，快活的进了家。

妹妹欢呼着飞出来：

"哎呀！哥哥回来了！"

她长高了不少。

（一九三六年四月五日夜）

坏　蛋

一千九百二十九年，我们住在青岛附近一个市镇。

和我们住在一条小街上的全是吃了早饭不知晚饭在什么地方的人。

如果大家比较一下，可以说要属父亲和我生活的本领高超了，因为我们屋里时常存着五六天吃不完的小米和苞米面，有时候，还买二斤切面吃。

隔壁的东屋住着在砖窑场做工的一家人。窑场一停工，他们就陷于窘境了，工人老哥面孔是瘦瘦的，颜色土黄的，端着肩头，走路小心翼翼的不敢出声，好像怕惊动了谁，他一来串门就说：

"还是木匠手艺好，什么手艺也赶不上木匠手艺。"

他清清喉咙，吹吹鼻子，轻轻的坐在板凳头，不妨碍我做活的地方。他的眼睛里钦慕的放着光。

"你好好学吧，学成了这行不愁没有饭吃。"

为了说明我的志愿，就把将来的希望告诉他：

"干木匠活，这是不得已，我要去投军官学校，当官。"

他不懂什么叫军官学校，他以为"当官"是八字注定的，他说这是一件难事。

我告诉他：

"只要把物理，化学，数学，这些圈套弄明白就可以考得上，那么，只须二年苦工，我就可以穿马靴，带着拍车，一走起来格呤格呤响……"

我放下手里的斧凿，大摇大摆的挺着胸脯在屋里走，仿佛我真的当上了军官，已经不是木匠学徒了。

父亲望了望我，往手里吐口唾沫，嘲笑的噘噘鼻子。

"唉！做大梦，快干吧！"

工人老哥和我有一样的脾气，欢喜幻想，空谈些没有边际的事情，我一谈这些，他就表现出同情的快乐的感情，忘记了他的晚饭还没有米下锅。他的三岁的丫头正噢噢噢的哭着喊饿，而他的妻，已经成了习惯，孩子就是哭死也不理。

这一天晚上，工人老哥不知因为什么被官家捉去了。

我们只听见几声严厉的训斥，他的妻呜呜的哭，门砰的一声被踢开，一阵杂乱的脚步，渐渐的远去，这以后便是沉闷和寂静了。

第二天一早，父亲在铁匠炉得到了正确的消息，说是他偷了砖窑厂的什么东西，已经偷了几回了。

大家都说他是一个坏蛋。

从这以后，差不多每天夜晚，在隔壁房里有悲伤的哭泣的声音，那可怜的女人，从丈夫离去，便领着孩子讨饭。她连一个筐篮都没有，用一个破包袱皮包着讨得的剩东西，这可怜的事件碎了她的心，她用眼泪洗涤她满腹的悲苦。

白天，房东三次五次来和她闹：

"房子不能白住，如果实在打不上房钱，那么快搬家，限三天期，快搬走！……"

这声音非常响亮，好像骡叫一样。

早晨起来，还没有洗脸，父亲为想急速把几口锅盖做成，挑到乡下去赶七月十五日庙会好卖，连衣服还没有穿好就动手干起来，一边催迫我：

"嗳，快洗脸，把锯搓一搓。"

正在这时候，东屋门口有一声大叫：

"啊呀！了不得啦……"

父亲扔下活计，皱着眉头出去。

"什么事？"

我也吃了一惊，那喊声真来得奇异。

不到五分钟，左右邻居都知道是出了什么事，街上集满了人，在东屋家门口，出来进去，都异样的睁着眼，有个老妇人，她是铁匠的母亲，站在人丛中大声说：

"唉！多可怜哪！"

谁在大声问：

"到分所去报告了么？"

有两个小孩子用手比量着他们所看见的事情。

工人的妻已经从梁上拿下，她的舌头还在外面，眼睛痛苦的紧闭着，鼻子像扭歪了似的，头发披散着，像一堆脏草，衣服扯碎了，她身旁堆着绳子，弯弯曲曲像蛇一样。她的孩子睡在她脚底下，两手压在肚子下面，头歪在一边，脖子还缠着绳子，只穿一只破鞋。

这一定是她弄死了孩子然后又上吊的，发现了这件事的工人的内侄，他到乡下来看他们，竟吃了这么一大惊，他还在发着抖，蹲在门口。他是个十五六岁的小子，面孔很脏，像饭后的菜碟一样。

房东出现了，他在人群中间跺着脚咒骂："真倒霉！"

过了许多日子，这件事情我们差不多是忘记了，因为我们自己为了"活命"每天很忙碌，早晨爬起来就干，毫不间断的，像一架机械似的，直到夜晚才停工，而一天的不顾命的劳动到这时已经筋疲力尽，连谈话的兴致也没有。我强打精神坐在油灯下读几页书，一面打着哈欠，眼泪细线似的流下湿了书页，好像哭了似的。

门已经关好，父亲借着灯光打开缠着的包布，他的左手食指挨了一斧子，差一点砍断，半个多月还没有好，每天工作都是忍着痛，他皱着眉头，嘴大大的咧开，手指抖擞着，轻轻的解布，布上沾着血迹。

"拍拍拍拍……"

谁敲门。

接着问道：

"木匠师傅睡去了么？"

我扔开书本在桌头上，跳起来去开门。

破帽头紧压在眼眉上，缩着两眉，胡须长长的，两眼深陷，在黑暗里像磷火似的放着星光，这个人我看了半天才看出是那可怜的工人老哥。

"嗳！是你呀！"我很吃惊的叫了一声。

但是父亲却没有吃惊，他很安静，好像早已知道他要来似的，让他坐下。

"今天出来的么？"

"嗯……前天。"

他把帽头往后推推，露出散乱的长发，面孔冰冷，气色青森得可怕。我在心里计算了一下，他从进去到现在，已经有三个月了，前天出来的，那么，他妻的事，早就知道……

父亲也不讲这事，同情的叹息着，安慰他，他默默的坐了一刻，把帽头往前推推，摸摸脖子，轻轻的立起来。

"怎么？……"父亲把手指的破布胡乱的缠好。

"走喽！以后来串门。"

他的身体左右摇摆着很快的在门口消失了。

妻的事他一点儿没有提，好像没有这回事似的，但是他那冰冷的面孔，和铁青色的下巴，分明显露出他的悲伤已经过了度，完全是凝固，冰结了。他的命运，我是同情的，我真为他担一半伤心。

现在，他已经没有妻和孩子的牵挂，孤苦伶仃单身一个人，也许比从前爽快吧！可是那伤痛怎么处置呢？他能够忘记这件事么？

冬天刚要来到的时节我们搬到街对面，因为房子是木板，太薄，到冬天冷，一个嗜酒如命的卖青菜老哥一搬走，我们马上就占了他的房子。这是砖房，前后全有窗户，温暖的太阳光成天照进来，屋子里很亮，父亲的眼睛不大好，这对于他的工作有很大的好处，他早就欣慕这独院的两间屋，现在终于达到他的希望，他很欢喜的安置家器，把锯斧和别的工具都摆在窗户下面的隔板上，特意钉成一个长案，做他的画板，他想利用闲空画山水，过他的画瘾。

刚搬进来的晚上，天已经黑了，我们蹲在灶跟前快活的喝稀粥，在街上谁大声叫喊：

"起火了！嗳！"

奔跑的杂乱的脚步把房屋都震动了。

父亲放下饭碗：

"什——么？"

他出去，我也随着。

赤红的火光把街上都照亮了，这火真来得快，好像是天火一样，那工人老哥的旧屋完全包围在火魔里，很快的连到我们旧居的房盖，工人老哥从妻吊死之后，那房屋一直到现在没有人住，怎么会起了火呢？怪事！

猛烈的火焰从门窗往外冒，像舌头舐着嘴唇一样，房盖的灰瓦嘎嘣嘎蹦的跳起来，浓黑的烟雾高高的飞起，夹杂着闪闪的明亮的火星。

"嗳……"

"快上去，上去刨邻左面的墙壁，不让火往西去！"

"动手呀！呕！邻居们……"

"赶紧的！"

邻居们都吃了惊，他们怕这灾祸连着他们，都热心的上房，拿水，奔跑，叫喊，埋怨，指挥，疯狂了似的。

火呼呼吼着，屋梁已经现出，像糖葫芦一样，门窗已经着完，浓重的烟雾腾到半空，满街都骚动了。

我们的旧屋已经烧起来了，这火很快的飞到西面，许多人上了房，他们七手八脚把那小屋刨开，用泥土压灭烈火，效果很不错，火的路被打断，不会殃及四邻了。

多使人吃惊？如果我们晚搬一天，这不是遭了殃么？街上的人越聚越多。大多数是袖手旁观不肯帮忙，他们都会议论，批评，胡说八道，不做事。

人和水和火斗争着，然而火的力气很大，一星半点水是征服不了它的，屋梁上的火越烧越高兴，那大木头本来很干燥，烧起来非常容易，救火的人都对准了这大木头往上泼水。

铁桶叮当的响，火呼呼的吼着，奔跑的杂乱的脚步，叫喊，泥土堆倒的声音，烟雾……

忽然，那工人老哥出现了。

他站在烧完的门口举手呼喊：

"这火是……"

"拖住他！"谁这么愤怒的大叫，同时冲散人们。

"是我放的！"工人老哥勇敢的喊。

房东过去揪住他的衣领：

"你为什么？……"

"我要这么干！"

"混蛋！"

"随你……"

工人老哥简直是疯了，他抓起一块大石头打在房东的脸上。

看光景的人骚动了，有人叫喊，指挥别的人去逮捕疯子，有许多人急忙的躲开。

这刻，救火的人也停了手，大家都把目光集中在疯子身上，房东受了很重的伤，两个人把他扶走，几个人过去逮捕疯子，他们怕抵抗，都胆怯的不敢上前。

火已经熄了，坍塌的房屋已经变成土堆，未烧完的木料在泥土下面疲乏的喘粗气，有一股烧焦的和潮湿气味。

第二天早晨我立在门口望那一片荒凉的景象，好像经了一次大战，那两幢房屋是接受了烟火的洗礼，然而邻居们都忙着他们自己的事，这场火灾隔了一夜就忘掉了，那捉去的疯子的下场也没有人去追问，去考察，因为大家都很忙，没有这种闲工夫，活命是最要紧的呀！

父亲在屋里喊我：

"吃饭！"

我赶快进屋。

（一九三九年八月二十四日于灯下）

学　习

"你们……都给我滚开！"

他脸上的每一个麻粒都显着越发的大了，那副小小的，圆圆的，显着非常滑稽的眼镜底下两个眼珠生气的翻一翻，叨叨念念的坐下去写字。

"这些东西，真可恶！"

歪戴着八角帽，把背靠在柜台上，鼓着嘴巴的一个少年用力的拍拍面前的乒乓球台，大声喊：

"球是大家花钱买的！"

"什么？"麻子把笔放下，摸摸眼镜腿站起来，好像要吃人似的张大了蛤蟆嘴，粗暴的吼起来：

"住不上五分钟的你们就打碎一个球，都打完了怎么办？走！我们去见干事……"

他想出来抓住两个俘虏，可是没有一个傻子叫他抓住。大家急急忙忙散开了，跳着，喊着，手舞足蹈，好像飞散的一群蜜蜂一样。

这个时候，我和这些活泼可爱的小猴子每天晚上在一起鬼混，生活里一切的烦恼都消灭了，其中的每一个，不论好的坏的，对于我都怀着满腹亲密的感情。我知道，我弄了一篇歪歪扭扭的小品文在报窟窿出现的事实，他们都是知道的，因为这个，他们都爱我，尤其是时常和我一块儿的赵意对我特别的表示亲密。他是一个在报馆找铅字的小工人，长长的清瘦的面孔，两只乌黑的大眼睛敏活的镶在深眶里，尖下巴颏，小嘴，说话声细，好像少女一样，我爱听他温柔的说话，像猫似的亲切的态度，我跑到书报室门口，他从后面追上了我，一下抱住我的肩膀。

"得，乒乓球打不上了！"

我安慰他：

"等发饷，我们自己买乒乓球，愿意怎样打就怎样打，对不？"

他同意了，得意的笑起来。

"好，我们合股买半打。"

到了发饷的日子把买乒乓球的事打消了，去了伙食他只剩下三块钱，我剩下一块五，还有种种的用处。

在不怎样寒冷的晚上，我们俩急急忙忙的走到附近的一个青年会馆的楼上，在很狭窄的教室里已经有了五个人先到，等了半点来钟，一共集合了二十几个青年，我们俩是年纪最小的，坐在最前排，那演讲的老头时不时不注意的把唾沫喷在我脸上。

他在黑板上写道：

"找机会，造机会，失机会。"

字都写得特别的往右歪，好像立不住要倒似的。

"但是……" "所以……" "然而……" 他说了不少这些用不着的零碎，又加上"这个这个这个这个……"的口头语把他那思想的洪流扰乱了。我很盼望他能讲得好一点儿，结果是越讲越不入耳，连他自己也不知道他要讲什么。

他是个中年的牧师，演讲正是他灰色的职业，他是靠着这个赚钱的，人已经过了四十，面孔上有不少难看的皱纹，棉袍的袖子又肥又宽，在黑板上写字本来是不方便的，他也不挽起来。

他全部的演讲在发挥这种中心思想：

一个人，活在这世上总得做点儿什么事业，只是迷迷糊糊的活着，像个猪一样，那是应该羞耻的，做什么事业当然不能闭着眼睛去做，得讲究成功的要领，他以为成功的路有三个步骤：

第一是去寻找机会，第二是去创造机会，如果不去寻找也不去创造就是最后的一个失去机会了！

结论是，找什么机会呢？只有为了中心的信仰耶稣基督，去追求领路的人，这就是唯一的机会，抓住了这宝贵的机会就是成功。

他这些高超的思想都是很合昏睡哲学的逻辑的，可我这时候受了不少他满嘴的唾沫。

他讲完话以后又扔下来不少问题，征求大家回答，我记得有个问题是：

"什么样的青年最不好？"

坐在我们后面，有个披散着短发的青年毫不踌躇的说：

"看见女的，像喝醉了酒似的，连东南西北都弄不清，这样的青年最不好。……"

大家嘻嘻哈哈的笑起来，而牧师先生也前仰后合的捧腹大笑，露出不整齐的牙齿，眼睛缩成一条线，可见他对于女的，比对于"找机会"和"造机会"是有兴趣的。

他下台以后，又上来两个吹口琴的青年，吹的好是好，可是听着不大入耳，以后他们又换人演讲，我偷偷的扯扯赵意的胳臂，先头演讲的牧师看出我们要走，急忙摇手阻止。

飞下来的唾沫，冰凉的落在我脸上，难道说我能不感到厌烦么？

我对他说：

"要撒尿，憋不住啦！"

赵意也有了计策：

"我也去……"

这样我们就算是逃出来了，走在外面，觉着街上的灯光越发辉煌了，在学校的书报室，对于我们这些求知的欲望燃烧得非常盛烈的孩子有很大的意义。一切的学问，无论对于谁本来都是不关门的，只要你肯进去，在这方面顽强的下些苦功夫，早晚科学的殿堂一定会宽大的让步，打开光明的大门请你进去享受智慧的安慰。

我特别欢喜那些内容丰美的杂志，在杂志里看见一个漫画，画的是一大群赤身露体的人围着一个人，是用棍子从这人的肚子穿过去，他肚子上好像天生有一个圆圆的窟窿，那些人，都骨瘦如柴，有点儿像妖怪，我捧着脑袋，聚精会神的看着这个深奥难解的图画，坐在那里，像傻子一样，足足思索了一晚上，夜学校要关门，很懒的立起来把杂志放在隔板上，直到现在，我还想不明白，这画的寓意是象征什么，可见我有多么愚蠢。

冬天还没有过完，赵意和我分别了。

那天晚上下着松散的雪花，夜学校的前屋有不少成年人在那里悠闲的撞弹子球，我和赵意紧紧的靠着坐在长条凳上。

"你几时走？"我悄悄的问他：

"再住三天，礼拜六晚上，我父亲来，一块儿走……"

"学理发也不错。"

过了三天，我再看不见他那乌黑的大眼睛了。

不久，我又发现一个上学的地方。

是在一条非常寂寞的街上，在一个冷落的小庙里，后院有三间矮小的板房，地下铺着还没有干硬的泥土，教书的是个白发苍苍的老年人，一脸的土黄，眼睛看不清，把书拿到鼻子底下，一个字一个字慢慢的念，声音很好听，像唱歌一样。十五个学生都呆呆的坐在那里，学的全是古文，我也之乎者也的跟着念了起来。

老师很满意我："你记性不坏！"

住在这么寂寞的地方，没有亲人，吃饭都是自己煮，年纪有六十了，走路背着两手，挺起胸脯，脚步很轻，行动敏捷，好像年轻力壮的人，我猜想这个老人，也许像"侠剑"的书里所写的那流人物，借着教书遮蔽别人的眼目，实际上做的是强盗的买卖，不消说他是有本领的，上房跳墙像猫一样，手指一点就致人死命！

过了好久才从我心里把这个可笑的猜想打消了。

一个公司里的同事，个头高高的，小脑袋，细长的脖子，欢喜津津有味的讲说女人的事，是个有趣的家伙，他介绍我去学武术。

武术房在公司宿舍的东头，是条热闹的杂乱的街，码头工人的宿舍全在这街上，有茶馆，有说书场，有澡堂，有窑子，有福音堂，有饭馆，有戏园子……应有尽有，一到晚上，这街上人山人海，热闹的了不得。武术房的屋子很大，老师是个胖子，穿着黑色的短裤褂，鞋袜也是黑色，很像一个大蜘蛛不动的坐在那里，他并不亲自教授，有两个大徒弟，代理他的职务，连那些小徒弟都有资格矫正我不对的姿势，我一开始是学的谭腿，接着是少林拳。

像这样，公司一放工，我先夹着书包跑二里路去学"古文"，接着再跑二里路去学"白话"，最后是学"武术"，忙的不得了，回宿舍睡觉，总得十二点。

我很努力的学习这些，我总想比别人有学问，高出他们一头，论文能文，论武能武，这不是文武双全么？可是学不久，觉着这一切都没有意思，完全是胡闹，东跑西奔，结果是辛苦了自己的灵魂。看看鞋，脚后跟已经露出来了，衣袋里连半个铜板都没有了，于是又诞生出新的轻浮的希望，怎样想法多赚几个钱呢？

夜学校的麻子到公司里来找我：

"你三个月没拿学费了，快给吧！"

好像在我头上浇了一盆冷水，我傻呆呆的望着他那麻脸，想了半天也想不出半句话……

（一九三九年七月二十四日）

读书的故事

工作，金钱，读书，这三件事，是我这么些年来从未停止过，有如一个饥饿的人追求食物一样，尽着我的全力，总想达到我热烈的梦想。然而事实上这三件事虽然是密切的关联着的，可是第三件事——读书问题——要算最艰难了！此刻我想起来读书这件事，立刻有一种痛苦的酸味来包围我，这是真实的，读书这件事给了我很大的痛苦，我总未能征服读书，这是因为读书问题的本身太难了，还是我缺乏强硬的意志呢？

我还是一个洋行的小仆役的时候，就渴望着书籍，不过这时期的精神不集中，从跟父亲学习木匠手艺起，才感到没有读书的痛苦。那时候，我住在乡间，每月有一两回到都会里去采买木料或别的东西，经过火车站时，我一定要进去翻翻报纸，因为时间不多，我不能把那些"文艺版"全读完，急急忙忙的读一两篇就走路。

在店铺里买"颜料"我总是要求伙计，让我自己选拔包东西的报纸，这样办，我可以得到一张半张有文艺的报章拿回家去。

我还记得清清楚楚，有一张报，我把它贴在屋里的墙上，有工夫就面向着墙壁读，有一段胡适的论文，我几乎记得通熟，过了许多年后——此刻，我还记得这论文的头两句：

"我有一个朋友，对我说一句很深刻的话，要看一个国家的文明，首先得观察三件事，第一是看他们怎么对待小孩子，第二是看他们怎样待妇女，第三是看他们怎样利用闲暇的时间……"

那时候，我觉着胡博士这篇论文是千真万确的，现在想起来，当然是和那时候的观念不同，要看一个国家的文明，看小孩子，看妇女，看怎样利用闲暇，当然也是看法之一，不过，这个看法还不算太高妙，而且所谓"文明"这两个字早已成为被嘲笑的字眼了。一个很寒冷的冬天我们搬到离都会只有八里路的镇上住，在这里，我买了四本最好的国文读本，这书里收了很多的诗，小说，散文，有一篇《童子林的奇迹》，这不是世界很出名的一篇文艺作品么？

不久以后，我借到几部剑侠，像《彭公案》《施公案》之类，这类书给我很大的兴趣。

不过，时间有限，要安安静静的读，势有所不能，白天是不停止的做工，到晚上，父亲严厉的逼迫我快睡，他说：

"灯油是贵的，你一点半宿，这够一个月用了！快睡觉呀！"房东的儿子，是个调皮捣蛋的小子，他和我非常亲近，看我夜里手不释卷，很赞美我：

"你——真是有志气！"

我说缺少灯油。

他愿意帮助我。

到天黑，他鬼鬼祟祟的把他们家里的油瓶偷出来给我：

"快倒吧！"

我欢欢喜喜的把空的灯里填满了油，急忙把油瓶还给他：

"多谢，多谢……"

这样父亲没有理由干涉我了，我能够安心的读下去，施公案第三本缺少两页，我焦急了好几天。

过了一个很好的夏天，到冬天我们搬到都市的背后一条不洁的街上，我帮助父亲给一个书店做书架，掌柜欢喜我，他和我谈了好久，惊奇的说：

"你——怎么的，学木匠太可惜，应该干别的。"

他借书给我读。

借给我的第一本是诗集：《惠的风》。

晚上拿回家去，我欢喜的读着这册诗集。

但是我们居住的屋子太小，这是房东放柴草的小屋，因为贱，父亲就租下了。

地下烧火做饭，别人是没有位置转动的，我蹲在锅灶旁边，就着火光读书，这有两种方便，第一是有了亮光，第二有温暖，姐姐的脾气非常暴躁，我妨碍了她的职务，她生气的吼起来：

"滚！滚！你蹲在这地方，人家怎么烧火？"

她瞪着圆圆的眼睛像牛似的，真可怕，因为她在家庭间是有权威的，我有点儿怕她，躲开吧，舍不得这黑暗中光明的柴火。

她抓住我的肩膀，用力的摇：

"起来，起来，快走！"

"我烧吧？"

"不用，不用，快滚！"

清早爬起来，我坐在小窗跟前，屋子里只有一小部分是十分明亮的。

玻璃窗冻成美妙的花纹，外面正飞着雪花。我读到吃饭的时节。有时，工作临时停止了我可以读一天。

书店掌柜的慷慨豪爽我是永远不能忘记的，他那慈蔼的模样和那柔和的声音在我心里构成一种温暖的感情。

"读完了么？"

我把书还给他的时候，他总是快活的笑着。

"你自己选别的书吧！"

翻译的书籍我看不进去，那一大长串难懂的字很像一条铁的大棒似的，把我简单的头脑敲得很痛！

夜里没有蜡烛，我在"福音堂"里寻到了好位置，那些呆若木鸡的信徒，静静的坐在冷板凳上听讲"上帝"，我在他们身后读我的。

有一回，牧师悄悄的走到我身旁，问我：

"你读的是什么书？"

我想，他是要驱逐我了。

"我不知道。"我把书本合上。

"你不识字么？"

"识的不多……"

他看看我的脸没有多问别的……

福音堂虽然是好地方，可惜时常不开门，我想上戏院子里去——我有法子用不着买票可以坐在戏院子里，戏院里电灯是光明的，但是锣鼓闹声太震人，不适于读书。

春天一到，父亲寻到了工做，从早到晚，手脚不得闲，工作很吃苦，我因为生气没有工夫读书，把工作看成是不共戴天的大仇敌似的，有几分力气用几分力气，恨不能一下子把活计完成。整个春天，我在苦闷的工作里不停的喘气，时时刻刻，有如一个成人怀念他的情人似的，我渴想着那书店里的架子上密密的排列着的各种好书籍，如果我有时间，能把这些书全部读完，不知有多么幸福啊！

夏天，给我带来了好运道，没有工作，我和一个大庙里的僧正熟识了，他是父亲的朋友，把一间洁净的空屋让给我，从书店借到书籍就到庙里，在这雅静无声的室内读着，时常的，把吃饭的事情忘记了，父亲在屋外敲敲窗户：

"喂！你怎么的，要成神么？"

到秋天，我上了轮船，渡过大海，一个亲戚写信叫我去在旅馆里做事。起初我以为是漂亮差事，原来是茶房，干这种卑贱的职业，我此刻想起来还觉有莫大的耻辱！我的小屋子是建筑在楼梯底上，屋顶便是楼梯，有人上楼下楼，我头上就像打雷似的轰轰的响，虽有几本好书，我带在身边，有工夫，我拿出来，但是得不到清静，谁一喊：

"茶房！"

我马上就得抛开书本去伺候。

经理夫人，是个吹毛求疵，可厌的妇人，她找我有事并不呼喊，总是悄悄的拉开板门，先看看我在做什么。

她讨厌我读书。

"没有事情，你不要死在屋子里，像老鼠似的，各屋子走走，去看看，有什么事情没有。"

我一看那可厌的面孔，就想起老母猪，她的面孔和老母猪的完全是一模一样，连一丝一毫也不差。我很奇怪在我眼里，有许多妇人的面孔都像老母猪。而她，不论是外形或内容，简直就是猪，她成天什么也不干，吃得很多，喝得很多，因为油水太足，不工作，所以身体发胖了，这样的生物，可不是猪是什么东西呢？我望望她，在心里狠狠的咒骂她，抛开书本，悄悄的到楼上去。

以后，我不在自己的狗窝里读书了，楼上有的是房间，我躲在房间里读。

经理夫人简直是个魔鬼，她仍会发现我：

"噢，你跑到这里呀！怪不得的，你！快到楼下去，看看水开了没有。"

她在我身后不满意的嘟念着：

"吃完饭，叫你沏茶，告诉了多少回？你不记住，非得找你，现告诉你不可？"

她的女儿和她一样的坏透，说我：

"他是个懒蛋子！"

把我的书拿去，好久不还，我和她要，她竟耍起脾气来。

"我不知道！"

我把一本"现代情书"和她换。

她看看这本书，翻一翻，眉目之间流露出无限的欢喜，把这本书收下，很快的把拿去的好久的书还了我。

一个书记长把我带走了，他说我是："可造就的人才！"

但是他把我领去之后，并不造就我，把我像驴似的使唤。我的职务还赶不上一个奴才的地位高尚些。白天在他的办公室里帮他写"呈为呈请事……"到晚上还得到他公馆去打杂。他以为我是个傻子，其实，我可一点不傻，我早就看透他这种"造就"我的要领，把一个人当奴隶，能够造出什么"人才"么？

我失望的回到旅馆，这回，我的职位升高了，写账。

不写账的时节，我把书放在面前——很可笑的我觉着我是一个聪明人，我是进步的人，我看那些摇摇摆摆，装腔作势的东西，肚子里都是空空洞洞的，他们不明白什么，这么想，我就骄傲起来，什么人也不看在眼里，就如我是一个圣人，我的智力高高的在他们之上。

我的境况总不见起色，我想活动一下，去追求幸福。

然而我一扇动翅膀，才知道自己的翅子是软的。在人类中，我是一个小小的生物，事实上是不容幻想的，夸张或骄傲也不济事，最重要的也不是学问，想做阔差事，第一是门路。

我得到一个小职员的职位，月薪是三十五元，寄十元给父亲，其余的打伙食，买书，零花，说实在话，这地位不坏呀！

工作，金钱，读书，这三件事可以说解决了。不消说，我是很高兴的喽！

我的书籍范围，渐渐的广大了一点儿，翻译的外国著作，很紧的抓住了我的灵魂，我宁肯不吃饭，饿瘪了肚子，然而书是不能不读的。

在我们办公处后身是一个古老的寺院，粗大的松树高高的耸到半空，春日的和暖的阳光普照着大地，白云在微笑，天空露着亲切的面孔，人生是美丽的，世界上所有的事情都有条不紊的向前进展，有如童话中据说的那么快，世界很快的就会变成光辉灿烂。这时候，我看着天与地都不错，我的工作清闲，心境很适宜，静静的坐在树底下贪婪的嚼着书，因为程度浅，基础不固，虽不免感到艰深绊脚，可是我抱定了主意，慢慢的来，早晚我有弄明白的一天。

从来没有像这样拼命的读过书，薪饷一到手马上就上书局，我恨不能一口气把世界所有的书都吞进肚里。

因为夜里缺少睡眠，人渐渐的瘦了，白天精神不振作，往往做错事。我的管理人怀疑的瞥着我，他的嘴唇冷冷的，无论对谁都用的冷言冷语，对我更不客气，看我不停的打哈欠，就质问我：

"你是怎么的，晚上没有睡觉么？"

有一回，他忽然在我背后出现了，把藏在公文底下的书本扯出来，仔细的看了半天，用手拍拍扔在桌上。

"小说这种东西，读不读都行，这是没有出息的人读的书，你每天晚上读这些书，读上了迷，是不是？"

好像我犯了什么大罪似的，他冷冷的瞪视我，又把书抓起来，轻蔑的翻弄几下，书页里就如有针刺了他的肉一样，狠狠的摔在我鼻子前面，伸出手指，指指我的鼻尖：

"愿意看，回家看去！"

到月头，我的饭碗打碎了。

工作一失去，金钱的来源就断绝了，读书的路也走不通了。

我想去当小学教员，考试不合格，因为年纪也不够，我多说两岁，他们不信，说我撒谎，这些人太认真了！何苦来的？

我重新回到旅馆，干起旧业——当茶房。

不管工作和金钱如何，书是非读不可的，我当着茶房，留心机会，想在黑暗的洞里发现一线光明，这光明总不出现，我落在黑暗里，灵魂已经疲倦了，虽然我的身体还很健壮。

几年来，从东跑到西，打南奔到北，完全为了三件事，工作，金钱，读书。什么人生观、宇宙观我全不懂得的，我不能把好听的名词像花似的插在自己的衣服上来装饰自己丑陋的灵魂。

我深深的观察自己，这些事是值得叙述的么？

得到的结论是：值得叙述，值得大书特书，这些事要不值得叙述，那么，世界上便没有叙述的题材了！

当然，我是知足的，我一点儿不埋怨谁，如果你以为这是发牢骚那可大错特错了！

茶房事业又接续了三个月，一个心肠不错的熟人给我介绍着很好的职业。

这一回，我更欢喜了，疲倦的灵魂好好的振作起来，就如从苦闷的陆地跳进水里的鱼一样，我把所有的精力集中在职务上，为的是得到人家的欢喜。

薪饷的分配法不改变，寄给父亲一部分，其余的吃饭，买书。

我很高兴我的书籍能够渐渐增多起来这事实，我希望我的小屋子里，无论什么地方都放满了书，好书，我全都用干净纸包起来，小心翼翼的藏在箱子里，怕别人偷了去或者损伤。

有一天夜里，我读得非常困倦，伏在桌上不知不觉呼呼的睡熟了。

蜡烛倒在书堆里我不知道，我觉着头痛，睁开眼睛一看，我的老天爷，起火了！

桌上的书烧起来，烈火喷到墙上，墙上的纸像地里枯草燃着了火一样，丝丝的响着，眼看要烧到屋顶……

头发烧去了不少，很痛，也来不及摸头，心慌意乱，手脚麻木，不知怎样救急，简直是傻了！我疯狂似的跳起来，把手伸进火堆里，闭着眼睛，乱摸一阵，把书全扔在地下，然后踹开房门，急急忙忙用洗脸盆伸进水缸里弄水，用力的往墙上泼，踏着桌子把燃烧的墙壁用两手抓，谁知道这么一来更糟，不如弄水，我接二连三的往墙上泼水，火真烧得快，我也忘记了呼喊，拼命的弄水，用力的泼上去……

好容易，借着水的力量把火弄灭了！

再迟两分钟就遭了殃，我的头，脸，手，这时很厉害的痛起来。

屋子里，烧坏的书散了满地，墙上是一片乌黑，各处都是水，好像刚下过大雨一样。

头，脸，手痛得不能忍耐。

看看地下，更伤心……

啊啊！我的书呀！亲爱的书呀！……

我沉重的坐在床上，伤心伤意的哭起来！……

邻家的公鸡叫了！离天亮不远了……

我抹抹泪水，忍着痛收拾烧坏的书……

吃亏上当就一回，从这以后，晚上读书我特别加小心。

读了几册书，我发生了难以制服的创作的野心，我想把自己过去的生活故事试着写出来，写了几回不成，没有这种才能，冬天太冷，生不起炉子，我欢喜夏天。

天热一点儿是不要紧的，我跑到树林里去，这树林距我的住处不远，和我有浓密的感情，我永远忘不了这片可爱的树林。

坐在这树林里不单可以遮阴，还可以眺望四外的风景，因为这里是紧靠山根的高坡，右翼是村落，往南走是直通省城的马路。在那北面，有弯弯曲曲，像抛弃的领带似的河流，远处的山山岳岳就如一道围墙，把这省城和别县隔开，芊芊的草叶像舒服的毛毯一样，背靠在树上，把书放在膝头，太阳一落，我移动位置，到那清澄的河边，把鞋脱下，坐在明滑的石台上，脚垂在水里。

像这样读书滋味是很好的，没有苍蝇蚊子来扰闹，不会困倦，因为书的魔力大得很，好像一个天使温柔多情的把我抱在怀里，她不松手，我也不松，我宁肯把一生的时间全消磨在她的爱海里。

工作也很热心，书记这差事虽然不大，而在我却很光荣。

主人对我不苛毒，他把工作公平的分配开，不偏向谁，在工作的时间内，可以找出读书的机会，主人不反对读书，他是个老年人，戴着近视眼镜，非常和蔼，不愿多管闲事，无事的时节，他静静的坐在位上吸烟，看报，或者到屋外去散步，不吹牛，不摆臭架子，这样人，我以为是好人，他不责备我呀！

这么很安静的读书，平衡的接续了一年，公司的牌子一倒，我不得不另寻出路了。

计算起来，我读过的书，数目的少得等于没有读。

去年夏天，有个同事，给了我四十来本好书，几乎把他的书全部送了我。

这个人，我不会忘记，他的体格魁梧，鼻梁高高的，未说话之前总是笑，年轻，活泼的感情在他的眼光里表现出来，把书给了我的时候，很高兴的说："这些书，你留着，将来成了名不要忘记我！"

他眯眯的笑起来像只小猫一样。

我将来真有成名的一天，决不会忘记他，但是，书本里有这种话很深刻的教训了我；成不成名都可以，最要紧的是伟大，不声不响的生成一个人，还是不声不响的死去的好，别吵吵……

从这以后，我的生活环境不断的变动着，但是不论怎样的变动，工作，金钱，读书这三位一体的信仰我是不改变的，我是尽着全力去追求这个理想，我希望我自己以及和我有同样血性的青年都在这地方得到成就。

（一九三七年年尾）

噩 梦

我好像一只野兽似的躺在山路边的森林里，头底下枕着一把锋利的刺刀，静静的等着，听着。

有谁的脚步声渐渐的过来了，等他刚刚从我前面走过去，我就赶紧跳到他的身后，抓住他，把刀尖对着他回头张开的嘴：

"随我来！"

我把他扯进森林里，先用脚踢倒他：

"饶命吧！放我走吧！"

这是个清瘦的商人模样的人，手里的包袱紧紧的握着不肯放开。

"把包袱扔开！"

"慈悲慈悲吧！饶我吧！"

我把刀尖靠着他的咽喉，凶狠的瞪着充血的眼睛：

"要慈悲不干这一道，早就饿死了！这世界本无慈悲，所谓慈悲，原是那些傻子造出来的名词，懂得么？"

他想爬起来，可是刀尖已经刺进他的喉管，他呼喊着，挣扎，手脚拼命的乱抓乱踢，刀尖再用力的一刺，拔出来，他滚了几滚就断气了。

虽然是断了气，手里紧握的包袱还舍不得放开，不是个傻子是什么呢？

包袱里是钱，然而我并不需要它，把他扔在一边——这森林里我摒弃的钱很不少，人，我不能舍掉，我把这个人的脑袋砍下来，闻一闻，味气不大好，是贪婪的臭味，要吃的话得将就吃，我两手捧着脑袋，先啃鼻子，然后吃耳朵，用手指剜出眼珠子来，这眼带着势利的血腥，我含在嘴里，像吃糖那样先吸一吸，然后慢慢的吞下。

割开他的肚皮，红的，蓝的，乱七八糟一大堆，混着不洁的血，我用手，横一把，竖一把的掏出来，全都扔开，只留下心和肝，这是我最欢喜吃的东西。

吃饱喝足以后，我心满意足的躺在草地上，照样枕着刺刀，懒洋洋的闭着眼皮。

像这么样吃掉的人，数也数不过来，他们的头骨都散扔在这森林里的各处。

当初我一开始吃人的时候，是多么为难，而且呕吐啊，后来就渐渐的养成所谓习惯，习惯一武装，什么也不在乎了！

第一回是个老头子，又老又瘦，实在没有滋味。

第二回吃的是个年轻的媳妇，这媳妇很丰满，胳臂和大腿格外的丰肥，吃起来很可口。

那以后，吃过许多各类人，老的，少的，男的，女的，什么样的都有，甚至于有幼小的婴儿，降世不久的小人类，还不明白我要吃他哩！

有一回吃了一个学者，他大大的不赞成我的行为：

“年轻人，你怎么好干这种坏事呢？”

“我又不是‘学者’，你叫我怎么回答呢？如果我能够，我将写一篇论文给你看，但是我不会写那样的东西。”

“那么你说明，我替你写？”

“不，我不欢喜学者这东西，因为世上有学者，所以糊涂虫就太多了！”

他热烈的和我辩论，试想说服我，然而无效，因为其时我饿，不等他演讲完就给了他一刀，大口小口的吃起来。

又有一回，吃掉一个慈善家，怪，这个慈善家却没有慈善的面孔，满脸的凶相，叫人一看就格外的厌恨。

劝我：

“你不要干这个，我可以帮助你。”

“不，”我劝他，“你还是闭着嘴让我弄死吃的好。”

我现在想起这些来，觉着有趣并且可笑。

忽然，我听见有人走过来了，脚步很轻，好像踏在薄冰上怕掉进去一样。我想，他大概是知道这森林里有个变成了吃人的野兽的人，于是加上了防备的吧？

不等他走过去，我就跳出把刀尖对着他。

“请你不要急，我是特意来找你的。”

这是个女性，有美丽头脸的女性。

她随我到森林里在一堆骨头旁边坐下。

　　"我听说有一个青年，很有本事，他住在这一带的森林里，我决心访他，于是就来了！"

　　"来干什么呢？"

　　我不大相信她，所以手里总握紧刀子。

　　"我要和你在一块儿生活。"

　　声音是那样的亲切温和，眼光是无比的甜蜜诚恳，要想不信仰她是很难的。

　　"人，你吃不来吧？"

　　"我可以慢慢的学习，会弄惯的……"

　　这样我就留她在森林里，不过我还是不断的留心她，怕她有什么恶意，谁敢保她不是和我一样吃人的野兽呢？

　　她欢喜搜集那些人衣服里的金钱，说是当玩物，好好的埋在树下，剥下一块树皮当记号，怕忘记地方。

　　对我，别提有多么温柔体贴了，时常送过来那迷人的拥抱和沉醉的亲吻，又欢喜弄弄我的刺刀，我不想给她，可是拗不过她，我预感到刀在她手里的危险。

　　日子好像是经过很长久了。

　　这一天，是很不爽快的一天，满天的阴云，森林里因为是刚下过雨所以很潮湿，我们有许多天没有新的人到嘴了，寻找些陈腐筋肉来啃。

　　女的伙伴有点儿不高兴，拿起我的刀子来忧郁的玩弄着，忽然，她的脸色改变了，好像罩上了一层阴云，我刚要从地下立起来，她迅速的把刀子对准了我的嗓门，逼着我躺下。

　　"该死，你疯了么？"

　　"我要吃你！"

　　我觉得出，她是真要吃我的，我想反抗，可是那刀子已经触到我嗓门的皮肤，她把牙齿一咬，身体像疯狂似的一摆，刀已经深深的刺进，我老老实实的把眼睛闭上了。

　　我还觉得出，她并不拔去刀子，大声的喊了一个什么口号，马上，来了一大群拿着火枪的汉子，打头的一个看看我喉管还流着鲜血，满意的笑一笑握握那女的手，从袋里掬出一大堆功牌，给她挂上，并且跪下和他求婚，这个不要脸的女人，她笑个满脸，整个的倒在那小子的怀里。

其余的那些小子们发出欢呼之声。

——这些事我都觉得。

以后他们把这宝贵的森林烧了！真可惜……

然而这是梦，不是真事，世界上决不会有这怪诞的事。

雾

一千九百三十年，我没有职业，整整闲住了半年，到老也没有找得着事做，没有法再往下待，我决定走了。

但是往什么地方走我可没有一定，在父亲租住的一个小房里总是缺米少钱，连老鼠也是饥饿的，而且瘦小了，我没有出路，亲戚全在远方，想去投奔他们又没有面目，父亲伤心的劝我：

"你自己替你自己想办法吧！我一点儿主意也没有，唉！……"

一个人，一个活的生物，不能老老实实等着饿死，我总想，一定在什么地方有非常容易追求到手的幸福在那里欢欢喜喜的等着我，我一去，幸福会马上伸出两手欢迎我，因为，这都是建筑在幻想的基础上，一开始是动人而且简单的。

我和父亲离别的一天，是细雨沙沙的一天，天和地都哭丧着脸，泪眼汪汪的，在我周围一切都黑暗，没有光明，可怜的老父亲连一句话都没有，悲哀的丝网把他绑住，我回头望望他像个黑点子，渐渐的变小，在朦胧的雾里消失了。

我猜摸这雨天不会长久，果然，满天的黑云害羞的散开了，洗净的不洁的道路给我很愉快的感觉。

过了一个沉闷的山洞，走向无头无尾的马路，两旁的山悄悄的坐在秋风里，我的脚步奇怪的发出巨大的音响。

这样，直走到日落黄昏，途中休息了不少次，看见城市的街道像天空一样，辉煌的灯光和群星相仿。

我寄宿在公园的水泳场旁边的石台上，疲乏把我拖进梦乡，这一夜的梦多半是下馆子。

第二天一清早，我跑到戏园子旁边一家客栈去问他们，说去上海的船这一天就有。

我详细的问明白之后就动身到码头。

岸边的船，巨大的忧郁的影，铁键的响声，工人的黑脸，从泥地黑烟之中露出眼睛，像从黑洞里望出来的一样，忙碌，奔跑，汗的臭气，我从杂乱的喧闹的音响里窜穿过去。

船开以前，岸边没有雅静，小贩密密的排列着，我买了四分钱的油饼，蹲在黑手黑脸的弟兄群中高兴的咬着吃，油饼的油味压倒了身前身后的臭气。

"老弟，往哪去？"

一个秃头，肩头搭着黑手巾，从紫红的鼻子下面，露出一排不齐的黄牙的老哥这样问我——他靠近我在那里坐着咬馒头。

我告诉他：

"去上海。"

他泰然自若的点点头，没有问别的。

不知是谁在后面用粗哑的，强壮的大声得意的喊道：

"啊！吃饱喽！"

船上——顺着颤动的板桥来来往往的奔跑着流汗的，泥流似的人群，都赤光着身体，肩上是重量的米袋，柔软的脚步，配着平均的呼吸，没有指挥，工作像机械一样，前前后后很有秩序。

我在甲板上各处走动着，望着靠近岸边的人群，稍远的车辆，更远的灰黑的建筑物，所有的响声，全在我耳边消失了。

我恍惚看见在远远的不定的阴影里有父亲的愁苦的面影，嘴边的泪水明亮的辉煌着，默默的望着我，好像要说什么似的闭着灰色的嘴唇。

我又看见一幕一幕走过去了的，没有快乐和幸福的往事，低下头细想，好像这一切全是梦，我不过是在梦中，所有的人也都在梦中。

不知是什么时候船在移动了。

巨大的船身喘喘的离开岸边，浪花狂暴的在翻滚，滚滚的黑烟拥拥挤挤的往半空飞跑，烟囱像人的嘴一样。

附近的船只轻轻的追向各方，用那沉默的眼睛恋恋不舍的送着，从前面迎过来的是凉风，以及远远的，无边无际的浩荡的大海。

第二天夜里——

舱里所有的人都惊醒了，汽笛像疯狂似的不断的，焦急的，用着所有的力气叫喊，轧轧的机械的吼声，从梦中被打起来，不耐烦的咒骂着一样，上面有杂乱的奔跑的声音，谁在高呼：

"招呼他们呀！"

"你——快去！快去！"

在拥挤的，乌烟瘴气的舱里睡着被惊醒的人，都不安的，恐怖的用力瞪着眼，互相的，用着眼光寻问，但是得不到答案。

汽笛愈发的用力，好像绝望似的拖出悲叹的声音。

有些乘客慌慌张张的跑出去，舱口有人把守着：

"不准动！"

"出去看看……"

"进去！进去！没有什么！"

"有雾么？"

"不要紧！不要紧！快进去！"

然而跑出去的人则顽强的：

"看看就进去！"

"不成！"

于是发生了激烈的辩论，有沉闷的巴掌的响声，咒骂声，舱里的人都不安的爬起，抛弃了东西，争前恐后的往外奔跑，舱口塞住了，挤不动——咒骂，闯撞，用力排挤。不论是舱里，甲板上，全都混乱起来了。

我用力的从人的壁里往外拥挤，借着后方推动的力量，这给了我很大的帮助。

终于，和所有的人一样我也站在甲板上。

这样的黑夜能看见什么呢？

雾么？我看不是，像是恶鬼撒下了不透气的大网，只听得见浪涛的汹涌，而从灯下却看不见水的形体，从上到下是浓厚的，像带着黏性似的东西，把船只包围了，又如蛛网捕住了虫子。

谁也不知道是出了什么事，一秒钟像一年一样，心在肚里可怕的跳着，恐怖的氛围一刻比一刻加紧。

死的恐怖压迫了我，我以为死灭是接近了我和人们。

沉闷的，愤怒的机械的吼声像奏着送葬的哀曲一样，被这意外的遭遇所惊住了的人群，在甲板上，在黑暗中浓密的有压力的潮湿气味的雾里，在垂着朦胧的灯光下面，用死一样痴呆的脸望着可怕的前方，都是一片漆黑，不可测的，连伟大的机械的力量也失去效力，是死的世界。

汽笛像放声大哭一样，呜呜的，不间断的喊着：

"进去！不要挤在这里！"

"嗳！赶他们进去，把道路挡住不成……"

有白色的东西用力的推开人的壁，迅速的跑到船的前面去——这是轮船上的高级职员。恍恍惚惚，从远远的，在那看不见的黑暗的远方传来一丝丝，像老鼠在洞里叫唤的小声——这是汽笛！我忽然明白过来了，在这样浓雾的深夜，两只海上的巨兽相遇，对面不见，等看见的时候，已经不可救药的碰到一起，可怕的洪流冲进舱里，人在水里拼命的哭喊，成堆的人被大海的浪涛吞了去……

这种情景可不是热闹的，我的身心冰冷了，手脚也麻木了。

那渺茫的渐渐接近过来的汽笛的呼声像答话一样，而这面则用着全力喊出去，像说明似的把船的位置传给他们。

先一刻还在忙乱，奔跑，推打的人群，这时却用着可怕的沉默等着。

像箭一样带过来的沉闷的音量，忽然从前面黑暗的空气里，有如从水里跳出来的一样，呜——呜——呜……是这样的声音，看不见是什么东西，迅速的从旁边震动了天空和海，一闪就过去，浪涛狂怒的翻滚，但是看不见。

好像是从半空出现了这样无数的欢喜之声：

"得救了呀！"

"啊啊，老天的保佑！"

"谢天谢地，从死里活过来了。"

停在甲板上的人群此刻才想起呼吸。

杂乱的走动着的脚步，欢喜的叹息，庆祝似的互相的拥挤，有些人急忙的往舱里奔跑，是为的照看他们的行装，白色的东西又在黑影的人群里出现，高举着手：

"上去吧！没有什么了！"

但是人却不动。

说不出有多么奇怪，墙壁似的雾气一转眼就消失了。

清晨的太阳表现出一副无限欢喜的笑脸，从浩荡的明亮的辉煌的水里跳出来，海上是五光十色的，好像万花镜里的奇观，我从生到世界，头一回感到这样奇特的愉快。

所有压制在我胸中，几乎把我压得不能呼吸的苦闷——自身的，对于世界，对于全人类没有什么好处，生活上的苦闷——也像雾似的，全都化开，消没沉灭在落后的苍茫的远方。

海上清晨的秋风把我蠢笨的头脑吹开了。

我靠着栏杆，两眼望着辉煌的大水，想——

宇宙不是为人类而存在的，它是独立的……

我又想到自己的事，到上海去找哪位大哥呢？

我的船票是这样买的，我把两块钱献给一个在船上打杂的伙计，他说我是他的亲戚，这样，查票的先生半句话也没有问我。

受了我两块钱的伙计从船尾走过来，左手提着圆铁筒。

"你害怕了吧？"

我说："不怎么害怕……"

他把水桶用力放在地板上。

"你到上海去做什么？"

"找事情。"

"有朋友么？"

"没有。"

"那么，你打算去？……"

"看一看再说。"

他并不惊奇，平淡的望着我踢一下水桶。

"我在上海呆过两年多。"

我问他：

"容易找事情么？"

他摇摇头算是回答，用脚背勾起水桶，用手接着：

"走一走没有坏处……"

像狗熊似的蹀躞着去了，我还是望着海，太阳早已升高，我并没有注意它，我被一个问题困住了，到上海去找哪位大哥呢？

这问题不能解决。

一个乌烟瘴气的早晨，我疲乏的下了船——两脚踏在陆地上，周围乱杂杂，吵嚷嚷，无数的人走来走去，尘土飞起，迷住了我的眼睛，我失了方向，不知往哪一个方向走才好。踌躇了好久，我摇摇不定的前进了。

目标——没有一定……

（一九三六年秋于北京）

毛毛虫和蚂蚁

这是夏天，热的有点儿叫人头痛的夏天，因为是这样的热，所以会发生这样有意思的故事。

有一只像人的眼眉那么粗和那么长，身体是浅绿色还有黑色花斑的毛毛虫，用他自己肚里吐出来的细丝挂在槐树枝上，好像打秋千似的，在槐花的温馨的微风里，悠悠的，快活的，像做梦一样飘来飘去。

世界上，无论什么生物，谁也赶不上这位可尊可敬的毛毛虫绅士的生活舒服，真是说不出的安闲与适宜，幸福与快乐。

　　大概是因为快乐的过了度，只知道洋洋得意，有滋有味，忘记了加小心，忽然一下把挂在树枝上的细线弄断，很重的跌在地下，正好跌在一个蚂蚁洞附近的草地上。在这一带，简直成了蚂蚁先生们的天下，他们的数目实在多得很，像我这样简单的脑筋怎么能计算得出他们一共有多少只呢？你们只要想象他们是很多的，那就够了。

　　他们在丰美的草地上忙忙碌碌的跑来跑去，也不知是干什么，看样子，大概是在饭后悠闲的散步，不是劳作，有不少身体强壮的蚂蚁看见毛毛虫怎样的从空中跌下来，胆量大的先走上前去看看他跌昏了没有，其中有只在蚂蚁群中最有智慧的蚂蚁，像军队的最高级指挥官对部属的军队下战斗命令似的用清脆的大声呼喊：

　　"这个家伙，不是好东西，伙计们，攻击呀！"
　　别的蚂蚁也应声附和的用力呼喊：
　　"不错，这东西坏得很！"
　　"攻击他！攻击他！……"
　　"和他干！"
　　"别放跑他！"
　　强壮的蚂蚁越聚越多，从四面把跌昏的毛毛虫团团的围住。
　　"包围！"
　　"下口咬！用力的咬，别留一点儿活命给他！"
　　呼喊的声音比谁都高的一只蚂蚁勇敢的跳上毛毛虫的背，不由分说就狠狠的一口，把醒过来的还没有弄清楚方向的毛毛虫咬得呲牙咧嘴，痛的直翻眼珠，他把柔软多肉的身躯努力的一翻把那只蚂蚁压在底下，别的蚂蚁趁着他翻身的机会积极的爬上他的肚子，左一口，右一口，拼命的撕咬。

　　毛毛虫痛的乱蹦乱跳，不知往什么地方逃好。

　　有一只小腰很细，可是胆量却大得很的蚂蚁用强硬的牙齿咬住毛毛虫的尾巴，两条前腿踏草根，拿出全身的力量往洞口那个方向拼命的拖。

　　这时节被压在毛毛虫身底下那只强壮的蚂蚁早就翻身跳起，带着一头盖满的泥土，像报仇似的一口叮住毛毛虫的脑颅，混身上下用力的一摇，用着毕生的力量一撕，毛毛虫的脑部立刻裂开一道伤口，流出肮脏的脓血。

毛毛虫显然是痛的两眼发昏了，他东一头，西一头，迷迷糊糊的乱跌乱碰，而蚂蚁群的顽强和执拗的攻击越来越凶猛：

"用力的咬啊！咬啊！"

"抓住他，抓住他……"

"快往洞里拖！"

"赶快拖呀！干嘛等着？"

三只蚂蚁协力一致的咬住毛毛虫的尾部像拉车似的往洞口拖他。

痛的连东南西北都辨别不出来的毛毛虫，既没有战斗的体力和武器，又没有逃命的活路，蚂蚁的包围阵越聚越密，他们不怕疲劳，不顾危险，不管伤和死，只要有一点儿力气，大家也要一齐的往毛毛虫身上上，能咬的咬，能拖的拖。

然而毛毛虫决不是没有脑筋的生物，他也有灵感，有思想，他知道眼看着要粉身碎骨失掉生命了，于是，他全身的力都拿出来挣扎，用肥胖的身体压倒蚂蚁们，有一点儿逃命的机会，就拼命的逃跑，他知道要被拖进黑暗的洞里，那命运是不堪想象的。

但是毛毛虫的身体因为成天到晚吃饱了饭没有事做，不劳动，也不讲锻炼，便便大腹，一团肉块，只适于挂在温馨的槐树的枝上做他的好梦，再不然就蠢笨的在地上蠕蠕的动，和蚂蚁斗争实在差的太远，根本不合格，他知道自己不行，所以唯一的努力便是奋力的逃跑。

蚂蚁是不放他逃跑的，生生的拖住他不放。

"快咬呀！咬他的头！"

"咬肚子也行，把他的肚皮撕开！"

"什么地方都行，快咬……"

"大家要加紧努力，别让他有一点儿休息！"

毛毛虫把负伤的脑袋顶着土地，拼死的把身体一翻，加上两滚，把蚂蚁甩开了，忍着难言的伤痛，滚着爬着逃跑。

有只蚂蚁跌昏了，他坐在草地上摇摇脑袋，定定神，看见别的蚂蚁早就追上去，并且咬住毛毛虫的身体，他好像惭愧似的，急急的追上去，爬到毛毛虫身上，两口咬起两个大包。

毛毛虫知道跑是跑不了的了，他想哀求：

"先生们，饶了我吧！"

可是他不肯要求那些该死的小东西，他要挣扎，他要用自己的力量摆脱他们，杀开一条活路。

蚂蚁群众，数目是多的，一群疲乏了，又上来一群更强的生力军，接续着咬，接续着拖。

离洞口只有三寸来远的路程了，再加倍努力的拖了一气，只剩下二寸来远，有一只青年蚂蚁欢欢喜喜的跑进洞口去报信，出来的时候随着不少快乐的蚂蚁，都是帮忙的，这群新出来的家伙特别的凶狠，他们连拖带咬，手打脚踢，用头去碰，用身子去扛，一股气把半死不活的毛毛虫拖进洞里去。

这时候你如果把耳朵贴近了蚂蚁的洞口，一定会清清楚楚的听见洞里有欢呼万岁的声音。

这是夏天，热的叫人头痛的夏天，因为是这样的热，所以会发生这样有意思的故事。

因为是夏天，热的叫人头痛的夏天，所以这样的事是多得举不胜举的。

（一九四一年夏于哈尔滨）

忏　悔

在我的童年时代——我此刻回想——我没有纯洁和天真，当然，这样说是应该为自己羞耻的，可是即使羞耻，也不能撒谎，那样，羞耻是加倍的，是的，我还是简单些讲吧？

我十一岁的时候，住在乡村，这是个大村落，有三百多户人家，十分之九是种田的，有少数是外省来的穷人。

如果我父亲是个富翁，决不会从都会搬到城镇，又搬到乡村，而我们租住的三间草房，在这一村，要算最丑恶的了。

过到放假的日子，我在家里总是发愁，因为没有友伴来会我，尤其是有钱人家的孩子，就是恳请，他们也不愿来，在学校里，我是轻视所有的学生的，而在家里，我却有些惧怕他们。有个同年级小友，他是个长脸蛋，大眼睛，非常顽皮的人，他和我同班，并且是邻居，他的家是七间高大的瓦房，门楼宽宽的，有一个平坦的大院子，在那里可以踢皮球，他的母亲是个寡妇，不大喜欢说话。

有一次，这个小友约我到他家去玩。

我走到门楼底下，觉得怯怯不敢进去，好像那门楼会倒坍把我压坏似的，呆呆的立了半天，好容易张开嘴喊一声他的名字。

他一出来，我才感到快意，就如得了救一样，随在他身后低头走。

他领我进屋，告诉我，他有一张书桌，一条方凳，他就在这上面用功，他问我：

"你也有么？"

我直爽的答他：

"我也有，比你这桌子好多了！"

——其实，我什么也没有。

他从抽屉里拿出一个铁桶，得意的说：

"这里面是饺子，牛肉馅，是我姥姥带来的，特意为我包的，她知道我喜欢牛肉馅。"

他打开铁桶，里面是满满的饺子。

一阵嫉妒包围了我，我想找点错处嘲笑他一下，我想起来了。

"你用铁桶装吃的东西不好啊！"

他哈哈的笑了起来：

"这，不是铁桶，是木桶呀！你看，这是涂的黑漆，再干净没有。"

他敲敲给我看，接着拿出一个饺子咬开吃。

这时，我真馋得要命，我垂着头，看桌子腿。

他母亲进来了，我清清楚楚的看见，那可尊敬的寡妇对儿子使个眼色。

他赶紧盖好铁桶，装进抽屉，指指外面：

"走，我们到外面玩！"

我提不起勇气了，我发觉了，寡妇不欢喜我，怕我偷拿她房里的东西。

我对这位小友说：

"你到我家去么？我家有两只鸡，很听我话，我一说过来，她们就过来，我一说过去，她们就过去。"

他摇摇头，稀奇的瞪着眼：

"能么？我不信！"

"我一点儿不撒谎，不信你去看。"

"好，现在我就去。"

"可是，"我悄悄和他商量，"你如果给我两个饺子吃，我还给你一把刀，很好看的刀。"

"你……说了算么？"

"一定！"

"我去拿。"

我欢喜的在门外等他，他背着母亲拿了四个饺子出来交给我。

"你看，我给你双份，你那是怎样一柄刀？"

我胜利的吃着饺子："这刀好极啦！你别急！马上就给你！"

雀子似的，跳跳跃跃的走到我家。

他推推我的肩膀：

"鸡在那，看！"

可不是么，两只母鸡在墙角地方寻食吃。

我表演给他看：

"格，格，格，格，格，格，格……"我一手举着，像握着米粒似的诚恳的呼唤。两只鸡高兴的往这面跑。

我对鸡说："过来！"

鸡希望的仰着脖子看我。

我跺一下脚："过去吧！"

两只鸡害怕的跑了。

"怎么样？"

他打我一下，不满的咧着嘴笑。

"谁不能？"

"那么你叫叫看！"

他和我一样的呼唤，可是鸡不过来，这是因为刚才我跺一下脚，把鸡弄怕了呀！

"你不成吧？"我讽刺的对他说。

他焦急的问：

"刀呢？"

我领他到后园，在墙窟窿里找出一把锈坏的，不中用的，谁家抛弃的破菜刀。

他一看莫名其妙了！

我解释给他听：

"你不要以为这是破菜刀呀！"

"这是什么？"

"你看，放在墙窟窿里，一定是古年人藏的，我想一定是宝刀，你拿去吧！"

他闪着半信半疑的眼光，把这柄不值半厘大钱的宝刀拿去了！

这件事，使我说不出的得意，我带着十分自夸的口气，把得了四个牛肉馅饺子吃的经过报告姐姐。

她轻轻的打我一巴掌：

"你这小子，真坏！长大决不是好东西！"

我在她眉目之间，看出她流露着惊叹和赞美的意思。

买一柄手工刀是半毛钱，父亲不给我钱，不，他想给我，可是他没有。老师声明过，谁不预备，便责打六板，并且罚三天扫地勤务。

和我一级的所有的学生全买了，没有的，只是我一个人。

上手工课的头半点钟，同学全在操场游戏，我焦急愁苦并且伤心，无精打采的在教室里徘徊，忽然我转出一个恶念头。

我看看外面，没有人注意室内。

我把一个最蠢笨，常挨打的学生的手工刀从他书桌里拿出来装在袋里，泰然自若的跑到操场找同学谈天。

上课的时候，老师一登讲台就下命令：

"把手工刀拿出来给我看！"

大家都痛快的拿出来摆在桌上，当然，我的也摆在桌上，可是我极恐惧的偷看那个拿不出来的学生，他惊慌失措的翻着抽斗，翻了老半天，面孔变红了，眼里含着泪水。

老师拍拍桌子，问他：

"你没有么？"

"不……"他哭着说，"我的……丢了！"

这种手工刀大体全一样，既不能写名，又不能刻记号，丢了只好认倒霉。

老师下令搜查，我是级长，这种责任，是我干，我神气十足的翻着各个人的书桌，结果没有。

老师生气了。

他怒吼起来：

"可恶！你没有预备还撒谎说丢了？过来！"

他恐惧的悲痛的哭着慢慢走到老师面前。

他挨了重重的十二板子，并且罚了一周间扫地。

在他挨每一下打的瞬间，我的苦楚真是难以言说，我曾几次打算毅然立起，把我所做的坏事诚实的喊出来，然而我无论怎样挣扎努力，总未能提起勇气，结果是鬼鬼祟祟的掩蔽过去了。

距今六年前，我在一个县城里给人家打杂。

有一天，我拿着一小块绸布——这是我的女主人给我的，她叫我买和这样子一样的十二尺衣料——我在一家大绸缎庄里坐在凳上等伙计寻找，忽然，我看见一个戴瓜皮帽，穿着蓝大衫的学徒，觉得面恍恍的好熟，我马上就想起，这正是被我骗了四个牛肉馅饺子的幼年时代的伴侣，我正想招呼他，可是他一转身看见了我，假装不认识的到后屋去了。

我欢喜的买好布，好奇的等了好久，总未见他出来，我当时想，他一定是不愿意见我，也许看见我穿着对襟洋服吧？他却不知道我是给人家当差，地位还赶不上他一半呢！

我寂寞的拿着布走了。

半年以后，我走到那家绸缎庄门口，一看，窗户、门全关着闸板，一打听，才知道是倒了。

从此，我再也没有看见他……

到现在也不知道手工刀是我偷的而冤屈的挨了打和罚的那位小友，从我离开那个学校以后就没有见过他，即使现在坐在一起，恐怕也认不出了，可是这件刀的案子到此刻我还没有忘记。

岂单没有忘记，我一想起就觉得痛苦！

时常，当我想起这两桩事时，就感到空气沉闷，天与地完全变了颜色，有一块重重的铅石压上了我的灵魂，说不出的悲悔和难过……

（一九三八年十二月三十一日）

牧师家里的火灾

我坐在黑漆漆的楼梯上等着孙棋回家。

把他的钥匙带走，忘记把钥匙挂在墙后的钉上，图书室，后屋的厨房，甚至连厕所也找不到，不知他跑到什么地方去了。他的去处多得很，他的朋友有的是，他这个人非常奇怪。

是在两个星期之前我搬到这个基督教青年会的楼上来住的，这完全是孙棋的力量，他一个人住一间屋，觉着孤单，叫我搬来给他作伴。

我是怎样和他认识的呢？这很简单。

他时常到我们夜学校的俱乐部里打弹子球，在谈话室听他诙谐的讲说比赛足球的经过，有几个青年围绕着他，很有趣的和他谈话，我把书包背在肩上，过去坐在他旁边。

他看看我，拍拍我的肩头，笑一笑：

"老弟，你在谁家？"

当他听说我是一个洋行里的学徒时，很可惜似的叹口气，拍拍我肩膀，鼓励我：

"好好用功，你有希望！"

第二天我和他见面的时节，好像多年的老友一般，他亲热的握着我一只手，另一只手抱着我的头，把身子靠近我：

"你住在哪里？"

"宿舍。"

"噢！在宿舍里住，不好，不好……"

他说住宿舍，不适于用功，这是真的，我们宿舍里，人太多了，乱嚷嚷的，好像一堆，他们身上有毒，会把人传染坏，我早就厌倦了，想离开他们，找一个幽静的地方好好的读一点儿书，可是我没有能力办到这件事，我的月薪刚够买东西吃。

他对我说：

"你应该离开他们。"

后来他又问我：

"你欢喜读书么？"

"当然！"我说，"我欢喜读书。"

他从眼镜下面望望我，抖擞着两腿坐在板凳上，他的面孔是椭圆形的，嘴唇很薄，讲起话来非常流畅，我听别人说过，他是一个基督信徒，他的职务是宣传基督教。

过了四天，我在夜学校的阅报室发现了他。

"你在这！"坐在我旁边。

他用小声告诉我他有个同伴因为家眷来了，在别处租了房子，他屋子里空出一张床，问我愿不愿意搬到他一块儿。

我觉着他是可亲近的，马上就决定。

"孙先生，你说的是真话？"

他把我拖起来：

"走！我先领你去看看。"

说这话的第二天正是星期日，一清早我就捆起了轻快的行李卷搬来了，就是这样，我和孙棋住在一间房里。

从窗户望出去，可以看见下面的街道和行人车马，这条街是宽敞的街道，比较清静一点儿，到晚上更清静，然而我最欢喜的是离夜学校的路近多了，离市场也不远，早晨上工我打市场经过，顺便喝一大碗豆腐汤，一个烧饼，晚上放工就在这里的小饭馆喝稀粥吃馒头，二分钱炒豆菜，有时来一小片大马哈鱼，这是不敢多吃的好东西。

一搬来我就看出，孙棋不是个真牌的基督教徒，因为他早晚不祷告，也不埋头读圣经，乱堆着破鞋报纸的床下放着的柳条包里全是小说和诗，有一部文艺讲座，我先读完这本。其次，他借给我一本意大利丹农雪乌的《死的胜利》，我读完这部大著，整整接续了七昼夜，我非常吃惊！这本书只是描写一男一女，翻译过来的文字，差不多有三十万字。

星期日，在前屋楼下的礼堂里，孙棋时常规规矩矩的立在讲台上讲上帝，那些善男信女静静的坐在冷板凳上聚精会神的听着。

孙棋的父亲，是个五十来岁，胡须长长的，穿着长袍的老牧师，在教室里是首屈一指的权威者，孙棋非常怕他，孝敬他。在表面上他是无论什么都服从父亲，正如牛马的听凭人类指挥驱使一样。但是他一离开父亲，情形就改变了！

他坐在靠窗的床上，两手抱着膝盖，口若悬河的对我说：

"这一切都是虚伪的，骗人的，所说的上帝是人类造出来的，因为那些蠢东西，他们不明白宇宙进化的法则，他们不会解释这地球，看着世界上有这么些生物便觉着奇怪，啊！开天辟地的时候一定有一位尊神，他一手造成了这么些生物，现在地球上所有的生物，在开天辟地的时候就有了——那些糊涂虫是这么说：他们决不知道这完全是大错的，他们是闭着眼睛，都是瞎子……"

他兴奋的瞪着眼睛，连那眼睛也随着兴奋起来，活泼的闪着光，镜框在他的鼻梁上耸动着。他跳起来，指手画脚的在我前面来回走动着，唠叨的讲个不休。

有时我和他辩论起来。

"上帝这个招牌用意也许不在这一点，因为人们太坏了，就用天堂和地狱威胁他们，好像是一种假设的教育……"

"嘿！事实不是这样的，我告诉你……"

他接着讲他的，讲乏了就一头倒在床上，两腿朝天放在壁上，伸伸手，坚决的下着结论：

"看书吧，书不会拒绝你，你从书里可以找到最好的解释，不读书的人，不能够深刻的理解读书的人，实在可怜，而蹲在真理的屋外的读书人，实际上都是些糊涂虫！"

夜里他睡得很迟，把脸埋在书本里，像老鼠似的，我不能模仿他，因为我白天得早早起身去上工，时时刻刻得考虑自己的饭碗，这对于我比上帝重要得多，如果我不做工，便赚不到钱，没有东西吃，饿死了上帝是不管的，上帝不管活人，只管死人。

孙棋的父亲有时来看他，顺便和我谈几句：

"你——有工夫读圣经吧，这是上帝的真理！"

我心里暗想，我不要死人的理想，要活人的真理，他问我的工作，我大声对他说：

"我的职业太低贱了！没有法忍耐！"

他摇摇头，伸手拦住我讲话：

"这是上帝的意旨，孩子，要忍耐。"

这时候，我已经不是个三岁两岁的小孩子了，他的话，只能够对于没有脑筋的人也许会发生一点儿效力，对于我没有力量。我已经知道我们是活人，活人应该处理活时的事，死后的事是用不着问的。只有胆怯的人，弱者，因为没有能力，当现实的生活一摆在他鼻子底下的时候，他就害怕的把脑袋调到另一面，赶紧躲开，跑到虚无飘渺的境地里去寻找安慰，闭死了眼皮去幻想光明，上帝就是他们闭死了眼睛出现在半空的光。我们必须睁开眼睛来走路，如果是生来的瞎子，那是没有办法的，然而聪明的盲人是会思索会理解，会判断的……

在这些日子，我照旧的上夜学校，功课一完，在快报室里坐两点钟翻翻比较好些的杂志，从这里面抓取一些活人不可缺少的智慧，所以把回来的时间弄晚了。

孙棋还没有回来，这时是几点钟我也说不上，我欢喜有一个手表，上帝无论如何也不给我，等得不耐烦，跑到楼上，站在门口，眺望街上。

在街边路灯的亮光之下，我发现了孙棋，他很快的走着，初秋的凉风吹着他的衣襟……

"你什么时候回来的？"

"早回来了！"

他在黑暗里摸索着打开锁头，拉开房门，屋子里也是黑的，我轻轻的踏着床边把电灯扭开。

孙棋把帽子摘下来扔在床上，从袋里掏出一封信，苦愁的看信封，他的神气有些和往日不同，我莫名其奇妙，问他他也不回答，想一想，把信递给我：

"你看看吧！"

我看着信。

"棋哥：

你决想不到我们家里起了火吧！

昨天晚上，父亲刚回来，躺在床上休息，他嗅嗅鼻子，坐起来说：

'嗳，是什么，这味道不好，好像是——'他还没有说完话，母亲到外面，大声喊起来：

'啊呀！了不得啦！下屋起了火！快……'

我们都急急忙忙的，害怕的跑出去。

下屋，从窗户里往外冒火，像红的舌头似的舐着房檐，窗户纸全燃着了火，屋子里一团火光，把各处都照亮了，父亲大声吩咐着：

'快弄水！'

他自己，却动也不动，后来他冒着火冲进屋子去，母亲想拦他也来不及了，我们吃惊的看着他，一面把水往着火的地方泼，大声叫他，这时候，来了不少人，他们杂乱的闯进院子来帮助救火。

父亲差一点受了害，多亏别人把他拖出来，头发和胡须都烧光了，脸也烧坏了，如果不是人多手快，把他衣服上的火弄灭，那真危险极了，母亲也顾不得火了，他赶紧打发我雇马车把父亲送进病院。

这一场火，下屋三间房子算完了。

父亲的伤没有大危险，他不让告诉你，怕你着急，他说等伤养好之后再叫你回家……"

这封信是他妹妹写的，写得真不错。

我不了解这是什么原因，他的父亲真古怪，烧坏了不让儿子知道。

孙棋把信拿回去，团了一个球，装在袋里。

临睡时他告诉我：

"你知道我父亲为什么冒着火往那屋子里闯？"

"怎么回事？"

"那屋子里有钱。"

"有多少？"

"不少啊！这用不着说，你知道，我父亲为什么不叫我知道？"

"怕你心痛钱吧！"

"不是，你不知道，我父亲买了两成双块的钱的股票，我每天给他探听消息，这几天正是时候，赚或赔这几天就有一定，我明天早晨得赶紧去打听，啊，我主耶稣原谅，睡觉吧！"

我盖好被把枕头正一正说：

"上帝原谅，阿门！"

（一九三九年十二月八日于灯下）

孩子们

十一月十六日

小福拿一个糖烧饼在街上吃，他得意洋洋的举着烧饼问我：

"嗳！小马，你吃过糖烧饼吗？"

他这样馋我，我真生气，我把脸转到北面，不理他。

他看我不理，嘻嘻的笑，跑到我身前，把烧饼举给我看：

"小马！你看，你看，这烧饼里面有红糖，外面是芝麻，又香又甜，真好吃，真好吃……"

他咬了一口，仰着脸，嚼给我看。

我一点不馋，我不理他，他像个鸟样，嘴尖尖的。

我找了一块带尖的石片，在墙上画了一个鸟头，从嘴里画出两条线，在线中这样写：我是饭桶。——

小福还没有上学，他不识字，他看了半天，不知我写的什么。他问我，我不告诉他，他嚼着烧饼和我商量。

"你告诉我写的什么，我给你一口烧饼吃。"

"你先给我吃，我就告诉你。"

他把眼球向半空翻翻，好好想了一想，点点头，咬了一口烧饼，拿给我。

我接了这口烧饼，扔给狗吃了。

他生气的骂我：

"小马！你该死！我告诉你爸爸打你！"

我赶紧离开他，我真讨厌他，好像讨厌蛆一样！

爸爸黑天才回来，他带回一个纸包，放在桌上，喊我过去：

"这是两本账，给你，拿去练习写字吧。"

这两本账真好，有些格里印着铅字，还写些数字，可是白地方很多，一页可以写三百多字，这两本，够两个月用的。

爸爸说，这是在工厂里拾得的，他说等以后有钱，给我买两本。

爸爸今天特别高兴，吃饱了饭，他叫我把《儿童世界》拿出来念给他听，他欢喜徐良那篇故事，徐良幼年很苦，他的父亲很早的死去，他和母亲住在姥姥家，因为读不起书，便在铁匠铺学徒，闲暇的时候，学习认字，后来他刻苦用功，会写信了，到三十岁的时候，他成了一位鼎鼎大名的文艺家。

晚上，爸爸睡了，小妹妹也睡了，妈妈在灯下给爸爸补棉裤，我坐在妈妈旁边，在新本子上，写徐良的故事。我想把几本儿童世界，一页一页都写在本子上，爸爸说过，照写一遍，比读十遍八遍还好。

写了一百来字，手冻痛了，妈妈叫我睡，我不，我把手在衣服里暖一暖，暖好了再写，写了三分之一，还有三分之二等明天写。

十月十七日

上午，到贫民学校去看了一看，门窗还关着，里面一点声音没有，老师的病，大概还没有好，也不知几时能好。

到张政家去，他不在家，他姐姐说：

"张政快回来了，你等一会儿吧！"

我等了十来分钟，张政回来了，他给姐姐买浆衣粉子去了，他一见我，很高兴亲亲热热的摸着我的脖子，告诉我说：

"我又有了两本好书，好极啦！"

"什么书？"

他说："一本叫《西藏民间故事》，一本叫《印度童话集》这两本，是我在旧书摊上看到的。"

"你买来的么？"

他摇摇头，笑一笑，这我明白了，他这两本书是从"小道"来的。

他把《西藏民间故事》借给了我，这本书，不怎么破，里面有许多图画，太好了！

张政说：贫民夜学校，能不能开课还不一定，也许倒了也说不上。

下半天，我和张政跑到很远很远的，有六七里远，那地方有六家砖窑场，我弄了半麻袋煤球，张政也弄了半麻袋，坐在麻袋上休息。

张政说：

"我爸爸想开个小杂货摊，可惜本钱不够，他如果办妥了，我就帮他看守杂货摊，你买什么呀？买洋火？是，给你洋火。你买什么呀？买花生？好！多给你两个！你想，多有趣呀，是不是？我盼望爸爸能开成。这两天，不知怎么，他不谈这件事了，大概，年前不开了！是呀！还有明年！明年能开。"

他快乐的跺着脚，拍拍手，把眼睛一瞪，大声喊：

"有点冷！走吧？"

我们扛起麻袋接续走路。

到了家，天已经黑了，爸爸已经回来了，他问我：

"你跑到什么地方去了？"

我诚实的告诉了爸爸。

爸爸很欢喜，他打开麻袋口看看，瞪着眼睛说：

"嘿，真不少！真不少！"

他把我举起，头顶着我的屁股，然后把我倒提着，头向下，腿向上，他说这有个名叫"倒栽葱"。

晚上，西屋家刘叔喝醉了，他大声骂刘婶，说刘婶不理他所以就骂。

爸爸过去了，我也跟去了。

爸爸很有力气，他一推就把刘叔推坐下，气虎虎的问他：

"你怎么的？"

刘叔最怕爸爸，爸爸无论说什么他都听，他的眼睛红红的，咧着大嘴，露着大牙，口吃对爸爸说：

"我……我，我没有，没有喝醉……"

爸爸把他推倒，在他背上打了两拳，逼他睡下。

爸爸回来就躺下，他什么也不说，悄悄的闭了眼。

我看见桌底下有个老鼠，他瞪着两只明明亮亮的小眼睛，各处看，我扯扯妈妈的衣袖，指指桌底下。

妈妈说，看也白看，捉不住它。

我刚要下地，它转眼就跑，跑没有了。

十月十八日

今天真冷，风呜呜的响，一清早，爸爸还没有起身，我就爬起来，生好炉子以后屋里才暖和一些，这次和张政弄的煤渣真好，特别好烧，一炉子里的火苗，又红又蓝，好看极了，我眼睁睁的看了半天，我真欢喜炭火。

坐在炉子旁边看了一清早民间故事。

爸爸走后，妈妈说：

"你写封信吧。"

"给谁写？"

"给你舅父。"

撕一篇账纸，把铅笔削好，听妈妈讲怎样写。

"告诉你舅舅，这半年来我们不错，没有挨过饿，你爸爸在工厂做活很顺心，从中秋节以后，一天增加了三分工钱。你爸爸的意思，想求舅舅给你找个什么地方住，学木匠也好，学剃头也好，学鞋匠也好，随你舅舅意。你这样写，舅舅看你能做什么，学什么合适，就求舅舅给找什么职业。过了这个年，你是十一岁了，学手艺正是时候，再住两年，岁数大了不合适……"

妈妈说到这，停了一停：

"没有别的事，你写吧？"

小妹妹老老实实的坐在妈妈怀里，妈妈解开了衣服包着她，她瞪着两只小眼睛直直的看我，好像舍不得我出外学手艺似的。

我想了半天，写不下去。

妈妈在旁边催：

"快写呀！"

我和妈妈商量：

"我不愿意学手艺。"

"那么，你愿意做什么？"

我想一想，"我愿读书。"

妈妈难受的搂着我的头，把下巴颏压着我的额角，半天没有说什么，我听见了妈妈的呼吸，抬头一看，啊！妈妈的两眼是湿的，我赶紧抱着妈妈的腰：

"妈妈，我愿意去……"

不知怎么，我觉得心里一阵一阵酸，我低着头，极力的忍着，怕流出眼泪，我把眼泪吞进肚里，写信。

信写好了，没有信封，妈妈给一分钱。

"去买一个来吧！"

撕下一张干净的账篇，叠好裁完，用浆糊粘结实，这样，信封就成了。

但是妈妈说：

"这样的信封，邮政局能邮么？"

我告诉妈妈，什么样信封都可以，一定能邮去，决不会错。拿着六分钱去买了邮票，把信扔进邮筒里去。

回来的时候，看见了张政，他穿着他爸爸的棉马褂，袖子又肥又长，走起来摇摇摆摆，好像个大掌柜的。

我们商量下午到什么地方去弄煤渣，我说到昨天去那地方，他同意了。

我们跑了一下午，但是回来的时候，天还没有黑，跑了一身汗，一点不觉冷。

十一月十九日

房东老头子晚上来要房钱。

爸爸客客气气的对他说，还没有领薪，再住七天就领薪。他不愿意的说：

"房钱一到日子就得给我，我不管你们领不领薪。"

爸爸很难，他这样说：

"不领薪，哪有钱呢？"

老头子说："不领薪难道就不给房钱么？"

爸爸央告了半天，说了无边好话，好歹把他打发走了。

爸爸今天有点不高兴，他说工厂快停工了，工厂一停工，就没有工做了，没有工做，就赚不到钱了，赚不到钱，就买不起米了，也打不上房租了，买不起米得挨饿，打不上房租就没有房子住，一挨饿一没有房子住，就得受罪！

妈妈一句话也不说，她从来是没有话的，不问她什么，她差不多不张嘴，张叔叔来找爸爸，张政也跟来了。

张叔叔和爸爸商量找工做的事。

张政问我民间故事读完没有，他把印度童话集带来了，我把民间故事换了他的印度童话。

他看见了我的日记，很赞美我：

“你写的真不少，好得很！”

他教给我演电影，他把一张纸条叠两折，在上一层画个人头，下一层也画个人头，但是，上面的眼珠向左瞪，下面的眼珠向右瞪，画好之后，把上层纸卷起，用铅笔来回拨动，我一看，咦！这个人的眼珠左右转动，好像活了！

张政真聪明，他进过二年学校，后来升不起学，便夜里上学，他写一手好字，可是他的作文不怎样好，这大概是因为不写日记的缘故，他爸爸走了，他也走了。

十一月二十日

今天是阴天，冷得要命，我守着火炉写了两点钟字，把"徐良故事"写完，还写了一点"牛的主人"。

小福穿着棉袍，还围着毛绳子的围脖。他说，他爸爸给他新买了一顶四喜帽子，留过年戴。他爸爸在前门外开钟表铺，修理钟表，他还说，过了年，他爸爸送他上学。

小雪和小福很要好，他俩常在一起，小雪一见我就皱眼眉。他说我的棉袄太破，好像化子。

我真生气了，威胁他：

“你再这么说，我打你！”

他一点不怕，往前进了两步，瞪着眼睛向我挑战。

“你打？打？小样！你打一下看！”

正在这时，张政过来，他拖着麻袋，把麻袋放下，正正帽头，挽起袖子，握着拳头，在拳头里吐口唾沫。

小雪拔腿就跑，小福跑了。他们都怕张政。

晚半天，我和张政到窑厂去，张政说：

“我拿点儿煤去！”

于是他跑到煤堆跟前，慌慌张张的往麻袋里装煤，他的手脚很快，转眼就跑回来，休息一下，向各处望望，看看四面无人，把我的麻袋拿了去。

我仔细的向各处察看，忽然，我看见从南面，从窝堡里出现了一个人，他低着头往这方面走。我赶紧对准了张政的身旁抛去一块石头，他抬头一看，拔腿就跑，我也背起麻袋，爬出深沟，随他逃走。

那人看见了我们，追上来了。

我们俩拼命的跑，跑了半点钟，平安了。

我们坐在铁路旁边休息。

张政呼呼的张嘴喘气，他满脸通红，对我嘻嘻的笑：

"来，我们平分吧！"

我想少要一点，可是他不肯，他一定要平分！

火车过来了，我们望着那车里的人，那些穿得整整齐齐的人。

走到木厂附近，张政又想出了主意。

我们把麻袋放在一个高坡后面，对着木厂后身走去。

我们把身子屈下，窜进木栏里，选了一条粗些的方木，从木栏底下送到外面，然后爬出来，这样，我们一人一条木料。张政说：

"这一条，少说卖两毛钱。"

我俩欢欢喜喜的往回走，说不出的高兴。

十一月二十一日

上午和张政到南门外绕圈。

我们在旧书摊一带寻了半天。

回来的时候，张政从怀里掏出两本《小朋友》他问我：

"你拿了几本？"

"我……一本没有！"我觉着很羞耻，太无能了！

他却奇怪："你为什么不拿两本呢？"

我说实话："我不敢。"

他笑我，说我无能。

他拿了一本《小朋友》给我。

我回家就读，读完两篇故事。

爸爸回来的时候，我把这篇故事讲给他听。

他很欢喜，躺下身子说：

"现在，讲吧！"

"有一个贫儿，他父亲病了，他父亲是贩卖旧皮鞋的，因为有病，所以不能赚钱，一连病了一个多月，几口人，眼看挨饿了。这个孩子，他有一天，很愁苦的在街上走，他看见一个卖皮货的摊子，他在这摊子左右徘徊，有些主顾来选看皮筒，卖皮货的人正热心的招待主顾的当儿，这孩子偷了一个水獭领子，拿到当铺去典当，正好在当铺里有个穿便服的巡警，把他捕去了，把他下了牢。

"父亲知道了，很伤心，带着病上狱里看儿子，父亲见儿子，又生气又伤心，问他：'你为什么要做这种事？'儿子只是哭，什么话也不说……"

"以后怎么呢？"爸爸问。

"这故事到这里就完了！"

十一月二十二日

我跑到南门外——谁想到，我惹了乱子！

我刚把一本《安徒生童话集》装进袋里，那卖书的人发现了。

他大声喊：

"你做什么？"

我觉得两腿哆嗦了，想跑，可是他已经扯住我的袖子。

我把书拿出给他，我真害怕。

他不信只有这一本，在我身上前前后后上上下下各处都翻遍，他审问我：

"你偷了几回？"

我说这是头一次。

他不信，用力用力的摇着我的胸，威吓我。

从四面八方来了不少看光景的，啊，我真羞耻，我哀求他，可是他不放我。

他一定要追问我偷了几回，我告诉他，这是头一次，一点不撒谎。

"你不撒谎？"他大声嚷，"我这书丢不少，总抓不着贼，原来是你这个东西，我决不放！你快说，你拿了几回？一共拿去多少本？"

我不说，他打我，他打我五六巴掌，但是我不能说我拿过，因为确实这是头一次。

人越聚越多，他们觉着这是件有趣的事，所以都围上来看。

他狠狠的打了我几巴掌，气冲冲的警告我：

"饶你这次，你再要到我跟前来，不管你做什么，我非打死你不可，你这东西，真可恶！"

我很羞耻的跑了，跑到街上，我觉着所有的人都看我，好像还咒骂我似的。

晚上，连饭也吃不下，妈妈问：

"你怎么，不饿么？"

我说不饿，我实在不饿。

我总觉着跟前有许多人看我，那个卖旧书的扯住我的衣袖，横一巴掌，竖一巴掌打我……越想越难受，躺了半天没有睡熟，以后所有的旧书摊我都不能去了，他们一定全知道了我的事。

十一月二十三日

今天，爸爸不上工了，他们工厂关门了。

房东老头子来闹了半天。

到张政家去，他正好在家。

他告诉我：

"我要学唱戏去。"

"真的么？"

"你看，我不撒谎，爸爸已经给我办妥了，我后天就去。"

我很羡慕他，想和他一同去学唱戏。可是他说，我爸爸决不会许我去。

我想和爸爸商量商量。

我刚回家，妈妈说：

"快看看，舅舅来信了。"

我急忙看信，舅舅在信里说：他已经为我找妥了事，在报馆里做事，一个月赚七块钱，叫我快去，舅舅说：如果去晚了，这个差事就会被别人占去。

爸爸打算叫我明天走，妈妈说路费难办。

爸爸愁起来了。

他愁了半天，忽然愁出一条路。

"把我那件棉袍拿去当吧？"

妈妈不说话，只是悲哀的低着头。

爸爸找出棉袍，什么也不说，夹着走了。

我又跑张政家，把这事告诉了他。

他很欢喜，搂着我的脖子说：

"等我学成了戏，你在报上好好登登，捧捧我，记住么？"

我在报馆里做什么事，还不知道哩。

他说：

"在报馆做事，就是登报，没有别的。"

我不知道报馆什么样。

张政告诉我：

"住报馆，有大出息，可是你得加小心，如果给谁登错了事，人家会打你，比方唱戏吧，我今天要唱铁公鸡，你们登的是狸猫换太子，这么一来，唱戏的人不愿意，听戏的人也不愿意，大家联合起来就去打你们。"

"唱戏也登报么？"

"是呀！你不登报，人家怎么知道演什么戏呢？"

他把所有的书都送给了我。

"我学戏，没有工夫看这些了，嗳，你都拿去吧！"

我们俩恋恋不舍的谈了很多工夫。

回来的时候，看见了小福。

他对我瞪眼珠，我对他说：

"你加小心，我要给你登报。"

他不懂我的话。爸爸终于当掉了棉袍。

妈妈嘱咐我：

"给人家做事，不像在家里，处处得听人家指使，人家叫做什么，就做什么，你不是小了，用不着想家，妈妈在家里……"

说到这，声音断了。她拿起破围裙角，擦擦眼睛，还想说什么，但是伤心的骨已经堵住了她的咽喉，说不出来了。

她给我找出几件破衣，凡是我的东西，她都给翻出来，一样一样整顿好，捆了一个小包。

"书怎么办？"

爸爸说：

"都拿去，还有账本，都包在一处，到那面，好好用功。"

我把书和账本包好。

爸爸教训我：

"你刚做事，想做阔事可办不到。你的年纪，也不是做阔事的时候，爸爸没有多供你读两年书，你自己用功吧，你好好记住这句话，要想有学问，并不在上学校，非自己用功不可，你到外面，用不着想家。"

妈妈说："我怕他不成……"

"怎么不成，他不是傻子，干几天就好了！"

妈妈问我：

"你觉着能不能成？"

我说："能成！"

她喘口粗气，扯扯袖头，擦擦眼角。

小妹妹什么也不懂，她看看爸爸又看看妈妈，又看看我，我抱起她，吻她小眼睛，吻她小鼻尖，吻她小嘴，她格格格的笑，小手在我脸上摸来摸去，像只小鸽子样。

十一月二十四日

一小捆行李，一个小衣包，我背着一个，拿着一个。

妈妈送我到门口，伤心的哭着……

我走到远处，回头望望，可怜的妈妈，还立在门口，冷风吹着她的头发，刮着她的衣襟，她的裤裆几个破窟窿的破布片像秋风里的黄叶样，摇摇摆摆。

爸爸送我上了火车。

下午四点钟，我到了舅舅的住处，舅父问了我许多事，又指教了我不少话。

十一月二十五日

吃完早饭，舅舅送我上报馆。

舅舅把我领到一位穿西服，脸孔苍白，有三十来岁的人面前对他说：

"领来了。"

他对舅父很客气，让他坐下，给他一支纸烟，并且替他燃上了火。

他不十分留心的看了我两眼，对舅父点点头："可以。"

一个比我大两岁的人，把我领了去，他问我：

"你姓什么？"

我告诉了他。

于是，他做了我的老师，教给我什么时候端茶水给那些坐着的先生们喝，他说这些先生们名叫编辑。他又告诉我各种应负担的职务，我都记在心里。

我吞吞吐吐的问他：

"我们叫什么呢？"

他说：

"我们叫杂役。"

我不懂什么叫杂役。

他给我解释：

"杂役就是打杂的，连这个都不懂？"

噢！我明白啦！

我很欢喜……

（一九三六年五月九日）

惩罚和决斗

一个号兵，从卫后所出来，很快的走到校庭的国旗下面，规规矩矩站好，把号举起，鼓着嘴巴，努力的吹起来：

——哒，哒，哒，哒，哒，嘀，哒，嘀……

"上课了！"

一群学生呼喊，他们是在庭院散步，赶紧飞跑到宿舍里，拿了书和笔记簿出来站队。

排尾最小的一个学生忘记了戴帽子，光着头，他右面一个团脸大眼睛在他秃头上打一巴掌，他这才想起，慌慌张张跑回屋去取帽子。

队伍排好了，"值星学生"在队伍的中央前下口令：

"报数！"

"一，二，三，四，五，六，七，八，九，十，十一，十二，十三，十四……"

数到三十，声音断了。

下口令的人翻翻眼珠想了一下：

"嗳，少一个，谁？"

队伍里有个学生说

"二姑娘！"

大家笑起来了。

二姑娘是个学员的绰号，因为他的面貌美好，有一双美丽动人的女子似的眼睛，所以大家送给他这么一个可爱的艳称。

"他跑到哪儿去了？"值星学生焦急的瞪着眼。

"大概是和谁幽会去了吧！"

有个学生这样的说。

全体又笑了。

等了片刻，一个学生飞一般从南面往这面跑，像身后有狼追他一样。

"快点儿！"值星学生对他喊：同时下开步走的口令。

二姑娘因为跑得太快，累得满脸赤红，他迅速的拿了书出来追上队伍。

这一队学生转一个弯，向东面走去。四面也有一队学生，这时已经走到教室，只剩排尾这个人，好像蛇尾巴。

他们走到教室门口，脚步慢了，队伍渐渐缩小，教室的门像大嘴似的把他们一个一个吞进喉去。

他们坐在位上并不静肃预备功课，你看我，我看你，回头回脑，交头接耳的乱讲。

"嗳！你明天上哪儿去？"

"看电影。"

"明天星期天么？哈哈我忘了！"

中央排尾位上有个高鼻梁，忽然跳起来，跑到讲台上做怪脸，他伸出舌头，瞪着眼，两只耳朵动来动去，这是大家最欢迎的幽默表演，他特长这一手。

一个十七岁的学生，有一副生成的诙谐的面孔，他轻手轻脚走到讲桌前面，扭着屁股开始跳"滑稽舞"。

一个学生拍拍桌子喊：

"教……教……教官来了！"

跳舞家赶紧跑回座位，像猴似的抱着头假装老老实实看书。

其实教官并没有来。

寂静了几秒钟，苍蝇似的，又嗡嗡吵嚷起来。

"啊呀！明天星期天么？"

"我一共有二分钱，不够，谁借给我？"

"请你到银行取吧？我存着两万元。"

"呸！那是你姐姐赚的吧？"

忽然，沉静了，一个一个都正经的看书。

教官是个体格很壮的人，军帽正正的戴着，眼镜稳稳当当架在鼻梁上，脸色很好，嘴紧闭着，他今年三十二岁，阶级是少校。

高腰马靴后跟的拍车格啉格啉响，他大踏着步走进教室。

敬礼和报告人数的方式完了，他打开厚厚的一部战术教程开始讲解。

他讲战术是呱呱叫的，在黑板上画要图，画得很详细，字写得很快而且规整，拿粉笔是用拇指和中指。

虽然把桌本捧在鼻子前面喋喋不休的演讲，但是他的眼睛总在镜片下面留神的察看学生，他看着学生们的面孔，忽然看这个，忽然看那个，锐利的眼光像火星样，很迅速的射到预料不到的方向。

手指脚画的讲了半点钟，他看着最右排坐在靠窗的位上用书遮着脸的一个团脸大眼睛学生，和这个学生身后一个尖下巴颏学生，他在这两个学生身上特别留意，不时的把视线射去却还不使他俩发觉。

正在讲着，他喊道：

"杨方！"

立起。

"你把我刚才讲的意思说说！"

讲不出来，只是挤眼皮，两手直直的垂着，眼珠向屋顶直翻。

教官又喊了一声："朱南！"

尖下巴颏立起。

"你讲讲我听！"

讲不出来。

老师皱皱眉头，对这两个学生噘噘嘴，吹吹鼻子，拍拍桌子，跺跺脚：

"杨方！你在那里做什么？"

"…………"

"朱南！你在那里做什么？"

"我……我没有做什么……"

"胡说！我看见！"

生气了，十二分的生气了，连眼镜也生了气，四射着愤怒和威严的光芒。

放下书，走下讲台，仔细的在两个学生桌上看了又看，桌上除了书籍和文具以外，也没有什么分外的东西。

大家担心的喘着气，教室里的空气很紧张。

他把两个人的笔记簿翻着看，又拿起书来翻。在杨方的书页里发现几张纸条，朱南的书里面也有几张，他看了半天，把两个人的纸条互换，然后一条条排好，先叫朱南念。

朱南很踌躇，为难的动着嘴唇，好像放在热锅里的蟹子。

"大声念！"教官高叫一声：

"是……"他念了，"情人，大两岁好，小两岁好？立刻答复！"

"杨方！你念！"

他吞吞吐吐的念道：

"小两岁好……"

教官嗫嗫嘴，皱皱鼻子：

"朱南念，你们俩轮流念！"

朱南："我不同意，我以为大两岁好，因为年纪大些，会体贴，不骄傲。"

杨方："按生理，女子比男子小两岁合适，而且，叫妹妹好听，叫哥哥比叫弟弟妙……"

朱南："情人嘴，叫什么都好听。"

大家忍不住要笑，可是不敢笑。

杨方："叫你王八，好听么？"

有几个学生扑哧的笑出声来。

朱南："打是亲，骂是爱，这就是说，什么打也好，何况称呼。"

杨方："那么你叫她妈吧，请便，请便……"

纸条念完了，教官把这些纸条装在马裤袋里，他拿去做什么，没有人猜得出。

他对值星学生说：

"到值星司令室，把戒尺拿来。"

"是！"

板子拿来，朱南先挨打。

——啪！啪！啪！啪！……

板子举得很高，打得很响。

"你再改不改，什么大两岁好，小两岁好？……"

朱南皱着眼眉挨了十二板。

"把手伸出来！"

杨方慢慢的伸出手。

"不是，左手！"

他把右手放下，换左手。

——啪！啪！啪！啪！……

"什么哥哥妹妹，不好好听讲，胡闹！"

他忍着痛，一下，两下，三下好容易挨到十二下，不打了。

教官走回讲台，把板子噔啷一声扔在桌上，拿起书本接续讲释。

下课以后，大家围着两个挨打的人，嘻嘻哈哈的说笑，他们也讨论起这个问题。

"小两岁好！"

"我说大两岁好！"

"小两岁好！"

"滚！"

"哈哈，叫妈！"

"哎，你们听我说……"

闹嚷嚷，吵得人耳聋，直到一个不剩，走出去了，教室才清静，好像有杂音的无线电机被闭上一样。

杨方默默的抱着书往宿舍走。

二姑娘把手放在他肩上问：

"痛不痛？"

"你说呀？"

"我怎么知道。……"

"嗳，我挨了打，怎么，你不疼么？"

二姑娘捶了他一拳走开。

他摸摸左手：

"哎呀！肿了！"

他要哭似的皱皱眉毛。

这时，已经吹过熄灯号了，宿舍里的电灯全都熄灭，只有自习室里的电灯还亮着，有十几个学生静静的用功，一个脑瓜像皮球，圆圆的，很大，而眼睛像牛似的学生伏在桌上写信，他写了几行，看一看，歪歪头，想一想，不满意的把信纸撕碎了，团了一个球，顺手扔了。

他不把纸球送到屋角地方的字纸笼里，随便抛在地上，这是犯过的。而这个纸球正好滚到另一个学生的桌底下，这个学生是个长脸，宽肩膀，有两道浓黑的眉毛，他正在闭着嘴唇读书，听见桌底下有一声轻微的响，低头一看，原来是个纸球。他抬头向四面看看……

"这是谁？"

写信的瞥他一眼，挤挤眼皮，哼一声。

长脸放下书，怒气冲冲的说："金冰！你为什么往我这里扔？"

"你不好拾起来么？"

长脸忿忿不平的咧咧嘴：

"我不是你的奴隶，你是什么东西，随便瞎扔，值星司令看见算谁？"

但是金冰理也不理，低着头去写信。

长脸拍拍桌子：

"金冰，你赶紧拿去，什么东西……"

金冰转脸看看：

"真是少教，一个纸球还值得这样？"

"你把这纸球扔在人家桌底下，以为有理么？"

"有理。"

"放屁，赶紧拿去！"

"我偏不拿。"

长脸拾起纸球，对准了金冰的脑瓜狠狠的打去。

金冰挨了打，立刻跳起走来到长脸面前叉着腰。

长脸也立了起来，并且向前果断的迈了一步。

"你要做什么？"

所有的人都停止了用功，有一个学生说：

"到外面打去！到外面打去！"

"走！"金冰伸手指外面。

长脸咬咬嘴唇："走就走！"

一对仇人走到外面，在有电灯的地方停了。

金冰勇猛的往前冲去，好像一只老虎，但是长脸向旁一闪，躲开攻势，顺手抓住金冰的胳臂，上去一腿，把金冰绊倒，然而金冰抓住了他的衣服，两个人同时跌在地上。

屋子里的人都出来了。

两个人滚在地上，你打我一巴掌，我捶你一拳，谁也不让谁。

一个学生跳出来劝解：

"停手！停手！唉唉……这成什么，快起来，起来决斗，我当审判。"

他们七手八脚去把两个人拖开了。

两个人摩拳的仇视着。

愿当审判的人述意见：

"这样吧，三回胜负，怎样？"

大家都赞成，鼓励着，挑唆着，开心的笑。

争打开始了。

审判员高举右手，下口令：

"预备！"

两个人站好姿势。

"一，二，三！"

金冰不顾命似的攻上去，长脸只是向后退，他退了几步，就势一拉，把金冰拉倒。

审判员赶紧呼喊：

"停！"

金冰爬起来，咬着牙，狰狞的瞪着眼睛。

"预备！一，二，三！"

金冰又是先冲过去，这一下干得很好，一下抱住长脸的腰。长脸想跳开，但是来不及，被金冰摔倒了。

"停！"

长脸爬起，拍拍跌痛的屁股。

审判员摸摸脸，说：

"这回决战，来！预备！一……二……三！"

金冰的攻击精神很旺盛，他又冲过去，但是长脸喜欢防御，因为防御战是他的拿手，所以金冰一冲过去，他便后退，金冰再一冲，他再一退，正在这瞬间，金冰的气力被利用，他把身体巧妙的一反，顺手把金冰的身体向上一反，更用力一推，这样一来把金冰弄得很危险，差一点跌倒。幸亏金冰敏捷，赶紧收回攻势，转向防御等长脸一上，他又冲过去，谁知长脸的这一上乃是虚势，不是本旨，是不用气力而狡猾取胜的企图。金冰忽然发现他这用意，然而他已经冲了过去，正如骑虎难下，来不及逃避，被长脸回身一抱，扯住他一条大腿，另一只手挡住他的胳臂，脚底下一扫，他便倒栽葱一般跌倒了。

审判员胸脯一拍：

"住手！"

长脸拍拍衣服，胜利的微笑浮在面上，金冰气虎虎的爬起，有点不服，还想动手，可是大家表示反对，他只好罢休。

金冰坐在凳上，也不写信，闭着两眼，抱着两臂在想什么。

忽然，他跳了起来，直向长脸冲去。

把大家吓了一跳，都闭住了呼吸转头看。

金冰伏在长脸桌上：

"你生我气么？"

"生一点儿，你呢？"

"我不能生气，我应该忏悔，因为这是我的错。"

"那么——和好吧！"

"…………"

长脸立起，和金冰互相拥抱着，脸贴着脸，胸贴着胸。

大家都不说话，静静的看着，拥抱了五分多钟，两个人难舍难离的松了手，你看看我，我看看你，难受的咧着嘴唇，而两个人的眼圈都有点儿红了……

醉汉的死

一天早晨，同事张千从外面跑进来，很惊奇的睁眼睛对我说：

"马烈耶斯基死了！"

"怎么？死了？真的么？"

"昨天晚上死的，他又喝醉了酒，爬到楼顶房盖上去睡，他大概是睡熟了，翻身掉下摔死的，脑浆都跌出来了，鲜血溅到各处，头发染得通红，您去看看吧！"

"现在在什么地方？怎样处理了？报告司令了么？"

"报告了，司令只说给他买只棺材埋了就是，郑副官负责任办理这件事情。"

我扣上帽子随张千跑去，看见大楼身后靠厕所旁边的墙根围了一群兄弟，他们在说说讲讲，手指脚画，有的抬头望着楼顶。

马烈耶斯基的尸身盖在破席子下面，脸被头发和血包围，已经看不出面貌的确形了，一阵恶心，我几乎要呕，急忙离开人群，走回自己的屋子，站在屋前，看着街市上的人，在尘土飞扬的地上蠢动，江上有只小火轮很快的跑着，一朵灰白的云在半空游动，我眼瞅着江边拥挤的帆船，想着：

马烈耶斯基是去年冬天到我们队里来的，他是随着司令来的，因为他有一手专门的技艺，是修理机关枪，所以我们的司令官便雇用了他，给他一个月五十元薪金。

他来的那天，正好我在司令的屋内，看当差的把他引进来，我有趣的看着他那一副像猫头鹰似的面孔。

他有一个高高的紫色的鼻子，蓝色的像鸟似的眼睛，两只手又粗又大，肮脏的领带歪在一边，腋下夹着皮大氅，规规矩矩的靠拢着足跟。

"我告诉你，在队里，要遵守起居时间，喝得烂醉可不行！"

"是！是！"

"我这队伍，你总会听别人讲过的，违背军纪和强盗一样的处罚！"

"是！是！"

"月薪虽然少些，但是看你服务成绩如何，如果好，一定增薪！"

"是！是！"

司令微笑着，同时也是很严厉的对他训了一番话，而且吩咐当差的通知郑副官，给他预备一个睡觉的地方。

这天下午，部里的官员都下班回家——我是住在部里，没有家可回——我在营庭看见了他，他微笑着和我打招呼，前进两步，举手敬礼。

我看见他那副猫头鹰似的面孔，禁不住露出笑意，他很诙谐的伸一伸手，意思是叫我坐在他坐着的椅上，并且客气着说：

"阁下，吃饭了么？"

"还没有，喂！你说我们国的话，说得太好！"

"不，不行，说得不好，很多的话不明白！"

营庭的木椅虽然很凉，但是我忘记了凉，坐下和他谈话，他坐下时的两膝交叠着，脚后跟在硬地上很有节奏的捣着响。

"你到我们国来几年了？"

"哈哈，阁下，十三年，十三年半还多！"

"妻子呢？在什么地方？"

他摇摇头，垂下脸去，吞吞吐吐的说："没有，没有，一个也没有……"

这样，我就和他熟悉了，他是个性格诙谐，非常滑稽的家伙。不过他有时又十分沉默，喝起酒来使人吃惊，喝个烂醉之后，便东倒西歪的在满院子走动，闭着眼皮，张开大嘴，像驴似的喊着唱，庞大的身子撞在墙上，跌倒时，并不立刻爬起，坐在地上，或者躺下去打滚，引得大家哈哈大笑，看到他这种可憎的光景，我很想过去踢他几脚。

喝醉酒乱闹的行为，第一天终于被司令知道了，叫过去申斥一顿，他总千篇一律的说："是！是！"

他的故事是经我多次怂恿请求才讲的，我知道，每一个流浪在外国的大鼻子，都有桩故事，他和那些人一样，也有他的故事：

"从前，我阔得多了，现在，这真不像话，一个月赚这几个钱，还不够从前给我妻子买一盒粉！"

"你不是说你没有妻子么？我知道你是撒谎，现在，别撒谎，诚实的讲吧！"

"噢！噢！我没有撒谎，从来没有！"

"我从前，实在，阔得多了！阁下，您想想，我的父亲当大官，不要说别的，单是仆人就有一百多，别的不算。"

"我的母亲的父亲也是大官，她家里的钱，恐怕你这小屋子也装不下呢！"

我们是在屋子里谈话，坐在炉边，这时他指指我的屋子，把脚踏在炉门上，猫头鹰似的蓝眼睛放着荣耀的光。

"我们住的屋子漂亮多啦！阁下，您恐怕没有见过那样美丽舒服的屋子吧？就是吃饭的碗碟都镶着金边银边，刀叉全是银的，我母亲有副项链，价值好几万元，她手的订婚戒指，能盖好几个大楼，从前我阔得多啦！"

"我的妻，她父亲也是大官，她呀！脸子真好看，在你们贵国，我住了十三年多，走过很多地方，但是我没有看见一个女子像她那样美。阁下，你别生气，贵国的女子我真看不中，又瘦又小，成什么样子？身体太不好，不结实，拿手指一指，大概就会倒了！还有些小脚女人，那简直不像人……"

"现在，小脚女子很少了！"

"是！是！很少！阁下，你别生气，那种小脚，真不成话……"

"我一点不生气，我国的文化所以落后，小脚是妨碍进步的最大的原因之一，马烈耶斯基你说的不错！"

"咳！从前，我阔得多了！"

"我的妻真美呀，我俩互相很亲爱，那时，阁下，我不像现在这么丑相，穿的不是这种衣服，这……这套衣服，要饭吃的人都不穿，我真想不到会穿上这样的衣服。那时候，衣服我有的是，都是华丽的，值钱的，今天穿这件，明天穿那件，愿意穿什么就穿什么。我的妻，她的衣服才多呢！全是华美的，值钱的，又好看，又高贵！"

"那时候，我们成天，什么也不做，吃好的，穿好的，每天晚上，成群结队的宾客，到我们家去聚会，这些宾客，都是上等人，差不多都是做大官的，或者是有钱的，都是大富翁。还有会做书的有学问的人。还有音乐家，都是有名的。他们都吃得好，穿得华美，都高贵。宴席是太多啦！上等的菜，上等的酒，上等的仆人侍候，叉子、碟，全是金的、银的，哪有瓷的、铁的呢？我从前根本没有见过瓷的饭碗，粗糙的竹筷子，我们喝着酒，谈笑着非常的快乐。喝完酒，那些音乐家弹琴，弹得太好啦！阁下，那种音乐，你没听过吧？"

"我们跳起舞来，真是快活，和我伴舞的，全是尊贵的，美丽的妇人，都是高贵的，从前我阔得多了！……"

"现在呢？"我不耐烦的插嘴问。

"现在？啊，现在，完了！一切都完了！旧日的欢喜如今变成苦恼！"

"为什么好好的幸福不去享，要变成苦恼呢？"

"这……阁下，你不知道么？不能吧？你想想，你一定会知道的，也许，你是忘记了？"

"我们国内乱后，我父亲气死了！我母亲吓死了，我的妻失了踪，不知游荡到哪一方，嗳！从前，谁想到会有这一着……"

"你怎么会到我们国内来的呢？"

"后来，看看情形不行了，我就逃出来，我跑到贵国，首先是闲住，起初我还有些钱，渐渐花光，我也找不到职业，因为我没有熟人，幸亏找到一个在国内是熟人的朋友，他介绍我在一个工厂里做工，修理机关枪的手艺便是这时起始学习的，从前哪会干这种职业，以后我又到过很多地方。"

马烈耶斯基的故事并不动人。这样的故事是随处可以听到的，每一个月发饷，他就喝个烂醉，他有了钱，什么也不干，全买了酒。

后来，他的胆子大起来，喝醉竟骂人，但是我们的弟兄比他胆还大，挨了骂并不忍耐，大家一齐闯上去像一窝蜂似的围着他，脚踢拳打，把他捶个半死。一向，我们在队里的生活本是寂寞的，这么一来，增加了不少兴趣，他的烂醉，成了大家最好的消遣！每当他烂醉以后，弟兄们捶打他的时候，我在旁边总是袖手旁观，既不同意，也不反对，取中庸之道。两方面虽不讨好，也没有得罪的可能。

他挨了打就老实了，像猫似的蜷曲着身子，哼哼着唱。

我们楼顶的房盖是平的，到上面去有特设的梯子，夏天，大家在上面乘凉，马烈耶斯基时常在上面睡觉。

谁想到，他竟会滚下去摔出脑浆呢？

当天的上午，棺材抬来了，又抬走了，马烈耶斯基睡在棺材里，睡在黄土下面。

如果是从前他阔着的时代，那葬式决不会像现在这么简单，一定是隆重的，高贵的吧？

（一九三六年六月）

张　财

雨后初晴的晚上，很凉爽，放学以后，和大家喊声："再会！"我就夹着书包跑了。

出了夜学校的玻璃门，经过两个胡同，借着路灯的光，选着没有水的地方走，转弯抹角，走到大街上。我在马路边，靠着接连不断的楼房跟前走得很快。

在前面不远，距我百米光景，有一个少年的背影，忙忙碌碌，好像有什么紧急事情似的，低着头，走得比我还要快，手里像是拿点什么东西，只是看不清楚拿的是什么。

一种竞争的意识迫着我，觉得追不上他很是可耻——我便加速度奔走着。

汽车飞过来的时候，头前两只明亮的怪眼睛放着金色的光，马路上的水湾很像镜子，前面的人，并不他顾，寞寞的，在路上急速的前进着。他走到黑暗的地方，电线杆或独立树的阴影把他掩灭时，就成了一团模糊的轮廓，但一转眼，又到了光明的坦途，他走得更快些。

我奔跑着，几乎追上他了。只差二十来步远，可以看出他的姿态，他的头稍稍向右倾斜，手里拿着的是草帽，这时我因为走得太快，满头都是汗水。

这几乎成了我的嗜好，每逢在路上，我总喜欢追着前面的人，追过这一个，又去追另一个，非追到他们的前面走，否则我便觉得很不舒服，我回头望望那落伍者，很是骄傲得意，如果是平均相隔五十米的四五个人，就要累得我满身大汗，倘若没有追上我的目标，前面的人已经在转弯处消失了，我便感到无名的失望。

现在我追上他了，可以看见他的侧面了，他的衣服，是一身不见得干净的白柳条裤褂，裤角挽在膝盖上，赤足穿着皮鞋，那皮靴不但破旧不堪而且稍见大些，走起来拖拉拖拉，鞋跟打在平滑的石路上，发出焦急的艰难的声响。

是一副长脸蛋，鼻梁高高的，颊角流着汗水的少年。

忽然他一转脸，使我惊异的叫了出来：

"喂，张财！"

他并不停步，冷冷的微笑着反问：

"到放学了吗？"

"是呀，你今晚怎不上学？先生问大家，谁也不知道，不知你因为什么缺课，你应该预先请个假就好了，韩先生放不放心呢！"

我的声气显然有几分垂怨他的意思，但他默默的，不答我，走着他的人生的路。

我觉得有些发怒，张财怎么忽变得骄傲起来了呢？我说了几句苛苦的话，故意叫他难堪。

"未来的事情我怎么能预先知道啊？"这便是他的回答。我可以看出他的面上显得很愁苦，这句话是不得已勉强说出来的。然而我并不因之消气，却更发怒。

"今天活着，明天仍旧得吃东西，是很容易知道的……"

他的步履慢一些，转过脸来瞥我一眼，这眼睛好像哭过一场似的，我靠近他一些，看着他的不合适的皮鞋。

我的话至少是使他很不高兴，沮丧得垂下头去，可是不开口：

"你到底有什么事，脱懒吧！"

"唉！你不知道！"他不停步的说，"母亲病得很厉害，父亲今天来叫我回家看看，也不知……"

前面，在十字路口，在转弯处，跑出一辆汽车，它的两只强烈的眼，画了一个半圆，直向我扫过来，狠狠的刺了我一下，它的轮声好像咒骂我似的，不理我的向着东南——马路的转角那里跑去了。

"母亲病得厉害"怎么会叫他预先知道呢？他平素是不缺课的，我竟说他懒，未免太也冤枉好人。汗珠从我的颊上流下，我不知怎样道歉好，悲哀的汗水刺痛着我，我应该哭一场，幸亏他先开了口，说了下面的话，他很原谅我，我像罪犯被赦似的松一口闷气。

"我本来上午就想走，可是请不妥假，明天早晨还得回来呢！"

"这样晚了啊！你怎么走呢？张财，三十里地呀！"

"我走过好几次，不要紧！"

啊，他能在夜里走三十多里路，在"市内"走当然算不了什么，他家在乡间呢！天空又没有月亮，而且是刚下过雨，"市外"的道路怕是很泥泞吧，而且他这双鞋，怎么走？

别人的艰难传染了我，我觉着很悲苦。

张财是我们班里成绩很不错的一个，他父亲是乡村小学教员。

他们乡间只有初等小学校，入高等科必须到都市来，他的家距这里足有三十里路远，非在学校里寄宿不可。

寄宿要寄宿费，饭费，学费，此外还有我不明白的种种举不胜举的惊人的费。

这些费把他父亲费住了！不能解决了！虽然他父亲是擅长代数，几何，三角的，然而这几笔简单的费却解不开！

听张财说过，他家里的人口很是不少。

祖母年高体衰，坐食山空，不能做什么活计，说句文明话，就是只能消费而不能生产。他们没有房产田地，或者也许从前有点儿，因为供他父亲读书卖光了，他的母亲目不识丁，本是三门不出四户，一动就害羞的村姑出身，后来跟他父亲学习识几个字，但是又能长进什么学问呢？识几个字也有限，不会打字，又不会银行簿记，而且找职业不消说是不行的，身前又有一大群小国民，做饭洗衣就把她累死了，而且是小脚。

张财有个叔父，可怜他是个哑巴，没有进过盲哑学校，等于废物一样，是把吃饭的能手，张财还有两个姐姐，一个弟弟，一个妹妹，他父亲说：

"不知是小弟弟小妹妹又快出来了！"

一家这么大一群吃饭的队伍，全凭他父亲单人独马赚钱养活，薪金又什么是多，不过才二十几元，"柴米油盐酱醋茶"没有一样不要钱，你以为过穷日子容易么？

张财曾说：他母亲的裤子破了几个大窟窿打算割几尺家织布做一条都做不起，哪有供他读书的可能？

张财的八字真不叫好！一次他这样对我说过：

"有一天晚上，父亲看着我们这一大队正在努力吃饭的人马，就痛苦的笑着对母亲说：'我好像一只长尾巴鸡，尾巴上绑着些破瓶乱罐，不绑就飞不起来，这一绑，连走几步都难受！'"

这话说的真有意思，真是叫人哭不得笑不得。

不论从哪面研究，张财都没有升学的可能，最后的体恤，是托亲告友把他送到这里的一家外国洋行学徒，一个月赚几块帮帮父亲养家，先天营养不足，后天训练缺乏，工作不适于他的年龄，所以他的身体不大健康，但他的精神很旺盛。

他才十五岁，每月的薪金是七元零四角六分，刨去伙食六元，剩下的数目你用心算就明白等于多少了！

每天晚上，他到夜学校学两小时国文，他的成绩，在四十多人之中占头二三位，他很用功，他能把一课八九篇书，爽爽快快，一字不差的背诵出来！他的聪颖，真是惊人，先生常摸着他的秃顶说：

"张财！努力前进吧！成功总有一天会来安慰你。"

他得到先生的热爱与鼓励，同学的欣慕与赞扬，他的长长的脸蛋，大眼睛，两道清秀的眉毛，全部轻松的活动了一下，他恍惚看见那真理的女神拖着纱衣，飘飘摇摇的从屋顶的角落降下，亲切的与他握手，把一束成功的鲜花赠送与他，并且给他安慰的一吻。

"再会吧！"

他把我的思想打断了，我们已经走到不得不分手的十字路口了。我想不起来说什么好，只是呆呆的立着，望着他向黑暗的街道转过身去，他的影子，由模糊而看不清，一点看不见了！

我盼望他在路上不要摔倒，安然的到家，希望他母亲的病痊愈，因为他母亲虽是无能之辈，然而她的存在却是很重要的呢！

我走上自己的路，我也走到黑暗的街上了，狭窄的，泥泞的，没有路灯，很难行走的路，在远远的街头上，有一盏光明的灯招手引诱着我……

啊！光明，希望你照在张财的身上！

（一九三六年十月六日）

海的话和光

你们看见过伟大的海么？你们听见过那海面上活泼的浪花滔滔不绝的讲话么？你们受过那辉煌的光芒深刻的感动么？

像伟大的海的活动光景是应该看见的，那浪花的讲话的意义是必须理解的，那神秘的光芒是总得吸收的，如果没有和伟大的海见过面，没有听过浪花的讲话，没有和动人的光芒搂抱过，实在应该抱歉呐！

当我们还没有降生的时候，那伟大的海就在不停的活动着了。当我们还不懂得人事的时候，那浪花就在讲着有意义的话了。当我们的眼睛还不能看清各种东西的时候，那五光十色好像万花筒里的光芒就在奇异的闪耀着了。

请来聚精会神的看，在我们面前的这一片汪洋大海，是不是和天际相吻，在那看不清的朦胧的海的边沿，是不是像一片无头无绪的雾的影？它和广大无边的天空的颜色是一样的，我们简直分不开天和海了。

请细心的听吧，那一层推着一层永远永远不会间断的浪花是不是在热心的，激烈的讲着话：

"不管那些唯利是图的渔人怎样在我们身上布网，不管那些自我中心的轮船怎样在我们身上航行，不管那些没有正义和公德的人们怎样往我们怀里吐唾沫扔废物，也不管那些没有廉耻的人怎样在我们纯洁的胸膛里洗着肮脏的臭脚，尽管给我们各式各样的侮辱和刺激，我们是不在乎的。

"几千年，几万年，我们伟大的海洋就是这样坚毅不拔的忍耐过来的，我们在忍耐之中隐忍自重的前进着，不停的前进着。那些渔人，船只，一切的废物，都怎么样了呢？有的灭绝，有的破碎，有的正在和灭绝接近，渐渐的破碎，然而我们海洋，还是这样的伟大，这般的健壮！"

你快点儿看看，那初出来的太阳，赤红赤红的一团，是不是像一个大火球，它从辉煌灿烂的水里钻出来，吐着万丈的光芒，这奇异的，美妙的图画真动人心魄，你再看看落下的太阳把金色的海面照得一片通红，给人的印象多么深刻，谁能不感动啊！

还有，海风从渺茫的天边，从五光十色的云彩的洞府，从朦胧的雾的影里，从空中，从海水的深处，带来了雄壮动听的歌声，这歌声是在浪花的讲话以后广播到各处去的。

啊，伟大的海，浪花的有意义的话，动人的光芒，雄壮的歌，这些美妙的图画和音乐，和现实的梦，你们要没有见过，没有听过，没有感动过，确实是一生的大缺陷，顶好是去看看去听听，去感动，去接受吧……

(一九四一年夏)

在船舱里

一个商船，挂着三色小旗，停泊在嘈杂的岸边。正在运货的工人上上下下流着汗奔跑，好像蚂蚁一样，拼死拼活的忙个不休。卖杂食的小贩蹲在岸上，守着他们的摊子呼喊，许多贪婪的人，生性粗暴的人在岸上走来走去，有一个穿着短衫的人站在甲板上叫：

"赶紧的把绳子拿来！"

有些长衫短褂很整齐的旅客背着行李卷慌忙的走上船去，到混乱的狭而黑暗的舱内寻找位置。几个黑手脸弟兄坐在尘土飞扬的地上吃东西，在一个高大的仓库的房角，蹲几个歪戴帽的人，密密的围着一个小圈子赌钱，一个高大的汉子叉着两手在望哨，他的脖颈上挂着一条灰手巾。

一个西装的青年下了马车，提着皮包走上船，他停在甲板上，靠着栏杆四下看了一看，打算走进舱里去，这时正巧有个工人无意中撞了他一下，他厌恶的瞪瞪眼睛，但是那工人并不表现丝毫的惧色，反把他的肩头向上纵了一纵，立定了看他，青年不理会的走开了，工人也走开了，并且愤愤的哼了一声。青年直走下船舱，他一看舱内那混杂无序的情形和乌烟瘴气的空气，不满的摇摇头，赶忙提着他贵重的皮包重回甲板，悠然的看着澎湃的浪涛，他摘下硬盖草帽让风吹散他的短发，这时距开船的时间近了。

船上，货物已经装完了，小贩们为最后几分钟的努力起见，放开喉咙喊，提着篮子卖纸烟的童子在甲板上，舱里等处迅速窜来窜去。

第一遍驱逐送客人等的铜锣响起来了，许多人争前恐后的离开船。

几个穿制服的走进机关部，粗大的烟囱冒出深厚的黑烟，汽笛尖锐的叫起来，接着远远的有汽笛的回声，好像是说："再见吧！祝你们一帆风顺！"开船不久，三等舱内的秩序便已就序，老客们在各自占定的位置放开行李铺好，西装青年因为进舱太迟了，还没有适当的位置，因为位置已经没有了。他在一清瘦的中年人老客的旁边把皮包放下，那中年老客看看他，很想让出一点地方给他，无奈邻居挤得很牢，不能再让，所以对他说：

"先生这里没有地方了！"

"谁说没有？你不可以往那面一些么？"

这句话惊动了舱内所有的人，大家都愕然的转过头去看他那一副尊贵的面孔，有个老年人对身边的年轻人说：

"这真不得了呀！说话这么蛮横！"

清瘦的中年老客很和蔼，他满脸堆下亲切的笑容，赔罪一般的说：

"先生！请看吧，这里究竟有地方没有？唉！一点没有，实在。"

旁边一个胖子，正在大嚼他新买的鸡腿，这时，很不耐烦的瞪起牛样的眼睛，说话像打雷一样。

"没有地方，没有地方。"

西装青年更尊贵的端起架子来了，他把衣服整了一整，反驳胖子：

"关你什么事？"

胖子一愣，放下鸡腿：

"哎！我说你怎么不讲理？你跑到这里来虎情形呀！能成么？这里明明没有地方，你不好到别处看看么？"

中年老客愈发的和蔼起来，他恭恭敬敬的立起：

"别闹出不和气的事情，先生，如果你非在这地方不可，我可以到别处去，把这地方让给你，怎样？大家坐在一个船上，都是前生有缘，俗话说，'同舟共济'，我们出门在外，和气一点吃不了亏，我……我到别处去！让你先生在这里！"

他说着便动手卷行李，胖子的眼睛越睁越大，他跳了起来，一只肥大的尊足在地板上跺得很响，他把粗圆的手叉在腰际，吼了起来：

"你是什么东西？我叫你赶紧滚蛋！"

"放屁！你算什么？你胆子真不小，你睁开眼睛看看，你叫谁滚蛋？"

"我叫你！叫你滚蛋！"

中年老客把两个渐渐接近的敌人从中间分开，他的眉头和额角同时的皱了起来，满脸愁苦，不住的向两方面点头示敬：

"唅唅！咳！别闹！这算什么？有话好说，何必动气？四海之内皆兄弟，快请二位息怒，这事算兄弟我的错……请二位坐下，坐下，这点小事实在不值得吵闹！"

胖子气得满脸青紫，经中年老客一说，改了一些颜色，他坐到原处，拿起他的鸡腿来啃，并且咕噜着咒骂。

西装青年也许自知礼亏，什么也不说的走开了。

但是他把船上管事的招了来帮助他，这叫胖子怒气万丈了！他上去，冷不妨就打了青年一个耳光，同时踹了一脚，有几个人赶紧跑过去把胖子拖开，安慰那青年，然而青年挨了打是不能算完的。他指着胖子的鼻尖大骂，想过去还手，总被别人拖住，未能得便。

船上的管事人，手背上缠着一串佛珠，表示他是个信仰佛教很讲道德的人，而且处事很有经验，他不直接从两方面打听详情，而间接的寻问别人孰是孰非，他慢点着头，劝服那青年：

"先生，算了吧，我给你在别处另找个地方，请到那面去看看。"

他把青年的皮包提着便走，但是青年的怒火还没有熄，他乘机抓住了胖子的领襟，一拳打在胖子的脸上，胖子闪避不及，挨了这一下，他们凶猛的打做一团，附近的人咒骂起来，急忙躲开，因为他们踹坏了别人的行李，有几个人从后面推着，鼓舞着，舱内的人都站起来看光景，管事人这时也无法管了，争打的人被大家拖开，青年吃了亏，他的脸被打破，出了血，他更是不愤，虽然大家都劝他罢休，有的人竟高声不平的骂了起来。

"这小子真不讲礼！少教训！"

胖子因为用力过多，这时气喘如牛，中年老客只是摇头，他很不满的低着头，讲着他被踏的行李，埋怨着说：

"这点小事，不值得吵闹，更何必动打，这像什么话？闹得太不好！大家坐在一个船上，也是一种缘分，将就过这一夜，明天早晨便到了，两个山不见面，两个人以后是容易见面的，无论什么事，互相原谅着，没有解决不了的事，唉！这真是何苦来！哙！多余！"

这件事好歹结束了，船上管事人给西装青年在一个角落寻到一个位置，那里坐着一个粗眉大眼的小伙子，他背靠着行李，两手捧一本书，热心的念着。

"一个黝黑的夜里，如猫头鹰之在树洞里一样——我住在斯威也斯克城中的贫民窟中，这时候，恰恰是秋天的十月天气，细雨瑟瑟，寒风呼呼，委实令人厌烦的鞑靼歌在唏嘘着——不断的歌着，噢，噢，噢，呜，呜，呜……"

西装青年的脸肿起来了。

胖子在啃鸡腿。

中年老客把他的行李整顿妥帖一面唠叨：

"咳！这点小事，不值得……"

船在海中跑，四周除了水连着天之外，什么也看不见，天色快黑了，太阳已经早就沉入海底，五光十色的美丽的云霞也失掉了光彩，只剩满天昏暗的一层云，包围着世界。高的浪头卷着奔跑，白色的浪花打到船身，飞溅着白沫，轮船疲乏的喘着大气，黑烟在半空消散。

胖子啃完了鸡腿就睡了。

喉　痛

韩君这几天，总是把眉毛深深的锁在一处，这很显然，他心里有不高兴的事情。

一个半月以前，他寄走一篇五万字的小说，题目是：《悲苦的人》。

他为了写这个，曾受了很大的苦楚。

在严寒的冬夜，他靠着并不能使小屋子温暖的炭火盆，像猫似的躬着腰，伏在破桌上一写就是半夜，一直到铁盆里几块半死不活的木炭烧成灰烬，他的手指冻得冰硬僵直，笔一点儿不听指挥的时候，才肯罢休。

他是个读书有限的人，又因为训练缺乏，没有天才，不能下笔千言，一气呵成。所以只凭着他那愚笨的脑顸，想出一句，写上一句，一行一行对付，费了一月之久，好容易完成了这一篇东西。

他时常拿出来改一改，其实改也改不好，他是粗枝大叶的写法，什么结构呀，修辞呀，他不懂得，他只知道有话在肚里关不住，便直爽的写出来。

他写的是一个人的艰难坎坷的生活故事，一篇愁苦的叙述，一个人从幼年起，二十年来悲酸的经历罢了！

这种灰澄澄，无边无际的，好像沉沉的天空一般的东西谁喜欢读呢？连达尔文都说，一篇好小说，必须有快乐的内容，有个美妇才能生色，他的故事里既没有美妇，也不是快乐的内容，一定没有人愿意读。而且他是个无名的小卒，只是在报屁股上投过几篇无人理会的小品，即使能创作出有价值的作品，也没有人注意的。

《悲苦的人》在寂寞黝黑的抽屉里蹲了半年，他几乎忘记了，到夏天，他的职业轻松一些，便想起这篇东西来，又拿出来改了一遍，但是改完又放进抽屉里，一放又是半年，这一年的夏天，他才决定投在一个报端上发表。

但是稿子寄走一个月了，他天天翻开报纸，抱着急切的热烈的希望的心搜察"文艺版"结果总是个失望！

"一个多月还没有登出来，大概不能给登了？"

他这样想，同时有些怨恨编者的矛盾的念头。

两个半月也过去了，他的著作还不见刊登，不免有些焦急，他写了个明信片，大意是："如果没有资格登，希望寄还我……"

很快的，回信到了。

"唯检来稿中，并无《悲苦的人》一稿，或系遗失，亦未可知……"

喂！遗失？能么？我是"挂号"寄去的呀！

他稳不住神了，从凳子上跳起来，把两只手抱着脑袋，满屋子走，想着：

挂号决不能遗失！也许？……但是，这里，明明是编者的信，还盖着图章，决不至于撒谎，那么怕是邮丢了！

他翻箱倒箧，寻找寄信的"收据"有这个证据，才能和邮政局交涉搜察。但是找了半天，无论什么地方也没有，他忘记放在哪里了。他确实记得这个收据，是好好的放在什么地方的。

他抓抓头发，拍拍胸，踩踩脚，扯扯衣服，急得像热锅里的蚂蚁，旋转了半天，他一头倒在床上，眼睛向上翻着看屋顶。

突然，他想起来了，这个收据是放在办公处。

他急忙扣帽子，拔腿就走。

他栖身的处所距他办公处足有十里地，天色快黑下来了，新下的雨，道路泞滑得很，他踹着泥水，慌慌张张的走，心里的火，很是焦愁。

我费了多大的心血，写了五万字，如今竟会丢了！啊，啊，真霉气。

他的住处起了火，把所有的东西烧净，也没有这种滋味难过，他真想大哭一场。

初秋的凉风一阵阵吹快了他的步子，他一口气跑到办公处，已经是将近黄昏时节了。

办公处的门是锁着的，仆役们全走了，他急得直跳，跳了半天，看见一个仆人摇摇摆摆的来了。

他吼道：

"快来开门！"

仆役至少是吓了一跳，看他这种声气，一定是出了什么乱子，赶紧跑过去给他开门。

他先开抽屉，把堆满的文件全搬出来，厌恶的扔在桌上，很细心的寻找着。

没有。

嗳！奇怪！我明明记得放在抽屉里，怎么没有呢？怪！

外面有人唱二簧。

"你把那——冤枉事——对我，来讲，一桩桩，一件件……"

啪一声，一个放在桌角的茶碗碰掉打碎了。抽屉已经翻遍，没有发现他寻找的东西。

他喘口大气坐在转椅，歪着头想。

想了半天，决定还翻抽屉。

他看见在一张文件下面有张长方形的小纸，那不是么？拿过来聚精会神一看正是！啊，有了，他满心高兴，几乎大叫，他拿到窗跟前去看日子和翻号。

他的脸色忽的一变，把收据一下撕碎，扔了！

原来这是他寄钱给弟弟的收据，不是寄稿的收据。

失望的悲酸的阴影罩黑了屋子，他走出办公处，无精打采的迈着步。

深一脚，浅一脚，泞滑的道路很难走，他一只脚踹进泥涡里，把鞋拔掉了，他摸索着找到鞋，弄得满手是泥，他咒诅起来，不知走了什么时候到住宿的地方。

他换上裤子和鞋，洗洗手，看见桌上有封信。

一个朋友告诉他，打算出版一本书，在报上选了他三个短篇，问他同意不。

他这时什么心思也没有，即使有一个美好的女子来到对他说："哥，我爱你……"他也不高兴去理会。

他站着发愁，坐着发愁，躺着也发愁。

愁了半天，愁出欢喜来了！

我真该死！那收据，在衣袋里，在手账里夹着……

他跳起到门后拿过衣服，掏出小手账，翻出收据来。

电灯放着灿烂的光，一阵欢喜透过他的身心。

写信：

"邮政局长先生：

你们把我一个很重要的挂号邮件丢了！真正岂有此理；现在我把收据寄给你，一个星期之内，如果搜察不到，我就到最高法院去告状，叫你们包赔我的损失……"

他写到这里，看看不大好，这种信太粗暴了！

他又另写了一封非常婉转动听的信，请求邮局给他搜察，信虽然写好了收据也装在信里，但是他仍觉得不安，如果搜察不到，怎么办呢？那就只得认倒霉了！

这一晚，他失了眠，第二天早晨，觉得喉咙里有点变样，很难受。大概是夜里缺觉的缘故，好好休息一下会好的。

白天，他上班，带着寄给邮政局长的信。

一个同事告诉他：

"你不要把那收据也寄了去，倘若邮政局把它撕碎了，不负责任了，你怎么办？你把那收据的号码写去就行了！"

"好！照你的话办！"

午后下班，他觉得一刻比一刻难受，他喝了一些凉水，也不好。到晚上还没有大转变，半夜他醒了，喉痛剧烈异常，下半夜一点没有睡，痛得叫苦连天，他把脖颈用食指和中指扯得变紫，捶着胸脯，后来痛得无法，他跑到外面散步。

空中的星挤着痛苦的眼皮，夜是幽美静寂的，只有瑟瑟的凉风刮着杂乱的树枝的声响，虫子们一声声在得意的叫，如果他的喉不痛，在这凄清的夜散着步一定很有意思。

他上了半天班，下午喉痛得要命，请了半天假，买了服药吃下去。

这服药一点儿效果也没有，他痛得只是摇头，早晨不能吃东西，晚上照旧。

躺了两天，实在支持不住了，他跑到病院去诊治，医生给了他一些药，他服下去了，然而还不见效验。

他痛得只是摇头，苍白的面上，眼睛深深的凹陷进去。

邻居们的孩子在窗外大吵大闹，弄得他大不耐烦，他把脸贴着窗玻璃警告那些孩子："你们到街上玩去，别大声喊！"

孩子们并不服从他的命令，因为他素日和孩子们闹惯了，有几个孩子对他挤挤眼，紧紧鼻子，伸出食指点点他。

"都给我滚！"

孩子们并不滚，而是闹得更凶。

他把头埋在枕头下面。痛苦的熬着每一秒钟，这时候他以为死了，他恍惚看见了迎来的海洋，听见那浪涛澎湃的声音。

他又看见了他的稿子丢在路上，被一个卖地瓜的小贩拾了去，他把这些稿子当包纸用，这个一张，那个一张，分散了，吃完地瓜的人把纸团了一团，擦了一擦嘴，扔进垃圾箱去，有的上厕所当手纸用，投进粪坑里。

啊啊！他的喉一阵剧痛，眼睛什么也看不见了。

过了一个星期，他的病才算好了！

那篇绞心熬血，好容易写出来的稿子呢，到老也没有找回来，他知道，一定是进了纸篓，永远不会和世人见面了。

他决心重写。

一个月以后，有一篇叫《悲苦的人》的文章在报窟窿里露出来，他总算达到了这个心愿。

但是他的模样显着分外的苍老了，虽然他的年纪还不到二十三岁……

（一九三六年八月十四日夜）

两个年轻人

铁寒和他的伙友，一个叫礼山的人，商量了一个多月，终于决心走了，往他俩也不知究竟是什么样的地方去了。

他俩所要去的地方，不外是个大都会，但不是人烟稠密，几乎连吃饭碗的地方都不容易找的都会，而是一个差不多如神话中所说，轻而易举，一点不费力便能发一笔大财的都会。这样的都会，不错，地球上是不很多的，他俩的梦也许能实现吧！

嘈杂的码头上，船的桅杆像笔杆似的，密密的排列着。各形各色的人，在尘土飞扬之中奔来跑去，这些人，也都想发财。

在命运的网内攒动得非常高兴，不一刻，便发现了停在岸边的一艘火轮船。

"就是这船！"

礼山欢喜的伸出手来指着说，并且撞撞同伴的臂，铁寒这时正把衣包换一只手拿，走了满身的汗，他把草帽摘下来。许多蹲在岸边的小贩之中有个尖锐的喊：

"啊！热的——猪肉包子啦！"

他俩从排得密密的摊子前面经过，顺着木板走到船上去，到舱里寻找位置。很快的，便寻找妥当，到甲板上安闲的看光景，等着开船。

铁寒是个面孔美好的年轻人，有十七岁年纪，体格很健壮，穿一件白柳条短裤褂。礼山的鼻梁高高的，颊上有许多皱纹，笑的时候牙齿全露在外面，他是个老成练达的年轻人，虽然是二十岁，可是他有三十岁的人的各种经验，他知道在船上怎样防备那些神出鬼没的骗子手——拆白党，他到过很多地方，见过各式各样的人。

船开是午后六点钟，海风像电风扇一样的凉爽，浪花一层一层不断的滚着，深绿色的波浪翻着白花，打到船身上，水沫喷得高高的。太阳挂在西天，赤红的光映入水面，海面反射着五光十色的光彩，刺入眼目。从烟囱冒出的黑烟在半空消失，船尾画出一条异样的痕迹，好久的留在海面上，船一刻比一刻走快了。

他俩在一个叫 M 坞的地方下了船，住在小客栈里，在店簿上写着："到此地谋职业。"但是住了两天，什么职业也没有找着，铁寒的意思是顺着海边向西面徒步走，如果不中止的走一个月，便能走到一个大都会，他俩现在很懊悔，为什么不直接到那个大都会去，而要到这个小都会来。这地方最有名的伶人都站不住脚，是不是个发财的地方，可想而知了。

"那么，我们就走吧！"礼山很同意的点点头："但是，我们得多买点吃的东西带着，这是要紧的事！"

"对！你说买什么好呢？"

"锅饼和盐鸡子儿，你想想，在这样的夏天，锅饼能放得日子最久，咸鸡子儿，更不用说了！"

"好！就这样办！"

他们到最热闹的一条街上去办食粮，这条路上，有戏园，电影院，杂耍场。这地方的人很多，礼山走着走着来了兴致。

"我们各处逛逛怎样？别辜负到此地一趟！"

"可以。"

他俩先走到杂耍场。

这地方最热闹！有十几个如花似玉的大姑娘坐在凳上，一个梳着长长的发辫的姑娘站在桌子前面唱大鼓，她唱完一段，便放下"钢板"，别的姑娘们拿着一个小篓要钱。

铁寒一看要钱，赶紧拖着礼山走，但是一个姑娘上前一扯，把礼山的胳臂抓住。

"朋友，你没有钱不要紧，在这里坐坐吧！"

这几句如糖如蜜的金石之言，把礼山的灵魂定住，并且那姑娘还坐在他身旁，他不能动了。

铁寒急得很，他扯扯礼山的衣襟，对他暗暗的下警告，然而礼山满不理会，他好像受了催眠术一样，死死的坐着不动。铁寒没有法，也坐下不动。礼山被敲去了一块钱，临走的时候那姑娘还紧紧的握握他的手。

"我们的钱不多，要仔细花呀！"铁寒对他的同伴说：

"就这一回，以后决不！"

"但是，今天不能走了，天晚了。"

"明天，一定，我们起身便走，早一点……"

他们在毒热的太阳下顺着海边走了一上午——两腿酸了！

铁寒忽然像恍然大悟似的对同伴说：

"我们真是傻瓜！为什么要在沙滩上走呢？这样走法，老天！恐怕一辈子也走不到，走不到两天也要累死了！"

"啊呀！可不是怎的……我们坐下休息休息，也不知我们走出有多远，现在也不知是几点钟，啊！腿好痛，你呢？"

"一样！"

礼山疲乏的吁着气，把干粮包放下，两手抱在脑后，两腿直直的伸着。

铁寒无聊的坐着，两手支撑着脸，看着眼前一望无垠的海，这海很像他们的前途，无边无际，有些不平稳的波浪。

"如果……"礼山睁着眼说：

"我们有一只船，和一个网，就去打鱼。"

"打鱼的人多得很呐！你看那面，那些停在海里的小船，不是打鱼的么？我看，不容易呀！"

一片浪花推到岸上，喷着白沫，把沙滩吻湿，又退回去了。

礼山打起哈欠，流出眼泪，他是困了，闭上眼睛。

"我们不能在这里睡，太晒！"

铁寒要站起来。

"不要紧，你可以把帽子遮在脸上。"

这两个可笑的年轻人，就是这样的睡熟了，如果这时有人来把他们捆起扔到海里去也不知道。

足睡了两点多钟才先后的爬起来，礼山揉揉眼皮说：

"肚子饿了！"

"我也是！"铁寒用衣袖擦着额角上的汗水，他的眼睛还没有十分睁开。

"哎呀！"礼山突地跳起，张大了嘴："干粮包怎么不见了？你看！"

铁寒也跳起来了。

"那——一定！一定是谁在我们睡熟的时候拿去的！你为什么不把他枕着呢？如果我的衣包不是枕着，一定也丢了！"

"妈的！真倒霉！肚子饿了，这怎么办？唉！"

"我们走吧，不要在海边走了，那面有马路好走。"

他们霉气的向北面走，礼山回头回脑向四面看，四面什么人也没有，只有后面的浪花，澎湃的滚着，爬着，响着，浪花打到岸上，哗哗的声音，好像笑他俩。

这一晚，他们就在露地过夜。这是在一个甜瓜地头的小窝铺旁边，借着一个老人的光，借给他们半张破席，铺在地上，两个人躺下睡在上面，觉得很舒服。

但是，躺下还没有睡，有几个蚊子嗡嗡的飞来了。

"不好！"礼山叫了起来，"蚊子。"

铁寒从小包袱里拿出两件短衫分给同伴一件。

他们用衣服包着脑袋，安心的睡下了。

第二天，他们顺着马路，一直往西面走，打算走一个月，走到他们的理想之乡。

在路上，他们买些零食饱腹，他们节省着花钱，然而并没有计算一下袋里的钱够不够一个月的用项。

走了一天，到晚上，他们走到一个村庄，在几棵树下面，打算过一夜。

那里，坐着几个乘凉的人吸旱烟，问起他俩的去处。

"那——不成！"一个有着满嘴胡髭的人说："我劝你们二位千万别住西面去了，再走四十里路，就有大帮的胡匪，没有钱就杀害，这是谁都知道的，你们用不上走到那地方，就有警察阻止，不准你们走了，如果不信，请二位打听打听看。"

礼山一听这话，马上皱起眉头来：老天，这可怎么办？

铁寒垂下头去，走了一天，他已经乏得要死，此时什么也顾不得，一心一意想睡。

"明天早晨再说。"礼山不在乎的躺下了。

"唉！你二位年轻人。"那个中年人还唠唠叨叨的劝，"这简直是闹笑话一样，无论谁，都不敢往那面走，这么远的路，为什么不坐船呢？我看，别说一个月，两个月也怕走不到。"

铁寒躺下就睡过去，礼山虽然还没有睡，但是上眼皮时时找下眼皮，加上精神受这一下挫折，整个的意志的泥墙全倒坍了。

空中，拥挤着许多小星，他们在天上挤着眼睛，也好像困了。

次日早晨，他俩商量的结果，决定向后走。

他们走得很慢，几乎连迈腿的勇气也没有了。

太阳毒热的晒着他俩的背，路上的石子不平的磨着他俩的脚，饥饿时时来袭击他俩的肚皮，还有失望，时时来锤打他俩的精神。

第五天才走到来时住下的那家小客栈，等着有开到他们来的地方的船，因为他们来的地方好歹还有几个熟人，可以厚着脸皮，借个角八七的，在这人地两生的地方决没有一点儿办法。

一半天以内没有船，他俩各处闲走，差不多每个胡同都走遍了。

意外的在一个墙上看见一张招募小职员的广告，他俩的资格正合适。

"去不去？"

"去！"

他俩记住地点，打听着，很欢喜的跑去了。

（一九三六年四月）

出家人

这时候的威海卫还统治在英国人的手里，他们的恶势力的脚底下失业的现象是很平常的，那时候的我也是倒霉的分子之一。我每天所尝到的差不多全是痛苦，我热烈的祈望着能够找到可以赚饭吃的职业，可是这时候太困难，失业的人太多了，我没有门路，自己也没什么本事，所以格外难办。

成天到晚，我徘徊在街上，在树荫下，望着来往奔波的人们。可是六月的季节，很热，我没有草帽，光着头，很怕在毒热的太阳下面走。有时我到海边去，脱了衣服下水，可是没有兴趣，肚子饿的滋味不是好受的，我时常到一个大庙里找东西吃。

这庙里的主人，是个胡须长长的，身材瘦细，说话声音小，性格非常温和的老僧人，他是我父亲的老朋友，他们从小就有很亲密的友谊。

赶上他们开饭，心肠慈悲的老僧人就慷慨豪爽的让我：

"在这吃吧！"

我留心的观察他的神色，他的眼睛里虽然不是十二分诚恳的光芒，而那藏在胡须里面的灰嘴唇，却不含着多么使人难堪的色彩。因为我的肚子里是空的，难受的，他即使厌恶也不在乎。

我和年轻的，颜色憔悴的，沉郁的，以及活泼的几个僧人同桌吃饭，他们把我看作是熟人，不怎么厌恶我。后来，日子多了，我和他们保持着很好的感情。

一个总是闷闷的，不大愿意开口讲话的僧人和我的友谊最密切，他挂心的问我：

"老弟，你现在没有事情么？"

我告诉他找事情太难的原因。

他领我到他的屋子里，这屋子清静幽雅，刚进门可以看见对面墙上挂一张陈旧的，变成了黑色的字画，用草书写着四个大字：

"一尘不染"。

厅中央放一张红漆的方桌，上面摆着几部古旧的线装书，他从床底下锁着的箱子里翻出一个乌黑的本子来，吹吹上面的尘土拍一拍，在大腿上轻轻的擦一擦，很仔细的打开看一看，放在靠窗的桌上，叫我过去看看。

"这里面，字眼很深，我写不好，想抄下来，正愁找不着人，如果你没有事，给我帮帮忙，我不能白叫你出力。"

他把表皮的皱纹用力的按一按，看看我，我赶紧的，欢欢喜喜的点点头。

窗外有一棵肥大雄壮的片松，当微风吹来带着庭院中的花香飏进我面前的时节，我就很舒适的放下笔杆，停止了单调的抄写经文的工作，接受这样凉快的风带来的安慰，这种时候，我就幻想着自己不可捉摸的，缺少乐观的将来。

怎么办呢？我能永远地这么生活下去么？天热，不能一天到晚坐在屋子里抄经，疲倦的时候，跑到顶楼，这是在大庙的正门上面，像楼阁似的修筑着的庙堂，正位的尊神我不知道他是什么身份，他的面像缺少温和，龇牙咧嘴，好像要吃人似的。但是我并不怕他分毫，因为他是泥像，不是活的。地板是洁净的，光滑的，在这上面躺着睡觉好得好，坐在门口，可以望见市街。

木厂里堆积如山的木料时常是我集中的目标，我贪婪的想着，如果那山似的木料全归我所有，一二年可以吃穿不愁，接着就想怎样可以致富的动人的美梦。

从顶上可以清楚的看见附近许多人家，他们的房屋，方向都不正，正如他们的人格的不一样。院子里都是杂乱的，污秽的，铁桶，木柴，飘荡着的小孩子衣服，脏水坑，土堆，房前房后是碎砖乱瓦，街道的不整，以及污秽的臭气，处处表现出来这些人民生活的贫困。

铁匠炉里，在这样的热天还是苦苦的劳动着，叮当的声音在傍晚听来是很动人的，然而在白天就给人以烦躁的感觉。

我想着目前，同时望着下面的房屋和人。有两个躺在树荫下，一条狗和他们一起躺着。有一个赤身的小孩子从街上跑，一个妇人在后面喊他。看乏了，我就睡！睡眠能够减少我不少忧愁。睡醒之后，我坐着，闭着眼睛幻想光明，我想到这庙堂的对于人类的用处，这用处是无限的，能够阻止活人的进步。从古以来，由人造出神来，用泥的塑像束缚自己的精神，和科学做对头，把人的进步的道路拖到后面去。还有，我自己的境况太恶劣，没有饭门，这是比什么都重要的。

僧人的生活，给我以恶劣的，永久不忘的坏印象，他们所过的，是非常厉害的愚昧，丑极了的死生活。然而他们很容易且简单的获得生活的要领，这都是聪明人。

叫我抄经的家伙倒很诚实豪爽，他对我讲的全是真心话。

"有一线的路不干这一道！"

显然的，他把"出家"当做饭门，并不想成神，也不修炼，出家乃是他灰色的职业。

他躺在床上，两手抱着头，头发松乱的扎起来，因为热，他把帽头扔在床边，在床底下藏着烟卷，他拿出来吸着，悠然的夹夹眼睛，喷一口烟。

"老弟，你年轻，不要急，慢慢的寻找，总会遇见好事。"

抄写的工作快结束了，他答应在写完的时节给我酬金，这样告诉我：

"人不能白使唤人，我有几个零钱，是老头子给的，这钱的来路不高尚……"

"老头子"是住持的绰号，所有的僧徒全叫他老头子，我见着这个称呼太不敬了。

"不敬？"

他坐起来，那像公鸡似的两只圆圆的眼睛，瘦小的耳朵，球形的，圆圆的手，以及两只细长的脚全抖动起来，仿佛像开了发条似的。

"老弟，你不知道，这老头子有多么坏！"

天晚了，我不想回家，打算在顶楼上睡一宿，他到顶楼来和我谈话，把老头子的故事告诉了我。

满天星斗很亮，在黑暗中的街市里有许多闪闪的灯光，凉爽，幽雅，这美丽的夏夜说不出有多好。

"老头子，在没有出家以前，老弟，你知道他做什么？"

我说不知道。

"他在一个很有钱的人家里教书，这家的主人是秀才出身，不到四十岁就死了。他的兄弟管理着家事，嫂子守寡，跟前有三个孩子，这兄弟也娶了媳妇，也有三个孩子，老头子那时候教这六个孩子。

到了三十岁的女人，守寡是不容易的，老头子那时候还不是老头子，他千方百计在寡妇身上献殷勤，买好，这小子，手段高妙得很，不久就和寡妇勾结上了……"

一颗星往东飞去了，拉成一条明亮的光线像电一样，落在看不见的黑暗里。

"兄弟知道了这秘密之后，想驱逐他，寡妇当然不愿意，她情愿抛弃了一切的家私嫁给她的野男人，嘿嘿！这女人也了不得，有本事啊！她手里有钱，这秀才未死以前所孝敬她的，她真就嫁了野男人，搬到另一条街上住，但是没有一年工夫，你知道野小子怎样，他把寡妇的钱，全骗到手里，跑了！"

在远远一条黑漆漆的街上，这时候有一个灯光，活动着，像一个大的萤火虫似的，渐渐的临近，后来消失了，那一定是盏灯笼，进胡同里去，不见了。

我问他：

"这事情你怎么知道呢？"

他在黑暗里举举手：

"那时候，我在秀才家里做工，这是在秀才死后，所以他的事我全知道。后来一直到他逃跑，我还在秀才家里，直到大前年，想不到，我在这地方发现了他，我正没事做，他不得不收留我，那寡妇我忘记了告诉你了，她是投井死了的，这完全是老头子的罪孽！"

"谁都知道，他骗了那寡妇之后，又当过许多年胡匪，谁敢惹他！你看那老头子老么？有两手！我看这庙里人，全是些强盗，你少去接触，在他们这里吃两顿饭倒没有什么……"

这两句话确确实实给了我一惊。

以后，我看那老僧人怀着异样的心情，我想从他身上发现出一个什么记号，可是发现不出来。他走路的姿势是衰老的，无力的，蹀蹀躞躞的，有时我假装散步似的到后殿的庙堂里，偷偷的窥看那老大的古旧的供桌后面，想从那底下发现出刀枪或别的武器！没有。

别的地方我可留心到，泥像的座后，门上的隔板，黑暗的过道，有一回我留心的观察后殿里，在堆着几块木板的后身使我大吃一惊，吓了一身汗，一个老鼠忽然跳出来惊慌的飞跑到供桌后面去了。

把经抄完交给诚实人，他非常满意，笑个满脸。

"好好！可是，哎，我去找一条细绳。"

他用纸做了两条细绳，又找了一把尖锥给我。

"你给钉起来吧，我弄不好。"

钉好给他，他欢喜的跳起来，从床底下的大箱子里翻出一个小箱子来，约一尺五长，八寸宽，六寸高，锁着。他从衣袋里摸出一把钥匙打开箱子。从里面拿出一个纸包，很快的就锁上小箱子，这一瞬间，我从他背后看见小箱子里有柄玲珑的短剑。

他打开纸包，是钱，给我一张一元的票子。

"你出不少力，给这一点儿是小意思……"

他用力的塞在我的衣袋里，笑一笑。

我得到一元钱，在这种贫困的景况下不消说是有用处。

一刻钟之后，我走在街上，目标是小饭馆。

显然热得很，可不在乎。

（一九三八年八月二日于灯下）

店　客

在鸭绿江边的城市里，有一家很不错的旅馆，我在这家旅馆当过半年茶房。

茶房这职务不是舒服的，给了我不少永远忘不掉的苦楚，虽然这是过去的事情了。

"一个人受过苦的地方，便是他最怀恋的地方。"

这话我觉着对。

因为我是时常怀恋那个时期的生活的，正如妇人欢喜回想她结婚那时候的快乐。

此刻，我一闭眼皮就会想起那浩浩荡荡的江水，在盛夏的黄昏，在寂静的江边，大大小小的帆船，像笔似的密密的排列着。把江当作家的人，蹲在船头上烧饭时的光景，我永远不会忘记，那灰色的轻烟从矮小的烟囱里吐出，消灭在黄昏的阴影里，这是大有情趣的图画呢，还是悲苦的诗意呢？

我们的旅馆是在一条很热闹的街道之旁。

从清晨到半夜，我楼上楼下奔跑，毫无意义的忙碌着，有个老客，是个有趣的家伙，他在旅馆里长久的居住，他本是一个长途汽车的经理人，赚了不少钱，有如童话所说的那么容易，很快的发了财。但是他把金钱当石头样扔着花，后来因为欠债太多，把汽车转卖别人，变成了一个穷光蛋。他的财富，是一个叫大金凤的妓女，利用她的变幻无穷的色相给全部骗了去的。

有人提起大金凤，他像个傻子样痴呆的笑着，他的头是四方形，脑瓜皮是扁的，有一张大嘴，鼻子是平的，眼睛有点儿近视。他的眼镜——他自己说，是四十块钱买的——有人说他从前确是有这么一副眼镜，后来卖给了谁，现在戴的不值两毛钱。

"瞎说，瞎说，这还是那副，唉，唉，人穷了东西也不值钱了，谁说的……"

他这么为他的眼镜辩论着。

他还有一只金表，时常在别人面前拿出来看看，听听，拧拧，小心翼翼的装进袋里，谁要问几点钟，他总是很欢喜的立刻掏出表来通知，就是一分钟之内拿出二十遍，也不会生厌。

他起誓发愿的说，无论穷到哪步田地，眼镜和表决不肯卖掉，这副眼镜，现在什么地方也买不到。

别人问他：

"你这破眼镜是宝贝么？"他说：

"嘿，嘿，宝贝倒不是，这种货现在实在是没有啊！"

有一回他吩咐我：

"老弟，给我来壶水吧。"

水给了他，他叫我坐下。

"老弟，坐坐，我们谈谈，看你，干这个有点儿可惜，嘎！干别的事呢，也不容易找。"

他喝了两口茶，补充着说：

"如果我还是干拉座的生意，就雇你给我卖票剪票和干别的，老弟，你很伶俐，老成，实在是，难得难得……"

我觉着这个人不是令人生厌的，他的性格仿佛只有一个——直爽。

他不大欢喜我无事的时节抱着书本。

"老弟，你欢喜看书，这也好，唉，我不愿意看书。"

我有意无意的问他：

"为什么呢？"

他正正眼镜，努力的挤挤难受的眼睛：

"没有用呀！"他说，"书，不会帮你赚钱，什么事，全凭运气，我因为不走运，所以把事情弄坏了！咳！后悔也来不及。"

当时因为没有工作，我就和他谈起来。

"你怎么不把赚的钱全都积起来呢？现在……"

他吹吹鼻子，摇摇手打断我说：

"老弟，钱这东西，有了就应该快活，你想想，钱一多了，放在什么地方呢？装在箱里，不放心，唉，唉，连觉也睡不舒服，钱太多了，实在是左右不放心，很难受，不如痛快花了干净，有钱不花，死了是个地瓜，你看，有许多守财奴，千辛万苦，赚的钱舍不得花，死了带不去，留给后人，后人怎么样呢？哼！全给花光了，这不是混蛋么？实在是混蛋，没有别的说，我，可不那么傻，有了就花，花完痛快，一点儿不后悔，你想想，老弟，所有的人都把钱藏在家里，钱就渐渐儿的不够了，是不？"

我静静的看着他的脑瓜皮，心里想着他前后矛盾的话，不过这个人也有些好处——有钱就花便是他的好处，他夸说大金凤从前待他怎样的周到，但是我对于这种事当时不发生兴趣。

虽然是，汽车归给别人，他的事业是一点希望也没有了，然而他还是希望着，希望有发财的机会。这个美丽的希望，有力的抓着他的灵魂。

有一个失业的青年和我的感情也不错。

他很器重我，说我是"少有的人"。

"你将来一定能做大事！"

他这么说，两眼放着坚信的光。

他的年纪还不到二十岁，面孔团团的，尖下巴颏，耳朵又肥又宽，两手总是背在身后，好像是羞于见人似的，他的哥哥在鸭绿江上流，一个风景很幽美的地方当营长，他退了学，想去找他哥弄个差事干。

他希望当排长。

那时候，军队的事我不大熟悉，我以为排长是一个很大的官儿，少说部下也有二三百名兵士，有这么些部下，骑在马上指挥，真是威风异常，我很羡慕他。

"不是，"他告诉我，"排长这官儿最小，部下也就是三四十个人，是少尉。"

"少尉不骑马么？"我这么傻气的问。

他正经的笑一笑，给我解释：

"也有骑马的，也有不骑马的，得看是什么兵科，步兵科不骑马，骑兵炮兵骑马……"

他很欢喜的给我讲，各种兵科的用途，我留心听着，并且好好的记在心里，因为这在我是新知识。

他衣袋里有一本步兵操典，时常拿出来念，他说，要当军官，这本操典是非熟不可的，他能够把《纲领》从前到尾，一字不漏的背诵出来。

"军以战斗为主，故凡事皆以战斗为基础，而战斗一般之目的，则在压倒歼灭敌人，以期速获战胜！"

我静静的听着：

"战胜之道，则在综合有形及无形上各种战斗要素……"

他背诵了老半天才完，我觉着他很有本事，在他面前显得渺小了，他比我高出两丈。

他背着两手，在屋子里走来走去，头向两面摇着，皮鞋的后跟在地板上踏着格噔格噔的响。

他好心好意的劝我：

"你赶紧辞掉这没出息的差事，我们一块儿去！"

我真动了心，很欢喜和他一块儿去，当茶房不用说是没有出息的，我是因为没有饭吃才干这个，如果真如他所说那么容易，不管什么少尉老尉，只要弄个一官半职，也算给祖先露脸，决心———一定和他一块儿去。

谁知还没有动身去，事情变了，说起来真是，人生不如意的事常八九，而我似乎是命运特别乖拙的人，好容易得到这么个机会，为了怕失掉这机运起见，我尽力的伺侍他，茶呀，饭呀，一样也不缺，用尽了温柔和体贴，多情和殷勤，就如曹操收买关老爷的心那样上马金，下马银的待遇他。结果呢，这位朋友很不错，他非常满意我，起誓发愿帮助我！

他说：

"我哥哥一见你就会满意，他最爱聪明人！"

然而这位爱聪明的人，忽然传来了死信，他垂头丧气的出了旅馆，临别的时候对我点点头：

"以后总有见面的机会……"

我默默的望着他坐在马车上消失在街头的转弯地方，晚上睡不熟，我在思想自己倒霉的命运，同时也想到愿意帮助我的好心肠的朋友，他把操典念得那么熟，而哥哥一死，这不是，前功尽弃，希望全成了泡影么？唉唉！他的哥哥不幸，他也不幸，我也不幸。

但是过了半年以后，有一天晚间，他忽然出现在我面前，穿的是灰色军衣，扎着武装袋，打着裹腿，原来，他的梦终于成功了，我很羡慕他。

主　力

太阳没有落下以前，暂时在光秃的山头上休息。树木的尖顶镶着新鲜的浅黄色的花边。从山的夹空里流出来的弯弯曲曲的小河，像玻璃似的，洁净，明亮，闪着刺眼的光芒。

树的阴影拖得长长的，凉爽的风和没有消尽的热气在山冈下面混合着轻淡的尘雾慢慢的流动着，巨大的岩石的雄姿，散乱的蹦碎的石块，道路是蜿蜿蜒蜒无尽无休的展开，好像一条被抛弃的长带。

队伍的头前的许多胳臂，像机械上足了发条一样，不停的摇动着，脚步不齐，乱杂杂的踏着碎石铺满的道路，石子在无数的脚底下发出沉闷的，像咬牙切齿那样发狠的声音。

在行进路上最前方派遣出去的斥候群，在道路的边沿散开，他们前后取着密切的联络，眼睛都异样的瞪着，用锐敏的视力在不绝的凝视着前后左右，他们的鼻子似乎能闻出敌人的气味儿来，眉头上横压着大枪的一端是刺刀的光芒在闪烁。

在道路侧近分出去的警戒兵单独的行动着，身后是斜斜的跳动的影子。

太阳恋恋不舍的回了窝，红光还遗留在天边，时时变幻的云霞在西天构出奇妙动人的图画，那构思，线条，颜色，会使人惊奇赞叹得吐出舌头来！

热气渐渐的消失，阴凉的影，爽快的风。

有马匹的部队响着脚与蹄之音，铁的声很有节奏的传得很远，好像有人在那里按照一定拍子敲打着，这是专门辛辛苦苦担任驮载的马匹背上，沉重的机关枪体在驮架上，因为走动摇摆碰击出来的音响，然而那些忍苦耐劳成了习惯的马匹，是不注意什么音响不音响的，他们耳后和腹边不间断的汹涌着汗水般的海洋，一道一道的白沫像浪花一样。

射手，弹药手，御手们，颜脸都埋在汗水里，他们在驮载马匹的跟前摇摆着前进，人的影子和马匹的影子混在一片，头上是热，脚底下是践踏的音响。

沉默的山山岳岳，在前一刻还披着鲜艳的衣衫，这时候全罩在暮色苍茫的黑影里了。山的峰像锯齿一样密密接连的排列着，在铅灰色的天空，清楚的画出黑色的边沿。巨大的岩石静静的耸立在路旁，宛如一些怪物，树木低垂着头，一言不发，微风淘气的摇动着它们的枝尖。

在山角下的黑影里，大队的先头转着弯，一排接连一排，像一条伟大的锁链，乱踏踏的脚步声在山角下至少响了半点钟，排尾轮着一个圆环，从山角下慢慢的拖过去，还留着音响，飞起的尘烟在热蒸蒸的空气里像凝住了似的，好久好久才消散。

在山冈的背面，在本队的先头转了一个大弯的地方突的出现了密黑的树木，繁茂的枝叶把天空遮得一丝不透，部队还没有钻进这树木里，胆怯的飞鸟都惊慌的振动着翅膀往远处用力的逃开了。

这丛密的树木张着黑暗的大口，把长蛇的队伍整个吞进去了。巨大的岩石照旧屹立不动，小河的铅色的面目还隐隐的看见。在远处，铁的声音很清楚的传过来。

夜，凉爽，静寂的延续着……

麻　子

在贪心的，狡猾的英国人办的洋行里当低贱的仆役，从早到晚像一只被抛弃的狗在受他们的践踏，事实上还赶不上一只狗的存在，要跪在地下用力的擦地板，要把那玻璃门窗擦得放光，连桌子底下最细的一条横木也要擦得干干净净，无论什么人都能发号施令，指挥和诧骂的权力，没有一点儿剩余的时间，难道说这也是一个人的生活么？

我真厌恶得忍无可忍了，我宁愿上码头去做苦工，实在没有路走就去讨饭。

我把这种意思在晚上睡不着觉的时候对我的伙伴老韩说了。

“你打算怎么样呢？”

他翻了一下仰卧的身子问。

“我要走！”

“上哪去？”

“往南方去，”我想了一想又加上一句，“不是有这一句话么，男子得闯，女子得浪，我要闯一闯看。”

“我和你一块走！我早就想走了！就这么的……”

老韩是个爽快的家伙，说干就干，不踌躇，他的鼻子像狮子鼻，又高又大，眼睛圆圆的，又黑又亮，大嘴，满口不整齐的大牙，说起话来声音就如驴叫，指手画脚，好像唱戏一样。

我们协力的积了几个钱当路费，从大连上火轮船先到威海卫，接着到青岛，又到上海，并且走了不少大城小镇和乡村，在各处做零工赚钱吃饭，受了不少的苦处，可也得到了无限的利益。我的眼界放宽了，认识许多各式样的好的坏的人。其中有一个在威海卫认识的朋友，给我的印象特别的深刻，过了许多年以后我还一点也没有忘记他那蹦蹦跳跳像猴子似的灵敏的体格，他那幅肩膀差不多有两个人的宽，上腰却出奇的瘦细，臂和腿却长得粗壮有力，拳头像铁锤一样，脑袋是四方形的，脸上有些麻粒，眼睛小，宛如老鼠，特别的明亮。

我们是在木厂里做工认识的，他在许多工人中间跳来跳去，显着格外的活泼，把做工当有趣的游戏一样，唱唱，讲笑话，谁也赶不上他，因为他老不停的张着大嘴，唱得太多了，掌柜的，那个小胖子，老是挤着眼睛来干涉他：

"麻子，别唱了！"

"得啦掌柜的，我多唱几段，恭喜你发福生财，不好么？"

"去你的吧！"

"你看，我一点儿不少干！叫大家伙说说，哼！实在的……"他狠狠的吐口唾沫在手里，加上一句：

"没有关系，掌柜的，给不给工钱都成，咱们是朋友，应该帮忙！"

那个不像样的掌柜，显然是很为难了，他笑了，这是假笑。

"你这个麻子，真没有办法！"

有人说在背后悄悄的议论他，似乎他加入过匪贼的团体。现在，他们还有一帮在各处，专干一些坏事，那些狡猾的英国人也惹不了他们，因为他们的人太多了。这个麻子，他已学好了，所以要下苦做工，改邪归正，但是那些掌柜之类的人物，这是怕得罪他，看他好像是一只洪水猛兽，怕他吃人。

夜里在海边休息，麻子不知从什么地方出现了，蹦蹦跳跳的真像一只猴子。

"谁躺在这里？"

"你睁开眼睛看看！"老韩满不理会的回答。

打起来了，像一对疯狗似的，在柔软的沙滩上滚着爬着用力的喘气，挣扎，可是没有巴掌和拳头的声音。

他们打闹够了，都疲乏的坐下，看着面前的，仅仅能看得见发光的动摇的海边沿，大海的深处屈服在黑夜的势力下，眼睛虽然看不见，可是感得出它的伟大的力量。

"老韩这家伙，有点牛气力！"

麻子赞美的这样说，把他满头的沙土用手拍下去。

"你呀！你不是对手。"

"那么，咱们再试一试？"

"去你的吧！不如睡觉……"

从这以后，不做工作的时候我们三个人差不多总在一起游逛，像鱼在水里游一样，没有什么快乐，也没有什么悲愁。

"老弟！他们经心的对我说，我应该教给你几手。"

我早就知道他有几手，因此心上有点儿爱他，怕他，愿意接近又似乎厌恶他。

在城外一家平坦的农场上，在凉快的树荫下，他秘密的热心教给我怎么"掏包"。

很快的我就学会了最浅近的一种，如果在人多的地方，大众挤在一起，这份"买卖"就特别的容易，面对面立着的"主顾"穿着短裤的话，那么你只把手抬起来，做出摸摸自己的脸的姿势，就可以遮住对方的视线，然而用右手的食指和中指，从下面机敏的伸进去，轻而易举的就把那囊中物迅速的"牵"出来了，千万不可以运用大拇指，这个原则。我见着这种行为太卑陋下贱，决不是人干的事情！

"我不想干！"

"什么？你肚子饿了等着死么？"

他嘲笑的打量我一下，好像量布似的。

"要不然，你就凭着脸子挣钱吧！老弟！"

这话真把人羞辱得一分钱不值，我狠狠的瞥了他一眼不看他，可是，这个流氓笑起来了，好像拾到了洋钱票子一样。

阴云密布的一天下午，我们到就近的村庄里去听了一出野台子戏，回头到城里在一家小饭馆里坐下，有吃有喝，又说又笑，钱是麻子开付的，鬼才知道他这钱是从什么地方弄来的。

有许多天找不到工做，各处游戏着，像幽灵似的，吃的东西一些儿也没有，谁也没有钱，在这种境遇里就显出麻子有多么敏捷了，他能够万无一失的到小杂货铺里，和认识的掌柜伙计闲谈，出来的时候手里准握着一把零钱。

有一回，是个下着讨厌的细雨的一天，我们坐在卖瓜的小窝铺里愁闷的谈着话，商量以后的活路应该怎样去开辟，忽然，麻子欢喜起来，对那卖瓜的老哥说：

"给我挑几个甜瓜！"

掌柜的披着衣服去了不久，麻子把那破席底下压着的一块来钱，全都装进他自己的袋里，吃完甜瓜就用这钱开付，过了三四天，他回来把钱还给卖甜瓜的。

"那一天钱是我拿去的，因为没有钱吃饭不得已，现在有钱了还你吧。"

麻子虽然是个坏蛋，时时刻刻的计划怎样去偷窃，可是他的良心却没有完全的丧失，他认为偷盗一个贫苦的小贩是罪过的，应该还他的，这一点儿德多少使我有些感动。

在火热的天气里我们有比较舒服的生意，那些大鼻子英国男女在海里洗完澡，要到风景清幽的地方去游玩的时候，我们就殷勤的替他们拿各种携带的东西，当向导，把他们的篷帐安置在适宜的场所，在他们的指挥之下，拿这样搬那样，这面来，那面去，是人间真正的奴隶，然而那时候我们还不知道英国人是吞噬东亚的野兽，并没有把他们看作仇敌，不单给他们当下等奴隶，还学习他们的言语，并不觉着有什么大羞耻，因为和他们接近可以得到比在别处做苦工多一点儿的洋钱，还能够光荣得到一些他们吃剩的异样口味的饭菜，可是这种幸运的职务不常遇见，那些西洋人欢喜雇用小孩子，像我们这些个头的大家伙，不大高兴采用，怕我们欺骗他们，于他们有什么不利。

这时我偶然的在城里一个旧书摊上，花七个铜板买了一本缺页的新文艺书籍，这是一本好书，翻译过来的，象征写实的短篇童话，每一篇故事的寓意都十分显明，说不出有多么的深刻动人，译也好，更好的是亿兆民众容易理解的语言，可是我这个笨蠢读第一页的时候，简直就不懂，硬着头皮读下去，一连读了五六遍，在我面前，终于大放光明，给了我无限的幸福与安慰。

我的朋友老韩奇怪的看看我的脸：

"你那是本什么书，看得那样的高兴？"

我给他解释，可惜他不想理解，不愿意研究。本来，我们都是没有受过什么教育的人，认字不多，自然学习的机会也有限，能够有福气和文艺发生了亲密的缘分的人，在英国人侵略的国度里，恐怕是很少的吧？后来我在鲁迅的《二心集》内读到，还没有农工出身的作家的话，就登了半天破碎的屋顶，生出些可笑的观念，我一定要顽强的下些苦功夫，在这方面拼命的努力，替我们这一阶级的人露露脸。

老韩哈哈的笑起来：

"你老是睁眼做梦，我看你不如学点儿手艺。"

然而麻子却不赞成我学什么真正的手艺，他热烈的希望我成一个从容的专家，我可不甘愿扮演这没有大出息的角色。

我们时常跑到花边工厂伏在那打的窗台上，看那些安分守己的女工巧妙的织着美丽的花边，女工的大多数是闺女，辫子梳得光光的，扎着颜色鲜艳的头绳，穿的是干净的衣服，一排一排的坐在长凳上，静静的低着头，决不说话，也不往什么地方看一眼，其中有一个特别美貌的姑娘，实在打动了我的心，我好久好久的在心灵的深处惦念着她，她哪知道世界上一贫苦流浪的小孩在想念她呢？

麻子像妖神一样，他看透了我的心事，拍拍我的肩膀，笑个满脸。

"老弟，你看中了她么？她也很愿意你，我看见她用劲的瞅了你好几眼，可惜你没有留心，你太不中用了！要是我的话，早就吊上了，来，我告诉你吊膀子怎样吊！"

老实不客气的说，我倒很愿跟他学学这门技艺，可是他没开始教授以前把我学习的兴趣根本的打消了，好像在我头上扣了一盆冷水！

"老弟，你脸子不错，可惜这身衣服不大干净，如果你有一件长衫就好了，鞋呢也不像个鞋样！"

接着就哼哼呀呀的拍着手唱起下流的小调。

整个的夏天这样混过去了，眼看到了秋天，老韩愁苦的说：

"我们还是走吧，到青岛去看看，然而再到上海，这地方实在不行！"

麻子不能和我们一块儿去，因为这里是适于他生存的田园。

很晴朗的一天早晨我们上了轮船，没有买船票，因为船上有认识人，是麻子给介绍的，分别的时候他这样对我说：

"老弟希望你交好运。"

从这以后，永远没有看见他……

（一九三九年八月于北京）

途　中

我在黑县住了差不多有一年光景，这一天，忽接到"转职"的命令，当天下午我就动手收拾破鞋烂袜子，好好的包在包袱里。

土黄的，有一双迟钝的眼睛，惊奇的，留恋的面孔在门口出现了。

"杨先生，听说您转职了，是真的么？"

"不错！"

"唉！在这里住好好的……以后还能到这面来么？"

"这可说不上喽！你请坐……"

房东老婆子是个可怜的人，她的丈夫娶了小之后就把她像废物似的抛在一边，不闻不问，好像根本就没有她这么个人似的。而她呢，眼睛总是红肿的，说话的声音像哭一样，她希望我把用不着的东西留给她：我慷慨的答应了，把一堆旧报纸和几册无聊的杂志，三个油瓶，一个盛白糖的美丽的铁盒，两条方凳，一张桌子，还有些舍弃了可惜而携带又不值得的破碎东西全都叫她拿去。

最后她就说到她的主要的本题：

"杨先生房钱方便不？"

我一五一十的给了她。

马车雇妥等在街门口，全院的邻居都正在忙着他们自己的生活，没有工夫也不高兴走到大门口送我这个从来不和他们结交的穷小子。他们都知道，我是贫穷的，连一条整齐的裤子都没有，吃了早饭不知晚上在什么地方吃，只有房东老婆子出来送送，因为我给她打了一年来的房租，总算有点儿住不上两秒钟就忘记得干干净净的单薄的感情，还有几个小朋友恋恋不舍的看着我把行李扔在马车上，我和他们的友谊不错，在夏天的晚上，因为闷热睡不着觉，时常和这些小朋友坐在门口，我用力的吹着口琴，他们热心的唱着歌，直到筋疲力尽，喉咙也哑了，这才解散。

马车在不平坦的大马路上奔跑着，两旁的人家退向后面去，我想着这一年来的琐琐碎碎的生活，我这生活的形式好像是从来不会改变似的，给人家倒痰桶、刷厕所，这是我一项大责任，注意地板、烟盒、玻璃窗的净洁也是我的职务之一。刷厕所，并不十分出力，最难堪的是刺鼻熏脑有毒的恶味气……跑了两点来钟方到热热闹闹的虎镇。

茶房先告诉我价钱。

"单间一元二，大屋子四毛。"

我仔细一看，这家肮脏的旅店太杂乱吵闹，冷，屋子黑暗，因为缺少窗户两个屋用一盏小电灯，在墙壁的上方挖一个小窟窿，电灯泡挂在那中间，像一只马眼睛样，屋顶上的蜘蛛尘丝，成堆成山，屋壁上的灰尘厚厚的，连一张破桌子也没有。

比较起来，这样的单间，也许对于一男一女有用处，我决定住在大屋子，在大屋子的炕头上占领了一个好位置。

来了一个老年人，他的胡须灰白，脸上有成堆的皱纹，眼睛细小，明亮，在深眶里放着光，好像磷火，他的行李是：一条灰毯子，一个凸凸的口袋——把这些轻轻的放在我旁边，清清喉咙，他的喉咙里像含着石头似的咕噜咕噜的发响。

"您往什么地方去？"

我简单的答复了他。

老人欢欢喜喜的摸摸胡子，笨拙的把毯子铺好，口袋安置在毯子下面当枕头，他沉重的躺下，疲乏的，满足的，喘口粗气。他想和我谈话，怕我不高兴，很明显的可以看出，我先开了口。

"老先生贵姓？"

他和蔼的笑笑，摸着胡子说：

"贱姓王，你先生贵姓？"

他是从家乡出来，要到远远的一个靠近江边的城市里去寻找他的儿子，他说，这个儿子很"荒唐"不走正轨，吃喝嫖赌，没有一样好，赚一个花俩从来不往家寄钱，出去三年多，没有回一趟家，他想叫儿子回家种地。

"您的少爷做什么事？"

"在烟馆里管账。"

进来三个人，全是大屋中的住客，头前的人，有三十来岁，黑棉袍，火车头帽子戴在脑后，夹着一个蓝包袱，提着一个黄纸包，他的嘴唇出奇的厚，像肿了似的。在他身后的人，二十三四岁，脖子上缠着厚的，长的围巾，肩上扛着行李卷，眼眉粗黑，面孔红红的。最后的一个好像是瘸子，后来我才知道，他的脚后跟冻坏了。这三个人都是木匠，工作完了，回家预备过年。

到半夜里，又来了两个小伙子，吵吵闹闹，把大家都惊醒了，这两个伙计嗓门高得很，举动粗野，蛮横，走路用力的踏着脚，呼喊着，咒骂着，埋怨着说是把包袱丢失了一个。

"一定是那个臭娘们拿去的！"

"怎么知道？"

"我想是她！"

"在我们睡觉的时候她下车的，也许是……？"

"准是她，没有错！"

"谁叫你和她扯来扯去，这怨谁？"

"不是她先和我扯起来的么？"

"得，得，别说了，丢脸！丢脸！"

"倒霉！"

天还没有亮，我昏昏的爬起，头有点痛，冒着呼呼的寒风跑到火车站。

站房里寂静无声，有些住不起店的贫民蹲在票房子里，像猫似的蜷着身子，打盹，有个褴褛的妇人怀里睡着一个孩子，紧紧的闭着眼睛张开嘴好像死了，一个穿着花袍子，梳着大辫子的乡下姑娘，伏在老太婆的腿上，老太婆是靠在墙上，她身后放着破行李卷，身旁还有一根棍子，紧靠着她们左面好像是一家人，丈夫，妻，三个孩子，紧紧的靠在一起，像粘住了似的，有个衣衫破碎的老年人蹲在墙角，头缩进衣领内，袖着两手，因为冷，时时的打战，轻轻的呻吟着，好像有病。

我是睡在店里的人，温暖，舒服，而现在非常清醒，在这些人面前，我要算是有福的人了！

小车站骚动了，卖票处挤满了一群，在黯淡的灯光下，人们的脸上都显着无限的疲倦和愁苦。

车厢里几乎连立的地方也没有，不知从什么地方上了这么些人，人总是多的，拥拥挤挤，塞得风雨不透。

我发现了几个洋装的男女，横着躺在椅上，一个人占去了两人的位置，我从拥挤的人的壁里用力的挤过去，愤怒的抓起几个来：

"做什么？"

有个歪结着领带的中年人对我瞪眼：

"一个人占两个人的位置不成！"

我自己也非常吃惊，为什么要用这么大的声音，惊骇了不少人，未免太野了。

西装的中年人是个胆怯的东西，他没有勇气维持他的尊严，我坐在他旁边。对面的女人也爬起来了，一个粗眉大眼的工人老哥很感激我似的坐在女人旁边，但是这个女人很怨恨我，不住的对我仇视。

到中午，我在一个繁华的小城市里住下。

火车的吼声把窗格里的玻璃震得当当的响着……这家客栈距车站太近了，房间像船舱似的，密密的，拥挤的排列着，窗户外是一堆肮脏的尘土，废物，有一只黄毛衰老的瘦狗在这上面贪心的留恋着，我敲敲窗户，它抬头望望我，一点儿不吃惊的眨一眨眼皮，张开大嘴，打个哈欠，腮边有两行眼泪，鼻涕冻成了冰条，它把尾巴夹在腿下面。

这一顿晚饭我把所有的钱都花光了，当街灯辉煌明亮起来以后，我把两身夏服找出来，包好，夹在腋下，悄悄的溜出了客栈，我的目标是当铺。

一进门，我发现了一个小孩子，他立在门后，地下堆一件破衣衫，他缩着眉头，抖抖擞擞的看看我，他的头发长长的，面孔是黑的，裤褂褴褛不堪，鞋也是破的，腮边有明亮的泪水，他的年纪有十二三岁。

在墙壁似的高高的柜台上，有个伙计正在生气的对小孩子吼叫：

"快走吧！去！"

小孩子不肯走，他悲苦的张着小嘴，想说什么，没有勇气，呆呆的望着地板。

我问他做什么。

他说他们不给他典当地下抛弃的衣衫，他要当一毛钱，他们说衣服有补丁不值一毛钱。

非常幼稚的，不平怒气在我心里激烈的燃烧起来，我恨不能一脚把面前的柜台踢碎，或者抓起石头把那上面的伙计的脑袋打破……但是我没有这种力气和勇敢，愚蠢的念头很快的消失了。

我得了七块五毛钱，分一毛给这可怜的小朋友是不是应当的呢，这在我绝不是什么损失。

从当铺出来，我觉着身心说不出有多么松快，好像做了一件了不得的仁慈的事业一样，在明亮辉煌的街上，我高兴的迈着步一面没有边际的幻想着，仁慈和爱在这冰冷的世界上能得到什么结果么？

我想着书上的这句话："人们追求的是忘却和安慰，不是知识！我追求的是饭碗，这是简单的追求，然而这不是容易的，十分艰难，想起这个，觉着有很大的寂寞的重压，我想腾空飞起，高高的飞出地球，到那遥远的地方去……"

这天早晨，落着厚厚的雪花，寒风呼呼的响，我深一脚浅一脚的，一口气跑到车站，在拥挤的票房子里烤着火炉取暖。

西去的火车准时开了。

我是在前进着，在风雪的轨道上，同时在这轨道上前进的有各形各色，抱着各种不同的命运的人。

深夜，我下了火车，风雪照旧的猛烈，洋车拖着我一家一家客店去问都说没有房间，大屋子也没有地方，人是住满了，最后寻到一家小旅馆，这里有一间小屋，主人出了门，不定能不能回来，茶房对我说：

"你先生住这吧！他回来再想办法！"

所谓"他"是怎样一个人我猜想不出，屋子里"他"是什么也没有，我想，大概是个普通的，并没有什么奇怪的旅客吧？

我安心的躺下了，寻思着我还有四分之一的路程。

我不知睡到什么时候，屋门砰砰的响了，茶房在外面把灯扭亮，他说，住在这屋子里的人回来了。

我疲乏的爬起难受的开了门。

我吃了一惊，原来是个女人，她一点儿也不惊奇的微笑着，把破旧的绿绒外套脱下，挂在墙上，从袋里掏出一包花生，扔撒在炕上。

我想出去，茶房说，没有地方睡，大家"将就"过一夜吧！

他说得太随便了。

而女人呢，她可一丝一毫不在乎，好像没有我这么个人在这屋子里似的，泰然自若的把鞋上的雪用手套打干净，掏出一条灰黑的小手巾抹抹眼睛，我细细的端详她一下，有一副美好的，但是没有修饰的面孔，两只眼睛射出没有羞耻的炯炯的光，牙齿整齐，可惜不白，两道眉毛清秀，像画的一样，我很奇怪她这种在陌生人面前毫不拘束的态度。

她什么也不说，剥起花生米。

我想了一想，问她：

"你住在这屋子么？"

"怎么的？"好像吃了一惊似的，"我在这屋子住了一个多月啦，谁都知道，你是……"

"我刚下火车！"我这样解释，怕他误会我，一面穿着衣服。

她笑一笑……不知为什么笑。

"你穿衣裳干什么？半夜三更的上什么地方去？睡吧！你刚下火车一定乏了，没有关系。"

"没有关系的女人"招呼茶房给她拿一床被来，她不满的看看枕头，生气的瞪茶房一眼。

"枕头太高，你给找个小的吧！嗳，你忘了是怎么的？怪事！"

茶房又给她换一个枕头来，她满意了，抓几个花生给茶房。

"给我弄壶水！冷得要命……"

这样的时候，她还张一张嘴，用力的吞口唾沫。

这时，我明白了，她一定是失去了灵魂的人，我不应该在这屋里住，因为袋里的钱不多，我还要走路呢。

我告诉茶房，我不能住在这里的原因，茶房诙谐的咧咧嘴，把鼻子紧靠在我的耳朵边，用着极小极小的声音对我说：

"有，就给个块儿八角的，没有呢，没有关系……"

茶房走后，我有意无意的问她：

"你一个人住在这里一个多月？"

"一个人。"

"没有别人？"

"没有，什么人也没有，亲戚朋友都死净了，爽快，你怎么想，一个人干干净净的不好呀？"

"寂寞吧？"

"寂寞？吃饱了肚子还寂寞？吃饭要紧，什么寂寞不寂寞的……"

我想着……这也算得上是人生？

她把一粒肥大的花生仁扔进嘴里算是回答我。

接着，她心满意足的喝着水，把钱袋掏出来放在胸前，数着票子和十几个银币，一共数了四回，后来，不知怎么把钱扔在地下，鼓着嘴巴，生起气来了，眼睛眯缝着，深思默想，没有一点儿动作，过一会儿，又跳起来，笑嘻嘻的把钱包拾起，小心翼翼的装在袋里。

——我看她，简直是个疯子。

我真算走运，遇见这么一个奇怪的女人。

花生，好像是她的生命似的，聚精会神的剥着捻碎的第二层红色的软皮，动作很熟练，吃得非常香甜。

我不知怎么问起她这样的事情……

"你，识字吗？"

好像有钉刺了她一下似的：

"识字有什么用？好吃好穿？啊？"

"不是，我不过问一问……"

她没有诚意的说：

"我一共识三个字，我的名字，这满够用哪！此外，用不着再多了，识字太多，会变成坏人。"

"不识字也能变成坏人……"

"不识字的坏人，赶不上识字的坏人坏，嘻嘻……"

她呵呵的笑着，显然的，她觉着这句话结构的巧妙，为她自己的聪明快乐的笑着，胜利的看着我，把一个花生扔在我脸上……

"你怎么老看我呀？"

最不要脸的人也比她要脸些，是个真正的，老牌的妓女……我厌恶的想。

她呢，一点儿羞耻的意思也没有，吃完花生，拍拍手，躺下了，把被从头上一蒙，咳嗽几声，睡熟了。

老实说，她把我扰乱了，我不能睡，我思想着，我走了不少的地方，看见过各形各色的人，然而像这样的女人还不多见，她将会在我记忆里留下一个影子。

有好久，我深深的沉入迷离的幻想里，直到疲倦，我看看她，动也不动，好像死了一样，我把脸转向墙壁。

天亮以前，我必须爬起来赶火车，所以不敢放心大胆的昏睡，时时的醒来静静的听着隔壁柜房里的钟声。

我将合上眼皮，觉着身后动弹一下，接着就有一只温热的手伸到我肩上，很有力气的把我一扳，我没有支持住，面孔向上的转过来了。

她用力的揪开我的被角，滚到我身上，用她的胸脯压着我的……"怎么的，你看我不顺眼，配不上你是怎么的？"

我解释给她听，我这几天太乏，还要走路。

她沉思一下，直爽的小声说：

"那么你也不能白花哪！"

我直截了当的讲：

"放心吧！给你钱就是！"

"真的吗？你……给我多少？"

"一元，再多我没有了！这还是……"

"行，行，行，一元，好！就这么样，你可不准变卦？"

她滚回去，把被盖好。

没有风，也没有雪了，我坐在火车上，在我对面，是个医生，他的父亲病故，回家奔丧，他和我谈了许多闲话，他所说的，全是医界的事，他讲说医学，这些我都不明白，感不到多大兴趣，除了医药，他再也想不起别的好谈的事了。

是个晴天，太阳的面孔是阴冷的，无精打采的照着雪地，白色的原野在车窗外旋转着，退向后面去，火车不停的奔跑着，用力的喘着，发出很大的响亮的声音。

这一天正是星期日，我在平县下车，为的看一个一年不见的好朋友，我从黑县出发以前曾写了一封很短的信给他。

想不到，在街头上和他碰见了，他在一个小杂货摊前面和一个老头借火点烟卷，他正想到车站接我，但是他的表不走字，误了时间。

"喂！你真来了？"他紧紧的握着我的手。

我看他，比一年前瘦多了，两只大眼睛深深的落了眶，面孔清瘦，显着十分苍老。

一年前，我们还是同事，还在一个屋子里吃和睡，那时候，他不是这样，穿戴是很讲究的。然而现在，他的破棉袍又宽又肥，衣领堆落着，底襟缺少三个组扣，全是脱了鼻儿的，裤角沾着泥土。

我上上下下的看着他：

"怎么样，你现在混的……"

"吃粉笔灰，能有什么出息，你想想。"

他说话的声气还是和从前一样，只是更低沉了些，好像古里晚钟，在苍茫的黄昏时分所敲出的那种忧郁的声音。

他领我住旅馆里去，他说他住的地方，有火柴盒那样大。

我们并排靠着在不紧不慢地前进。

我问他：

"在县公署，你为什么又辞职了呢？"

"呆两个月，唉！不成，我干不好，不如快辞职，少受痛苦……"

一年前，他就因为想"少受痛苦"所以辞了职的，我好心好意的劝过他，我说：无论什么地方，凡是混饭吃的门路免不了得受痛苦，人间的生活并不是一个慈蔼的母亲，乃是一个无情无义的苛毒的后娘，地球上的道路没有一条是平平坦坦的为我们开辟的。

但是我的话是一点儿也不发生效力，他只是摇头……像他这样脾气暴躁，不会顺从，不能像小狗似的摇尾乞怜，不同鹦鹉似的人云亦云，也不高兴低声下气，动不动就满不在乎的瞪着愤怒的眼睛，好像发野性的马一样，表示出天不怕地不怕的态度来：这样的人，谁愿意用呢？

人们最欢喜饲养的乃是温顺忠实的猫，不是暴跳的熊！

我想起一件事情：

"你还有几本书放在我的一块儿……"

"那——你留着吧！我不要了！我要书做什么用呢？书对于我没有用处，实在……"

一年前，他多么热烈的欢喜书籍，嘱咐我好好的给他保存，而现在竟说书籍对他没有用处，我惊奇的从侧面看着他那瘦削的面孔。

我们一面走着，一面单调的谈着话，很快的到了旅馆，这家旅馆的经理人是他的同乡，茶房熟识他，急急忙忙的跑过来招待。

屋子里，除了床上有一床被和褥子以外，桌上还有一张破报纸，那是包什么东西用过的，我在小桌旁边的红椅上坐下，茶房忙着生炉子。

他眯缝着眼睛看着我：

"你的样子改多了！"

我点点头，悲酸的。

这间房里有不可名状的哀伤的气象，这种气象，我一路上感觉过，可是没有这时候这么深刻尖锐。

"你们校里有几位同事？"

"七个。"

"有女子吗？"

"两个。"

"哟！不错呀？"

"唉！糟透了！"他摇摇头，把两腿伸直，"你想想，有时候连粉笔都没有。"

"那么你们怎样在黑板上写字？"

"写什么字？谁写？糊弄糊弄，一对付就是一天，马马虎虎就是一个月，混吃等死，不然你说怎么办？"

他不安的看看手表，又望望外面，有点儿不大欢喜和我谈话似的，无聊和寂寞表现在他的脸上。

他把只剩下一小截的烟头抛在门后的痰桶里，那烟头落了水，发出一声叹气的，挣扎的，绝望的声音，好像烧热的铁放进水里一样。

我想起他的性格，要笑……

"你还不想结婚？"

"没……没有呢？"

他似乎是个"女性厌恶者"，我记得非常清楚：他所看的，所思维的，只是女性的一般的恶劣的一面，这一面占据了他整个的眼光，那美的——在一般男子眼里的美，他好像是没有体会到，起初，我以为是他的生理有毛病，或者是恶劣的遗传？我不知道是什么缘故，一提起女性他就放出不调和的感情，不是诅咒便是凶狠无情的加以嘲笑。

看起来，他这种奇怪的心理现在大约还是没有改变？

"你一辈子也不需要女性？"

他笑一笑，很害羞似的，又望望外面，挂心的把眼眉扬一扬。

茶房生好炉子，弄一壶水来，放在桌上，他想出去，忽然门开了，进来一个女子，我稀奇的看着她，不知她是谁。

他呢？尴尬的立起来，向她伸一伸手：对着我——

“这位是王女士，我的——同事……”

接着，把我介绍给她。

她的头发很整齐，旗袍有点儿瘦，把腰箍得细细的，肩头和胸部以及后臀很肥满，是个强壮的体格，黑色的外套，舒服的展开，面孔红红的，眼睛惊喜和不安的光，屋子里有我这个生人，对于她好像不大方便似的。

在饭馆里吃了一顿饭，临别的时候，他恳切的嘱咐我，时常来信！她什么也没有说，静静的立在他身后，两手放在衣袋里，好像羞于见人，还有点不惯的？……

我又坐在火车上。我真厌倦了！我恨不得生了翅膀一下就飞到，如果我有权利坐飞机，早就到了，这么远的路算什么。

在隔我不远，靠窗的座位上，有三个年轻的女人，其中有两个很热心似的把面孔埋在书页里。

我好像在玻璃窗里，恍惚的，看到一堆像大粪那么肮脏的虚荣。

——还看见一群像蛆那么污秽的。

这些天生的结晶体，我实在不敢接近……

我又发现自己是在矛盾的，嫉妒的陷阱里挣扎喘气，这样一觉悟，自己非常羞耻，我闭上眼睛想睡……

一个寂寞的孤独的小火车站，忧愁的蹲在荒凉的山脚下，月台上，护路警和小贩在内一共七个人，有一只小狗不算。

从这里——我好好的计算一下，我还有六十里路。

我望望车内，没有什么兴趣，又把眼睛合上了……

（一九四〇年一月一日于滦平）

炮　火

像打闪似的一道火光从山上喷出，白色的球飞在半空，在山谷间发出一声巨大的：——克隆，克隆，克隆……震动了山山岳岳的吼声。正在这喷火的反对的方向，在那弯弯曲曲的河流的南岸，在一片荒田的尽头的坟地背后，在那黝黑的树木前面突然一声巨响，地皮裂开大口，坑土和烟雾滚滚腾腾的卷起一个圆柱，迅速的冲起，在空中打着旋转，在那越过树木远处的山岳地带，反响出一声沉重的像愤怒了似的震天动地的大吼声。

大风卷着泥沙，像浓雾一般，把那些刚从树林爬出的密密层层的队伍罩在下面，他们没有法抬头，低着眼睛，在炮弹和暴风的袭击之下，一点一点挪动着身子，泥沙刮进他们的眼里，刮进他们的耳里，也像大雪似的把各处无遮蔽展开了的队伍很艰难的往前进动着。

赤红的火的舌头又从山上吐出，炮弹经过半空，直飞向坟地，克隆一声，炸开了几个坟墓，棺材板破裂飞向半空，骸骨零零碎碎的滚在四处，有一个棺材是新的，棺材炸成粉碎，一个披着散乱发的头颅像皮球似的滚进一个沟里。

展开的队伍在焰火的烟幕之下窜过去，他们踹着棺材板，像老鼠似的躬着身体奔跑，一个青年被石头绊倒跌进裂开的坟里，下巴和骨头接了一个吻，他急忙跳起，握着枪奔跑，在他们上面，现出一个白色云球，但是前进的大队还在沉闷的奔跑着。

暴风呼呼吹着，队伍是远处奔来的，一路上，联合了许多伙伴，大家排成大队，唱着雄壮的歌，走遍了高峰或河流，吃尽了辛苦，从蜿蜒的崎岖的山路爬过来，有时分散成无数的小组，有时集结，凭着意志，他们和恶劣的环境奋斗，现在他们终于接近了敌人——虽然是雄伟的大炮摆在当前阻碍他们，而这些为了人类的幸福宁肯牺牲了性命的斗士，他们吃尽了无边无际的艰险，从那么辽远的地域跋涉而来，为的是踢开障碍，那山上的野炮，在他们看来等于是一块石头，他们的勇敢的魄力是容易踢开这些的。

克隆，克隆，克隆——炮弹在前进着的队伍前面威胁着，但是阻止不住前进的人，他们滚着，爬着前进，和风一样的不管三七二十一，忍耐着，用着全力快跑。

前进的队伍冒着炮火，他们很快的越过坟地，到达了荒田，在狂风和泥沙的遮掩之下卧倒，但是并不射击。他们吃力的休息着，恢复全身的气力，精力一足，又爬起前进，这旺盛的攻击精神压倒了山上的大炮，炮弹失去了精确性，乱七八糟的，在坟地各处和死尸骷髅战斗，炮的眼被泥沙迷住，看不见前进的大队已经渡过了河流，现在正努力往山上爬着。

从前进的队伍开始渡河起，不过半小时光景，这些神出鬼没有如疾风迅雷似的团体，已经和大炮接近，这里，那里，是呐喊，是呼叫，子弹的吼声，刺刀相格斗的嚓嚓声，炸弹的轰声，山上是一片恐怖的音乐，遍地交织成壮烈的歌曲。

全靠大炮的威力阻碍敌人的斗士，不到五分钟就支持不下去，奋不顾身的逃之大吉了。

这并不是奇迹，也不是童话中所说的那样容易，这些前进的大队是负了辛苦和勇敢占领了山地的，阻碍他们的大炮现在到了他们手里，他们对着逃跑的敌群的背后开起炮来。

不知疲倦的暴风呼天唤地的刮着，疲倦的夜的黑影从半空罩下。已是夜了。

青春的火

一个青年朋友写了一封信给我，坦坦白白的把他的事情对我说了：

"我从澡堂出来，在街角上看见一个姑娘。

她美丽么？我不知道，头发是黑的，剪得很整齐，脸上没有擦粉，穿一件浅蓝色旗袍，皮鞋是红的，鞋带像一朵花似的系着。我一看她就像——像什么呢？啊，像在深黑的秋夜里忽然出现的一轮皎洁的月亮，我快乐得忘记了世界上的一切。

她走到一家杂货店，进去买了一样什么东西，我在门口，站在电线杆旁边看她。

我真羡慕那店家的伙计，他们能有福气和她说话。她出来的时候拿着一个纸包，那纸包里是什么呢？牙粉？胰子？我猜了半天，不敢断定。她并没有看见我，一直的，顺着街边走去。

我在后面，像若无其事似的跟着。这时候，如果有人欺负她，我一定过去保护她，我盼望着有这么一个机会，然而没有。

她走到一家书局前面，在窗户前看了一看，步伐轻盈的进去了。

我也到那窗前看了一看，那里摆着足球，篮球，各种运动器具和衣服。有一只足球鞋上标着价码，三个网球拍子架在一起，还有几个'新青年牌口琴'。我悄悄的进去了，在书架上拿下一本书，假装翻着看，离她有六七步光景，她也在那里翻书。

我哪有心思看什么书啊！

我计划着怎样能和她谈话，这真是难事。一点不认识，没有法说话，我想，如果走到无人的地方，我就跑到她前面跪下，咬破了手指对她起誓，告诉她我决没有存一点恶意，只希望求她和我做个朋友……但是这也难！

她忽然把书本放下走了，我不好意思立刻就出去追，怕书店伙计看出我的马脚，我很痛苦的忍耐了半分钟。

我好容易在街上看见了她，原来她转了弯，走到另一条街上去了。

怎么办呢？街上人很多——这些该死的人，还有他们那更可厌的眼睛，一个一个活像些愚蠢的牛一样！

我跟了一程，越走越觉得难办：第一，我总拿不出勇气来，万一她不理我，或者骂起来，那我该多么难堪啊！我想到这，就志气消沉，立定了脚步。

然而她像一盏神秘的灯一样在前引诱着我，我不能不感叹了！一个异性的力量竟这么大！

她走路并不回头，如果她回一回头，知道有一个可怜的我在后面，那么事情也好办，无奈她一直往前走，总不回头，我加快了步伐，距她很近了，意外的，她转脸来看一看我，这一看哪，我的天，我简直形容不出是什么味道，我很想利用这个机会和她说话，然而她马上就转回头去，给了我一个失望的苹果！

这苹果是酸的，我嚼了两口，难受。

唉！我把这苹果抛弃了，很想对她哀求：

'给我一个胜利的苹果吧？'

我没有勇气张嘴，她也没有给，相反的，给了我一块不理的石头，这石头把我的灵魂打碎了！

自己劝自己，别走了！回去吧！

腿不听话，它说：'怕什么？走吧！走！'

我服从了腿的命令，在她后面足跟了半点钟，或者不只半点钟，后来走出大街，走到一条清静的胡同，她和一个立在街上抱着孩子的少妇谈起话来，我清楚的听那少妇问她：

'上哪里去啦？'

'买点儿东西。'

'买的什么！'

'袜子。'

我猜错了，我以为是买的牙粉或胰子了。

我从她身边走过去，她很注意的看了我一眼，正好我也看她，视线碰上了，啊！这……这味道我形容不上来，好像在极冷的天气得到了一钵炭火，不，这个比方也不对，因为那味道比这还好，此刻回想起，还是余味未减，我走出胡同，在前面是一条横街，她是往左走？是往右走？这可难判断，我徘徊了半天，终于向左面走去了，走了不远，回头看见她向右面走去，正好和我走个反对的方向，她的目标是东，我的目标是西。

我想回去，没有勇气，腿酸了。

我在失望的路上在悲愁的微风中走回居所，打开寂寞的房门，一眼便看见了你的照片，你对着我微笑，好像很同情我似的对我说：

'你真可怜！'

唉！我实在可怜，我做了傻事情了！朋友，别见笑！青春的火烧起来是炽盛的，很难扑灭，这个，你也知道。然而，我对着镜子一照，脸上的羞耻的灰尘，我用手巾擦掉，这才像一个'正人君子'了！

现在，我的小屋里除了苦闷的空气之外没有别的……"

（一九三七年一月一日）

搬　家

天还没有亮，母亲就把我推醒了：

"起来吧，你先不用洗脸。"

我朦朦胧胧的爬起来，揉揉眼睛，挂在壁上的油灯摇晃着那一点儿微弱的光，在外屋有搬东西的声音，是什么东西放在我旁边，我一摸原来是一个篮子，再一细看，里面是饭碗和筷子，两个油瓶，一个小罐子，篮子四边塞着破报纸。

我打着哈欠穿衣服，臂和背又痒又痛，吃人的蚊子臭虫太多了，搬家也好。

不过我有点儿恋恋不舍的地方，我们是头二年春天搬进来的，三间草房，虽然并不怎样美丽，可是门窗都很结实，太阳的光照满了屋，直到天黑这屋子还很亮，夏天凉快，冬天又温暖，宽大的院子，好像运动场样，平坦光滑。靠外院的墙边，父亲在那里栽些大葱，后园里有棵樱桃，站在房后的围墙上清清楚楚的看过来的火车，在这条街上，我有十三个情投意合的小友伴，然而现在，我不能不离开他们，搬到河西沿，那一条我不很欢喜的小胡同里住了。

父亲也舍不得这地方，那一天房东来说：

"你们快搬到别处找房子吧！这房子我要用。"

父亲听到这话，立刻就垂头丧气，满脸都是愁苦。

房东说的是假话，他有的是房子，用这几间破房子有什么用？父亲半年多打不上房钱，他是很聪明的，他知道在父亲身上找不到利益，于是坚决的来了那么一套，父亲知道央求他是不会成功的。跑了半个月才找到房子，今天就动手搬家，好久我就愁苦的等着这个今天，我盼望这个今天会在半路死去，永远不会来，但是它终于很快的来了。

摸索了半天好容易穿完衣服，父亲把破木箱子捆好，那一头是水缸，头向下扣在筐子里，这样凑成了一挑子，把扁担预备好，悄声问我：

"穿好了么？"

母亲把炕上的篮子两手拿给我：

"你试试能不能拿动？"

我小心翼翼的把篮挎在肘上，重倒不重，我点点头。

父亲在头前，蹒跚的走，我静静的随在后面，他的肩上压着重担，那线长的扁担变成弓形，他走一步，扁担颤动一下，好像不愿意似的，那箱子下面的竹筐咯吱咯吱的发音响。

天虽然没有亮，世界却不黑洞洞的什么也看不见，是因为空中有星群的缘故，树木都悄悄的睡着，房屋还没有醒，道路像蛇似的蜿蜿蜒蜒的疲乏的躺着，远处的山的边沿清清楚楚的在半空里画了一道黑线，似乎是故意这么画一条黑线，怕谁认不清它的身份似的，看不见的河水在我们左面潺潺的发着音响，那哗哗的声音好像是说话，是关于人类的过去，现在和未来的话？我们走到十字路口。

父亲停了步，轻轻的，弯腰屈背低着头，一点儿一点儿把担子放下，很快的抬起头，喘口粗气。

我也轻轻的，一点儿一点儿的把篮子放在地上，嘿！胳臂又酸又痛，真想不到，篮子里不过是碗和瓶，竟有这么重，先头我试它并没有这么大的重量，越走越重起来，而我们不过走了六分之一的路程，我有点儿犯愁！

"怎么样，能拿动么？"

我刚强的说："能！"

但是走了一半路，我叫苦了，这篮子一刻比一刻重，我说定能，又不好意思说拿不动，这个性子明明是吃苦，又不好改，我勉勉强强，一蹶一颠，好容易拿到了目的地，几乎累昏了！

就是这样十分艰难的，我忧愁的随着悲苦的父亲，一样一样的搬东西，东西看着不多，谁知搬起来，零零碎碎，破破烂烂，有的是，路又远，没有车，只凭着肩头和两手，这工作实在是苦重烦恼难受。

我们的新屋是两间草房，这附近没有比这两间房更矮，更狭窄的，门太小，出来进去得低头，父亲挨了两回碰，他想修改这门，第二天想动手，又改变了方针，他先动手修改窗户，窗户也太小了，像狗眼睛似的，把屋子里弄得黑洞洞，像猫头鹰在墙窟窿里一样。太阳一落，屋子里更什么也看不见，这屋子里，黑暗总是占胜的。

一柄斧头，一把凿子，父亲由这两件武器开劈窗户，他舞着斧头，把铁凿钻进墙里，用力的摇动凿子把石块摇活动了，便用力拔石块，石块挤得很结实，他出了很大的力气才拔出一块石头，母亲想阻止他这理想，劝他:

"这墙太厚，你凿不开呀!"

他不听，无论做什么事，他总是服从他内心的命令，他相信工作是容易成功的，他一心一意用力的抡斧头，目不转睛的拔着凿子，泥块击碎落在地上，有时飞进他眼里，他顾不得痛，挤一挤眼睛就算。汗水不停的在他脸上奔流着。和泥土混合在一起，那铁似的坚决的面孔，显得非常庄严的胳臂露着青筋，凿子钻进石缝里发出一声声清脆繁重的声响。有时凿子打在石头上，就冒出闪亮的火星，他皱着眉头咬紧牙齿，一下一下舞着斧头。

到黄昏，他劈成了一个窗户，屋子里的黑暗惊慌的逃跑了。他欢欢喜喜的坐在窗下，端详着这工作的成绩，休息了一夜，一天亮，他又爬起来干，他打算开辟三个窗户。

他正一心一意的咬着牙齿凿着，忽然从石缝中间飞出一小块尖石头，直打在他脸上，他急忙停止工作，摸摸脸，出血了。

母亲惊骇的给了他一块布，他擦擦血，没有一丝一毫疼痛的样子，弄点香灰止住血，用力的擦擦受伤的脸皮，接续着劳动。

到黑天，他又凿开了一个窗户。

"里屋再凿开一个就算完。"

他自言自语的对着墙壁说。

院子里的荒草，都拔干净了，这院落里，久已无人居住，东屋家姓金，他们把这荒废的房子租给父亲，有人说这房子闹鬼，时常在夜里有女人哭泣的声音，但是从我搬进来，什么声音也没有，鬼在什么地方呢? 父亲的胆量大，即使有鬼也不怕。

母亲却有些不安，时时刻刻在她面上流露出一点儿恐惧的神色。

她身体衰弱，时常有病，所以格外胆怯，一到黑天，她就把菜刀放在门后。她说这样是可以避邪的，父亲嘲笑她，说她的胆量赶不上老鼠。

有一天晚上，我们正围着饭桌喝稀粥，忽然有一声巨响，把每个人吓了一跳，母亲的脸色突变，张着嘴，筷子举在半空，老半天才放下来。

"什么！"她惊骇的瞪着眼睛说。

父亲也有些怀疑，他到外面看看：

"噢！原来是一块石头掉下来的！"

"什么地方掉下的石头？"

母亲还瞪着不安的眼睛。

"窗户上面，这是，噢！我凿的，上面的石头碎了，没有弄稳当。"

大家放了心，但是受了惊的心，好久好久砰砰的跳着。

一转眼，我们在这小屋子里住下两个月了。

父亲照旧的，每天做他的木器，饭桌，板凳，方盘，风匣，做成了就挑出去卖，卖了钱，除了买米之外便是采买木材，接着工作，做成了就卖，卖了就吃，吃了再卖，生活就是这样，凭着父亲两只巧妙的手，维持下去，这手是经了几十年的训练，是两只把握的技术的手，是忧郁的，始终接触了生存的艰难和痛苦，而从来没有接受过幸福的手，我们吃着这两只手。

无论谁来串门，都赞美开劈的窗户高明，这是不错的，这屋子里的黑暗都逃跑了。

但是母亲的脸色一天比一天难看，她好像是不欢喜阳光透过窗户，照满了一屋，显然的，有病的斑点在她身上显出来，她勉强支持着。

这一夜落着细雨，沙沙的雨声，像成千上万的恶魔在那漆黑的大屋里私语似的，母亲正睡着，不知怎么，忽然坐起来了，她点了油灯，面孔苍白的望着窗户，像一个精神病人一样痴呆的张着嘴，露出一排牙齿。

父亲吃惊的睁开眼睛，他看了母亲多时：

"你——怎么的？"

母亲理也不理，她两眼直直的望着窗户，仿佛在窗户上有什么动人的幻影似的，外面是滴滴沥沥的雨声，在那杂乱的雨声中，有风在呜咽，母亲是静听着这风的呜咽么？

"快吹了灯睡吧！"父亲催促着。

母亲还不说话，两眼直直的望着窗纸，嘴张着，脸色苍白。

父亲推推她的膝头。

她吃了一惊，浑身抖了一下，接着喘口粗气：

"咳！是谁在外面喊我，听了半天，又没有动静了。"

她这么说时，眼睛异样的放着光，嘴更张大了些。

虽然，是胆量很大的父亲，听了这话，也觉着浑身冰冷了。

他不安的咳嗽着，不自然的吐着痰，拍拍炕沿，惊奇的看着屋中各处，他极力的把态度假装安定，柔顺的安慰母亲说：

"睡吧，我明天把那两个饭桌卖了，晚上我们做面吃。"

这话也不生什么效力，母亲照旧是沉默，两眼直直的望着窗纸，在这时，窗户忽然通明的亮了一下，这是打闪，雨声更响了，风也增加了一些气力，房后的槐树，在风雨中哗哗的响着，屋子里有些凉意，这一夜便在惊惧，担心的景况里度过。

好久好久，母亲病在炕上不能起身，她吃不下许多东西，一顿只能喝半碗稀粥，好像从埋葬了许久的泥土里刨出来的那样难看的脸色，两只大眼睛深深陷在灰乌的眼眶里，本来就没有血色的薄薄的嘴唇这时更灰白，她的两手只剩下皮包的肢骨，人瘦得简直不像个人了。

父亲的工作"不景气"，他做成的木器，少有人买，他完全陷于苦境里。

在凉风凄然的早晨，他背靠着门框眺望满天的浮云，就在这种时候，他的胆量是缩小了，他也瘦损了，不要说像开辟窗户那样坚决的信仰和勇气，就连呼吸的力量也减少了！

母亲的病不见起色，她没有活下去的希望，那黯淡无光的眼睛便是死的象征。

一天凉风很紧的晚上，父亲从外面回家，一进门就微笑着，他说找到了工作，这消息是带着很大的生的希望的光的。虽无没有一些表情的母亲，但那灰白的嘴唇里，也流露出淡淡的欢喜。

“他们先给了我二十块钱。”

父亲欢欢喜喜的从袋里掏出两个长卷的纸包，推给母亲看，又小心翼翼的放进抽屉里，快乐的搓着手讲说他做一口衣柜准备使用的俭省资本的材料。

木柴成堆的搬进来的午间，母亲带着病爬起来：

“我想起来走走。”

人很难相信她病得这么厉害还能够起身，但是她终于起来了，好像很有力气似的。

无论如何，这在我们是一个大欢喜，然而父亲却少有欢乐的意思，他在母亲面前微笑着，而在母亲背后，却显出一副露骨的怀疑的忧心的面孔，还有点无限的吃惊样，端详着母亲那稀奇的瘦弱的身躯，仿佛在母亲的身体各处，已经确切的看出了什么神秘的记号。

工作很顺利的进行着，父亲巧妙的运用着他的技术，省工减料，不到二十天，旧式的高大的衣柜完成了。

工作一完，他想起一个大问题，好像渔船发现了大暴风将至的惊慌的情形一样，他急手急脚的抓过尺来，迅速的量着门框的尺寸，量完他就叫苦了，这门框整整的短了衣柜二寸，这衣柜已经完成，怎么抬出去呢？

他左思右想，除了把门框的上坎截开拆下之外，没有别的办法。

于是，他毫不踌躇的截掉了门框上坎。

他刚一转身——

轰的一声惊天动地的声响，那门上面的泥土石块全坍塌了，一块拳大的石块，不偏不歪正砸在他头上，鲜血像涌一般流了满脸，他惊骇的扔下锯子，两手抱着头，母亲惊呆了，她浑身上下很厉害的抖擞着，就如在极寒冷的天气从头上浇了一桶凉水似的，战战兢兢的打开针线包，把包袱皮扯过来绑住父亲的头，一面给父亲绑，一面噜噜念念的在嘴里说些什么，人是不懂得她的话是什么意思的，这是呓语。

好容易止住了父亲头上的血，他的面孔成了血的面孔，他疼痛的洗了脸，母亲忽然跑到外面，像个疯子似的大声呼喊：

“哎呀！了不得啦！房子要倒啦，快快……”

我们惊骇的跑出去，一看房子并没有倒，也不像要倒的样子，只是，那门的上面坍塌了一部分，房的栋梁是在房子的中间部分，这一部分，无论从什么地方看，都是很巩固的，倒的事决不至于。

但是她指手画脚，瞪圆了眼睛说：

"看！快……快……快倒了，那不是，不是么？小菊呀！小菊呀，快出来。"

她往屋子里不顾命的奔跑，妹妹从后面跑过去抱住她：

"妈呀，我在这，在这。"

她急忙回身抱住妹妹，大惊失色的喊着：

"你哥哥呢？啊？……"

我赶紧扯着她的手：

"我在这里呀！"

她一手扯着妹妹，一手扯着我：

"别进去，别进去，房子快倒了！"她脸上流着汗珠，眼睛可怕的瞪大了，动也不动，她咬紧牙齿张着嘴，停了片刻，忽然坐倒在地下，放声大哭起来……

父亲垂头丧气的跺着脚：

"唉！这人是疯了！"

母亲伤心伤意的哭着，父亲劝她，安慰她，妹妹搂着她大哭，我泪流满面的哀求她，可是不成，她只顾哭，别的事全忘记了，哭了好久好久，招来了不少邻人，大家都惊奇的看着她，问长问短，然而她理也不理，只是哭。

她哭肿了眼睛，哭哑了喉咙，好歹算停了哭，她掀起衣角擦擦泪水，疲乏的喘着粗气，看看周围的人，很奇怪似的问我：

"什么事？"

我不知怎样回答她好。

父亲愁苦的蹲下来温和的问她：

"你觉着心里怎的，难受么？"

她惊愕的呆看着父亲包扎的头：

"哎呀！你怎么啦？头怎么……"

我们打算把她扶进屋里去，她不愿意，她说在外面坐着凉爽。

此刻，她是清醒了，她很自然的呼吸着。

过了一夜，第二天她又病倒，这一回比上回重得很，什么也不吃，也不喝。

父亲把那坍塌的门上面叠好了，他怕再出了毛病，在里外两面用木板钉好之后，他用力的推了几推，看看结不结实，不错，动也不动，他放心了。

从衣柜抬走一个月，母亲病在床上始终没有下地。

有一天，她的病势好了些。

"小菊呢？"

我说："在院子里玩儿。"

"叫她来！"

我把妹妹叫进来。

"唉！我死了你们怎么办呢？"

妹妹摇撼她的手：

"妈！妈不能死……不会。"

我觉着呼吸艰难，鼻孔里发酸。

这是一个沉黑的秋夜——

空中没有星，也没有月，无边际的黑暗，统治了这世界，我们虽然困到极点，可是不能睡下，静静的守着母亲。

她俩眼直直的望着窗纸，想出去，可是我们阻止了她，她不住的讲给我们半懂不懂的梦话，她几天不吃一点儿东西了，父亲在灶下烧水，柴火的红光映着他沮丧的面孔，这面孔比铜铁还要生硬了，在那么长久的年月里，他从艰苦的境况里养成了一个忍耐的性格，如今，这残酷的意外又来袭击他，他变成了沮丧和沉默了。

他盛了一碗水端上来：

"你喝碗热水吧？"

母亲看看他，抹抹眼睛，她看看水，又看看父亲的脸，好久好久的，她沉默了。

父亲痛心的问她："你觉得心里是怎么的？"

"闷！"

母亲垂下眼皮，明亮的泪珠从眼角滴下。

父亲怕又惹起她精神错乱，极力安慰她。

我们的房屋的主人金叔叔是个和蔼的人，他和父亲悄悄的商量着："这个人家，人口多一点儿。"

他吸着旱烟。

"你说彩礼是……"父亲很难为情的皱着眼眉。

金叔叔吐口唾沫说：

"人口多一点儿，可是他们不分家么？大份一分走，二份只剩五口人，你想想，他是哥俩，公公婆婆都是老实人，这你也不知道，至于彩礼呢，说定的是四十元，你家小菊是聪明孩子，病人早晚总有一天……那么小菊也有个吃饭的地方，你领着这么个姑娘终于怎么办？……"

父亲沉思着看自己的脚。

"小菊年岁小，如果再大两岁，四十元的彩礼当然是不行，你想想看，论她的年龄……是不？我说这桩事最合适不过！"

父亲点点无可奈何的头。

妹妹的命运，就这么决定了，为了她的幸福，为了她一生，父亲给她计划出这么一条路，母亲一死，就送她到婆家去做童养媳，她一生的生活就在四十元的所谓彩礼的条件之下决定了。

另一天，金叔叔满脸喜气的来送消息，他拿出一个红纸包，很怕这廉价的营业交换会突然失败了似的，急急忙忙的把红纸包交给父亲，并且在父亲胸前拍了一拍：

"这就算完事！"

这日子似乎很长，我们没有挨饿，米，干粮都有，父亲的眼里已消去了饥饿的光芒，我和妹妹也一样。

终于在一天悲哀的夜里母亲停住了呼吸。

在狭窄的外屋地，正对着后窗和门，放着两块木板，是由两条板凳架起来的，母亲就静静的睡在这上面，眼睛紧紧的闭着，嘴也紧紧的闭着，她带着一身枯瘦的肌肤离别了世界，到那安静的，不可思议的国度去了。

得胜的黑暗的夜悄悄的退了去，天色渐渐放亮了。

父亲出去东跑西跑，他的面孔是灰的，冷的。

一口薄薄的小棺材，四个人抬进来，正正当当的放在屋中央，这是母亲最后的居室，她将住在这里面，长久的用不着搬家了。

荒凉的墓地，紧靠着一个山坡，前后左右全是坟。

棺材抬进刨好的土坑里，我悄悄的滴着眼泪，妹妹高声的哭着，她披散着头发，眼睛是红肿的，悲哀包围了她的灵魂，她的恶劣的境遇，从此刻不过是刚才开头。

母亲的葬事一完，紧接着就是妹妹的终身大事。

她的婆婆家委托一个中年妇人来领她，她不去，她紧紧的抓着父亲的衣服，像疯狂似的大声哭着：

"爹！爹！你养活我吧！养养！养我几，几年，我给爹和哥哥做饭！爹！爹！留着我吧！我不愿去……"

从母亲断气，直到此刻没有一滴眼泪，总是冷冷的沉默着的父亲这时竟捧着脸哭起来。

"爹！爹！别叫我去，我，我愿意饿死在爹跟前，我，我不愿意呀！爹呀！您留着我，我给你做饭，给你看家，爹呀！爹呀！你留着我吧！"

父亲痛苦的咬着灰紫的冷嘴唇，一言不发。

妹妹跪下，跪在父亲的面前，她两手紧紧的抓住父亲的衣襟，像悬在高高的大山谷间拼命的抓着救命的绳子，怕落下去样。

"爹呀！我愿意跟爹爹，我不愿去呀，爹呀！爹呀！留下我吧！爹呀！爹呀！……"

我看不下去了，我想把妹妹抱在怀里，可是，不知怎么，我不能动，我完全是呆了，这伤心惨目的人间悲剧已经击碎了我的心，我推开七零八碎的街门，迷迷糊糊的奔跑着，尽着我的两腿所有的速力奔跑，奔跑，奔跑……

我的眼睛是模糊的，什么也看不清楚，我只看见恍恍惚惚的道路，我闭住了呼吸奔跑，不知跑了多么远，我停住了，想一想，又往回跑，不顾命的跑，一口气跑回家，妹妹还抓住父亲的衣襟痛哭，我奔过去，把她扶起来。

"哥哥呀！我不愿去呀！我不愿……"

她哭着，拼命的哭！……

可怜她结果还是去了。

父亲愁眉苦脸的说：

"再住两天，我们搬家。"

（一九三六年七月）

归　宿

五月节前三天，袁女士接到弟弟来的快信。

"母亲的病危险，盼望你赶紧回来，如果晚了，恐怕看不见她老人家了！……"

她一想，哎呀！这可坏了！

她赶紧写好假条，跑到科长室里，把假条放在科长桌上。

科长是个中年人，鼻梁上架着养目镜，嘴角叼着纸烟，他莫名其妙的歪头头，笑一笑，看看她：

"回家过节么？"

袁女士皱着秀眉，难受的说：

"不是回家过节，我母亲病了，很危险的！……"

她掏出弟弟的来信，但是科长并不看，只是摇头，为难的告诉她：

"你也知道，这几天太忙，有许多人请假我没有批准。"

她焦急的握着两手，一双动人的大眼睛放着愁苦的光。

"我母亲真有病……"

那一个不相信："确实么？"

"并且……快死了！"

她的态度是诚实的，因为她眼里有点湿，这便证明不是撒谎，科长想一想，盖上了认可的图章。

袁女士吐口闷气，回到办公室，忙忙碌碌的收拾桌上的文件。

她在外屋穿大衣的时候，听见里面有个同事说：

"看！还是女的吃香，人家请假一请就妥，咱他妈的请了五次，也没有批准！"

另一个同事接着打个呵欠，懒洋洋的吐出几个字：

"哼？那——还——用——说——么？——谁——叫——你——不——是——女——的？"

他的话是一个字一个字吐出来的，每一个字的音尾拖得很长。

她对着屋里狠狠的瞪瞪眼，在唇边咒骂：

"该死的！……你们全是些坏蛋！"

出了公司的大门，便跳上了公共汽车。

车上几乎连立足之地也没有，过了几站，人下去了不少，这才松快些，她得到一个位置。

忽然她发觉所有的人都把眼光射在她身上，好像她身上有什么珍贵的宝物似的，她又欢喜又憎厌，看着后退的大街，和被汽车抛在后面的行人，极力的躲避这些如狼似虎的男子汉！

二十分钟以后，到了火车站，她下车的时候，觉得身后有不少痴呆的脸和像猫样的眼珠，恋恋不舍的送着她，甚至有跳下车来随她走的。

她看看手表，西去的火车还有半点，她又望望站上的大挂钟，比她的快五分，于是她把手表拨一拨。

候车室里人很多，凳子几乎坐满了，有两处空地方，可是她不愿过去，把两手插进夹外套里，看墙壁上的画，那是一个巨幅的油画，画着在大洋中冒着黑烟的轮船。

在这里，她也得不到安心，因为，那些眼睛，就如病人的眼睛似的，而她便是一位神医或天使，他们打算在她身上得到大量的圣药和灵丹。

她平常总恨公司里的男同事，有一个算一个，都是些缺德的家伙，可是和这里的人们一比要算最文明了!

她是在二年前离家到"社会上"来做事的,这二年来,她在"职业的战线上"所尝的苦楚,真是难以尽说。

她,记得,头一天进公司的情景。

她拿着权父的介绍信见经理,一个矮矮的,胖胖的血色很好的中年人,他一面看介绍信,一面歪着鹰鼻子斜视她,后来点点头,对她说:希望她努力服务,并且对她讲了不少处同事的要诀。

她的位子,是在一个有九个男同事的室内,她觉得非常寂寞而且有些恐惧,当天下午,她在门外听见里面发起了关于她的评论:

"嗳,你们说怎样?"

"漂亮!"

"那眼睛可真动人!"

"可惜,我有了老婆。"

"而且你也有了孩子。"

"老于,你努力吧!你一定能成功,因为你是没有结婚的人……"

这些议论,说实在话,她是欢喜的,如小孩子写了一篇文章,头一次在报上发表了一样。

她迟迟的进了屋子,规规矩矩的坐下。

真奇怪,她很想知道老于是哪一位。

第三天她才知道,坐在角落地方的一个青年是老于,这个人有一只高鼻子,一张大嘴,头发很整齐,身体像很强壮似的,写字伏着上体,说话的声音很弱,神色间没有一点勇气和不屈不挠的精神,这和她的性格相违,她失望的垂了眼皮。

很快的,因为业务上接洽,她和这些人弄熟了。

不久之后,她在男子身上得到了许多观念,第一是男子们都是些虚伪的东西,当她在屋里时,他们说话的声调是多么柔软,就如细细的从春蚕吐出来的丝一般,然而当她不在屋,他们便改变了声调,所表现的是粗野蛮横,无理已极,这都是她在屋外获得的真理。

如果叫她在这些人中挑一位和她性格相同的话,那就像在顽石堆里挑金子一样，她一个挑不出来。

而且，日子一久，她发现了这些男人更多的缺点，所以一点也不愚，也不傻的她，在这种环境里，只得抱着"敬而远之"的态度，她知道，她的地位，正如在公园里，在老虎的围栏前面，她如果上前表示亲近，把手伸进去时，立刻就变成残废者了。她的家境不是贫寒的，她的父亲，是个服务在商界头脑很新的人，不愿把女儿锁在家庭的牢狱里，所以打发她出外，叫她见见世面。

她见了二年，得到的教训很不少。头半个月她接到弟弟来信，说母亲很健康，而现在竟病得很危险，这一定是急病，她越想越愁，恨不能生了翅膀，一下飞到母亲面前，看看母亲的病状，她越急，时间越慢。

但是卖票的时间到了。

她在拥挤的人群中等着买票。

她总觉身前的人好像故意似的把全个身子用力的依着她的胸，而身后的人同样的靠着她的背，真讨厌极了，她说不出的不耐烦，可是又不能躲开。

好容易挨到了最前面，费了不少麻烦，把票买到手。

又等了十分钟，火车才开过来，她又受了一阵挤，还算不错，找到了座位。

她对面是一个老头子，另一个是小伙，她身旁是个乡下妇人，抱着两三岁的孩子。

车开以后，老头子不知怎么走了，而小伙坐在她对面。这小伙有一副很不错的面孔，可是不像个聪明人，他的眼睛，从上火车起，一直是看着她的，而她一看他，他就把眼光转到别处。

袁女士这样说：他一定是害羞，而且是个没有出息的东西，她的性子勇敢，不欢喜胆小如鼠的人，她时常想，她要为人类做点儿什么事，因为她不单受过很好的家庭教育，而且受过很好的学校教育，更受着很好的社会教育，她欢喜读书，她把大部分的薪金，差不多全买了诗集或小说，更可贵的，她也常提笔写点什么，不妨也可以说是文艺家，或者是文艺崇拜家。她的思想和兴趣，一定是受了书本不少影响，所以对于一个只能把光阴用在女子身上的男人的轻视决不是无因的。

袁女士下车了。

下车时，她又受了一阵挤。

在这站下车的旅客，必须经过一场搜察，许多人都搜过了，她也不能例外。

几个拿着枪的人，在旅客当中察看着，一个汉子指指她：

"把衣服解开。"

她踌躇一下。

"快！"

她只得解开衣服，那人看一看，摆摆手，叫她走了。

她的脸红红的走出站口，跳上了马车，谁知她，刚一上车，大概是因为走得太急的缘故，有两个家伙注意了，急忙喊住马车，过来寻问她。

她是勇敢的，没有吓哭，但是她的心砰砰的跳个不停，如惊弓之鸟一般，可是过一刻就稳住了神，没有什么了。

母亲并没有病，也许比从前还显得健康，这，她有点奇怪了！母亲对她说：

"叫你赶紧回来，没有别的，一家人过个团圆节。"

哦！原来为这个！她瞪大了眼睛看着母亲。

"真把我吓坏了！妈妈！"

母亲笑她没有见识，对她说，如果是病重，为什么不打电报呢？母亲告诉她，哥哥嫂子都快回来了，父亲上街买东西去了，厨师也上街买东西去了，老妈子也出去了，弟弟，在学校还没有放学。

母亲还问她，寄居在叔父家，如不如意。

"妈，我在叔父家很好，婶婶待我很亲密，时时刻刻挂着我。"

"你去年回家，我看你没有现在活泼。"母亲快乐的说。

袁女士很高兴。

到晚上，哥哥嫂子全到了，此外，使她惊奇的是表兄也来了，这是个比她大两岁，眉清目秀，举动活泼大方，而谈吐文雅的可爱的青年。

一家人说说笑笑，别提多快乐了！

厨师在厨房里拼命的忙，老妈子门里跑到门外，端茶呀，拿烟呀……

嘿！忙得很！

袁女士上厕所去，回来走到院中央，母亲出来把她迎住，悄悄的告诉她，父亲把她的婚事定了，这人便是表兄，问她同意不？

她看看母亲，想说什么，可是说不出来，急忙跑那屋里，对着屋顶转眼珠，心中打算盘，同意不呢？他，是个好青年，这是我知道的……啊，谢天谢地！

母亲过来和她商量：

"过完节，你们就结婚，你想怎样，妈不强迫你，什么都随你。"

她，——不言语。

电灯放着灿烂辉煌的光，一家人就在这下面吃晚饭，男的女的全高兴，不停的举着快乐的箸子，同时喘着幸福的气息。

（一九三七年八月于盘石）

出　发

火车，呜——的叫了一声，那些欢送我们的人摘下帽子来在空中摇摆，有的举着手，都板着异样的嘴脸，有个青年的绅士挥舞着棍子，瞪着炯炯放光的眼睛，张着黑黝黝的口腔，有个天真烂漫的小朋友连蹦带跳，张扬着两手，呼喊着，跟着火车跑了好几十步，他的母亲，一个头发梳得光亮的妇人把他拘住，他从那妇人怀里挣扎着跳起来大声叫喊：

"爸爸！再见！……"

赵团长从车窗伸出头去对他笑嘻嘻的摆摆手，自言自语的说：

"这小子，真淘气！"

小火车站和那周围的房屋渐渐的退远了，模糊了，站台上那些变成了黑点子，终于——看不见了。

远处的山脉在打着旋转，秋收后的田野，在夕阳的红光里显着格外辉煌的杨树林子，弯弯曲曲的道路，堆积着土块的山冈，都随着火车的方向往前奔跑，电灯杆像喝醉了酒似的一个一个直往后倒。

库，库，库……这是火车震动大地的吼声。

"杨弟，你在想什么？"

孙参谋拍拍我的肩膀，扯我肘节一下，咧着大嘴嘻嘻的笑，那一双亲切锐利的眼光笔直的射着我的脸，我一看见他这副和蔼诚恳的面貌就觉着心里有一种温热的感情，他像一位慈悲的母亲一样的关心我，体贴我，鼓励我，安慰我，在我所经历的一切人们说起来，他要算我记忆中最深刻，永远不会忘记的一个人。我赶紧把身体的正面转向他，这时候坐在我对面的刘副官从图囊里寻出一把小刀很精心的刻着铅笔，孙参谋很高兴的对我说：

"我要对你讲些故事，可以给你当作写作的材料。"

我觉着心里突然的畅快起来：

"好，现在就讲。"

车窗外的风景是不断的变动着的，一望无垠的原野沐浴着夕阳的金光，地平线的边沿和天际相吻，颜色是仿佛的，没有法区别天与地的界限，火车的速度快多了，一个军士推开车门进来，带进来震人的车响，但是门一关，吼声起像切断了似的，小得多了，我静静的听着孙参谋热心的讲故事。

藏在他肚子里，真实动人的故事是多到像他的呼吸一样，讲起来是不会间断的。他在军队里生活的年头很多，单是他自身经验的，要叫我这个笨虫写出来，恐怕一辈子也写不完。

"那一次，危险极了！我们一营人受了包围，多亏机关枪连的一个排长，这个人姓李，个子不高，肥面大耳，豹头环眼的，身体很健壮，他的武术很有名，胆量也大。他领着一排人拼命的冲进敌人的阵地里，就那么样，赤手空拳的，抢过来两箱子子弹，这东西在这时候有很大的用处，他自己把持着机关枪，卧在斜坡上，装满弹药，压上杠杆，瞄下准，等着他们上来，他不慌不忙的来个扫射……"

在我想象的电影里，成堆的敌人像割倒的农作物一般，横倒竖卧的陈列在野地上，歪扭着头的，扑伏在泥坑里的，颠倒在别的尸身上的，挣扎着在血的流里呻吟的，手抓着枪支转身退却的。……另一方面，勇敢善战的排长，紧紧的握着枪把，瞪着眼珠，咬着牙齿，摇动着枪身，那黑黝黝的枪口喷出的猛烈的火星，子弹连续发射的吼声震动着天地，四野在鸣咽着死的风，血和烟的气味弥漫着荒原……

"要不是这位排长——后来他的弹药打尽了，他扔开枪支，和那一排奋不顾身的弟兄勇敢的闯过去，他那种疾风迅雷的行动很快的传染了全营的官兵，没有等到营长下命令，大家一齐的跳出壕沟，勇猛的动身冲锋……"

我恍惚又看见那一营官兵，把枪举在手里，枪上的刺刀闪着寒光，像狂风暴雨中汹涌澎湃的波涛一样，滚滚腾腾的推着前进，在他们枪口的火星里，在挥动着有力的刺刀的林里，成堆的人群在摔倒，鲜红的血花在飞溅……

"我们解了围，这一仗，结果打胜了。"

孙参谋感动的叹息着结束了这篇故事。接着他又寻思另一篇故事。

这一夜我们就整宿不停的前进和响动着的。

（一九四二年夏）

恐怖的夜

这样的夜，真可怕极了！

我们坐在屋子里，老老实实的，好像是，身体冻成冰块样，又好像，头上，脚上，手上，肚子中间，钉着铁的钉子。而屋子里，又是这样的冰冷，春天的温暖的太阳成了我们现在渴望的梦，我们希望着温暖，希望着太阳，但是现在这些都没有，寒冷的可怕的夜乃是目前的事实。

外面，寒风像野兽的叫声一样，不断的在窗外荡来荡去，那雪花打着颤动的窗纸，好像有一大群张牙舞爪的妖魔抓着窗纸，想把不坚固的窗纸撕破进来。

哥！可怕呀！可怕极了！

近来，在我们居住的村落一带，人们传说着有妖怪，这并不是谣言，这是铁一般的事实，有许多人被妖怪抓去了，有的是抓了去不知弄到什么地方，踪影全无，有的，是被妖怪吃掉了，有些人在荒凉的雪地里发现了残骨，这就是那些被吃掉的人，啊，多么可怕呀！一根毛发也没有留下，只剩下残骨，有的甚至连残骨也没有遗留，是整个被吞吃了！

没有一个人敢在夜里出门，还没有到天黑，所有的人家都提心吊胆的关紧了门，有些胆怯的人家连白天也不敢开门，因为妖怪是不照着一定的时刻来的，说不定什么时候就会来叫门。如果不痛快的开门，应该不仅吃掉一个，会吃掉全家，事实上不开门是办不到的，没有一个人家门是钢铁做的，没有一个人家的墙头像巩固的城壁那么厚，那么有力，而且没有一个人家的屋像山那么样稳固，妖怪的力气驾乎人类以上，他轻轻的一推就把门推开了！

啊！听吧！多么可怕呀！谁能够脱过这种可悲的命运，没有一个人能够安安静静的喘气，都是心惊肉战的期待着，期待着这可怕的死。老实说，死，我们是见过的，然而像这样的死，我们真说不出有多么苦恼，有人说，这些妖怪是随着冬的女神来的，只要这万物死灭的可怕的冬季过去，妖怪也会随着一道去，谁知道这话可靠不可靠呢？

但是我们希望着，希望这冬的事实赶紧过完，希望那梦中的温暖的春天快快的来，来温暖我们这些已经冻成了坚硬的冰块的心，我们的心全都冻成冰块了。

唉唉！怎么好呢？怎样才能避开妖怪的爪呢？我们没有法子，因为我们都是懦弱的，无能的，无智慧的，我们没有智慧克服这种恶劣的命运，妖怪来也只好凭他来罢了，我们没有力气和妖怪去厮斗。

"母亲！亲爱的母亲，如果妖怪来时我们怎么办？"

我们忍不住了，这样忧愁的问着。

母亲暂时的不说话，她默默的寻思着。

外面的寒风正刮得厉害，有一阵非常凶猛的狂风掠空而过，把窗户，门，房盖，连屋里的地下都震动了。

我们惊骇的望着窗户。窗户，是黑暗的，因为屋里没有灯啊！谁也不敢点灯，妖怪会对着灯光寻来的，狂风过去，我们很艰难的喘出一口气来。

母亲把身体移动一下，用她安慰的口气：

"不要怕，妖怪不会来，不会到我们这样的人家来！"

我们不相信这话是真的。

妹妹紧紧的靠着母亲的身体瑟缩的坐着，她摇摇母亲的胳臂：

"一定的么？妖怪不会来么？"

母亲说：

"我说的不会错，妖怪不会到我们这样的人家来，因为妖怪是专门到做了坏事的人家去的，我们没有做坏事，我们是贫苦的，我们是安分的，我们是善良的。"

"那么，西头老钱家，为什么妖怪去了呢？"

"他们家里一定是有人做了恶事。"

"人家都说，老钱家，老老少少，都是好人。"

"也许是好人，但是，他们的老辈，如果做了歹事，现在，妖魔还是要去的！"

妹妹悄悄的喘口气，她思索着母亲的话，她想从母亲的话里构成一个合理的判断，可惜她没有这种智慧，她不安心的，愁苦的静静的坐着。

是什么东西碰了窗户，沙沙的响着……

我们聚精会神的听着，听了半天，没有动静了。我们觉悟到，这是雪花打了窗户，这也是可怕的呀！

雪花，你顶好是停止了，不要下了吧，在这么可怕的深夜，你也是可怕的因子啊！

雪花不会本照我们这小小的希望，我们无论希望什么，都不会成功，这是因为什么呢？我们不知道，因为我们是无知无识呀！这是实话。

我们沉默着，早就困了，可是不敢睡觉，夜夜都如此，母亲说：如果昏睡了，妖怪也许会来的，因为昏睡这件事，在妖怪看来是一种坏事情。

这样，我们就是困死也不敢昏睡，这真是难受啊！上眼皮找下眼皮，希望合在一起，头是沉重的，身体也是沉重的，坐久了，腰酸腿麻，像被扯得四分五裂，又像是被重重的东西压着一样，连灵魂都缩小了，我们的心也是抖擞着。

是谁？我们听见街上有什么声音。

妹妹恐惧的抱住了母亲的腰：

"听……"

"没有！"母亲安慰我们说，

"那是风，风吹着雪打在街门上。"

我们战战兢兢的听着街门啪啪的响了一阵，很奇怪，房后有一声呼呼的叫声。

母亲怕我们害怕，赶紧解释着说：

"那是树，风摇着树梢所发出来的声响。"

没有一刻，我们可以在这可怕的夜里得到一丝一毫的安静，内心是尖锐的刺着痛，一阵可怕的声音传来的时节，头上像浇下一瓢冷水，直到脚跟都是冷的，有时，胸上像挨了狠狠的一刀，呼吸闭塞着，老半天缓不过气来，说不出有多么痛楚。眼睛瞪着，牙齿紧咬着，手在身后抖擞，脸上仿佛流着冷汗，必须挨过很久，这难受的滋味才会过去，但是，另一种惊慌又会紧逼上来。

啊！这样的夜，为什么会有这样的夜呢？这是可怕的夜，寒冷的夜，丑恶的夜，令人心碎的夜，这夜不是短的，不是轻轻就可以度过的夜，它有无限的长，头和尾是没有边际的远，看不出那白昼的境界，白昼是在我们理想的乡里，也像我们所希望的温暖的春天的太阳一样，是很难实现的。当然，白昼在我们，是比较春日来得临近，但是这么可怕的夜，多么痛苦的熬着，如果把温暖的春日牺牲了，永远不要，只要这可怕的黑夜变做白天，白天总是接连着，那么，这样也可以吧：虽然那牺牲掉的温暖的天是可爱的美丽的，然而又有什么法子呢？比起远远的春日，还是临近的白昼赶紧的来替代了深夜的好。

我们困得真难受，母亲摇摇我们：

"不要睡呀！振作起精神来……"

为什么狂风老是这样刮着，总不休息呢？他这凶猛的刮来刮去，能有什么好处呢？是谁叫他这么出力的刮？

还有那雪，稍稍的下一些不是尽够了么？

唉唉！这可怕的夜，什么时候才能天亮呢？

母亲悄悄的说：

"妖怪不是可怕的东西！"

妹妹紧接着问她：

"不是吃人么？"

"吃人倒是吃人，不过，如果能够有勇气，不叫它吃，它是不吃的。"

"怎么能？……"

"孩子，只有一种法子能制服妖怪，但是你们现在还小……"

"讲吧！讲吧！"

我们焦急的请求她。

她想了一想：

"孩子，你们不知道，那些被妖怪吃掉的人，好人也有，坏人也有，比较起来是不好不坏的人能够逃避妖怪的吃，妖怪最欢喜的是不好不坏的人，如果不能做到这步，早早晚晚非被吃掉了不可。"

妹妹插嘴问她：

"怎样做不好不坏的人呢？"

"怎样做么？唉！我也不知道！"

失望的沉重的网把我们绑住了，听一听外面的风是那样的凶猛，雪呢，一刻比一刻大，风和雪演成了一个可怕的黑的世界，一听到母亲的失望的话，恐惧的灵魂又套上了一层无边的寂寞。

但是，母亲接着说：

"虽然说，我不知道怎样才能做一个不好不坏的人，这是因为这种人是不容易做的，此外我知道一个比较好的法子……"

忽然，街门有嘭嘭的被踢打的声音。

我们抱住母亲不放，抖着，哭着，听着：

打门声愈发的加紧了，伴着呼呼的风雪，愈发的可怕。

"坏了，坏了，怎么办？"

"一定是妖怪来了……"

母亲抱着我们，她也抖起来了。

"不要怕，不要怕，听一听！"

一点儿也不错，是打门的声音，有些手指在门上焦急的抓着乱响，还有跺脚，还有咳嗽：

"开门！开门！"

啊，喊起来了！怎么办呢？怎么办呢？

母亲抱住我的头，稍稍的在我耳里问：

"孩子，你有胆量么？你的胆量可以制退它们，你有么？……"

我明白了，我松开了抱着母亲的手，坚决的跳到地下，从桌下摸到斧头，用力的握着，咬着牙齿，我用所有的力气开了房门，冒着寒冷的大风雪走到院中，高高的举着斧头在半空，大声喊：

"叫门的是谁？混蛋！进来试试！"

妹妹也跑了出来，尖锐的叫着：

"可恶！进来！试试我的菜刀！"

妖魔全都吓跑了，从这以后，妖魔永远不在我们村里出现了。

（一九三九年十二月十九日于灯下）

人　心

一个信差，走到老张家门口喊道：

"来信了！"

良英是个女学生，十九岁，她正不耐烦的坐在母亲的旁边等着吃饭。听见外面的招呼有信，赶紧往外跑。

因为她跑得太急了，没有留心嫂嫂端饭进来，她的一半身子把嫂子一撞，嫂子躲避不及，把一只手里的饭碗弄掉了，打碎了，饭也撒了，另一只手端着一碗汤没有掉，可是热汤洒出了半碗，把手烫坏了，她忍着痛把这碗汤放在桌边。

"你瞎了么？"良英瞪起眼睛来，威武的看看嫂子，她的衣上溅了菜的油汤，这使她发怒，她噘着嘴走出去。

良英的母亲是个四十七岁的妇人，有满头光亮的黑发，整齐的梳着，戴着耳环，时常生气的缘故，好好的两只眼变成了三角眼，好像老鹰，还有满脸凶恶的筋肉，这又是她发威风的时候了，她拍拍桌子：

"这是怎么的……要吃饭了，还打碎了碗？真可以！幸亏没有做别的，那碗怎么办？还能使么？"

碗是坏了，不能使了，良英的嫂子本来没有错，可是，因为她的面貌不扬，女婿讨厌她，长久的住外面不回家，婆婆和小姑差不多天天给她点气受，然而她像忍耐着西北风似的，也无可奈何。她的性格沉默得厉害，就是谁无缘无故的打破了她的脸，她也不反抗，虽然，她明知道丈夫讨厌她，公公小姑也讨厌她，可是，她不能想办法，她不为她自己开辟一条道路，她是没有读过书的女人，目不识丁，只知道三从四德，别的，她不懂得，她对于这个现实的恍惚五光十色的人生，当然无所谓见解，幸福和灾难，在她看起来只是命运，恍惚在冥冥中有神灵操纵着，除了在暗地里用眼泪倾吐她满腔的悲酸之外，她认为这一世的受苦是由于前世造了孽，或者是八字不好，命该如此。

她对着粉碎的饭碗发怔，婆婆看看她那副丑陋的面容，再想想因此而不孝的儿子，怒气更增加了。

"你还呆着做什么？打了碗就不吃饭了么？啊？赶紧收拾饭！"

桌子被手掌拍得啪啪的响，菜碟忿忿不平的跳了起来。

她寂寞的摸摸烫红的手，静静的开始收拾饭。

良英一面看着信，一面往屋子里走，迈着两条粗大的腿。

母亲问她：

"谁来的信，什么事？"

"哥哥来的。"

"啊！他有什么事，你念给我听，把信拿到这面。"

"等一等，让我看看。"她皱着眉坐下。

她的嫂子听说丈夫来了信，心里一酸，泪水滴到胸前的衣襟上，没有力气收拾饭了！

"念给我听！"母亲等不得似的催她。

"这封信，"良英悄声说，"还和上封一样，他并且说，母亲从小给他定了婚，这是造成他一生苦恼的原因，如果不赶紧替他离了婚，他将永久不回家，决心到远远的地方去了！"

"是么？"母亲急了。

"他还说他要自杀？"

"这……你赶紧写回信给他，先叫他回来，我和他商量，唉，这小子，也罢！这都怨我不好，可是我从前哪懂得这些事，如果你父亲不死，我也不至于这么为难，我知道怎么办？唉！我一点法子没有，我只有这么一个儿子，他还要到远处去。"她似乎要哭了，然而又没有哭，她忽然想起了吃饭，便狼似的大噪一声：

"拿饭！"

拿饭的人已经听见了她们的说话，她被伤心的网所箍紧，忘记了有事，女学生走出来看她的背影，对母亲使个眼色，嗫嗫猴嘴唇。

婆婆气愤愤的走到她侧面，吊起三角眼：

"你站在这里做什么？"

"我……手痛！"声音很小含着无限的酸楚。

"手痛怨谁！"女学生咕噜着说。

"不用吵嘴，快给我盛饭！"这是婆婆的命令。

但是，伤心的网把她套得太紧她不能动。

良英动手盛饭了，并咒诅着：

"该死！没有你，我们怎会，恶神……"

"你才该死！"她挣扎着骂了这么一句。

良英放下碗，凶猛的向她身上扑去，好像原始的野兽一样。

"怨你！"她反过身来，这是破天荒第一次的反抗。

"怨我？为什么怨我？"

"不怨你怨谁？呸……"她的怒气太大，话说不出来了。

"放屁！你自己打了碗，你自己把手烫了，那是活该，活该，倒霉，倒霉！"

"你是不是人？……"她哭着问。

"我怎么不是人？"女学生前进两步，勇武的叉着腰，好像准备斗争。

婆婆也动手了，不消说她是帮助宝贝女儿的，两个人打一个人倒也容易，她们把她拖倒，打她的背和脸，踢她的腰，抓住她的头发。

她大哭大喊大骂，紧紧的扯着小姑的衣服，张嘴去咬，因为她的气力已经被伤心的网罗套住，很难施展出来，这是很奇怪的，她不咬她的婆母，婆母即使打死了她，她也不还手，她挨着，能够一直挨到死，她知道打婆母是有罪的，打小姑没有罪，所以不打婆母打小姑。

"该死的，你这养汉老婆，你敢咬我，你……你咬，你咬！我踢死你……"

毕竟是女学生，体格很灵敏，会打会踢，把嫂子打得连哭带喊。

婆婆的手脚也很快，凶狠的往媳妇身上踢。

她放了小姑的衣服，披散着头发躺在地上，滚了一身土，她躺着哭，叫骂，让她们痛痛快快的打。

"打吧！你们把我打死了吧！打……打吧！妈呀！你们把我打死吧……"

母女打了半天，不打了，不是因为疲乏，是因为邻居都围着门口看。

其实，这种家常便饭，邻居们都看惯了，他们也不劝，也不批评，只是毫不相干的看看光景，如果他们愿意议论，则在背地里议论。

媳妇可怜的躺在地上，柔弱无力，好像经了一场暴风雨的小鸟，羽毛全湿，昏了，飞不动了。

良英还没有消气，她噘着嘴收拾饭。

这天晚上，月光很好，初秋的晚风很凉爽，挨了一场冤打，因为面貌不扬，得不到丈夫的欢心，对于自己的恶运无法处置的女人，在这人间过活，失掉了生命素，她毅然决然的走到清静的井边，往井里看看，又望望四面，四面没有人。

只有黑暗，黑暗中还有黑暗。只听得见一个沉重的东西落在深深的井里的郁闷的声音，那水起了一个难受的反响，接着便一切平息。夜，清静，幽雅。月光，皎洁，美丽，有诗意。

第二天早晨，这条街上，第一个先挑水的马车夫老徐，在井边得到了一个惊人的大发现，他吊着红肿的眼皮，张着厚厚的大嘴呼喊起来：

"看呐！井里有人寻死了！"

听到这消息的人都往井上奔跑。

（一九三七年一月十一日）

好教育

有一回，一个和我非常要好的朋友羡慕的瞪着眼睛对我说：

"我想，你过去一定是受过好的教育！"

我没有回答他什么，只淡淡的点点头，用着虚伪的微笑表示感激。

过后，我仔细想，我受过什么好的教育呢？

也许，这一个时期要算是我最好的教育了？

这时候，我住在一幢很大的宿舍里，各式各样的人在不洁的空气里呼吸，像苍蝇似的啃着肮脏的食物，像蛆虫似的在屎尿湾里游戏。

一清早爬起，就接受着"好教育"。

我们这个宿舍的生活是处处表现着竞争的意义的，譬彷吃饭就是最大的竞争之一。

天不亮就爬起，第一件事是跑到厨房，从没有门的破木柜里拿出一只大饭碗在圆桌上适宜的位置，如果你不放在桌上一个碗，第一桌开饭便没有你的位置，等第二桌开饭，时间就晚了，你晚到公司会受到严重的申斥。

这样，我每天不得不早早的爬起，连在梦中也挂虑着"拿碗"的。

在冬天，水像冰一样你怎样能得到热水洗脸呢？

这种要领，不论是学校的书，或者是什么"修养"之类的典籍都没有写，有经验的人才懂得。

这方法也并不怎样的艰深，你只要和厨师的感情不破裂，无论当什么时候都可以得到热水。

我们的厨师，一是个胖子，面孔的肉像猪屁股一样，眼睛细小，明亮，额角有无数的皱纹，说话的声音像骡叫，你要当面嘻笑咒骂女人他就生你气，甚至仇恨你说你心肠坏；另一个是瘦子，面孔苍白，嘴有点儿歪，脚小，走路倒很快，他的性子顽固异常，你说牛，他偏说马，是个有名的碎嘴，而且是优秀的"杠子头"，在他跟前你必须和他一样的多说话，而且要顺从他，这样他才能欢喜你，无论要多少热水也有，起初我无论如何也不知道怎样才能够从大锅里，从那么多的水里用小木勺盛出稀少的米粒。

越是急，越想多盛，而米粒偏不依你，狡猾的从你的木勺下轻轻的溜走，满锅是开水，你又不能伸手进去，我努力的结果，只弄了满碗清水，米粒一个也不上来，别人在你身后推你，你又不能弄得太久，这真是件难事，我最吃苦的是盛稀饭。

后来我留心到了，厨师的碗里总是满满的，厚厚的米粒。

这个事实，在我是奇怪的，有几回，我远远的注视胖子和瘦子盛饭的动作，他俩都用一种方法，把木勺轻轻的下锅轻轻的移动，轻而易举的就把米粒一网打上来，这个妙诀我很快的学会了——这在我，也是"好教育"之一。

你知道锅里的馒头哪一个是昨天剩下的，哪一个是新做的么？

这在我，起初也是解不开的一笔数学。

渐渐的我就懂得，除了从颜色上判断，从软硬上审查以外，从那里的位置也可以分清楚。

瘦厨师总是把陈馒头放在第一层屉里，靠墙外的一排上，当潮湿的笼屉解开，狂暴的热气弥漫了全屋时，十有九是很难看清楚，又因为热气刺手，从外侧拿两个就算，如果你泰然自若的沉着了气，忍着热气远远的伸出胳臂抓两个决不会错，你一定会吃着清新的。

有一回我伸远了胳臂，瘦厨夫从旁边打我一巴掌。

"兔崽子！从外面拿不一样么？"

我不理他，非抓新的不可，因为新馒头比旧馒头的味道好多了，好像新书和陈书的比较一样！

有时是相反的，厨师起晚了，馒头蒸熟，稀里糊涂的就揭屉，这样，你顶好拿陈馒头，陈馒头虽然没有新馒头味道好，却比新馒头好多了——这在我，也是"好教育"之一。

在饭桌上，都像狗似的竞争的饭桌上，你非把谦虚收上起来不可，客气和温和没有用，慈悲和善良也是废物，你如果慢慢的伸筷，别人说你是傻子，你也吃不饱，非搬出人类的原始的本色不可。

温和及慈悲是那比较好一点儿的地方才有用——忘记了是哪个学者教训过人这样的话——这是千真万确的，我们的饭桌上就像一个蛮荒的大森林，所有的人都露出野兽的面孔。

刚进这个杂乱的宿舍，我总是吃不饱肚子，渐渐的，我也和别人一样收起人的面孔，换一副野兽面孔，张开虎狼似的大嘴啃着，嚼着，吞着……

四轮车，两轮车，轧轧的响着来往飞滚，尘土在空中像浓雾似的飞腾，从这些中间穿过去上公司，每天有两回——去和回来——。

办公桌上的尘土你怎样掸去？桌面是绿绒布的，尘土都藏在绒里，像蚂蚱藏在青草里一样，我真实认为这是艰深的一课书，白出了不少力气。渐渐的我也学会了，把掸子从斜方向打下去，对着身体的外侧，弄不脏身体也容易干净，填加红蓝色水也是我最感到头痛的问题。

那时候，大色水瓶的装置不像现在这样方便，有个细的铁管从软木塞里伸出，只是一个两手才拿得稳的大瓶，打开瓶盖就往桌上的小色水壶里倒，一不小心就流到桌上。

为了这个错误我受到的申斥也不知有多少了。

我的部长脾气大，对待仆人总是严厉，他的温柔只有在回家以后在他尊夫人身上才用——此刻我想起人类的这种可夸耀的性体，实在替人类感到莫大的羞耻！他的嘴巴是长的，活像马的下巴，眼睛在黑的眉毛下面，闪出骄傲的道德的光！

"笨虫！你怎么弄的？"

他这种缺少温和的声气，我听着，感到无限的麻痹，身体凉了半截，无论到何时，一想起就感到烦恼的，端茶水好像翻译的哲学的论文那样的艰深难懂，我对它，一半是搔头皮，一半是叹气。

从楼下端到楼上，像背上负着重物经过宽宽的，冻着的，薄冰的河一样，一步加两回小心，往往还是偏了茶盘倒了茶碗，洒了一身水，甚至茶碗滚出去打碎，楼梯上发出一声像打雷那么大的音响，把你的灵魂也会吓掉，这项工程是咱"好教育"之中最光荣的一个学期了！

滑头和撒谎也是我"好教育"之中最紧要的一门。

在受着"好教育"其中，我总不能把看报的兴趣抹去，在大职员跟前看报不方便，怕被发现了，最舒服最自由的乐园是洁净的厕所，在这里面读，谁也不打扰你，只有空气知道罢了。

如果上司找不到你因之生了气，可以这么说：

"肚子痛！"

或者是——

"头痛！"

再不然：

"父亲来了，和他在下面谈话……"

撒谎的范围是不限制的，也没有一定的原则，大概是合乎唯物辩证法的撒谎就是好极，至于"滑头"也有种种的逻辑和要领。"好教育"其中，这一门学问我研究得不坏，可惜没有笔记，不能一一全讲出来。

对待职位相等的同事也使我很感到艰难，嫉妒，诽谤，嘲笑，在表面上对你和蔼的微笑，在暗地里却狠毒的攻击你，人的面门上又没有明明白白的写着字，你知道谁是君子，谁是小人，看去好像个慈善家，其实是杀人不见血的强盗，看去是个人格高尚的学者，其实是个没有廉耻卖尽了良心的禽兽，看去是个豪爽坦白的善人，其实是个奸险阴毒的恶魔……弄得我头迷眼花，简直分辨不清哪个是牛，哪个是马，有时我弄错了，我以为是个聪明可亲的青年，想不到他是牛马的爪牙！刚接近还没有什么，接近久了他就张口咬你——认识人，比认识畜牲难多了。

一匹马，我们可以看出它是好马，坏马，一头牛也可以看出它是好牛，坏牛，只有人，你就是有着锐利的慧眼，往往还是弄错。

"好教育"其中，在人跟前我受了不少的苦，直到现在，我还没有研究好这一门学术。

然而在研究过程中的我也发现了一点点的定义定理，可惜我没有笔记，记忆力也糟，全忘记了，无从考究，也叙述不出来，对于亲爱的读者，实在是"抱歉"之至！

（一九三七年冬夜于灯下）

房东的故事

这天晚上，我闷闷的坐在小屋子里，开了窗，望着碧空的星群，有许多瘦小的飞虫围着电灯跳舞，把电灯伞碰得叮咚响，是些活泼的小生物。我有些讨厌他们，想往外驱逐，又觉得他们可怜，因为他们的生命是延长不多久的，抗不住几场风雨就得死灭的，无论怎样强壮的也活不到秋天，这样一想，我就不忍驱逐了，让他们快活的飞几天吧。

我正这么想着，门开了。

原来是房东太太，我客气的向她点点头。

她从来不到我的屋子来，来了一定是有事，我这么想。

她一屁股坐板凳上，喘了一口粗气。

喂！这是为什么？

我一细看她，她的眼睛红肿着，一定是哭过，脸上还有泪痕：

"杨先生，明天早晨请过去喝酒……"

我更糊涂了，请我过去喝酒，为什么呢？

我奇怪的看着她满头不十分整齐的头发，她有一副老毛猴似的面孔，嘴唇向上噘着，两只红红的眼睛两边有不少苍老的皱纹，她快有四十岁了，我不能不问：

"什么事？"

她把手指对着上屋的方向狠狠的点点之后悄悄的说：

"那个该死的东西娶小，怎么你不知道么？"

噢！我想起来了，这事我听西下屋郑大娘讲过，说是她的丈夫——我们的房东，一个将近五十，有半头灰发，时常把胡子刮得干干净净的人，他看中了一个年轻美貌的女人，在她身上花了不少钱，现在弄热了，所以要娶她，就是这么一回事。

不消说，这种事多得很，不算什么奇怪。

表示明白的向她动动下巴，可是我说：

"谢谢吧，我明天有事，不能讨扰了。"

她赶紧摇摇头：

"无论怎样，你过去喝两盅，赏个面子。"

"我就是这么个人，说不去就不去，对不住。"

我这么说，她不会生气，并且感激似的挤挤红眼皮，站起来，客气一句，很可怜的走了，顺手带上了门，轻轻的。

这样的女人，你说奇不奇怪？她丈夫要讨小，她反对，所以哭了，然而她又在家替丈夫请客，唉，这样可怜的女人，世界上不知有多少呢？

我想到郑大娘的一番话，那天傍晚，许多人坐在院子里的席棚下纳凉，老婆子们摇着笨大的芭蕉扇，大姑娘摇着美丽的小花扇，有阵阵的香味扑进我的鼻腔里，我坐在小板凳上懒懒的不愿走开，房东张大爷不在家，郑大娘毫无牵挂的讲起来：

"这个女人，你们不知道，她很有手腕，你们想，她从前本是个窑姐，后来嫁了一个当教员的人，过了两年，这位先生不满意她，因为她奸懒馋滑并且品性不端，丈夫一出去，她就东家西家窜，和那些不要脸的小子眉来眼去，天长日久，弄出了闲话，她丈夫知道了，便休了她，其实她也愿意这样，因为她嫌丈夫穷呀，丈夫之所以休她，多半是她逼的呢！咳，这个妖精，她回到娘家去就不做好事，竟打起野鸡来了！你们看，我们这位张大爷，快六十岁了，还被她迷住了，他给她扯布呀，做衣服呀，买高跟鞋呀，领她去烫头呀，哼！张大爷也有钱，花个三百二百不算什么，人家命也好，五十多间房子，一百多亩地，一辈子什么也不用干，天天溜达溜达，逍遥自在，多么舒服。日子一长，房钱成堆的进来，地租钱一堆一堆往家里滚，这些钱，不花做什么？有钱不花死了是个地瓜，哈哈哈张大爷是个聪明人！……"

郑大娘是个碎嘴，说起话来就招人笑。

短旗袍，露出精光肥胖的大腿，头发剪得短短的，是个十八岁的大姑娘——郑大娘的女儿，这时敲敲她母亲的膝盖警报着说：

"妈呀！张大爷知道你讲他该生气啦！"

郑大娘把眼珠一转：

"什么？生气？我不怕他生气，这是东邻西舍，连街里各买卖家，没有谁不知道的事，张大爷并不怕谁，人家自己也说：

'哼！我有钱，愿意做什么就做什么。'

可不是么？谁敢干涉人家？有钱，哼！有钱！娶小纳妾的事也不犯法，人家有钱，有本事……"

郑大娘歇了一歇，接续讲：

"她——房东太太——为这件事，不止哭过一回了，张大爷一定要把这个风流女人娶进来，她哭，是的，哭有什么用？我问问，你老了，你的皮色不新鲜了！你不吃香了！你年轻的时候哭是有效的，现在，咳，哭不单不能感动他，反倒叫他讨厌，你们看吧，没有几天，张大爷就要娶了！"

郑大娘真是个预言者，果然——明天就娶，可惜我不能喝盅喜酒，因为我实在讨厌酒，并且讨厌喝酒的人，正如讨厌赌钱吸烟的人一样！第二天一早，我被窗外的叫声闹醒了！

是什么东西叫得这么尖锐？我开了窗一看，原来是个大茶炉，这不消说，一定是为了张大爷的喜事，招待客人预备的。客人很不少，出出进进，男的女的，都穿着新衣满面风光，好不快活。

我开始在屋子里锻炼拳脚，我刚竖了三个蜻蜓，听见外面喊：

"来了，来了，新娘来了！"

我赶紧把身子倒转，伏在窗台上看。

门外有汽车停住的声音，客人都往外跑，小孩子呼喊着，跳着走，有一个小朋友，因为高兴过了度，一下跌倒了，但是他并不哭，立刻爬起，一只猫受了惊，从墙头跳到房顶。

我以为新娘一定披着纱，手里捧着美丽的鲜花，但是没有，穿戴很平常，她有二十七八岁年纪了，瓜子脸，大眼睛，头发梳得弯弯曲曲，衣领高高的，胳臂露在外面，身材适中，不瘦也不肥，虽然不是倾国倾城之貌，那走起路来一扭一扭的肥圆的屁股，一定能把张大爷的眼睛迷得什么也看不见，就是把所有的财产全花光，也满不在乎。"能在花下死，做鬼也风流"张大爷也许抱着这个主意。

结婚仪式很讲究。

院子中央摆着一张八仙桌，绑着红地金花的桌帷，桌上是祀器，银的香炉，金的供碗，"天地牌位"坐在正中，香的青烟得意的向上冒着，八碗供菜和四垛大馒头整整齐齐的排着，一切都很有制度，新郎立在供桌左面，胸前插一朵花，身旁有两个中年人，大概是"男傧相"好像"哼哈二将"一般，新娘换了一件水红色的长旗袍，新鲜极了，胸前也插一朵花，身边也有两位"傧相"不消说是女英雄。

四周是客人。

人类的仪式很尊严的举行完了。

有一阵阵的呱呱赞美的鼓掌，可是我很奇怪，既然是供着天地牌位，为什么不跪下磕头而鞠了三大躬呢？

唉！我的脑筋太笨，人家这是一半旧式，一半新式。

第四天晚上，大吵大闹的声浪从上屋传出来了。

咒骂夹杂着哭，拍桌子，跺脚，这声音很大，莫非说是新娘？

一定是新娘，因为是女人的哭声，这大杂院里所有的人的声音我都熟悉，这声音我却不熟，一定是新娘。

我放下书本把脸仰着听：

"你……你骗我，你……你没有良心，啊，啊，你没有良心！你……你是怎么说的？你不是说得明白么？你骗我，你呀，你原来是这种人，没有良心的……啊啊啊！……啊啊啊！……你没有良心的呀！啊啊啊！……啊啊！……"

"做什么还用那样子？"这是张大爷，"这点事还值得哭闹？真少有，我能骗你么？我是那种人么？你打听打听，你也知道我的为人吧？嗳，别哭，别哭，用不着哭，这……这算什么，哈！算了！你的性子太窄了！快……快别哭了！嗳……"

这是为什么事呢？听了半天也听不出头脑。

我拿起书本，接续往下看，闹了半宿，他们才结束了。

第二天晚上还是照旧。

第三天晚上还是照旧。

第四天上午来了许多人，闹闹嚷嚷，吵个一片糊涂。

我忍不住了，在门口看见郑大娘，我就问：

"他们为了什么事，天天龟吵？"

"哟！"郑大娘露齿一笑：

"杨先生，我告诉你吧，那婊子要一千块钱，这钱，大概是没有娶过来以前讲好的，现在，张大爷变了卦，就是给三百，她不肯收，因为这是身价，本来应该讲多少给多少的，好像自己已经给了三百还有七百，张大爷无论怎样不肯拿出来，想不到那婊子也上了当，没娶以前她为什么不把钱全要到手呢？这一下是张大爷的手腕，别轻看这老头子，正经有两套，不然他怎么会发财呢？哈哈哈，你看吧，这事情可麻烦呐！一天两天完不了，真热闹，哈哈哈……"

可惜，这件事的结果我没有亲眼见，因为我出了三天门，而事情就在这其中结局了。

怎样结局的呢？自然我不知道，我只得请教郑大娘。

这三天几乎把老头子愁个半死，他舍不得拿七百块钱，而小宝贝儿非要这七百块钱不可，女的斩金截铁的说，如果不照数给她，她便上衙门告状，告他"骗婚罪"，要求离婚而且要两万元养老金，这么一来，把张大爷难住了，他舍不得钱，舍不得名誉，也舍不得小宝贝儿，所以事情很难办，同时他的大老婆也出了问题，她鼓励三个儿子，提出意见"分家"，四面八方向张大爷总攻击，这三天，他们也不做饭吃，也不睡觉，吵呀，闹呀，从早吵到晚，从黑又闹到亮，嘿！热闹极了！

后来，亲友给讲情，张大爷痛快拿出三百块钱打发她走。

两下同意了。

张大爷拿出三百，她走了。

她一走，这一家人安静了。

郑大娘讲得很高兴，最后她说：

"这真不像话，天天吵，真厌死人，来个一次半次的，大家开开心，天长日久，那好天天闹呢？闹得我这几天连觉都睡不好。"

她说着打个哈欠，像母狗似的挤挤眼睛，眼角流出泪水。

（一九三八年八月于营口）

月　饼

"我买几个月饼带回来吧？"父亲去买米的时候这样对母亲说。

"他爹！"母亲用袖头擦擦眼角，"你忘记了拿米袋呢！这里。"

母亲在摆着碗碟的隔板底下拿了米袋，在凳腿拍一拍。米袋外面透出来的米粉，像尘烟一样飞扬着。

"嗳！嗳……"父亲急忙过去阻止她，"别拍了，弄一屋子，等我拿外面拍吧！"

"噢！我不准你！"母亲像生气似的，"你总是在墙上拍会把米袋打碎了呀！"

父亲不说话，他踌躇的低下头去看看鞋尖，他的鞋尖像棉花的朵一样，已经开了蕾包，快张开棉花了，他愁苦的皱一皱眉。

"买不买？月饼？"

"钱不够呀！"母亲忧愁的摇摇头，"你那是六毛钱，买十斤米，哪有余剩呢？"

"少买二斤米？"

"算了吧！月饼以后再说吧！他爹，晚上等着你的米回来才能下锅呢！"

"孩子不要吗？人家都……"父亲的话好像被骨头噎住了咽喉似的，只说了半截。他悲苦的挤挤眼皮，举起手搔搔头发。

母亲也不说话了，她靠在土壁的柱上，两手放在胸前，规规矩矩的站直了腿，她还没有年老，但是那满头的发丝因为忧愁已经灰白一多半，她的面貌，比她的年龄早苍老了许多年。

父亲的脚在地上画着，他画一个狮子鼻，他是喜欢画狮子的，随时随地的画，可惜他并没有成一个画家，不过是个时常在贫穷和苦恼的生存竞争的压迫下挣扎的工人罢了。

妹妹靠着窗台，练习刺的花枕，她的发丝像马的尾巴一样，长长的垂在后面，拿针的手敏捷的活动着，小眼睛聚精会神的看，弟弟在伸出舌头挤眼，这时他正在幻想着月饼的香味，他盼望着月饼，他看到父亲紧闭的嘴唇，又望望母亲愁思的眉眼，他看见母亲的嘴慢慢的张开了。

"他爹，你赶紧的去吧！天不早了！你看那太阳的影子啊！"

父亲伸着脖子向外面望，院子里，太阳的影子下到半墙，好像说："我快要回家了！你们的工作还不完吗？"

"走！"父亲用军官在出操时下口令的声音指挥他自己，迈开大腿，走了，母亲送着他的背影。

父亲还没有想到要去买米以前，为了这渐趋于寞落的生活问题，曾和母亲商量了半天，他要去很远的什么地方寻找舅父，舅父是做官的，听说发了财，还娶了小老婆，可是母亲坚决的不愿意叫父亲去冒险，他从很年轻的时候就在各处跑，曾跟到很远的地方一年多不回家，结果是两袖清风的跑回来。母亲得到了过去许多次经验，所以情愿缒着他的衣角吃饭，也舍不得放他走。

父亲虽然是个性格强硬的汉子，然而有许多事他全本照了母亲的意旨去做。他不是个固执蠢笨的人，别人的好意见，很喜欢采纳，然而他有种奇怪的性子，非常的暴躁，一上来就不容易制止。

母亲捏着衣襟，揉了几下，她走到门口，呼喊小鸡：

"咕咕咕……"

小鸡不只一两天没有喂了,他们饿急了便跑到远处找食吃,母亲很不放心,怕他们跑丢了找不着,她伏在园门展望,园里没有鸡的影子,树上连雀也没有,他们大概也怕被这个穷人家沾了光,而不敢光临的吧。

"喂!鸡都跑到哪里去了?菊月!"她呼喊着。妹妹在屋内答应,她的嗓门高而又细:"嗳!——"

她摆着辫子跑了出来,弟弟也随着出来。

"你看看,鸡跑到哪里去了?"母亲对她说,同时往街上走。

妹妹跳着跑,活像一只草丛里的青蛙,又像一只蜜蜂,她舞着两臂向西面跑去,一面锐声的呼唤:"咕咕咕!"

母亲在街门旁边的枣树下立定,弟弟过去扯她的手。

东屋家金大婶的儿子从什么地方来了,他拐着一个半新不旧的元宝的篮子,里面是苹果梨和葡萄,还有斑绿色花纸包裹着的月饼,他对母亲点点头,笑笑:

"今天晚上该给月亮月饼吃了!"——说着,走过去了。

"是呀!"母亲无心的附和他。

"妈!"弟弟喊着,"爹去买月饼么?"

"买什么月饼……"

"人家都买了!今天不是……晚上,噢!不给月亮好东西吃么?月亮大得很!像一面大铜镜,真好看!妈呀!爹不是去买月饼么!"

"我们不买……"

"爹说买!妈!说买了呀!噢,月饼!什么馅?我要两个,要两个大的。"

母亲摇摇手,把他的幻想的话打断,他惊奇的立起小圆眼睛来看母亲。

五只母鸡从街上,连飞带叫的跑来了,它们惊慌的张着两只翅膀,两条细腿好像车轴,妹妹向左右伸着手,驱逐着:

"回家!回家!"

小鸡们惊慌的飞跑着并且叫唤,好像是说:

"别打!别打我们呐!"

母亲开了门，躲一边，让小鸡进院子。

父亲回来时候，太阳的影子已经走下墙头，整个院落失掉温暖的太阳光，只有草房盖，还留有一少半淡黄色的光线，村里大多数人家的烟囱都向半空吐着青烟了。

父亲放下米袋，他还拿着个粉红色的纸包，交给母亲，"他爹！你真买了？"她看着纸包唏嘘的说："这样贵东西，我们现在哪里买得起呢？我看……还是不要买吧！"

"得，已经买来了！"父亲拍着肩上的米粉。

"唉！太贵呀！你少买多少斤米？"

"三斤！"

"三斤？哟！这……这多不合算？可了不得！太贵了！我看！还是送回去吧！他爹！我们吃不起……"

"唅！留着吧！"

"少买三斤米，少吃多少顿？你不算算，这种东西，一口吃到肚里当什么呢？"

"唉！你老人家，别唠叨了！已经买来，就留着吧！"

"啊！他爹，我们吃不起呀！你信我话，送回去吧！"

"我走乏了！"

父亲厌恶的坐在凳上，他低头叹口粗气，满脸沮丧的神色，完全是对于生的兴趣失掉了的表现，穷苦的单独的人的力量在他眼里消耗得不剩分毫，只有最后的一丝微光，他的灵魂对着这渺茫的微光恋恋不舍，他生气了，十二分的生气了，紧紧的咬着牙齿。

然而母亲并不是怕谁的怒脸，尤其是父亲的颜色她早已看惯，她把月饼用手巾包好。

"菊月呀，你走一趟，把这个送回去，换了米吧！"

父亲气得牙齿咬得很响，他怒眉竖目说：

"你……多余，留下吧！你叫她去……唉！她能去么？"

"能够！"母亲不服气的说，她的意思是理智的。

然而父亲的情绪烧得很高，他跳了起来喊着：

"我说，留着吧！已经买来了！"

"不！送回去，我们吃不起，菊月！你去吧！"

妹妹怯怯的接过包袱，抖着两手，慢慢的往外面走。

父亲不响的立起，他在隔板上抓过一个饭碗，恨恨的向地上一摔"啪！"碎了！他的爆性子上来了，母亲苦痛的闭着灰嘴唇对妹妹使个眼色，并且悄声嘱咐她。

"小心那河东范家的狗！"

妹妹为难的去了！

父亲一见妹妹走，更为暴躁是穷苦的力量倒在驱使他，他对母亲说些难听的话："倒一辈子大霉，全是因为你们，如果没有你们追着我，我早就远走高飞，什么地方都可以去了！"他喘了几口气，接续说，

"不是因为你们这些嘴么？吃我一个人，把我吃死了算完，我快累死了！我做大工，我受活罪全是为了你们！"

这样的话，本是家常便饭，母亲听得很多，这时，她只是紧闭着嘴唇，什么也不说。她也不想说什么了，她还有什么可说的呢？如果她说什么，不但不能熄灭了父亲的怒火，却能激怒她，所以她默默的，开始淘米，动手做饭。

父亲发了一阵脾气，看看没有谁理，便自消自灭，不动声色的上了炕，躺下去，把手放在头上，看着屋顶。

把悲酸的眼泪吞进肚里，始终是忍耐着各种苦楚的母亲，她大部分的言语都倾吐给沉思默想。

她把米淘在锅里，盖上锅盖坐下烧火，并且时时的向外面探着头，她不安的睁着挂念的眼睛，恨不能一下盼到妹妹回家。

黄昏从地上生出来，渐渐的向上长，终于一跃而起，在半空张着大翅膀，把太阳遮蔽，把昼间罩上一层灰暗的网，天下成了一片灰色了。

树梢在黄昏下，只留有一团不清的黑影，墙壁是一片模糊的轮廓，而黑夜，接着便很快的上来了。

母亲把饭收拾在桌上，父亲已经消了气，他默默的喝着稀粥，什么话也不说。

母亲出去了，她立在包围的街角上盼望着，她等了半天好像听见在远远西方有孩子的哭声，顺着凄凉的夜风飘进她耳里，她心里一惊，慌忙的向西面走去。

深黑的秋天的夜里，有些寒意，村里寂静无声，只有远处的犬吠和庙上的钟响，把寂静打破，母亲越走越快，那哭声越来越近。

她听清了，那是妹妹哭声，好像一柄利剑一般刺穿了她的胸膛，她的心流血而粉碎了。

妹妹被狗咬了！咬伤了左腿。她的月饼没有送回去，还没有换了米，但是狗把她咬了并且把月饼抢了去。

她哭着，叫着痛，惊骇夺去了她的胆量，她抖擞着身体闭着眼睛喊叫妈妈。

母亲找了布，看过她的伤口给她包扎。

父亲又发脾气了。

"这都是你……你办的事，叫你留下，偏去送，看！咬死了一个就好了！"

他跺着脚说话，咬着牙齿，母亲不理会，她的灵魂早已受伤，已经是不健全的了，生的力量从很早的就离开了她，她不过是用勉强的几分气力来支持着身子，不使她倒下，她不希望别的，只挂念这些个孩子，如果没有孩子她或许早已断了生的系念，此刻，她正燃烧着死的欢喜。她看见了死的草原，那走向死之国的道路，然而她不是快乐的欢喜，是悲痛的，酸苦的。

妹妹止了哭，灰白的小脸上还挂着泪水。

弟弟失望的睡下了，他的小小的如水泡似的幻想打碎了。

母亲坐在半死不活的灯下，忧愁的想着过去，现在和将来，父亲睡不下去，他怎么能睡下去呢，他一跳一跳的走到母亲面前。

"喂！别生气！别生气！唅！这算怎么！这……"

母亲不理，低着头。

"生气了？唅！这不值得！明天，嗳，我有法子，我想起别的法子，不做工了，我要自己做些活计。"

母亲——沉默。

弟弟翻了一个身，他说着梦话。

"噢……月饼！什么馅？我要两个大的！"

父亲愁苦的笑起来了，母亲也禁不住的笑起来，但是她的腮边还挂着
泪水……

（一九三六年秋）

钱的用处

从前，有一个富翁，他有许多金钱，但是他把这些金钱无论放在什么
地方总不放心。

"放在箱子里？箱子是能够打碎的……"

"做一个地窖，放在地窖里，如果别人知道了怎么办呢，一定给偷去
了……"

"放在枕头下面，可是数目太多，而且不能成天到晚总睡觉，白天出
门是不能看守的。"

"全都装在袋里，太重了，走动不方便，如果谁看出来我身上有许多钱，
把钱抢了去不要紧，性命要紧呐……"

"唉唉！怎么办好呢！"

他左思右想，想不出可以放心的高妙的办法。

为了这件事，他成天到晚的忧愁，急得没有法，就用两手抓头发，握
起拳头来狠狠的敲打自己的脑袋，用力的跺脚，像疯子似的在屋里跳来跳
去扯扯衣服，搓搓手，拍拍屁股，吹吹鼻子，又挤挤眼睛，吐口唾沫，然
而无论怎么也计划不出一个最满意的安置金钱的办法。

因为太忧愁的缘故，他连饭也吃不下，觉也睡不好，渐渐的瘦了。

他有一个最尊贵的女仆，看他精神不振，愁眉不展的，知道他的心事，

就述了一个意见给他：“因为你的钱太多了，如果能分一些别人，你只留着够用的就会快乐。”

他肯这么办？这个大愚人，就是要他的命也不肯这么办！

吃不下饭，睡不好睡，加上忧愁烦恼，他得了一场重病，因为舍不得花钱请医生治疗，过了五六天就一命呜呼，死掉了。

他所有的金钱全被女仆得到。

女仆草草率率的把他埋在坑里之后，带着所有的金钱去嫁了人。

她嫁了一个愚蠢的庄稼汉，虽然蠢，对于钱的事可十分聪明，他知道女人有很多钱，就温柔百倍的对待她，千方百计的欺骗她，打算把她的金钱全弄到自己的手里。

她发觉了他这种缺德的念头，很生气。

“我的钱，你休想出什么主意！”

“什——么？”他粗声大气的喊起来：

“我是你的丈夫呀！你把我当什么人看待？”

他说得很有理。

“丈夫是丈夫，钱是钱！”

丈夫无论施展什么巧计，到老也没有骗出她一个铜板。

这天夜里，她呼呼的，像猪似的睡熟了，丈夫悄悄的爬起来，把白天在背里偷偷的预备妥当的绳子拿出来，很机敏的打了一个担环，套在她的脖上，两手一用力，她还来不及挣扎就丧了命！丈夫把她吊在梁上，第二天喧噪的传说她是吊死了，别人都相信这真事，丈夫简简单单的埋掉她，得了她所有的钱——这钱是缝在枕头里的，她白费心机，结果是丧命完事，得了许多金钱的汉子的欢喜是不用说了。

不久之后，他拿出金钱的一部分来开一个小酒店，为的是有点事业可以占着身子，二来可以避免别人猜测他有钱。

其实，这法子是愚笨的，他这么一来，别人都知道他有钱，没有钱怎么能开得起酒店呢？

他雇了一个在他认为是品格很不错的伙计管理店事，他自己，成天逍遥自在有吃有喝，有住有穿，还有钱花，无忧无虑，说不出有多么快活。

伙计很羡慕他，并且很厉害的嫉妒他，时常注意他一举一动，想从暗地里察知他藏钱的地方，终于得到一个线索，他是把钱藏在酒罐子里，放在床底下，一出门就用大锁锁了门，窗户是关紧的简直没有法弄开。

伙计想夺他的钱，偷偷地下了毒药把他弄死，拿着所有的钱，逃到很远很远的地方去过安静生活。这伙计的目的是达到了，他跑到一个很热闹的城市里，住着上等的客店，穿好的，吃好的，别人都说他是富翁，却不知道他之所以成了富翁完全是夺取别人的钱，杀害了别的人才成了富翁的。

热闹的城市里，什么样人都有，女人，不消说也是很多的，他看中一个最出名，最美貌，最动人，最不容易亲近的妓女。

他想钱这东西是有力量的，万能的，只要多多的花钱，没有办不到的事。

他花了许许多多的金钱，总不能使那高傲的妓女欢喜，满意他，倾心他，他想这是钱没有花到数的缘故。

他是入迷了，把所有的金钱都花光，却没有得到妓女的一点儿热爱，他变成了化子，没有职业，没有钱，没有生活的本领，没有法只好当化子。

得了许多金钱的妓女，她的金钱是无数的，但是她一点儿也不爱金钱，把钱看作像石头一样，谁要就给谁，凡是穷人，她都给他们钱，一点儿不吝啬，非常慷慨。

这个妓女非常崇敬一个出名学者的，她总想和这学者亲近，可惜没有机会，有一回她得到一个机会，就去访问学者，问他：

"金钱是可爱的东西么？"

学者一点儿也不踌躇的回答她：

"不错，这东西是可爱的，如果我有许多金钱，就有很大的用处！"

她以为学者的话是不会错的，学者所说的用处，一定是对于世界有益的用处，于是她把所有的金钱豪爽的送给学者，只要学者欢喜她就非常满足，学者很容易的得到了大量的金钱，他第一件事是建筑华丽的瓦屋，接着就娶姨太太，一连娶了好几个，过起他学者的理想的生活来。

吃饱了饭无事可做，他作文作诗，他的诗很出名，在他死后，他的诗尤其出名，成了文学史上最有地位的大诗人，至于把辛辛苦苦得到的金钱全给了学者的那妓女，她算知道她所崇敬的学者这种东西，是个什么东西。

（一九三九年一二月十日于灯下）

小　禄

无论什么时候，我一想起小禄，就觉得难受！

他临死时，我在跟前，我亲眼看见他断了最后一口气，他的死是悲惨的，他死在街角上，不是有病，不是被车压伤，而是连冻带饿，死在大风大雪的一天早晨。

那一早，我还没有上公司，和许多同事在宿舍里等着开饭。

我们的二师傅——厨师助手，是个苍白面孔，一只眼大一只眼小，绰号叫邪眼，是个心肠很不错的人——他跑到市上买菜回来，刚一进门，连身上的雪还没有扫下，就瞪眼睛喊：

"哦！真可怜！小禄死了！"

大家受了不小的一惊！

都问他：

"怎么死的？"

他拍着肩上的雪：

"不，还没有死，大概还能活两分钟，你们去看吧，就在西面——那油房仓库的墙角。"他跺跺脚，叹着气，把一篮子菜放下，在炉旁烤手，外面雪花正在狂飞，西北风呼呼响，玻璃窗冻着一层厚厚的美妙的花纹。

我和小张，小刘三个人，商量了一下，赶紧扣上帽子往外跑。

有个大同事在后面轻蔑的说：

"你们去能做什么？"

但是我们不理他，这些年纪大的人，心都不怎么热！我们三个人像在运动场上赛跑一般，冒着风雪，一口气跑到了。

可不是么？小禄确是在那里，我们老远就看见了，因为那里站着个挑一担杏仁茶的老头子和一个工人。

小禄屈着身子躺在墙角下，他浑身上下全是破片，那副面孔真瘦得怕人，嘴唇一点颜色没有，没戴帽子，头发长长的，乱七八糟的披散着，总有半年不剪了，就像一堆茅草。

他瞪着两只落眶的小眼睛，张着嘴，牙齿离开，脸上没有什么表情，好像在悲痛的苦笑，小张蹲下摸摸他的胸口。

"呀！还有气！"

我过去搬搬他的头，想看看他明白什么不，但是他两只眼一点不动，我们商量着，把他弄到什么地方去，救他活过来。

目的地还没有一定，我们就动手搬他。

我抬着头，小张抱腰，小刘搬腿。

刚一抬起，卖杏仁茶老头子喊道：

"完了！"

他这一喊，把我们吓了一跳，赶紧放下，就在这一刻，他断了气。

"哎呀！这怎么办？"

小张急得嘴唇直抖。

小刘冻得浑身打战，两脚不停的跺着雪地。

我的手指要冻断似的痛。

商量的结果，是把他放在原处，然后报告警察。

先一刻我们还一点不害怕，这一刻我们有点不敢动他了，可是就这样扔在雪地上，让雪花把他的尸身掩埋了也太残酷。

还是小张自告奋勇，他很有力气，一下把他抱起，同时我们俩感到羞耻，赶紧帮忙把他放在原处，因为那墙角上面盖着一片铁瓦，旁边是房屋的后檐，能遮住雪。

我们跑回宿舍，人家都吃完饭，我们吃了几个馒头喝碗开白水上工。

这一天，我几乎失掉了做工的勇气。

我走着，坐着，那小禄的尸身总显现在我面前，我悲苦的凝视着他，有时甚至因为恐惧而发抖！

小禄本来是我的同事，和我在一个公司里做工，并且是我的同学，因为我们在一个夜学校里读过书，而且是同桌，他的家境很穷，他的父亲，我也不十分清楚，大概是在戏院子里卖茶，他没有母亲，也没有兄弟姐妹。

那年夏天，他父亲得传染病死去，这给了他多大的不幸啊！

从此，他成了孤独的人，在这乱七八糟的世界上完全孤独了！

他一向很能做事，无论做什么，手精眼快，他的科长常夸奖他，说他能干。

当然，夸奖他，他是高兴的，古今的人类都如此。

然而，父亲一死，连带着把他的聪明，伶俐也埋进坟墓里去了！

他成天垂头丧气，一副快活的小脸变成了忧郁，死板板的，好像雕像样，不问他，他不说话，科长时常喊他三遍五遍，他听不见。

于是科长很不满意。

时常的不满意，一定容易变成怒气的，这好像物理的定律一样，叫他把账簿送到楼下，他却订起来放进抽屉，科长便骂他：

"你怎么越变越糊涂？"

他默默的垂着头，悲苦的看着他自己的脚。

放工以后，他总是一个人孤零零的走回宿舍，有时在别人身后踟蹰，迈步是无精打采的，他的两腿似乎比别人特别沉重些。

我们在宿舍里，围着炉火快活的谈天，一看他来，就觉得我们头顶上无形也压下了一层厚厚的人间的悲哀的网，在他眉目之间，无论怎样也寻不出一丝一毫的生趣，就如厌倦了这生的苦味的小狗样，连摇动尾巴的力气也没有，只是，眼睁睁的看着这人生的海洋在他面前飘来荡去，他感不到一些香甜味道，花丛中的香气在他嗅着也是臭的。

我们时常在他背后议论他。

即便是死去了父母，成了孤人，也不至于永远沮丧吧？然而无论如何也活泼不起来，就如中了遗传的毒的树苗，本来就是衰弱的，再加上牛蹄的一踏，只有趋于凋零了！

夜学校，他也时常缺课。

即便去，他也是死呆呆的坐在位上，老师一问，他什么也答不出来，大家转脸望他，像一条木棍似的，又可笑又可怜。

有一次，老师把他叫起，问几个问题，答不上来，老师挤挤眼睛，嘲笑的问他：

"你——怎么，一点也不用功呢？"

不言语。

老师有点生气的吹吹鼻子。

"那么，你明天无须跑腿了！"

这样，他以后再也不上夜学校了。

小刘曾劝他几次，鼓励他去，可是，没有用，他不停的摇头。

成年人，差不多都很可怜他，因为知道他的身世凄凉，便不欺弄他，也不和他玩闹。

但是这么一来对他并没有好处，他无论走到何处，总是孤独，没有谁安慰他几句，他呼吸着寂寞的空气，做着烦恼的活计，恐怕他夜里安睡，也做着悲痛的梦吧！

岁月来的来去的去，宛如海洋的浪花，不停的，奔流，奔流，一转眼过去了一年。

小禄的忧郁的种子，在心灵深处发了芽，生了叶，开了花，并且结了果。愁苦的锁链狠狠的绑着他，他的手脚得不到快活，终于连精神也受了损伤。

黝黑的两眼，只有疲倦的寒光，皮包着骨，如干柴似的身体瘦得太可怜，无论谁见了他，都会这样推测："不能活多久了吧？"

他到了连苍蝇大小的事也要做错的地步。

公司看看无法，把他开除。

那一天早晨，我们看见他起身之后，连脸也不洗，轻轻的，好像怕惊动了谁，开始慢慢的捆行李。

他的行李很简单。

一床薄薄的铺着许多破布的棉被，一床没有一分厚的开了花的褥子，一个扁长的污黑的枕头，一条灰色的褥单，此外还有一个碗大的掉了不少瓷的洗脸盆，一双旧鞋，两只肮脏的破袜子——就是这些财产，他用草绳捆好背在肩上静静的往外走了！直到此刻，我是醒着，在被窝里偷偷看他。

我赶紧爬起，急手急脚的穿好衣服，纽也来不及扣，追到外面。

"小禄！"

他冷冷漠漠的调回脑袋，悲痛的闭着嘴看我。

"你这就走么？"

他皱着眼眉点点头。

我走到他跟前：

"你往哪去？"

沉默。

"你有地方去么？"

沉默。

"你！……"

他垂了头，看看地面，轻轻的举起脚，踏着无情的街道走了。

我闷闷的望着他可怜的背影渐渐走远，一刻比一刻渺小，终于成了一个黑点，消失在转弯的地方。

一个月之后——

小张告诉我，小禄现在在各处讨饭吃，变成了吃得饱住得舒服的人们最讨厌的孩子了！

"是么？"我有点不大相信。

"真的，我看见了他，你猜他怎样？他很害羞，极力的躲避着我呢！我把他捉住，把十三个铜板塞在他手里，并且对他说：'你如果饿了到宿舍找我们来吧！'"

可是他从来没有来找过我们，有的同事在什么地方发现了他，他总是躲避，不愿意叫我们看见。

这是夏天的事，但是秋天一到，他的消息，如凋零的桃花样，谁也不知道！

日子一久，我们把他忘记了，就如忘记了扔弃在脏土箱里的废物一般！

谁知这年寒冷的冬天，他竟冻死在风雪的街头呢？唉！

（一九三八年十一月二十二日于油灯下）

吹牛的钢笔头

在一个青年作家的写字桌上，紧靠着胖胖的色水瓶旁边，躺着一支红色的钢笔杆，钢笔头是银灰色的，模样很美丽，好像一个天真的少女，可是她的前尖沾着一层厚厚的蓝色水，就像好久没有洗脸一样。

这只钢笔头小姐生性骄傲，世界上无论什么事全瞧不起，时常目空一切的讲些没有边际的大话，她自己觉着特别的有学问，有本领，别人都是饭桶！

因为这个缘故，大家说她吹牛，讨厌她，恨她。

有一天，青年作家到幽静的树林散步去了，屋子里悄悄静静一点声音也没有。

自命不凡的钢笔头又不知害羞的讲起大话来了。

"要没有我，他什么也写不出来，我告诉他，这样的写，他就这样的写，我说那样的写，他就那样的写，我说不愿意写了，他就好好的把我放下，让我安静的休息，他爱我，永远永远的爱我……"

化学做的黑色笔匣乃是洋洋得意的钢笔头的妈妈，她老人家满足的笑着说道：

"这是千真万确的，我的女儿真有两下子，世界上无论谁也赶不上她！"

桌角上坐着一页容颜憔悴的稿纸，冷冷的，嘲笑的对大家说：

"你们知不知道，不要脸卖多少钱一斤？"

好几个月没有换衣服的吃墨器这样的回答：

"一分钱二斤半！"

正在这时节，青年作家急急忙忙的回来了，他丢下帽子，就坐下，赶紧拖过一张稿纸，抓起钢笔，好像怕忘记了似的慌慌张张的写起来，因为太慌张，又极用力，一下把钢笔尖触弯了。

他生气的吹一下鼻孔，把钢笔头狠狠的拔出来，连一眼也不看用力的抛弃在纸篓里，换上一个谦虚的新钢笔头。

笔匣老太太看见这光景，伤心伤意的放声大哭起来。

"我的女儿呀，你的命好苦啊！……"

先头用冷冷的，嘲笑的口气讲话的那页憔悴的稿纸忍不住了。"现在，不要脸还是旧价钱么？"

吃墨器嘟嘟念念的回答他：

"哼！一分钱十六斤也没人要了……"

枕　头

那时候，我是一个小职员——现在也是——一点也不傻的我，和一个野兽一样，饿了就想到吃，冷了就想到穿，对于异性的需要，我还是很饥渴的，既然有了暂时的饭碗保险公司，愁，我就用不着了，于是我被兽性的饥渴的欲望支配着，把余剩的薪金全都送到"安慰人的屋里"去了。

起初，我觉得脸热，刚一进门，那粗眉大脸的伙计的一声大叫，像雷一样，我总是羞耻的垂着头，在许多媚人的视线当中钻进她的屋子，一看见她，我的寂寞就消失了。

她欢迎我的表示是极其热烈的，伸着两手，瞪着一双乌黑的大眼，牙齿白而整齐，还放着光，一副可爱的面孔和温柔的姿态的魔力的大，实在不是为我这支破笔所能形容出的，当她活泼的扑到我怀里时，我除了愉快和满足之外，什么也不想，没有工夫想，世界上的一切全忘掉，甚至连我自己的存在也忘记，我只知道在我面前，有一个天使般的她，我熟练的和她紧抱着亲吻，一吻就连续了十分钟以上。

她的名字是阿早，南方人，在这一家安慰人的屋里据说她是首屈一指的红姑娘，因为她识字，会写信，会唱歌，会弹风琴，会唱旧剧，所以芳名很高，不知有多少傻瓜被她倾倒，我便是这些傻瓜之一。

据说，她并不接待所有的客人，必须她看中，她愿意，她才接待，她掌握着几个非常有钱的客人，无论她要什么，他们全肯给她，所以掌柜非常器重她，正如一个父亲器重他能赚钱的儿子一样。然而我并不是个有钱的人，每月所赚的几个有限的钱，还要刨去伙食再去了零用，便剩不下许多了。"盘子钱"是两元，我一次只能掏出两元。一个月我尽了所有的经济的能力只能开两个盘子。

每天去，经济力是不够的，不过，我特别努力俭省，最低限度一个月要去两回，总不能使我多去几趟的愁苦使我很伤心。

我很愚傻的把自己的经济状况，向她彻底的报告并加上说明了。

她静静的听我讲解，有趣的把手放在我肩上。

我的害羞的缺点很快的被她矫正了。

有一天，我把预备好的两块钱掏出来放在桌上，拿起帽子要走的时候，她赶紧扯住我的胳臂，把钱抓起来塞进我的袋里，在我脸上吻了又吻。

我很愁苦，我误会她是嫌少，但是她皱着秀眉摇摇头说：

"你明天来，留着你的钱坐车，听见么，明天来，不要失信。"

我真有点儿不相信我的耳朵，这真的是出了奇事。

这一夜，我睡在孤寂的小屋里，一点不像往常那样烦恼，电灯在头上微笑，小钟在身旁欢呼，它告诉我：

"你是幸福的人！"

真的，我感到幸福了，我的嘴合不上来，觉也睡不熟，越想，越觉得我的艳遇好像是个梦样，从头到脚，说不出的舒适，屋顶呀，墙壁呀，书呀，茶碗呀，所有的东西都在为他们的主人的幸福在夸耀。

第二天，精神特别振作，做起事来分外有劲。

天一黑，我又跑去了。

一连几天，一连几个星期，没有一天晚上，我不在她屋里坐两小时，而我的袋里是空的。

"你为什么要这样对我呢？"

有一次，我闷闷这样问她：

她对我看看，笑一笑，满足的拍拍手。

住了半天，她指指穿衣镜。

"你照照！"

"照什么？"

"咳！你照照吧！"

她拖我站在镜子前面，我照了一照，还是不明白，她摸摸我的脸说：

"你的脸子不错。"

她说着便把我拖到她怀里，但是我不相信她，她又指指我的肚子。

"什么？"我糊涂的咧着嘴。

"心！"

"心怎么？"

"不错！"

我不说话，因为快乐已经把我包围了。

一天晚上，谈得太迟了，她搂着我悄悄的恳切的说："不准你走。"

"我不……"

她要哭的样子把背转向我，不满的伏在桌上，两手捧着脸。

我过去道歉，鞠了不少的躬她才高兴。

像皮球一般，我的生活从山顶上一直往下坡滚，所表现的不是抹擦的疼痛，乃是活泼和勇敢，这时候，前面的抗力对我完全无关，我一直往下滚下，只有小小的转弯，声音却是响亮的！

我把她亲手为我刺绣的一对美丽的枕头，看成宝物一般，我舍不得使用，比价值几万元的古董还要看重，得意洋洋的摆在床头，上面盖着手帕，怕灰尘落在上面弄脏了这宝贵的纪念。

每一个星期六的晚上我住在免费的旅馆里，而且有人相陪，在临睡前还有一顿好饭菜下肚。她不单是我的天使，而且是我的老师，她指导我各种妙诀，怎样能够心满意足……然而快乐的生活不久就消失了。

因为饭碗发生了问题，我不得不远远的走开，当我把这消息对她讲时，我竟伤心伤意的哭了，她也花了不少眼泪洒在我的胸襟上。

离别以后，除了写信之外，没有别的能减少我满腹悲哀，我的信是很长的，用了写小说的形式和技术写给她，风呀，月呀，小鸟呀，小狗呀，什么都写，并且，时常的还在信的屁股上写些小诗，我怎样思慕你呀，我怎样烦恼呀之类。

她的每一封信虽然写的不多，可是纸短情长，意义很深，我读了又读，总是不厌，比那些干燥乏味的世界名著有趣多了，不过她总是说不满意她的生活，喊着苦闷，这，我有什么法子呢？不错，我会计算到，怎样领她出来……然而这是空想，办不到的事。

时常，我一觉得苦恼，便看看她的枕头，这一对枕头的魔力真伟大得很，它有打倒我一切苦恼的力量。

一个枕头上是绣着花草，两朵水仙好像刚开在晚风里吐着芳香，另一个是绣着两只小鸟，相依偎命似的栖在无花的绿枝上，有浓密的肥叶含着露水，还有一个月亮在半空挂着，好像一盏灯笼。这对枕头非常精工，我曾亲眼见她刺绣，她实在是个聪明的女子，可惜"红颜多薄命"，她的境遇不佳，身世凄凉，我如果是个英雄，一定拿了大刀去救她跳出火坑，可惜我是个不中用的东西，和她差不多是一样的屈服在物质、环境和经济的大魔王的皮鞭之下忍气吞声罢了。

一年以后，她来了封信说回南方。

啊，这好像得到死刑的判决书一样，我难受了一个多月，眼泪不知流了多少。

后来，我的脑袋虽然变了形，不能动一动就哭了，但是一对枕头我总没有勇气抛弃它，走到什么地方带到什么地方，好像带着自己的灵魂。

（一九三八年十二月四日于油灯下）

小老道

一九三一年夏天，我因为失了业，每天悠悠忽忽，什么也不干，吃饱饭就跑到海边去坐在沙滩上望着大洋深思默想，昏昏沉沉就如做大梦似的。

有一天，父亲忽然对我说：

"我领你上大庙去，走吧！"

上大庙去做什么，我还不知道，我随着父亲走。

但是，在路上我禁不住要问：

"去做什么？"

父亲吹吹鼻子，迈着步讲：

"这庙上的老道，原来是我的朋友，从小在一起读过二年书，他和我是同岁，二十岁那年，他不知怎么出了家，后来也就把他忘记了，谁知前天晚上，我到庙里闲走，看见了他，和他谈了许多话，越谈越接近，闹了半天还是熟人。"

喂，这可是新鲜事！我有趣的从侧面看着父亲的鼻尖。

他接着讲：

"从前，他为什么出了家，我不知道，现在，听他的口吻，好像很后悔，可是年纪老了，后悔也来不及了，他再三再四和我说：'有空把少爷领来给我看看，我看看他什么样。'你今天就去让他看看，他那里还有报纸，屋里很雅静，我告诉你，你要温顺些，他无论说什么，你要'是是'的答应，礼节要周到，因为他那里常有许多阔人物，不要被人家见笑，还有件事，你要在心，他有个兄弟，——不过这人我没有见过，他有个姑娘，还没有婆家，听说不错，你明白么？"

他的兄弟，有个姑娘，不错？……这是什么意思？父亲要给我娶媳妇？这，我可不干，别看我倒了霉，我这样想，转弯抹角，到了。

这是一个坐落在城市之内，很富丽的一座庙堂，进大门，跨二门，走进第三层院子才是。

满院子花草，还有鱼池，好像花园样。

在正殿的右角，有两间花格子门窗的房间，两扇玲珑的房门，神秘的关着，父亲轻轻的把它推开，我在后面随着进去。

我看见了一位道貌岸然的老道，他穿着长袍，垂着灰色的长须，规规矩矩的坐在椅上，像一位尊神！我有点肃然起敬之意。

他见了父亲很欢喜，上下打量着我：

"就是他吗？"

父亲客气的坐在他对面，抱歉的说：

"就是这小子，一点出息没有！"

我恭恭敬敬的给他鞠了一大躬，并且问了安好。

他欢喜了：

"啊！好孩子！我的朋友啊！你别小看他，这孩子不错，我一看他的面貌就知道，不信，你等着看吧！"

他站起来指给我座位，但是我不敢坐，因为父亲告诉我，礼节要周到。

"他问我，你为什么跑到南方去一趟？"

喂！这些事他也知道了么？我对他说：我为的是见见世面，他赞同的点点头，摸着胡子。

我很奇怪，他和父亲同岁，父亲还很强壮，而他竟这样苍老，好像过了八十岁，快死了似的。

谈了许久，告辞了。

他嘱咐我：

"你每天来吧，我喜欢和你谈谈。"

第二天我独自坐在他房里，惊奇的看着他躺在床上抽大烟！

他告诉我：

"我不算出家人，你看，我像出家人么？孩子，你信我话，人是决不会成神的，这全是胡说。唉，现在，我孤孤独独一个人，住在这里，就如坐牢，可是又没有别的法子，不要说别的，我和你父亲同岁，我却比他先老了！"

很快的，我和这个老年人熟了。

他的性格是豪爽的，很诚实，而且坦白，有什么话说什么话，这使我欢喜。

庙里一共三个道人，除他以外，还有两个年轻的，此外有个厨师，而这些人，不久，也和我熟识了。

年龄较轻的一个，是个团脸，把头发束起，挽在帽子里面，嗓子是哑的，好说笑话。

他劝我："老弟，出家吧！"

"为什么呢？"

"咳，你不知道，出家人是清静的，没有老婆孩子要吃要穿，干干净净。"

"这未必幸福吧？"

"有老婆孩子是苦恼的，没有，当然幸福。"

我不大欢喜他，因为他瞪着两只眼撒谎，嘴和思想完全不一致，不久之后，他的行为便证实他是撒慌了！

比他大十三岁，有满嘴胡子的人很不错，他虽然穿着道袍，可是他不愿意成神，他坦白的对我说，他之所以出家，是因为生活，他从前是个教师，教武术的，后来看吃这碗饭渐渐不行了，便积了个钱出家。

每天晚上，他在院子里练习武术，我做了他的学徒，学到半夜才回家睡。

老道的屋里，时常有些"阔人"出出进进，这些人都是老道的朋友，他们都是些抽大烟的能手，老道的卧室，不单是客厅，也做了烟馆。

这里，做了我成天到晚的安身之所，我坐在树底下，在花丛之中，嗅着花香，看着池中的金鱼，有时，从袋里掏出书来读读，饿了，回家，和姐姐要点东西吃。

有一天，我和"小老道"在庙后的马路上散步。

在小河边上，有几个妇女洗衣服，我指着一个年轻的姑娘对他说：

"看，那姑娘多俊！"

他瞪着眼睛望望，嘴唇一点点变青了。

我和他开玩笑：

"有个年轻可爱的大姑娘做媳妇多好啊！而你，却说什么苦恼？少有！"

他在我肩上拍一下：

"老弟，你想媳妇么？"

“很想，想得要命！你呢？”

“我——不。”

“你不能不想个发昏！”

武术老师把他的秘密对我说了。

“你别信他，这小子坏透，他认识一个寡妇，时常跑去幽会，花了不少钱，他把‘老头子’的钱偷了去，老头子发觉钱少了，疑惑他，但是他不承认，老头气极了，差一点把他打死，这是两个月以前的事，现在，他还时常在外面，冒充老头子的名借钱花，这些钱，差不多全送给他的‘姑姑’。他很怕她，日子多不去，她就骂他，因为，她靠他的钱活命呢！你看他嗓子都累哑了，是不是？”

我惊奇的看着池中的金鱼，有一只游得很活泼，东跑西跑，好像办什么事似的，我联想到人类。

他接着悄悄对我讲：

“我告诉你句实话，我决不会说错，出家人，决没有个好东西！你没有听说，有许多出家人被衙门赶跑的事么？”

我亲眼看见小老道和厨师在厨房里吵起嘴来。

小老道生气的说：

“你怎不快做饭呢？”

厨师瞥他一眼：

“你有什么权利管我？”

“能管着你！”

“我说，你谁也管不着，你好好管你自己去吧！”

他在厨师腿上踢了一脚，厨师马上还了一棍。

他气得满脸涨青，威胁厨师：

“我要告诉老头子，你把面偷去卖钱！”

“好，你去告吧！我不怕你！强逼我把米拿了二升给你！你拿去送了那养汉精，你会告诉老头子，难道我没有嘴，我不会说话么？”

归其，他是失败了，他默默离开了炊爨室，到“经房”去哼哼呀呀的念经。

老头子是最欢喜看报的，并且，他对于文艺，很感到兴味呢，他很赞美"白话文"。

他过足了烟瘾，躺在床上，看着报纸，裂着牙齿，精神十足的对他那几位朋友说：

"我看，现在，这种白话文很不错呢？"

他的朋友都是有势力的，他交这些朋友当然有用处。

武术老师却这样说：

"这些人，全没有用，不信等着看，一旦有事，谁也不会帮忙，现在他们很友善的来亲近老头子，不过为白抽他两口大烟罢了，我想，'小兔羔子'常在外面瞎闹早早晚晚，衙门哪能不知道呢？如果知道了，立刻会来把我们几个人驱逐的，咳！决没有好！"

他是个很有判断力的人，时常，把未来的事说得头头是道，宛如一个预言者。

很凉爽的一晚上，老头子把"小兔羔子"收拾了一顿。

不知为了什么，只听老头子在房里凶恶的咒骂：

"小兔羔子，你以为我是聋子，是瞎子么？什么事情我不知道？你在外面的一举一动我都知道，你做的事，就如在我手心里一样，我看得清清楚楚！……"

接着是巴掌响。

小兔羔子哭着，哀求着：

"我……我……再也不敢了，再……再也不……"

老头子气得直喘，他的喘气在外面听得极真切。

"我对你说过多少次？没有事，不准到外边去，你还是偷着走，我问你，你这么败坏了我的名誉'是为的什么？'一鸣百声，无论谁都知道了，这怎么办啊？"

又是巴掌响，比从前还响。

"我……我我不敢了，不敢了！哎哟！不敢了！……不，不敢……。"

老头子好像踢他几脚。

"兔羔子，你再迈出大门一步，我就打死你！明天早晨把经背会！不然，我赶你走，快滚出去！"

他跟跟跄跄的跑出来，一头钻进经房，烧了香，静静的坐在神位下面，愁苦的打开了经卷。

从这以后——同时也是拒绝了他侄女的婚姻以后，我再没有到这庙里来，因为托亲戚给我谋职业，我不得不背起行李，到千里之外混饭吃去！

现在，不知道这庙里的景况怎样，即满庭的鲜花还香艳的开吗？那池中的金鱼还活泼的游吗？

（一九三八年十二月二十二日）

火

一个秋天的早晨，闹嚷嚷的声音把我惊醒了。

"起火了！"

外面有人这样喊。

"什么？起火了！什么地方？"

邻居们往外面跑，他们的脚踏着我窗外的大地咚咚的响，我赶紧爬起穿衣服，手忙脚乱穿了半天。

我刚一出门就看见起火的地点了。

在西街上，有一幢靠着拐角的房屋被浓烟包围，红的火光从烟雾里像舌头似的喷出去，人们奔跑着救火，有许多人袖着手立在附近看，我也对着这个目标跑去。

火已经烧了许多时了，窗户和门早已烧碎，屋顶也快穿了，火丝丝的响，浓雾里掺着灿烂的火花，星似的向天飞腾。

勇敢的救火的英雄们把墙刨倒，让泥土去压倒烈火。

有个人焦急的呼喊：

"嗳，快把那面的门打开！"

他只穿着一件衬衣，没有袜子，人们都注意他，因为他是这屋中的主人，一个很有钱的，放钱在外面吃利过活的。

一个宽肩膀的汉子举起大十字镐把烧了一半的门打倒了，一面墙整个的倒坍，把烈火压死了不少。

房盖塌了，嘿！屋顶咆哮一声，轰然的爆破，泥土和砖瓦一齐落下，屋梁还很健康的横在半空，但是已经哗哗的着了火，这幢房屋是一点希望没有了！除了眼看着它变成焦土之外，人类实在没有别的办法。

"没有人烧在里面么？"

"都出来了！"

"东西搬出来没有？"

"一点也没有，你不看么，穿着衬衣跑出来的么？"

"喂！多么危险呐？如是醒迟一些，就烧在里面了！"

"火是怎样起的？"

"说不上……"

在我身后，有两个人在交谈着，一个是四方形脑袋，穿一件夹袍的中年人，一个是有满嘴灰胡须的人。

最炽盛的火已经过去，现在，火因为用力太多已感到疲乏，很有困倦的形势了。

粗大的屋梁还没有烧断，受了水的恩惠，不得已半死不活的生存着，它的精赤的躯干被火咬伤，烧得遍体乌黑，像涂上了一层黑油。

人们越聚越多，都兴奋的跑来看光景，救火的英雄们已经停了手，房屋的主人沮丧的垂着头，警察监视着观众。

一个小孩子摔倒哭起来，他的母亲打了他一巴掌。

"这火真烧得快！"

"转眼间把这五间房子烧完了！"

我身后的二位先生，又开始谈论了。

邻壁人家恐怕遭了殃，都惊吓的把东西搬出来，这时才把他们心头上一块重大的愁苦的石头放下，换了一朵欢喜的花。

"我看……这火不是无缘无故起的……"

"那，当然喽！无缘无故不会起火。"

"不，我是说，这或许是谁……"

是谁怎么的，我没有听清楚，因为说话的人把声音收缩了，火算是完全的睡熟——熄灭了。

当火还没有死灭以前，看光景的人就走散了许多。

房屋的主人立在警察面前说些什么，那警察在本子上写字。

烧毁的房屋，只有四面灰黑的墙健在，但是全改了颜色，好像经过一场猛烈的大战，从空中落下的炸弹所焚烧了的一样。仅仅不同的是那未坍塌的墙，这又不像炸弹所炸毁的了。

是不是像炸弹炸的倒不要紧，那房屋的主人怎样办呢？他的全部的财产都付之一炬，这真是"无事家中坐，祸从天降来"！

不过听我身后那两位先生的谈话，这灾祸，好像不是从天上降的。

他的老婆孩子大概全到别人的家里去了，他有两个老婆，据说他的小老婆只穿一条裤子逃出来，差点连裤子都来不及穿，如果不穿裤子跑出来，那可真是有点什么。

人都走散了。

（一九三七年一月十一日）

两块钱

早晨的阳光，正照着墙上的一张漫画，这漫画是从杂志上剪下来的，画的是一个白发苍苍的老太婆，两手捧着一对青年男女合拍的相片。女的正是她青年时代，男的是她的丈夫，她想起新婚当时那短促的一节人类的温柔幸福，情不自禁的眉笑眼开，咧着没有牙齿的大嘴，活像一只衰老的老毛猴样。

开抽屉的声音，账本扔在桌上的声音，铅笔和小刀互相碰击的声音，两只手在抽屉里忙乱的翻来翻去，无用的纸张抓了出来撕碎，扔在纸篓里，放在桌角上的一只茶碗被衣袖碰倒了，半碗茶水全都洒在桌上，水像一条小河，迅速的流进书堆里去。

"嗳！奇怪！"

父亲停了寻找，直起上体瞪大了眼睛喘粗气。他焦急的忧愁的看着打开的杂乱的抽屉，左思右想，无论如何，也想不起来那两块钱放在什么地方。

他拍拍两手，疲乏的沉重的坐在软垫椅上，左脚因为太焦急了，不能忍耐的在地板上抖擞着，足跟踏着地板砰砰的声音好像唱歌打拍子。

他忽然跳起来了，抓抓头发，急急忙忙的把桌上乱堆着的本子纸张全放回抽屉里，背着两只手在屋里忧闷的踱来踱去。

谦仁进来了，他蹦蹦跳跳的走路，因为今天是星期，所以他格外高兴，他讨厌上学校，他最不欢喜读书，他在学校里的成绩是顶不优秀的，他之所以欢喜星期，不外是星期能随着父亲到各处游玩。

"糟了，谦仁，我们今天不能看马戏去了！"

"怎么呢，爸爸？"

"钱没有了，这不糟糕么？"

"什么钱？放在什么地方？"

父亲指指抽屉：

"就放在这里面，一共是两元钱，不知怎么——我想，你母亲是不会拿回去的。"

"噢！"谦仁瞪大了眼睛说，"那两元钱，是我拿去的。"

"你拿去做什么？"父亲有点生气，沉重的坐在椅上，怀疑的看着儿子。谦仁不慌不忙的说：

"我拿去送了人。"

"送了人？"父亲更吃惊了。

"给了博英。"

"为什么给了他呢？你说给我听，说明白点。"

"昨天晚上，我到博英家里去，我一进门，看见博英的母亲坐在凳上，两眼流着泪，她看我进去，含泪微笑的点点头，博英面向着墙，老老实实的站在桌子前面，手指在桌上画着什么，我走到他旁边，一看他脸，他的眼睛是红的，满脸都是眼泪，不知怎么，我看见这，心里很酸，我想哭……"

"我立在博英旁边，什么也不说，我想因为什么事博英和母亲都哭了呢？想了半天也想不出来。"

博英的母亲扯起衣角擦擦眼睛，喘口粗气很愁苦的说：

"博英，就这么办吧！明天不必上学了！我们实在拿不起这么些费用，今天钱，明天钱，又不是少，一要就是三元两元，我们从什么地方出这许多钱呢？"

我想起来了，这是学费的事。

"博英就这么失了学，实在可惜，我想，有没有什么法子可以帮助他呢，我左想右想，忽然想起父亲的抽屉里有两元钱，这钱，是我有一天想找一张硬厚纸看见的，我赶紧跑回来，拿了这两元钱，送给博英……"

父亲听到这里，快活起来了，他搓搓手，感叹的说：

"好！你这么办，我欢喜！"

谦仁满脸都是高兴，他蹦蹦跳跳，说不出有多么快活，他蹦了一阵，跳了一阵，对父亲说：

"起初，博英的母亲不要，她问我，'这钱是从哪里来的？'我说是父亲叫我送来给博英的。我说了好半天，她才肯收下。"

"好！你这么办我非常欢喜。"父亲看着儿子脸，这孩子不过十六岁，就这么仁义慷慨，而且豪爽直率，并且聪明灵俐，实在难得。

父亲因为太欢喜的缘故，也忘记了应该把翻乱的抽屉加以整理，他打开玻璃橱，拿出洋服上身，又从漆亮的帽挂上摘下新鲜的礼帽，穿上，戴上，然后吩咐儿子说：

"和你母亲再要两元钱来。"

谦仁殷勤活泼的答应了一声，蹦着跳着跑了去，连门也忘记了关，不到五分钟，谦仁的母亲进来了，她的手里拿着梳子，不高兴的睁着高贵的眼珠，谦仁随在母亲身后，胆怯的低着头，他怕母亲的威风和严厉，因为父亲也是怕她的。

"要钱做什么？"女主人对丈夫大声喊。

"和谦仁去看马戏。"

谦仁看父亲说话时的神气很可怜，于是他对于母亲的尊严愈发畏惧，就如老鼠怕猫样。

女主人想了一想，整整旗袍，大声质问：

"前天不是给了你么？"

他结结巴巴的，嘟嘟念念的把那两元钱的用途对女主人讲明白，并且加了几句动听的话。

"他们太可怜了！我打发谦仁把那两元钱送了去，说是你叫送去的……"

女主人看看柔顺有如小羊的丈夫，又回头看看胆怯有如老鼠的儿子，笑了一笑，从袋里掏出两张票子，扔在茶几上。

谦仁欢欢喜喜的随着父亲出门，他蹦蹦跳跳的走路，走出红漆的阔气的大门，扯着父亲的手，摇摆着。

从转弯的胡同里，走出博英和他母亲，正和一对快活的父子走个对头。

"哟！你们爷俩往哪去？"博英的母亲亲切的问。

"出去逛逛。"谦仁的父亲笑着，并且挂心似的指着博英问道："他爸爸还没有信吗？"

"没有啊！唉！我也不盼望这个人了！"她愁苦的皱着眉头，喘口长气。

"博英的学费够了么？"

谦仁听父亲问起学费的事，不知怎么有点不自在，他希望这场谈话赶快结束，那愁苦的母亲越愁苦的说：

"一点办法没有！两元钱，我简直没有门路出这笔款子！"

谦仁焦急的动着嘴唇，他扯扯父亲的衣袖，但是父亲像一块大理石似的动也不动，很奇怪的问道：

"昨天晚上打发谦仁送过去两元钱不是够了么？"

"送给谁的两元钱？……"女人莫名其妙的瞪着一双眼睛，沉思着。

谦仁像热锅里的蚂蚁似的看着父亲的脸，父亲纳闷的看着他，看了半天，父亲忍耐不住，正正经经的对博英母亲说：

"昨天晚上打发谦仁送给你两元钱，没收到么？"

"没有啊！"她目不转睛的端详着谦仁，问他：

"谦仁，你昨天晚上送了两块钱给我么？"

谦仁一句话也说不出。

博英轻蔑的看着谦仁，他两眼放着侠义的光，这眼光烤红了谦仁的面孔，谦仁羞耻的咬着嘴唇，结结巴巴的对父亲悄声说：

"我……没有送去！"

"那么你把钱弄哪里去了？"父亲生气的大声喊。

"别难为他……"博英的母亲哀求着。

但是谦仁的父亲理也不理，他严肃的拉下面孔，扯着谦仁。

"走！回家去！"

谦仁垂头丧气，不由自主的随着父亲到了家。

"你对我讲实话！"父亲几乎跳起来大声喊，谦仁无精打采垂着头，眼睛有点发红，他还想撒一个圆满的谎，但是这谎话他在肚里计划了又计划，总觉着欠圆滑，他知道撒谎是不成了，因为马脚被揭穿之后，撒谎是很难有效果的，讲实话吧，他又没有这勇气。

"你全是撒谎！"父亲吼道："你的谎真来得高妙！哼！这东西……"

巴掌和脸接触的声音，接着是哭声，又是咒骂声，最后是关门声把这些声音压倒了。

女主人出现在门口。

"怎么回事？"

她过去把谦仁按在怀里，抚摸着谦仁的头，谦仁出声的哭着。

"你为什么打他呀？啊？"

"他撒谎！……"

"撒什么谎？"

"你问他！"

母亲没有不疼儿子的，谦仁的哭动了她的心，她埋怨丈夫不应该没头没脸的打孩子，谦仁仅仅才十六岁，还是婴儿不是大人，不懂得事，即便是撒了谎，也不应该没有好气的痛打，应该好好指导他……女主人的这套词很有理，把丈夫说得闭口无言。

母亲安慰着儿子，把儿子领了出去。

丈夫一言不发，他规规矩矩的坐在椅里，沉思着，沉思了好久，懒懒的立起，开始收拾翻乱了的抽屉，桌上洒了水他这时才发现。

他喊道：

"老刘！"老妈子进来。

他吩咐道："把桌子擦干净！"

老妈子赶紧回去拿沾布，急忙回来擦桌子。

他躺倒在沙发上，点了一支纸烟悠然自得的吸着，闭着眼睛。

谦仁已经早就停了哭，他在窗外蹦蹦跳跳的游戏，本来，岁数这么幼小的孩子除了游玩之外能懂得什么事情呢？

（一九三九年夏，于永宁）

会　面

午间，办公室里什么声音也没有，职员都回家吃饭去了，年轻的罗君因为是独身，没有家可回，买了两块点心当午餐。

他一面吃一面看着刚来的报纸，墙上的八角钟疲乏的响着，阳光照在那玻璃上反射出两眼的亮光。

电话，突然的，非常焦急的响起来了。

罗君不慌不忙的放下报纸，欠身抓起耳机，从耳机里，像老鼠从洞里发出的叽叽的声音。

"哎……你贵姓啊？"

这是一个说不出有多么柔和的女性的嗓门。

罗君奇怪的瞪起来反问着：

"你贵姓啊？"

从耳机里羞答答的：

"我姓张，我找李先生说话。"

他好奇的望望李先生的座位，这位李先生因为有病，没有上班。

他坚决的用着小声说：

"我就是呀！你从哪里挂的电话？"

从耳机里发出欢喜的叫声。

"噢！是你么？我从旅馆挂的电话，昨天晚上你在路上没有遇见雨么？哎呀哎呀，我真对不住你，你——今天晚上能不能来一趟？"

"你在什么地方住？"

"你看……我还在这里呀你怎么的？"

"电话是多少号呀？我忘了！"

"五百二十九，你怎么老忘？"

"好好，五百二十九，我一定去，什么时候去好？八点钟？"

"行！"

"那么，晚上见。"

听筒拿开还听见那里面说："晚上见！"

罗君没有心思吃点心，也没有心思看报了，他歪着头想：一定是老李的情人，无疑的。

他接着就想这个女性，一定是非常年轻，一定是非常美貌，一定是非常有学问。

他打开电话簿，翻了老半天，终于发见了，果然是家旅馆，他欢喜极了！

一下午，他像得了病似的，坐卧不安，两只眼睛时时刻刻盯那钟表，好容易盼到下班。

他在公园里消磨时间，痛苦的熬到七点半钟，急急忙忙的往旅馆奔跑。

茶房告诉他张女士住在八号房间。

"我自己去好么？"

"怎不好？"

"你应该通知她一声。"

茶房笑起来：

"用不着，谁去也不用通知。"

他鼓着勇气进去了。

张女士有二十六七岁光景，穿着短小的水红色小褂，脚，是民装改造的，看见罗君进来，一点儿也不奇怪，伸一伸手：

"请坐吧！"

接着又问：

"您贵姓？"

他说了实话：

"姓罗。"

女的大声喊：

"茶房！给我沏茶来！"

"李先生没有来么？"

女的一点儿不奇怪，反问她：

"您和李先生是朋友么？"

"是的。"

"哎呀！老李真不是人！"

她说："他昨天晚上在这里住，今天早晨我也不知道他什么时候起来跑了，把我的鞋扔在痰桶里，你说，他该多缺德！"

罗君出来的时候对着天空喘了一口闷长的大气，茶房在他身后微笑的看着他，知道他没有看中，而这时候，有两个中年人从他身旁插过，进了那个八号房间，从那里面发出欢迎的柔声：

"请坐，请坐。"

罗君失望的出了旅馆，不知往什么地方去了。

（一九三八年夏）

老木匠

老木匠从来不生气，他的性子是温柔的，可是这一回，他却非常的愤怒了！

和他一起做工，听他指挥，应该从他手里领工钱的十三个木匠，都静静的坐在他面前，用着忧愁的，希望的眼睛守望着他：有一个木匠，背靠着墙壁。很困倦的合着眼皮，快要睡了似的，壁柱上悬挂的油灯，静悄悄的，尽着它光明的职务，它不知道老木匠胸中有多么大愁事。

这时候，老木匠坐在门槛上，两手抱着膝，他已经对同伴们讲过许许多多的话了，现在，他觉着没有什么话再说，只盼望他满肚子迫不得已的计划实行起来，能够很顺利的成功，此外，他不想别的事，他半闭着眼睛，抱膝的两手凸出笨重的青筋，他的牙齿狠狠的咬着，他想起两个月前和工头王四，用口头讲明合同时的事情，想起这，他的怒气就装满了肚子。

王四实在是个狡猾的东西，他说的很硬：

"半个月开工钱，决不会出错，至于你们吃的，我可以给说句话，凭着信用，一定会赊赊账！"老木匠好久没有做工了，这个机会他哪能错过。

"就这么办，可是找人得两天工夫。"

"这在你了，别人我不管，我把工钱给你，我直接和你办事，这也用不着多说，你赶紧找人，你要知道，包工的人太多，如果晚了就没有办法了！"

老木匠就去找人，凡是他所认识的同行，都找来了，预定的是十五个人，缺少两个，这在他们工作的进度上是没有关系的，少两个人，别人不过多动一两下手脚，事实上没有什么差别。

开工的时期正是五六月，天很热，老木匠热心的和他的伙友在席棚下，从早干到晚，每天晚上都是流着大汗回家，一进门就喊：

"给我盆凉水！"他的妻是个耐劳的妇人，早就把水预备好放在门后等着他。

他咧着嘴把头浸在凉水里，他的背，是黑红的，皮肤裂开许多口子，像鱼鳞似的，这是毒热的阳光的恩惠，虽然他们工作的地方有席棚遮阴，可是不能够时时刻刻的在席棚里，他们大部分的时间是上房顶，把刨光刮齐的长木板整整齐齐的钉在房顶上，毒热的阳光就蒸晒着他们的头脑和背，做工虽然吃点儿力，比起那些没有手艺，凭着力气和血汗赚钱的小工要强多了，他们是有希望的，忍耐一天，就可以赚妥八毛钱，忍耐半个月十二元现洋就一个不欠到了手，还点儿欠账，还有一小部分的剩余，这不是很动人的希望么？

第一个半个月，老木匠分文不差的领到了十三个人的工资，他痛痛快快的分给伙友们，王四对他这么说：

"我本想晚给两天，怕你们着急，多在我手里放两天，老木匠，你知道，我可以得点儿利钱，下半月，我晚给两天怎么样？"

老实说，晚两天没有什么，老木匠很慷慨的答应了王四这个企图。

第三个下半月，晚了六天才开工钱，王四给大家伙喝了一点儿酒，还多叫他们休息两回，算是迟误开工钱的补充。

到了第五回发工钱，王四答应和第六回同时开付，他的嘴是很巧妙的，直押到过三个月，他才说明他所得的利钱的数目，他慷慨的答应老木匠以及别的伙友，得到利钱之后分给他们三分之一。

老木匠以下都十分快活，虽然又接着推过去半个月，而王四并没有分给他们利钱，却告诉他们说：工作一完，连工资带利钱，一小时也不迟误，全数开付，好在粮店是赊账的，忠实的木匠们也就答应了！

谁想到，工作一完，那狡猾的王四连影子也不见了！

老木匠马上就觉悟到，受骗了！

伙友也知道是受了骗了，然而他们的忧愁并不十分厉害，因为他们是直接在老木匠手里得工钱的，和王四不发生直接关系，最焦愁的，当然是老木匠一个人。

东南西北，差不多城里所有的地方都搜索遍，总不见那可恶的王四，有人说他早已到了别处，远走高飞了，还有人说王四不曾离开城里，亲眼见过他晚上在街里走路。

一连十来天，老木匠东跑西奔，寻找他的目标，伙友也尽力的帮助他，可惜，全都白出力量，毫无所得。

老木匠吃苦了。

粮店伙计成天和他吵闹，守着他不放，好像怕他跑了似的跟定了他不放。

现在他把所有的力量都用尽了，谁也想不出好法子，老木匠讲起他这些日子寻找的经过，所讲的全是失望的话，伙友们听着感到无味，他们守望着老木匠，很想从他贫苦的身上看出金钱的痕迹。他们什么也看不出，他们都知道，老木匠是诚实的，豪爽的，所以都静静的瞪着眼不张嘴。

背靠着墙壁快要睡熟了的一个人，伸伸懒腰，寻思着立起来了。

别的人望望他，看他把嘴张开，接着就吐出一句话。

"怎么办呢？"

这确是个艰重的问题，很沉重的压迫着老木匠的灵魂，他夹夹眼睛，摸摸头说：

"我再找两天看。"

木匠伙伴们先后的立起，什么也不说，愁苦的，悄悄的散开，走了。

老木匠送他们到门外，刚强的宣言着说：

"找不到他，我拼当舍卖给各位钱，放心……"

老木匠轻轻的关了门，垂头丧气的走回屋子里，对着墙壁喘口粗气，坐在炕里的妻忧愁的望着他，两个孩子在隔房里早已睡熟，老木匠坐到炕边上。

"白天，都谁来了？"

"要米钱的来了好几趟……"

老木匠把帽子抓起来，摸摸头，这是他的习惯，悄悄的用力的说：

"我上街走一走。"

这时有十来多点钟，商店差不多都关了门，这城里的人都很早的睡觉，天一黑就有上闸板的，老木匠在寂寞的街上走着，他没有行进的目标，做梦似的轻轻的走去。

他走过两条街，看不见一个熟人，路灯的光不十分明亮，像困倦了样，他拐过当铺街，经验告诉他，这条街不平，走路得小心，他走了好久，看见在前面有个人影，很快的接近他，在他身旁插过，他仔细一看这不是王四么？

他赶紧回头追，王四仿佛早发觉了他，已经拔腿奔跑了，老木匠拼命的追去，他的年纪虽然过了五十，体格还很健壮，腿也快，拐过一条街就追上王四：

"嗳，嗳，你往哪去？"

王四吃了一惊：

"谁呀？"

他急忙往后退，一手打下老木匠的手，想逃跑。

老木匠一步也不肯放松，紧紧的逼住王四。

"你怎么的……"

王四冷冷的说：

"我有急事，得赶紧去！"

说着就跑——

老木匠知道他想逃跑，慌慌张张的跳过去，扯住他的胳臂：

"你怎么的，是怎么的？"

王四用力的挣开：

"我有急事……"

老木匠赶紧前进两步，用两手扯住王四的袖子：

"你想……"

王四很为难的正正帽子：

"你不知道，我实在有急事，明天一早，我上你那去……"

老木匠上了他的当，这回是不能再上他的当了，决不放他走。

"你打算怎么的？……"王四用力的一推，他打算把老木匠推倒。

老木匠看出他这一手，生起气来，可是还忍耐着。

"你说明白，给不给钱？"

"怎不给钱……明天一早一定上你那去，一个不少，都……"

显然的，从他的神情上可以看出，他是想鬼混过去，老木匠如果放走他，以后休想和他见面，寻找了这么久才碰上，能够轻易的放他走么？老木匠不是傻子。

王四用力的推开老木匠的两手，拔腿跑起来，一面说：

"明天一早，我们一定见面……"

老木匠拿出所有的力气追赶，差一点儿没有追上，追了一条街才追上王四，这一回，他狠狠的抓住王四的衣领：

"怎么的……"

好像被猛犬追赶着的狼似的王四，他知道逃路是很难的，他一边像野兽一样的躲避着咬，一边狡猾的退避，想发现一个机会逃出去，他不是一个工人，他知道动武不准是对手，老木匠劳动了一生，他那长年累月握斧的拳头以及舞惯锛凿的胳臂，无论是手与眼都比王四来得灵敏。

他看看逃跑也不行，就动嘴：

"你不知道我的事么？那小子把我的钱全拿去了！"

"谁？……"老木匠一点不相信他的胡说。

"你打算怎么的，说吧！我们不是为你而活着的，给你白出力，你小子拿出点儿良心，为什么？……"

王四用力的挣扎，他用脚绊老木匠，这使老木匠不能制止的大怒了，他一手死死的揪住王四的衣领不放，不论王四怎样的推和打，他紧紧的逼近王四的身子，用力的推他，压迫他往后退，乘他没有余力提防，往侧面用力一摔，就把王四很沉重的拖倒，跌倒在石台上，很重的碰了一下头，王四拼命的反抗，举起拳头来打老木匠的头部，老木匠挨了一拳，但是他在上面，很容易施展力气他扼住王四，狠狠的给了王四两个耳光，王四找出一个空处把老木匠的鼻子打破，老木匠忍着疼痛重重的一拳，把王四的眼睛打乌，接着又一拳王四的牙齿冒了血，两个人都知道这是真正的拼命了，没有妥协的可能，也没有感情在内，只有一个活和一个死在头上旋转，王四摸到一块石头——

老木匠只觉头顶受了一下很重的打击，他身子发软两手一松，就发了昏。……

等他醒过来的时节，他发觉自己是躺在寂静的黑夜的路上，头破了，混身都是血，那王四早已不见。

他抱着沉重的头部，摇摇不定的爬起，两腿抖擞着，他想呼救，还没有张嘴，没有发出声音，眼睛一阵昏黑，沉重的坐了下去，什么也看不见，也觉不出来了！

（一九三九年十二月九日于灯下）

打　猎

我们的部队驻扎在一个寂寞萧条的村落里，四周的山脉像城墙似的把我们紧紧的围住，村落前面有一条浊流成天到晚的响着，那急流的湍声好像吵嘴打架一样。

有一天我的同事而且是好朋友的孟君笑嘻嘻的和我商量：

"嗳，老杨，我们打野鸡去好不好？"

真的，这倒是很好的消遣，在我们附近的山冈上野鸡多得很，你走到草丛中时常会听见在身边的一声，一只肥大的野鸡，努力的扇着翅膀飞去了，这时候你就会埋怨自己，为什么在跟前有一只野鸡都没有看见。

我欢欣鼓舞的跳起来，拍着他的肩膀：

"我们现在就去么？"

"说去就去，你赶紧预备吧，多拿一点儿子弹。"

天气好极了，空中连一块云彩都没有，中午的太阳笑嘻嘻的看着我们，雪地还是那样的洁白，和前几天刚下的时候一样，那星星点点银光很刺眼睛。

风是一点儿也没有，所以不冷，最可爱的是山冈上那片浓密的树木，好像盛开着美丽的花朵一样。

我们离开村落，在蛮荒的草原上奔走着，有不少野鸡惊慌的飞走了，老孟打了两枪，白白的消耗了子弹，我的两腿上全是雪，很快的我感觉到，像这样奔走一年也怕打不着一只野鸡。

"怎么办呢？这里草太深，看不见，我们到山上，走。"

到山上更看不见了，村落远远的离开我们，那些散乱的茅屋好像是些黑色的石块，人，像黑点了，我们恍惚听见山谷里有奇异的叫声。

在树林的边沿我们发现了两只鹿，老孟赶紧把枪端好了，但是那两只鹿是很聪明的，还没有等到他瞄准就拔腿跑了，我们努力的追赶，一面跑一面笑。

沉默默的山岳，深邃的树林，美丽的雪地用它们那丰富的生命和魔力把我们的灵魂掌握住了，人到了这种境地，和大自然打成一片，会变得非常的强壮和大胆，征服和捕杀的欲望也燃烧得特别的高，我们觉着自己似乎是原始的人类，现代社会的艺术和建筑都忘掉了，甚至于忘记了我们自己，——过后想起来当时的这种心理，实在惊吓的了不得，可是在险峻的山岭奔爬，端着积雪追赶，眼睛笔直的打着那逃走的生物，一切的利害和生死是没有地位的，像做着梦一样。

连我们自己也不知道奔走了多少路程，那两只鹿已经无影无踪了，我们坐在雪和草上休息。

"我们跑的不近呐！"老孟用袖头抹抹额角的汗水。

"两只鹿逃掉了，真可惜！"

"我们追得太急，还有……"

他的话还没有说完，眼睛忽然在远处的山坡上，张着嘴，半天没有出声，我奇怪的顺着他指示的方向一看，在太阳照不到的山坡上，在倾斜面，断崖的阴影里有一群人，还有马匹。

"嗳呀！大概是胡子吧？"

"这可怎么办？我们两个人和他们可干不起！"

他拖拖我的肩膀，拉拉我的手，往迎面指一指，我明白他的意思，赶紧往山坡底下跑起来了，但是我们弄错了方向，真糟糕……

等我们气喘喘的跑到山坡上，留心的展望四面地形的时候，显然的，他们已经看见我们，很快的我们听见一声尖锐沉闷的枪声。

"糟糕，我们把来的道路忘了！"

"往迎面走就行，只要别迷失方向。"

在浓密的树林的西端，我滚进雪坑里好容易才爬出来，这得感谢老孟的功劳，我们伏在草丛里仔细一望那群家伙追上来了，有十几匹马跑得非常的快。

　　"这可怎么办？我们得吃亏！"

　　"快走！"

　　我们往山顶上跃进，这时候，疲乏可忘记了，满身都是泥雪，我觉着脸有点儿痛，老孟往山上跑起来特别快。

　　"这地点很好，我们跑不掉了，就占领这地方吧！要不然……"

　　那十几匹马钻进树林子里，不久又从树林的一端出现了，老孟把枪端好，他的眼睛瞪得特别的圆。

　　我们看清楚了，他们是企图从山的背后绕过来抓我们，我们可不这么傻，当他们往斜坡下去的时候，老孟不客气的打了两枪，把他们阻止了，他们又回到树林里。

　　半点钟以后，我们被埋在接连不断的枪声里，他们的部队全到齐了，人数并不多，只有四十来个人，老孟把帽子扣在额角上，咬着嘴唇，斩金截铁的告诉我：

　　"留着子弹，等他们上来的时候再说，决不能白叫他们拿去，怎么的也得收拾几个。"

　　我想，这回可完结了，这是很简单的，他们四十多人，我们仅仅两个人。

　　枪声停止以后，老孟忽然跳起来，好像疯狂似的张扬着两手，拿出所有的力量呼喊起来：

　　"是我们，别打别打！……"

　　他这声响亮的叫声在对面的山上发出回音，我抓住他的胳臂，叫他卧倒，我以为他是真的发了疯，他摆脱了我，摘下帽子在空中活泼的摇摆，一面接着呼喊。

　　半点钟以后，同事老张领着他那一排人，跑过来了。

　　"喂呀！原来是你们俩，好危险……"

　　这是距今九年前的事情，我和朋友刘君讲起这段故事来，他笑着说：

　　"要是真的遇见了胡子呢？"

"那很简单。"

他笑一笑又喘口粗气。

强硬的汉子

从前，有一个奇怪的人，他生性骄傲，无论看见什么都不满意。

看见人家妇女穿上新衣，他说：

"一点儿不好看！"

无论谁说秀才有学问，他不赞成这话：

"满肚子大粪，是个酒囊饭袋，什么也不懂得呀！"

有个姑娘，她的美貌出名，事实上，她是真美貌，那一双大眼睛，乌黑的，明亮的，头上脚下，没有一处缺点，好像天仙一样，奇怪的人却说：

"她的头发是不够美的，走路的姿势有毛病，两腿离开的度数过大，真正的美女，走路是不能这样的，并且她的声音也不响亮，她的性格像她父亲，外表虽然温柔，内里则是粗暴的，不信你们踢她一脚试试，她立刻就会大怒，她够不上美，无论从哪方面说，差的远了！"

就连天空也会被他嘲笑：

"天空不够高呀！"

下了可怕的大雨，几乎把路上的人冲倒，他摇摇头，轻蔑的说：

"这雨小得很！"

有一回县太爷从这街上经过，带着人很多，身前身后一大群，说不出有多么威风，大家都佩服而且尊敬，但是奇怪的人可一点儿不佩服，一点儿不尊敬：

"那老头子，骑的马不是真正的走马呀！那马喂的不好，你们不看，那马腿很清瘦么！他那些随员，是一群呆子，一个一个，无精打采，没有一点朝气，虽然装腔作戏，却遮不住那眼里空虚的光，他们一边服务，一边想着金钱怎样可以到手，怎样可以致富，事实上他们并不是那老头子的部下，他们的热心完全是为了他们的老婆孩子，没有本事，全是些愚蠢的东西！"

他这种议论传到县太爷的耳里去了。

把他传到衙门里去。

他见了县太爷连点一下头都不。

县太爷看他这种态度，非常生气，用力的举起"惊堂木"狠狠的拍了一下。

"啪！"

这一下，县太爷是用尽了平生的气力拍下去的，然而他一丝一毫也不吃惊，泰然自若的味味的笑了个满脸：

"不响哟！"

县太爷的牙齿直抖，命令两旁听差：

"把这东西绑起来！"

他们用绳绑住他的手脚。

县太爷瞪着眼睛问他：

"怎么样，你还有什么说的？"

他低头看看自己身上的绳子：

"喂！这绳子太细呀！绑的不高妙。"

县太爷真忍不住了：

"给我按倒了打！"

七手八脚把他推倒，一五一十打了五十大板。

县太爷吼着问他："怎么样？"

他摇摇头，像若无其事似的：

"打的一点儿不痛，他们——这些蠢东西，根本不会打……"

县太爷吹吹胡子：

"好，再重重的打他五十！"

这五十大板真够厉害，他已经不能动了。

可是他还能张嘴：

"打的不痛呀！一点儿不痛，你们全是些废物！"

又打了二百大板。

他几乎断气了，还挣扎着说：

"越打越不像样，一下不如一下，不痛，不痛！"

一直把他打死，有一口气的时节，还勉强的喊着说：

"打的不好，没有意思，没有价值，你们这些笨货呀！……"

他死了以后，到了五殿阎王面前脾气还是照旧，一点不改。

五殿阎王知道他生性骄傲，临死还不告饶，就问他：

"到了这里，你害不害怕？"

他非常欢喜的笑起来：

"这里很有趣的，有什么可怕呢？"

阎王指指身旁牛头：

"你怕他不？"

他细细的打量一下牛头：

"他吗？他那头，赶不上真正的牛头肥大，很瘦的，一定是因为妻妾太多，太操劳的缘故吧？"

牛头气得直挤眼，咬牙切齿，恨不能一口吞了他。

阎王又指指身旁的第一员大将马面道：

"他呢？你也不怕么？"

"他是走马么？"

"什——么？"阎王气的说。

"我欢喜走马，走马走起来稳当，骑着舒服，而且迅速，我看他，这位马面老爷，不像是走马，因为他缺少两条腿……"

阎王气的喊起来：

"这东西可恶，胆敢讽刺我的手下，来人把他带到火牢，烧他！"

一群持着钢叉的英雄把他带到火牢里去，把热的铁筒烧红，然后把他绑在铁筒上，下面吹着火管，使这红的铁筒越发的红起来。

他的皮肉全烧焦了，只剩下一把骷髅，才把他放下，带到阎王那里。

"怎么样？"

他满不在乎：

"不够热呀！"

又把他带到刀山，他走了一趟，还是强硬！

"刀不快呀！好久不磨了，你们这些糊涂虫，太懒！"

把他绑在木板里，用锯割他两半，他说：

"你们的手艺不好，赶不上木匠，割的线不直，笨虫一群！"

挖去了他的心脏和肚里所有的血液。

他说："你们手术缺乏训练，不敏捷，动作太慢。"

放他在磨里，把他磨成细粉。

他还是不满意：

"这有多么费力，你们不嫌麻烦，也不怕吃力？笨虫呀！全是笨虫！……"

（一九三九年十二月五日于灯下）

闲　员

"天太热了，洗海水澡去吧？"

棋全躺在树荫下，望着碧空这样说。

他两手抱着头，露着筋肉强韧的胸膛，衬衫的纽子全掉了，这使他很不高兴，他时常把衬衫往一块拉，但是当他两肘一张开时，衬衫还是裂开，好像破了皮的苞米样，王福坐在石头上，忽然跳起，拍拍屁股：

"走！"

于是，我们三个人懒洋洋的，离开了凉快的树荫，走到毒热的太阳下面的路上。

这个夏天，有如渔人的在冰上，或猎人遇见了大雨似的，甚至墙角的窟穴，或枝头的鸟窝，什么地方都爬到，然而找不到半点事做，所有的职业的门全关紧，而且加了锁了，把我们冷冷的抛在路上，想不出半点办法。

棋全歪歪斜斜的迈着步，两臂不规则的摇摆，宛如喝醉了酒的人，眼皮轻轻的闭着，他的鼻子晒紫，好像茄子尖。

我们到木厂问过。

他们说：

"现在没有货了，半个多月不来船，木料一点卖不出去，劈柴呢，早就劈完了。"

这是撒谎！

我们看见了许多还没有劈的木条，横七竖八的堆在院子角，这些，总得五天才能劈完。

我们温和的坐在木料上，客客气气的和掌柜商量，首先我们告诉他工价。

"两毛一天，不管饭。"棋全慷慨的对他说。

掌柜摇摇头，打开黑地金花的折扇扇着背，落落漠漠的答：

"我不是说么，没有货，该劈的都劈完了。"

王福指指墙角，笑一笑问：

"那不是么？"

"那个——那是人家觅定的！"

我们失望的走开，这里是一丝一毫的希望也没有，正如鱼在陆地上的希望一般！

天真热，而且长得很，从早晨太阳出山，一直到落下西方止，这是一个长得可怕的不易忍受的时间，我们盼望时间的腿快一些走，因为肚子总是饿的，天色赶紧黑下，我们好睡觉。

其实，天黑了，我们不一定是睡觉的，只觉得夜，能使我们安静，对于人世好像完全隔开，就如踏到另一个无忧无虑的境界，而白昼所带来的，是焦急，愁苦，不安宁，所以我们盼望夜，虽然夜里时常因为肚子饿而睡不熟。

王福嘬起嘴唇，吹着口笛，把他满腹的悲酸哀怨和愤怒向半空吐去。

我们在码头上不止徘徊了三五天。

那里，有用不了的人，正如浪花那么多被抛弃在海洋上谁去管他呢？

穿过弯腰的谷田，到了沙滩，望见浩浩荡荡的不愤的大海，海边镶着白绒！那是澎湃的汹涌的浪花，可是浪并不大，现在正是退潮，有许多赤身露体的孩子在沙上玩，有的漂在水里，只露出小脑袋，好像花盆里的仙人球。

棋全很快的脱了衬衫和裤衩，光着屁股，如原始时代的野人样，手脚飞舞着奔到水边，把水踹的乱溅，而且唏里哗啦响，他两手向前一伸，躬着上体，鱼似的钻入水里去。

王福深恐落后，赶紧脱光，跳进水里。

棋全从水里钻出来，抹抹脸，向我呼喊："你不洗么？"

我想了一想——脱衣服。

在水里泡了好久，出来时非常舒服，我们坐在沙滩上休息。棋全瞪瞪眼睛，又想出主意。

"嗳！等退好潮，我们抓蟹子烧吃，好不？"

王福是懂得海的，他说：

"捉蟹子这地方不成。"

我们穿了衣服，顺着海边往西走。

有一间孤独的小草屋寂寞的蹲在沙冈上，门前倒放着一只舢板，一个满脸灰胡的老头子坐在屋前的凉荫下补网，他望望我们，动动嘴唇，想说什么似的然而没有说。

走了二里路，又热又乏，而且饿的难受。

棋全一屁股沉重的坐下了，他苦恼的摇着头。

"老天，我可不能走了！"

王福踢他大腿一下：

"不远了，傻子！"

我扯着他的耳朵把他拖起。

这是一带有很多险峻的石礁的海岸，狼牙石块满处都是，沙滩上有的是破碎的贝壳，还有枯黄的海带和别的废物，浪花疲乏的进进退退，吻着礁石，喷着吐沫，潮音是微弱的，好像病人困倦了打了哈欠一般。

我们开始翻石板。

细小的蟹子藏在石板底下，被发现的不幸者，还想跳跑，当巨灵之掌抓起他们时，他们极力的挣扎着，恐惧的乱动着小腿，把无能为力的两把防身的剪子夹着，这是他们的武器，而这样可怜的武器在无情的人类手里是没有用的。

我们把获得的小生命包在衣襟里，努力的搜索着。

棋全忽然叫了一声。

"嗳哟！好痛！"

王福嘲笑他：

"嘿，那不算什么。"

捉了很不少，我们商量的结果，往回走。

可是走了几步，情形变了！

棋全走几步，停一停，后来坐下不动，悲酸的喘粗气。

王福既没有兴趣鼓励他走路，我也没有勇气扯他耳强逼，三个人面面相觑，都表现出疲惫不堪，虽然灵魂还很健壮无奈体力衰弱了！

我们坐下休息。

眼看太阳落下了，而我们这三个被时代所抛弃了没有归宿的可怜虫，还提不起精力前进，其实，我则无所谓前进或后退，因为东西南北全一样，天空既非友谊，大地也不是仇敌，无论走到哪里，饥饿完全是一个滋味。

死是可怕的，我们希望活，所以没有到老坐着不动。

走到孤独的小草屋。

我在门口咳嗽一下，指头在门上敲敲。

"谁呀？"

"借个火使使。"

老头子出来了，他慷慨的施舍了两支火柴。

王福愁苦的提出一个难受的意见。

"没有柴怎么办呢？"

老头子看看我们三个人，拍拍他的胸脯，搓下一卷泥。

"你们要做什么？"

我告诉他，要烧蟹子吃，因为肚子饿的难过。

他有点生气的抖着胡子教训我们：

"你们年轻人真有福，蟹子还用烧么？一烧就不香了，生吃比什么都好，我看看多大？"

我拿了一个大些给他。

"这……这么小的蟹子一烧就没有了！咳！生吃才香啊！"

他张开嘴，把蟹子往嘴里一扔，喀喽喀喽，嚼吃了。

我们在他面前是没有好处的，无端的损失了一个蟹子！

走到甜瓜地头，和坐在窝棚里的老哥商量，打算把蟹子换他的甜瓜。

他是个四十左右岁的农夫，有宽大的肩膀，和一双圆圆的眼睛，他不满意这个条件。

"吃几个甜瓜算什么？留着你们的蟹子，甜瓜，这里有吃吧！"

他搬过一个破篮子，放在我们中间。

棋全感激的望着他。

"这……啊，一生一世忘不了你呀！"

他笑笑，不在意的摇摇头。

"吃两个糟甜瓜不值得谢，日后，你们不定哪位做了阔事，我还要去求帮哩！"

我们叹息着往肚里吃，什么话也不说，黄昏的黑影罩了每人的面孔。

我们和卖甜瓜老哥谈话，他的景况也不好，租种的二亩破地不够打租，种了这些甜瓜而收成坏，因为雨下得多了，所以受了影响，他有一个老母亲，一个老婆，四个孩子，每天吃的是地瓜和糠。

他不解的问：

"你们三位是……？"

王福简单的回答他：

"找不到事做，难透了。"

他告诉我们一个好消息。

"城北有家新开的火柴工厂，你们应该去看看。"

这一夜就睡在窝棚旁边，我们望着满天快活的星斗商量定，明天一早，我们往城北去。

忍着饥饿和疲乏，抱着希望和欢喜，睡了……

我们的希望往往是和失望牵着手。

这一次又没有例外。

跑到城北一打听，不错，火柴工厂是建筑完了，但是须过两个月以后才能开工。

如果我们的肚子不需要食物，就是等两年也能等，然而肚皮是时常宣告恐慌的，这问题，难解决！

我们坐在城边的柳树下发愁。

在我们前面，不远的地方是一片整齐的房屋，那是一所学校，蚂蚁似的小学生在平坦的操场上游戏，他们的快乐的声浪达于空际。

有几个讨厌的苍蝇洋洋得意的落在我肩上，我把这几个英雄赶跑，但是他们绕一个圈子又飞回来。

棋全苦恼的搔着胸，夜里，蚊子在他胸上开了一个盛餐会，现在，还在他胸上留着记号。

"怎么办呢？"他自己大概也不知道问谁。

但是王福回答了他：

"你说怎么办？"

他揉揉眼皮，裂裂嘴，讲。

"哼！我说，顶好是去投海！那是顶痛快的，至少，总比这样半死不活好些。"

那些小学生闹闹嚷嚷的跑着跳着，和一群活泼的小蚊子、小苍蝇完全一样，吃饱了肚子只有快乐。

棋全看没有人理他，接着讲下去。

"我不知道，死后是怎么样，我想，一定好些，这些日子，我总想到死！奇怪！"

浓密的柳叶在我们头上轻轻的飘着，这好像舞女的衣裙，可是，于我们！既不好吃，也不好穿，屁的用处也没有！

棋全爬起来，拍拍手上的泥土。

"我看这三毛钱，我们用不着留下去了，再留两点钟就饿的不能动了！走，买东西吃吧！"

我们摇摇不定的往城里走，街边下，有家店铺门口摆着烧饼，我们对准这个目标轻松的前进。

一个光头的伙计，扎着围巾，身上有些面粉，他笑嘻嘻的出来。

"三位，屋里请吧？"

我们进屋里……

（一九三八年十二月二十七日）

城汉及其妻的故事

这样：——我和达对面坐着守着并不温暖的炭火盆。

他的头发很乱，像一堆水草，眼睛像有病的鸡似的微闭着，嘴歪在一边，不愿意张开，因为懒，把腿伸直，背靠着墙壁，他想要点心吃，但是主人不赊账，我们想了半天计策，但是想不出来。

我们居住的屋子，是一个开杂货铺的青年人的，这是个温和诚朴，会说四国言语的青年，有一副老太婆似的慈蔼的脸，我们的同事，有赊了他的东西，日久还不起账的，所以他变聪明了，如果不到发饷那天，他无论如何不肯把点心拿出来，对于我们，他没有恶感，他的小本营业，缺少巩固的资金，而且，他是一个妻的丈夫和四个孩子的父亲，还饲养着四只老母猪。

"有些点心吃多好啊！"达伸个懒腰，去摸他的衣袋。

我把将死灭的炭火翻了一翻。

"喂！"他直起腰来，快活的张着嘴，"我这里还有一角钱！"

"是么？买点心吧！"我也高兴了。

但是他费了半天事，弯腰曲背的掏出来一看，原来是一个坏了眼的纽子。

他失望的瞪着眼，把纽子看了又看，像对仇人似的，狠狠的向屋角丢去，纽子嘻笑的滚了几滚，开心的躺下了。

炭火盆完全灭了，但是达想出了法子，他把主人喊进来。

"我把外套押给你，请你赊点果子给我们吃，发了饷就拿钱赎回外套，这办法你同意不？"

他笑着看看我们，手里拿着一块布，为难的看颊角。

他想了一想，点点头，出去了。

回来的时候拿一包点心。

"用不着押外套，记账就是，你们二位不同别人，我明白……"

他很满意的关了门，在外面喊他的老婆，说是猪该喂了。

好像龟的背一样硬的点心，又脆又甜，我们慢慢的嚼着，忘记了一切忧愁。

达和先前似的把背靠着墙，嚼着，把腿伸直。

外面有脚步声，谁要进来，达赶紧拿起点心，藏在身后。一个同事开了门，探头进来看了一看。

"嗳，吃什么？"

"你来晚了！朋友。"达客气的说，"已经吃光了！你如果早来一步……"

他摇摇头，舐舐嘴唇，把头退回去，顺手关了门。

达拿出点心来：

"哈哈，我们得加小心！"

"是的！"我点点头，表示赞成。

"我们还是把点心分开，装在袋里吧？"

"好！"

分开了，我们都满意，一种原始的本能和生的欲求支配着我们，这些点心，两个人吃是不大够的，何况分给第三个人？所以不能施舍。

人类和别的各种生物，唯有这样才能生存，不然的话，是不成的，我们很懂得这个，正如世界上千千万万的人都懂得一样！

"冬天快过去了。"我嚼着想，"春天眼看来了！"

——恍惚，我看见了满山的鲜花，嗅到香气……

主人进来了，他端一铲炭火进来，这使我们高了兴。

达问他：

"城汉，你有烟卷没有？"

城汉和平的放下铁铲，仔细的摸衣袋，摸了半天，摸出半截，我把炭火四面分散烤着手，想把果子吃完，他舍不得吃。

城汉看看烟头，难为情的摇了摇手。

"我去拿一盒来吧！"

"赊账么？"达快乐了。

城汉拿来一盒烟卷，达赶紧拆开，分一颗给他，他恭而敬的接受了。

"你的妻很美！"达赞美，他探着头，像小鸡似的在火盆里燃着烟卷微笑。

关于他的故事，我也听说，说是他把别人的妻夺到手，算是他自己的。

"是实在么？"达问他。

"他们胡说，造谣言。"也坐下吸烟，不住的摇头，"我怎么好把别人的妻夺来呢？这都是谎话。"

"无风不起浪，一定有些可疑，别人也不能无中生有，偏要诬蔑你吧？"

他听达这样说，还是否认的摇头。

"这都是胡说，人们的嘴都是不诚实的，他们欢喜把谎话搬来搬去的讲，当作真理似的，我的老婆从小便是我的老婆，直到现在还是，我没有把别人的老婆夺过来，如果说是夺，那么，是别人把我的老婆夺了去，我又把她讨回来就是了！"

"喂！"达糊涂了，"这是怎么回事，谁把你的老婆夺了去的，为什么要夺你的老婆？"我也糊涂了。

他笑个满脸真像老太婆，我拟想这脸，这样的脸真是不多有啊！他把妻的事情讲给我们：

你听我说吧！这事情，说起来，咳，很伤心呢！然而忘是永久忘不掉的，我从小家里很穷，正如现在还是很穷一样！我父亲在我六岁的时候就死了，母亲很艰难的把我养到十岁，在她老未死的以前，给我定了一门亲事，就是现在的我的老婆。你们看，在外面喂猪的就是她，一点不会错，那时候她是八岁，小我两岁，我还记得，她从小就是很美貌的，两只大眼睛特别好看，一面一个酒窝可爱极了，不过我很少和她见面，母亲死后，我雇给人家，在一个杂货商人手下当伙计，做这样呀，做那样呀，像牛一样，我没有家，没有别的亲戚，他们不怜恤我，一点不可怜我，有病有灾的时候，简直没有人理！就是死了也没有人理，至多不过埋掉了算完。我从小是怎样过来的，我简直忘了，我这个人——记性很不好，我只记得，我是吃了不少苦，受了很多罪，也病过，也哭过，挨过骂，挨过打，此外便不记得别的了。我的未婚妻到了十七岁的时候，岳父找我问："能娶么？"

"我也想要娶，可是我娶了养活不起她。"

"怎么办呢？"

这是难问题，我想不了办法，我向东家说："帮帮我吧！"

他们不理，并且说，我没有能力养活一个老婆，我生气了，和他们要工钱，我做工将近十年，他们除了给我剩饭吃，给我破衣破鞋，什么也没有给，但是他们听我说要工钱，立刻赶出我，永远不要我做工了，好像抛弃石头一样！

那时候，我什么也不懂，吃亏上当只有认为倒霉，这是运气坏！

我到码头找工做，在轮船上运输货物，挑呀，扛呀，从早跑到晚，真够受，我的体格不怎样好，太重的工作觉得吃苦，虽然磨炼了许多年，还是不如人家。

我千辛万苦积了几个小钱想娶妻，他们说："叫你娶你娶不起，我们等了两年，不能多等了，而你呢，没有下落，没有法子，我们只得把姑娘嫁了人。"

"什么？"我一听这话，好像晴天一个霹雳，我想哭但是哭不出来，我到各处徘徊着，后来看见一个从前曾做过邻居的老伯伯，他告诉我，说是姑娘还没有嫁人，只是许配了人，定她的人家便是像我牛马似的工作了近十年的杂货商，这位主人把她定了，定给了他的儿子。

我得到这消息以后，痛苦极了，我去找岳父理论。

你们猜怎样？他们骂我，驱逐我，还要打我，说我是无赖。

他讲到这，停了一停，因为生气，手不住的拍着胸膛，我摸出一块点心，嚼着听说话，达闷闷的吸着烟。

因为我穷，他们便不承认我是他们的女婿了，如果我有的是钱，他们决不敢这么做，这个我懂得，咳！我当时真难心，想死的心也有，我想和他们拼一拼，不知怎么没有勇气，我跺一跺脚算了，一个女人！不过是一个女人罢了，只怕小子没有本领，有了本领，女人这种东西多得很，我忍着无限的悲哀回到码头做工，想把这事抛开，全当没有这回事。

　　"可是，既然有了这么一桩事，虽想忘记，然而无论怎样，总是不能忘记呢！"

　　我左思右想，有什么法子能把她娶过来呢？

　　这时候，她已经过了门，嫁过去了！

　　这几天，我像热锅上的蚂蚁，焦急，难受，说不出的痛苦，咳！我也不想说了，反正这都是过去的事已经过去了，死了！

　　我悲痛了许多日子，我几乎连做工的力气也没有了。

　　她过门半年以后的一天，我不知被一种什么力量所使唤，竟走到她们居住的地方附近，想看一看她。

　　我在河边发现了她，那面貌，我一见就熟悉，因为她的影子日夜在我心灵中呀！

　　她在那里洗衣服，好像一见便认出了是我，立刻停了手，惊吓的看着我，我一看四下无人，便胆子大起来，很勇敢的走到她跟前。

　　她是多么惊吓呀！慌张的看着四面，战战兢兢的对我说：

　　"你！你如果有心，请你明天晚上……在——镇头等我……我跟了你去……"

　　我有点不相信我自己的耳朵，可是她的话我是清楚的，我怕这是假的，便问她：

　　"这是真的么？"

　　"天地良心，请你信我。"

　　我赶紧走了。

　　"说不出的欢喜支配着我，这一夜我简直没有睡觉，我想着，她为什么要跟我走呢？莫非说她不得意他，或者是……我这样想，那样想，想不出她要随我走的理由，我并且计划着，怎样和她躲两天，然后远远的走去。"

第二天——他咳嗽一声接续讲：第二天我就走了，把几个钱全带着，不客气说，我怀里还藏着一柄在市上买好的尖刀，这是预备万一他们追上来要打死我，我就和他们拼命，可是他们没有追呢。她果然走过来了，我藏在草丛里，夜，很寂静，我一看见渐渐走过来的黑影就知道是她，她也立刻就知道是我，我悄悄问她："你是怎样出来的？"

她说："他不在家，快走吧别问了……"

我和她潜藏在一个工友家里，五六天没有出门，等风声平了就乘了轮船跑到此地来。

"她为什么要跟你走呢？"

达歪着头问，喷一口烟。

"是的，说很简单，那小子说她不是处女，因之便给她气受，这……你们二位想，一个美貌的女子，总不免有许多人惦记着，所以处女是很难保的，这也不足怪，她因为受不了气，所以跟我走了，后来，那小子不知怎么知道她到这里，便来找我，要把我报官，可是她哭着说，就是把她活活的打死她也不跟他去，这时节，我的小本营业已经开始了，我给他几个钱，他于是便罢休了，因为这个，别人都说我把人家的老婆抢了来，却不知，这其中有这许多曲折……"大家都沉默，叹息着。

"如今，算起来这事情过去十年了，她，已经养了四个孩子……"

城汉惘然的叹着气，忽然跳起来。

"喂！我得到外面看看，把买卖忘了！"

"你的果子还没有吃完么？"达问。

"只有这一块了！"我嚼着。

——可是还有几块不能给他。

（一九三八年十一月二十三日于油灯下）

在故居的门前

从东向西的大街，没有从前有生气，灰色，枯燥，死气沉沉，汽车，马车，洋车，畜牲，人，在这条路上，来来往往的奔跑着，你决不会在他们脸上看出一点什么意义来。

但是，路两边，间隔相仿的槐树，比两年前高了不少，不知怎么，这使我很快活。

紧靠着客栈左面，是一座并不宏伟的楼房，两年前，我在这楼上住过。

那时候，楼上楼下，一共住了二十四家人，我租的一间小屋很狭小，从床到窗，前后是四步长，从板壁到墙左右是五步宽，站在窗户跟前，便看见下面的街道，夜里，不过十一点，决睡不着觉，因为隔壁的邻居和街上从早到晚，除了嘈杂之外，简直没有别的好处，然而我却在这里住了半年多。

白天，我到公司去打杂，晚上回来休息，过的是孤独单调，乏味的生活——那时候因为年纪小和生活经验缺乏，感到生活本身是乏味的，所以总觉这世界无聊！

然而，不久以后，一个友伴出现了。

他是个近视眼，戴着宽边眼镜，有一头细密零乱的黑发，肩膀宽，胸脯挺直，而嗓门响亮的青年，他搬进来第四天，忽然和房东吵起嘴来。

因为房租的事。

房东对他说了慌，打算多要他一块钱，于是，他生了气，愤怒的吼起来：

"你为什么和我多要一元钱？"

我听见房东——那胖胖，矮矮的，镶着金牙的中年人服软的说：

"现在，房租全涨了，这是实话，你可以打听打听。"

"我用不着打听，什么我都知道，你别以为我是傻子。"

"这……这是小事，多呀少呀没有关系，你看着给。……"

"你得说明白，为什么多要我一元钱。"

在这里居住的男人女人，差不多，各个全惧怕房东，和他说话全是柔声柔气，就如老鼠怕猫一样。

但是这个近视眼却不同，我觉得稀奇，所以我走到他门口看光景。

他坐在凳上，手里拿着茶碗，眼睛放着冷光，直直的瞪着门口的房东的两眼，撅着生气的嘴。

房东裂着嘴微笑，和气的点点头：

"算了，你看着给吧！现在，房价实在是涨了，你就和别人一样的给吧！"

他把茶碗放在桌上，握起拳头：

"放屁！你胡说八道！谁给你定的规章？随便涨房钱？你睁开眼看一看，我可以送你个地方去！"

房东再三的道歉，和他好说歹说，他才拿出房钱，并且指导着说：

"人，不全是一样的人，你要弄清楚！"

大概，这房东有生以来，第一次碰钉子。

他接钱在手，连连躬腰，笑着走了。

近视眼对我笑笑。

"嗳，请进来坐坐！"

我客气的坐在他对面，问他：

"贵姓？"

"龙。"

他也问我，我告诉了他。

这是怪事，我和他只交谈一句，就如多年的老朋友似的，我笑着问：

"没带家么？"

他正正眼镜吹一下鼻子：

"你说是女人么？哈哈，没有，这样很好，将来希望这样，干干净净。"

这样，我们便认识了！

此刻我立在街边，在秋末的凉风之下，望着面前的楼房，想起这些生活琐事，难则是过去了，然而还如前一刻的事似的，一件一件，我全都记住。

有一男一女和一个小孩子，从楼房西边的大门里走出来了，那大门是在这里的人的出入口，往里走，向西拐，便是楼梯，上了楼梯，过一条通堂，再往南走，第四个门便是我的屋子，而近视眼是在我的屋子左边，门口有一盏电灯的便是，那电灯泡外面套着铁丝网。

我和近视眼认识以后，顿觉快活不少，寂寞和单调的空气，渐渐从我屋里消去，就如早晨的太阳一现，浓露因之消散了一样。

他的脚步和他的嗓门相反，很轻，好像怕惊动了谁，悄悄拉开门，进门的头一个举动是正眼镜。

不等我张嘴，他就坐在床上。

"喂？这屋子太大呀！"

"可不是么？"我开始和他谈起来了，"这屋子，总比鸟笼大几倍，如果我生有翅膀，也能飞两尺远。"

他格格的笑，从袋里掏出一盒吃剩的牛奶糖，扔在我怀里几块，他自己只留下一块，剥了皮扔进嘴里。

"昨天是怎么回事？"

"他多和我要一元房钱，以为我不知道房价，笨东西，他要骗我，却不知道我是不是好骗的！"

"从前你住在哪儿？"

"离这里很远，我在那住了七个月，给了三个月房租，以后，他无论怎么要我也不给，因为，我没有啊！"

"那么，你没给他房租钱便搬出来的？"

他点点头，嚼着糖块。

"能成么？"

"为什么不成了？要钱没有，要命拿去。"

他诙谐的笑个满脸，我望着他——这是个有趣的家伙，他接着说道：

"这里的房东很不错。"

那样的人，他竟说不错，我有点不高兴。

他这样解释：

"这房东是个聪明人，他会看事做事，能进能退，所以吃得很胖，你不知道，世界上只有这种人是能吃胖的。"

我想烧点水给他喝，或者买点花生给他吃，但是他皱皱眉头扯止我，我只好站起又坐下。

"你怎么没有胖起来？"

"我？"他把眉毛一扬，

"谁说的，你看！不是很胖么？还有骨头，也是胖的，譬方，从前的衣服现在穿着肥多了！哈哈，这不错。"

我看着他镜片下面一双迷迷懵黑放光的眼，禁不住笑，他倒在床上，用肘支着头。

我愿意问别人的职业状况，对他，当然不能例外。

"你们报馆里很忙么？"

"不，一点不忙，忙有忙的人，我是不忙的人，所以始终不忙。"

"我想，你很懒。"

"谁说的，我是到应该懒的事才懒，现在，我刚才吃完饭，肚子很饱不愿意动。"

后来我才知道，他是个欢喜读书的人，时常，一夜不眠的读，他读着各类的书，理论的书似乎特别爱好，有出奇的指说的才能，我认为很好的书，他却指出不少大毛病。

邻壁人家，老婆喊，孩子叫，闹得震天动地的响，他能够舒舒服服，泰然自若，就如躺在深山幽谷的老庙里似的打着鼾声安睡。

他指导我：

"你应该懂得，有时需要温柔，有时需要野蛮，这种环境，你不研究手腕哪行啊？譬方，嗳，你要诚实，你还得狡猾，不然不成，你明白不？"

我和他到书店去。

他花了一本书钱，带回来十三本！他把两本小说给了我。

"你欢喜这个，给你。"

我十分惊奇！

"哟，你是怎么弄的？"

他正正眼镜，把舌头一伸，拍拍后脑壳。

在他的床底下，三个柳条包里全是书，窗台上，桌子上，床头，椅子上，各处也全是书，还有杂志和报纸堆积如山，他在这些纸堆中间，燃了汽炉烧饭，我有点害怕，万一起了火，整个楼房全会倒坍，变成焦土。

但是他很放心。

有一天，他大概吃饱了肚子，拿我开心：

"你想女的不？"他这样问：

我望着他的下巴，哧哧的笑。

"我一点不想，我知道，你才想呢！"

"你撒谎！"他说，"我一看你鼻子，就知道你是想的，这可瞒不住我。"

我摸摸自己的鼻子：

"看鼻子能看出来？你瞎说，我一听你的声音，就知你想的厉害，为什么你的嗓子哑了？"

"这是！"他坐在我床上，"上点火！"

"上什么火？"

他不言语。

他时常把言语中断了不说完，这是他的脾气。

我一问起他家乡，他就表现得有点不痛快。

一个星期六晚上，我坐在他房里看报，看完他的批评论文，把报纸叠好，扔在他桌底下，和他闲谈。

"你的眼睛为什么近视？"

他的回答很含糊。

"你可以问眼镜公司，他们为什么造近视镜？"

我想了一想。

"他们乃是为了利益。"

他赞许的点点头：

"不错，为了利益，这世界上，从古至今，只有两种人是为了利益，一是造眼镜，二是戴眼镜。为了造利益，就是这样，你说是不是？"

虽然是谬论，然而我不会误会他，因为我不相信他的话，他只是开玩笑罢了。

我和这个人交了半年朋友。

后来，他职位调转了，离开这住处。

分别那天，我帮他绑行李，他的行李十分之七是书，书就是他的灵魂，好比食物对于老鼠一般。

我们的公司倒闭，是在他走后第三个星期。

我走时，是孤独的，没有人送我，只有一辆马车，而车夫欢迎我，马却不高兴的翻着眼珠。

今天，我偶然走到这里，看见这片楼房，想起相别两年的友人，这两年来，没有通过一封信，不知他跑到什么地方去了，正如不知他从什么地方来一样。

我住过的房间，不知如今住着什么人，总不外是一个鼻子两个眼睛之类的生物吧？

我提起两腿，默默的走着路。当拐弯时，我回头望望那片楼，觉得恋恋不舍，很想有再住到这省城的机会，那么我还要租下两年前我住过的小屋，可是，即使办得到，而心境早变迁了，恐怕没有从前那种味道了吧？

我住在这省城的一个亲戚家里，亲戚有病，很重，硬写信把我逼来的，说是想我，再住两天，我就走了。我转了弯，往亲戚家走，这时他们一定做好了晚饭在焦急的等我。

我迈开脚步，快一些走。

（一九三八年十二月二十三日）

洋车夫王春海

我从前在一家德国的洋行里当仆役的时候，有过各式各样的同事。

其中有保管金钱成天到晚不断的数着钞票和洋钱的会计，有夹着皮包出外到各商家办事的外柜，有伏在桌上写账打算盘的书记，有端茶倒水打杂的小仆役，有扫地刷厕所的伙计，有书记兼打字的女职员，有在码头看管仓库，并监视工人的先生，有送信差，有翻译，有汽车夫，有……说起来实在多得很，但是，在这许多同事之中，最使我感到兴趣的是洋车夫王春海。

这家洋行里有九辆洋车，预备给大小职员出外办事乘坐，洋车夫都是一年到头的雇员，每月能领到十几元薪金，王春海是在洋车夫中比较最年轻的一个，他有一副和蔼的紫红色的面孔，鼻子尖的颜色好像糖葫芦，还放着亮光，那就像黏的糖，他的嘴唇很厚，嘴像骡的嘴样，胸脯很宽，可是腰很细，跑起来快得很，大家都喜欢坐他的车，不过和他接近的人却很少，因为他总穿着破衣，身上有股老远就可以嗅到的汗臭，从鞋里蒸发出的臭气令人难耐，又不刷牙，所以牙齿是黄的，头发因为长久不剪，不认识他的人甚至会误会他是叫花子。

王春海的父母是在远隔千里的家乡，没有妻子，他住在工人宿舍里，和那些工人们一样，过着寂寞的，单调的独身生活。

他唯一的嗜好是耍钱，发饷的日子，工人宿舍里赌局很多，七个一堆，八个一伙，好像围着食物的一群苍蝇似的，砰砰啪啪的压着牌九，王春海并不把全数的薪饷一齐拿出来押，他很吝啬的拿出一元钱来，不慌不忙的看着庄家和押家，如果庄家正红，他就等一等，他是很聪明的，会巧妙的寻找机会，他看出庄家不起点，就从别人的胳臂底下把钱押上：

"两毛两道！"

庄家听见他的报告，瞥他一眼，也不说什么，就挽挽袖子打骰子。

"抬手！"这是庄家打骰时的声明。

王春海的钱数少，所以没有资格揭牌，揭牌的是押钱多的人，但是他不能置之不理，当庄家把牌九送过来时，他就歪着脑袋去察看别人的手气。

有时，他不去看牌，只从揭牌的人的脸上的表情去判断就可以猜到这次的输赢，赢了，他就咧着嘴，把钱收下，输了他便很懊悔，好像做错了什么大事似的把眉头皱到一起。

有一次，和他们在一门押钱的人，忽然把牌推给他，让他看。

他欢欢喜喜，如得至宝一般，赶紧拿起四扇牌九。一看，嘿！对"大人"对"大天"他快乐得忘记了世界上的一切，张张嘴唇，露出满口黄牙，瞪着两只小眼睛喊了起来。

"哈哈——拿钱来吧！"

他把牌九往桌上一拍，立刻又抬起两手等着拿钱。

庄家把他的牌揭开一看，严肃的摇摇手，把他们的头一道钱用手一扫，收了回去。

"喂！"他惊愕的大叫一声。

庄家看看他：

"你嗥什么？五龙！"

可不是么，他把牌出错了。

因为他太高兴，不在心，把对"大天"推在前面，这不是"五龙"是什么呢？

押钱最多的人怒气冲冲的捶了他一拳，又加上一脚。

"二虎蛋！"大家都这样嘲笑他。

从此，他有了绰号，这个绰号，始终压在他头上，他也不反抗，有人叫他二虎蛋，他听着就如叫他王春海一样，决不因此生气，甚至觉得光荣似的。

二虎蛋的王春海是个极有忍耐性的人，打两巴掌，踢两脚全不在乎，可是他并不惧怕谁。

他能够大量的喝水，一壶茶住不上一刻钟就喝完，他每天晚上非喝上三四壶水是不可，他的吸烟量也很大，一天总得两盒烟。

这些工人，除了要钱之外，还有个很大的嗜好，就是开盘子。

他们三四个人凑一伙，平均拿钱凑够盘子的钱，商量好，就洗洗脸，换件干净些的衣服，摇摇摆摆的到窑子去。王春海每逢遇到这种盛会，一定热烈的参加，即使袋里不方便，他也要设法借钱，他一看见窑子姑娘，就如馋嘴猫见了香喷喷的肉一样，恨不能整个的一口吞下肚去。为了解决吃饭和穿衣的问题，而出卖身体的妇女，对于这些虽然并不富有的工人，也和对于有几个钱的人一样的看待，在她们眼里除了钱之外似乎不区别什么阶级。王春海很看中一个姑娘，她的名字叫小宝儿，十八九岁，梳着一个又光又滑的粗大的发辫，一件粉红色的短衣，瘦瘦的，紧箍着柳腰，两只肥胖的胳臂，又白又嫩，左手的无名指上戴着包金手镏，裤肥肥的，宽宽的，穿着绣花鞋，走起路来，轻飘飘的，好像走在冰上。王春海一看见她那双大眼睛和一张小嘴，就迷迷糊糊好像做着香甜的梦样。他每月的薪饷所以一个铜板不剩，完全是花在这个可爱的天使身上。

花了钱是能得到很大的安慰的，王春海从来不懊悔在她身上把薪金用光了。

有个送信差，是个狡猾的，好说谎，脸上有几个麻粒的人，也看中了小宝儿，他把王春海的"靴腰子"割了。

这件事叫王春海知道，他心里有股酸味，可是他没有表示出来。

这一天晚上，有几个老哥推牌九，送信差也在场，王春海正好和他押一门，他俩的钱数因为一样多，所以归谁揭牌便成了问题，起初他俩只是静静的争论，谁知争一争竟互相的咒骂起来。

"你怎么必得要看？"送信差瞪了眼睛对他喊，把手在桌上拍一下。

"我一样押钱！"王春海怒气冲冲的说。

送信差把他的钱猛然抓起，丢在地下。

这样，他俩便动手打了起来，送信差揪住他的衣襟，他扯着送信差的胳臂。

送信差上去一个耳光，他把头一闪，于是打来的巴掌落了空，他上去一拳，送信差踉踉跄跄的倒退几步，跌在板凳后面。

别人都瞪眼看光景，因为吵嘴打架，乃是这些人们的家常便饭，所以并不稀奇，也不劝解。

送信差大怒的爬起，像狼似的凶猛的向他身上扑去。

他不慌不忙，一手一脚又把仇人放倒了。

打了半天，送信差总是吃亏，不等靠他身上，就被打倒，大家很惊吓王春海的力气，他似乎很有两套？

送信差吃了亏，越加恼怒了，他拿起板凳，用力的向王春海身上摔去，王春海赶紧一躲，板凳打在厨师腿上，这个厨师是个没有牙齿的老头子，别人怕出危险，把两个人拖开，他俩也停了手，送信差气得连耳朵也红了，厨师的腿打坏了！

王春海和人家打了架，很是懊悔，一连三四天沉默着，面孔像冰冻了样。

送信差名叫李成财，他时常喝醉了酒骂人，可是没有人理他，有一天他又醉了酒，蹀蹀躞躞走在街上，嘴里咕噜着说些什么，有几个在码头出大力的老哥放工回家，正从他旁边经过，其中有个低头走路的不小心碰了他一下，他咒骂起来。

　　"奶奶个孙子！"

　　工人老哥站住，问他：

　　"你骂谁？"

　　"骂你！"

　　工人老哥看看他，又看看同伴，同伴们嘁嘁嘴，这老哥挽起袖子就动打。

　　李成财喝醉了酒，没有力气，很容易被人家打倒，但是他滚在地上还是咒骂，工人老哥打得越发厉害，而且高兴。

　　王春海远远的飞奔似的跑来了，他一脚把工人老哥踢倒，顺手拖起李成财。

　　其余四个老哥看着同伴吃了亏，全生了气，野兽一般向王春海袭击。

　　但是，他一点不惊慌，在五个人之间跳来跳去，这几个人打在一起，像野狗一样，非常凶猛，尘土在他们脚下飞起，四面有许多人围上来看，工人老哥们的同伴多得很，他们越聚越多，全动了手，一齐向王春海打过来，你一拳，我一脚，拳头和脚像下雨似的，简直无法躲避，他们的争斗是很可怕的，上前一拳，马上跳开，另一个偷偷的一脚，这使王春海受了苦，他左冲右撞，很想打一条出路，然而码头工人正放工，都从这条街上经过，他们一见自己的伙友和人家争打，不问青红皂白，马上上前帮助，一大群人，就如一群旷野的狼，围了一个大圈子，把街口都堵住了。

　　"打，打，打！"

　　"打死这两个王八羔子！"

　　"奶奶个孙子！把这两个小子好好教训一下！"

　　"嗳，打呀……"

　　"打！"

　　"打，打……"

　　"畜牲……"

他们喊着口号，一齐动手，凶猛的在王春海身上乱打，李成财已经被打昏，他手脚连动弹的余地都没有，软绵绵的躺在泥地上让大家打。

王春海在人群间挣扎，他左右突击，好容易找了一个机会，拼命的踢倒两个老哥，他脱身逃跑了。

工人老哥看李成财已经半死，嘻嘻哈哈的走了，他们吃了一天苦，这是很好的消遣。王春海左脸破了，衣服撕碎，帽子也弄丢了，他藏在胡同里，看着那些野蛮的家伙走远，才敢露头，他把李成财揹回宿舍，养了半个多月，李成财的伤才好，王春海过了五六天，脸上的伤就不见了，他若无其事的拉他的洋车。

李成财伤好之后，表示十二分的亲热，对王春海闪着亲热的眼光。

王春海押牌九输了钱，很忧愁。

李成财掏出钱来：

"给你！"

他把钱推向王春海，但是王春海摇摇头。

"借给你！"李成财恳切的张着嘴。

王春海想了一想：

"你有零花么？"

"有！"

"那么——借……"

"借给你，拿去！"

王春海拿了钱，欢喜的押着天门。

庄家总是笑嘻嘻，把牌九一掀。

"八九贯！"

王春海的前后两道钱，被抓去了。

他又押上。

但是庄上又扔了一个炸弹。

"九点头，小五一对！"

他的钱很快的输光了。

王春海两手空空的到小宝儿那里去开了个盘子。

他临走的时候，说：

"给我挂账！"

"现在，"小宝儿为难的告诉他，"不挂账！你给现钱吧！"

王春海袋里一分钱也没有，他知道要丢脸，可是想不出法子来。

"怎么办，我没有带钱……"

"我不信！"小宝儿瞪着眼睛看他。

"实在！"

"别开玩笑！"

"不，我说实话，你给我担保吧，不行吗？"

"挂账，现在没有这规矩……"

正好，在这时，李成财来了，他拿出钱来，为王春海解决了这难问题。

以后王春海什么地方也不去了，小宝儿只爱钱，不讲情面，这使他非常灰心，赌钱呢，只有输，没有赢，这使他的经济状况陷于困难了。

他入了平民夜校。

他是不识字的，连他自己的名字都不会写，从国文读本第一卷第一课起，他开始学习。

老师是个青年人，讲书很热心，他和许多儿童坐在一起拙笨的拿着铅笔，练习写字。

下雨的晚上，学生一个不到，他一个人坐在教室里，等了好久，直等到二点多钟，才拿了书回去睡觉。

无事的时候，他在本子上写了许多歪歪扭扭的生字，问这个，问那个，天长日久，他认识了许多字。

李成财是他很好的老师，有空就坐在他旁边给他讲解。

"这是家，家乡的家，可是你家里还有什么人？"

他俩由于读书而聊起天来！

王春海挤挤小眼睛，鼻子像糖葫芦似的吹吹。

"我？家里除了父母，还有哥哥和嫂子，我从小就跑到外面，从十四岁在外面跑一直跑到现在，跑了二十多年了！"

他从入了平民夜学校以后，衣服变得很整齐了，并且，他买了牙刷子刷牙，两只脚常在盆里泡着洗，所以，臭味减少了许多，说话的时候沉思着说。

李成财简单的问问，接着讲下去：

"这是凤，凤凰的凤……"

他半闭着小眼睛，在嘴里小声念：

"凤，凤，凤。"

"这是飞，这是鸦，这是林……"

念了三个月，他把一本千字课念完了。

每天晚上，他决不缺课，有一次得了伤风，头昏脑热，但是他还是到了夜学校，聚精会神的学习了一个半钟头。和所有的人的脑筋一样的组织着的他一年之后就会写简单的信。他有个当小仆的同事姓杨，是个十四岁的少年，有许多"小朋友"之类杂志，他时常借到手，细心的看，在这些上面，他学习着一切丰富的知识。

别人赌钱，他不参加了，有时在旁边看看，小宝儿姑娘的影子，早已在他心里消失了。

更奇怪的是，他连吸烟也自动的禁止了，喝水，也不像从前那样像牛似的喝起没有头，喝一碗就算。

冬天的晚上，飞着雪花，西北风虎虎的吼着，电线杆呜呜的唱着凄凉的歌。

王春海吃饱了饭，冒着寒风踹着雪往夜学校走去，他的影子在辉煌的路灯下，在散乱的雪花飞舞的队里，显得很强壮，很勇敢。

（一九三八年十一月二十六日于油灯下）

蟹 子

"蟹子，大蟹子，一角钱十个，贱啦！"

老刘蹲在市上，在他的担子后面，袖着两手，望着来往市上的人呼喊。

他的位置是一个狭窄胡同的墙角，和一列排着鱼虾之类海货的摊子为邻，他身旁是个卖鲤鱼的年轻人，厚嘴唇，中等身材。

一个拐着篮子，里面盛的是一株白菜和几棵大葱的少妇在他前面停住，他对这少妇说：

"一角钱十个，看看，又肥又大，管保来回，买点吧？"

少妇理理短发蹲下去，看着缸形的篮子里在吐着唾沫的蟹子，老刘一把提出一个蟹子来，拿给少妇看：

"看！这蟹子不肥么？一角钱十个，太贱啦！买十个？二十？"

少妇想了一想，瞪瞪媚人的眼珠，立起身来，一声不响的走了。

老刘把张动着大腿很焦急的蟹子扔进篮里，照旧呼喊：

"蟹子，大蟹子，一角钱十个，贱啦啊！"

他身旁的中年人，也喊了起来，他的声音很鲜很响：

"鲤鱼，鲤鱼，八分钱一斤！八分！"

有许多人在胡同里来回走动，他们不慌不忙的走着，这个老刘看来觉得焦急，因为他的蟹子还没有卖出去一个，蹲了一清早了！

"蟹子，蟹子，一角钱十个，贱……"

他忽然看见一个年轻人走过来，戴着礼帽，穿着长衫，腕下还夹着一个小包，是个长脸，有一对骄傲尊严的眼睛，他一直对老刘走来，老刘知道这是主顾，他赶紧提出一个蟹子，并且说明价钱：

"一角钱十个，看！肥得很！"

"十个？"年轻人瞪了他一眼："昨天，我买的一角钱十五个！"

刘老挤挤被风吹坏了的眼睛：

"那……先生不一样呀！看，这有多么大！别看十五个，大小不一样，你先生买的有这么大么？这不能多算钱，实在的价钱。"

"胡说八道，什么不多算钱，全是一样的大小，你卖得这样贵！"

"嘿！先生，这可不贵，如果一角钱十五个的能比我这大？你就把我的篮子一脚踢翻！"

年轻人厌恶的皱皱眉头，抓一个蟹子来，看了一看，咕噜着说：

"什么，我昨天买的和这一样大，或许比你的大呢？十五个，卖不卖？"

"先生，你说的不能……十五个可不卖，如果十五个，我连本钱也不够，实在！"

"不卖？"年轻人又瞪瞪眼，把蟹子狠狠的像用力拍皮球一样，啪一声摔到篮里，把蟹子摔碎了！

"嗳！嗳……"老刘着了慌，"你这是怎么的？这么一来，我怎么卖？"

年轻人的性子很粗暴，他把人家的蟹子摔碎了还生气，这时他好像是受了侮辱似的，脸变了色，大声的问：

"摔坏了么？"

"你看！这不是么？"老刘把蟹子拿出来，把肚皮向上翻过来。

"这不碎了么？让大家看看！"

蟹子的肚皮确是碎了，但是还没有死，痛苦的挣扎着，几条腿动来动去，嘴内吐出悲痛的白沫。

"死了没有？"年轻人生气的问。

"嗳，嗳……先生，"老刘满脸和气，不是哭，也不是乐，"你怎么不讲理？非得死了不可么？蟹子不像人呐，立刻就死，这样，我不能卖了！"

"活该！"这便是年轻人说的话，拿腿就走。

老刘喘口粗气，唧咕着：

"这样的人！真少见！"

年轻人停了步转过身来：

"喂？你怎么骂人？"

老刘是个五十多岁的人了，他每天在市上卖东西养活他一家几口人，各样的面孔他都见过，侮辱和压迫早已成了习惯，加上祖先所遗留给他的忍耐性，他决不高兴和人家吵架，这样不讲理的人，他也是司空见惯的，不觉得稀奇，但是他的蟹子摔破了，一分钱，在他是很重要的，这一个蟹子的破碎在他是莫大的损伤，他心里难过，自然而然会唧咕两句，这能算是他的罪过么？

他焦急的挤着眼皮，很希望这个年轻人反省自己的错误，赶紧走开，他也不愿意叫别人向他赔罪，就是他的老婆孩子做错了事也不向他赔罪，他也是从来不管的，所以他本着他的人性说话：

"我没有骂你呀！先生，别人也听见，我是说我的蟹子。"

年轻人举起脚来，像踢足球似的在他篮子上踢了一脚。

老刘急忙把住篮子，倘若篮子一倒，蟹子爬到四处，他就麻烦了，许多人停住了脚步看。

老刘很为难，他很懊悔，不应该唧咕了一句，现在他知道不忍耐些是不行的，他客客气气的对年轻人赔罪：

"得，得，先生，算是我的错怎样？原谅吧！"

年轻人大概也有点觉得过不去，咕噜着去了。

老刘看他走远了，才深深的喘口闷气。

"唉！——"

吹吹鼻子，呼喊：

"蟹子，大蟹子，一角钱十个，贱啦！"

（一九二七年一月八日于安东）

冯先生

"你这个小王八羔子，看看你把衣服弄得多脏？啊？你怎么弄的？真该死！你给我滚出去！不准进屋！"

这是冯先生的尊夫人骂孩子，她一面骂，一面把手举起，在半空挥来挥去，好像在跳舞，两只眼睛圆圆的瞪着，活像野兽。

五岁的丫头胆怯的跨着门槛，她一脚在门槛里，一脚在门槛坎外，想进来吧，不敢，想退出去吧，也不敢，静静的张着小嘴，恐慌的看着妈妈，就如在老虎面前的小羊，连气不敢喘。

她的骂孩子已经成了习惯，动不动为了一点儿像豆粒般大的事，便把孩子骂个落花流水。

其实，骂还是轻的，打才是她的拿手好戏呢。

冯先生如果恳切的劝她，她会凶猛的对冯先生狂暴的吼起来：

"人家管教孩子，管你什么事？"

"放屁！"冯先生摸摸鼻子说，"这是我的孩子，你不能动不动就骂！"

"什么？是你的孩子，不是我的孩子么？啊？你真不讲理……"

冯先生沉默了。

但是我们的冯先生并不是怕老婆的人，他不愿意和女人争嘴，他是受过教育的，胸襟很广大，一向抱着"君子不和小人争"的态度，所以即使是老婆缺理，他总是让步。

有一次五岁的丫头在吃饭的时候摔碎了一个碗，主妇跳起来，举起五个粗大的指头就打，一巴掌，丫头栽倒了。

冯先生赶紧把孩子拉起来，抱在自己怀里，骂了夫人几句。

他这一骂，把夫人骂恼了。她把脖子一伸，清扫一下喉咙，满满一口唾沫，笔直的飞在冯先生脸上。

冯先生实在忍耐不住了，他像踢足球似的，狠狠的在她肥圆的屁股下踢了两脚。

她捧着脸就哭。

"我的妈妈呀！我养的孩子……我不能管呐！我的妈妈呀……"

冯先生生气得脑袋直抖：

"狗蛋！你叫邻居听见多难看！"

她放大了喉咙，大声哭喊，好像驴叫，跺着脚。

"我的妈妈呀！我养的孩子呀！他不叫我管，我的天呐！他打我呀！你，你，你……"

她抹抹眼泪，勇敢的向冯先生怀里碰。

"你……你打死我好了，打吧！打吧，打吧！"

冯先生心灵眼快，赶紧抱起吓得大哭的丫头往外跑，头也不回，奋不顾身的，一气跑到大街上。

她的哭喊，就如装上扩声器的唱片一般，在大街上，听得清清楚楚，有许多邻居跑出来好奇的看，冯先生溜走了。

"我的妈妈呀！他打我！这个该死的东西呀！没有良心的东西呀！我养的孩子！他不让我管……我的……我的……我，我，我，我，我……的天呐！……"

八岁的大小子，和三岁的二小子也哭喊起来了。

好像出大殡一样！

一连两天，她披散着头发躺在床上，也不下地洗脸，也不动手做饭，孩子饿了她也不管，冯先生急得像热锅里的蚂蚁，他诚恳的向她赔罪，可是她理也不理，没有法，冯先生自己动手做饭，做好了饭叫她吃，她也不吃，无论说什么她总是不起来，她的主意算抱定了。

她这么一来，真把冯先生弄得一败涂地，他千方百计，说了无边无际的温柔话，几乎用哭一般的呻吟声向她祷告，可是——不成功。

这时候是夜了——很寂静，很神秘，很幽默的夜。

冯先生坐在他旁边，嘴里唧里咕噜的，不知念些什么咒。

她肥胖的身体动了一动，慢慢转过脸，看看冯先生的脑瓜皮，咧咧嘴：

"不用管我，让我饿死吧！我愿意死……我，我，我的妈妈呀！我死了吧……"

她的肩膀耸动着，战战兢兢的又哭起来了！

冯先生像对小孩子说话一样轻声的安慰她：

"你……你别哭！看，看，把孩子惊醒了！"

她一翻身坐了起来，两眼直直的瞪着丈夫，好像要跳起来和仇人拼命似的。

冯先生一看她那样子也很可怜，因为两天没有洗而变得像雨后的叶砾一般肮脏的脸和哭肿得像水桃一般的眼睛，加上满头披着像乱草样的头发，冯先生觉得，有点……难受……

他再一想，她的生活也很不容易，泥里水里，筋疲力尽的劳动，好像牛马一样，还要辛辛苦苦的伺候丈夫和孩子，再说多年的夫妻，可以说很平安的过着，至于吵几句嘴，本是夫妻间的常事，她的管教孩子的不得法，是因为她没有受过"新教育"的缘故，如果她是大学毕业，当然，她决不会这么笨，多少年来，她省吃俭用，浆呀，洗呀，很能吃苦，没有什么对不住他的地方，而且她是三个孩子的母亲，他竟公然的踢她屁股实在不近情理。

于是，冯先生后悔了！

他轻轻的，给她……跪下了！

她抹抹眼泪，审问他：

"你再不打我了么？"

"不……决不！"

"真的么？"

"真的……"

"你敢发誓么？"

"好，我发誓吧！"

她赶紧把亲爱的丈夫扶起来，掀起衣角擦擦自己脸上的大眼泪，深深的喘了一口粗气：

"咳！"

冯先生满意的浮了满脸成功的微笑，活泼的走到桌子旁边，把专为宝贝儿大大买来的鸡蛋糕拿过来一块给她，她摇摇头。

冯先生也摇摇头，他想了一想，搂着爱妻的脖子把蛋糕送到她宽大的唇边：

"好宝宝，吃吧！"

她看看丈夫的鼻尖，扑哧的笑了一声，三口两口，狼吞虎咽的把蛋糕吃了，并且还要第二块，冯先生满腹高兴，他咧着嘴一跳一跳的走，把一包红纸里着的二斤蛋糕全给她，五岁的丫头，悄悄的掀开被角，瞪着两只小眼睛偷看，看得有滋有味儿，皱着小鼻子。

忽然，她看见爸爸狠狠的对她瞪眼珠，她赶紧像老鼠一般敏捷的缩进被窝里去了。

（一九三八年十二月六日于油灯下）

桥洞下的哀怨

　　自从名震全城的杜十娘———一个野鸡的绰号———住在桥洞下以来，每天总有好些人抱着好奇和仇恨的心理走去看她。

　　杜十娘穿着一件短衫，又破又脏，肩头露在外面，底襟撕碎三个窟窿，背上沾着泥土，裤子比上身还要肮脏，脚上套一双破袜子，破鞋因为太破的缘故，已经没有法穿，常做拖鞋一般的拖着。她那一副的面孔，至少有两个月不曾洗了，零乱的头发披在脑后，好像一团尿污里的野草一样！

　　半年前的杜十娘还不是这个样子，那时，她还住在一间小屋子里，有些她旧时的客人时常送几个零钱给她买东西吃，不过，她一有几个小钱，就去过她无可奈何的吗啡瘾，后来连给她小钱的人也没有了，她被小屋的主人驱逐出来，因为没有地方住，她便选定在这桥洞的下面。

　　她在桥洞下面过了一夜，消息便迅速的传播开了，好像一位英雄豪杰似的引得众人非常注意，都争先恐后来看个彻底。

　　大家闪着嘲笑的眼睛把视线集中在她身上，起初的两天，来看的人非常多，她早已不知道什么叫做羞耻，满不理会的躺在桥洞下面，懒懒的闭着眼。

　　有的人来看过三次四次，好像鉴赏一件有价值的艺术品，大有百看不厌的气概。

　　杜十娘一到早晨就到街上，去沿门讨要几个小钱，到了下午她就回到桥洞下——回到她栖身之所，她的过夜的旅馆，她的家。

　　从前，当杜十娘还没有失掉姿色，还没有染上一身恶嗜好的时期，她的生活和现在比，真有天壤之别！那时她所过的，是骄傲的少奶奶式的生活，是天上安琪儿一般的生活，她决没有想到，其实她连做梦也没有梦到会弄成现在这样倒霉的地步，她怎么会想到呢？

　　她住在一个月花二百多元租的小楼房里，有老妈子侍候着，有仆人给她看门，她的寝室天堂一样的华美，她的饭厅和花园一样，她有舒适的眠床，她有放光的食器，她出门有尊贵的客人来应接她，她坐的是汽车，只有在室内，她才肯步行。她的地毯是价值最高的外国货，她有一副戒指，值两千多元，是一个大买办赠送她的，她有各式各样的客人，这些客人都富贵，都名华都很讲究穿戴，讲究饮食，讲究交际，他们花钱像扔石头一样，特别慷慨。

杜十娘的职业，便是陪着这等人吃饭，睡觉，打牌，看影戏，逛花园，兜风，换句话说，她做的是供人玩乐的营业，而她自己也可以玩乐，她的唯一的资本是数一无二的姿色，加上她的媚态和巧妙的作风。

晚上总是下半夜三四点，往往到天亮，她还陪着客人在玩乐，她并不疲劳，她有第二天一天的休息时间，无忧无虑，宛然是月宫里的仙子。

她有的是钱花，几乎要多少有多少，有了钱，当然要什么有什么。

但是，杜十娘也有件最大的心事，那便是她的容貌，她对着镜子看，总觉像起了变化，显然的，有些衰老的形迹了。

她努力的旅行化妆，然而过了两年，化妆也遮不住面部的变化了！

她拿出所有的媚态和手段来补充她的缺点，然而她的手段也没有头几年那样轻而易举的容易发生效果了。

终于连最后的一个客人也溜走了，她这才觉悟到苍老真的来袭击了她，她埋怨时光，过得这样的快，她咒诅那些客人，这样无情，有几个对她的情谊非常浓厚的人也跑掉了，唉！这些人，不是些好东西，他们忘记了她的许多好处，她曾给了他们很多的沉醉和幸福，而他们连这点也不顾全，躲开了！杜十娘没有储蓄，房租打不上只得住次一等的房子，这样一来，那些阔人，拖也拖不到手了。

没有法，她和一般的，那些嫉妒她的野鸡一样的打食吃。她本来就有鸦片瘾，鸦片抽不起只好打吗啡。

环境变得实在惊人，她混了两年，眼看一天不如一天，不消说，她那些贵重物品早已当净花光，就是看门老妈子早也养活不起，甚至连她自己也养活不起自己了！

夜里，她站在阴暗狭窄的小巷里拉客，但是要她的人很少！

这行生意简直不成了！

她住在一间小屋子里，房东每天讨房钱，这种房子是住一天花一天钱的。

她一连十天拿不起房钱了，剩余的一件长衫早卖掉了，现在什么也没有，房东知道没有希望，把她驱逐，她在街头对付着过了几夜。

可怜她定价半角钱也没有人要，这碗饭确实绝了望，她开始讨要。

她发现了这个桥洞，便栖身在那下面。

那些讨厌的人，他们来看什么呢？杜十娘已经老了，没有什么好看了，按正理，三十几岁的人还不算老，但是人们都肯定的说她老了！唉！杜十娘自己也明白！她还赶不上六七十岁的老婆子。

人竟老得这么快！

杜十娘想起过去的事，简直就和昨天，和前一刻的事情一模一样，然而此刻，她是躺在桥洞下面，那些讨厌的人，讥笑的瞪着两眼，他们看些什么呢？这些人呐！他们唯一感兴趣的事便是眼看着别人倒了霉，被践踏，被蹂躏，被恶劣的环境压倒在地狱里，他们看着，感到开心，洋洋得意。

桥洞下是石头和泥土，还很潮湿，杜十娘拾了些草铺着，幸而是夏天，还容易过，到了冬天可怎么办呢？

杜十娘还没有想冬天，她只想过去的荣华和现在的悲惨的对比，她记得睡在舒服的床上哪有躺在泥土上这么难受呢？睡在舒服的床上多好啊！

她的床是铜做的，不但舒服而且美观，枕头布，褥单，床帷子，一天一换，她睡觉的时候老妈子把被褥铺好，桌上有一架美丽的小钟，这是客人送她的，她很爱这只小钟，她的化妆品非常的丰富，都是上等货，价格最高的。然而，这些东西现在都飞到哪里去了呢？怎么一件也没有了呢？

杜十娘翻身一看，有些苍蝇绕着她飞。

这些可恶的苍蝇，从前她住的屋子里哪有苍蝇啊！

那些幸灾乐祸的人，还在呆呆的看，这些人，他们从前敢摆出那一副面孔来看杜十娘么？这些欺软怕硬的东西，杜十娘想把他们骂跑，却没有骂。

天黑了，来看的人一个也没有了，杜十娘躺在阴黑的桥洞下，侧着身子，眼看那满天繁星自怨自艾起来。

唉！如果在我年轻的时候，肯嫁个丈夫，那么，现在也不至落到这步光景。

有许多曾双膝跪着向我求婚，他们并且发誓，说海可枯石可烂，他的心永远不变，情愿一生一世给我当奴隶，只要我嫁他。

然而我一个也没有答应，为什么不答应呢？我真该死！我天生是个贱货，贱骨头，应该受罪的命！

现在，我后悔了啊！

我连个家都没有的人，连个亲人都没有的人，我还不如别的乞丐，他们没有人来嘲笑，甚至咒骂，我呀！我不如碰死在这桥洞下，脱离了苦海吧！

杜十娘啜泣起来，她伏在地上，眼睛压着手背，头发披散开，寞寞的哭。

这时候，在繁华的街市当中，有许多汽车来往飞驰着。

汽车内，有的是和杜十娘从前一样的过着舒服生活的女人，以为倒在有钱有势的汉子的怀里为光荣。

杜十娘哭泣了半天，伤心伤意的仰着流满眼泪的脸，望着黑夜的半空。

一个光耀刺眼的星，十分活泼的闪耀着，忽然，它向东面飞去了，很快的，像一点火，拉了一条光线，一刹那间，坠落了，消灭了！

杜十娘哭泣到疲倦的时候，便睡去了。

（一九二九年夏于万寿山）

爱　情

有一只年轻的，聪明的公鸡，时常到他的邻家去约会一只美丽多情的母鸡在小胡同里一块儿散步。这只母鸡是浅黄色的，混身上下的羽毛像丝绒一样，又结实又明亮。

但是这只母鸡小姐和人间的妇女是不同的，她最厌恶雪花膏，扑粉，口红，香水那类的东西，她时常说，人间的妇女认为使用雪花膏和扑粉是极光荣的事，其实那是最下贱不过的行为，没有比这种举动更劣等的了！

"你的见解是不错的，我很佩服你。"

公鸡青年用感叹的口气这样说。

但是母鸡小姐决不因为情投意合的朋友赞美她而流露出得意或骄傲的嘴脸，从这点儿看，的确是和人间妇女有差别的。

"怎么样，这些日子你们家里的主妇还因为你不下蛋的事而生着气么？"

母鸡小姐在墙边寻到一条瘦小的潮湿虫，欢喜的吞进肚里以后就热心的回答朋友的话：

"是的，她还生着气，她在以为凡是一只母鸡就应该给她多多的下一些蛋，她不知道，下蛋的事我是不高兴的……"

这位母鸡小姐不仅和人间的妇女两样，和别的母鸡也全然不同，她认为下蛋是没有意义的事，于是，立定坚毅不拔的志气不下蛋，成天逍遥自在，各处游戏，说不出的舒服和太平，快乐和舒适。

公鸡先生是从心灵的深处爱她的，不过老没有勇气坦白的表示出来，这个，他要率真的表示表示了。

这时，他俩已经亲密的肩靠着肩走出狭窄的胡同口，到菜园的短墙边了，这地方很幽静，有一棵开花的槐树，在温馨的微风里轻轻的摇摆，牵牛花在土堆上歪着头默默的沉思，在它的叶上睡着一个穿红坎肩的甲壳虫。

公鸡先生在情人的耳边小声的说：

"母鸡妹妹，你可曾知道我是爱你的，但是我不知道你到底爱不爱我呢？"

母鸡小姐的脸蛋儿羞得红红的，她低着头说：

"我不知道我应该怎样的答复你……"

"那么，你一定是爱我的了？"

母鸡小姐轻轻的点一点头。

这场面当然是很动人的，用不着在下多描写了。

话说公鸡先生和母鸡女士在园边温柔了一阵以后，就恋恋不舍的分了手，分手以后的第二天发生了很大的不幸的事件了！

母鸡小姐家的主妇，因为她老不下蛋的事已经生了好久的气，这一天，她把母鸡小姐的腿用结实的麻绳绑起来，倒提着拿到市场卖给鸡贩子，从这以后，再也看不见她的影子了。

开着槐花的树照旧的喷散着芳香，牵牛花在土堆上依然的低着头默默沉思不语，蝴蝶一对对的在园里飞舞，燕子在空中呢喃，小鸟唱着歌……无论谁都兴致勃勃，形容憔悴的公鸡不高兴，他在缺少阳光的胡同里徘徊，又在园边寂寞的彷徨，在草丛中伸着脖子，对温馨的风自言自语的说道：

"母鸡妹妹，你在天涯海角，好好保重身体吧……"

牵牛花听见了，嗤嗤的笑了一声：

"没有出息的货！"

死　猫

门口有一只死猫的尸身，这是邻家的小狗从什么地方当玩物拖来的，玩够了就拖在石堆里，有些淘气的小朋友用石头打，我看着实在不忍，把小朋友们赶开，挖了一个并不算浅的坑，借了一把铁锹把猫的尸身移到坑内，用土埋好，故成了一个坟墓，在坟头上插一棵草叶算是纪念碑。

小朋友们很奇怪我这种行为，他们觉着有点疯狂似的，嘻嘻的笑着，在四面围着看，有的出声大笑，有的拍手。

我说："这只猫，在未死以前，是个英雄豪杰呢，你们知道么？"

小朋友们愈发的欢笑了，显然的，他们认为我是原原本本的说疯话。

我想了一想：

"嗳！我讲故事给你们听吧？非常有趣的故事……"

听说要讲故事的小朋友们都欢迎的瞪着好奇明亮的小眼睛，我坐在中央，他们团团的围着，好像一群活泼的老鼠守着一盘菜。

"我埋的这只猫你们知道他是谁家的猫么？"

他们都说不知道。

"他是一个有钱人家里的猫，这个人家实在有钱，要多少钱有多少钱。"

那是一点儿也不奇怪的，在乡间住，有好几百间漂亮的房子，有好几万亩丰美的田地，房租和田租成堆成山的送来，粮食也有，现钱也有，这样的人家可不是有钱的人家是什么人家呢？

这只可爱的猫就是生在这个人家里。

当然，生在这样的人家里他是很满足，他时常立在高大的墙头上，望着华丽的主人的房屋，自言自语的说：

"啊！多好啊！我的主人是这样的有钱，多幸福啊！那些生在贫家的猫该多可怜，他们没有舒服太平的屋子可住，没有管饱的可口的东西好吃，一个一个，骨瘦如柴，跳的不高，跑的不快，那样的生活，有什么意思呢？"

听到他这样心满意足的自言自语，构成坚固的墙的每一块石头都发出同情和赞美的叹声来：

"是呀！你真是幸福啊！连我们也快乐百倍呢！主人把我们叠得这么样的巩固，这样的坚强，风吹吹不倒，雨打打不坏，那些贫家的墙，说不上什么时候就有颓倒的危险，那该多么痛苦啊！而我们，永远没有的坍塌的顾虑，这还不值得快乐么？快乐呀！实在是快乐呀！"

于是活泼的猫和天真的墙不约而同的发出欢唱：

"快乐呀！真正的快乐！"

在圈里豢养得非常肥壮，全身的毛发闪着亮光，和那些吃得饱，住得舒服，什么愁事也没有的可亲的牛，听到这样真情的流露，快活的奔放，也都情不自禁的随合着他们欢呼起来：

"快乐呀！真正的欢乐呀！"

欢呼的声音迅速的刺破太空，响彻大地和山谷，震动了天上的云和月，无论什么角落都清楚的听得见。

这只猫，在活时候，那真够敏捷。

他一天能逮住几百只可恶的老鼠。

那些灰色的老鼠真可恶极了！

他们——那些可恶的老鼠——简直比强盗还要可恨，他们不知道偷窃这种事实是极卑陋下贱的，一点儿也不知道害羞，他们毫无忌惮的偷着，盗着。

我们最敬爱的猫，他哪能眼看着那些可恶的老鼠盘踞横行呢？

于是，他就拿出他的敏捷来。

像闪电似的把身子和弹丸一样的投出去，从空气里划出一条迅速的线，所有的东西都像被一巴掌打向他后面去似的，他的眼光明亮的盯着，前足是正将着看好的目标，还有反身挣扎的余地，刚一发现危险，正落脱身逃跑的老鼠，在爪牙狠狠的一击之下，眼睛立刻就冒出金花，面前的景物昏乱起来，四脚瘫软无力，无限的痛楚透遍了全身，脑髓崩裂鲜血飞出，两声绝望的哀叫，最后是——和美丽的生物界断绝了关系，一切的亲人，所有的伙伴的影全都消失了。

你们看，这是不是猫的敏捷？

主人，主人的仆人，上上下下，男男女女，看到勇敢的猫迈着得意洋洋的方步，嘴里叼着全都是老鼠，这幅生物界最值得夸耀的图画，没有一个不赞美的张开有油水的嘴的。

"看哪！猫又抓住老鼠了。"

"已经咬死了！这可恶的老鼠！"

"这猫真有本事！"

"真可爱！"

"给他东西吃吧，奖励他吧！"

"多多的给他，这是我们最亲爱的兄弟。"

他们最亲爱的兄弟的快乐舒适是谁也比不上的，这样得胜和受着夸奖的事实时常有。

无论走到什么地方猫总是受着很大的欢爱和尊崇，在厨房里，满面油光，大肚皮，下巴两层肉，头顶没有毛的厨师尽可能的拿出好吃的东西给他吃，在东家和东家奶奶的贵洞房，也一样的受欢迎，在小姐的绣房更受到热烈的爱好，眼珠子，鼻子，显着很胖，而衣服一天比一天觉着肥起来的小姐，一看猫进来就把他亲密的抱起，温柔的抚摸着他，紧紧的把他搂在怀里，一面用力的搂还一面翻着眼球看屋顶。

你们想一想看，这只猫活在这什么事情都是有条不紊顺着前进的轨道往前发展的地球上，所过的生活是不是好到没有法再好的程度？

过了两年，我们最值得夸奖的猫先生也娶上了如夫人，他结婚的那一夜是个美好的月明之夜，他的如夫人是在外国留学回来的，美貌很出名，风头也很健，在那幸福的夜里她是尽力的叫着的，这一番动人的叫声你们也听见了，我一点儿也不造谣。

可惜，猫先生在结婚的第三天，大概是因为多出了一点儿力气，所以累病了，这病，有的说是受了凉，不到两小时就一命呜呼，而如夫人呢，在他死后三分钟零十六秒嫁了另一位猫绅士。

这猫一死，有一群平常最嫉妒他的狗把他叼到野外抛在乱泥里解恨，而我们邻家的小狗又把他弄到这里。

这只猫，在活时是值得夸耀的，他有着非常光辉的历史，死后不应该拿他的尸身开玩笑，所以我把他埋起来，你们用石头打他更不对了！你们闭上眼睛想一想，咱说的对不？

小朋友们都沉思着不说话，有的裂着嘴微笑，我想，这只猫可做他们的模范，应该编进教科书里叫他们念。

我拍拍屁股上的泥土，立起来走了。

（一九三七年七月于吉林）

文艺伴侣

蒋先生是我的朋友，但是不通音讯已经好几年了，从远地来的马君，带给我关于他的故事，这故事是有趣的，而且难得。

下面是马君所讲的故事：

蒋先生不愿意结婚，事实上他是因为找不到理想的女性，他——你是知道的，他有一副不错的面孔，时常在报上投稿的人，他希望找一个也常在报上投稿，也爱好文艺的女子做他的妻子，不，他不愿叫妻子，这样的女子，怎么好叫妻子呢？是的，应该叫朋友，和他住在一起，而且在一起读书，在一起写作，在一起讨论文艺，在一起散步，不消说，也在一起吃饭，在一起睡……不，不在一起睡，顶好是预备两间屋子，各人睡在各人的屋子里，这一定有说不出的兴趣！

天不负苦心人，我们的蒋先生的这个梦，终于实现了！

他有个同事的妹妹，姓夏，比他小两岁，常在报上投稿，有一对美丽的大眼睛，一笑两个酒窝，漂亮极了！他煞费苦心，请这位同事下了二十几次馆子，甚至于跪下求他帮忙。不错，给他介绍了。

他一天写三封信去，一连写了两个月，总计写了一百八十多封，回信也不少，在一百封以上，因为都是常投稿的，一天写个十封八封不算难事，夏女士的父母很爱蒋先生，婚姻很容易便定妥了。

不过，结合上有层困难，他俩的意见老人是决不会赞成的，非举行个仪式不可。

"为使我们的兴趣进行顺利起见，就忍耐这一步吧，你说呢？"

夏女士对他点点头，意思是同意，他俩从相识以后，差不多每天见面，为这件事，商量了好久，后来，就照一般人的仪式行了结婚礼。

这实在是委曲了蒋先生和夏女士，他俩不愿意这么办，但是办了就办了，这不算什么，只要结过婚，愿意怎样就怎样，决不会有人来干涉。

还有件事也使他俩失望了，没有合适的房子，蒋先生曾为了准备房子跑了好几天，几乎把腿跑断，结果租了间半房。

"睡在一个屋子，愿意么？"

夏女士又是点点头，但是她的脸蛋儿红了——。

吃饭可成了最大的问题了，上馆子吃？经济的来源不够，而且，每天为了吃饭要跑三趟远路，也太讨厌。自己做？谁做呢？蒋先生不会，夏女士也许会做，但是怎么好叫她做饭呢？

夏女士看他为了难，便说：

"这容易，我会！我们只消买几件家具就行啦！"

"怎么好叫你做饭呢？"他像要哭的样子说，"再不然，是的，我们俩做，我帮助您，譬方你淘米，我烧火！"

就这样决定了。

蒋先生东一头，西一头奔跑，买锅呀，买碗呀，买筷子呀，后来以为办全了，但是一开始做饭，想起还没有米，于是又去买米，米买回来之后，又想起来没有菜！嘿！蒋先生又跑了一趟。他累了满头大汗，汗衫都湿透了。

夏女士挽起袖子，露出雪白的胳臂来，动手淘米。

蒋先生忽然跳起来，像打篮球似的跳得很高，张开嘴叫了一声：

"喂呀！"

这一声大叫把夏女士吓得目瞪口呆，以为是出了什么乱子。

"还没有柴哩！"蒋先生要动手烧火，这才想起没有买柴。

他扣上帽子就跑，夏女士堵着嘴笑，但是他这么跑来跑去她心里很不忍，有点难受。

晚上，他俩有工夫了，想讨论点文艺，但是还没有讨论，房东老头子进来，拿着一张纸和一支铅笔：

"蒋先生，你把户口写上，我好报上去。"

"户口，什么户口？"他不明白。

夏女士明白，给他讲解：

"噢，这个呀！"他拿起笔写起来，写到夏女士的芳名，踌躇了，怎么写？写"妻"么？不！他写了"朋友"两个字，房东老头子看一看，摇摇头：

"这里应该为妻才对！"

"不是妻，是朋友！"他很坚强，撅着嘴。

老头子惊奇的看着这两个年轻人，莫名其妙。

"照他的话写吧！"夏女士很懂事，她知道写"朋友"是不行的。

没有法子，他只好把朋友两字打了两杠子，在旁边加上个"妻"字。"唉唉，真想不到，有这许多麻烦！"老头子走后，他这样感叹的说。

睡觉的时候，他们商量了半天，在中间用箱子隔开，上面挂上布帘，把一铺炕分做两个，各不侵犯。

他白天上班，下午回来，她没有职业，暂时闲住，她希望找点职业，他也同意，这是很容易的，只要有了相当的职业，一去就妥，夏女士会三国话，干什么也够资格，不愁找不到职业，如他从前所想像那样，在一起读书，在一起写。

夏女士写好的总拿给他看：

"你给我改改，加上些有魄力的字眼儿！"

于是，他就给加上些有魄力的字眼儿，他写好的则拿给她看：

"你给我改改，加上些温柔的字眼儿！"

但是她不给加，她太客气，总说加不好，总说写的不及他千分之一好。起初几天，夏女士的动作很拘泥，有点害羞，住了些日子，完全变了！这是很奇怪的，住了两个月，她胖了起来，而且更美了。

中间隔的箱子早就拿开，布帘也摘下去了，因为碍事，不为别的，实在。

快活的生活，转眼过了半年，夏女士还没有找到职业，她喜欢吃点酸东西，他买回来给她，她不知怎样感谢好。

她的工作多了，要做饭，要洗衣服，没有许多工夫读书，稿也不投了，他呢，虽然照旧的写，但是烧火的工作已经生厌了，她看出这个，后来便不用他做，无论怎样也不让。

他觉得对不住她，用热烈的吻道歉。

老丈母娘，——不是，是妻……不是，是女朋友的母亲，她时常笑嘻嘻的来看他们，还买些东西当礼物。

有一天，一对浪漫的朋友到野外散步，在树叶底下，他们坐着休息，夏女士吞吞吐吐的告诉他了些什么。

其实，用不着她说，他早已明白。

不讨论文艺了，她只读点儿书，但是很少，又过了四个月，她生了小孩子，是个肥胖的大小子，可惜活了四天就死了！

她身体复原以后，找到一个教书的职务。

上面所说的是距今一年前的事，现在，我们的蒋先生是过着独自生活了，夏女士和母亲回到故乡，在故乡教书，这是他俩的新计划，她一天写一封信给蒋先生，有时写点小品文集来，他给加上些"有魄力"的字眼儿，他也每天给她写一封信。

暑假期间，蒋先生去会她，在一起讨论了半个多月文艺，谁知道这一讨论，夏女士又有了小宝宝了！

"哈哈！"

我不知怎么会笑了起来。

同时他也笑起来了。

（一九三七年一月十日）

好地方

八月的一天晚上。

我要上夜学去，书包已经夹在腋下，帽子已经戴好在头上，刚要出门，还没有迈腿，谁在我身后用力的拍了我肩头一下。

"得，算了，不去吧？"

原来是同事大哥老赵，他咧着大嘴对我微笑，他的眼睛和他的嘴一样是特别大的，鼻子也不小，鼻头粗圆，肥壮，好像高高的山峰，可是下巴尖小和鼻子眼睛不配，他手里拿着手套。

"你说不去，那么……"

他急忙推推我的肩膀，打断了我的话，抢着说：

"和我一块去，走，嗳，我告诉你，我有一个好地方。"

所谓"好地方"是怎样的地方我虽然说不上，可是，"好地方"这三个字摇动了我，本来，每天晚上上夜学学习两个钟头是勉勉强强的，教科书干燥乏味，没有意思，好像冰硬的石头，不合我的性格和兴趣，他说要领我到"好地方"这是不能拒绝的，于是把书包扔在堆满了报纸的黑暗的小桌底下。

"好，走罢。"

夜晚的街上并不热闹，因为我们的宿舍是在一条背街，离开热闹的街道远远的，离我们不远的东方是码头，望不见的轮船，寂静无声，隔壁油房里的汽锅像电骡似的鼓东鼓东的响着，电线杆悄悄的立在街头，暗淡的灯光像罩了一层浓雾，在黑影里困乏的瞪着眼。我们轻轻的往西面走。

我的同伴大我八岁，他是个成年人，有一副天生的好心肠，时常指导我怎样做人，怎样学习，怎样走上发达的路，这都是经验谈，对于这时期的我有直接的益处。他说：当仆役是不能当一辈子的，至于学问有没有都可以，他认为学问没有经验重要。他曾举出了不少有经验的人成功的例子证明他的学说，虽然我对于他的并不完全同意，可是也不表示反对，或公然的反驳他，因为，这也是处和同事的要领呀！因为这样，我们的友谊很顺利的保持着，他对我很亲密，像亲生的哥哥似的，无论有什么话都肯对我直说，现在他要领我到好地方去，也可以说是他当大哥的应分的责任之一。

走出寂静昏黑的直街，是一片不十分广大的平场，在铁道旁边立着电车停车的标杆，杆顶上是圆形，一看见这，我就想起糖馅的大烧饼，我们越过铁轨，目标还是西方。

"怎样的好地方？"

我有点儿忍耐不住，便这么问他。

"唉，到的时候你就知道！"

可是这愈发的使我焦急，这个好地方显着非常的动人，就如凉爽的夏夜，在那寂静的荒野里一个明亮的萤火虫的光，在不可思议的黑暗的前方引人入迷，我屡次的用力摇他的胳臂，用着乞求和可怜的嗓音请他说明，然而他不告诉，只是笑一笑：

"等一会儿你就知道……"

我多么艰难的熬了一个很长——其实是很短——的时间，好容易他指定一个胡同里紧靠西头一家小板房说是到了，这一带原来全是板房，因为都是穷人，他们有许多是无家可归，时常找不到工作，忍饥挨饿的可怜的人。

一进门就开，门吱吱扭扭的痛苦的发出一声悲愁的声音。

"谁呀？"一个妇人的声音。

我的同伴咳嗽一声，用力的吐口唾沫，小声答应：

"我……"

我看这并不是个好地方，黑暗狭窄的一间小屋进去两个人就差不多把屋子塞满了。挂在板墙上的小油灯，那灯火几乎没有萤光的明亮，妇人披着头发，面孔黄黄的，瘦瘦的，一双大眼睛像害了一场大病似的深陷入眼眶，她两手交叠着背靠着板壁，看我们进去动也不动，只微微的扬一下下巴，这就算是表示欢迎，也不问我是谁。我有点儿不高兴，希望早些离开这所说的好地方。

"还没有信么？"

同伴坐在木板的床边，侧面望着妇人说，一手指指他身后的空处，叫我坐下。

"没有。"

妇人理理头发，眼睛睁得大大的，张大了嘴，像受了惊，又像一条死鱼。

"你上回来，这不眼看六七天了么？一点儿信也没有。"

"那么，老冯来过没有？"

妇人用力的点一下头："是的，他前天来一趟，说是……"看看我，好像怕我似的打量我一下，我的同伴急忙对他讲："这不是外人，是个好老弟，你说吧！"

"噢！……是的，他是前天来的，老冯一点法子没有，他东跑西奔，找这个，求那个，不成，谁也不成，都说不上话，你想，人家多有钱，多有势，他们这些人，就是再有三十五十有什么用呢？什么也不当呀！你大哥，唉！我说过他多少回，我说算了吧！别惹是非了，钱少，忍耐吧！没有多少工做，一天能赚个一毛两毛的这是老天保佑，可是，唉！他不听，他连理也不理我，偏要去惹乱子，看看怎么样？唉！……"

在板墙有无数的，横一道，竖一道的臭虫的血迹，这是显示出这屋子里，贪婪无厌的吸血的臭虫是很多的，而这屋中人的力量还不够，我的同伴并不注意这些，他和妇人讲东说西，全是用的小声，听了好久我摸不着头绪，一点儿不懂。仿佛，我从他们的谈话的片断里，觉着这屋子里出了什么不幸的事件，这不幸是紧连着妇人的心的，而我的同伴，似乎与这事无关，他到这里来是有别的目的。

沉默了片刻，妇人搔搔头发，一只手扶着脸颊，在昏暗的油灯的微光下，她的面孔显得特别苍白，眼睛里异样的放着光，这光，不是快乐的，幸福的，乃是愁苦，悲惨，忧患的光，她动一动灰白的嘴唇：

"你吃饭了没有？"

"吃了。"我的同伴悄声的说。

辞别出来的时候，我已经困了，连连的打着哈欠。这个"好地方"不如干燥乏味的夜学的教室里有趣些，我后悔竟听信了他满口瞎说，此刻我觉着他是个可厌的家伙，是个恶魔。

"不凑巧呀！"

他看我无精打采的低头走路这样和我说。

"什么不凑巧？"我莫名其妙的略停一下。

他贴近我的耳朵，像怕有谁偷听了去似的悄悄的告诉我：

"老弟，你不知道，那娘们有个妹妹……"

"妹妹怎么的？"

"真是，天好看……你没有见过那么好看的姑娘，可惜我们今晚上去的不凑巧，她出了门不在家。"

噢，我现在才明白，他之所以说那是个"好地方"原来是因为有一个没有看见过的好看的姑娘？我立刻就领会他完全是个恶魔，人家的境况是那样的悲惨，而他竟为了一己的开心，从别人的悲惨里寻找快乐，他这种罪恶超过了恶魔以上的！

我快一些走，恨不能一下和他脱离，走向自己的洁净的路，从这以后我没有和他在一起走过路，以后他去过他的"好地方"没有，我不知道了！

（一九三七年春于热河）

小 锅

隆冬三九天的夜里。

因为是阴天，空中一颗星光也没有，月亮，不知藏到什么地方去了，没有边际的黑暗统治着寂寞的大地，寒冷的风把树梢当箫笛吹，吹出凄凉哀怨的曲子。

看不见这房屋的形状，在黑漆漆的夜里，它只是一个模糊的更黑的黑堆，昏昏沉沉的灯光照着的窗纸一点儿也不明亮，窗纸的下半截映着一个人脑袋的影子，晃来晃去，好像妖怪一样。

在这窗户的旁边像胆怯的缩进黑洞里的门轻轻的开了，到跟前去，可以勉勉强强的看得出开门的是个小人类，他像个小小的幽灵一样，黑黑的一小堆，战战兢兢，好像被无情的冷风摇动的树枝，瘦细的脖子上的小脑袋，恐惧的缩进肩窝里，他慢慢的，好像小偷似的，让可怕的黑暗包围着他，和黑暗一道，走进更黑的黑暗里去。

他走到最熟悉的墙角，摸索到在黑暗里蹲着的鸡窝了，这是用石头和泥堆成的小屋。鸡窝门是一块沉重的石板，是放在鸡窝门旁边的，他必须把这块石板拿出所有的力气移到鸡窝门。

那窗纸上映着的人影就是命他做这件事出来的。这样的命令他时常受领，受领的时候决没有一点儿异议，爽快的答应，默默的出来就是了。

把苛薄的影子照在窗纸上的那个人，一点儿也不管这黑夜，也不理天报是多么的寒冷，命令他的任务也不问他能不能担得起，只要一想起来还有什么活计没有做，就马上命令这个前娘留下的孩子去实行，如果他不肯服从，就骂他，再不然就打！

他知道，这人满脸横肉，像老鹰似的三角眼，说话的嗓门像骡叫的女人，是他恶劣的命运的创造者——不错，他还是个小孩子，还不懂什么命运不命运，但是他知道这个女人存在一天他得倒一天霉啊！

他的父亲呢，在城里做小买卖，不时常回家，没有工夫照应他，保护他，他好像一只无足轻重的苍蝇，被人忘却了！

在这么黑，这么冷的黑夜出来挡鸡窝门，在他并不是第一次，那个把影子射在纸上的女人，时常用严厉的声调支使他：

"小锅，快去押上鸡窝门，我又忘了！"

但是今天晚上，这个不算怎样艰巨的工作，小锅感着太繁重了，他用了好几回全身的气力，那块沉重的石板，像故意和他找别扭似的牢牢的不动，大概是冻缩在地上了。

他加倍的用力，然而那块沉重的石板，很固执的不愿意受他移动，小锅的气力很快的用尽了，他所以这样的缺少气力完全是这几天病魔的折磨，他的病还没有好呢！

他想休息一下，恢复恢复气力，但是糟透了，他的腿像注射了麻药针似的，瘫软无力，立不住了，于是他恐慌的坐下，在冻的地上。

寒风吹着的箫笛，比先前更凄凉，更悲伤，窗纸上的人影迅速的动了一下，消失了。小锅的眼睛好像盖上一层深厚的丝网，他像做梦一样朦朦胧胧的，看见在黑漆漆的空中似乎有一大群魔宫里的仙女，披散散着黝黑的发，拖着肥大的衣裙，散乱的形成不整齐的行列，无声的表演着莫名其妙的舞蹈。他又模糊的看见，那些魔女都用掌心托着奇异的烟火，烟火的光圈，神秘的照耀着魔女们吐出长长的舌头的难看的脸。

这群不知道干什么的魔女的队伍，忽然后半空降到小锅的头下了，她们一点儿声音没有的在他四周舞来舞去。

这个幻景消失了。

接着，可怜的小锅似乎又朦朦胧胧的发现一大群狼，从墙外，张牙舞爪的跳进院里，张着大嘴，全都对着他贪婪的扑过来。

在小锅身后的鸡窝里，因为有一阵刺骨的大风把他们击醒，都发生微弱的格格的哭声，他们互相拥挤和争夺温暖的位置，身子和身子相碰的声音是听得见的。

小锅老老实实的，像猫似的蜷伏着靠在冰冷的墙角，已经动不得了，无情的寒风把他包围住，死之神的手在黑暗里悄悄的把他单薄的衣角扯住了。

（一九四一年冬于齐齐哈尔）

宿 营

黄昏从岩石堆满的山后悄悄的流出来，把萧条的村落东端古老的庙宇包围了。凉风在夸张的吹拂着庭院当中窈窕的松树，松声像落潮的海洋浪花的歌唱一样。

卫兵所设立在侧门近边钟楼下空洞的亭子里，潮湿的稻草乱七八糟的堆在黑黝黝的角落，锯成短块的干柴，枯黄的松枝，还有一张没有腿的破凳子横七竖八的躺在那旁边，卫兵的枪枝架在出口的一边，枪口黑黝黝的张着，都斜对着朦胧的天空。

钟楼的一角还映着西天临黑以前恋恋不忍离去的云光，生锈的铁钟静静的垂着沉思，脱落红灰的墙皮，砖土坍塌的一端，碎砖乱瓦，丛生的野草，都在黄昏的势力之下静静不动，瘦弱的野狗在各处徘徊，用锐敏的鼻子嗅着。

新收拾干净的下屋，临时作为厨房一隅，各种声音在不断的响动，灶膛里，赤红的烟火高高的喷着，担任戒严勤务兵的面孔映得像红纸，还设着油漆的亮光，眼睛宛如闪闪的磷火。

翻开的水声，油和别的材料混在一起煎炸的声浪，热气滚滚腾腾……

在紧紧的关着厚实大门的正殿的檐下，在平坦光滑的石台上，坐卧着许多特筋疲力尽，好像被劳累扯得四分五裂的士兵，有的光头，有的解开衣纽，有的赤身，有的抚摸着自己的脚，聚精会神的看着，嘟嘟叽叽的自语着说：

"我的鞋底实在不成了，脚心都磨出了泡！"

医务兵的杂囊还没有工夫摘下来，他的战斗帽高高的噘着嘴，额角、鼻子两边，汗水好像雨后的溪流，气喘喘的手脚忙乱着，很热心的为战友们磨坏的脚下，小心翼翼的剪破肿疱，擦上药水，敏捷的缠上绷带，那些疼痛的弟兄用哀怨的声音呼唤着他：

"快点儿给我看看吧，痛的要命！"

他用亲热安慰的口气回答他们：

"不要紧，忍耐一会儿，这就过去，擦下药水马上就会好的。……"

这个为大家服务的年轻医务兵把他自己两脚的磨伤完全忘记了。

五天以来，不断的和敌军发生或大或小的战斗，从司令部里，时时有确实的情报和新的作战计划以及急切的命令下达，为了协助友军战斗，他们是负着追击的任务的，在如火的毒热的太阳光下，在星月全无的阴沉沉的黑夜，在血和汗的交流里，忍着饥饿，没有得到一次充分的睡眠，好容易把那顽强的敌军驱逐了，现在，正是他们如饥似渴的热烈盼望着的幸福的休息。

乱杂杂的愉快的说话声，粗野的笑声，还有温柔婉转的细语和悲壮动人的歌声，口笛唧唧的在凉风里飘荡着，马在庙堂幽静的后身响动着坚强的牙齿喀喽的啃着谷草，谁在懒洋洋大声的打着呵欠，厨屋里在快乐的高声叫喊：

"快去告诉他们，水开啦，喝吧！"

在庭院里搭帐篷的弟兄，宣告他们的工作成功了，立刻就有一些士兵打着闹着像快活的家雀似的飞跑着钻进去，沉醉的躺下。

跳跃着的烛光在屋里和屋外一闪闪的出现了，把这荒山中凄凉的秋夜点缀得分外的幽美而且情趣横生。

在睡眠的气息刚要流动的时候，两个忠厚温顺的部下老哥，用绳子结结实实的捆着两个敌军的密探，像送礼物似的很自豪，很兴奋，很有礼貌的，在卫兵的监视之下，轻轻的走进院落里。

"他们两个到我们村里来了，和我们要钱，要吃的东西。钱没有，粮食也没有，怎么办呢？我们要是不给，他们有枪，会要我们的命，没有法子，大家伙想一个计策叫他俩等着，多聚一些人，把他俩捆起来了，不然……"

说话的人很焦急的喘着气。

被绳子倒捆着两手的是容颜憔悴的老年人和体格健壮的小伙子，那个老人哭丧着脸，光着头，一头的泥土，身上是褴褴褛褛的，穿一双乡下妇女做得出的笨重的，像舢舨似的，已经破得不成样子的布鞋，他放出悲哀的声音央告别人：

"他们撒谎，是弄错了，我们俩是过路的。"

那个小伙子一声不响，他戴着一顶尖形的农夫的草帽子，在沿下面露出一副坚决严肃，冷冰冰的脸，不声不响的低垂着头，灰黑的眼睛凝思着地下。

一个班长把他们领到后院审问去了。

说话声，笑声，还在接续着，但是较比先前，微弱多了。灯光跳跃着，挺出的鼻端映得很清楚，兵士的嘴脸是黑红的，仰卧在背囊上的，已经打着鼾声，活动的影子已经不多了，只有站班的卫兵在黑影里小声的来往，马在响着齿声的啃谷草。

夜早就来临，沉醉的睡眠在各处传染着流着，鼾声，鼾声……

乡下人送来的两个"礼物"这时高高的吊在马棚里的栋梁上，两只细长的影子斜斜的在墙上晃动着……

（一九四二年九月于灯下）

安寡妇

坟是刚埋好的，新掘出的泥土还有浓重的潮湿味，她满头的乱发披散着，眼睛早就红肿了，两只手不停的用力抓着泥土，好像要把埋在土里死去的丈夫抓出来似的。

那些亲戚朋友都预备走了，有个老妇人过去拖她，她理也不理，而且哭得愈发的厉害，拿出最后所有的一分力气，高声的叫出满腹的悲酸，还无头无绪的说着丈夫死了给她的痛苦，将来的生活怎样的艰难，又说丈夫病的时候没有尽力的医治，流着永远不会归来的眼泪，把那悲痛的哭声传给墓里的亲人。

从这以后，安寡妇的生活是孤独的了。

死去的丈夫并没有留下什么产业给她，三间草房，几亩遇着好年头打的粮食也不够吃用的田地，全都租给别人种，几房早就分开过的，本家谁也不能帮助她，到夏天，她每天上山去打草，一根扁担，两条有木挂的绳子，一把镰刀，早晨很早的，那毒热的太阳没有出来以前她就起身，用一条蓝布手巾包头，围裙角提起来，两只又方又扁的脚走起路来很快，就像男人一样。

邻家的妇女看见她还亲切的和她谈话：

"安大嫂，上山去么？"

"是呵，你吃饭啦么？"

乡间的夏天，树上很吵闹，那些一有工夫就高声唱歌的蝉的鸣声，听去就像呜呜念念的说什么不平似的，树的枝和叶都悄悄的静默着，所有的狗都偷偷的在树荫下喘着苦闷的气，然而安寡妇却一点儿不休息，她手里的镰刀老不停，青草发出韧性的，像用牙齿咬着那同样的声音，一堆一堆的倒下，现在，她只有这些收获，她并不当天往家里挑，总得摊在地边晒几天，工作乏了，她就坐在干燥的泥土里休息。

到秋天，她的活计更多了。

帮着人家拔谷子，割谷穗，在平坦光滑的粮场上，有许多妇女做这种活计，她们一面敏捷的，不停的用两手劳动着，一面谈着天。

有几个和安寡妇很接近的少妇和大姑娘，总喜欢拿她开玩笑。

"大嫂！你一个人，过得不闷么？"

"闷什么？肚子吃饱了还闷。"

"不想大哥么？"

"死了，想他什么？"

快活的笑声，嘻嘻哈哈的打闹，谷穗的山越堆越高的平场上这才有了意义了。

这种时候，那过去的生活狭长的影子很容易停在安寡妇记忆的圈里，于是很难克服的那些欢喜和痛苦的记忆，都活跃的在她面前表现出来。

她的丈夫，并不是一个和周围别的男人一样的农夫，他是在轮船上服务的汉子，跑的地方太多了，看见的女人当然也是很多的，大胆，酗酒，赌博，时常和那些"下流"女人在一起鬼混，赚的钱都爽快的扔出去了，他不时常回家，而一回家对待她并没有多少温柔和爱情，有时就用来代替安慰，叫骂或跺脚，然而这些事她以一个妻子的地位都忍受了。

四分五裂的劳动，到了晚上不消说是筋疲力尽的，没有多少别的观念，头一接触枕头就像猪似的昏睡。

在东屋本家，有个姓刘的长工，这是个有力气，天生一副好心肠的小伙子，他一打扫街，总是连带着把安寡妇门口的街面也扫干净，安寡妇很感谢他，看见的时候，有意无意的说一声："谢谢你！"

这眉毛粗黑，有一对乌黑的圆圆的眼珠，凡是人所能担得起的苦工都能胜任的小伙子，他更进一步，有时连安寡妇的院子也替她十分仔细的扫干净。

在这个乡村里，那些人，不论老的少的都是守旧，顽固，而且是很怪癖的。为了小小的事的占领，为了一星半点儿的利益的争夺，他们都肯拿起棒子去拼命，幸灾乐祸的心理很强，贪婪自私，互相的毁坏，丝毫没有什么同情，造谣的嘴是很厉害的，他们很快的传说开了，说是安寡妇和长工老刘有了一腿。

几房本家，那些年高有德的假仁义君子先暴怒了。

"这个东西，给祖先丢脸！"

"把这个养汉老婆打死！"

"活埋了她！这个不要脸的东西……"

本家一个最烈性的老头子，混身摇动着好像一条疯狗，在街门口跺着脚指着寡妇的窗门咒骂：

"不要脸的东西，你要嫁人，赶紧滚蛋！"

可怜的安寡妇她还在五里雾里，不知道出了什么事。

"什么事呀？伯伯……"

"你自己做的事你不知道？假装什么？这些人不是瞎子……"另一方面把那难得的好长工强硬的赶走了。

安寡妇满肚冤枉，有苦说不出，她还是照旧的去帮人家在场上做工，可是人家不大愿意雇她了，用这样的说法打发她：

"我们这里，人已经够了。"

那些欢喜接近她的妇女，好像怕吃什么亏似的远远的躲开，连和她说话也不大愿意，所有的人都疏远她，当真连狗见了她也用奇异的眼珠，夹着尾巴往一边走去。

这是一天下雨的晚上，凄凉的秋雨又夹着冷风，满天是发光的丝网，规矩的打在房檐下石台上的雨点发出沉闷的呻吟声音。

有两条赤着腿肚没有穿鞋的两只脚，焦急的踹着泥泞走进安寡妇的院里，在门口，悄悄的踌躇了一下，终于开门进去了。

他们的谈话在窗外也可以听清楚。

"你做什么？"

"不用害怕，我不是来害你……"

"有什么事，明天说吧……"

"我对你讲实话，那些谣言全是从我身上发起的，因为我给你扫了几回街，又扫了几回院子，别人就造起谣来，他们把我赶走，也不能饶你，你赶紧找个地方走吧！要不然，他们胡乱的给你找个人家，拿你换钱，你非受罪不可，我说的是良心话……"

这时候雨大多了，无情的雨点敲着那沉默的窗纸，好像有鸡抓着响一样。

那屋里说些什么不清楚了。

恍惚有愁苦的叙述，焦急的忠告和哀求，悲伤的哭泣和长喘，低低的恐惧的私语，用力的鼓励和煽动，有时沉默起来，就像掉进洞里去一样！

过了半年，我们在人烟稠密的都市的一条背街上发现了安寡妇，她在街上，买了两小捆波菜，不慌不忙的走进小屋里去，这小屋是在一个杂院里，有两个妇女坐在门槛上做针线，几个小孩子在院里跳着玩儿，安寡妇把波菜放进小屋里去又出来，提出一个瓶子。

坐在门槛上的一个少妇笑着问她：

"又干什么？"

"我去打点儿香油。"她快乐的回答。

"你今天怎么那么忙？"那个少妇又问她：

"他今天过生日啊！"

这样说的时候，安寡妇的眉目之间无形中流露出不可隐瞒的喜气，比起半年以前，她的面孔胖多了，而且显着比那时候还年轻，好像倒退了若干年，美丽多了，那两道眉很秀丽，眼睛乌黑的射出幸福的光芒。

"他过生日？"另一个妇人羡慕的瞪大了眼睛插嘴问她，"做什么好东西吃？"

"擀点儿面条，做不起别的呀！"

她把油瓶换一只手，轻快的走出去，那两个妇人正轻轻的议论起来：

"人家两口子，真像个两口子样！"

"我从来没有听人家争过半句嘴。"

"男人脾气好，像个女人似的，你说是不？"

"可不是怎么的，我们那个活爹，他简直是一头骡，人家真有脑，嫁了个好男人。"

到了暮色苍茫的黄昏，附近的工厂叫过尖锐的汽笛以后，有个强壮的职工不紧不慢的走进这个院里去，手里拿着一把新鲜的水萝卜，那菜缨上还有显明的水珠，这个职工相貌很像在老安家被逐的那个姓刘的长工，人家都说安寡妇随着他逃跑了，可不知跑到什么地方去，谁也想不到会平安的住在这里，用他们平庸的创造的力量征服了那恶劣的命运。

在那安静的小屋里，窗纸上透露出辉煌的灯火，还有和蔼的谈话，亲密的笑声。

（一九四〇年夏于青岛）

怪　物

是谁渐渐的走近了我的门口呢？

这是万物凋残的死灭的秋季，也许是落叶的响声吧？

但是我仔细一听，不像落叶，分明是人的脚步声，我刚要询问，门轻轻的裂开了，像张嘴一样，进来一个怪物！

他披散着雪白，长长，零乱的头发，紫红色的面孔像涂了一层漆油，一只放光的蓝色的眼睛像电灯一样，粗眉，大嘴，胡须和他的头发一样，也是白的，长长的，他穿着灰的，直拖到地上的破袍，挂着拐杖，左腕挽着袖子，看不见他的脚。这个怪物，像人又不像人。我不知道他究竟是个什么。他身后随着一个毛猴，有满身深黄色的细毛，尾巴弯到肩上，好像把长衫的底襟挂在肩上一样，戴着一顶黑的破了窟窿的帽头。他一进门就翻了一下筋斗，跳在桌上，奇异的看着桌上所有的东西。

奇怪的怪物很疲乏似的坐在椅上，把拐杖放在身旁，淡淡的看我一眼。

直到此刻我好像死了一样，老半天才张开嘴：

"你们是做什么的？"

怪物泰然自若的对我点一下头：

"走路的，在你这里经过，进来休息一下，没有什么，我和你一样，也是一个生物，怎样生出来的——不知道，你不要惊奇……"

毛猴欢欢喜喜的捧起玻璃杯，对着有亮光的方向聚精会神的看，又把舌头吐出来，放下玻璃杯，在桌上翻一个筋斗。

我不明白怪物的话是什么意思，寻思一下：

"你说的什么，我不明白！"

怪物嘲笑的咧咧嘴：

"这是因为你太愚蠢了！当然，在人，愚蠢是算不了什么大耻辱的，他们到无论什么时候也不会知道，愚蠢是最高的一门耻辱，几千年来他们就在愚蠢的门里，从早到晚颠扑在糊涂的泥泞里，把头和脚藏在肮脏的水中，只露出无论什么都没有满足的丑陋的肚皮，这样还摇摇摆摆的装着臭架子，或扭扭捏捏的硬装小奴家，接续了几千年的愚蠢，这便是他们的所谓历史的全部了，还有……"

猴子从硬纸片做的笔筒里抽出一支铅笔，莫名其妙的看着，高兴的张着尖嘴，笑了一下放下铅笔，敏捷的又翻了一个筋斗。

怪物的话我没有全明白，有几句话像锥子似的刺了我耳朵一下，我想一想，他这些话对么？

"愚蠢，是的，这是人类的耻辱之一，不过，不能算是最高的耻辱，因为比愚蠢还要应该耻辱的事，在人间是多得难以胜数的……"

然而怪物，好像是没有听见我这话的，连理也不理，接续讲他的：

"……还有人类的那两只脏手，这两只手必须赶紧用石头打掉它，不然，对于他们的将来能梦有点儿什么好处，那真是难以想象。不消说，这手，是自私自利，贪婪无厌的手，看见好的，对于自己有用，不管是暂时，永久，也不问实质，想也不想就赶紧的甚至于拼了性命，最轻的是用着狡猾和欺骗，温柔的是用着蛮横和无理，慈悲的是用着野性和原始，毫不踌躇的，争着，抢着，把这多的抢过来，如果办得到，当然是争抢这全部，非到高兴的时候或对于自己有更好的利益，决不肯舍出去一星一点。这一项，在人类，还认为是可赞美的高尚的举动？人类之所以如此，除了愚蠢之外，我实在找不着别的结论。"

毛猴又抽出一支钢笔，钢笔尖刺了他的手，他吃惊的叫了一声，赶紧把钢笔扔进笔筒里，灵活的再翻了一个筋斗。

我寻思着怪物的话：

"人类的手是不能一概而论的，有的手是因为寻找真理而渐渐瘦损，衰弱下去的，一直到停止活动为止……"

怪物还是照旧，一点儿也不理我的话，讲他自己的：

"手的罪恶还比较的小，那脑颅的内部真可恶极了，如果这么样的接续下去——唉，我们走吧？"

怪物立起，拍拍他的袍子，毛猴跳下去，随着他，一句客气话也没有，悄悄的走了，门也不关。

我听见那渐渐走远的脚步声，不大敢相信，这曾经是实现过的事么？

也许是落叶的响声吧！

窗外又刮起了催促死灭的西风了。

(一九三九年秋于哈尔滨)

舞　台

我是个没有演剧兴趣和舞台经验的人，因为肚腹之国闹内乱，无法解决，不得不硬着头皮去干了！

我的老师是个演剧专家，他有二十多年的舞台经验，虽然五十多岁了，但是他的体格还很强壮，他有一对母鸡似的眼睛，和一只鹰鼻子，一张善吃的嘴好像野猪，说起话来总是哑嗓子，这对于他的演剧，是没有关系的。他从来不张开嘴来歌唱，有时只呐喊一声，好像迷信的乡下佬"求雨"的那种喊法，用不着什么先天的才能，是无论谁不用学就会的，关于这一门简单的科目，他没有详细的给我讲解，他只是告诉我声调用法的要领。我起初觉得困难的是出台时的步法，怎样不紧不慢的走到舞台前面，怎样转过身，然后怎样到一定不可错误的地点站着，这些麻烦的规矩很费记忆。

他是个专门扮演打小旗的。

他从三十岁的时候开始在舞台打小旗，直打到五十岁，有了二十余年的经验，可见他是个老练而且可崇敬的人物。

我的加入演剧班，完全是他的力量，他给我介绍的。

那时候，我在各处鬼混，时常挨着饿睡在街角上，我并不厌倦这地球，我欢喜在这世界上生存，虽然是在极艰难的时期里，我确实没有悲观过，一切的人和物对于我都有强烈的引诱的力量，我抱着十二分的希望的心，希望这地球开满了普遍的幸福的花，我时常蹲在荫里或在人家垃圾箱旁边睁着眼睛做梦，做着关于人类幸福的梦，像高峻的山，美丽的河，伟大的树，真理的书等等，都是我时常在可爱的梦境中所看到的事物，便在这时候，我的老师出现了。

他穿一件拖到脚面的长衫，裂着衣纽，把一顶没有边的礼帽扣在脑角上，袖着两手，嘴角叼着纸烟，神气很是悠然自得，他看见我，便仔细的打量着我。

"没有事情做么？"他对我咕噜着说。

"是！"我立起来拍拍屁股上的泥，我看他的长衫，并不比我的干净多少。

他站在我跟前，伸出一只手来，放在我肩上，对着我的脸说：

"一天半角钱干不干？"

"做什么活计？"

"你如果愿意，跟我来吧，我告诉你。"

他说着就走，我随在后面，心里很欢喜，这是我的救星，他也许能把我从苦难中救出来，帮助我站在和人类站在差不多的地位上。

"在戏台上做些事，还有，给我们同伴做饭！"他告诉我，"一天半角钱，这是很难找的，你也知道，我看你不怎样傻，能干得来，怎样，干么？"

"干！我什么都能干，都愿意干！"

就是这样，我加入他们的演剧班。

在后台上，我惊奇的看着那些聪明有技能的伶人，有许多虽然是没有什么技能的人，而且赚钱很少，可是，大部分的都是快活的人，他们不哭丧着面孔，不皱眉头，不唏嘘，不长吁短叹，大受欢迎的伶人并不摆起尊严的面孔和了不起的架子，女伶是和蔼的，亲切的，对着同伴们，不骄傲，不发脾气，他们互相的开玩笑，打着，闹着。但是化妆以后，就规规矩矩的坐在凳上。

我第一次出台，演的是《古城会》，我扮演关公部下的一名兵士，很是光荣！我的化妆是最简单不过的，戴着软壳的花色帽子，穿着红袍，两手拿着红旗和我的老师站在一排，我目不斜视的看着关公的马童在台上翻筋斗。

锣鼓响亮的敲着。台下的看客开心的仰着脖子，电灯从屋顶上一直的垂下来，悬在半空，放着灿烂夺目的光。卖茶水的伙计，手持着铁壶走来走去，打手巾把的人，把手巾从楼下扔到楼上，包厢里坐着阔人，男的女的，全是面光焕发，得意洋洋。关公马童累得直喘，我很清楚的听到他吴牛似的喘气，锣鼓快把我的耳朵震聋了。和我司同样职务——扮同样角色的一共八个人，轮流着出台，在后台，我们没有坐的位置，我的老师随时随地的指导我，把各种科目加以说明，并且嘱我记在心里。我很快的就知道我的老师是个贪婪的臭虫，他不但没有高洁的灵魂，而且是个卑陋的性格，他像蚊虫一般吸我的血。

我的工钱本来一天应该是两毛钱的，但是他留下三分之二，我做饭是分外的工作，应该有些补贴，然而他把这一点也吞吃了。

住不上三天我就厌恶这一切了，那敲锣虽然不停的在敲打，那胡琴虽然时时尖锐的响，出场的人噪着嗓子唱，可是我是寂寞的，我的灵魂是这样的容易厌倦，而且我的腿跑酸了，我不愿意扮演这等卑下的角色，这种没有意义的戏剧，决不能使我发生兴趣或激起爱好的心，它和我没有缘分，一开始我便憎厌了！真是不幸，一个人对于他的工作不发生兴趣，那么，他全部的精力都算白牺牲了！

而且，我想到关于人类的幸福的事，更加叹息了！

我默默的，像个幽灵一般立在舞台的旁边，混在与我毫不发生关系的戏剧的狭小的圈子内看着那些与我没有交情的观众的脸，他们在笑在赞美，在唏嘘，我呢，我怀疑起来了。

这些人，扮演的，看演的，他们是为了人类的幸福在努力么？他们为了什么在拉在唱，他们为了什么在假装哭，在假装笑，那些仰着脖子，在滥用感情的人们，我看了这些实在忍耐不住了，我叫了起来：

"你们——"

坏了，这一声喊的乱子可了不得，因为我忘记了我是在服务，我头上扣着红帽，身上拖着红袍，手里持着旗帜，我的老师狠狠的瞪了我一眼，台下的人们惊愕的瞪眼望我，台上的人也出奇的瞪我，后台经理知道出了差子，他赶紧出来把我拖进去。

"畜牲！你喊什么？你疯了么？"

他上来就是一掌，我赶紧拿了旗帜遮蔽自己的脸，但是他夺下旗子倒过来，对着我的腰部猛打，我来不及躲避，挨了几下。

前台上的秩序保持得很好，仍在接续演着，我的空位有别的同伴赶紧跑出去补上了，许多人围着我。

"他，大概是疯了！"

"不，精神不好！"

"神经错乱了？"

"不是！"后台经理大怒的说，"他是故意捣蛋，要扰我的台，畜牲！"他又举起旗柄，左一下，右一下，无头无脸的打着，我躲避向他道歉，一个女伶看我被打得太可怜，上前劝解，但是打我的人不理她，我的脸碰在柱上，牙出血了，胳臂也打肿了！

我的老师回来的时候，后台经理对他大发雷霆：

"谁叫你弄这么个货来，他喊些什么，你问他！"

"是的。"老师反转脸来对着我，旗帜还拿在手里，他把旗帜的后端像老旦的拐杖似的拄着地，露着牙齿审问我，"你怎么的，要发疯么？你喊什么？你，说呀？你……"

他的眼珠像吃人的野兽一样，我看着他，沉默不响，他要打我了，我拔腿就跑，跑到街上。老师在后面追赶，我的红袍还没有脱下来，街上像鲫鱼一般的群众围上来看，老师揪住我的衣领，横一巴掌，竖一巴掌，直向我的面门劈，他打得太凶了，我有点忍不住，人们围在四周惊奇的，有趣的看光景，他们在议论，在笑，在袖着手，很是开心。

打得太痛，再这么打下去，好打死了。

我回过身来，凶猛的把老师的鼻子抓破。

他痛极了，捧着鼻子。

我反悔了，我不应该呼喊，而且，我不该抓破他的鼻子，他是五十岁的人了，把他抓伤于我有什么好处呢？

我直直的给他跪着，流着泪求他原谅。

一脚，踹在我胸上，我跌了一跤。

事情弄僵了，这碗饭不能吃了，我悲痛的爬起来，脱下红袍，扔给他，但是我忘记了摘下红帽子，街上人山人海，他们望着我哈哈大笑。

噢！原来是我的帽子在使他们发笑，我赶紧摘下丢给老师，沮丧的走了，我听见人们还是在那里嘻笑。

（一九三六年四月十八日）

精神病患者

衣制君在外省——说不上是哪一省——上了三年学,因为学成了,回到家里来。

他头一天到家就不大高兴,看看这里也不顺眼,看看那里也不顺眼,房子呀,人呀,桌子呀,凳子呀,甚至连鸡猫狗,没有一事一物使他发生快感。

他愁眉不展,叹声叹气,坐在石头一般硬的炕沿上,非常愁苦,好像得了重病的人一样,脸上没有一丝一毫快活的气色。

他母亲,一个四十五岁有一副黄土色的面孔,头发半白的人,以为他万里风尘船上车上太劳苦,身子不舒服,便劝他回房去休息,但是他摇摇头,无聊的吹吹鼻子,什么也不说。

屋里坐着站着许多人,这些人都是亲戚朋友,听说他回来了,特意来看他,一个一个瞪着好奇和尊敬的眼睛看着他的头发。

他的头发并不怎样特别,因为蓬蓬乱乱的,一点不整齐,大家觉得奇怪,有个邻家的中学生,暗暗的佩服他这头发,认为这是有高深的学问的人的象征。

东屋家吴大娘对他母亲说:

“你,这回可好了,儿子回来,书也念成了,不做事便罢,一有点事就能赚一百二百的,赚一个月够我们家那傻子赚一年了。”

母亲谦虚的摇摇头。

“哪里话呀,他不见得有这么大本事。”

虽然是这么说,然而却高兴,最高兴的要算衣制的媳妇,她这时正忙着给丈夫做饭,虽然是一对又瘦又小的小脚,可是走动起来却很快,做起活计来比往日活泼得多,嘴角和眼边流露着满足和幸福。

她从嫁过来,丈夫就到外省去,这些年,她过着寂寞单调的生活,多难受啊?

衣制的祖父,含着水烟管,捻着白胡须,问东问西,问南问北,问上问下,问左问右,噜哩噜哩,唠唠叨叨,问个不休,把衣制问得大不耐烦,他含含糊糊，有意无意的回答，说实在话，这老头子真叫衣制讨厌，比厌恶苍蝇还厉害！

"衣制呀！你还是回房休息去吧！我看你脸色不好。一定是路上累了呀！媳妇呀，你快铺床被，叫他躺躺。"

媳妇听了婆婆的命令，赶紧放下活计，回房去收拾。

衣制在家里住了三天，身体总不见好，他到街门口的树底下坐坐，望望门前的溪水，看看青草地上的牛羊吃草。

晚上，他坐在玻璃罩灯下，写信给在外省的朋友们，报告他们他已经一路平安到了家。

玻璃罩灯不十分亮，他瞪了灯一眼，咒骂起来：

"这无用的灯！"

他的媳妇又给他多加上一支蜡烛，但是蜡烛的火光跳跃着，更使他生气了。

"快拿去，这该死的烛会把我的眼弄瞎！"

媳妇赶紧把烛拿开。

他写着写着，把笔一拍。

"没有电灯，怎么写呢？"

媳妇为难的看看他的背，想了一想，扭动着屁股到婆婆屋里。

"妈，他写字看不见。"

"看不见？那么——把这屋的灯拿了去吧，你给我拿个蜡！"

两个玻璃罩灯并排着放在面前，他忍耐着写完了几封简单的信。

媳妇换了一双新做的绣花鞋，灯光下显得很鲜艳，但是他看了一看，皱起眉来，扯扯头发揉揉鼻子，叹了口气："唉！"

这一声"唉"把媳妇唉个莫名糊涂，猜不出他心里想的什么。

这一天早晨，他觉得头有点痛，饭也没有吃，到了晚上病加重了，他只是说胡话：

"小脚呀，文化呀！历史呀，玻璃罩灯呀？船呀！"

全家人，老老少少，全惊得目瞪口呆。

母亲吓得咧着嘴：

"这是怎么，我的天，他真病了啊！回家那天我就看出他的脸色不好，果然是病了啊！这一定是在路上不知怎么得了病啊！"

他躺在炕上，乱抓头发，把头发抓得一团乱，像一堆杂草：

"船呀，嘿，看，看，嗳，快唱，唱歌，唱啊！拍手，来，一齐拍手，小脚呀！"

他说着拍起手来。

父亲急得满地走。

"我去请先生。"

"是呀。"母亲说，"你去吧，快去吧，快去请先生，请先生来看看，这是什么病，去吧，快去吧。"

父亲去了。

"来，来，来，唱歌，唱啊唱，拍手，拍手，一齐拍，小脚呀，小脚！"

媳妇看看自己的小脚，心里纳闷，小脚，什么小脚？

病人拍一气手，扯一阵头发，咧着嘴狂笑起来。

母亲摸摸他的头，忧愁的问：

"儿呀！你是怎么的？什么地方觉得不好，告诉我，快告诉我，你觉得什么地方不好，头痛么？肚子痛么？什么地方难受？"

病人还是扯着头发。

"小脚呀！文化呀！小脚呀！文化呀！"

媳妇急得嘴唇直抖，掀起衣角擦擦泪水。

母亲把手伸进他的衬衫里面，摸摸他的胸口。

"哎呀呀！可了不得！他的心口多热啊，这是怎么的，儿呀，儿呀，你觉得什么地方不舒服，告诉我，快告诉我。"

病人瞪瞪眼，咧咧嘴，扯扯头发，捶捶胸膛。

"历史，小脚，历史，小脚，文化，文化，文化……"

母亲的眼睛放着恐惧的光：

"你们听，他说的是什么，什么累死，小轿非莫是说他在路上坐轮翻了，受了惊？你们听，他不是说累死么？一定是在路上累坏了，唉，他回家那天，我就看出他的脸色不好，这个问，那个问，我看出他不愿意说话，唉，唉，他也不说，这个人，媳妇呀，你赶紧……"

媳妇放下衣角，看着婆婆：

"妈，什么事？"

"你赶紧拿了香，到十字路口祷告，祷告，送送……"

"对！"老头子捋着胡子，张着没有牙齿的嘴说："这……这一定是回家那天的日子不好啊！"

母亲说：

"爷爷你说怎么好？"

祖父想了一想：

"是的，我查查阴书去。"

医生到了，是个肥胖的老人，穿着长衫，纽扣下挂着一串翠石珠子，有一对锐利的眼睛，和一张紧闭着的嘴。

医生拖过衣制的手，想看看脉，但是衣制把两手一举，像做基本体操似的，把两臂向上用力的举来举去，紧紧的握着拳头，向两边乱打，医生挨了一拳，赶紧离开他。

"历史，小脚，历史，小脚，文化呀！文化呀！"

病人越闹越凶，满嘴喷着白沫，拳头乱伸乱打，两脚也举了起来向各处乱踹。母亲急得直瞪眼。媳妇拿了香火到十字路口祷告完回来了，她眼角上挂着水银似的泪珠。

医生为难的站着看。

母亲说：

"怎么办，我们大家抱着他，把着他的手让先生看脉吧？"

父亲自告奋勇，过去握住衣制乱飞的拳头。

但是他没有握住，衣制的两臂很有力，舞着打着，他好容易捉住了一只胳臂，衣制的另一只拳头凶猛的飞过来正正当当捶在他鼻梁上，他啊呀一声，立刻放了手，鲜血像泉涌一般，从他鼻腔里冒出来，滴了满身。

"快，快……"母亲着了慌，话也说不出来了。

还是媳妇灵俐，赶快找了一块布给公公堵住鼻孔。

父亲蹲在地下，痛得直摇头，这一来，谁也不敢上前了。

病人呼喊着：

"小脚，小脚，小脚，文化呀！文化呀！文化呀！"

祖父捧着一本线装书，蹀躞着走进来：

"你们看，这是怎么写的？这字太小，我看了半天也看不出来。"

医生接过书来，拿到鼻子前面看。

书上写着的，衣制回家那五天是好日子"宜沐浴，宜远行，宜会亲友。"

大家再三研究，再三讲座最后还是医生出主意：

"你们一定把住他两手，我看看脉就知道。"

他们找了个机会，等衣制安静了，便七手八脚握住他的两臂，医生看脉，胸有成竹的点点头，开了药方，安心的坐在椅上。

母亲问他：

"先生，他是怎么的，是不是在路上受了惊？"

医生点点脑袋：

"唉！不错，是受惊过度，你们照这单上抓药来给他吃，管保吃了就好！"

当天晚上，父亲忍着打伤去买药，衣制闹乏了，睡下了，他的脸色青白，好像从土里挖出的人。

第二天，给他一碗煎煞的汤药，但是他一拳把药打洒了，狂乱的呼喊起来：

"历史呀！小脚呀！文化呀！小脚呀！"

豆大的眼泪从媳妇眼里流出来了。

（一九三八年十一月二十九日于旅顺）

林　中

我在树林里走，因为什么走——不知道！

这树林是奇怪的，所有的树没有枝只有叶，树根离开地面有半尺多高，树身是光的，没有皮，赤条条的，还放着光好像玻璃似的。我摸了一摸觉得非常奇怪，树身是柔软的，每一棵都如此，这样的树，实在，我从来没有见过，并且也没有听说过。

我奇怪的了不起，张开嘴想说些什么，可是没有说。

走了半天，没有走出这树林，原来，这树林是很大的。

我走着，看着，并且想。这样的树林对于世事无论怎样都不惊奇的人看了，一定也要惊奇的，因为没有枝而有叶的这种树实在教人猜摸不透！想想吧，没有枝，怎么会有叶呢？这叶是从什么地方生出来的呢？而且没有埋在土里，离地半尺多高的树根，你无论怎么想也想不出它的微妙吧！

我走着，看着，奇怪的想着，忽然，我看见前面有一个像人的影。

他静静的立在没有枝而有叶还放着光的树下面，挂着一个弯弯曲曲的好像是铁做的棍子，是什么人？

他有一副年轻人的面孔。没有胡须，眼睛是黑的，眼珠是白的，嘴唇紧闭，脸上的肉很饱满，穿一件袍子又肥又长，拖在地上遮盖了他的脚，我一看，是十分面熟的人，然而却想不起在什么地方见过。

"请问，您是谁？"

我走到他前面这样客客气气的问：

他上上下下打量一下我，笑了一笑说：

"我是看守这树林的。"

"这是你的树林么？"

"不是。"

"那么你为什么……"

"咳，朋友，我不知道，我在这看守十年便能够得到一棵树的报酬，就是说，十年之后，这里就有一棵树归我了，随便哪一棵，任凭我自己去选择。"

他得意的挤挤眼皮，轻轻的摇摇头，对着半空微笑。

"你在这看守十年之后谁给你一棵树呢？"

他举起棍子来，转过身去向远处指指：

"在那面，有一个人，他给我。"

"他是谁？"

"我也说不清他是谁，可是我知道，他是和我差不多的一个人。"

我真糊涂了！我想不明白这到底是怎么一回事。

"这里的树是很奇怪的呀！"我说。

"怎么奇怪？"他问。

"你看，这里所有的树没有枝却有叶，而且树根没有埋在土里……"

"这没什么？！"

"这还不算，树身是光的，没有皮，赤条条，还放着光。"

"这不奇怪，这里的树全如此。"

"这不很奇怪么？这样的树我不但没有看见过，而且也没有听说过。"

"这样的树在这里都是这样的。"

"不，树决不是这个样子，第一，必须有枝，第二，根必须埋在土里，树身必须有皮，像这里这些树，连皮都没有，赤条条的，像什么样子呢？"

"有枝的树不是真正的树，根埋在土里的也不是真正的树，有皮的也不是真正的树，总之，你所见的不是树，一定是别的东西，也许是因为你弄错了的结果。"

我闷闷的走开了。

我走着，看着，并且想。

这个人，和没有枝而有叶的树一样的奇怪，他所说的话和根没有埋在土里，离地半尺多高的树一样的不合乎道理，这些树，不知是属于怎样一类的树，这个人也不知是属于怎样一类的人。

我又看见了一个人。

这个人，比先头那个年龄好像大两岁，他的眼眉是蓝的，眼球是黄的，嘴唇张开，露出不洁的牙齿，他的袍子和先头那人的袍子完全一样，又肥又大，拖在地上，遮盖了他的脚，也挂着一个好像是铁做的棍子。我一看，这人脸面熟，可是想不起在什么地方见过。

"你是谁？你在这里做什么？"

"我是看守这树林的，我在这看守二十年就能够得到两棵树的报酬，随便哪一棵，任凭我自己选择。"

前面的人看守十年，不是给他一棵么？而且……我真不懂！

他说：

"前面那个人虽然看守十年，还必须再等十年，等到我得到两棵树的报酬以后，才能给他一棵，你明白了么？"

"我不明白，但是……我问你，谁给你两棵树呢？"

他举起棍子，转过身去，向远远的地方指了一指。

我对着他指示的目标走去。我走着，看着，并且想。

这样难了解的事真叫人糊涂，看守了十年，必须再等十年，而这个人呢，他等不等？

我又看见了一个人。

这个人有一对白色的眼眉，红色眼珠，服装和先前两人完全一样，也挂着像铁做的棍子，不过他的年纪比先前那两个人都高。

他告诉我：

"我在这里看守三十年，便能得到三棵树，前面的人看守二十年，然后再等十年，等到我领到了三棵之后，就痛痛快快给他两棵。"

我又走了。

又看见一个人。

紫眼眉，绿眼珠，有很长的灰胡须，他告诉我：他在这里看守四十年，便能够得到四棵树的报酬，前面的人看守三十年，再等十年，等他领到了四棵树之后，便留了一棵，把其余的三棵全给前面的人。

我走着，看着，并且想。

但是想了一些什么连我自己也不知道。

我接着看见了一个要看守五十年的人，还看见了看守六十年的人，还看见了看守七十年的人，还看见了看守八十年的人，还看见了看守九十年的人。

看守五十年的人能得到五棵树，但是必须给前面看守四十年的人四棵树，然而给树的日期须在他得到五棵树之后，那么前面那人非看守四十年，再等到十年不可了。不消说，他必须看守五十年，再等十年，等到看守六十年的人得到了六棵树之后才能给他，而看守六十年的人，又必须看守到六十年，再等十年，等到看守七十年的人，领到了七棵树之后才能给他，而看守七十年的人，也和那些人同样的须看守到七十年，并且还要再等十年，等到看守八十年的人，得到八棵树以后才能给他。

我走着，看着，并且想。

这些奇怪的树，这些奇怪人，奇怪的树使我不解，奇怪的人使我糊涂。

但是我看见看守一百年的人了。

他有一头白发，眼眉是白的，眼珠是白的，嘴唇也是白的，这是个年龄一定是不年轻的人，然而我看他，好像很面熟，可是想不起在什么地方见过。

"你是谁？在这里看守树林的么？"

"是的，我在这里看守树林的人，我看守一百年之后，能够得到十棵树……"

"这些树有什么用？"

"你为什么要知道这个？"

"我喜欢知道。"

"这个，我不能告诉你。"

"你挂着棍子是做什么用的？你的眼睛为什么是白的？这里的树林为什么没有枝？"

"你太糊涂！"

"你的头发为什么是白的，这里的树为什么没有根？"

"住嘴！胡说八道，你是谁？"

"你们是不是在欺骗？"

他一听这话，面孔马上变了，变得非常可怕。

他在地下打了一个滚，变成了一只黑色的，张牙舞爪的老虎。

我的妈呀，这是什么？

我拔腿就逃，不顾命的奔跑，老虎在后追赶，并且咒骂着。

"畜牲，哪里逃跑？"

我跑呀，跑呀，跑呀，一下绊倒。

老虎追上了我，一口把我咬进嘴里，喀喽喀喽嚼了起来，把我的骨头嚼碎了。

"好痛啊！好痛啊！"

可是他不听，把我的脑袋先嚼碎了，接着嚼肚子，最后嚼腿，三口两口把我吃进肚里，好像吃个苹果。

我已是零零碎碎的东西了。

然而奇怪的树木的事不过是个幻想，是个梦，这梦很糊涂，而且过去很久了，现在已经记不清了，只记得从前仿佛做过那么一个梦。

（一九三八年十二月一日于油灯下）

从清晨到夜半

玻璃窗一点儿一点儿从黑暗中露出青白色的脸来，外面有人活动声音的时候，我就爬起穿衣服，小屋是冷的，而我的衣服冰凉，袜子没有底，穿时很不高兴。

我把缺少温暖的行李卷起来，靠墙放着，然后开了门出去。

茶炉已经生好，在楼梯底下，肿眼皮的老刘蹲在石台上劈柴，他成天到晚摆弄大茶炉已经有十余年的历史，从旅馆创办成开市那一天起，他就照管茶炉，茶炉换过四个，而他的职务还没有变，他一天到晚，不言不语，总是尽心的让他的茶炉沸开着，不使人们埋怨，这样，他就满意了。

他非常熟练的舞着斧头，干柴在他有力的手腕下裂开倒地，他吹着鼻子，肿的眼皮用力的向上瞪着。他有一个蒜瓣似的鼻子，脸就像猫的脸一样，有许多胡须，每天他是第一个起身的人，我是第二个，第三个是厨师老郝。

笤帚放在门后的木箱子里，铁簸箕坏了，上面没有横梁，我想收拾一下，因为懒所以除了用它之外，总是不理它，我很忧愁的拿着它，到前柜去。

夜里"打更"的老郑睡在凳上，他袖着两手，背靠在门上，头垂在一边，鼻子和嘴歪扭着，好像挨了一刀的鸡似的，破礼帽压在墙角，头发披散在脸上，很像是从塔上掉下摔死的人。

我在笤帚上弄断一棵细些的竹条，轻轻的伸到他鼻孔里，开心的看着那一副诙谐的表情。

他先张开嘴来，像在水里快淹死似的很难过的打个喷嚏，睁开眼珠瞪我一下，"小兔羔子，该死！"

他跳起追我，我赶紧躲到柜台后面，他走过来时，我又跑到前面，他咒骂着去了。

打开正门的闸板，接着一块块的拿下来，搬到街上，在窗户外面整齐的垛好，一次闸板倒了，很重的一声响，打在地板上，账桌上的茶碗震得跳起来，滚了几滚，离开桌子，铛啷一声，碎了！柜房里睡着阎王脸的二掌柜，他像马似的容易受惊，醒了，在床上大嗥：

"干什么？"

我想笑，但是不敢。

我轻轻的把碎茶碗的碎渣拾起来，送到街上的垃圾箱里。

街上，洋车夫拖着车子走动着，小贩挑着筐子忙的往市上奔去，有一只瘦狗夹着尾巴走到垃圾箱去嗅了一嗅，他以为我是抛弃了什么好吃的东西，看看不是，便失望的摇摇头，对着我呆看，好像乞丐似的问：

"你不能弄点什么吃的给我么？"

我不理它，回屋子开始扫地，英兰女士回来了，她披着皮外套，两手在袖袋里，头发散乱着，脸还没有洗，很疲乏的走进来。

"给我开门！"

我点点头，放下笤帚，在她后面走。

这一夜，她一定又赚了不少的钱，她这种生意实在不错，赚了钱便去读书。

她极疲倦的打着哈欠，立在我身后等我开房门。

"快点开！我快困死了！赶紧睡一回好走……"

她进了屋子，我照旧到前柜打扫，桌子抹定之后，给掌柜预备洗脸水，二掌柜生气了，我立在他面前好像被绑到法庭上一样。

"大清早，你砰啪的干什么？人家不睡觉么？是不是打碎了什么？"

"没有……"

"胡说！我明明听见，你还嘴硬！"

"真的，没有。"

他噘着蛤蟆嘴去洗脸，我把他的手巾放在洗脸盆里。

肿眼皮的老刘呼喊我了：

"楼上叫你！"

我懒懒的上楼梯，两腿无力身体疲乏，精神已经倦了，我想飞到月宫里去。

一个住在大房间的旅客叫我买牛奶，我去了，但是买回来他说不对。

"这不是，你看，我告诉你买老鹰牌，换去，要老鹰牌。"

于是，我去换老鹰牌。

在厨房里，老郑把我逮捕了，他扼着我的脖子，死死的压在桌上不放，我的脸被压在肮脏的桌上，鼻子上也沾了泥土，他用两个粗的手指来弹我的脑瓜皮。

"你再敢不敢惹我，我把你的头弹碎！"

我忍着痛，等他的力气用尽放了手的时候，我冷不防踢了他一脚跑开了。

他是这样一个人，把他的老婆押在窑子里，他把孩子抛弃了不管，他自己所有的薪金都喝了酒，喝个烂醉，他时常去找他老婆要钱。他的老婆不是个美貌女郎，赚不到许多钱，然而不给他几个，他还动打，他的老婆哭呀，叫呀，骂他没有良心，他就是——这么一个人！

其实，像他这样人，还算是善良些的呢！因为比他糟糕的人，多得呐！

英兰女士才睡了两点钟就起来洗脸。

她是很奇怪的女子，一夜不睡，只睡两点钟就精神百倍，她很忧愁的说：

"啊，今天迟了！"

她的动作很快，几分钟就换好衣服，她收拾收拾，拿着书包就走。

"你不吃饭么？"我在后面挂念似的问。

"不！"她很快的下了楼。

我提着空壶坐在老刘身旁，水还差一点才能开，他的肿眼皮，使他的工作很艰难，二掌柜时常申斥他，说他费了柴火。

"哼！不信，换一个人来烧烧看，我这种烧法，是俭省的！"

他很不满意二掌柜，老刘是个温和的老人，如果不好的对待他，他的满脸皱纹就特别多了！

凡是有心肠的人，一见他就可怜他。

晚上，英兰女士回来了，她把报纸给我：

"以后，我不给你拿报了，学校里总是丢报纸，屡次查问，如果看见是我拿的，那怎么好呢？"

她对我生气似的瞪着她一对媚人的眼睛。

我满足的接了报纸，装在袋里，给她敬一碗茶。

她一看见我的脸上或鼻子上有灰尘，就禁不住的笑起来：

"对镜子看看你的脸，那小样，哟！真好看！"

我对镜子照照，可不是怎的，鼻子旁边抹了一些黑灰，我用袖头擦着。

"多脏！抹在衣服上！"她厌恶的皱起两道眼眉，"那里不是手巾么？"

她的手巾挂在墙上，那是条非常洁净，上面有几朵鲜花的手巾，我不好意思用她这样美好的手巾擦脸上的灰，她把我一推，推个转身，她从墙上扯下手巾来替我擦……

电灯来了以后，我的忙碌时间便到了。

旅客们像呼唤狗似的呼唤我，东一头，西一头，他们命令着。

"沏茶，买烟卷去，买苹果去！"

我急急忙忙的跑着，在这人生的大交错的旅店内，各形各色的人，各式各样的事把我蠢笨的灵魂用丰富的外衣武装起来了！

在楼梯底下，在黑影内，我看见有个东西在掩藏起来：我走到跟前去看，原来是个小孩子，我把他领到灯光下面，一看，是老郑的儿子，被弃了的可怜的小小的人，我看一下他那副肮脏的小脸，想起饭后的菜碟，他的头发像一把乱草一样，在泥土中滚了几年了。

"你到这来做什么？"

"我……爸爸！"

他的声音像洞中的老鼠，我把耳朵紧贴在他的嘴前面才听见他说些什么。

"找你爸爸跑到这里做什么？"

"我……我不知道！"

"他在后屋，走，我送你去！"

我领他到厨房。

老郑和厨师，像两个贪婪的臭虫似的，苟且偷安的坐在炕上，捏着小酒壶，还剥着咸花生仁，在悠然自得的谈着天。

老郑看他的儿子，像见了一条蛇一样。

"你来做什么？"他放下酒壶，瞪着冷冷的眼珠。

孩子紧靠灶坑站着，不敢往前走，他在嗓里说：

"妈妈叫我来……她说……她说叫你去！"

"叫我什么？你大声说！"

"叫你去！去……"

"知道了！滚吧！"这便是父亲说的话。

孩子还是不走，他吞吞吐吐的说：

"爸！我肚子饿！"

"饿死完事！找你妈去！"

我不忍看下去了，我赶紧离开他们，咒骂着，叽咕着去打水。

肿眼皮老刘对我莫名其妙。

"你又怎么啦？"

我把老郑对他孩子的情景告诉他，他吹吹鼻子：

"你哪里知道！"他说，"这孩子不是老郑的。"

"不是老郑的？"

"他的老婆没有东西吃，饿得难受，随便找几个人帮帮，这样，这孩子便生出来了，这一年，老郑不在家，所以他讨厌这孩子，并且把老婆送进窑子里，就是这样，你懂了么？"

我不想说什么了，因为有人喊我。

一个穿着长袍的青年，站在楼梯下面，向我摆手：

"她在家么？"

"请你稍等，我上去看看，回来告诉你。"

他点点脑袋。

我打开她的房门，她在灯下写字，大概是做宿题。

"那人又来找你了，在下面。"

她立刻放下笔，想了一想：

"好，告诉他，我就去！"

我到下面照话直说，那人欢喜的在走廊上蹀来蹀去，空中有星光对着人间嘲笑的挤眼，英兰女士出去了，她和来会他的人——是她的老主顾之一——肩靠着肩走去了，我发现一个闲暇的时间，从袋里拿出来报纸看那上面的文艺版。

半夜里，她回来了，我想她又轻而易举的赚到了钱，但是，她是喝醉回来的，满嘴酒气，脸红红的，东倒西歪的走回来。

我厌恶的给她开了门，她一头倒在床上，烦恼的抱着头发大笑，后来笑了一阵又哭起来了，笑一阵，哭一阵，哭哭笑笑好像疯狂了一样！

在她隔壁里住着一个人，忽然唱起来：

"毛毛雨，打的我泪满腮，微微风，吹的我不敢把头抬……"

楼下，有几个刚从外面回来的人，大说大笑，叫喊，还用力的踩地板。

后屋，有哭骂的声音闹起来，老郑的老婆来找他，还跟着一个狰狞面孔的人，帽子歪戴着，挽起衣袖，好像要打架。

老郑默默的坐在凳上，一言不发，他的老婆在他面前哭骂。

"你……你这没有良心的东西，你为什么借了那么多钱，拿我做押呢？你……你呀！你告诉我的，全是撒谎！今天我才知道，你这狠心的，你叫我哪一辈子能翻过身来，我问你，你呀！你简直是把我卖了！你害了我……我的天呐！我哪一辈子能摆开这地方呀！你害苦了我呀！你没有良心的呀，你狼心狗肺的呀，你得不到好死的呀！你把我害苦了呀！我的天呐……"

我离开了厨房，心里不好受，她的哭嗥在我头上撒下了悲哀。

英兰女士的疯癫还没好，她把头发抓得蓬乱，躺在床上乱滚，后来呕了，酒和别的东西全吐出来，这一来她规矩了，老老实实的伏在床边，垂着头，嘴对着痰桶，也不哭，也不笑了，满脸憋得紫红。

我拿了碗凉水给她，这种情形是可厌的，不可忍耐的，但是我忍住了，因为她时常把学校的报纸偷着拿回来给我，还给了我两本杂志，很同情我，我也同情她。

后屋，在厨房里，哭骂的声音越发大了，显然是厮打了起来。

一切都寂静以后，我回到小屋子里，点上蜡烛，打开包袱，拿出日记本，我写着：

"从清晨到半夜，我包围在污秽和丑恶的氛围之中，这样的生存真不能忍耐……"

（一九三七年一月二十日于天津）

一个好人

一个当书记长的人把我带到他清静的办公处去，叫我学习当书记的职务，其实，这用不着怎样学习，干几天就会，没有什么难的。我干了三个多月，除了一天管两顿并不充足的饭以外，一个铜板也不给，冬天快到了，我没有棉衣服，一定得另想出路。

我回到旅馆里，这里的主人和我有亲戚，他叫我暂时在前柜上帮忙，等有机会给我想点办法，有一天在账桌旁边帮助账桌先生清理账目，谁立在我身后，把一只粗大的手放在我肩头上，用力的摇一下：

"你会写账么？"

我低着头从腋下看见一双放光的马靴，鞋头是尖形，好像蛤蟆嘴，我回身看他的脸，使我吃了一惊，这个人我不认识，他的军服没有扣纽，随便的散开，肩章很新，嘴角叼着烟卷，他的眼睛圆圆的，炯炯的放光，鼻梁高高的好像山峰，两只耳朵肥大，好像杨树叶，没有戴帽子。

我不知怎样回答他好，有点儿发呆了。

账桌先生对他很客气的点点头：

"营长请坐！"

他把椅子拖到柜台跟前，拍拍椅的尘土——两手伏在膝上轻轻的坐下，生气似的用力的喘口粗气：

"呼——"

他仔仔细细的打量我一下，拍拍桌子，大声喊：

"嗳，你姓什么？"

把我吓了一跳，我以为是犯了什么罪过，目不转睛的忐忑的看着他那副表情没有一定的嘴脸，悄悄的说：

"姓杨。"

"姓杨？噢！你读过书么？"

账桌先生代我答他：

"他现在没有事情做，闲着。"

接着又补充说，

"营长给费心找个差事吧！"

他领会的，深深的点点头，用力的向半空吐口灰烟，愤怒的咒骂起来：

"说冷就冷起来了，没有炉子，怎么办呢？你们掌柜答应借我一个，又说店里不够用，这么快就变了卦，纯粹是个滑头。"

我想这个人的性格一定是非常野蛮，过了三天，账桌先生告诉我："张营长要带你去，先在他公馆，以后你好好伺候他，这个人不错呀，字写的不错，有学问。"

就是这样，我住在张营长公馆。

营长说话总是大声，对谁都一样。

"安炉子——你会不会？没有什么……"

我要去搬炉子，他急忙阻止我：

"先把炉筒安置好，然后搬炉子，我看你——"

他脱去披在身上的皮大氅搓搓手：

"来，你把炉筒都搬过来，试一试。"

我把一截炉筒头踏偏了，他对炉筒瞪瞪眼，又瞪瞪我：

"看，还没有动手你就踏坏筒子，你做什么慌慌张张，这用不着，睁开眼睛，闭着眼睛是不行的，把眼睛大一点睁开！说话大声点，不要畏首畏尾的，人和老鼠不一样，把那截干净的筒子拿过来……"

他是个碎嘴，唠唠叨叨，指古比今，喋喋不休的讲话。

筒子安好，我去搬炉子，他很灵敏，孩子们围在跟前，他厌恶的大声喊：

"你们都滚开！这里没有好吃的，去……"

很快的，炉子安置在屋中央，正正当当，炉门对着门。

他忽然想起一件事，跳起来：

"啊呀！窗上没有铁片，不成。"

他掏钱给我：

"你去。"

又把钱拿回去：

"我去吧！你赶紧劈柴，都准备好，我回来就生。"

他披上大氅急急忙忙的跑了。

到晚上，他伏在灯下给谁写信，孩子们围着炉子玩耍，他回头看看我：

"喂，你没有事么？那么——"

他转脸对夫人说：

"找两本书给他！"

她这时正坐在床边纺织毛线手套，细长的铜针耀眼的放着光，已经织完一只，怕孩子拿，高高的挂在墙上。

她指指床底下：

"在这下面的箱子里，你自己挑吧！"我欢欢喜喜的搬出沉重的木箱子，用锤头启开钉着的箱盖，孩子们都围上来要拿，母亲把他们驱散。

我选出三本：《人生鉴》、歌德的《浮士德》、亨利·詹姆斯的《戴西米勒尔》。

营长叫我拿过去。

"我看看，是什么？"

看看书皮，翻一翻，轻轻的放在桌角上。

"这都是翻译的，你能看明白么？"

我说能够。

这是我一生永远忘不了的可纪念的时间。

温暖的室内，电灯光明的照耀着各处，炉中的火旺盛的燃烧着，炉盖上的铁壶快活的哑哑的发着微妙的音响。屋外是静寂的，街上没有行人，也没有车辆，因为这是一条寂静的街道，干净，整齐，电线杆直直的立在门口，有风的时候，电线杆哑哑呜呜的吹着笛，院角上槐树的枯枝哗哗的唱着歌，这时，笛和歌都休息了。我坐在炉跟前的小板凳上，手里是书，脑里是奔流不息的流动的思想，这可以说是无限的愉快，顶高的幸福。

早晨，事情多一点儿，第一件是生炉子，干柴都劈成碎块堆在屋外的房檐底下，水开了，先给营长来杯白开水，他用凉水洗脸，上身脱得光光的，用凉水擦着皮肤，擦红了才停手。

他很早的就爬起，坐在炉边读书，孩子们在他读书的时节无论如何也不敢放肆，他时常提醒他们。

"我看书，谁要吵闹，我就把他的脑袋打碎。"

他咬着牙，握着拳头在半空挥来挥去，要和谁拼命斗争似的。

有一回，五岁的小家在他读书的时节嚷起来了：

"妈呀！我的纸牌儿丢啦！小英拿去的，一定是……"这孩子爬到床上，扯他妹妹的头发："拿来！拿来！"

小英痛了，哭起来，打他。

营长把书用力的啪一声摔在桌上，跳起来，一掌把小家打倒，像小鸡似的把小家提到半空打他的屁股：

"我说过多少回？啊？我看书，不准吵闹，你这个小兔崽子，你……我打死你……"

把小家推到外面，关了门。

"冻死这个小兔崽子！"大家无论怎样哭喊，夫人理也不理，她咒骂着：

"该打，该打，再敢不敢……"

很显然的，这一对夫妻对孩子的教育很严，在处理家庭的事务上，夫人比营长的权利大一些，她主张在炉上做菜因为气味太大，所以做菜就在外屋的炭炉上，营长的意图和她不同，可是并不反对她。无事的时候，营长考问我："人生鉴怎么样，你说说，人生是怎么回事？"

我说：关于这问题书上没有写。

"那是对的，我告诉你，谁也不知道人生是怎么回事，他们说也是胡说。"

他这种论调我不大欢喜，他觉着读了几本书，以为很深博，其实，这不算啥事，书不是铁做的，无论谁都拿得动，只要肯用功，智慧的门谁都能挤进去，现在人类的智慧不算多，还缺乏得很，而且都是浅薄的，十有九都是不正确的。我相信，我自己将来一定能够成一个有智慧者，虽然，我还不知道"人生鉴"里说的是些怎么话。

营长的脾气没有一定，快活的时候对我很好，有时就相反，似乎是，在他身上有些我看不见，我不能理解的东西——这些东西是恶劣的——很有力的在无形中压迫着他，逼他在苦闷氛围里喘气，他想从黑暗境地里为他自己和为别人开辟一条光明的大路，可是能力有点儿欠缺，因之，他用不务实际的幻想的高帽扣在自己头上，这样算是安慰他自己，他的空谈就是证明他这种性格的证据。

"如果我说了算，我第一个命令是把好书籍，成山成海的多印刷出来，分配给所有的人。饥饿呀，灾荒呀，这不算痛苦，人类的最大的羞耻乃是愚蠢，我这么说，你可懂得？你得多思索一些……"

下雪天，屋子里分外有兴趣。

营长坐在炉子旁边，悠然的吸着纸烟，指古比今乱讲一阵，觉着自己是个有智慧者。

夫人有时和他辩论起来：

"桌子的颜色就是桌子颜色！"

营长大声嗥起来：

"滚你的吧！你不懂得什么桌子颜色……如果墙不是白的，这桌子的颜色显不出来的，你看！"

他跳起来把电灯扭灭了，在黑暗里笑着问：

"现在，嗳！你能看见桌子的颜色么？"

灯亮之后，夫妻像吵架似的大声争论。

孩子们也模仿父母的样手指脚画的闹起来。

"桌子，桌子，黑的。"

"看不见哪，看不见哪！"

"唉哟！唉哟！"

有一天，我把碗碟洗完，坐下想好好的读一点儿书。

营长从外面进来，身后随着一个中年妇人，夹着行李卷。

"老妈子来了。"

他对夫人说：

接着拍拍我的头。

"以后用不着你了，我太可惜！"

我难受的垂下头，这个差事我很愿意干，谁想到要辞退我，我有什么不好？我做错了什么事？

但是营长很满意的笑，推推我的肩膀：

"你——我要造就你，明天送你进中学，已经办妥，你去收拾收拾，在学校寄宿。"

这真是出了奇事！我不相信我的耳朵，这不是做梦呀？

第二天我就住在学校的寄宿舍里，这都是真事，我一点儿不撒谎。

以后——啊！以后我的境况又变糟了！

唉！

（一九三七年十一月于河北）

马

夜，和往常一样，又战胜了光明的白昼，骄傲的占领了世界。

纸窗，透出无力的淡黄色的光，高出房脊，在夜的空中，轻轻的在凉风里摇摇摆摆，总是不停，发出疲乏的喘气，又如密秘的在小声私语的是古老的槐树的巨影。

接近到跟前看，纸窗的下半截映出像人的头的黑影，静静不动的往前倾斜，有时稍微的动一下。

这是贫苦的老画家张先生的屋子，他的年纪早就过了七十，满头的白发，满脸的白胡须，在那瘦削的，细长的，没有一点儿血色的脸上，总是勉强的含着快乐，实际上则是无限的愁苦的感情，他那一双迟钝的，已经失去了炯炯放光的眼睛，决不表现出幸福的模样来，他的生活是难以尽说的痛苦啊！

这时候，他正孜孜不休，细细的画那几匹马，这是县城里最有名的富翁，一个胖胖的，挺着大肚皮，满脸红光，说话有点儿口吃的家伙，他因为爱马，于是就叫他画马，张先生那些日子是因为手头太窄，几乎连几升小米都弄不来，他忍不下去再听老妻成天到晚总是长吁短叹的声音，没有办法，不十分用心的抹了一张，而这张画，竟很得到许许多多的人的赞赏，没有一个人不说画的好。接着，那个胖财主又叫他画，愿意多多的给钱，可是他抱定了主意，不干！张先生之所以受穷，主要的原因大概就是因为骨头太硬，他一生，总是不大欢喜对别人弯腰。

那个胖财主打发人来了好几回和他诚恳的商量。

他呢，淡淡的摇摇头。

"我画不好！"

人家说：

"你老人家太客气了！上回画的那张马，没有一个人不说好。"

这是实在话，就连这县城里那几个比较出名的画家也都嫉妒的点点头。

来人和他商量了好几回，老妻在背后甚至于流着眼泪求他，没有办法他答应了。

这样，在他巧妙的笔下，一群，沉默的低着头吃草的，欢乐的抬起脑袋对着广大的天空高啸的，躺在温柔的像绒毡的草原上懒懒的打滚的，互相的用强力的牙齿啃痒的，有的则狂欢的高跳，有的淘气的打闹，还有一匹骨头露出，垂头丧气的老马，立在干枯的树底下打盹，有的心满意足的在清澄的泉边饮水！这幅艰巨的骏图是构出来了，此刻还有一匹马没有涂颜色。

蜡烛流着伤心的泪水，和张先生的情绪一样。

忽然，他把笔放下了，深深的喘口粗气，拍拍他自己的腰，又酸，又麻，眼睛也朦胧了。把头放在两只手掌里，休息着。

可是，身体在休息，脑筋是不能休息的，那过去的生活的影子，像走马灯一样迅速的出现了又消灭，消灭了又出现。

三十年以前，明煌煌的金的肩章在肩头上闪烁，行走坐卧，周围总有一些奋勇的人保护他，因为不肯弯腰，上进是不能了，后来是失败了，从这以后就领着老婆孩子各处过颠沛流离，艰难坎坷的生活，没有储蓄，没有别的本领，只好弄几支笔，干起他年轻时代最欢喜的工作，画画换钱吃饭。

一想起过去的志气和决心，肺脏几乎碎裂了似的使他心痛，再一想，为吃口饭，给那些养尊处优的东西画画开心，这样爆发的愤怒的火，怎么能够压住呢？他咬着嘴唇抬起头来，拍一下桌子，抓起将要完成的图画，用力的撕个粉碎，痛苦的扔在桌底下踹一脚！他这一踹战战兢兢的蜡烛也随着跌倒了。

黑暗了，真正的黑暗。

窗上槐树的影消失了，眼所能见的，笔，颜料，什么都消失了。在这黑漆漆，什么也看不见的屋子里，恍惚像有小声极力压制着怕别人听见，在炸裂的胸中哭泣的声音……

（一九四〇年冬于河北）

粉红色的袜子

大早晨，老头子生了一肚子气。

他端着饭碗，什么话也不说，也不想说，默默的，咕噜咕噜的喝稀粥。

切成了一条一条的咸萝卜头，放在桌子中央，他也一筷子不动，好像没有看见似的，他皱着眉毛，嘴唇向上撅着，胡须上挂了许多饭粒。

他很快喝了两碗粥，也不知究竟吃饱没有，连他自己也不知道，把筷子向桌上一扔，举起破碎的袖头，在胡须上抹一抹，很费力的穿了鞋——其实，那并算不得鞋，只是一堆破布片，绑着草绳，套在脚上，比不套好一些罢了。

他打开腰上捆着的麻绳，理理短棉袄，重新绑紧一些，摸摸头上的毡帽，拿了放在门后的扁担，不耐烦的关了房门。

他觉得身后，他的没有牙齿的老妻和死了丈夫的儿媳，以及不知他有多么痛苦的孙女儿们惊奇的可怜的望着他，但是，他觉得这些东西都是可恨的，是些喝他的血，啃他的骨头的野兽！

然而，他却舍不得把这些恶魔一个个活活的打死！

他照常，蹀躞着走路，一直走到院角，放下扁担，开始把一捆一捆的秫秸堆成两垛，挑往市上去，他是七十多岁的人了，体格早就衰弱下来了，这一担秫秸压在他肩上，是十分艰重的。走到市上，总得半点多钟，这么近的道路，在他走来，就如走几十里路样。他不能一气走到，必须休息几次，而每次的休息过后，并不能使他增多气力，却更加叫他难受。他的鞋又不跟脚，走起路来一点不方便，而天气是冷的，西北风像刀子一般，直刺他的鼻子和两耳，路上有许多往集上奔赶的车辆和行人，他时时听见身后有人埋怨的对他喊：

"嗳，快走！往旁边靠靠！"

他千辛万苦，好容易挪动到市上，这算到达了目的地。

他把秫秸放在许多卖柴的一起，可是那些卖柴的，全是车载着，或者是牲口驮着，数量要比他多许多倍，他的柴是从他们手里买来贩卖的。

买一车柴至少得三元钱，他买了一车放在家里，每天这样挑一些到市上，卖给那些买不起成车的穷人，一担只能赚二三分钱，走运的时候可以赚五分乃至六分，忙一天挑出几担柴，至多不过赚两毛钱，而这些钱，要打房租，要买吃的，要买穿的，要养活一群除了瞪着眼睛张嘴吃饭之外什么也不能干的人。

如果把柴搬到市上马上会有人来买，当然好得很，事实上不这么容易，他袖着两手吸着冷风，在人声不断的嘈杂声中不定要等多少时候。

他把柴安置好了，吃苦的喘着气，胡须上结着冰碴，他不停的踏着两只冻痛的脚，看着来来往往的人们，平时，他的两只老眼总放着希望的光，在人群中搜寻可亲的买主，然而，此刻已是不同往日了。

他眼睛的光不是希望，而是痛苦，他的痛苦不是无缘无故的，他死去的儿子，一个很能吃苦的瓦工，抛下了一个麻脸老婆和两个姑娘，因为没有人愿意娶她，而她娘家太穷，所以还住在他门下，吃他血汗赚来的饭。

如果，老老实实的吃着也好，她们吃饱之后却惹他生气，一早，老头子刚一起来，老妻就告诉他：

"哼！我忘说了，昨晚老李家打发儿子来要房租了。"

他的腰痛，但他一听说要房租，也忘记了腰痛，他左想右想，觉得事情不对。

"怎么，房租你没有给他么？"

老婆子眯着眼睛告诉他：

"不够啊！"

他的年纪虽然老了，可是记性还没有十分老，他记得很清楚，房租钱，早就开始积攒，攒了一个月，已经凑够了一元五，全交给了老婆子，而现在，她怎么说不够？

他心里一动，想：

莫非说，这些野母鸡给花掉了么？

他疑惑不安的审问老婆子：

"谁说不够？"

老婆子张着没有牙齿的嘴仰脸望他：

"我不对你撒谎呀！"

这使他生气了！明明是不诚实，却说不是撒谎。

他愤愤的嚼嚼胡子：

"我不是死了！"

老婆子吓了一跳，急忙挤挤眼：

"你看这老头子，他越老越糊涂！"

儿媳在外屋地烧火，扑哧的笑了一声。

老头子的满脸皱纹增多了，好像大洋上起了浪涛一样。

"你好好想想，够不够？我……我不是……"

气的胡子直抖，牙齿咯咯的发响。

老婆子不理他，把脸转向墙壁，梳着几根头发。

他愁苦的想了半天，越想，越不高兴，他明明记得房钱是积够了的。

他在地下跺跺脚：

"你怎么说不够？怪事！你是怎么把钱花的？"

老婆子冷冷落落的回过脑袋：

"你自己糊涂了，怨人家……。"

他看见孙女，从里屋扭扭捏捏的出来了，这是个十六岁有一副粉白的脸蛋，两只水汪汪的小眼睛，很活泼的咧嘴笑着的姑娘，她不住的低头去看她的袜子，原来她的袜子是新的，水红色的，高腰，非常好看。

老头子一看这，胡子抖了一下，瞥了老婆子的肩头一眼，吐口唾沫。

"老东西，你怎样把我的钱花掉的？啊？"

老婆子苦恼的垂了头，什么也不说。

"我不是死人！等我死了，你再撒谎。"

他猜想，这钱所以缺少了，一定是给孙子买了"洋袜子"。

赚几个血汗的钱，多么艰难？洋袜子这种东西，是有钱人穿的，我们这种人家能穿得起么？不讨饭吃，没有饿死这是侥幸又侥幸了，这几个野母鸡，她们坐在家里，不知道我挑一担秫秸，费多大气力……

有一个拐着篮子的妇人来把他的沉思打断了。

他赶紧过去招呼妇人：

"买秫秸么？"

这妇人的头发梳得光光的，篮子里有几棵大葱，她举起又肥又宽的大脚踢踢秫秸，问道：

"要多少钱？"

"两毛三！"

"多少捆？"

"二十！"

"嗳哟！"妇人咧着嘴唇说，"可了不得，这么贵！"

老头子和和气气的说明他的柴的捆大，并且打开，抱起一捆来给妇人看。

"这样吧！"妇人和他商量："两毛，卖就卖，不卖拉倒！"

老头子摇摇头，不满的看着妇人破鞋前尖，暂时忘记了他满腹的痛恨。

那一个，看了一看，默默的走了。

等到过午，一担柴还没有卖，老头子有点后悔，为什么两毛不卖呢？

下午，市上人多了。

有一个前脑顶秃秃的老婆子，领着一个梳两辫，提着一个纸包的小姑娘过来问他价钱。

争论的结果，两毛卖了。

他挑着担子，随在老婆子和姑娘身后，走一点多钟，他休息了七次，累得上气不接下气，好歹送到了。

肩上是扁担和绳子，手里是钱，他转着念头：

这两个钱，她们会花掉的，我不如……就这样……我不糊涂下去了！

但是，他过意不去，老妻，儿媳，孙女，这几口人，像待哺的鸟雀样，在窝里等着他，他如果不买了米回去，她们就得挨饿。

然而，他终于征服了弱者不容易征服的良心，一点钟以后，他坐在小饭馆的屋角。

左手捏着小酒壶，右手往嘴里扔咸花生仁。

老头子喝了两壶白干，有点醉醺醺的。

从儿子死后，这两年多，他没有尝过一滴酒的滋味，现在，他不但尝到，而且喝醉了。

他颠颠倒倒的踱出小饭馆，跑堂的跑出来追上他：

"老头！你把扁担和绳子忘了！"

他稀里糊涂接过扁担和绳子，跄跄踉踉的走着路。

有一个卖切糕老哥推着独轮车，极力躲避他，差一点把他撞倒。

他坐在卖土豆的乡下老哥旁边休息，两眼红红的，两手疲乏的挂着扁担。

西北风卷着尘土，刮了他满脸泥，这他是不在乎的，他一生都是在尘土飞扬中间过活的，正如鱼在水里一样。

他立起来时，两腿酸痛无力，极力支持着，把扁担当拐杖挂，头脑沉重，两眼昏花，房屋和墙斜立着，天与地在旋转，行人在他前后左右不停的奔走，他盼望早些到家好好休息，此刻所有苦恼的事全盘忘掉了，他只有一个希望，就是家和休息。

路，无形中变远了。

他摇摇摆摆的迈步，就如风中的老树一般，如果没有扁担帮忙，恐怕早跌倒了！

有一个赶车的小伙子，举着鞭子在他身后大声叫：

"借光，借光，嗳！"

但是，他的耳朵不中用了，蹒跚的前进，悠悠忽忽，宛如在黑甜的梦中。

赶车的走到他身后，把车停了，推推他：

"借光，嗳！走！走！碰着，看！"

他生气的咒骂起来：

"什么？把我的钱花了？我……我们这样人家，能穿起洋袜子么？老东西！浑蛋！我给你一扁担！"

赶车的知道这老头子喝醉了，不惹他，把车赶出轨道，往右面躲避着，绕着走过去。

一步一步，像刚学会迈步的孩子似的，走到了家。

他扶着街门，歇一下，咳嗽着，轻轻的进了屋子。

他的孙女儿，从外面进来了，她夹着一个纸包，笑嘻嘻的追上了爷爷：

"嗳呀！爷爷，你怎么啦？"

他一见水红色的袜子，不由大怒，举起扁担就要打！

幸亏孙女躲得快，他失望的放下扁担，怒气冲天的咒骂。

他决不知道，这个孙女儿，才是这一家人的生活维持者，如果靠他老头子赚几分钱，早都饿瘪肚子了！

（一九三八年十二月二十六日于黑山）

诗人的末路

春天的风，好像从仙女的嘴里喷出来的香气，说不出的温柔，说不出的甜蜜。

在这样美妙的风里的蝴蝶诗人，懒洋洋的闪动着笑丽的翅膀，在颜色高艳的花园里快活的飞来飞去。

蝴蝶诗人的名声很大，花园里所有的花都知道他，连小草，大树，草丛中蚂蚁大学的学生，大树的紧密的枝叶里的小鸟教授们，差不多就可以说没有不知道蝴蝶是一个鼎鼎大名的诗人的。

诗人的蝴蝶先生在芬芳的花园里一面快活的飞着散心，一面在装满了学问的肚子里打着抒情的诗稿，打好了便掏出小手账写在纸页上，好好的保存着预备将来出诗集。

温和的风没有骄傲的阶级的眼光，无论什么地方，高尚的山，伟大的树林，自由的河川，劳动的大海，凡是他能去的地方全去。

但是在百花盛开的花园里，甜蜜的风特别的高兴，他把鲜花的醉人的芳香吹散了，分送到各处。

花园里，牡丹花的旗袍的颜色最美，最新鲜，别的花也都穿着五光十色，辉煌灿烂的衣衫，她们最欢迎蝴蝶诗人到花园里来，在她们的队里寻找诗歌的资料，有些花看见高贵的蝴蝶诗人情不自禁的喊道：

"生物界的智慧！"

"他是宇宙间的大天才！"

"文化的结晶，时代的宠儿……"

听见这些赞美歌的蝴蝶诗人，当然是非常快活的啰！

蝴蝶诗人很快活的落在一位夜来香小姐肩膀上，和她谈起天来：

"夜来香小姐，少见少见，你好么？"

"谢谢诗人先生，我很好，不知近来作了一些什么诗呢？"

"并没有什么诗，只是各处闲荡而已……"

"别客气！"夜来香小姐用特别动人的嗓门说，"你一定是作了不少美妙动人的诗。"

蝴蝶诗人踌躇的想了一下：

"我只做了一首。"

"是什么诗呢？可不可以对我讲一讲？"

"那是一首歌颂我无时无刻不在想念的意中人的诗。"

"啊！那一定是一首美妙动人的诗——但是，请问，你的意中人是谁？"

"我讲出来你不要生气么？"

"我为什么要生气呢？"

"那么，好，让我直率的说吧，我的意中人就是你！"

夜来香小姐害羞的弯一弯腰，天真的笑了一下，拿出一个新鲜的绿草像小手巾似的遮住可爱的面孔，这么一来，更美，更动人了，我们的蝴蝶诗人快活的像个敏捷的风车似的，得意的扇动着翅膀，高兴的翻扬着雪白的肚皮，幸福的眼里放着格外幸福的光。

这时候，有两个从人类中生出来的活泼的小朋友到花园来游戏，他们看见了美好的蝴蝶，马上脱掉上身的衣服，年纪较大的一个手灵眼快，他举起衣服一打就把蝴蝶打昏了！

"捕着了么？"

"是的，快来看呐，多么好的蝴蝶！"

两个小朋友乐不自禁的欢呼着，蹦着，跳着，唱着歌，兴高采烈的把蝴蝶拿回家去，用针刺穿了蝴蝶的脖子扎在墙上当玩物。

从这以后，夜来香小姐时常偷偷的流眼泪，夜里流的明亮的泪水，第二天还挂在柔嫩的腮边上。

别的花和小草，草丛中的蚂蚁大学生，大树和树里的小鸟教授们听说蝴蝶诗人的遭遇，都叹息着说，蝴蝶诗人的死太可惜了！

然而那温和的风却什么也不说，他照旧的，把花的香带到各处，到高尚的山，伟大的树林，自由的河川，劳动的大海……凡是他所能到的地方去。

蝴蝶诗人呢，他在墙上一声也不响。

萝 卜

那年，我十二岁，我们住在乡下。

父亲，因为赚不上吃的，坐上一叶孤独的帆船，到相隔五百余里的省城寻找做官的舅父求帮去了。

母亲，很悲苦，她是个多愁善感，受不住恶劣环境压迫的女性，成天皱着眉头，一点精神提不起来。

我们的粮食是这样的。

把小米和糠混在一起，淘也不淘，原样不动的扔在锅里，添上两瓢水，烧开就成了饭，我们便吃这个。

其实，这也是缺乏的，一天只能吃一顿。

放学之后，我把书包随便一扔，拿了扁担就喊妹妹：

"走啊？"

她无精打采的答应一声，在院角的柴草堆里拿过麻袋，夹在腋下，随在我身后，蹒跚的走出街门。

正是秋收季节，农人很忙，豆子苞米，全割倒了，田野是广大的，一望无垠，远处的海是深蓝色的，碧空的逝去生气勃勃的飞跑，我们走在路上，聚精会神的看着，如果有如意的田地，便放下工具，顺着田垄活泼的干起来。

我们所要拾取的，是掉落的苞米穗和枯黄的叶和秆，田垄上遗漏的豆，垄边遗弃的谷之类。在我们饥饿的眼里，全是难得的珍贵东西，视之如宝物一般。

搜寻，本来是件有趣的工作，我和妹妹虽然饿着肚子，但是，并不觉得十分苦，因为苦的生活天长日久成了习惯，而且我们往往能在地头上吃一顿可口的饱饭，这也是使我们兴奋的一种稍带点冒险性的希望。

我捡了许多谷穗，这种工作，我比妹妹能干，因为她的年龄小的缘故，然而有时她的成绩优于我。

这天，很暖和，我们顺着田垄，曲着身子前进，眼睛往各处搜察，两腿迅速的移动着，好像寻找食物的老鼠一样，接续干了半点钟，妹妹有点疲乏的样子，我望望她：

"你乏么？"她难受的支起身体，理理头发，看着我笑：

"不怎么乏。"

我们放下拾得的珍品，坐在田垄上休息。

她把拾得的豆拿给我看：

"哥，你看，这一把豆多大呀！"

我裂嘴笑笑，赞美的点点头。

我忽然发现了一片绿葱葱的田地，在不远的地方。

老实说，这和发现了金银是一样的高兴！

我嘱咐妹妹：

"你在这等等，我去一趟。"

我大大方方的走去，留神的向四外望着，很快的到了。

嘿！好肥大的萝卜！真馋人。

我望望四面无人，急忙卧倒，选了两个粗大些的，两手用力一摇，再往上一拔，拿着就跑。

把萝卜在尖石上一砍就两断了，给妹妹一截。

"吃吧！"

她啃了两口快乐得手舞足蹈。

"哎呀，哥，这萝卜真甜！"

我没有工夫说话，因为牙齿和喉咙太忙。

我在心里把计划决定了。

一个人吃一个大萝卜足能吃饱，我们把肚子吃鼓起来，心满意足，觉得这个世界很美丽。拾够的叶和秆整整齐齐的绑起来，谷穗之类装在麻袋里。

这些事准备好了，我嘱咐妹妹几句话，告诉她怎样注意四面有没有前来的人，并且教给她警告我的暗号。

我开始向前跃进。

一次拔四个，一共拔三次，得了十二个大萝卜。

像打了胜仗的战士一般，我得意的挑着重担往回走，妹妹和来时一样，随在我身后，就如一块泥土沾在我鞋底上。走到半路，妹妹从身后推我腰一下，悄悄的告诉我：

"哥，糟了，你看前面那是谁？"

我惊骇的抬起眼睛一看，呀！糟了！原来是阎王爷！他是秋收时节，农民雇用的监视田地的人，他有一脸横肉，满脸麻粒，而心地狠毒的家伙，我谁也不怕，就怕碰见他，冤家路窄，正好碰个对头！

但是，我极力的装做泰然无事，正正经经的走路。

然而，越离他近，我的心越跳得厉害，几乎因恐惧而破裂了！

他立定了脚步端详我的麻袋，这更使我叫苦，我希望这时从半空刮来一阵狂风，把他的眼睛刮瞎了。

他举起前端镶着铁箍的粗棍子问道：

"喂，你那麻袋里是什么？"

我两腿不由自主的停住了。

"没……没有什么，是拾来的苞米穗……"

他向前迈了两步，仔细的考究着麻袋。

"放下我看看！"

我愁苦的放下担子，这时，我想抓起石头摔碎他的脑袋。

"打开麻袋！"

我不得不打开，手有点抖，妹妹在旁边惊慌的抖动着变成了灰白色的嘴唇。

他往麻袋里看看，上面是苞米头和谷穗，还有许多零碎豆枝。

他把棍子伸进麻袋里，搅动一下，又伸手摸摸，提出一个大萝卜，瞪瞪眼睛，把牙齿那么一咧：

"这是什么？"

我想了半天，想不出一句适当的答话，吞吞吐吐说出这么一句。

"是人家给的……"

"谁给的？"

这我可穷词了。

他追问着：

"是谁给的，快说！"

妹妹插嘴答他：

"是刘大叔给的……"

他把眼珠一翻。

"哪个刘大叔？"

妹妹很灵俐的说：

"我们东屋家刘大叔。"

他把棍子往地下一捣，生气的咧咧嘴唇。

"撒谎，他没有种萝卜，你们在哪里拔的？快说实话！如果撒谎，我就打！"

我看着地下。

他把麻袋倒过来，萝卜全滚出来了。

"哦！这么些！我数数……"他蹲下身子，查着数目。

"一个，两个，三个，四个，五个……"

他数完站起来，把棍子前尖指着我的鼻子。

"你胆子真不小，拔了这么些，如果是一个半个，可以饶你，这么些个，人家丢失了会不说话么？叫我怎么交代？我恨不得能打死你！"

他举起棍子威吓我。

她胆子太小。

妹妹哭了。

我直挺挺的等着他的棍子。

但是他把棍子放下了。

"快把萝卜装起来！"他这样下命令。

妹妹止了眼泪，用衣袖抹抹眼睛，帮我装萝卜。

他让我在头前挑着担子走，他在后面监视着。

我很忧愁，因为他要麻烦母亲了。

刚一进胡同，我看见母亲立在门口，小弟弟在她身旁，扯着她的衣襟。

麻子生气的对母亲说：

"你们做这种事可不成啊！"

母亲莫名其妙，和蔼的问他：

"什么事呀，大叔，你请屋里坐吧。"

他摇摇脑颅，好像没有听见母亲的话。

"拔了这么些萝卜，这我不能不管。"

我把担子挑进院子里放下。

"一共十二个萝卜，按规章算，应该罚二十四元！"

"唉呀！大叔，你看，别说二十四元，就是二十四个铜板，我们现在也拿不出呀！大叔，你可怜可怜我们，就算送了礼吧！"

"这不是我自己的，你们也知道，一个半个倒可以，一拔便拔了这么些，无论怎么说，这决不成！"

我立在他身旁，咬着下唇。

妹妹的鼻子两边，还挂着泪珠，她的嘴唇还是灰白的。

母亲的眉目之间表现着难言的创痛，生存的艰难的苦味把她的身体弄得很衰弱，连小弟弟也尝到这人间的悲酸了。

她焦急的张着嘴，不知说什么好。

麻子想了一想，坚决的说：

"等他父亲回来再说！"

他揝着神圣的棍子，清扫着喉咙，神气十足的走了。

母亲想说什么，可是说不出来。

我拿出斧头，砍了几个萝卜，拿一块递给母亲，她吃了两口，笑了。

"哟！真甜！"

小弟弟自己拿起一块吃。

妹妹也拿去一块，她一面吃一面喘着气，还没压下惊慌，我们吃着萝卜，忘记了侮辱和悲酸。

（一九三八年十二月十九日）

愉快的工作

他不满的吼起来，瞪着眼珠：

"噢！又坐下了么？这么干？哪一天能干完？快动手吧！师傅们……"

他并不是一个真正的木匠，木匠手艺他是在半路学会的，他所会的不过是些皮毛，像修改门窗，打个简单的箱柜他都不会。

但是他聪明，狡猾，会买好东家，熟识人多，无论到什么地方总耍得开，有一张会说谎的嘴，说得非常圆满周到，你即使明知道他是瞪着眼睛撒谎，但是你结果还是相信了他。他把工作包到手里，雇人给他干，他能赚许多钱，用不着动手拿斧凿，他连分配材料都不会，他有一个办法，这办法是支使别人：

"喂，杨师傅，你给材料分配开吧，用不着的全放在一边。"

这个人的眼睛很灵俐，脑筋也敏捷，他的鼻子高高的，有一张突出的像鼓似的肚皮，这是能吃能喝的而不做工的证据。他的手掌肥大，脑壳是大的。这次，他把澡堂掌柜为他病重的父亲预备的棺材包下了，因为急于快完成，他雇了七个木匠，父亲和我是其中之二。

他起初不大欢喜我，是看我年纪小点儿的缘故，看看我手里拿的锯，不相信的问父亲：

"他能赶得上么！"

父亲大声的对他讲话：

"让他干一干你看，如果不行，那么叫他回去！"

这么说的时节，父亲是含着怒意的，并且有轻视他眼光不中用的意思，他马上改变了口气：

"我怕他，这个，这个力气不够！"

他所说的，显然的，全是外行话。

分配材料的时候，父亲自动的上前，摇着铁尺，议论各种材料的用途和价值，他把这工作交给父亲，其实这正合父亲的心愿，把简单的工作分配给我，而别的伙友并不见怪，决不嫉妒，劳动全是一样的，他们决不会呼声，大家都同情了解，没有一丝一毫排斥我的含意。从前，当他们还没有学满徒的时节，也和我一样的充过数。

未动手之前，我有点儿发愁，怕现出太幼稚的劣迹，材料一分到，刚一开始，我的愁云马上散开，变成快乐的感情了。

在我身边画墨线的李师傅，他和父亲没有交情，也不认识我，可是他欢喜帮助我，悄悄的指导我的错处，他的面孔是紫红的，肩膀宽宽，有一对滑稽家的圆圆的眼睛，耳朵上横着粗铅笔，他割锯的时节，大家看着都哧哧的笑。

他是割五下，停一停，喘喘气，再割，还一面哼哼呀呀的埋怨木头，咒骂他的锯：

"这木料，太——太硬！我这锯，太——太钝！"

他这种脱懒的，巧妙的办法，可以说是聪明绝顶了，那个外行在跟前监督，他也不变更他的诙谐的干法，而且显着非常用力和热心。

另一位出众的家伙姓赵，他把帽头扣在脑角上，衣衫抛开，欢喜在工作的时候唱歌，动不动就大声叫起来：

"嗳！谁拿去了我的铅笔？"

他的铅笔其实放在板凳头，上面盖着刨花，他看不见，就各处寻找，在各人身后绕一圈，这么样的舒散他的心。和他同来的伙伴是个个子不高，眼睛圆，歪下巴的中年人，他愿意和这个小个子开玩笑，走到他身后的时候，大声威吓的在他耳后吼：

"是不是你，拿去了我的铅笔？"

并且在小个子背上像出气似的拍一下。

小个子的忍耐性很大，他轻轻的挺直了弯曲的腰，懒懒的滑稽的瞥他一眼，油腔滑调的责备他：

"啊呀嘿！我的宝贝儿，你这是怎么的？无缘无故的打哥也不心痛么？嘿！没有羞，手脚痒痒这也不是时候……"

"呸！"小个子好像真的感到厌恶似的吐口唾沫。

他们这么一来，无形中把工作耽误了！应该半点钟干完的一件事，延长到三点钟，甚至还多一点儿，最热心的，一心一意的把精神集中在工作上，无论大家怎么开有趣的玩笑，却始终不发一言的是王师傅，这个人，胡子黑黑的，短小，黑色的面孔，动作很敏捷，走路轻轻的，好像怕惊动了谁，但是他虽然很热心的工作，却并不走着和大家相反的路子，这很显然，他举起来的斧头是慢慢的，好像怕碰坏了头上的空气，摇动凿子倒很用力气，可是这全是面部和四肢的表情，那内容是相反的，一点儿也不焦急也不用力气，他决不是傻子呀！

外行时时的出现，他一出现了，工作都表现着紧张和努力，他一走，又恢复了常态，就如平静的池里扔进一块石头，发出了声响和波纹，一转眼水面就平稳了！

有两回他出现的时候，大家正在休息，抽烟的抽烟，谈话的谈话，沉默的沉默，谁也不动。他看一看，这是没有法张嘴的，就是老牛这么大的力气，也不能毫不间断的工作，耕到地头也得稍微的停一停，只要那农夫不是混蛋的话。

可是他出现了几回，大家总是懒懒的休息，好像忘记了工作，都睡熟了似的。

他不满意了，板起冰冷的面孔，望着各个人的面孔，很为难的垂头想一下，尴尬的张开没有血色的嘴唇：

"干吧！"

他这声调虽是温柔的，意思却很强硬。

李师傅第一个立起来，他拿锯在手，先发两声埋怨：

"这木头——真硬！"

工作不慌不忙的进行，外行走到我旁边看我。

我也受了别人的传染，他们那种泰然自若，满不在乎的性格像一种有刺激性的病似的传给了我，我深深的领会了他们的工作哲学。

不过，我是一个生手，自己的本领不够，他走后我才觉着舒服。

李师傅的老调接续着：

"这木头真硬，我——这锯，太……太钝！"

后来他割两下，就哼哼呀呀的喘起来了。

赵师傅把唱歌也当作是工作的一部分，他所唱的全是些"下流"小调：

自在呀！

自在呀！

多么——自——在啊……

他闭上一只眼"吊线"还哼哼呀呀的唱，谁都知道，做这事必须沉下心去，安静起来，他闭上的一只眼特别用力，要把眼珠子缩进去似的，嘴巴歪向一边，脸皮可笑的打皱，还咧着牙齿，这副模样，真能把人笑死，但是他自己并不笑。

程师傅的手艺是出名的，他上街去买胶，从我们的工作场走到街里本来用不上五分钟，他去了两点多钟才回来。

"没有好胶！没有一家没有去，全都没有，有的是下等货，糟透了，我好容易买这一点儿，够今天用的。"

他疲乏的喘着，像跑了几百里路，很沉重的把纸包扔在木板上。

外行把纸包打开，拿出一块对着阳光看看。

"这不挺好么？"

"是呀！这个不错，可是再多一点儿也没有了。"

他想了一下，补充着说：

"我有一些。"

外行急忙请求他：

"那么你明天带来吧！是多少，秤一秤，先给钱也可以。"

他慷慨的答应了：

"成，明天带来，用不着先给钱。"

他急急忙忙把胶包在破布里用斧头敲碎，这费了好多工夫，接着他去弄水，他说化胶用井水是不成的，干净水也不成，他有一个秘方，这是他的师傅传授给他的。

大家很惊奇，从来没有听见这个学说。

他去了半天才回来，大家都过去看那桶里的水，谁也没有看出他弄的是什么水，外行十分崇敬的看着他把松木片架好点着了火，轻轻的搅动着胶水，他坐在平地上，屁股底下铺着柔软的刨花，神气悠然的望着丝丝发响的烟火，外行走后，他望望外面，望望外行走去的方向，回头对大家伸伸舌头，拍一下脑壳，哧哧的笑起来，连胶盒都抖擞的笑起来了。

他这一笑，大家才恍然大悟，领会了他这一套学说，原来是滑头办法，他这种脱懒逍遥的天才真算可以。

午间，停止工作休息的时节，小个子打了酒来，连买一包咸花生仁。

"谁喝呀？请来！别客气……"

赵师傅躺在板子上，用两手当枕头，直直的伸着两腿，眼睛紧闭，好像死了似的。

外行为联络感情起见，买些花生来扔在地下请大家。

他这一套收买人的手腕并没有发生效力，工作开始还是照旧，李师傅还是那一套巧妙的老调子：

"嘿！这木头——真硬！……"

外行一出现，看见大家是坐着，他从头到脚的表示出不满意：

"人家着急呀！这不是别的，我们得赶紧的。"

把这话的寓意"翻译"出来是这样的：

"你们得赶紧干！如果不的话，我太不合账，你们把钱赚去了于我没有益处，所以……"只要不是小孩子，哪有不懂得他一套的呢？

低头砍着木头砰啪的响，碎木片崩碎堆在各处，刨花堆成山，在满地飞滚，在脚底下践踏。锯的叫声和凿子的动静适当的配合着，粗糙的木料经过一番推敲，变成了美好光滑的材料。刨完的材料像脱了皮，洗去了满身污秽，穿着精制的外衣，很光彩的靠墙直立着，等着给它再加一番合法的修饰，把它用到恰当的处所。

外行尽管出现，尽管不满，工作的进行还是照旧。因为他不是纯粹的木匠出身，他不是真正的行家，所以谁也不把他看在眼里。

天一黑，大家赶紧停工，把器具收拾起来装在箱里，检点着，加以整理，非常细心，因为这是混饭吃的武器，是不能轻看的，应该宝贵的。

外行嘱咐着说：

"明天得快点儿干！"

可是我们心里都有数，这不赶火车，用不着太焦急，明天为什么必须快点儿干呢？

大家穿好衣服欢欢喜喜的回家了。

（一九三七年七月十五日）

在姥姥家里

这是我幼年时代的故事。——

在生存竞争最猛烈的都会，我父亲，把他亏空太多的木铺关了门，紧接着就是许多凶恶的债主生生的把他逼走，好久好久没有回来，抛下我母亲和姐姐和我，没有法生活，就典当了最后所有的衣物，投奔姥姥家去，火车上的事我全记不清了……

换火车下来雇了一辆有蓬的旧车子，一匹清瘦的骡子拉着，车走起来车身左右很厉害的摇摆，车轮和道路上的石块辗成一种震耳的声音，赶车的是个中年人，胡须长长的，下巴显得非常短小，他的面孔像干瘪了的橘子皮，黄土色，又有些乌黑，我把他的面孔和母亲的面孔相比，那真是相差太远了，母亲的眉目是清秀的，她不擦粉，是尽够美了，摇动的车子使我叫苦。我坐在母亲背后，她身前搂着姐姐，这使我大抱不平，她应该把我抱在怀里，可是却把我抛在身后置之不管，她这么说：

"你是小子，有力气，用不着扶持。"

我自己觉着很有力气，不过车子太摇动，两旁撑持布蓬的木架距我太近，我的身子一偏，脑袋就碰痛了，起初我极力的忍耐着，过了几刻，支

2406

持身体的两臂疲乏，不愿意用力，这样一来，碰头的次数就加多了，有一下碰得非常响，我几乎哭起来，母亲回头看看，摸摸我碰痛的地方，禁不住的笑一笑：

"不要紧，没有碰坏，好好的坐……"

我欢喜到前面去，和车夫坐在并排，可以饱览远近的风景，我知道车前面摇动的程度轻，他们遮住了我的视线，我只能从后面，从很狭小的，还没有我手掌大两块小玻璃镜展望我所能看见的一线风景，道路两旁的山只能看见一小部分。

时时刻刻，我扯母亲的后衣襟，要求到前面去，可是她说前面危险，坐不住容易跌下去。

我埋怨着，嘟嘟念念的诉说自己的地位的痛苦，然而这都无用。

我只好忍耐了！

不满的忍耐乃是最大的痛苦，我默默的怨恨这车子构造的不完善，几次的擎起拳头来敲打棚顶。

忍受，不满，诉苦……这样就迷迷糊糊的睡熟了。

很重的一下碰击，把我碰醒了，原来是车轮压在大石头上，石头太硬太滑，车轮从石头上跌下，这震动非常大。

我两手抱着头，想咒骂车夫，母亲急忙转过身子，伸手指向前面叫我看：

"那山有多高？看呐！"

我从她腋下伸过脸去，留心的望着前面。

那山可真够高，山尖像一顶破帽子，有很多很大的石块要滚下来似的坐在山坡上，有块大石头好像一个躬着背在那里静坐沉思的老翁一样，下面的道路崎岖难行，车走在这上面，人真够吃苦了。

整整的一下午，车在蜿蜿蜒蜒的不平的道路上，一点儿一点儿很吃力的前进，直到暮色苍茫，我疲乏的程度像被扯得四分五裂，几乎没有力气直腰，这才看见在山底下，罩在阴影里的小村庄，母亲说这就到了。

我望那看不清的村庄，恨不能一下飞到才好。

母亲沉默着，她也望那前面不远的朦胧的村庄，这是她出生的家乡，她幼年的生活田园，她静静的想着，是在想她幼年时代的伴侣，还是在想人事的变幻多端？她是在想什么呢？

　　看着那前面的村庄好像是非常的临近，三步五步就可以走得到，其实远得很，又走了多半天，天色已经全黑，村落里现出明亮的灯光，车在一个门前有许多大树，树下有潺潺的溪流的人家停住，那小溪里有着鸭子快活的叫声。

　　从屋子里跑出许多人，大多是妇女，看不清他们的面貌，都惊喜交集的喊着，叫着，有一个叫着的妇人悲哀的对母亲说：

　　"孩子，你爹爹正在病的很重想起来你就哭……唉！唉！你正好回来……"

　　她呜呜的哭起来，母亲也哭起来，伤心伤意的。

　　一个妇人把我抱起，拍我的背。

　　"嗳哟！外甥长这么大啦！再过两年好读书了。"

　　我说：

　　"我识字，一共识二百！"

　　有几个妇人在我身后稀奇的笑起来，抱我的又拍拍我的背，问我：

　　"是妈教给你的吧？"

　　"是呀！妈教我，我不会，她不给饭吃……"

　　她们又格格的大笑，但是老妇人和母亲的哭声适当的配合着，好像非这么哭一哭是不合理似的，我觉着那老妇人的哭声不动人，母亲的哭声刺伤了我的心，我从来没有听过她像这样伤心伤意的放声哭。

　　笑的几个妇人都沉默了，她们沉默起来，有的出声的叹息着。

　　我想投奔到母亲怀里，止住她那悲惨的哭，但是这时已经进了屋。

　　妈还没有进屋，就听见屋里有粗声大气的呼喊：

　　"我姑娘回来了么？快点儿，进来呀！"

　　母亲一边答应着：

　　"是呀！爹爹……"

　　屋子里，各处很杂乱，明亮的油灯光下照出一个瘦弱的老人，他是躺在床上，这时已经爬起坐好把身上的棉被推到脚底下，用力的揉着眼睛，往前移动几下身体，目不转睛的看着母亲流满眼泪的悲哀的脸，母亲坐在他跟前，用衣襟抹泪水。

老人的头发很乱，像一堆茅草，他的胡子全都是灰的，他难受的挤挤眼睛，鼻子闷气的吹了几下，动动鼻尖又抹抹胸脯，大滴的泪珠泉涌似的淌下，湿了他自己的脸颊。

"孩子，你正好回来，如果晚几天，就看不见爹爹了……"

他用袖头抹眼泪，越抹泪越多。

堂屋里点起明亮的蜡烛，好像过年似的，几个人忙忙碌碌的走动着，她们忙着烧水做饭，抱我的妇人是个长脸，她的面孔很美，很亲切，很像我的母亲，把我放在两膝中间，问东问西，母亲喊我过去拍着我的下巴，给病重的老人看。

老人立刻带着眼泪笑起来，摸摸我的头，又摸摸我的手：

"嘿！真和他爹一个模样，一点儿不差！"

我和姐姐坐在对面，规规矩矩的吃着饭，大豆腐炖白菜，热气腾腾，桌边饭碗里的稀粥的热气浓雾一般，屋子里非常温暖，母亲时时刻刻的看我，我知道她的意思，是叫我好好的表现出她教育的成绩。

第二天清早，来了一个宽肩膀，拳头粗大，举动很粗野的强壮的汉子，母亲告诉我：

"这是老舅！"

老舅很欢喜的把我举在半空，像皮球似的把我翻来覆去，他一只手就很轻易把我抓起，我很高兴他把我的屁股骑在他头上，两手握着我的足在各处走。

他是一个渔夫，每天和他的同伴在海上，和澎湃的浪涛为友，漂流在广大的海洋上，我想他是遇过许多危险的，他也许是个海上的英雄，专劫掠商船，抢夺大量的金银财宝，把人扔进水里，因为他的体格很像一个强盗，可是我不能这么问他，在背地里我探问母亲她老是笑，接着就瞪大了眼睛打我屁股一下：

"胡说八道，你！"

我再也不敢问这件事了。

晚上，这家宅里不知因为什么发生了大吵闹，病人爬起来，指着窗纸大骂：

"这个东西！他得不到好死，不信你们等着看，他忘记了他的本分，不顾亲友，我早看出是个坏东西，从小，这小子就古怪，我那么打没打服他，现在怎么样了？他妈的，我死了他是欢喜的，养不出好东西，那鬼婆子……"

外祖母紧紧的闭着灰嘴唇，眼睛生气的变小了，她的背靠着衣柜的抽屉，想对外祖父讲些强硬不服的话，又忍住了，因为外祖父是病着，并且他也有权利骂任何人，因为他是这家宅里最高的长辈。

这时，他正怒气大发，忘记了自己是在病着，想跳起打谁，母亲急忙推他躺下，温和的安慰他：

"爹！您好好养病，别生气……"

只有母亲的话他肯服从。

我从无头无绪的片断的言语里，听明白他暴怒的理由。

我的大舅在外城当官儿——这些事母亲早已告诉我——他娶了两房姨太太，最小的一位是妓女出身，有这两个女人，他就抛弃了本来的妻子，把她们抛在家里永久不问，他从出去四年多没有回家一回，也不想看看年老的父母，当官使他变了人形，忘记了"孝道"，外祖父所咬牙切齿痛骂的目标正是这个人。

现在的外祖母本是我母亲的继母，我母亲只有一个亲娘生的妹妹，大舅老舅全是"随奶"。至于外祖父所咒骂的"鬼婆子"正是靠衣柜立着的外祖母，她的脚宽大肥扁，好像男人的脚，嘴唇很厚，说起话来像放小炸鞭似的，清快，脆嘎嘎的响。

外祖父像受了皮鞭的牛一样，唬唬喘着，勉强的躺下。

但是过了一刻他又爬起来了，好像一阵狂风刮过，休息了片刻，精力一恢复又可怕的吼起来："他们都盼望我快死，这些……这些东西，没有一个好人，王八蛋！"

母亲又把他扶倒，安慰他，劝解他，想法使他息怒，这种吵闹，我实在是很苦恼的，我惧怕外祖父那种生气的面相，脸上的青筋横立一道竖立一道的凸出，眼睛异样的瞪圆，唾沫像飞泉似的高高的喷着。

我欢喜和妹妹跑到门前的树林里，在澄清的小河看那些洁净的家鸭快活的游泳，它们也很吵闹，不过那种吵闹的叫声却不叫人讨厌，它们都和气的在一起，或者分散，在水面上，推着美丽的波纹，轻轻的滑着走，用它们的肚皮贴着水，有一头肥胖的家鸭欢喜把脸伸进水里去，很有趣的转动，拿出来很活泼的摇晃，高兴的舐着翅膀，它们的脖颈都极柔而且敏捷，有些邻家的妇女蹲在水边洗衣服，她们的上体很轻快的上下摇动着，搓衣服用平滑的石板，还用棒槌敲衣服，捶衣的声音和家鸭的喊叫声混成一片，很好听。树林不是浓密的，从树身之间可以望见前面在高冈石旁的邻村，身后的街道刚能通车，房后是山，松树苍翠，树下有开过的花草，夏天刚过，正是美丽清爽的季节，天空的浮云互相开玩笑似的追逐着飞跳，蔚蓝的天空高高的在那上面看着微笑。

我觉着老舅是有趣的，他适合我的性格，我愿意和他接近。

"不上海边去么？"

他笑一笑，摸摸耳朵，并不停止他手里正补着的网，这网绳很粗，用这网套鸟是很好的。

他告诉我，过两天要往远地方去，三五天不回来。

"那么，吃饭也不回来么？"

他扑哧的笑出声来。

"吃饭在船上。"

这种知识我是欠缺的，母亲只讲过外祖父在海上遇险的事。

那是一个秋天，海上起了大暴风，外祖父和他的伙伴十来天没有回来，有许多渔人的妻室变成了寡妇，他们都相信，外祖父一伙是不会回来的了，他们把那汪洋大海作为了最后的归宿，波涛成了他们的坟墓，外祖母和母亲——那时母亲还是处女，哭过不知多少回。但是很晴朗的一天，外祖父突然幽灵似的蹀躞回来了，他们的船整个的翻了身，人都落了水，他们努力的在滚滚腾腾的浪涛里游泳着，差不多是用尽了气力，眼看就完了，可是看见了别的船，这是一只大船，风中摇摇摆摆的航行着，这只船救了他们几条性命，他们在一个小岛上住了两天，等着晚风疲乏，浪涛安静，这小岛离家很远，他们坐了七天船才到家……

但是在船上吃饭的事，母亲都没有对我讲过，我追问这件事。

“你们在船上吃饭，是从家里拿去的么？”

“不是，在船上做饭。”

“米和菜呢？”

“从家里拿去。”

“柴呢？”

“也拿去。”

“谁做？”

“谁得空谁做。”

“有很多很多鱼吃是不？”

“没有啊！孩子，鱼是留着卖钱的，就是吃的话也得拿回来才能吃，在船上吃的大葱大酱和萝卜头，没有好东西吃，船上不许吃鱼，这是规矩。”

这可糊涂，不可解，海里鱼是很多的，捉上来就吃活的，新鲜的，为什么不吃呢？规矩，什么规矩？我接着问：

“你坐船翻了没有？”

他惊奇的看着我的鼻尖，挺着大的胸膛，我的话里好像有针刺了他一下。

“什么？没有……不会有，老天保佑，无论几时都是太平的。”

从这一点，我以为他没有外祖父伟大，外祖父经历过危险，他却没有。因为经历过艰险的人才是可爱的，伟大的。平平淡淡的人没有什么可爱。我希望从他这里听到许多惊人的冒险的故事，可是他不讲，只顾忙他自己的工作了，我觉着他身上有一种冒过艰险胜于外祖父几十倍的显明的符号，他的粗眉大眼，肥宽的耳朵，强健的胸膛，处处都像一个强盗，我想他不肯讲实话，凡是有本领的强盗都是极力的隐瞒自己的，对小孩子也不肯轻易的吐露实情，恐怕走漏风声，对于他尔后在事业上有很大的不利，我越端详他，越想他，越觉着他像一个海盗，这种奇怪的念头一生出来就很难消灭。

我恨不能一下就问出他的实情，直爽的问他：

“你有刀么？老舅！”

“什么刀？”他停止工作，直起上身来。

我毫不踌躇的说：

"杀人的刀，很亮的，轻轻一砍就死……"

他很有趣的笑个满脸，脸上的每一条纹都变成了欢喜，摸摸我的头，拍拍我的背把我抓起来，像捉小鸡似的挪到一边。

外祖父接续躺在炕头上，好像和炕头结了不解之缘，母亲成天坐在他旁边，讲说父亲创办店铺的前因后果，她不说父亲时常发脾气的事，只说他的好处，怎样待她周到体贴，温柔多情，如果我在她讲话的中间出现，她就指指街上打发我。

"好孩子，在街上玩吧。"

我偏不走，执拗的靠近她，看外祖父，我想知道她怎样讲说关于我的事情，我在背地里听，她议论过我，说我什么都懂得，好像成人样，她说我太淘气，又夸奖我懂得情理，她这样说的时候，表现出非常得意的神气，那意思就如世界上除了她之外，谁也养不出这么好的孩子。

她不能打发我走，觉着是失了体面，生气的噘着嘴背过脸去不理我。

没有法，我只得不满意的离开她到外面去。

这一天，我睡在炕里边，刚朦胧的睁开睡眼，听见谁在头上讲话，是很熟悉的嗓门。

我心里一跳，赶紧的爬起来揉揉眼皮。

父亲坐在炕边，和外祖父，外祖母，母亲，三个人很亲密的讲着话，外祖父有些担心的说：

"那么，你把他打坏了怎么办呢？"父亲吹吹鼻子：

"打官司告状他找不着我，我也不在乎，他愿意怎么的就怎么的。"

这完全是不懂的事件，直到差不到二十年后的今天，我还不知道这事件的真相，此刻我猜想，大概是父亲和他的债主打了架？

第二天一早，父亲把我们领走了。

外祖父舍不得我们这么快就像燕子似的匆匆的飞去了，老人家伤心的流着泪水，哭得像一个小孩子，母亲哭红了眼睛。

"爹！你好好养病，过些日子我回家看……看您……爹！"

母亲炕边想说别的，可是伤心已经堵住了她的嘴，除了哭之外她也不能做别的。父亲先把我抱上车。

这车还是我们来的时候坐的那车。

至于往什么地方去，我都不知道了！

（一九三九年夏天于承德）

第一线视察

砰，砰，砰，砰，砰……

一阵响亮震人的敲门的声音把我惊醒了。

面孔黑红，眼睛像刺似的放着光，一只手把持着自转车的传令兵站在门口，他从身后的图囊里掏出一件公事，这是田参谋的笔迹，他简简单单的几句话把我弄得非常的焦急。

我赶紧穿好衣服，跑到嫂子门口敲她的门。

"谁呀？"

"我要出门，现在就走，大概得半个月回来。"

"上哪儿去？"

"到前方。"

"你怎么早不说呢？"

"刚才来告诉信，等哥哥回来，对他说一声吧。"

妹妹像什么地方起了火似的，手忙脚乱的爬起来开了门，搂住我的脖子：

"什么时候走？"

"现在就走。"

"快做饭给你吃吧。"

"时间来不及了，用不着。"

"那么，家里有点儿点心，你带去。"

我的马靴有不少日子没有擦油了，前尖露出皮子本来的面目，靴腰在什么地方碰破了一块，也没有修理，懒得太不像话。我把图囊，水壶，望远镜，手枪，饭盒都预备好了，还携带两本心爱的书籍和一些稿纸，只要有这些东西，即使在人迹不到的深山古寺里，待它两年也不会寂寞的——我是这样想，实际怎么样可说不好。

妹妹很热心的把嫂子回娘家带来的点心全包起来，我在她耳边小声提醒她：

"你得给哥哥留点儿，要不然，嫂子不高兴。"

她皱皱鼻子，做个怪脸，伸一伸舌头，拿出几块小的扔进抽屉里。

太阳刚露出笑脸，满院子花草上饱满的露水，在熙祥的光里放着星星点点的银光，家雀在房檐上吵闹，房东家的两只鸭子和几只母鸡在门口悠闲的散步，有一只黄鸡在嗓门里哼哼呀呀的唱。

嫂子送到街门口的时候这样嘱咐我：

"无论做什么，别冒冒失失的。"

妹妹愁苦的咬着下嘴唇，扯着裙角，她的声音微弱的在我耳边响：

"哥哥，不要忘记写信。"

没有工夫和她们谈话了，我迈开大步，一口气干出胡同。正好有辆马车从西面摇摇摆摆的响动着轮与蹄走过来，马车夫是个老头，破草帽扣在脑角上，那匹马倒很年轻，肥壮，活蹦乱跳的。

"火车站去不去？"

"去，请上车吧。"

鞭子一扬，街道开始很快的往后飞去，商家还没有打开闸板，颜色鲜艳的牌楼，理发铺的幌子，形形色色的看板，还都悄悄的沉醉在香甜的梦中，一辆洋车在十字路口慢慢的移动，旅馆门口有些男女往马车上运搬东西。

不到半点钟，火车站的巨高的楼房在我眼前现出来了，我老远就看见田参谋静静的立在台阶上往远方展望，他一看见我，咧着大嘴笑个满脸，把手往高处一举：

"真对不住。"

"为什么现在才给我信呢？"

"昨天半夜才决定，你想想？"

我们走到清静的票房子，在绿绒的软椅上坐下，食堂的大门已经开了，白衣的仆役正忙着陈列桌凳。

田参谋过去打听：

"饭好了没有？"

"还得二十分钟。"一个脸色苍白的伙计伸出两个细手指头，他的下巴很大。

进来一位旅客，是个叫人惊奇，模样特殊的人物，他戴着一顶连脑盖都遮不住的小礼帽，帽檐好像特意剪去了半部分似的，显着很滑稽，他的面孔是干瘪的，一双圆小的眼睛像磷火在深洞里放着光，叼着一个粗短的烟管，一套西服穿在身上大概有三年没有脱下换了，全身都是美丽的斑纹，腋下夹着报纸，他轻轻的走到我们跟前，端详一下田参谋，又仔细的看看我，揉揉他的鼻头，把小礼帽摘下来：

"往西去的火车，还有多大工夫？"

我告诉他："还有四十分钟。"

他看报的时候，眼睛紧紧的贴近报纸，原来是个近视眼。

我们在食堂吃饭的时候，他也进来了，各处寻找着，伸着脖子，寻找了半天才决定自己的座位，一看见他那副像小丑的模样我就忍不住要笑。

司令官和参谋长是一块儿到的，薛副官身上的黄带子格外的新鲜，他提着一个肥胖的皮包，眼镜下面有一双锐利和滑稽的黑眼珠，他给我一盒牛奶糖。

参谋长有满脸黑色的胡须，说话的时候眼睛沉思的看着你的脸，我一看见参谋长的眼光往我脸上射来，就有点儿忧愁，因为我最怕他老人家出一些艰深的问题叫我回答，当然，我在这方面是有好处的，我会随时随地得到许多做人和服务的宝贵经验。

票房子里，人越来越多，买票的排着蚂蚁似的大队，长椅上拥拥挤挤的坐着各式各样陌生的嘴脸。

火车刚开，参谋长叫我过去坐在对面：

"你近来，下班以后还写文章么？"

"不常写。"

我觉着嗓子里发紧，说话有点儿费劲。

田参谋也过来参加这场谈话。有架飞机往东去了，于是我们从一千九百十二年到十三年巴尔干战争，空军最初出现的时候起，谈到第一次欧洲空军的战例。这些事，参谋长是最熟悉不过的。

"巴尔干战争，那时候交战国因为航空不发达，都是别国的飞行家操纵，这个办法，在战术上当然缺少意义……"

接着参谋长便讲到战后航空技术的进步，都市轰炸的理论与实践，防空历史的观察，防空计划制作的要领等等，讲到计划，特别的详细。

"防空计划，必须根据彼此作战的方略，顾虑本国地理上的条件，同时，社会的组织，物质上的建设，都有密切的关系……"

如果我把这些讲话笔记下来在报上发表，一定是一篇很好的国民军事常识。

下火车的时候，已经过了中午，太阳在寂静的村落和四周的野地吐着猛烈的火焰，在这居民足有六百余户的村落的西端有我们驻防的部队。从这里往西走，必须有马的忍艰耐劳的气力了。

从部队里派出来的两连兵士，纵队的先头已经爬上了山巅，在蜿蜿蜒蜒的路上很快的前进，尘烟在排尾腾起，又落下混在蒸热的土地里，树的影子斜斜的，长长的，这是可爱的凉快的黑影。

我很羡慕田参谋骑着的马匹，这是一匹浅黄色，皮毛光泽，步伐稳健而且迅速的好马，脖子往上精神百倍的竖起，挺着宽宽的胸脯，大眼睛，小耳朵，腰身像狮子一样，它很活泼快乐的随着别的马匹前进，如果把缰绳往外稍稍一用力，它会英勇果敢的往前飞去。

我骑的马也有优美的性格，它温和，忠实，驯服，跑起来并不慢。

走到两山之间，在丛生的草径上，马的蹄，异样的响着，不像在硬地上那样的响亮了，岩石高耸，从山腰歪斜的小树伸着头窥探，一只老鹰冒着火热在半空巡回着飞翔，它是在搜寻着可口的掠夺物。

在重重叠叠的山的包围里，我看见了出奇的风景。

前面的山，看着好像非常的临近，只消三步两步就走到了，但是当马的前身往下低垂，用力的走上高坡一看，那崇高的山形已经摇摆着尖顶稳稳的后退了，有时它忽然在太阳的光里隐藏起来了，再出现的时候便立在我们的侧方，并且换上一件和先前颜色完全不同的服装。

在我们的右前方，山的锯齿状密密的排着一大串，吻着蔚蓝色的天空，魁梧的岩石好像要倒，蹦碎的石块铺了满地。

我们在山顶上树的凉快的阴影里，坐在石块上休息，马在贪婪的啃着丰肥油香的草叶，汗水在它们耳和腹边奔流，啮草的声音很有节奏的响动个不停。

田参谋伸直了胳臂指着远远的，在山的夹空里突出来的一个模样奇怪的山峰。

"你看那个山顶像什么？"

我用心眺望了一下，又沉思了一下：

"好像一只牛头戴着破草帽子。"

"我看像一只老虎的头。"

"也像一个拳头。"

"还像什么呢？"

"像几个馒头垛在一起？"

"还像什么？"

"像一只猫头鹰。"

……

尖兵从坐着的地点立起，把枪支横在肩头，接续前进了，解散的队伍整顿起来，用便步顺着山脚默默的移动，轮着环形的队尾，好像一条大虫。连绵不断的山脉，把四面紧密的包围得一点儿余地不透，从险峻的山谷淌下一条孤独瘦细的溪水，在乱石之间的草丛深处挣扎着奔流，流到断崖，打在绝壁的石片上发出清脆的声音，队伍不停的前进，人和马匹都气喘的冒着没有间断的汗珠，马的背上汗珠碾成了洁白的泡沫。

在巨高的山脊，在岩石堆积的处所，部队停止，马匹被拴在树上。

田参谋把地图打开仔细的和现场对照了一下，对司令官说明两个星期以前在这乱山附近战斗经过的情形。

此刻我们立着的马鞍形的山背，那时候正是敌人占领的阵地，他们用石块和泥土堆积的防御设施，现在还残留着破败的痕迹，他们在这里是顽强的抵抗过的，弹药用尽了，死伤过多了，到了再支持下去便只好走上全灭的地步，才伴着毁灭的命运而退走。

我们的部队是从山底下，利用死角勇猛的进攻，弹药也用尽了，只剩下枪上的刺刀，他们舍弃了性命，一直到敌人退走为止，是执拗的支持着的。那天的黄昏时还落着大雨，雨水从山上像河一样往下倾流，雷和闪光摇动着山地，空中是一面放光的大网，他们饱饮着凉风和雨水，困苦的战斗了九小时，他们接受了如注的子弹的洗礼，也尝到飞滚的石块的打击，前进一步都是困难的，他们曾试着分出一部兵力从侧面，打算迂回到敌人的侧方或后面，但是没有成功，因为侧面是险峻的山岩，攀登不上去，一个弟兄撕碎了衣服，用牙齿咬着草根，好容易攀到半腰，敌人在那上面埋伏的警戒兵滚下成堆的石块，他的头部受了伤，满脸流着雨水和泥血，还咬着牙拼命的攀登，他的眼睛一点儿看不见了，没有抓住一棵活动的树枝，于是随着飞滚的湿泥和石头一块儿掉进巨高的深谷里，但是这强壮勇敢的小伙子并没有死，他跌进谷间是身体埋进草丛和乱泥里了，除了头部打出了血和身体的擦伤以外，两腿条还能够走路，他后来和前进的队伍一块干到山顶上去的。

现在太阳早把这附近激烈战斗过的足迹晒干净了，敌人横陈的尸体都埋起来，只剩下石块和泥土的破碎的堡垒，然而，这些石块和泥土，并不能发出声音来对世人讲说在这一带曾发生过拼死的战斗。

山山岳岳都亲眼看见过那拼死相争的战斗场面，然而山山岳岳和威严高耸的岩石也都默默不语，只有蛮荒的草丛有时在微风里轻轻的叹息。

纵队再接着前进，人和马刚一活动便滚上发咸的汗水。

晚半天，我们从闷热的山的包围里钻出来，看见了田园和房屋，听见了家畜的叫声，这才觉着轻松，好像从黑暗的山洞里钻出来，接触了光明美丽的世界一样。

我们住在一幢乌黑的茅舍里，土的墙壁熏得黑黑的，屋顶是草的，挂着尘灰的丝网，有的尘丝拖得长长的，很得意的轻盈的摇摆着，这茅屋的窗户很小，好像马眼睛，屋子里堆满了乱七八糟的不洁的东西，茅屋的主人是个种田的强壮的汉子，他赤光着紫红色发光的上体，有一张四方形的脸，高鼻，大嘴，不整齐的黄牙，两只脚又厚又宽，说话嗓子哑，上句不接下句。他的妻子是个小脚尖尖，身材瘦细的女人，有七个褴褴褛褛的孩子。大姑娘十三岁还不穿裤子，腿上的泥厚厚的，好像涂着油漆，她的脸上有块疮疤，很丑相。还有个孩子是秃疮头，两行鼻涕光荣的拖到唇边，谁要参观他这两行鼻涕的时候，他就努力往里一抽，但是一转眼又流出来。主人的父亲是个七十多岁的老年人，眼睛看不清，耳朵又聋，主人还有两个兄弟，都是强壮的小伙子，饭量大，也能吃苦的劳动。

吃过晚饭，田参谋约我到街上散步。

在树林里有一道小河，把树林分成两截，树林深处拥抱一座小庙，有一只瘦狗在庙懵懵的昏睡。

井边有几个我们的弟兄在那里打水洗饭盒，周围有一群赤身裸体的孩子看光景，一个老妇人牵着毛驴走过，嘴里嘟嘟念念的说：

"到吃饭的时候不滚回来啃饭，一天得等……"

那匹灰色的毛驴在她身后半闭着眼睛点点头，好像同情似的对她说："老婆婆，你说的不错呀！"

这村落，只有二十来户人家，茅屋都随意的，杂乱的蹲在各处。有的挨靠着，院子拉得长长的。街道污秽，有人和牲畜的粪尿的臭气。

第二天一清早我们前进的目标是一个城镇，在半路，有载重汽车迎接我们，太阳还没有下山我们就到达了目的地，这城镇在不久以前。是受过包围的，经过两天两宿的苦斗，总算把敌军击退了。

……

这一晚，我觉着很乏，刚躺在床上打开书本，有人进来说：夜里得警戒一点儿，因为附近发现了敌情。

这样的文字和这有的话我看得听得经验得不算少了，一点儿不觉着有一丝一毫的可怕，我放心的脱下衣服，舒舒服服的进入了梦乡。

半夜里，我突然惊醒了，一只不害羞的蚊子狠狠的咬我一口，咬完就洋洋得意的逃走了，还呜呜的吹着笛，觉着它自己很能干。

……

（一九四二年十一月于永宁）

遭遇战

在山山岳岳的沉默之中，在岩石堆积的静寂之中，在溪流喧吵的轰声之中，狭窄的道路蜿蜿蜒蜒的伸展出去，伸展到不声不响的树林深处。

七月的太阳把那一团猛烈的热火尽量的往大地喷吐，从不毛的山地蹦碎的石块和泥土里，蒸发出使人头迷眼花的热气，掩盖在尘土下的石块吐出火星，激出沉闷的响声。

纵队的先头爬出山谷，越过高冈，在望得见孤寂的村落的地点，突然，像脚底下有了钉子似的刺住不动了。

指挥官在忙着下命令给部署军队，所有的士兵急急忙忙散开，寻找适宜的位置，利用地形地物卧倒，横过枪支，装填子弹，迅速的瞄准。

驮载的重机手忙脚乱的抬下来了，

马匹被强硬的牵走，传令兵慌慌张张的往回奔跑，枪口在肩头上焦急的摇摆着。

砰砰砰砰砰砰砰砰砰砰……

机关枪的黑嘴闪烁着耀眼的红光，在四围沉默的山山岳岳之间，强大的回声在轰动。

白色的云球在村落的一端轻浮的飞起，在那望得见的田圃的角落，也有机关枪的黑嘴在喷着火星，于是，在四面八方都有震人的吼声在响个不停。

部队的主力从山冈的背后掩蔽着绕过去，出敌不意的施行包围，但是那数目寥寥的敌人，枪械不整，弹药不足，装备恶劣，他们知道正面冲突是没有乐观的，从遭遇战一开始就一面应付着避免损害，一面在纷纷的逃走了。

散开的士兵在接续不断的前进，牵着的马匹好像游玩似的也随着前进的方向在移动，从侧面的部队，已经跳过喧闹的溪流，把机关枪架在隘路口，对着敌人潜逃的山冈用力的扫射，有一部分兵力极迅速的奔跑着去追击。

大约有四十几个敌人组织的一个支队，抱成了一个紧密的团体，在顺着峡谷，企图利用山地的一角，往高冈的背后退却。执拗的，顽强的太阳照耀着那滚爬的一群褴褴褛褛的背脊。

哒哒哒哒哒哒哒哒哒哒哒哒……

机关枪在他们身后，很临近的，用连续的弹药摇动着他们。

一个跌倒了，两个滚翻了，强壮的赌着性命，拖起负伤者背着逃命，互相的拖着，拉着，推着，搀扶着，用两只手往山岗上用着全力奔爬。有的回身打一两枪，再接着逃，负伤的数目很快的增加，帮助的人力量不够分配了，只好让那僵倒的身体，瘫软的顺着山坡，像石块一样往底下滚。

整个部队都毫不踌躇的在这退走的敌人后方，迅速的推到山底下，用凶猛的火力交织成一面捕杀的大网，子弹密密的，像下雨似的在敌人头上尖锐的响。

死的图画是很快的绘成了。敌人的半数以上是死伤，在山坡上，战死的尸体奇形怪状的陈列着。山谷里，负伤的敌人在呻吟，有一个肚肠流出来的敌人，还有力量跪着爬，用手抓着泥土，露着流血的伤口。有一个伤势轻微的，正打算逃走，但是还没有跑出几步，一颗子弹从脑后钻进去了，他张扬着两手扑倒在一个横卧的尸身上，在阳光里飞溅着红紫的血花……

山山岳岳恢复了沉默，溪流在乱石之间还是照旧的喧吵，狭窄的路径在山脚下弯曲的伸展着，纵队已经集合好，在苦热的空气里流着汗水，照旧前进着，杂乱的脚步声和蹄音不间断的接续下去，队伍的尾后腾起尘烟。

战死的敌人已经掩埋了，在那山坡上，还有乌黑的血迹，有撕破的布片，有踏得稀烂的草地，有染红的石块。

七月的太阳，从那些遗弃的尸身上，蒸晒出来极难闻的气味。

（一九四三年春于佳木斯）

石狮子

午间我们部里休息一点钟，年老的职员差不多全回家去吃饭，年轻的职员大概全跑到后院打篮球。

我和刘君既不吃饭也不打篮球，我们的兴趣是坐在墙边谈天，同时喝着茶。

炉里的汽呼呼的响着，有个仆役伏在靠墙的小桌上练习小楷。

一共四个仆役，其余两个玩去了，有一个因为闯了什么乱子被开除，不过还没有正式开除他，只是不准他上工，现在，他正托谁请求我们的主任饶恕他。

我忽然想起这事，就问刘君：

"小周到底是怎么回事？"

他把茶碗放在桌上，落落寞寞指指墙角：

"他知道。"

练习小楷的人抬起头来，望望我们，温顺的笑笑，接着低头写字。

我把他请过来，叫他告诉我，他有点不愿说似的，好像我打扰了他用功的时间，其实他不知道，练习小楷没有多大用处，如果想飞黄腾达，必须研究有实用的本领。我把这道理简单的讲给他听了。

刘君为证明我的话有理，深深的点点头，表示赞成。

他快活的挤挤眼，感激的望着我手里的茶碗。

他今年十六岁，是个一点也不傻，对于人情世故非常熟，而拍马的艺术也很精通的人，他有一对黝黑的圆圆的眼珠，满脸细密的黑发，和一个尖尖鼻子以及两只肥大的耳朵。

他把小周的事很详细的对我们讲了。

"大前天晚上，小周跑到老王家去，叫人家打出来了！"

老王家就是生福胡同那个有钱的人家，门口有两个小石狮子的，他们家里有四个丫鬟。

小周进去找个姑娘，人家说："我们这里不是窑子，你是做什么的？

滚蛋！"但是小周不滚，一定要和那姑娘见一面，他们以为小周是个无赖，便把他打一顿，赶出大门……

"他不服气，在大街上骂，拾起石块，扔到人家院子里哗啷一声，玻璃窗打碎了！他自知闯了祸，拔腿就跑，他们出来追，没有追上他，气愤不过，便报告警察，警察通知我们主任。主任骂了他一顿，告诉他第二天不准上工，把保证人请来，说明开除的理由，这是前天早晨的事……"

"但是我们主任很爱惜小周，因为小周读了许多年书，明白事理，无论做什么都比别人做得好，从来没有做过错事，这次的事，实在是想不到的，主任虽然不叫他上工，可是倒不是十二分要开除的意思，他许是威吓他叫他学好。这件事的真相，主任还不大清楚，他现在正在调查，小周这方面，已经托不少人和主任商量，希望主任恕他的罪，归还他的职位。"

"其实，像小周这样的人，找事情做是很容易的，可是他作了这个乱子，所有的人，都知道了，都说他品性太坏，恐怕没有人用他了……"

他讲了半天，讲得没有趣。

原来是这么回事。

两年前，当城里的妓业没有兴盛的时期，有一个绰号叫张二虎的人，他买了几个姑娘开始营业。

这人，是一脸麻子，两只小眼睛像老鼠样，成天提着鸟笼子满街绕，走运的他，很快的就发了财，穿着绸袍缎马褂，走起路来迈着方步，宛然是个大爷，他欢喜赌钱。

去年春天，他为了扩张他的营业起见，又大批的买了几个姑娘，其中有个叫红霞的姑娘，是个满十六岁的美貌的少女，有一副天生的动人的好嗓门，会唱很多歌曲，而且她的手腕巧妙，拉住了不少客人的灵魂，因之，张二虎很宠爱她，把她看做摇钱树，对她的待遇，也比对别的姑娘格外优厚些。

我们的小周，不知怎么和她认识了！

小周是十八岁，按生理说，正是渴求异性最热烈的年纪，他本来孤身在外没有人管束他。

他的面貌很不错，一双大眼睛像个姑娘样，宽宽的肩膀，很有气力，很有天才，狡猾的天才，能把一个妓女迷住，这本事可不算小！

他的月薪只有十三块钱，刨去伙食，只能剩下七八元，而他时常往窑子跑，有时一连住四五宿，一宿平均按三元（最低价格）计算，那么四次，是三四一十二元，他从哪里来这么多钱呢？

他无论走到什么地方，总不会忘记带一本书或本子及一支铅笔。

在红霞屋里，他把书拿出来，用心的读，红霞很惊奇他：

"喂，你真用功呀！"

红霞很欢喜他有这样的大志，在红霞的许多客人之中，这个年轻的，有气力的，大概要算最特别了，甚至晚上睡在红霞床上，他也拿起书来看。

红霞虽然美貌，可是不识字，他便做了老师。

她开始写字，跟小周学习。

在教授时间内，老师所表现的是当然诚恳，热心喽！

他不但做了她的老师，同时也做了她的秘书。

所有客人的来信，她都求他拆看，并且委托着答复，小周是幸福的，他时常把这些柔情讲给他的同事听。

然而他的幸福好像肥皂泡一般，不久便在风中破灭了。麻脸的张二虎因为好赌，孤注一掷，把所有的财产输光，接着妓业渐衰，天天赔账，张二虎借债维持，后来受不住债台高筑，终于歇业了，十几个妓女走散了，红霞被转卖！其实是顶了债送到一个富贵人家，据说当丫鬟，其实不知做什么用，小周失掉了红霞，就如丧了生命一般。

他时常徘徊在那一个人家门口，希望和红霞见面。

可是，这事难办，门口那对石狮子总对他骄傲的瞪眼。

除非小周会飞檐走壁，不然决救不出红霞来。

小周天天在石狮子跟前彷徨，恨不能生了翅膀飞进去，在情人面前哭一场。

事前，她并没有告诉他要到这个人家，其实，她的命运她自己是不知道的，小周知道她是被环境逼迫，所以他一点不埋怨她。

有一天，他照旧徘徊在石狮子旁边，从大门出来一个汉子。

这汉子有四十来岁，有一个歪下巴，他一看，就知道这是个庸人。

他鼓着勇气上前问道：

"嗳，对不起，我问问，你们这里新来的一个姑娘，现在，她做什么？"

那人疑惑的看看他，冷淡的吹吹鼻子：

"我——说不上！"

这个人摇摇摆摆往街里走了。

伴着他的，只有那一对冰冷的石狮子，而且是怒气冲冲的瞪着他。

等到天晚上，他又抱着满腔的希望，走到石狮子旁边，不知下了几次决心，他迈开勇敢的步子，走进去了……

"就是这样，这便是小周的事！"

他讲完，微笑着。

休息的时间很快，同事大老爷陆续的回来了。

（一九三八年十二月十八日于南窗下）

遗　弃

"杨先生，我告诉你一个故事，无论如何请你写出来，千万千万！"

我的邻居冯大嫂，有一天晚上在街门口这样和我讲：

她是我的两姨姐妹，今年三十二，这个人，你一看见就知道，要多老实有多老实，长的很好看，大鼻子，大眼睛，大脸盘儿，说起话来，一五一十的实在好听，就可惜她没有受过好教育，不识字，可是过日子，谁也赶不上她，起早晨爬半夜的，成天到晚老是辛辛苦苦的做这样，做那样，手脚老是不得闲。

她的针线活，嗳呀，那才好呢！真是要多好有多好，给孩子做衣服，一针是一针，决没有一针大一针小的，她无论做什么针线活，总是那么细心。

她有三个孩子，大的是男孩儿，八岁，二的也是男孩儿，今年五岁，三的是小姑娘，今年三岁。

这三个孩子，嗳呀，这才好呢！杨先生，你要是看见，你一定爱他们，三个孩子无论什么时候，总收拾得那么干干净净的，都聪明，灵俐，听说听道的，真可爱。

可是，她的男人，那个狼心狗肺的东西，他有那样的妻子还不知足，又娶了一房姨太太，这个女人，我头一次看见就看出她不是个好东西，那副长相，一点儿也不好看，小头小脸的，两层下巴，一嘴的牙，七长八短的，就是会打扮，头上那几根毛，一天捯动好几回花样，脸上的粉有二寸来厚，嘴唇子抹得赤红的，好像吃了死孩子似的。嗳呀，那个讨厌的鬼样子，我决不相信她是个好人家的姑娘，我看她一定是窑子出身，再不然也是个野鸡。

她过门还不到三天就管起闲事来，这样不好，那样不好，什么她都看不顺眼，都要干涉。

我的两姨姐妹本来是个老实人，她平常见人都没有话说，怎么能和那样一个妖精吵嘴打仗？她忍气吞声，偷着淌眼泪，人家都说：她太老实，不应该受那一份的，可是她天生老实人，决不会吵嘴打架，要是我呀！那个妖精，哼！我要不拿剪子把她戳死才怪呢！我决不受那份憋气。

那个妖精，她越来越厉害，孩子吃得多啦呀，花钱花得多啦呀，她希望别人都死干净，只留着她自己。

这个不要脸的东西，她不许可男人离开她一晚上，连到一块儿说几句话她看见都不答应，杨先生，你说这个妖精该有多坏！

我那个可怜的两姨姐姐，到后来连饭都吃不饱，一个小钱也到不了手里，她成天到晚给人家做饭呐，洗衣裳呀啊，擦地板呐，打水呀，跑街呀……好像老妈子似的——其实她连老妈子一半也赶不上，当老妈子怎么的也吃得饱，还赚钱，她的地位，简直和要饭化子一样！

那个瞎了眼睛，昏了头的东西，妖精的话，无论什么都听从，他无缘无故给自己的妻子气受，骂她，还打过她三四回，孩子呢，好像不认识追认的，连理也不理。

我的两姨姐姐，过了两年这样不见天日的生活，没有人同情她，可怜她，帮助她，她实在忍耐不下去了，领着孩子回了娘家。

一转眼的工夫，又是两年，那个丧良心的东西一点儿回心转意的意思也没有，我的两姨姐姐呢，她就算守活寡了。

杨先生，人家都说你常在报上登文章，还作书，你有工夫，千万把这件事作出文章来，在报上好好登一登，叫世人看一看，知道有这么一码子事，你要能办到，我请请你——可是，我得赶紧把水壶拿下来，烧了半天啦。杨先生，闲着进来坐呀。

（一九四二年五月四日于南窗下）

竞 争

假如你是有写两句的嗜好的人，只要肯留心在门口站一会儿，在街头看看来往的男女的嘴脸，去风景清幽的地方悠闲散步，或者到污秽的场所，和那些泥手黑脸的人们在嚣闹的漩涡里鬼混，不知有多少大的，小的，长的，短的故事使你感动，你也许会笑得喘不上气，也许把悲哀的眼泪偷偷的往肚里吞，在你的记忆里留下永远磨灭不掉的深刻的印象，甚至于给你一场教训，你在平静的湖边望着云光，在尘土飞滚的臭气里看着那些各式各样的面孔，会坚决的打好对于人生的认识和信仰的草稿。

今年春天，温馨的微风给我带来了不少新的兴趣，我愿意时常在傍晚时分到南关那一带，在乱嚷嚷的人群里窜来窜去，肚子饿的时候，就坐在馅饼摊子前面的凳子上有滋有味的饱嚼。

有一天，我刚把一碗温热的豆腐脑端起来喝了两口，有一只粗糙的大手在我肩膀上轻轻的拍了一下，我吃惊的把碗放在堆满了酱醋碗碟的案子上一看，一副陌生的，向来没看过的干瘪的颜脸，正对着我亲切的笑，他的头发是新剃过的，光光的，像没有成熟的青色的葫芦，一对圆圆的小眼睛在纹皱皱的深眶里放着磷光，鼻子紧缩着，满脸的胡须，面皮像松裂的松树一样。这个老头，有五十多岁了，他把褴褛的裤腿敏捷的往高处一抬，紧靠着我的身边，心满意足的坐下了。

我以为他是认错了人。

但是他把一堆一分的小钱往我面前一放，快乐的说：

"老弟，你给我添四分钱，我干两碗！"

卖豆腐脑的中年人很厌恶这个不客气的老头子，一边忙着往锅里下材料，一面挥着手：

"钱不够，算了吧，你也不看看这位先生是……"

帮助别人四分钱，在这时候的我还不算难事，我想也不想，赶紧数四分钱给他，我觉着好像做了对于人类有什么大帮助的事似的，心里很高兴。

"先生，谢谢，谢谢！"

我笑着点点头，默默的端起豆腐脑，把嘴唇放在碗边。从眉头上偷着看这位老年人。他不像是普通的工人，因为他的神气是泰然自若的，不时的，用和蔼和羡慕的眼光从头到脚打量我，好像量布似的。

我的豆腐脑下去了多半碗，忽然听见身后起了妇人叫骂的声音，我又把碗放下了，好奇的瞪圆了眼睛。

一个个子不高，脸额上有一块疮疤的妇人，她用手狠狠的，死也不放的抓住另一个头发松乱，脸上没有血色，衣襟裂开，穿着破鞋的妇人的衣领，她的衣襟已被扯碎了一大块，四面八方，有许多人走过来把她俩包围了。

小个子妇人用粗哑的难听的嗓门喊道：

"你想跑能跑得了么？我告诉你，你快把他交出来，你说，你说，你把他藏在什么地方？你说，你快说呀！"

显然的，那个头发散乱的妇人是昏了头了，她说话是很费力的：

"你别着急，你等一等，你你你，你听我告诉你……"

小个子妇人的眼睛，像野兽在打架的时候那样凶猛的瞪着，坚定的咬着牙齿，垂在身边的一只手用力的握着皮包着骨，青筋一道一道露出来的拳头。

看光景人群里有个体格魁梧的大汉子，把礼帽扣在脑角上，咧着大嘴，笑嘻嘻的走开了，嘟嘟念念的说：

"世上，什么样的事情都有，真他妈的……"

叫我添四分钱的老头默默的从肩头上看看那群人，好像看惯了这样人生的丑剧似的理也不理，热心的捧着瓷碗，嗓子里噜呼噜响着，因为吃得太用力，胸脯一凸一凸的在喘气。

我觉着出奇，便情不自禁的自言自语：

"为什么事呢？"

老头转过脸来对我扬扬胡须丛生的下巴：

"争男人！"

这个说明虽然简单，但是，很明了。他只用三个字，把那正在表演的剧情的梗概通知了我，然而我觉着不够，假装一点儿也猜测不出的问他：

"争什么男人？"

"我们有个伙计，起初和那个小个子在一块儿过，现在把她扔啦，她各处找……"

"你们那个伙计是做什么的？"

我又聚精会神的追问着。

"耍把戏的，先生，这行玩艺儿哪有好东西！他没有一定的心，想扔她，又忘不了她，那个叫她抓住的呀，咳，正是她的仇敌，真是冤家路窄。"

"什么仇敌？"

老头性急的皱皱粗黑的眉毛：

"那个，那个……"

他回身用手指指那个披头散发衣襟破碎的妇人对我说：

"就是她呀，她现在和我们那个伙计在一块儿过，您不用问，也不是个好东西，三分钱也卖，两分钱也卖，你给她一碗豆腐脑也干，就是那种下贱的玩艺儿。……"

看光景阵容很快的强化了，那个圆圈越聚越密，越大，叫骂和哀求，批评和议论，吵吵杂杂的，人的面孔都好奇的扭动着，脚底下互相的践踏着彼此活动的黑影，他们的脚跟都抬起来，用力的伸直了脖子，有几个衣衫不整的儿童拼命的往里挤。

我付了钱，在拥挤的人群里呼吸着飞扬的尘烟，静静的等了半天，没有等出结果来，沉思着走开了。

我的目标是澡堂，对这个人群的海洋，在那污秽和嘈杂的漩涡里的故事，一定是很多的。

（一九四二年五月六日于南窗下）

审　判

这天晚上，老赵十一点多钟才回家。

妻皱着眼眉坐在辉煌的灯下给他织背心，看他进来，好像看见惹不起的仇敌似的，故意头深深的低下，连他一眼也不看。

"怎么还不睡觉？"他和和气气的问她，把嗓门弄得格外的温柔和体贴。

"不困！"这便是回答。

他聚精会神一端详这位女士的脸色，显然的，很不高兴，好像和谁打了架还没有出气似的，小嘴撅得高高的，能挂得住一个二斤半的油瓶。

他悄悄的坐在炕沿边，绞心熬血的想着一个计策，他最怕的就是问他这个问题："你上什么地方去来的？"他应该怎样回答才圆满周到呢？

你别以为老赵是一个怕老婆的人，他是谁也不怕，怕的是在睡觉以前造成一屋子愤怒的空气，一个人在没事入睡以前要不能舒舒服服喘一口气，是最痛苦不过的现象。所以，他一向在特殊的场面是主张极力忍耐的君子。

果然不出他的预料，她开口问了：

"你上什么地方荒唐这时候才回来？"

他用力的往肚子里咽咽唾沫：

"什么，荒唐？……我在老朱家，和老朱研究点儿事情。"

"研究什么事情？"

"研究印书的事，我想把大前年在北京写的那十几个短篇印一本书。"

"研究了七八个钟头？"

"可不是怎么的？不信请你去问问他呀！"

他觉着嗓子里发紧，想喝点儿水润一润，不知道暖壶里还有没有热水。

"我渴的厉害！"

好像有一根针刺了她的耳朵一下似的，她把脸转向墙壁，嘟嘟念念的说：

"渴不会喝水？"

"你给我倒一杯。"

"你自己不会倒么？我不知道……"

老赵这个人，朋友们都知道，脾气是很暴躁的，如果他要是真正的生了气，无论什么样可怕的乱子都会惹得出来，脑袋掉了不过碗大个疤，有什么畏惧的？

可是他今天晚上可不生气，他极力的压住肚子里涌出来的一股子气味儿，自己倒了一碗白开水慢慢的喝下了。把鞋脱下来。

妻又质问：

"你说实话，到底上什么地方去来的？"

"我一点儿也不撒谎啊！"

"你没有一回不撒谎！"

"谁要撒谎是硬盖大王八！"

"哼！你以为我不知道么？"

"嗳，你知道什么？"

她把绒线和竹针往桌上用力的一拍，大声的喊起来：

"人家亲眼看见你在头道沟和那该死的荒唐鬼在一起逛，还说在老朱家研究什么印书的事情，亏你会撒谎，撒得一点儿也不像……"

说实在话，他这时候可真生了气，妻一点儿也没有看出来他生气的模样，她还没有见过他真正生气的时候是怎样激烈的发作，他真想把茶壶摔破，然后再打碎所有的茶碗。但是他转身一想，快睡觉了，何必生气呢，于是他又把气压住，和颜悦色的问她：

"你别冤枉好人，你说谁在头道沟看见我？谁？"

他的嗓子又渴了，倒一杯水，一口灌进肚子里，咕噜一声。

他看见她的嘴很有自信的张开，好像要下口咬他似的，他稍稍有点儿害怕——他可不是怕她呀，是怕下口咬。

"总有人看见你就是，用不着说谁。一个男子汉大丈夫，自己做事自己不敢承认，前怕狼后怕虎的，能算个什么男子？还赶不上一只老鼠的胆量大！"

妻的这番话说的很有劲：一个男子汉大丈夫，自己做事自己不敢承认，前怕狼后怕虎的，能算个什么男子？不过她不知道，他决不是怕谁，脑袋掉了不过碗大疤，他是什么也不在乎的，怕的是惹气。

他想，也许是西屋老王看见他了，在南广场上次他看见好像是他，可惜他已经走进黑影里没有看清楚他的尊颜，他应该怎样说才好呢？好罢，她既然得到了确实的情报，也用不着隐瞒了，痛快讲实话：

"我不过去绕个弯……"

"这不得啦。你为什么要到那种地方去呢？"

"到那种地方怕什么呢？"

"那是正经人去的地方么？一去就得堕落。"

"唅，你放心吧，我有一百二十万分的把握，决不会堕落，因为我很寂寞。真的，我无论走到什么地方，总觉着好像有那么一条寂寞的大虫在狠狠的啮着我的心，把我啮得坐不安，立不稳，实在忍受不住，特别是在太阳落下以后，我最怕暮色苍茫的黄昏，夜色一来，我更觉着寂寞了，真的，你听我说，连我自己也不知道是怎么回子事，我这些日子改变得太厉害了。我时时刻刻羡慕死，我总觉死是和平的，美丽的，我真想赶紧结束自己。唉呀！我快寂寞死了！怎么办好呢！"

他用两只手捧着自己的脸，从指缝之间偷看妻的神气。她起初并不是生气的模样，看了他一阵，渐渐改变了嘴脸，很忧愁的喘一口气，站起来，把绒线放进抽屉里去，接着又喘口粗气。

他用力的把两只手抬起来抓着自己的头发：

"啊啊！我快寂寞死了！实在没有法再忍耐下去。……"

从前在学校开个游艺会什么的，如果演话剧总不会缺少老赵。喜怒哀乐各种表情他全都会，至于台词，凭着几年来写作的经验，现编是来得及的。

妻,半信半疑的看着他,想着他,有了感动,除了喘粗气,什么也不说了。她并不是不想说,是想不出说什么话才能安慰眼前这寂寞受苦的灵魂,她怕弄巧成拙,反把他说得越发的伤心,如果他真的一头碰死,她不是变成寡妇了么?

趁着她默默的沉思不语,他再一闪的抓抓自己的头发,——因为他的头发痒的难过——同时加上几口悲哀和伤感,痛苦和伤心的喘气,急急忙忙把衣裤脱掉,大被往头上一蒙,——睡觉喽!

静静的躺在被窝里,有滋有味的想着:今天晚上可太有趣儿了,开一个盘子,还听了几段流行歌,香妹姑娘唱的真好听,明天一定再去拜访。

(一九四二年五月二日于南窗下)

破 鞋

两个星期以前,在一天温暖又很凉爽的午间,我在南关散步,呼吸着干燥尘土的气味儿,看着拥拥挤挤像蚂蚁似的黑乌乌的人群,在大桥旁边做生意。

人的海洋乱杂杂的动荡着,吵闹的声音是不间断的,车辆像鲫鱼似的,不断的来往。

我的白帆布鞋的底子磨歪了,走到修补破鞋的工匠跟前,坐在一块木板上,把鞋脱下来给他看一看。

"缝一双通底儿三块钱,您用不着还价,后跟给您垫好皮子……"

我们的契约很快的定妥了,于是我把两只鞋全交给他,听凭他随便的处理。

这个缝鞋的,年纪有三十岁,他戴一顶边沿破碎的黑礼帽,盖着一双小小的眼睛,两只手很粗糙,像松树皮一样,他先把鞋插进铁拐子上打几个小钉子,接着就用粗软的麻绳一针一针很敏捷的缝起来。

在他的工具箱里，各式各样的铁钉摆得很丰满，胶皮底儿，草鞋垫，鞋绳，周围很得意的摊着许多破旧不堪急等着修补的破鞋，有一双女人穿的半高跟皮鞋，前尖很肥，后跟瘦小，仰面朝天的一只，前掌有一个漏洞。不知从什么地方走过来一个个子很矮，细长的面孔，尖下巴，黑红的脸上镶着一对圆圆的明亮的，像小鸟似的眼睛，他光着脚穿一双厚底儿破鞋的人，一屁股坐在缝鞋工匠的对面。

用响亮的嗓门说：

"菜买完啦！就缺少油。……"

我猜测着这个忠厚善良的小人物的身份和地位，果然不出我的意料，他是缝鞋的伙伴。我试着和他谈话，他是个碎嘴，谈起话来很清脆，好像放小鞭一样。

"谁也没有我们在这地方守的年头多，我们来的时候，这条街上还没有盖洋楼呢！二道河子那一带，全种着地……"

他很热心的用那响亮的嗓门对我详细的讲，他们俩是叔叔和侄，至近的亲属，初到这街上来的时候，人烟还没有现在这样的稠密，他们忍着饥饿过日子，决想不到有今天，一个月会剩一百多块钱。

他高兴的张着大嘴心满意足的笑，露出一排队伍不齐的牙齿，好像欢噪跳跃的小马。

我忽然想起十年前，父亲的旅馆还没有亏本关门，我还夹着布的书包在中学校里鬼混的时候，在旅馆门口，成年到头，成天到晚，除了下雨的日子，没有一天不坐在墙角里的那个缝鞋的小人物，很像和我谈话的这个老伙计，可是那个人的脸腮和下巴有黑硬的连毛胡子，脑角上扣着一个毡帽，躬着腰，做梦似的半闭着眼睛，皱着黑重的眉毛，工作清闲的时候就搓麻绳，嘴里含着麻茎，还哼哼呀呀的唱那永远唱不完的歌曲。

我上学的时候总是从他面前经过，他客气的对我点点头，和蔼的咧着大嘴笑一笑。我放学回来的时候，他总是轻快的做个欢迎的笑脸，并且亲切的说：

"放学啦？"

我时常坐在他身旁的小皮凳上，悠闲自得的看他巧妙细心的做活，在他身上仿佛有一种魔力在引诱着我，当时还有一种特别的好奇心在诱惑着我，没有法克服自己热烈的感情，所以不能不去接近他。

他有一个年轻美貌的女儿，年纪比我大，每天午间来送饭给他吃，坐在他身后的石台上，垂着一条整齐美好的发辫，扎着粉红色鲜艳的头绳，水汪汪的大眼睛偷看着街上来来往往的行人，那种天真可爱的风韵，现在想起来还多少有点儿嘴唇干燥和心跳。

那时候的我是时常一面看着书本一面想着她——说句老实话，我很苦恼的患着无可奈何的单思病呢！

星期六和星期日，是我最值得纪念的快活日子，因为在平常我是不能在午间特意从很远的学校告假回来等着看她，只有在这两天，我能够心满意足的饱餐一顿秀色，这个秘密，很快的被前柜账房看穿了，他的账桌正放置在靠街的窗户前面，他瘦细的黄脸稍稍一转就会清楚的看见我，傻呆呆的坐在小板凳上，如醉如痴的偷着欣赏那美丽的发辫，这时候，我的情绪像翻山倒海一样，是很难形容的，一面要欣赏，一面要胆怯的顾虑身后监视的眼光。虽说是快乐，也是一种苦事。

缝鞋匠吃饱肚子把筷碗一放下，女儿赶快收拾起来包在包袱里，慢慢的顺着街边摇摆着胳臂轻盈的走去了，我好像在火车站的月台上送着亲人，眼巴巴的看着"无情的火车"把我的灵魂带走了一样！

有时，缝鞋匠在一面做活一面和我喋喋不休的谈天。

有一次我把足球鞋交给他打上几个皮条以后，还没有把手伸进裤袋里掏钱，他急忙摇摇手，把我推开，摇头晃脑的说：

"拿去吧，不要钱。一定不要。你父亲不和我要地皮钱，这份人情就没有法报答呢，怎么好……你快拿去吧！"

另一天他的女儿又来送饭，我把小板凳倒给她，她想了一想，害羞的把小板凳推到我的脚边：

"你坐着吧，我不用……"

"你走累了，应该休息。"

"不累，不累……"

缝鞋匠从中帮着她说：

“你坐着，坐着！”

“那么，你坐在什么地方？”我结结巴巴的问她，嗓子里觉着干燥。

“我坐在这。”

她在石台上坐下了。

这是我和她第一次很有意义的谈话，也是最后一次值得永远纪念的谈话。因为不久以后，大概在凄凉的秋风还没有吹尽树上黄叶的季节里，和我交情很深的缝鞋匠也像凋残的落叶一般，不知飘零到什么地方去了。

好久以后我才听说，那个缝鞋匠的老婆领着他的女儿和一个在船上做工的老伙计潜逃了，可怜的缝鞋匠去追寻她们的踪迹，也不知有没有什么成果，因为从这以后，旅馆窗外的墙角下，永远没有破鞋的展览了，叫我打听谁去？

我掉落在回忆的网里，不知不觉过去了半点多钟，我的鞋已经修理好了，我默默的把鞋穿在脚上，给了钱，站起来。

有个乡下老哥蹀蹀躞躞走过来，手里提出一双破鞋，嗓子里好像含着一块石头似的，咕噜咕噜的问道：

“包前尖多少钱？”

（一九四二年五月八日于南窗下）

休　假

从各连下选拔派出来的三十多名专门学习瓦斯的军士，很快的把防毒面摘下来，装进胸前挂着的布袋里，在草地上，欢欢喜喜的坐下了。

这是距兵营不远的荒地，有许多常年没有人经管的坟丘，快要和地面平齐了，有的已经陷进潮湿的坑里，破碎腐烂的棺材板，被阳光晒得失去了颜色，丰肥的草叶发出香气，玻璃的碎渣闪闪的放着两眼的光芒。

教官是个威严活泼的青年将校，面孔红红的，有一双乌黑的大眼珠，他每在教练间休息的时候，总是把肩上的图囊摘下来放在身旁，掏出小手巾来擦擦额角的汗水，亲切的看着每一个学生的脸，叫他们在休息的时间内，忠实坦白的讲一支自己过去在部队里经历的比较动人的生活故事，但是今天他的眼光却不像往常那样的挑选，只是在坐着休息的队伍里迅速的一扫，好像早就决定好了似的，坚决的喊出一个休假回家归队还不到两天的班长的名字：

"蒋明圣！"

一个脸孔团团，颜色黑红，鼻梁高高的，嘴唇闭得很紧，眼光格外锐利辉煌，体格魁梧异常的小伙子答应一声，同时敏捷的跳着立起来，取好坚固不动的立正姿势。

教官急忙对他摆摆手，和蔼的笑着：

"坐下，坐下。"

动作迅速的坐下了。

"听说你请假回家遇见了一回危险，你把那前后的经过对大家讲一讲。"

下面便是这位班长所叙述的故事：

连长在我请妥了假，临走的时候，把一个匣子借给我，嘱咐我说："你走的路不大太平，在家里住的时候更得加小心一点儿，假期一到务必赶紧回来！"我们连长的意思我是明白的，于是我就仔细的核计着往回走。

下巴士车以后，我得步行四十里路才能到家，我先到姨母家——她们住在距巴士站有二里半地的乡下——我到姨母家主要的目的是借一套便衣，因为再往西去，时常碰见胡子，穿便衣方便一些。

我走了一上午，路上只碰见了几个下地的庄稼人，一个卖甜瓜的老伙计和我做伴儿走了十里多远，他告诉这附近常闹胡子，头两天，有一个卖布的商人叫胡子把钱全抢去了，还挨了一顿狠打。后来我们在叉路口分开了，他往南拐下去，我照直往西走，走了还不到半里路，从庄稼地里跳出来一个冒冒失失的家伙，在前面把路挡住，问我："你往哪儿去？"我说回家，他一眼看见了我的手表，用手指一指："把手表留下！"我一看，这不是个好惹的家伙，我正想着计策——他把手枪露出来对着我的胸口，逼我赶紧把手表给他。

我一想，给他就给他，等一会儿再看看有什么办法没有，但是他拿去手表又问我要钱，我说腰里没有带钱，他不信，过来摸我，这时候，他的枪口是对着下面的，我趁着他不防备，先抓住他拿枪的手腕，接着就在他鼻梁子上猛打一拳，然后我就把他摔倒，我抓着他拿手枪的那只手要命也没有松开，他鼻梁上吃了一拳，这对于我益处是很大的，我接连着又打了他两拳，用膝盖压住他的肚子，好歹把他的枪夺过来，这就不怕了，我放心的站起来。

我想，这小子起来求饶的，想不到，他爬起来转身就往庄稼地里逃跑，我当然不能去追赶他，我只有一个人，和他们，一定是吃亏的，所以我也赶紧奔跑，我盼望早点儿到家，因为家里一连给我两封信，说有紧急的事情，也没有写是什么事情，我很不放心。

我的手表叫那小子拿跑了，还给我一棵手枪，我一看，这手枪还是马牌的，真是宝贵难得的，里面有六粒子弹，枪膛里擦的很干净。

到家以后我才知道，我叔叔叫胡子绑去了，他是得罪了人，他们都盼望我回去想办法，我哥哥愁得没有办法，因为我父亲故去以后，家里的事全是叔叔经营，他如果有个好歹，不消说，于全家都不好。

到家的当天晚上，我哥哥很忧愁的对我说："你回来，他们备不住知道，万一来找麻烦，不合适，不如躲一躲。"很快的我们就决定夜里在庙里睡，我把得胡子的手枪交给我哥哥，预备有个什么事情的时候能有用处。

就在这天过半夜，有两个胡子到我们家里去找我，我们已经睡熟了，听见狗咬的很厉害，我们家的老狗咬得特别的凶，我哥哥爬起小声说："不好，我们得看看！"

我们悄悄的溜到家里，从后窗偷着一看，两个胡子正逼着我嫂子叫她告诉我叔叔藏在什么地方。

我们一听，我叔叔一定是逃跑了的，他并没有回家来，他怎么敢往家跑呢？他也不至于这样傻呀！

我哥哥实在着急了，他从身后拖我："这可怎么办？"我一想，他们反正是逼着我们死，叫我们这样人家拿两千块钱，可不是逼着我们去死是怎么的呢？我把心一横：干吧！干完再说……

我哥哥瞄准一个，我瞄一个，他是先开枪的，可惜他太慌张没有打上，白消耗了一粒子弹，我一枪就把那小子收拾了，我哥哥第二枪才打上，还是打在腿上，进屋以后又补一枪。

这么一来，我们住不下去了，那地方也实在不能住，胡子闹得太厉害，简直不叫人过安静日子，富人绑票穷人也绑票，牛也牵，鸡也抓，什么都是好的，只要有用就拿去，这些胡子也真无赖！

天不亮我们就收拾妥当走了，我们有了四把枪，我嫂子是会放枪的，我的侄女会，回来的时候倒很顺利，一个也没有碰上，到姨母家一看，我叔叔正在那里，他果真是逃出来了，受了半个来月苦处，我婶子，自然是很高兴的。

我往回来，在车站上正好碰见部队，他们是刚下火车，我想，这回可好了，部队一到，胡子就得像老鼠似的钻进洞里去，那群胡子好打，用不着费多少事。

我回队以后，把得来的枪都交上去，连长很高兴，说我休假回家还带着剿匪。

教官聚精会神的听完这段故事，高兴的对班长说：

"你干的对，很好！"他看看怀表，拿着图囊站起来，望着大家的脸，声音响亮的喊：

"集合！"

（一九四二年六月于南窗下）

把　握

二年苦工，我获得了一张贴有我本人像片和盖了许多红色图章的卒业证书，说实在话，这是我踏上求生之路时的全副武装。

有两个同伴加上我，三个人，被派到一处远地方去，我们在学校里的庶务处，领到了赴任的旅费，我一看票子的数目，就知道，有三分之二以上的剩头，我在心内核计，登车之前，应该买两本好书。

啊，我从来没有这样高兴！

新是年龄最大的同伴之一，他生有一双诙谐的小眼睛，说话的嗓门像敲破锣一样，他很有自信的对我夸口：

"老弟，你和我一同走路，决不会吃亏，我不是吹牛，出门跑腿子有把握！"

我看着他那紫红色的鼻子，相信他是有"把握"的人，另一位同伴，是面貌美好，嘴特别小，有轻浮的态度，脾气暴躁的冯君，他和同学打过仗，小伙子很野蛮，可是我并不怕他。

在这两位天生好心肠的同伴面前，我觉悟到世故人情我差的很远，从他们衣袋里掏出的经验，我是背不动的，不过，他们无论讲什么话，我总是仔细思索一遍，因为，我怕被紧紧的锁在"吃亏"的箱子里。

有很多同学到站上送我们，校长招我过去，亲切的嘱咐我几句话：

"你年纪小，经验不够，处事要格外加谨慎，无论做什么，别认为自己聪明，总觉比人强些，要知道人多出圣人，记住这句话。不要嫌恶路远，你多走一些，会多长一些见识，翅膀是越飞越硬的，你要勇敢些去干，世界上，成功的都是勇敢的人，胆小如鼠的人，能做什么呢？还要记住，不间断的用功，一时不用功，就如在路上停了步，容易落在别人背后的，你好好去干，将来有一天，我也好沾点光。"

他笑一笑，拍拍我肩膀，接着说：

"我也看不出你将来能成怎样一个人物，可是，我希望你们都迈上成功的路。你没有带行李吗？"

我告诉他，没有行李，打算到那边之后现做。

这样，我们上了火车。

我握着栏杆，向渐渐变小的同学们摇手，直到他们变成了黑点子，我才走进车厢里坐下。

程新指指我的鼻子说：

"你，我说实在话，唉，这是用不着的，他们来送我们不是出于本意，你可知道？这一别就永远不会见面了！你，太热情了！这是容易吃亏的，现在，我不妨告诉你一些……"

他对我讲了半点多钟处人处事的大道理。

后来，他连连的打着哈欠，背靠着皮垫，闭上眼皮，不到五分钟，就呼呼的睡熟了，我思索着他的话。

——女人像柄利刀一样，会把你的肉一点一点挖去，老弟，千万加小心……

车窗外，描写不尽的野景在飞动，好像电影一样。

第二天下午，我们住在一个出名的产鱼区，这是一个非常繁华的小城市，女学生为了美，冬天不穿棉衣，情愿挨冻的露出胳臂。

我们的旅店，正临当街，看吧，人生就在这窗户外面摆着。

程新有点不满意我，他最讨厌我读书：

"现在，书没有用了，你还看它做什么？趁早抛弃了吧，出去玩玩多好！"

无论如何，我不能抛弃了书，因为，这是抛弃了我的灵魂，宁肯得罪他也不能服从他的命令。

"有把握的人"生气了，他指着街上一个走路的女子：

"你看，那姑娘多俊！怎样？"

我不理他。

转眼过去十天。

他俩把盘费花光了。

"有把握的人"和我商量：

"老弟，你有钱，借几个给我俩怎么样？"

我大声拒绝他：

"我和你们领到的钱一样多，我也花光了呀！没有！"

但是他不信。

实在是梦想不到的事，总部方面不能来车，来信叫我们自己雇车去，我实在不愿意替"有把握的人"和"轻浮的人"买车票，迫于同学的情谊，又不得不顾他们俩。

火车到终点，这一百二十里路，必须骑马走。

不知怎么"有把握的人"和"轻浮的人"声明不能骑马，这两位老先生，连走路也不能了，咬牙咧嘴说是腿痛，幸亏，有一辆载重车去省，让我们三个人坐上了。

道路很不好，大板车跑起来直跳，他俩哪能抗得住这种苦处，这个一咬牙，那个一瞪眼，就如坐在针毡上，那种受罪的滋味，只看两个人灰白的面孔就能领会了。

我舒舒服服的坐在车中央，车无论怎样跳跃，不觉得难过。我有说不出的快乐，我有好几次，望着道路两面的山和水，竟笑出声来。

好久以后我还这样的想："有把握"能算什么呢？

（一九三六年春于营口）

熟悉的名字

一千九百二十九年九月二十三日。

这一天有点儿冷，满天密布着愁苦的黑云，好像要下雨的样子，树上落下的黄叶无精打采的在路边滚动着，在凉风里战战兢兢的黄色的草丛里发出凄惨的虫的哭声。

这是我永远不会忘记的一天啊！

在离开都会不远的一个市镇，在市镇的街头十字路口徘徊着一个憔悴的青年，他的头发散乱，消瘦的面孔下是一副不强壮的衣架，两只脚无力的踏在不平的泥土上，鼻子右边有一块黑灰，他的面孔好像伤心的大哭过一样。这是我患难的朋友村华。

"我们去不去呢？"

我不知道怎样回答他合适，坐在他身后带着厚厚的泥土的石板上，觉着有无限的疲乏，像被撕得四分五裂似的，身体的全部都瘫软了。

因为我们肚里缺少食物，从十五里的都会走到市镇来，是为找寻一个不久以前在纸厂里做工的同伴，听说他在这市镇的一家木厂里赚饭吃，他是因为不听话被赶走的，我们随后也被辞退了，起初我们在各处像野兽似的游荡着，两个月过去了，找职业是个难问题，天气眼看冷起来，不得不赶紧找门路，可是跑到这里来一看，伙伴早就到别处去了，到了什么地方去呢？没有人知道。

我们失掉呼吸的勇气了！

他拖拖我的肩膀：

"走吧？"

我费了很大的力气才爬起来身子，摇摇不定好像大病刚好似的。

"我们怎么好再去呢？"

"这一回你去找她吧！我在别处等你。"

我们吃苦的迈着步前进。

我们头上那路边凋残的草丛中的虫的哭声，正在奏着送终的葬曲，我们虽然还活在世上，其实已经走进死的路里了。

到"她"那里去，这是不能的事，只有到了无路可走的一步才能往"她"那里去，我们去找"她"必须忍着最难制压的耻辱和痛苦，把灵魂藏在低贱的深渊里，用着只有精神死完了以后的躯体才能到"她"那里去。

但是，这一回，如果不想立刻死去的话，非往"她"那里去不可了！

"怎么样，你自己去，我在别处等你……"

我吞吞吐吐的回答他：

"顶好是你给我做伴，我一个人去，实在……"

"用不着……我告诉你，你和她说，我走不动了！"

"再不然，村华，你在门口等我？"

他不赞成这种办法。

经过好久的商量，我们决定了。

决定午后我们就对着马路一直的前进，腿是无力的，身体衰弱，精神颓废不振。

"她"是村华的妹妹，因为活命，在两个月之前下了窑子。这一切都很简单。人间流水老账本来是安排得好好的，穷人和命运碰是碰不起的，她呢，年纪刚到十七岁，做这种营业正合适。

这庄事实现以后，村华并没有落一滴眼泪，只是，他那面孔在一两天之内好像经过十几年的土埋，刚从棺材里挖出来的一样，一双乌黑的大眼睛深深的落进窟窿里。

我呢，也没有一点儿痛苦，虽然在纸厂里我们是友谊浓厚的同事，放工之后总是到他家里吃着他妹妹亲手做的干粮和粥——吃完之后，我对她没有过一星一点感激的表示，因为吃东西我是付了钱的，我有权利端起筷碗。村华不拿我当外人，她也一样，始终是沉默的，只有一两回，在村华没有在屋子里的时机，我们相对着微笑了几回，除此以外再没有更亲近的表示了。我觉着这个姑娘不十分欢喜我，她时常立在门口羡慕的望着那些来往穿得整齐些的人们——这使我发生了厌恶她的感情。

在市场上，有一道杂乱的胡同，拥挤的房屋像快要倒坍似的，这一带全是"四等"。

村华愁苦的立在街头，用希望和忍耐的眼光鼓励我进去，我鼓着很大的勇气走进破碎的板门，板门的上方是用旧报纸糊着的，破碎的地方堵着破布条。

她正睡在木板上，枕着胳臂，看我踌躇的进去一点儿也没有吃惊，慢慢的坐起来，睁开疲倦无力的眼睛上下观察我，好像初次见面似的：

"我哥哥呢？"

我说："他没有来。"

"他在什么地方？不和你在一块儿么？"

"和我在一块儿，不过……"

我想了一想，解释给她听，

"他病了！"

她马上就明白我到这里来的方针，沉思了老半天，把褥子底下的纸包打开，一共有四毛钱，还有几个铜板，把这些全部交给我，最后对我说：

"我哥哥病好，你叫他来一趟！"

“有事情么？”

“没有什么事情，我看看他就行……”

我刚要出门，她从后面用力的扯住我的袖子悄悄的说：

“你常来吧，我快闷死了！”

在我手里紧握着的是钱，不是人类的爱，也不是道德和学问，过了一刻钟，我和村华面对面蹲在卖豆腐脑的锅灶旁边，羞耻和痛苦完全忘记了，眼瞪着卖豆腐脑的老哥把勺子伸进锅拌搅着。

这时节，从我们旁边，有三个黑手黑脸的弟兄，笑嘻嘻的往“四等”的胡同里走去。我清清楚楚的听见他们讲出一个熟悉的妓女的名字……

（一九二九年于青岛）

飞　虫

闷热的夏天的夜里。

有一个人家开着窗户睡觉，昏暗的灯光照出几幅像死尸似的难看的脸。

从外面，从野地，从很远的乡村或树林里飞进来几只身体瘦小的飞虫，落在化学的灯伞上舒服的休息，有两只围着灯伞活泼的跳着舞，姿态都是很优美的，好像登台表演的女明星一样。

又从外面飞进来一只天真烂漫的飞虫，也落在灯伞上，或绕着灯伞飞舞。

“你们是从什么地方来的？”

问这话的是先飞进来的一只飞虫。

“我们是从河边来，在那里，美丽的树叶们正开着辩论会，他们所讨论的问题太深了，我们听不明白，所以飞到这里，你们几位是从什么地方来的呢？”

回答这话而且又发问的当然是后飞进来的飞虫之一喽！

"距这里不远的一片墓地，是我们时常留恋的乐园，因为近来蚊子太多，几乎把墓地占领了，我们不敢去惹他们，时常到这里来游戏。"

"在我们那里，树叶们太讨厌了，他们成天到晚的吵闹，为了一丝微风的事也喋喋不休的研究和讨论个没有完。据说，树叶们都是学者，但是，所谓学者这东西有什么用处呢？一转眼就是秋天，紧接着便是万物凋残的死寂的寒冬，能游玩还是游玩的好，我这话对么？"

"不错，我们飞虫这一族，所以聪明，有智慧，就在于彻底的觉悟到游戏是一生的事业，这一个意义，别的生物太傻了，特别傻的是人类……"

"人类的事我不大懂，他们好像是把睡觉当做有趣似的？"

飞舞着的一只后飞进来的飞虫，这时候一面飞一面插嘴说：

"人是最愚蠢不过的东西，他们成天忙忙碌碌的奔跑，不知为了些什么。"

另一只先飞进来的飞虫，有个很正确的见解：

"所说人类这种东西，究竟是什么东西，我们虽然不能斩金截铁的下结论，但是我们从他们那睡熟的难看的脸相上看，可以知道，他们是我们常游戏的墓地，埋在土里的那些人的候补者，这是我好久以前就想到的说法。"

正飞舞得特别高兴的一只先飞进来的飞虫，大声的喊起来：

"树叶的事，人类的事之类，不要讲了，那都是一些无聊到了极点的事，我们顶好是尽量的游玩吧！"

"对，对，这才是真理！"

"不错，我们应该用力的跳舞。"

于是，这些天真烂漫活泼可爱的飞虫，自由的飞着，快活的舞着，高兴的唱着，那种乐天的派头，三五百字，实在描写不尽。

忽然，有个睡觉的人朦胧的爬起来，揉揉眼睛，抓抓肩膀，自然自语的说：

"啊，有蚊子！"

他抓起蝇必立死，准确的对灯伞四周敏捷的喷去，他把没有什么大了不得的飞虫当作不共戴天的仇敌，全都喷死了。

真正的蚊子，已经吃饱肚子，泰然自若的坐在桌底下的黑影里和情人商量结婚的事。

一群飞虫，一个不剩，都死掉了，实在可惜！

夜呢，还是夜，离天亮还早得很。

……

夜间的奇袭

时间一秒一秒，一分一分，一点钟一点钟的过去了。

敌人顽强的不退，他们包围着城的半圆。在正对着城门的高岗上，用石块堆积着，在那上面，机关枪黑黝黝的嘴贪欲的张着，在仇恨的瞪视着紧闭着的坚固的城门，在东面不毛的山岗前侧，他们的新的队伍渐渐的增加，立在荒草丛生和碎砖乱瓦堆满的城墙上，可以清楚的看见他们的人，在骄傲的，大胆的，很有胜利的自信似的，连掩蔽都不用的整个露出身子来来往往的移动，有的爬到山的脊上，像野兽似的往城里闻着气味儿。凡是对着孤独的城垣容易展望的地点，和射击方便的地点，全有他们的兵力周密的配置着。他们在寻找着机会，打算一举攻进城里，把部队整个的缴械，兵器，弹药都拿走，人民的金钱和粮食也同时劫掠了去。当然，他们最大的梦想，至少也要发号司令支配一个满足的时期，如果办不到，也打算尽量的焚毁。

敌军的这种欲望是有把握的，因为他们的兵力超过了七八倍，城外的四周，所有的要点都占领了，只有城门是关闭着的，他们不能生上翅膀飞进城里，但是他们的射击是占优势的，他们可以随意的，不费力的从展望良好的山岗上瞄准理想的目标，而从城里往外射出却没有这样容易。

白天过去了，黑夜来临了，敌人不前进，也不退走，到第三天黄昏时分，唐营长把他部下的大部分招集在城门底下的一角，他那一双因为缺少睡眠的眼睛肿得高高的，满脸的灰尘，衣服上的泥土，都在象征他是怎样的劳苦，一支长筒自来得手枪横着插在腰间，他的眼睛像刺似的在每一个士兵的脸上扫射着。大家听见他嘎哑的声音在身边小声的用力的响。

"今天晚上，我看是一定的，他们要从西北角往城上爬，在那里，我已经安排好了，你们要在天一黑就出城，从后面包围他们的后方，只要一出去，你们听见了没有？一出去绕到他们后面……"

所有的眼睛，红肿的，瘦损的，忧患的和满不在乎的眼光，都集中在一张坚毅不拔的决心和死的命运的青红的脸上，他们看得出，也感得出，此刻要有一丝一毫不服从这张面孔的意思，那么所有的，这团体里的任何一个分子，只有灭亡的一条悲哀的路，于是，他们的眼睛尽量的瞪大了，信仰在那一张好像初次看见的脸上，打着牺牲和奋斗的热烈的印章。

嘎哑的声音接续着响：

"你们听见么？要沉着啊，不要慌张，倘若一性急就不好办了，等他们的兵力都集在西北角，那时候你们再射击，机关枪你们拿去，只有这一挺现在还能够用，子弹都给你们拿去……"

这最后的，唯一的办法大家都想到了，但是在这种危急的，千钧一发的时候，从那青红的面孔，嘎哑的声音传达出来，显着奇怪的有力量，只有这一个冒险的办法是救济，即使不可靠，总比束手待毙好得多。

"要不然，我们只好一个一个叫人家绑出去枪决！"

于是在每一个士兵思想的觉悟里，一个一个，都拖着极不祥的暗影，倒背着两手，连眉头上都是粗硬的绳索，腿上也许架着轰响的锁链，被无情的敌人拖到山冈上，残酷的监视着在石块上跪下，接着便是枪口的迅速的花，刀光的瞬间的一闪，然后被强硬的踢进山谷里，这些没有认领的尸首只有狼群和乌鸦来收拾。一想到这个场面，所有的士兵都勇敢的吐出不能忍耐和牺牲奋斗到底的气息，他们几乎把枪的托底板忘记了遵守兵器的意义，用力的碰出愤怒的声音，他们不说出来，都从眼光交换了非干不可和有胜利把握的感情。

这么一来，暮色苍茫，远山苍茫，周围的高地苍茫，眼前的景物也尽管苍茫，他们的心里却异样光明起来。

唐营长把拳头握紧，牙齿咬得发响：

"你们听见没有？不要着急，越靠近越好啊！我们在里面，这用不着你们操心，你们尽管去就是，可不要着急射击。……"

这一队人毫不踌躇的顺着墙根迅速的走去了，头前有一个人领着，黄昏的黑影在遮着他们的面孔，不到跟前是看不见这群人活动的身影的。

黑暗的夜色降临不久，在南方的山冈上有了突起的射击，瞬息的火花在意外的一连响了好几十发。

唐营长只领着六个弟兄，在东南角的城墙下巡视他亲手配置的散兵，那一排意外的枪声，给了他一下很大的惊骇。

"怎么的，他们出了差么？"

一阵杂乱焦急的脚步由远而近，很快的看见了那模糊的身影。

"营长在什么地方？"

还没有压住气喘，声音里含着惊慌。

"什么事？"

"噢！报……报告营长，在城门那地方，他们的人数很不少，打算破坏城门……"

"走！"

唐营长跑到城门楼上，他往南面望望，那看不见的无边无际的黑暗的深处，瞬间的火花还在稀少的，连续的闪烁。

他心里有了根底。

"把他们叫来，把北面的弟兄全都……"

这时候在西北角上，从来未曾见过的激烈的战斗开始表演着。敌军企图爬上城墙的一个支队，在意料不到的，突然受到后方，好像从地层里钻出来的一群怪物的攻击。他们以为是自己的人弄错了，等到刚一清醒的时候，那瞄得可怕的准确的机关枪，正在开始喷着猛烈的火和烟，他们的脑袋受着震动，成堆的人在瘫软的跌倒，叫喊声，破裂声，石块崩碎飞起来，在散乱的击伤他们的颜脸。

只好退却了，但是正在退却，那机关枪的火烟并不间断，而且越发猛烈，黑色的块状不断的成列的颓倒，这意外的，猛烈的奇袭把他们弄糊涂了，他们忘记了身上携带的充足的手榴弹，等想起来的时候，已经呻吟的倒在碎石乱堆的坟地上了，有的爆发了自己身上的炸弹，这是额外的增加了他们的死伤。

在城门那里，进攻的形势一刻比一刻加强，城门在震动着，发出的声音，枪火刺破了黑暗，炸弹的轰声摇撼着天地。

这些尖锐的枪声和炸弹轰动的吼声，在周围连绵不断的山山岳岳的黑色锯齿状之间，激起极大的回声，好像山崩地裂一般。

只能听见唐营长破裂的声音，在乱吼声中沉闷的响着：

"别着急射击，别着急……快来！为什么不用砖块呢？留着子弹……"他的声音被轰动的巨响轻易的掩盖了。

在城门外的沙冈上，起了机关枪喷吐的红光，但是在高处，并听不见连续子弹的锐叫，而在城门外集结的敌人的破坏和进攻的人群里，却起了很大的混乱的漩涡，他们被那后方猛烈的机关枪成堆的击倒了，于是，呼唤，呻吟，破裂和轰动的乱杂杂的骚闹，奏成了一片死的音乐。

唐营长把他袋里的手电筒急忙的掏出来往下打着，这东西在这时候真有大用处，他那派到城外冒着生死危险的部下，可以把最后一排子弹准确的使用了。

实际上还不到五分钟，城门底下破坏和进攻的敌人完全逃开了，四周的敌人都利用黑暗悄悄的捧着失败的命运退走。

枪声休息了，瞬息的火亮已经全灭，只剩下黑夜统治着山野和城垣，城里的街上，各处都有了活动的人影，走动的喊声，镇定的语言，高声的谈话和低低的耳语，还有轻快的脚步在随处流动着。

第二天，深秋的太阳用异常欢乐的温暖普照着这城镇，周围沉默的山岳和田野也沐浴着慈祥的阳光，大地扬着丰美的笑脸，人们的眼光都格外的明亮。

唐营长领着和一大群人民在动手处理敌军陈列的尸体。

……

破庙里的早餐

　　小福住在破落的山神庙里，他的爸爸有病，身体发烧，头痛，不能起身。这几天全是小福一个人出去讨要，讨回干粮给爸爸吃。他盼望爸爸的病快好，好和他一同出去。他自己到各处走有点害怕，他最怕那些孩子们拿他开心，把泥土扬在他头上，把石块扔进他铁桶里，还抢夺他的棍子，甚至踢他腿。这些少教训的东西，真可恶！

　　他讨到一小桶人家残剩的冷稀粥，爸爸看看，摇摇头，愁苦的对他挤挤眼：

　　"你吃吧！"

　　他想了一下，这么凉的稀粥，病人一定不愿意吃，去弄点柴来吧，这样，他决定了。

　　雪花落在他肩头上压迫他，他不理会，他在山神庙后身拔了些枯黄的草叶，还拾了些干树枝。

　　他在三块石头筑成了锅的灶上，放好铁桶，火柴装在爸爸袋里，他费了好多力气，好容易从爸爸破乱的衣袋里摸出来，于是开始烧火。

　　赤红的火光，把黯黑的山神庙堂照得通亮，几个毁损的泥像脸上流露着笑意，这些无人来表示尊敬的神仙，早和小福成为至好的朋友了，起初他有点儿怕他们，现在，他不仅不怕，还觉得他们亲切可爱，假如没有他们，这破屋中太荒凉了！

　　稀粥很快的热了，他摸摸爸爸的屁股：

　　"爸呀！粥热了，你喝点儿么？"

　　爸爸躺着不动，只是摆摆手。

　　他望望爸爸清瘦的脸：

　　"爸呀！你少喝一点儿吧。"

　　病人知道小福的脾气，如果不勉强坐起喝两口，他决不会安心的。

　　"唉！"爸爸喘口粗气，很艰苦的爬起来。

　　小福高兴了。

病人两手抱着铁桶，喝了几口，然后递给他。

"你吃吧！"

他接过铁桶，快乐的把肚子吃饱了。

这两天很不错，他有了积存的几片干粮，这雪，如果接续下两天，小福也不怕，他很有自信似的张着嘴。

他关紧殿门，禁止冷风吹进来威胁他们，病人躺着的地方，好像一个摇篮，前后左右都有木板和细草挡着，这是好久以前，爸爸费了两天工夫修好的暖窝，小福睡在爸爸旁边一点儿不冷。

这时，太阳已经落山了，附近的小镇上居住的人很雅静，不像白天，为了半文钱的交易而大吵大闹，放开了喉咙高喊，好像打架似的。

他坐在一个没有脑袋，身子破了几个窟窿的神像的肩上，从门孔中望着外面的围墙和满天飞舞的雪花，想着快到的年。

他记得快过年的时候，镇上有许多乡下人"赶集"，一条狭窄的小街，人几乎挤满了，卖东西的把摊子排在道路两边，呼喊，狂叫，争论，吵吵闹闹的很热闹。

他计算着，过这个年，他是九岁了，可惜，他不知道爸爸是多大岁数，他想，爸爸大概是三十岁，或者是四十岁吧？死去的母亲，他早已忘记了，正如母亲早已忘记了他一样。忽然，他转出一个念头：雪花，是好吃的，为什么不弄点儿吃吃？他欢喜的，轻轻拉开房门，走到外面。

庭院中，积雪有一寸厚了，他蹲下身子，两手去捧雪，吃了一口，凉，而且冻手，在身上抹抹，跳跳跃跃的走出了庭院。

一个乡下人赶着小毛驴，驴背上驮着一个饱满的口袋，那乡下人还扛着一张卷成细筒的炕席，踏着雪，往东面走去了，此外一个人影也没有。

小福看了半天，跑进去了。

他慢慢的推开了房门坐在原先的位子上。

他时常坐在神仙的尸体上，简直忘记了所坐的乃是神像，此刻，不知怎么他忽然想起来了，所以他赶紧立起，躬着腰去扳，可是扳不动，那泥胎和他差不多高，他猜不出这泥像的头落在什么地方，他想问问爸爸，可是爸爸好像睡熟了似的动也不动。他看看屋中各处，寻不出那头的踪迹了，其实用不着寻，这庙堂中，任何一个角落，他都是熟悉的。

他曾在各处搜索过，打算发现点儿什么珍奇的值钱的东西。

有一次，他搜索到正座的供桌下，大胆的爬了进去，两手各处摸，摸了半天，没有什么，有一只老鼠跑了出来，从他身旁擦过，把他吓得胆战心惊。

当时爸爸坐在那里修补破鞋，问他：

"什么？"

他赶紧爬出来，把脑袋碰了一下。

后来，他在一个比他高半个头，两臂失掉的泥像身后，获得了一个生锈的铜片，也疑心是金子，爸爸也看了半天，告诉他：

"这不是金子！"

"是什么？"

"铜。"

在破烂摊上换了两个铜板。

天色眼看黑下来了，小福躺在爸爸身边，他的肚子既然饱了，此外便不想别的，是的，他还想年，因为过年他可以讨点比较好吃的东西。

第二天一早他就爬起来，爸爸的病状依旧，不见好，也不见坏，他拿了铁桶，肩上搭着破布袋，提着打狗的棍子到镇上。

雪不下了，天气很暖和，有许多乡下人往镇上走。

"发福生财的掌柜呀！可怜可怜吧！"到了住户人家，他不喊"掌柜"而称"老爷"，"太太"。

他在"集上"讨了不少东西，卖小鱼的为了讨厌他，怕影响了生意起见，不等他放声喊，便给他一条小鱼，把他打发走。卖大葱大蒜的乡下老哥，看他也可怜，给他一棵葱或是一头蒜，他最怕店家的掌柜或伙计，这些人真苛毒，他们半个小钱也舍不得，并且非常强硬的驱逐他。

有一条街他不敢去，在这条街上有些孩子，一见他就包围他，其中有个尖下巴颏的小学生，给他起了一个绰号，其余的孩子跟着喊："小老鼠！"

小福跑了四十来家，把嗓子也喊累了，好容易要了十几块破碎的，冰硬的干粮，半小桶快坏了的稀粥。

可是他很满足，因为他讨了不少小鱼，和葱蒜。

爸爸坐起来，咳嗽着，一手抱着头一手摸着胸脯，他的头发比荒草还要杂乱，脸上落着泥土，夏天，他是每天在河里洗洗脸，天冷了河水冻了厚厚的冰，没有法洗了。

小福很高兴的把小鱼拿出来，摆在砖头上。

"爸呀！看，有这些小鱼，你吃罢？"

病人一声不响，难受的摇一下头。

小福放下铁桶和布袋，跑到外面去，他跑到很远的一个孤独的人家，从后园里堆倒的墙口爬进去，打算拿一点干柴。

有一只黑狗凶猛的飞过来，张着大嘴狂咬。

小福没有拿棍子，抓起一块石头，当作防身武器，柴是不能拿了，他小心的往后退，那狗很厉害，张牙舞爪的对着小福狂叫，因为小福手里有石头，它有点胆怯，怕打，所以不敢扑过来。

小福退到围墙口，把石头对准了狗头打去，那狗很机敏，一闪，闪过去了，它往前一扑，抓住石头，啃石头几口，接着又追小福，这时，小福跑远了，而且又抓起一块石头打去，这一石头很准，打了狗的腰，它咬牙咧嘴，失败的逃了回去。

小福很愁苦，他只得到别处去弄柴。

正好，有个卖柴的车过来了，他悄悄的溜到那车后面，很熟练的抢下几块木柴，抱着就跑，卖柴的老哥发现了，他举着鞭子咒骂：

"小兔羔子！叫我抓住，我打死你！"

小福忙得很，一面热粥，一面烤干粮，还要烧小鱼，爸爸坐了一刻钟，支持不住，又躺下了。

庙堂里，闪着烟火的光亮，小福的脸上映着喜气。

爸爸躺在草窝里，困难的呼吸着，他的呼吸就如被骗到陆上的鱼样，一刻比一刻苦楚，他想爬起来，可是不能，想呼喊也不能，他痛苦的瞪着两眼，咧着牙齿，小福只顾着早餐，他不知道病人已经断了最后一口气。他把干粮翻过来，摇一摇铁桶，加上两块木柴。

柴火燃烧的很旺，还唧唧的发响，小福微笑着，因为早餐快成功了，再过几分钟，他就要喊爸爸起来用饭……

（一九三六年一月三日）

毁　灭

在裂口的，破残踏得快要破碎了的石桥下面，河流不分昼夜的喧吵，这吵声在寂静的原野里来得非常的响亮。在露水落满山谷的清晨，河流的闹声来得叫人发烦，像碎嘴似的，不休不息的用着大声嘟念在平坦的下流，在转弯的斜坡，闹声是比较小的，好像吵够了闭着嘴静静走去一样。

在河流的南岸，越过一片乱石和荒草的拥挤，看着并不怎样高的土岗上，两挺机关枪相距不远的设成了阵地，正饥饿似的张着贪欲的黑口等待着，射手和弹药手都在这后方的沙滩上满足的休息。接着这左翼，一条弯曲的道路隔开，在陈腐的坟地和小小山岳之间是散兵线，他们的颜脸全是黑红的，警戒兵手握着枪支，眼睛瞪得圆圆的展望着前方。

前方是一望可数的几棵矮矮的树林，那东北角上是模糊的小村落，孤独的蹲在山岩下面，周围环抱着连绵不断的山脉，热气蒸蒸的尘雾在小村的西端腾起巨高的圆柱。

许多兵士晒黑的面孔凝视着一个方向：那巨高的圆柱在空中停留很久，等渐渐消失的时候却在树林右侧飞起轻浮的尘雾，并且越发的拖长了，抡着轻淡的尾巴。

机关枪的射手跳起来，把两只肥大的手在屁股上抹一抹，抬起枪把，靠在肩膀上，摇动着枪身对准那桥梁。全线的士兵都活动起来了，他们的枪膛里装满了弹药，大家都等得不耐烦了，希望早点儿结束这场恶战。

自从讨伐队开始搜剿以来，胡匪的主力是用非常机敏和狡猾的行动，躲避着和讨伐部队战斗的。匪首是个精明老道不甘居人后家伙，他率领着二百五十名强壮的部下，枪械整齐，弹药充足，随处施行着劫掠，人民的财富都变成他的所有物品了。肥健的马匹，肚大的骡子，全是他的掠夺物，妇女也是他的财产一部分，美貌的妇女，尤其是从来没有人动过一下的处女，只要叫他看见，大概是跑不了的，他有权力使那些无辜的女性变成他的如夫人。据说，和他睡一夜，以后便没有欺辱和压迫的忧虑了，他还尽着保护的责任。他的部下，一个个都像野兽，他们随意的处罚，奸淫，枪毙，焚烧，在人民生活的当年造成了漆黑一团。

一个月以来，讨伐队在奋勇的剿着这群人类的恶魔，但是他们避免战斗，总是一枪不回的逃走。讨伐队尽力的追赶，不使他们有一点儿休息和补充的余地，而且在各处适宜的配置堵击队。

于是，激烈的战斗不时的各地意外的发生，胡匪是不得已的还击，一面企图着退却，死伤是渐渐的增加了，已经超过了半数。讨伐队在一个星期以前得到准确可靠的情报，胡匪的首领是负着伤逃跑的，他的腿出了毛病，上马的时候必须别人帮助着。

现在，被讨伐队追到这方面来了，他们想不到在这里也会有堵击的部队，而且是精强有力的一个支队，战斗是很有名的。

他们骑着马匹刚跑到桥的半腰，突然发现了机关枪的黑口和步兵的头，正要打着马匹拼命的退走，在头上，死的阴影罩上了，接着便是尖锐的吼声摇动着他们的灵魂。

"突突突突突突突突突……"

机关枪的绵密的子弹打掉他们的帽子，穿进马匹的胸膛，马匹受了惊，用后脚立起，用力的，像疯狂的摇动全身，前面的往后退走，后面的往前飞奔，人丢在马下，被坚硬的蹄子残踏着。有个家伙非常的敏捷，他从马上像倒栽葱似的一头跳进奔流不息的河里，在水里滚涌着逃去。

有个老伙计被负伤的马匹压在肚子下面，他用力挣扎，叫喊。

未走上桥梁的大部分实行抵抗了。他们拼命的打着弄糊涂了的马匹，调转马头往后退走，在马上应射，他们的射击术是不坏的，只有这一点延长了苟延的生命。

机关枪在焦急的暴躁的，跳动着。

子弹在头上掠过，在空气里，激出各样异揉的难听的吼声。

胡匪的首领出现了，他并不下马，在河岸显着很勇敢，很有本领似的挺着胸脯，枪支在他手里，不瞄准，连胳臂都不伸起来的射击，一面呼喊，指挥着他的身后的人。

"往前上，他妈的，这算什么？"

部队机关枪的射手突然把他明亮的眼球睁大了，扫射停止了，他转动了枪口，把瞄准星对准了那高傲的胸膛，咬着牙齿，用着全力扼住了枪身，让子弹一连串的飞出去。

人从马上跌下去，马匹扔着后腿，但是没有跳出几步就用屁股坐倒了，肚肠子流出来，抬高肚子用两只前腿拼命的爬，低头用牙齿啃石头，暗黑的血块像屠宰场里的光景，人的马的血流在一起。

追击部队在树林的一端出现了，他们拒止了退走的胡子，在使人发昏的热蒸蒸的尘雾里，子弹不停的尖叫。从西面包围得紧紧的部队距离渐次缩小，胡子都把武器扔开，表明投降，但是活的人数已经不多了，只有十几个人。其余的都静静的把自己丑陋的尸首，任意陈列在桥上，河岸，草丛间，石堆里，有的滚到水边，河水冲洗着破碎的脑髓。

活抓的十几个人，两手倒绑着，眼睛上盖着布，一个一个被拉到草地，在土坑的旁边，在破烂的棺材板的点缀的地面，他们每一个都公平的挨了一枪，老老实实的睡下了。

胡子头的头颅被战刀砍下来，砍得很齐，他还半睁着充血的发蓝的眼珠，前额擦破了一块皮，脸腮上沾着黑黄的泥土，嘴巴被贯穿的子弹打透了，牙齿都掉了，满嘴的血，实在不美观。他那缺头的，几乎辨不出上下的尸身，上体的衣服扯破了，肚子上有一横排子弹的窟窿。

可怜那些有用的，强壮的，受了伤的马匹，和他们横行霸道的主人一块儿埋掉了。

桥梁在不言不语的望着翠蓝的天，桥底下有阴凉的影。河水的闹声在机关枪吼得最猛烈的时候是吃惊的沉默着的，这时又恢复了不休不息的喧嚣，一刻不停。

（一九三二年秋）

晨

这是距今十五年前，一个寒冷的冬天，一段破碎不全的记忆。每天早晨都是这样的我们，不得不早早的爬起来。长远的马路在朦胧的晨光里好像一条巨大的灰色的带，到市上去的，是各乡，各镇，各个区域的人民，他们赶着骡马或坐在大轮车上，或挑着担子，或徒手，忙忙碌碌的在这条带上，喧闹的，乱杂杂的奔跑着。

有许多褴褴褛褛的贫穷的妇女和孩子，拐着筐篮，夹杂在人和车中间冒着寒冷奔跑，他们是到市上去讨要的，生活之于这些人是无比的冷酷和艰难了。

但是他们都希望着总会有一天过幸福的生活。

父亲和我是到市上一家鱼店里做工去的。

鱼店的主人是一个胖胖的满脸横肉，眼皮上面有个疮疤，说话的嗓门像敲破锣，对别人吝啬，贪婪无厌，对他自己却慷慨豪爽的男子——一个工只出三毛钱，而这个数目在他还以为是最高的价格了。

经过四天，父亲每天和他商量，用着乞怜和哀告，像小狗哀求他的主人那样低声下气，结果总算不错，他发了最大的慈悲的心肠，一个工给开五毛钱。因为没有工做，没有钱，没有米吃，没有办法，父亲不得不赶紧答应下来——我们已经干了三天，鱼店主人发了不少强硬的宣言，他说，一个工五毛钱太多了，现在，找木匠是容易的要多少有多少。

他说的一点儿不错，父亲不能反驳他，我的怒气也只好装在肚里，实质上，我，以及和我的境况相仿的人都是如此。

我们奔跑着，在寒风像刀子似的早晨，在乱杂杂的马路上，两眼望着前面，望着那远远的灰暗的，像着一层厚的尘土的房屋，忘记了夜里受冻的情形，一心一意的奔跑，奔跑。

走过灰色的大带的一半，有个孤独的小火车站，像坟墓似的坐落在寂寞的桥洞的旁边。在刚进桥洞的外侧，靠着土墙的角落，有个卖豆腐汤子的年轻人，一年到头，不论刮风下雨，降雾飘雪，每天早晨，他总在这里，他的生意很不错。担子的两侧，用钉在木架上的草席遮着风，凡是在这里休息的人都是在早晨，在灰色的大带子上奔跑的人群里，比较起来要算是好不错的阶级，那些身无一文，上下褴褛和破片的人，是没有资格进这里休息的。

他们走过来，用着羡慕的，饥饿的眼光看一看，接着就忍耐的低着头，沉默的跑过去，好像走马灯一样，并不停步的走过去。

喝得起豆腐汤的人，多半是手艺人，或到海上挑鱼卖的强壮的老哥们——一百六十斤的担子压在他们的肩上，跳动着随着舞步，很有节奏，毫不紊乱，成群结队，迈着一齐的步子，在寒风呼呼的清晨，只穿着一件短小的破的短衫，有的甚至裸露着上半身，现出强韧的肌肉，流着热汗，这些健强的男儿，当他们工作起来的时节，那紧张的情景是比什么都动人的。

还有编造锅帘卖的人，瓦匠，推土车的小工，如果袋里方便，走到这里总是喝一碗。

父亲和我从家起身，一向是不吃饭走到这里，喝一碗豆腐汤算是早餐，丰盛的，美味的早餐，到正午再买点干粮补补肚子，接续到晚间。

我们在担子后面坐下了，左右都是坐着人，两手捧着冒热气的碗，嘴接触着碗边，发出馋人的噜噜的响声，很少言语，各人想着各人的心事。

四轮车，二轮车，载得满满的，四条腿，两条腿，各样的腿，这些，就在我们面前乱杂杂的滚过去，没有尘烟，不留痕迹。因为地面是冰冻的，只有隆隆的，不间断的沉闷的声响。天空好像非常厌恶这些似的，用浓厚的阴影遮着面孔，东方，在那朦胧的天边有一丝丝微弱的亮光。

不知是谁沉闷的咳嗽一声。

"给你碗！"

把碗递过去就轻轻的立起，拍一下屁股，扔在木盘里几个铜板，默默的走了去，和那些滚动的黑影一道。

一个把背靠着席墙的人，喝完了豆腐汤，抱着两肘，仰着脑袋望天，从嘴里吐出寒冷的白的烟雾。

"他老婆上吊死了！"卖豆腐的年轻人这样说。——他是指着刚才出去的人说的，仰脸望的人一点儿也不奇怪的接下去。

"怨谁？"

"怨她自己！"

"饿两顿就上吊？无用！"

"要着吃也活两天……"

因为饥饿上了吊的人在这里是得不到同情的，他们用轻蔑和互相教训的口气，讲说这件新闻。当然这样的新闻，并不新奇也不动人，而谈讲起来也是干燥无味的，上吊不过是上吊罢了，已经死了，死的人于活人无关。

父亲和我喝完热的汤，付了钱，离开休息的人，掺杂在不停的滚动的人的群里，像水流一样，急急忙忙往前奔波，没有工夫思索，也没有知识讲什么理论，强硬的生活的皮鞭在我们头上凶狠的响着，在这底下，人的灵魂是一时一刻也得不到安静的。

像这样，我们从清早奔跑，出发的时候不是亮天，归回的时候已经黑夜，一来一往都看不见太阳。

有光明，有太阳的时候，便是给人家不休不息的出大力的时候了！

朦胧的清晨，寒风像刀子一样，在灰色的大带上，像蚂蚁似的不间断的滚动着，发出乱杂杂的沉闷的强硬的声音的是什么呢？——是创造世界上的过去现在以及未来的人民！我们是随着这些人在一条路上奔跑……

雨　后

有一年夏天，在一个阴沉沉的，没有星也没有月亮的黑夜里，我带着十六个弟兄，大家同心协力的推着一辆出了故障，无论怎样也修理不好的大板儿车，很吃苦的在泥泞的路上努力的前进。

黄昏之前下过一场大雨，我们都湿得像落汤鸡似的，衣服贴着身体，又流着汗水，里面热外面凉，这种滋味儿是不大好受的。仰脸一看天空，黑黝黝的什么也看不见，那黑暗好像快要压下来似的。四面八方全是野地，远处的村里有狗的不祥的吠声。

距城里还有十五里路光景，眼看就要到了，这附近时常有敌人的小部队出现，如果他们知道我们的大板儿车出了毛病，趁着这机会来袭击，是不是就糟糕了呢？

派出去的两个弟兄到城里报信，也不知能不能达到这个冒险的希望，如果在前方五里的村落或者在路上有敌人把他俩堵住，我们的希望就要变成失望了！

谁也不说话，都用着全力推车，喘气的声音，车轮和杂乱的脚步声打成一片，有时我们的脚底下是哗哗的水声。

这时候，用不着说话，大家全是一个心理，都希望派出去的弟兄早一点儿平平安安的到达城里，很快的就有结实迅速的大板儿车出来迎接我们，在我们的思想里，只有灯光，温暖，食物和休息，还有弟兄们欢乐的笑声。

上坡的时候，大家最吃力，进行得也特别的迟慢，下坡的时候是相反的，有时在我们的幻想里，好像真的看见了在渺茫的远方，有汽车辉煌的灯光有力的刺破了无边无际的黑暗在摇动着，渐渐的和我们接近了一般。

在我身旁有个膀大力粗而且敏捷有智慧的班长，他用肩头扛着车后的堵板，两只手用力的扳着腰，咬着牙齿往前拼命的干，喘气的声音很响，他时时讲一两句笑话，振作起大家的兴致：

"伙计们，用劲的推呀！"

推到下坡的地方，他的鼻子挨了一下重重的碰：

"哎哟，好痛，这是怎么弄的？"

大家嘻嘻的笑起来，并不改变努力和前进。

这样的苦处完全是我一个人造成的：下午五点来钟的时候，大板儿车坏在薛家堡，在那里有我们的部队，他们说，今天不能走了，应该住一宿，开车的也这样主张，因为这辆车时常出毛病，弄得他也失去了自信力，我以为在太阳落山以前，一定可以到达泰城。在那里有我的两个同事等着，我们是同时出发到各地视察，而决定同日在泰城集合回防地去的，今天赶不到，他们会不放心，于是我坚决的说：

"走，没有关系。"

开车的先是踌躇了一下，后来他振作起全副的精神和勇气，跳进车里，手脚忙碌的工作起来，汽车的轮子转动了，发出吼声，房屋和人都被抛在后面，跳动着，摇摆着，前面蜿蜒的道路很快的缩短，汽车好像张着大嘴，把面条似的路带吞进肚里。

道路两旁的山脉和起伏不平的高地还没有显出清楚的面形就往后飞去了，开车的眼睛瞪得特别的圆，他尽可能的加快了速度，在他的眼里有希望和忧愁的光辉，他希望的是在太阳落山以前能赶到目的地，忧愁的是怕车在路上出了毛病。

正好不出他的意料，车体跳动飞跑了不到一点钟，机关箱里发出嘎哑的，好像人的嗓门里堵住了什么不通气的东西，难受的叫了一阵，不论怎样用手和脚去忙碌，终于停住不动了。

开车的是个熟练热心的小伙子，他满脸淌着汗的小河，用嘴含着胶皮管，鼓着嘴巴用力的吹了半天，把工具急急忙忙的收拾起来，手脚一动，车又迅速的，暴躁的飞跑了。

这一气干出三分之一的路程。

走到乱石堆满的山谷里，汽车又出了毛病，好像一个刚生育过的妇女懒懒的躺在那里无论如何也不动了。

机关枪班长把枪安置在高冈上，装满了弹药，把枪口对着隘路口，别的弟兄全下了车，在四面警戒着，恐怕有敌人上来找我们便宜，给我们个亏吃。

阴云很快的布满了，在东方的山顶上有刺眼的闪光，凉风带来了潮湿气味儿，很显然的，一定是要下雨。

汽车还没有整好，黄昏伴着雨水一齐来临，隆隆的雷声和闪电，满天交织成一面发亮的迷濛的大网，饮着雨水和凉风，我当然是后悔为什么没有服从人家权威经验的劝告，幸亏汽车又收拾妥，当大雨刚住，我们又在路上像生了翅膀似的飞跑，可是飞得慢多了，因为道路泥泞难行，车的轮子有时滑出非常的远，好像走在冰上一样。

黑夜里的大幕拉下以后，我们不过才跑了一半路途，天还是阴的，如果有点儿星光点缀点缀这夜一定是很有意思的，但是汽车一经过路旁有高粱的田地，就叫人忘记了星光和诗意，敌人一钻出来，对着汽车开枪那可不是闹着玩的。

大家都热烈的盼望着，无论如何，汽车可不要再出毛病了，我甚至于在肚子里悄悄的祷告起来：

"汽车呀，你可好好的干！"

不祷告倒好，一祷告反而出毛病，只剩下十来里路，他娘个腿，又坏喽！

收拾了一点多钟也没有收拾好，电棒里的电池用尽了，能收拾也看不见了，我们决定推着他走。在没有动手苦干以前，先找出两个特别大胆和志愿的弟兄，快跑到城里去报告，请求部队里来汽车接我们，这个请求不消说是不成问题的，怕的是跑不到城里，问题就不好解决了。现在我们已经跑到能够恍恍惚惚看见前方村落模模糊糊的轮廓的平坦路上了，大家的气力还很充分。

忽然，在前面推车的一个弟兄放开了两手，小声用力的对大家说：

"听，前面有人拦路。"

我们停止前进，大家把枪从肩上拿下来。

两个弟兄迎上去，在道路的一侧立定了问：

"谁？"

我们听见那渐渐接近的脚步声突然的停止了，停止了两分钟光景，又听见慌忙逃跑的杂乱的脚步声，那两个弟兄打算追赶，我们把他俩叫住了。

再推着笨重的大板儿车慢慢的前进，倘若遇见敌人也许会吃亏的。思索的结果，我们在道路的一侧，距大板儿车不远的地方把机关枪安置好了，我们决心等到天亮，如果城里不来迎接的话。

实在想不到，敌人真来了。

他们的人数并不多，不过三十来个人，老远我们就听见了那轻悄悄的脚步声。机关枪班长自己动手把枪压在肩上，不等那些黑色活动的块接近上来，就打了两发，试探一下他们的企图，我们听见奔跑，呼喊，铁的声音。奇怪，他们一枪不还，往西面跑去了，这是怎么一回事呢？谁也不明白他们这种狗屁倒灶的战术。我们老实的等着，有这一架机关枪，还有十好几支步枪，子弹是充足的，天下还有可怕的事情么？

我们听见远近都有狗的狂热的叫声，越是远处，那叫声越不好听。黑夜是在凉气和浓重的露水里无尽无休的流动着，夜的流虽然看不见，可是感觉得出。

"来了！"

谁在静寂里情不自禁的叫喊了一声，同时跳起来，欢欣鼓舞的在黑暗里伸直了胳臂。

真是来了。

我们看见了闪闪的，长长的汽车的灯光在试探着往这方面移动，大家像从陆地跳进水里的鱼一样，难以尽说的欢喜的感情包围了全身，从头到脚都沐浴着快乐和幸福，人生最大的快乐全给我们占据了。

一刻钟以后，我们坐在来迎的大板车里，出了毛病的车身用铁的绳子拴在这车后面。

"你们俩，没有碰见么？"

"没有，什么也没有碰见呐！"

"经过村落的时候呢？"

"狗咬了一阵，我们没有理会，慢慢走过去的。"

"真是万幸！"

"叫城门的时候可费了事，他们不开，不相信我们，等了一点来钟，他们去找人才回来，问了老半天口供，后来他们用绳子把我吊上去看一看，这才信了，要不然，现在也来不了啊……"

大家你一句我一句，不知从什么地方起头，也不知说到什么地方才算结束了才好似的，从这一个事件，跳到那一个事件，有时候谈到完全不相干的事情上去。

我跨进团部的办公室，桌上的小钟正指到三点，我的同学又是好朋友的张副官，从床上一个高跳下了地，抓住了我的胳臂：

"给你留的吃喝还在这里，你吃不吃？"

"我去看看，一会儿就来。"

到兵舍一看，弟兄都板着异样愉快的面孔，他们的眼睛在灯下显着极端的灿烂，满屋子都是忧患的快活的谈话，疲劳的幸福的喘声。

我走到外面，在阴凉的露水里对着黑漆漆的苍空吐出一口闷闷的长气。

拂晓攻击

黑夜悄悄的退去了，巨大的山冈露出灰黄色的姿容来。

浓重的晨雾带着阴冷和潮湿的气味儿，从高耸的岩石背后往外爬，很快的弥漫了荒野，蹲在就近山脚下的角落，还罩在朦胧的阴影里，河水在冈坡下面不断的喧吵。

部队在山冈的背面，静静不动的卧了足有半小时，蹲在岩石跟前聚精会神视察前方情况的连长，把望远镜迅速的装进皮匣里，回过身体，在帽檐下露出尘积厚厚的面孔，一双缺少睡眠的眼神在雾里锐利的闪着光，他的右臂先在空中震动了一下，做一个简单的记号，左侧的一排士兵马上爬起来，都探着头，躬着腰，用力的往前奔跑。

一个排长被招到连长旁边：

"你们，快往那河边，那里有几棵树，就在那坡上，把机关枪预备好……"

"等全体过了桥？"

"是啊！顶好是没有动静，如果不得已，当然是，快点儿去吧，别慌张……"

排长刚要奔跑，连长急忙摆摆手：

"过桥以后，你们得赶紧把住隘路口。"

"连长放心吧！"

去了。

不到一刻钟光景，周围的山岳异样的震动起来，原来在那村落前端，藏在土堤底下的敌人好像等不到似的开了枪，子弹在空中掠过，钻进空气里去，发出尖锐难听的叫喊，对面山中也像有暴躁的射击，然而那声音是沉闷的，在空中留恋着，传播着，又散布到四面八方。

在吵吵闹闹的河边，在沙石堆满的草地上，有一班弟兄打算涉水，领头的班长已经跳进水里去，其余的兵士像受了传染似的，都焦急的，争前恐后的，低着脑袋，小心翼翼的紧握着枪支，眼睛四面看着，用两只脚试探着水底，恨不能生一对翅膀，一下跳到对岸，河水在他们脚下乱扰，水珠从身上飞溅。

最先跑过弯着腿快要坍塌的草桥，已经踏上对岸的弟兄，伏在地上动手射击了。

不论枪声怎样的骚乱，村落照旧是死寂无声，看不见一个人的影子，树梢和房屋盖蒙着一层厚厚的雾。

连长随着最先跑过草桥的弟兄，他卧在一堆乱石杂草后面，很挂心那架机关枪，他满腹的希望都完全放在那机关枪身上，如果在这紧要关头，千钧一发的时机，机关枪不能顺利的安置在隘路口，以后的局面就难以设想了，他目不转睛的回头望着那架机关枪，刚刚起身，正想绕过高冈从桥上渡过。

敌人的射击，突然的，密密的射过来，把河水都震得战战兢兢，连长担心的一看，机关枪的射手在桥上面倒下来，连人带机关枪滚了几滚，这时候连长真急得要跳起来，但是他极目一看，那射手滚到桥底下，到了岸，像猴子似的一翻身，极快的跳出五六步，迅速的卧倒，趁着敌方射击间断的机会，他又果敢的跃进了二十来米。

连长吐出一口长长的闷气，他可以安心的顾虑着前方了。

在隘路口，机关枪激烈的吼起来，黑黝黝的枪口喷出灰烟和赤红的火光。

和敌人接近，完全接近，随着渐渐亮起来的天色，可以望见敌人的面目了，他们占领着村落前方的土堤，在家屋里的窗户口，也发出枪火的闪光。

连长好像忘记了是处在怎样危险的境地，他的半个身子，都竖起来，焦急的摆着手，命令和鼓励着大家勇猛的前往，只这一瞬间，谁能克制机先，拿出大无畏的精神拼命的闯上去，一定会用无形的伟大的威力，把敌方的胆量连根压倒，那么，即使装备恶劣一些，也会占上风，这个宝贵的机会一失去该有多可惜呀！

部队的全体像从一阵风似的带着尘土走过去了。

随处闪着刺刀的光芒。

子弹打尽了，把枪支端起来，刺刀向前，笔直的刺过去，看准了那横过来的枪身，用手腕的全力刺过去，把身体往旁边一躲，再勇猛的往前一跳，刺刀很容易的就穿进敌人的胸膛，然后用脚把他踹倒，一面拔出刺刀来。

倒下去的敌人，歪斜着脑袋，流着鲜血。

在村落的横街那里，在荒芜的菜园的一隅，两个敌人在收拾着一个身强力壮的弟兄，他们子弹空了，其中一个举着板斧。弟兄被他们追逐得焦急的打转，他跳过短短的围墙，带倒一堆石堆和沙土，人也摔倒了，枪支扔到好远，他真急了，顺手抓起一块石头，正打准了刚要扑过来的黑家伙的头颅，于是迎面发狠咬牙的嘴脸儿变成血迹模糊的一片。他趁机拾起扔掉的枪支，但是他回身慢了两秒钟，生锈的刺刀刺了他的肩膀，衣服和皮肉撕开了，一个眼精手快的班长跳过来，慌忙对着那拔刀另刺的家伙后脑海，手指把引铁一勾，轰一声，脑浆崩裂了，扑伏在泥地里。在连长周围，很大的动乱在表演着。

手枪在响着，旧式的手榴弹有的空扔，有的在炸裂，多数的刺刀在挥舞，很方便的刺着砍着，或者用枪把击碎敌人的脑壳，但是这凶猛漩涡并没有接续多少时候，只是一瞬间的事，一转眼就把道路清开了。连长在领着一排人往村落西端追赶逃走的敌人，一面射击着用子弹摇动他们的灵魂。

各处堆积着草和粪的街道之间，僵卧着敌人的尸体和遗弃的破旧兵器。

鲜血模糊的面孔，分不清头腿的四肢，有的张着口，露着牙齿，啃着泥土，有的用两手抓着石子儿，那是肚腹炸开的，似乎还没有断气。

这全是敌人的陈列品。

在村落西端，在墓地附近，追击的枪声接续在响动着……

（五月九日于南窗下）

2468

老 胜

我愿意把老胜这个人对你讲一讲，你认识他么？你可知道老胜是怎么一个人么？如果你看见他，不要把我讲的事告诉他，因为他会伤心起来的！

我十七岁的时候，住在一个靠近江岸的县城里，失学以后没有职业，全仗亲戚给我饭吃，那个时候的生活并不算苦，比起现在，实在幸福多了！我永远不会忘记那一个可纪念的时期。

老胜在一个中学校里教体育和音乐，放学以后，马上回到他那黑暗潮湿无论多咱也见不到阳光的小屋子里。这小屋是在我的亲戚家一个院里，不算东厢房，也不算西厢房，更不算倒座，那房屋的方向不正，小屋的窗户很小，好像一只马眼，时时刻刻都容易受惊似的缩进房檐的眉毛下面。窗台上有几只连半分钱都不值的破鞋，有一只黑猫时常在这窗台上沉默的闭着眼。

老胜的为人是和蔼的，诙谐，幽默，活泼，好像小孩子，而他的年纪快到三十了，没有老婆孩子，干干净净。他说：有老婆孩子的人，简直是奴隶，浑身上下，绑住了铁链，不准你活动，一直到窒死算完蛋。

"如果所有的人都不要老婆，女人不是都剩下了么？那怎么办呢？"

他对我笑一笑，回答我说：

"这个，你放心吧，一个也剩不下，你看那成堆成山的甜瓜，我们不愿吃的人，替他们发愁，几时能卖完呢？可是吃的人有的是，好的也吃，坏的也吃，你说是不？"

他把一册杂志卷成圆筒，像喇叭似的放在嘴上呜呜的吹，又抛在床上，两手抱着头一只脚伸在墙上。

我说：

"坏的——那……没有人吃！"

"没有人吃？唉，这个你可没有经验，就是到了七八月，坏的没有法再坏了，还有人争抢着啃哪！嘻嘻……"

不要老婆孩子这种意见我很赞成他，可是他坚决的看准了我将来办不到。

"你呀？不成不成，你听我说，你是漂亮小伙，姑娘都爱你，一上来搂住你的脖子，你就什么也不是什么喽！"

说笑话是他的特长，我很少看见他忧愁的垂着头，当他感到寂寞的时候，多半是张开大嘴噢噢的唱歌。

他的嗓门天生响亮，训练的也好，我听到他的声音，往往联想到那奔流的大河，那河水是从远远，从千里以外，经过无边无万的山山岳岳，穿透数不尽的森林荒野，越过平原或山谷，经历了许许多多的阻碍和艰难，打破一切的障碍，滚滚腾腾，用着他全身的力，快活的忧郁的，奔流不息的往大海滚动着，又好像响亮的铜钟一样，他的声音是这样的。

有时我觉着他的声音是从万丈的绝壁流下的大瀑布，激动了我的情绪。

唱歌的时候，他的面孔是受苦的，眼眉皱着，战动着肩头，胸脯用力的吸气，好像抽水机。

买回来好吃的东西总是喊我：

"来，来，动手生炉子。"

我把一个生锈的壶灌满，他把木柴劈成小块，撕碎半张旧报纸，从门后的鼠洞旁边抓几块木炭，洋火一划，这就妥了。

从前的烧饼不像现在这么贵，一毛钱能买六个，全是大个，半毛钱的酱肉一大包，两个人吃能吃得饱饱的。

我愿意他讲点儿学问上的话，这个乱七八糟的世界我简直什么也不懂，仿佛像乡下佬初次到都会，又如小孩子看见了万花筒，觉得奇怪。

"世界并不是乱七八糟的……"他告诉我，因为智力缺乏，所以觉着世界是乱七八糟的，其实，世界的过去，现在，以至于未来，不是乱七八糟——也不会乱七八糟，全是有条不紊，按部就班的往前发展进步的，慢了么？这好！因为太快不可靠。"

像这类话，要根本的理解，在那时候我还不能，而现在回想起来，觉着有味儿，可惜多半忘记了，像我这样的愚蠢，还想做什么事业，能行么？

老胜欢喜老老实实的守在小屋子里，把嘴脸深深的埋在书页里，白天有工夫，除了看书就是睡觉，一到夜晚，精神百倍，像入了水的鱼，也不知他跑到什么地方去，有时候过半夜还不回家，我疑心他是荒唐，可是他并没有许多钱，薪金的全部，买书和生活，没有余剩，他最憎恨的把钱藏起来那种人。

我当时替他想过了，像老胜这种家伙，平淡的快乐和庸俗的幸福不会来找他，他的精力是背着一般的法则前进的，不守别人的秩序，把人家的痛苦当笑话看，轻视人类在自然界的地位，我以为人是万物之灵，而他的倾向则相反，就连无论谁都一致承认的定义和原理，他往往一笔勾销，评了一个零。

一点儿不讲客气，有话就说，有屁就放，决不扭扭捏捏，这是他的脾气，是我最欢喜的一点。对于邻人，好像淘气的小孩子在公园从毛猴的笼跟前经过，调戏他们，逗弄他们，拿他们开心解闷，可没有恶意，他爱别人有时超过爱他自己。

邻家的小孩子都欢喜他，看他像宝贝一样。

他会学鸡猫狗叫，非常逼真，小孩子们亲密的围着他，扯着他的衣袖，拖住他的裤子。

"再学一个！"

"来个鸡叫吧！"

"狗叫！狗叫！嗳！你们躲开！"

他把两手举起，大声的说：

"别嚷，我变个戏法给你们看，都起来！"

小孩子们躲开，快活的瞪着明亮的小眼睛望他，他跳起来，舞着两手，好像个陀螺似的，笔直的滚进他的小屋子里去，把门用力的一关：

"睡觉了——啊……"

声音刺透窗纸，掠空而过，直达到天庭。

有时，他沉默起来，像石头落进深深的海里一样，用棒子打也打不出话来，他的眼睛出奇的变小了，像做梦似的凝视着远方，仿佛像在远远的什么地方有他梦想的乐园一样。

他这种性格像传染病似的把我也传染了。

我也像他一样深深的落进沉默的深渊底下。

在我身后的城市，渐渐的往后退，一直退到望不见的远处，消失在那渺茫的天边，而在我面前的江水则滑到我身底下，仿佛腾空一般，我从江面上往远处飞去了。

　　我可没有忘记坐在老胜的身边，坐在江边的沙滩上，而身后便是城市内不休不息的嚣声。我一面记忆着这个环境，一面幻想，恍惚间我已经飞过大江，跳到那辉煌的天与地的交界，在那西下的太阳反射的光彩里，有无比的美好的田园，这不是人类居住的所在，人类也没有资格住这种神奇的地方，只有我——是的，才合格。

　　老胜的一声喘气把我从梦中喊醒了。

　　"你想些什么？"我好奇的问他。

　　"忘记了！"这便是回答，简单爽快。

　　反问我：

　　"你呢？"

　　"我想，在江的那一面一定有个美好的宫殿，许多可爱的仙女住在那里边，我如果去……"

　　哈哈的笑起来了，好像吃饱肚子到了野外的马。

　　"你如果去得多带钱，没有钱你就休想！"

　　又嘲笑人了。

　　接着他就和我讨论享乐。

　　"如果摇着舢舨去江心去，多带好吃的东西……"

　　我接着：

　　"再有两个美貌的姑娘。"

　　拍拍我的脖子：

　　"你什么时候都忘不了姑娘！"

　　"我看你也是，你只是假装的好！"

　　"什么？我假装？你胡说，看一看吧，三十多岁的人了，火烧的时代已经过去了，不能多想了！你正是时候。"

　　这样的谈天内容和形式都是快活的。

　　江水在面前轻轻的摇动着，当我把身体向侧面倾倒，歪着头看的时节，江水就像冰块似的直竖起来，我把身体坐正，它又横过来。

明亮的江面上，有害羞的太阳的红光，又好像谁在江面上铺一条灿烂夺目的花手巾，我很想把这条手巾拾起来拿去卖两万块钱，有了钱——哼，我什么也不愁，南京北京走他一个遍，西湖杭州逛他一个够，然后就跳进黄浦江里和鱼鳖虾蟹为伍，很可笑，这种思想把我占据了！

老胜回到家里又把我忘记了，嘴脸深深的埋在书页里，用铁锤也敲不出半句话。

而他这种性格也像传染病似的有力的传染了我。

说实在话，书和我的感情还不多浓厚。老胜是不同的，他和书成了亲密的情人一样，宁肯牺牲了性命也不分开。

在这一年的秋天，大炮突然的响了。

像凋残的落叶一样，老胜往南我往西，在寂寞的凉风的前面，悲愁的飞散了。

好几个桃花盛开的季节已经过去，好几个狂风大雪的寒冬也已经过去，老胜的消息，像落在污泥里的黄叶一般，我怎么也听不到了。

今年的夏季，我梦想不到的路过那靠江的城市，特意下车去到江边，在那沉闷的沙滩上，像痴人做梦一样，踟蹰的徘徊了好久，说不出有多么沉重的石头把我压住，欲哭无泪，难受到极点。

我对着大江的流水，默默的祷告着：

"老胜！你保重吧！"

（一九三八年六月）

石君的历史

一个冬天的晚上，外面下着乱七八糟的雪花，还刮着强暴的大风。

我的好朋友石君，把他过去在军阀时代的军队里生活的故事，忠实的对我讲了。

我觉着他的故事很有意思，就草率的写出来。

可惜我写的不生动，没有把他故事的精彩表现出来，这是没有办法的事！

下面就是石君的故事，诸位讲习别人伟大的作品以后，实在没有什么可读的时候，就请读读这篇故事吧……

到现在我还记得清清楚楚，从前在军阀统辖之下的军队里生活一个时期，给了我说不尽道不完的各式各样的侮辱，压迫，痛苦和愤怒。

但是我既然明明知道那时代的军队有说不尽的黑暗，为什么还要插足进去呢？

这话说起来就长了！……如果简单点儿说也很短，那时候，我因为家里穷读不起书，不得不垂头丧气的失了学，无精打采的在社会上找饭吃。从前那个"社会"也太不像样子，没有门路，找碗饭是不容易的，我像一只被弃的小狗，在街头愁苦的彷徨了好久，后来没有法就硬着头皮入伍当兵。

当初，我这样的幼稚的打算过，当上兵以后我要好好的干，干几年，替国家立点儿功劳，一点儿一点儿往上升，不至于一点儿大出息没有，倘若得上一官半职，不是给祖先增光么？

这样，我就穿上有色的军服，帽子是旧的，顶盖早就叫哪个老总戴破了，上面有不少的油污，我觉着这顶帽子好像在伙夫的头上扣过几年似的。

我时常津津有味的坐在马号的草堆里想……

别看我现在是三等兵，不久就会升上二等兵，由二等兵，而上等兵，而下士，而中士，而上士，而少尉，而中尉，而连长，而营长，而团长，而少将，而中将，而上将……

如果能够像这么样一帆风顺的干起来该多么好呢？

我以为这是很容易的。

因为什么呢？

因为我这个人无论干什么总是非常的认真，特别的努力。

还有，我有很大的理想，很高的梦。

那个"理想"，好像一朵美丽鲜艳的花，它的芳香叫我迷迷糊糊，那个"梦"，好像空中皎洁的明月，它的伟大的光明在动人的远处引诱我的灵魂，叫我专心致志的走向腾云驾雾的道上。

好久以前我就以为在地球上生存的男子汉——大丈夫不用说，就连扭扭捏捏，三门不出四户的小奴家也应该有远大的理想，高尚的梦。没有理想和梦的人实在没有多大意思！

但是仅仅抱着理想和梦不能前进实行的人，也没有多大的意思！

不是大吹牛，我是有理想和梦，并且是有精力去实行这理想，这梦的人。这理想和这梦便是……

由班长而排长，而连长，而营长，而团长……

可惜，我的连长，……有大烟瘾，娶了两个小老婆子还不知足，为人狡猾，有一对阴险的眼睛，说话的嗓门像狗叫的家伙……他把我弄到他的贵公馆伺候他的尊夫人，把我努力奋斗的大路挡住了！

我的同伴，那些粗暴的人，残忍的人，没有知识的人，贪婪无厌的人……用嫉妒的眼光和讽刺的语调对我说：

"嘿！小豆包，美起来啦！"

给我起"小豆包"这个光彩的外号的是个特别叫我讨厌的家伙，他的脸皮又粗糙又黑，好像刚从烟筒里爬出来的小偷一模一样。时常开我的玩笑，在别人面前侮辱我，说我像个姑娘。我努力的躲避他，加他的小心，然而他像个暗探一样，时时的接近我，动手动脚，说些没有人格和教养的人才说得出口的下流话，有一回，是春天的夜里，我和他服卫兵勤务，下岗以后我躺在卫兵所后屋的板炕上懒懒的休息，他嬉皮笑脸的从外面进来，一屁股坐在我旁边，把黑黝黝的口腔对着我的耳边小声的说：

"有点儿好东西，我领你去看看，走！"

我不知道他这是计策，放心的随他到距卫兵所不远的墙角，这里有一大堆碎砖乱瓦，把四面的风景遮住了，他叫我坐在草地上，用两手抱住我的膝：

"来！给哥亲个嘴，小宝贝儿……"

我用力的把他推开，挣扎着逃跑了！

这回，我实在危险！从这以后，我谨慎的防备这小子，好像防备狼一样！

从前的军队里，像这类制造的事是不算奇怪的，可是那时候有这么一句格言：

"军队里，要王八，要兔子，就是不要贼！"

我在连长公馆当差，成天到晚屋里外的奔跑，老忙。帮着厨师端菜，收拾碗，刷痰桶，倒尿壶，给太太洗月经布也是我业务分内之一。

干这种职务的另外还有一个人，他是二太太的同胞兄弟——连长的小舅子，这个家伙，人情世故比什么都熟，在你跟前，什么好听他讲什么，背地里总讲别人的坏话，好像这世界上，除了他以外没有好人似的，打牌抽的头，十分之九他装进袋里，点烟倒茶，这面来，那面去，所有的都是我干——其实这是应该的，因为他是连长的内弟，有优先权。

我应该对大家讲讲连长的夫人都是怎样的女性，好吧？

他的大老婆是从小定的，抛在家里，没有带出来，我没有见过她，我猜想，一定是个黄脸婆，小脚娘，不漂亮，要不然决不至于守活寡。二太太是妓女出身，芳名叫筱红，在二等窑子里混过事，是个阅人最多的红姑娘，我们的连长闻过她一个盘子就把她看中了，以后，费了九牛二虎之力，好容易把她娶到家里。她的面孔是瓜子形，细眉，水汪汪的大眼睛，小嘴，说话的时候欢喜半闭着眼睛，好像还没有睡醒似的。走路的声音很响，两只民妆改造的半大小脚像一对铁锤，把地板踏得蹬蹬的响。打大烟是她的拿手，打得非常巧妙，好发脾气，犯冲动就对我瞪起那一双杏核似的眼睛，光会说话，会传情，咬人。她骂我不知好歹，太傻，因为我没有服从她在连长不在家的时候，叫我给她穿袜子。如果她叫我干别的大概能行，给她穿袜子，未免有点儿什么了，因为她那一双放大的小脚，老远就可以闻到了臭味儿，没有谁愿意去领教！

这个女人很有本事，活活的把连长治住，无论什么事，不论公的或私的，都听她摆弄，她要说哪个班长应该晋级了，一定，非晋级不可。

旧军阀时代那个恶军队，有许多人事的大权操在女人的裤裆里，她们说了算数，请大家想一想，军队里，有这种肮脏的毛病，怎么会好呢？

请你们大家说吧，能好不能好？

这回我对你谈谈我们连长的三姨太太吧：

她本来是个中学生，她的父亲和连长有点儿交情，连长时常到她家里串门，于是，和她熟识了，也有了交情，以前不知在什么时候秘密的定下婚姻，二太太知道的时候已经晚了，为了这件事，她大吵大闹的要了好几回，连长找了不少的知己讲情，好容易才把她的酸气平复了，但是以后她还是时常的吵闹，三姨太太怕她，好比老鼠怕猫一样！

三姨太太这个人，您别看岁数年轻，很有主意，不管那个雌老虎闹的怎样凶猛，总是忍耐谦让，决不轻易的和敌人宣战，大家都佩服她，说她毕竟是读书人，有智谋，肚量大，有涵养，看得开。

连长的小舅子，决不因为她挨了甩而仇恨连长，他始终不变，鞠躬尽瘁的伺候连长，表现着死而后已的神气，跟随在连长的左右，好像下雨天黏在连长脚底下的下一块湿泥一样。

我觉着他和三姨太太有点不清楚，有一天早晨我到厨房给连长大人打洗脸水，回头又到三姨太太房里送早茶，看见他坐在三姨太太的床上，还替她理理头发，看我进去，赶紧站起来，拍拍他自己的屁股，不慌不忙的出去了。

像这种事是不值得大惊小怪的，因为在那时代一般官僚的家庭里，有许许多多这类可笑的把戏在背地里悄悄的表演着。

我们的连长，每月的进款很不少，单是"空额"吃了三十多名，给养金，大部分收回公馆孝敬太太了，有机会就倒弄大烟——倒弄一回就弄个万八千的，一点儿不费事，公开的干。此外还有的是说不清道不明的进钱要领。

司务长——大家都叫他司务楼子——是个目不识丁的人，虽然是目不识丁，但一点儿也不傻，算盘打的很不错，一分钱也不能多开付给别人。他的脑袋细长，脑顶有块疮疤，好像破了皮的大枣，眼皮又厚又硬，三角眼，老是有点儿臃肿，扁鼻子底下是一张宽大的嘴，这张嘴什么好听的话都会说，他是连长的正牌走狗，不断的替连长找洋钱，当然，他是不会白辛苦的，因为主人和奴隶之间是彼此的利用，都能得点儿益处。

"出发"是他们发财的好机会，像我们当喽啰的哪有走运的可能，说实在话，我们愿意"出发"，好像囚犯欢喜自由一样。

"出发"不单能找到零钱花，也有好东西吃，没有媳妇的人也会尝尝温柔和甜蜜。

"打精米，

骂白面，

不打不骂小米饭！"

这是从前那些比强盗还要凶恶几万倍的军队，到地方上面对待同胞老百姓所唱的歌。

用"打"和"骂"去对老百姓，老百姓对待军队怎么会有什么好感情可说呢？因为旧军阀时代的军队太坏，那些军官和士兵太糟，所以，人民没有不厌恶军队，不憎恨军人的道理。

看见好东西就拿，看见好吃的就吃，吃完把嘴一抹就完，这不是胡匪的行为么？

看见年轻美貌些的女子就垂涎三尺，有的，竟野蛮的施行强奸，这种行为，不是野兽的本色吗？

"贪色"固然是"天性"，可是得遵守社会人群合理的制度，然而从前那些丘八老爷们，什么制度不制度，法律不法律，全不放在心上，老总高兴就干，管他娘个腿……

像这样的军队，一旦发生战争，老百姓不单不肯同情的援助他们，一定要报复，想法破坏。

近代的战争本来是和远古完全不一样的，单靠一把子人开到前线决不够，必须全体的人民在思想精神和特质上动员才能有打胜仗的希望，办不到这一步，结果非倒霉不可。

旧时代的那些军阀和文阀一点并办不到这种最要紧不过的事情，所以，他们全都完蛋了！

别人的事情说的太多，我还是讲我自己亲身经验的故事吧：

我之所以殷殷勤勤的在连长大人的贵公馆当差，完全是由于幻想所支配，我有一个不大好的嗜好，无事的时候欢喜读书，侍候打牌得的头钱和别的老爷太太赏的小柜全部买了书。因为把嘴脸埋在书页里，集中了全副的精神津津有味的咀嚼那些动人的语言忘了给主人打杂，不知挨了多少臭骂，可是我咬着牙忍耐了，我想，我是有希望的，同那些昏昏噩噩，醉生梦死的人是不一样的，我要用智慧和善良把自己武装起来，我要"自我的修养"和"主观的努力"将来有点儿大出息，做点儿"轰轰烈烈"的事业。

可惜，我这种英雄的梦想在那样的环境里很不容易实现，后来我觉悟了，给老爷太太倒痰桶，倒尿壶，不会有什么大发展，很想要创造一条比较有意思点儿的路。

这时候，我们的营长时常看我手不释卷的读书，觉着有趣，说我"可造就"，于是就豪爽的把我这头蒜调到营部当"缮写上士"——这个官儿可不小啊！当时真把我乐坏了，此刻想起来还觉快乐的余味没有尽呢。

"呈为呈请度岁月，

等因奉此过新年"

这是我当上士学会的一副对联，每天，我低着头，弯着腰，老老实实的伏在桌上写小楷，我还不能写长篇大论的呈文，只能写个简单的"戳领"，抄个口令，打个图章，因为写小楷这种工作不十分愿意学习，我觉着在四方块的文字上用那么大的苦工实在有点儿过火，当时我还不知道旧社会为什么注重写字，后来我明白了它的历史性，于是不奇怪了。但是练习写小楷我不十分热心，总而言之，我的性格是不适于这种职务，我讨厌它，像讨厌可诅咒的秋天一样！

营长大老爷渐渐的看出了这一点，眉目之间显然流露出不大满意我的气色，他是一个最欢喜写字好的人，他从写字上去判断人的学问，他以为字写的好就有学问，反之就是酒囊饭袋，这种错误的见解，你们想，多可怜呐！

和连长比较起来，这位营长虽然也有举不胜举的毛病，可是他坦白，慷慨，人还不到三十岁，做事都很老练，个子高高的，挺着硬板板的胸脯，高鼻梁，眼睛不大，嘴像鲫鱼似的闭得很小，走路背着手，轻轻的，恐怕踏坏了地似的。

他的岳父是旅长的秘书，他之所以能当上营长全靠妻子和岳父的门头和力量，他除了一点的坦白和慷慨以外没有别的特长，没有受过专门的军事教育，给他出一道战术作业的题目就傻了，连极简单的学科都不懂，术科更不用提，总而言之，对于军事，他根本一窍不通。

旧军阀时代，有许许多多一个大字不识没有关系，只要有门子就可以当官儿的人。

和大官儿直接有点儿亲属的系统当然最方便，很容易登峰造极，和大官儿的太太有点儿什么关系也能大红特红，只要有门子，最低限度，当个大大小小的官，一点儿也不难。

就拿本阁下说吧，要不给连长当差，营长怎么会注意我，提拔我呢？这也可以说，"是近水楼台先得月"，世间像这种事是很平常的，没有什么奇怪，老弟！

从前那个灰色的军队，好比像一口黑颜料的铁缸，你的性格无论如何的清白，一掉进这口缸里，非改变本来的面目不可，与一般人生观和宇宙观不确定的年轻老弟一样，很快的，我也学坏了！第一，我先学会推排九，第二，我又学会了逛窑子，那时候我特别关心这一道，进窑子门，一点儿不脸红，大摇大摆，好像凶猛的野兽在森林里寻找食物一样。

那时候不像现在，到了二十三号一定发薪，我们的薪金三个月五个月不发一回已是司空见惯的事。因为什么呢？因为在我们上面有权有势的官儿都心满意足的装进他自己的钱包里去了。

弟兄因为没有钱花，所以在老百姓身上找油水，这也可以说是一种自然的趋势，上行下效，要不这样多不合逻辑呢！

我有个撸笔管儿的同事，没有零花钱的时候在家里设赌抽头，一场牌九，一场宝局，每天能弄好几十块钱，以外他还兼营着零卖大烟的勾当，这么一来，他一家四五口老小的生活就丝毫不成问题了！

这个身体胖胖的中年人，把模范文公程式背的特别熟，像读三字经一样，拍马的手腕也很敏捷，他时常留心的训育我，希望我得到成就与幸福。

"老弟，你很聪明，有毅力，不过你看的那些书不适用于社会，实在可惜，为什么你不用点别的功呢？"

他笔直的伸着粗而多肉的脖子对我说，好像要张嘴咬我似的，我有点儿怕他对我这种诚恳的态度，因为我已经尝过不少这样的教训：对你诚恳是有作用的，不是利用你给他当牛马，就是想在你身上得点儿什么好处。

我确实的观察出，他的诚恳全不是出于本意，如果我不能把一份截头好好的写出来，弄出几个错字，只好拆了重写，他是带着无限的欢喜神气。倘若我出乎他的意外，受了上司的赞美，他的嘴脸就是另一种模样了。

互相的嫉妒，彼此的诽谤，激烈的攻击，在从前的军队里表现得特别活泼，因为，他们自我中心的思想太坚固，不容易打破，没有一丝一毫的集体生活的性格，不论有怎样基本的团结意识的团体，如果有个"我"字从中捣鬼，破坏，这团体就会渐渐的发生动摇，一直到零零碎碎的瓦解了完事。

我从前在军阀时代那个军队里所过的团体生活，一点儿也没尝出团结的滋味儿，有的仅仅是些私人的，因为利害相关的小团结，好像卑怯的老鼠分了许多的群，在各个的洞里过着黑暗矛盾的生活，没有希望，没有光明，只有渐渐的接近灭亡的命运。

"大老黑，上前线，

疤拉麻子招炮弹，

小白脸子当马弁……"

这是从前那个军队选择人才的标准。

我们的营长有个马弁是真正的小白脸子，这小伙儿的手腕高超极了，营长明明知道这小伙和他的二太太弄不清楚，却一点儿不生气，还安心的信用他，你们想这是因为什么呢？

这个原则极其简单，他的二太太的父亲不是旅长的秘书么？他的官全靠这个佳人背后当支柱，他自己，战斗力早就失去了，子妻这一点儿简单的嗜好，怎好意思不满足她呢？

当王八是小事，当官儿是大事啊！

要照我个人所经验的一切法则说起来，只要溜须明白要领，拍马懂得妙诀的话，当这官儿是很容易的，可是天性耿直的我实在讨厌仰人鼻息，人云亦云，像摇尾乞怜的小狗似的丑态。

我的体格很强壮，我以为走遍天下不至于饿死。

这样，我就顽强的，像我所读过的书上所教训的那样，好好的保持着一个纯洁善良的青年应有品格，人之所以异于禽兽，就在于这一点。

营长在什么地方宴会回来，很快活一天，我把满肚的心思，客客气气的对他表白了。他莫名其妙的皱一皱眼眉不满意的问：

"那么你想干什么呢？"

"我不愿意写字，叫我上连下吧！"这是我说的。

他轻视的微笑一下，把眼睛稍稍闭上：

"你愿意出操么？"

他的话是想征服我，叫我安分守己的保持现在的地位，可是我无论如何也不干，我希望将来当一个有价值的军事领袖，军事学非研究不可，而且有亲身经验这种生活的必要。最后因为我不厌的请求，结果给我弄成功了，以后我就活泼的跑到操场上，专心的从各个教练，基本动作开始学习，得到很不坏的成绩。

教育我们的是个蛮横无理的家伙，有一脸叫人不愿意观察的麻子，他是山东人，说话的声调特别难听。

学习拔慢步，一接续就是三四个钟头，不叫休息一分钟，身体稍稍的弯曲了就打，打，便是我的教官唯一的教育法，他的打法很出奇，不用手，不用脚，用皮带抽屁股，这种严厉的惩罚我难堪的忍受了不少回，原因不是动作不对，是因为笑。

拔慢步拔了一个多月，这种教育法太笨了，本来，这种动作是多余的，操典上根本没有这种动作，是那些脑筋不灵的老行伍出身的伙计们遗传下来的笨教育法，渐渐的普及起来，成了士兵的术科教育第一章功课了。

还有正步走和跑步的时候下口令的人大声喊：

"一，二，三，——四！"

像这些用不着的零碎是早就受了淘汰，现在更没有了。

我从前受的术科教育，多半注重形式，不大适用于实际的战场，可是那些自命不凡的老军事家却一心一意的注重形式教练，以为四把枪抓的好就是训练的成绩优秀，正步走得齐便是无比的部队，这种浅薄的见解请各位想想，有多可笑啊？

我觉着比较有趣，很愿意学习的是在吃完了晚饭没有事做，有个体格魁梧，强壮，敏捷，活泼的武术师，教给我们当老总的打拳，我特别努力学习，在兵舍的前面广场上像猴子似的跳来跳去，汗流满面，累的呼呼大喘气不肯休息。拳术师很夸奖我，用他的诚意和诚心鼓励。

可惜，年轻人的浪漫和好玩的恶习，阻止我专心致志的习会一种本事，学不多日子就觉着枯燥乏味，没有多大意思，厌倦了，松懈了，退步了，落伍了！

在那些愚蠢的军阀，无能的官儿命令指挥之下，我实际的参加过两次激烈的战争，一次也算激烈也不算激烈的战争，那时候我是代理一个"贴金"的班长的任务。说起来真可笑，弟兄们的年纪比我大，有点儿瞧不起我，不尊敬我，后来我用诚实公平和勇气把他们那种浅薄幼稚的心理矫正过来了。

我在前面不是已经说过么？出发打仗是老总们兴高采烈的事情，第一次战斗结束以后，我们在一个交通不便，非常偏僻，可是特别宝贵的小镇市里，这镇上有个出名的人家姓周，他们家里有三个说不出有多么美貌的闺女。

你先不要着急，在没讲那三个漂亮的大闺女以前，应该把那个老周家介绍一下：

老周家和我们旅长有亲戚，大概是旅长太太的娘家，我们不知道这种关系，毫无顾忌的逼村长通知他们，把前院那几间干净的房子倒出来，我们这一排人，心满意足的住下了。

当家的是个性情骄傲，脾气暴躁的老头子，两只眼睛像磷火似的在黑洞里放光，头发是灰的，胡子也是灰的，我们求他找一个帮忙做活的人，他连理也不理，老总哪受得这种待遇，当场把他好骂，后院的几只肥大母鸡都抓住杀了，这还不算，有几个老总毫无忌惮的跑到上屋去调戏那三个大闺女，老头子气极了，去把住在附近的连长拖来，指着他的鼻子，连吵带骂，要上旅长那里打官司。

我们都以为这不知好歹的老头子胆子太大，太过火了！都摩拳擦掌，想打这个野性的老东西。

可是我们那个无论到何时何地都勇敢异常的连长，这时候却出乎我们意料之外的胆怯！惊慌失措，好像偷了人家东西被发现一样，战战兢兢，两条腿一屈一伸，两只手自管不要命的哆嗦，说话都不会张嘴了！他忽然一下跳到排长跟前，愤怒的指着排长的鼻子：

"谁叫你住在这地方！啊！"

那个老家伙用力的推连长胸脯一下：

"走！我们上旅长那里讲理去！"

大家这时候才明白，这位道貌岸然的老绅士，一定是位惹不起的有势力的人物！

我们赶紧的收拾收拾，痛痛快快的搬走了。

听说我们连长给那位可怕的老人家，说了千千万万的好话，最后还给他老人家恭敬的跪下，深深的叩了一个头，这才饶恕这场罪该万死的大罪，留下一条活命！

要不然，告到旅长那儿，我们连长不得掉脑袋么？你们说是不是？

那三个漂亮的大闺女，老总们，谁也没福气摸着，她们三个，早晚都是官儿老爷们的姨太太"候补者"，这就用不着说喽。伙计，请看下文！

我很走运气，不知是谁的意见，把我调到团部去了，后来我才知道这是团长的意思，他为什么把我弄到团部呢？这一点我可糊涂，大概是看我能做点儿什么零碎事情吧？

团长，是个身材短短的人，圆圆的脑颅，好像柿子，鼻子也是圆的，肚子和腿也是圆的，他身体的各部分都是圆形，一举一动表现出庄严神圣不可侵犯的态度，架子端的十足，很怕别人瞧不起他，说话的声音粗哑，吐字模糊，音不清，好像嗓子里含着一块石头似的，对弟兄讲话，简直听不懂嘟念了一些什么，一句话有十个"所以"二十个"大概"还加上不少的"这个这个这个这个"。

因为着急说不出来，眼睛不停的用力的挤，好像上了火，两只手在半空中挥来挥去，各处乱摸，好像身上起了火一样。

讲完话，松快的吐口唾沫：

"完结！"

"结"字说的特别大声，不知含着什么寓意。

有时他公馆里请客就打发一个蛮横无比的马弁到办公厅找：

"团长叫你上公馆去！"

叫我上公馆去不是请我吃饭，是叫我帮忙打零杂，结果我做错了一点儿小事，他也狠狠的咒骂：

"眼睛瞎了么？"

我连个屁也不敢放。

他的尊夫人是脸大腰肥屁股滚圆的胖女人，肚子高高的突出，好像癞蛤蟆一样，一生气就骂团长，她那凶狠的咒语无论谁看见了都难以忍受，然而团长这块红薯却一点也不在乎，好像什么也不懂的小儿受了亲爱的妈妈一顿申斥，傻呆呆的把胆怯的眼注视着地下。

到晚上，在团部副官处的宿舍里，和我睡在一铺木板炕上的刘副官把鞋袜脱下，用温水洗了头脸，伸个懒腰，躺在床上嘟嘟念念的读一本翻破了黄皮的操典：

"军以战斗为主，故凡事皆以战斗为基准，而战斗一般之目的，则在压倒歼灭敌人，以期速获战胜……"

快活时候就笑嘻嘻的坐起来给我讲解：

"老弟，你知道为什么要'以期速获战胜'么？"

我诚实的摇摇头表示不懂。

"打仗，非快一点儿解决不可，这个意义，是世界各国的战术都十分主张的，所以说需要快！"

"慢慢的打不能打胜么？"

"那不行！"

"为什么不行呢？"

他挤了半天眼睛，吞了不少唾沫，老没有给我满足的答出这个问题。

他很用功，用功是为的将来有出息，他时常用没有边际的幻想娱乐他自己寂寞的灵魂，对我讲过不少次下面的话：

"我要是当上团长，老弟，那么，我好好的带部下，叫他们信服我，不久我就可以当上旅长，到那时候，愿意怎么干就怎么干，你呢，我请你给我当参谋长，老弟，你等着吧！别着急……"

他认真的瞪着那一双像鸟似的圆圆的小眼睛，做梦样的望着屋顶，我看，屋顶上没有什么值得可贺的东西，只有摇摇摆摆的尘丝在告诉人，在这屋里居住的人，太不讲卫生了。

我如果赞美的对他点点头，他就越发的高兴，用力拍拍大腿，不顾一切的批评和痛骂那些有利无耻的军阀恶劣的行为，可是，他这个人，事实上也真不比谁高，在上官跟前，像妓女似的，千方百计的献殷勤努力的讨好，希望信任他，提拔他。

过了好久以后我想开了，这个口是心非的人真没有什么值得大惊小怪的地方，他也是和那些无边无万的灰色的小人物走一样的狭路，幻想很大，能力很小，恨不能一下希望飞上天，而结果是苟且偷安的缩进黑暗的窝里，过他空虚的，没有意思的生活，像老鼠似的啃着污秽的泥土，还觉着大有诗意。

我时常在团长公馆里帮忙打零杂，我厌恶极了这种职务。

差不多每天都有酒囊饭桶陪着团长打牌，他们打牌是为了娱乐自己，是为了娱乐团长，判断团长要什么牌，豪爽的打出去，这样就会博得团长无限的欢心。

团长太太虽然是个丑陋的半老徐娘了，像橘子皮似的干瘪了，皮色不新鲜了，然而她却时时的表现出她是多么的年轻，活泼，媚，装腔作势，像处女似的卖弄她的风情，很欢喜年轻人，一看见漂亮点儿的年轻小伙，就往肚子里咽唾沫，恨不能一口吞进肚里去。

她时常给团长拉弄情人，住一宿第二天就打发走，这是为什么呢？各位想想就明白了，这并不像艰深难懂的哲学书里那一大长串字眼儿，稍微一想就会明白了的。

在军阀团体里生活着，我觉着好像生活在黑暗的大森林里，在狰狞的野兽群里一样！时时刻刻感到空虚，不安，没有一点儿意义，没有一丝一毫的兴趣。

有工夫我就用心读书，很想成一个学者，可是学者没有成，直接间接成了军阀的奴隶！

那一年的九月，我正用两手捧着脸愁苦的想到我将来的命运，忽然听见轰隆隆的炮声，很快的，我知道了这是出了什么事，当天我就离开了临时的饭碗保险公司，走上了流浪的途上，又过了不久，我住在一个亲戚的家里等着找事做的机会，很走运，没有多久就找到了。

石君的故事讲完。

外面，还下着乱七八糟的大雪，刮着强暴的大风，黑暗的夜接续着，寒冷，寂寞……

（一九四一年冬于哈尔滨）

一滴死寂的溪水

在从来没有人到过的大山谷间，有一队软弱无力的溪流，从山岩崩碎的乱石之间，穿过蛮荒的草丛，在崎岖艰险的狭路上不休息的奔走着。

这乱山之间本来是没有路的，溪流是探索着流出了一条小路。溪流的先头，是从许多许多年以前就冒着危难开辟了这条小路，现在的溪流不过是溪流的子孙，是追逐着祖先的行程在前进着的。

他们在白天，沐浴着阳光，在夜里，披星戴月的前进。到冬天，暂时的屈服在冰冻之下，春天一到，照样的前进，不管是好天，坏天，不变的前进。在下雨的时候，溪流的势力增强了，歌声加倍的响亮。

在最近，前进的溪流的队里有一个分子，他辛苦的走了长远的旅途，觉着疲乏了，一想到还要奔波无尽无休的道路，精神就有点儿颓废了，于是他在稍稍平坦的地点，在几块障碍的石头之间打着旋转，徘徊着，留恋着不愿意前进。

别的伙伴看见，奇怪的顾视着他：

"喂，你怎么不前进呢？"

他虽然觉着很羞耻，却克服不住撒谎，装腔作势的说：

"我的身体有点儿不舒服想休息一会儿……"

其中有位关心他的伙伴，看定了他懒惰的脸，暂时是沉默，接着就用教训的口气规劝他：

"朋友，你的想法是错了，你只要振作起精神来，身体的一点儿不舒服是能克服的，不要踌躇，快点儿前进吧！"

说这话的同伴从后面推他一把，同时亲热的扯着他的手，活泼的跳过石堆，嘻嘻哈哈的追逐着踊跃前进的溪流，一块儿往前奔跑，并且时时刻刻的鼓励着他：

"你看前面那山上的树木，该有多茂密呀！那里面的鸟雀一定唱得特别的好听，那一带的花草一定来得格外的芳香，快走吧！"

他的精神还没有十分振作起来，无精打采的听着同伴的谈话，勉勉强强的迈着脚步。

草丛里有洁白的野兔，从溪流上面横着跳过去，和溪流们说：

"你们不坐下休息一下么？"

"不。"溪流们坚决的回答，"我们这流动的生命是不惯于休息的，再见吧！"

"再见……"野兔只好这样的应酬他们。

懒惰的溪流分子还牵在那位乐观派手里：

"我们溪流生命的伟大就在于这样坚定不拔的前进，信仰和勇敢实践的力量，我们有忍耐艰苦的性格，有征服一切障碍的决心，所以我们的前途是伟大的，光明的，无限的……"

懒惰的溪流分子一路上受到不少有意义的教训，但是他不觉悟自己的意识是错的，并不鼓起勇气，用努力和苦干代替他的怠慢，他的伙伴失望极了，脱开亲热的握紧他的手，跳跃着，一面悲壮的唱歌，一面快乐的前进，把他扔在后面……

这条小分子在山谷的斜坡的沙滩上，会见了一条从别处流来的溪水，在不久以后又在宽广的原野参加了一条雄壮的大河，大家取齐了步调，唱着顶天立地的歌曲，滚滚腾腾的直奔汪洋大海。

懒惰的溪流分子，落伍了，他落在最后最后边，并且离开前进的溪流，停在无耻懒惰的一片枯萎的草叶旁边。

　　很快的，这苟且偷安的溪流分子干枯了，死寂了……

（一九四二年春于松花江畔）

（《一百个短篇》短篇小说集，新京书店出版部1943年版，署名：慈灯）